MEURTRE
À L'UNIVERS

★ ★ ★ ★ ★

Un roman policier cinq étoiles

DANIEL EDWARD
CRAIG

Un roman policier cinq étoiles

MEURTRE
À L'UNIVERS

Traduit de l'anglais par
Nathalie Tremblay

A·D·A
éditions

Éditeur : François Doucet
Traduction : Nathalie Tremblay
Révision linguistique : Micheline Forget
Correction d'épreuves : Carine Paradis, Nancy Coulombe, Suzanne Turcotte
Design de la couverture : Matthieu Fortin
Graphisme et mise en pages : Matthieu Fortin
Image de la couverture : © iStockphoto
ISBN 978-2-89667-057-4
Première impression : 2010
Dépôt légal : 2010
Bibliothèque et Archives nationales du Québec
Bibliothèque Nationale du Canada

Éditions AdA Inc.
1385, boul. Lionel-Boulet
Varennes, Québec, Canada, J3X 1P7
Téléphone : 450-929-0296
Télécopieur : 450-929-0220
www.ada-inc.com
info@ada-inc.com

Diffusion
Canada :   Éditions AdA Inc.
France :   D.G. Diffusion
             Z.I. des Bogues
             31750 Escalquens — France
             Téléphone : 05-61-00-09-99
Suisse :   Transat — 23.42.77.40
Belgique :   D.G. Diffusion — 05-61-00-09-99

Imprimé au Canada

Participation de la SODEC.
Nous reconnaissons l'aide financière du gouvernement du Canada par l'entremise du
Programme d'aide au développement de l'industrie de l'édition (PADIÉ) pour nos activités
d'édition.
Gouvernement du Québec — Programme de crédit d'impôt pour l'édition de livres —
Gestion SODEC.

**Catalogage avant publication de Bibliothèque et Archives nationales du Québec et
Bibliothèque et Archives Canada**

Craig, Daniel Edward, 1966-

[Murder at the Universe. Français]

Meurtre à l'Univers

Traduction de: Murder at the Universe.

ISBN 978-2-89667-057-4

I. Tremblay, Nathalie, 1969-   . II. Titre. III. Titre: Murder at the Universe. Français.

PS8605.R345M8714 2010   C813'.6   C2009-942233-6
PS9605.R345M8714 2010

À Maman et Papa,
les créateurs de mon univers.

1

Voyage au cœur de l'Univers

Au cours de ma carrière, j'ai dû composer avec toutes sortes de gens, d'anciens et de nouveaux riches, des individus au sang royal comme d'autres au tempérament bouillant, des gens très importants comme des gens simplement suffisants. J'ai supporté la brusquerie et la condescendance, l'ignorance et l'entêtement, la violence verbale et les menaces. Malgré tout, en tout temps, je demeure courtois et professionnel, et je réussis presque à tout coup à gagner la confiance du client. On pourrait dire que je les charme par la gentillesse.

Cependant, je n'avais jamais encore rencontré quelqu'un de la trempe de madame Brenda Rathberger.

Monsieur Godfrey nous avait prévenus bien à l'avance. La directrice générale de VIDE, l'association des Victimes Involontaires De l'Ébriété, était des plus particulières, frugales et intensément passionnées par sa cause. Au cours des années précédentes, le congrès avait été tenu dans de petites villes, dans des hôtels de confort moyen, et attirait des représentants provinciaux comme madame Rathberger. Cette année, les membres du conseil d'administration de VIDE avaient choisi New York. Ils désiraient un hôtel luxueux. Et ils souhaitaient également une couverture médiatique sans précédent.

Bref, ils voulaient l'Univers.

Madame Rathberger avait exercé de fortes pressions pour contrer la décision du conseil. Toutefois, bien que responsable de l'organisation du congrès, sa requête avait été rejetée. Et elle n'en était pas heureuse. Ce matin, une semaine avant le début prévu du congrès, elle devait s'enregistrer à l'hôtel Univers afin d'entamer les préparatifs. Hier, elle avait téléphoné à monsieur Godfrey pour le prévenir qu'au moindre pépin — *à la moindre anicroche* —, elle se présenterait devant le conseil pour exiger un changement immédiat de lieu de rencontre, entraînant dans son sillage sept cents délégués, des rencontres, des réceptions et des banquets — un montant global de plus d'un million de dollars en revenus. La perte serait dévastatrice pour l'hôtel, à la fois financièrement et moralement. Obtenir un congrès de cette envergure entre Noël et le jour de l'An — un temps de l'année où les hôtels new-yorkais étaient désespérément en quête de clients — avait été tout un coup, et les hôtels concurrents en étaient verts d'envie. Du reste, hier soir, après les célébrations de Noël des employés, monsieur Godfrey nous avait annoncé que les primes avaient été mises en suspens en attendant la confirmation de la réussite du congrès.

Le perdre était tout simplement hors de question.

Tout devait être parfait pour l'arrivée de madame Rathberger. Les préparatifs avaient été mis sur un pied d'alerte normalement réservé aux chefs d'État, à la royauté ou aux grandes vedettes rock. Monsieur Godfrey en personne, directeur général et propriétaire de l'hôtel, devait l'accueillir à la porte, flanqué d'une ligne de réception de membres du personnel de la gestion. Elle serait rapidement escortée vers sa vaste suite Supernova du 71ᵉ étage et, par la suite, chaque désir, chaque caprice et chaque fantaisie seraient exaucés.

Malheureusement, tout ne se déroula pas aussi doucement que prévu.

Pour commencer, monsieur Godfrey n'était pas au rendez-vous pour l'accueillir. Ce n'était absolument pas dans ses habitudes d'hôtelier de premier ordre, et pour le moins perturbant, mais le moment n'était pas aux conjonctures. Dans un tourbillon de dernière minute, la ligne de réception se regroupa et je fus forcé de prendre la relève. Bien que pas aussi prêt que j'aurais dû l'être — et souffrant des relents des célébrations bien arrosées de la veille —, je ne fus pas intimidé.

J'avais la certitude que, tôt ou tard, Brenda Rathberger et moi deviendrions les meilleurs amis du monde.

★★★★★

— Bienvenue à l'Univers, Madame Rathberger !

Il était 7 h 23 le dimanche matin, six jours avant Noël, et j'étais en bordure du trottoir vêtu de mon meilleur habit, grand et droit ; chaque brin de mes cheveux brun cendré était en place, souriant à madame Rathberger qui descendait de sa Nissan Xterra rouge de location. Une petite femme rondelette et solide à l'aube de la cinquantaine, elle portait un large parka blanc, des collants noirs et des bottes de plastique blanches. Ses cheveux châtains avaient des reflets bourgogne sous le soleil matinal. La peau de son visage était si bronzée qu'elle semblait avoir échappé de justesse à un incendie ; dans l'environnement hivernal, urbain et privé de soleil de Manhattan, elle avait des airs absolument extraterrestres. Après un vague signe de tête dans ma direction, elle se dirigea vers l'arrière de la camionnette, ouvrit le haillon arrière et en sortit une grande valise fleurie.

— S'il vous plaît, permettez-nous de vous aider, dis-je, en dépêchant George, le portier.

— Pas besoin d'aide, merci, répondit sèchement Brenda à George.

— Permettez-nous d'insister.

Laisser une cliente de cette envergure porter sa propre valise était hors de question. Pourtant, par indépendance féroce ou par peur d'avoir à verser un pourboire, elle ne se laissa pas faire aisément. En définitive, George réussit en tiraillant respectueusement la valise de ses mains. Elle trébucha vers l'arrière.

Je m'approchai pour la retenir.

— Nous sommes ravis de vous compter parmi nous, Madame Rathberger.

Elle se retourna pour me regarder comme si elle me voyait pour la première fois.

— Qui êtes-vous ?

Je lui tendis la main, arborant un chaleureux sourire Univers.

— Je m'appelle Trevor Lambert, je suis le directeur de l'hébergement. Je suis ici pour vous souhaiter la bienvenue à l'Univers.

Sa main semblait aussi froide et raide qu'une lavette gelée.

— Je m'attendais de rencontrer Willard Godfrey, dit-elle.

— Monsieur Godfrey regrette sincèrement. Une affaire urgente est survenue et il m'a demandé de vous accueillir de sa part.

— Comme c'est décevant ! dit-elle en pinçant les lèvres et en clignant des yeux comme si elle calculait la première transgression de l'hôtel… et elle s'attendait à ce qu'il y en ait bien d'autres. J'étais impatiente de le rencontrer.

— Lui de même, lui garantis-je. Il m'a demandé de vous présenter ses excuses pour son absence et de vous dire qu'il avait bien hâte de faire votre connaissance un peu plus tard aujourd'hui.

De toute évidence, je mentais ; je n'avais aucune idée où pouvait être monsieur Godfrey. Les règlements du protocole de l'hôtel sont méticuleusement consignés dans notre guide du personnel, le *Guide de l'employé de l'Univers*, dans lequel trois normes universelles de service sont expliquées : sourire, établir le contact visuel et se servir du nom du client. Ce ne sont pas vraiment les lois de la physique quantique, pourtant, ensemble, ces simples règles établissent en un instant un contact avec les clients. Une quatrième règle tacite, qui ne se retrouve pas dans le guide, mais qui est tout aussi fondamentale : mentir. Pas des mensonges importants qui chamboulent tout, mais de petits mensonges sans conséquence qui préservent la dignité du client — ou de l'hôtel — et engendrent la confiance. À savoir : au moment de régler la note, monsieur Herbert insiste sur le fait qu'il n'a pas visionné le film *Chaleur au tourbillon*. Évidemment, il ment, et le préposé le sait. Un aperçu de l'historique du client révèle que chaque séjour à l'Univers de monsieur Herbert est un grand festival porno. Toutefois, plutôt que de le contredire, l'employé affirme qu'en effet il y a eu une erreur et efface ces frais de sa note. Avec le sourire, les petits chocolats sur l'oreiller et les serviettes de bain blanches duveteuses, le mensonge permet de respecter la promesse universelle d'offrir une évasion idyllique du monde extérieur.

— Puis-je vous accompagner à l'intérieur ? demandai-je à madame Rathberger en lui offrant le bras.

Elle sembla ne pas avoir entendu. Elle surveillait George qui posait ses avoirs sur un diable à bagages : deux grandes valises, un sac de sport, trois boîtes à fiches et un grand rouleau d'affiches. Son regard scrutait l'aire d'un bout à l'autre de l'entrée en U de l'avenue des Amériques, comme si elle cherchait des voleurs. La rue était tranquille, il n'y avait que quelques fêtards retardataires et un couple de vieillards qui faisaient une promenade matinale. Plus loin, une file de taxis attendait l'affluence des départs pour l'aéroport du dimanche matin. Apparemment satisfaite, elle fit volte-face pour examiner la façade de l'hôtel. Son regard parcourut en hauteur l'imposante porte d'entrée coulissante en acier, au-delà des lettres chromées de près de deux mètres qui indiquaient HÔTEL UNIVERS, pour ensuite longer la tour-miroir menant à l'impressionnante Sphère perchée au sommet. Abritant l'Observatoire, la boîte de nuit Stratosphère, le restaurant Orbite et quatre étages de suites Supernova, la Sphère ressemblait à la planète Saturne en orbite sur un piédestal de verre miroitant.

— Voici donc l'Univers, dit-elle, une note de scepticisme dans la voix.

— Somptueux, n'est-ce pas?

Elle haussa les épaules.

— Les grands hôtels ne m'impressionnent pas.

— Je vois.

Derrière nous, George fit claquer le haillon et remit les clés au valet, puis transféra le diable à un chasseur en fonction.

— Tout est prêt, Madame Rathberger, dit-il. Vos bagages sont en route vers votre suite. Je vous souhaite un agréable séjour.

Il s'arrêta brièvement pour un pourboire, mais Mme Rathberger garda les mains fermement enfoncées dans les poches de son parka, surveillant ses bagages tandis que le diable franchissait la porte coulissante et pénétrait dans le hall d'entrée. Il retourna à son poste en sifflant joyeusement.

Madame Rathberger se précipita sur les traces du diable à bagages.

J'entrai précipitamment derrière elle.

— Madame Rathberger? appelai-je. Puis-je vous présenter quelques membres de notre personnel?

C'est alors seulement qu'elle remarqua la douzaine d'employés souriants alignés comme des participants à un concours de beauté. Bredouillant une quelconque excuse, elle fit marche arrière. Je l'accompagnai d'un bout à l'autre de la file en lui présentant les employés un à un. Réunir une équipe d'employés de gestion à cette heure matinale, un dimanche matin, particulièrement le lendemain d'une fête, avait été tout un défi. La directrice des congrès avait réussi à sortir du lit, l'air penaud après une soirée bien arrosée et de danse osée. À ses côtés, le gérant d'étages du Galaxie avait l'air blafard et malade. Heureusement, le solide gérant du spa était le suivant, puis vint le superviseur des banquets, qui avaient tous deux raté la fête. Ensuite, il y avait quelques employés recrutés pour combler la file : deux préposés aux chambres, un préposé à l'accueil, deux employés de banquet et une hôtesse. En dernier, il y avait Gaétan Boudreau, chef de la réception, et la superbe Nancy Swinton, la chef de service. Tous deux souriaient à pleines dents et dégageaient un air de compétence.

Toutefois, madame Rathberger les ignora complètement. Son attention était captée par son environnement, comme si elle venait à peine de se rendre compte du hall circulaire et caverneux et de l'atrium surplombant qui faisait bien vingt étages entourés de balcons. Suspendus dans les airs sur du fil invisible au-dessus de nous et incrustés dans le plancher de marbre noir sous nos pieds, il y avait des milliers de petites lumières halogènes en forme d'étoiles, donnant aux visiteurs l'impression de flotter dans l'espace. L'œuvre *Les Planètes* de Holst jouait doucement en musique d'ambiance, et l'odeur de croissants frais et de café italien émanait du restaurant Galaxie.

Je remerciai les employés et les excusai, puis je rejoignis madame Rathberger.

— Puis-je vous faire visiter les lieux ?

Elle secoua la tête et mit ses jointures sur ses hanches.

— Je suis bien trop occupée pour une visite. Où est Willard Godfrey ? J'ai plusieurs inquiétudes dont j'aimerais lui parler sur-le-champ.

À ces mots, mon estomac se noua d'anxiété, comme si un banc de piranhas y avait élu domicile et commençait à s'impatienter. C'était une excellente question. *Où* était monsieur Godfrey ? Tout à coup, j'eus l'étrange impression que tout ne tournait pas rond dans l'Univers.

— Je suis persuadé qu'il arrivera sous peu, dis-je. Pour le moment, permettez-moi de vous faire visiter rapidement l'hôtel. Puis, nous procéderons à votre inscription et vous accompagnerons sans tarder à votre suite.

D'un grand geste, je désignai le restaurant Galaxie sur la gauche, le bar-salon Centre de l'Univers droit devant, et la réception ainsi que le service de conciergerie vers la droite.

— Les ascenseurs sont situés au centre du hall, dis-je, désignant six capsules de verre qui montaient en flèche dans l'atrium. La salle de banquet Jupiter est vis-à-vis des ascenseurs, à côté de l'escalier en courbe. À l'étage au-dessus, c'est le lieu de rassemblement où se trouvent les bureaux administratifs et de grands salons, nommés en l'honneur de planètes. Au troisième étage se trouvent le centre d'affaires, le spa Mer de la Tranquillité, les boutiques de l'Univers et des salons de moindre envergure, nommés en l'honneur de constellations.

Je baissai les yeux et me rendis compte que madame Rathberger ne m'écoutait pas. Elle scrutait son bras bronzé du regard, le grattant de l'ongle et laissant tomber au sol des peaux mortes.

— Quel bronzage! fis-je remarquer. Vous êtes allée dans le sud?

— Évidemment. J'étais à Maui pendant deux semaines, me dorant au soleil comme un cochon rôti.

Elle ferma les yeux et émit un long soupir, comme si elle y était de nouveau en pensée.

— C'était paradisiaque!

— Il n'y a rien comme des vacances au soleil en hiver!

— Vous avez bien raison.

— Permettez-moi de vous accompagner au Centre de l'Univers pour procéder à votre inscription.

— Où ça?

— Au bar-salon.

Elle croisa les bras.

— Je ne fréquente *pas* les bars.

— Ne vous inquiétez pas, lui dis-je. Le bar-salon n'ouvre qu'à midi. Le comptoir d'accueil satellite est séparé du reste du bar. Cela vous convient ? demandai-je en lui offrant mon bras.

À contrecœur, elle accepta mon bras. Nous traversâmes un cercle de présentoirs où se trouvaient différents objets de l'espace : une réplique du système solaire ; un modèle réduit de la navette spatiale *Endeavour* ; un habit d'astronaute — étonnamment semblable, notai-je, à l'accoutrement de madame Rathberger ; des accessoires de films de science-fiction ; une collection de roches lunaires et de morceaux de météorites, ainsi qu'un modèle réduit de la station spatiale internationale. Elle fit un arrêt pour regarder un présentoir au centre du cercle, lequel exhibait un modèle réduit de l'hôtel Univers.

— Le complexe hôtelier occupe un demi-quadrilatère au centre-ville de Manhattan, expliquai-je. De la 53ᵉ à la 54ᵉ Avenue, et de l'Avenue des Amériques jusqu'au milieu de la 7ᵉ Avenue. Lorsque monsieur Godfrey a érigé l'Univers, il avait l'intention de bâtir une ville dans la ville, un microcosme de société qui propose tout sous un même toit afin que les clients n'aient pas à mettre le nez dehors s'ils n'en ont pas envie. Il considère que New York — et le monde entier — sombre dans l'enfer et que les hôtels représentent le dernier refuge.

Elle écarquilla à peine les yeux, comme si elle questionnait la santé mentale de monsieur Godfrey. Elle se gratta le menton.

— Il y a longtemps que je n'avais pas mis les pieds à New York, mais n'y avait-il pas un autre hôtel à cet endroit auparavant ?

— Quelle mémoire ! Le Hilton a été rasé il y a plusieurs années pour faire place à l'Univers.

Plissant les yeux pour lire la plaque de laiton fixée au présentoir, elle lut l'inscription à voix haute : « Cet édifice est dédié à feu Margaret Bains Godfrey, le centre de mon univers. De tout mon cœur, Willard. »

Elle leva les yeux.

— L'épouse ?

Je hochai la tête.

— Elle est décédée à peine quelques mois avant l'ouverture de l'hôtel.

Elle ne sembla plus intéressée et poursuivit son chemin. Nous fîmes le tour du hall, croisant des employés souriants et affairés sur notre passage. Les employés de la conciergerie étaient vêtus de maillots ajustés en lycra, arborant un porte-nom en forme d'étoiles dorée épinglé à la hauteur de la poitrine, portant un casque audio sans fil et un appareil de communication, un combiné mobile sans fil/radio bidirectionnelle appelé appareil de communications universel, attaché à la ceinture. J'appuyai sur le bouton de mon Comm-U pour donner le signal de notre arrivée.

Madame Rathberger se retourna pour regarder fixement l'imposant sapin de Noël blanc près de l'entrée du Galaxie. S'élevant de dix étages dans l'atrium, il était décoré simplement de lumières blanches et d'étoiles dorées.

— Superbe, n'est-ce pas ? dis-je.

— Je n'ai pas vraiment l'esprit de Noël.

— Je vois.

Nous gravîmes trois marches pour atteindre l'accueil des hôtes satellite, cette section du bar-salon délimitée par des cordes de velours bleu et meublée d'un tapis bleu roi, de sofas en cuir et de tables basses en marbre de Carrera.

Une jeune femme dont l'étoile dorée affichait le nom d'Alexandra attendait.

— Bonjour, Madame Rathberger, et bienvenue à l'Univers ! dit-elle, la voix tintée d'un petit accent australien. Puis-je vous

offrir un rafraîchissement ? Je vous recommande le Punch astronomique. Il est extraordinaire.

Elle plissa les yeux.

— Il contient de l'alcool ?

— Non, mais si vous le désirez…

— Non ! Ça ira comme ça.

— Très bien, Madame.

Tandis qu'Alexandra s'éloignait, madame Rathberger s'assit,
s'enfonçant profondément dans le sofa de cuir, et jetant aux
alentours un regard circonspect. Quelques clients occupaient les
lieux : une famille de cinq personnes discutant dans une rude
langue slave, une dame âgée somnolant dans son écharpe de
vison et un jeune couple blotti l'un contre l'autre comme des
jeunes mariés heureux. Elle continua à examiner son bronzage.

Je m'assis sur la chaise en face d'elle et scrutai le hall du
regard en quête de monsieur Godfrey. Brenda Rathberger semblait déterminée à ne pas être impressionnée, à éviter de prendre
part à quoi que ce soit qui pourrait ressembler à une conversation amicale. J'avais désespérément besoin de l'aide de monsieur Godfrey. Peu de gens résistaient à son charme, à sa
sincérité et à sa modestie. Pourtant, il n'était nulle part. Je jetai
un regard à mon Comm-U ; l'écran était vide.

Un silence inconfortable s'installa.

Alexandra revint et posa une flûte à champagne remplie
d'un liquide rosâtre. Madame Rathberger en prit une gorgée
hésitante, hocha la tête en guise d'approbation, puis avala la
moitié de son contenu. Elle le posa violemment et s'essuya la
bouche du revers de la main, réprimant un rot.

— Willard Godfrey est-il un bon orateur ? éructa-t-elle.

— Bien, oui, un excellent orateur en fait, répondis-je.

— Bon. Il prononcera l'adresse de bienvenue lors de notre
réception d'inauguration. Il s'agit d'un événement des plus

importants. Il donne le ton pour le reste de la semaine. Un orateur charmant et inspirant est essentiel. Règle générale, je m'en occupe personnellement, mais le conseil d'administration m'a demandé de ne pas le faire cette fois-ci. Votre maire devait s'en charger, mais il s'est désisté, prétextant un « conflit d'horaire ».

Elle grogna.

— De toute évidence, il craint la controverse. J'espère que votre Monsieur Godfrey est plus fiable. J'ai suffisamment de pain sur la planche cette semaine sans devoir me préoccuper des orateurs.

— Il ne vous décevra pas, lui garantis-je. C'est l'homme de la situation.

De l'autre côté du hall, une petite chorale s'était rassemblée autour du sapin de Noël.

— C'est dommage que vous deviez travailler durant le temps des Fêtes, dis-je.

— Ça ne me dérange pas du tout. Je n'ai pas beaucoup de famille.

Ses yeux se plissèrent. Elle se pencha vers moi et renifla.

— Vous avez bu ?

— Bu ? Bien sûr que non. Pourquoi cette question ?

— Je détecte une odeur d'alcool. J'ai un don pour ça.

Je sentis la gêne me monter aux joues.

— Bien, c'était la fête de Noël des employés hier soir… J'ai pris une ou deux consommations, dis-je en invoquant ici la quatrième norme universelle. Peut-être l'odeur persiste-t-elle.

Elle serra fermement les lèvres.

— J'ai senti cette même puanteur chez certains des employés que vous m'avez présentés. J'espère que cela ne deviendra pas une habitude. Personnellement, je trouve la vue, l'odeur et les effets de l'alcool absolument exécrables. L'alcool est l'élixir du diable. Je n'ai moi-même pas touché à ce truc depuis 20 ans.

— Voilà qui est impressionnant !

La chorale entonna Sainte Nuit.

— Madame Rathberger, je tiens à ce que vous sachiez que j'ai énormément de respect pour les efforts que vous investissez pour contrer l'alcool au volant.

— *Contre* l'alcool au volant, corrigea-t-elle. Je vous conseille de réviser votre vocabulaire avant le début du congrès. Mes gens sont fort sensibles à ce genre de bévues.

— Je suis terriblement désolé. Je ne voulais pas vous vexer.

Elle grogna et se rassit pour m'observer.

— Je serai honnête avec vous, Trevor Lambert. Je ne suis pas en faveur de la tenue du congrès à cet hôtel, dit-elle en regardant autour et en reniflant. Une telle extravagance transmet le mauvais message à nos délégués, à nos donateurs et au public. VIDE est un organisme sans but lucratif, issu de la communauté, et nous n'avons pas l'habitude de gaspiller la générosité de nos donateurs. Le thème de cette année est « La société pour la sobriété ». Le mandat de VIDE est d'éradiquer complètement la conduite avec facultés affaiblies dans toute la société.

Elle scruta le vaste salon en fronçant les sourcils.

— Je crains que cet hôtel ne soit pas l'endroit idéal pour faire avancer notre cause. Je concède que les exposants du salon commercial s'y plairont, de même que les avocats, les politiciens, les représentants des médias. Dieu sait qu'ils ont trouvé le temps de s'amuser à Anaheim l'an dernier. Je m'inquiète plutôt pour nos membres et nos bénévoles, dont bon nombre sont retraités, à revenus modestes ou étudiants. Ils ne seront pas à l'aise devant tant de luxe et de prétention.

— Je comprends vos inquiétudes, Madame Rathberger, mais je vous assure…

— Non, je *vous* assure, Trevor, répliqua-t-elle d'un ton cassant, visiblement contrariée, que je n'accepterai aucun manque de respect. Cessez de tenter de me séduire avec vos manières importantes et vos vêtements griffés, et veuillez, *s'il vous plaît*, demander à votre personnel de cesser de m'appeler « Madame » comme si j'étais une prostituée. J'exige un service et un respect fiables et terre-à-terre. Lors du congrès de l'an dernier, nous avons connu certains problèmes — rien qui ne soit de ma faute, évidemment, mais le conseil me le reproche tout de même. Cette année, ma tête est sur le billot. J'ai l'intention que ce congrès soit couronné d'un succès sans précédent. Si je ne suis pas entièrement confiante en votre capacité de m'aider à atteindre cet objectif, je suis bien prête à déménager mes pénates ailleurs. Si le besoin s'en fait sentir, je peux déplacer tout le congrès à une seule journée de préavis. Ses yeux étaient exorbités et ses joues étaient gonflées. Son visage bronzé devint rouge et bigarré, et des gouttes de salive s'étaient formées aux coins de sa bouche.

— Sans vouloir vous vexer, répondis-je, je crois que vous avez une mauvaise impression de l'Univers. Nos employés ont l'habitude de traiter avec toutes sortes de monde. Si votre groupe préfère une approche plus informelle, alors soit. Nous tenons également à ce que votre congrès soit une grande réussite. Tout ira pour le mieux, Madame Rathberger, je vous le garantis.

Elle me scruta du regard pendant un instant, puis ses joues se dégonflèrent comme un ballon. Elle s'essuya le coin des lèvres.

— Je vous accorde le bénéfice du doute, dit-elle en battant des cils avant d'ajouter : Je ne voulais pas être si dure, mais…

— Je comprends très bien.

Un autre employé se présenta.

— Bien le bonjour, Madame Rathberger ! Je suis Roberto, chef de l'accueil des clients. Est-ce le bon moment pour procéder à votre inscription ?

— Aussi bon qu'un autre.

— Excellent !

Roberto appuya sur les boutons de son appareil de communication qui ronronna doucement en émettant deux disques circulaires qu'il plaça dans un petit fichier.

— Vous êtes inscrite pour 14 nuits, dit-il. Le départ est prévu pour le dimanche 2 janvier. Selon les consignes de monsieur Godfrey, nous vous avons surclassée dans l'une de nos suites Supernova, qui vous est offerte gratuitement pour les cinq premières nuits, puis offerte au tarif spécial congrès de 225 dollars pour le reste de votre séjour.

Madame Rathberger renifla. De toute évidence, 225 dollars n'était pas un tarif spécial selon elle, bien qu'il s'agissait du plus bas tarif de groupe que j'avais connu à l'Univers.

— Le tarif de service de voiturier de 55 dollars sera automatiquement porté à votre note, ajouta Roberto.

— *55 dollars*? C'est le tarif que je paie habituellement pour une chambre!

— Vous constaterez que tout est un peu plus cher à New York, lui dis-je. Nous sommes fiers de vous en offrir pour votre argent. Monsieur Godfrey a également accordé des rabais substantiels sur la nourriture et les boissons pour tous vos délégués.

Elle tendit la main vers son verre de punch et en avala le reste du contenu.

— Monsieur Lambert vous accompagnera à votre suite, poursuivit Roberto. Passez un agréable séjour parmi nous, Madame Rathberger.

Il lui présenta la pochette de sa clé avec fanfare et s'éloigna rapidement.

Madame Rathberger examina la pochette. Sur le dessus, il y avait son numéro de chambre et le slogan de l'hôtel :

Vous êtes au centre de l'Univers.

L'HÔTEL UNIVERS

Où notre monde évolue autour du vôtre.

Elle jeta un regard circonspect dans le hall.

— Cet endroit ne partira pas dans l'espace, n'est-ce pas ?

Je me levai, tout sourire.

— Pas jusqu'à maintenant. Je vous accompagne ?

— Ne pouvez-vous pas simplement me téléporter ?

— Pas encore, mais on y travaille.

Sur les lèvres de Brenda Rathberger se dessina un sourire. Elle s'amusait visiblement de son trait d'humour.

Ravi de noter une faible lueur de chaleur sous cet extérieur des plus froids, je tendis le bras. Nous nous dirigeâmes ensemble vers les ascenseurs.

★★★★★

Des portes d'ascenseur s'ouvrirent dès notre arrivée et un couple de gens âgés, que je reconnus comme étant l'avocat de monsieur Godfrey et sa femme, en sortit.

— Bien le bonjour, Monsieur et Madame Weatherhead ! dis-je. Comment était votre séjour ?

— Extraordinaire, Trevor ! Merci, répondit monsieur Weatherhead, un homme distingué et élancé aux cheveux argentés peignés vers l'arrière. Sa femme, une mince et élégante femme dont les cheveux blancs tenaient de la barbe à papa, sourit plaisamment.

— Vous partez pour votre croisière en Floride, alors ? demandai-je.

— En effet, dit monsieur Weatherhead. Avez-vous vu Willard ? Ce vieux renard ne s'est pas présenté pour le petit déjeuner ce matin. Il se remet de la petite fête d'hier soir, j'imagine ?

— Il est à l'extérieur, dis-je en jetant un regard nerveux à madame Rathberger. Une affaire de famille, je crois.

Monsieur Weatherhead fronça les sourcils et hocha la tête tristement.

— Sa fille le tuera. Bon, bien, vous lui direz que nous sommes désolés de l'avoir raté. Nous le reverrons à notre retour dans quelques semaines.

— Oh, et présentez-lui toutes mes félicitations, ajouta madame Weatherhead.

— Vos félicitations ? m'enquis-je.

Monsieur Weatherhead prit la main de sa femme et la serra.

— Pour une bonne année, dit-il rapidement en l'entraînant. À bientôt, Trevor, et Joyeux Noël !

— Bon voyage !

Brenda Rathberger croisa les bras et se tourna vers moi.

— Ah, ah ! Il est au lit avec une gueule de bois, non ?

— Absolument pas. Monsieur Godfrey est abstinent.

— Vraiment ?

— Absolument.

Elle sembla satisfaite.

Tandis que nous pénétrions dans l'ascenseur, une voix agréable, apparemment sortie de nulle part, dit :

— Bonjour, Madame Rathberger. Vous allez à votre chambre ?

Madame Rathberger jeta un regard inquiet autour d'elle.

— Qui est-ce ?

— Dites bonjour à Mona, dis-je, notre préposée électronique aux ascenseurs.

Elle hésita.

— Bbb-bonjour, Mona.

— Bonjour, Madame Rathberger. Vous allez à votre chambre ?

— Hum… ouais.

Les portes se refermèrent.

— En direction du 71ᵉ étage. Tenez-vous bien !

— Mona balaie votre disque afin de vous identifier, expliquai-je. Tenez-vous bien ! Elle aime la vitesse.

L'ascenseur monta en flèche et madame Rathberger se précipita pour tenir la rampe. Tandis que nous traversions des anneaux de balcons, elle se retourna pour regarder en bas vers l'atrium jusqu'à ce qu'il disparaisse. Quelques secondes plus tard, l'ascenseur s'arrêta tout en douceur, et les portes s'ouvrirent.

— Nous sommes au 71ᵉ étage, annonça Mona. Les flèches bleues vous guideront à votre chambre. Bon séjour chez nous, Madame Rathberger.

— Merci, murmura-t-elle en pénétrant dans le couloir faiblement éclairé bordé de tapis bleu roi.

Une flèche en néon bleu incrustée dans le mur clignotait pour nous indiquer de prendre la droite. D'autres flèches se suivaient dans le couloir circulaire jusqu'à ce que nous arrivions devant une porte en acier inoxydable où les chiffres 7108 en néon clignotaient.

— Après vous, dis-je en désignant le lecteur.

D'une main tremblante, madame Rathberger brandit le disque devant le lecteur. La porte s'ouvrit en s'éclipsant dans le mur en un bruissement. Elle se tourna vers moi les yeux écarquillés, incapable de dissimuler son ravissement.

— Après vous, dis-je avec le sourire.

Nous entrâmes et la porte se referma derrière nous en un glissement.

— Oh, là, là ! s'exclama-t-elle en regardant autour d'elle. J'ai l'impression d'être dans les décors de *Star Trek* !

Elle fut immédiatement attirée par la fenêtre, qui englobait tout le mur externe et bombait vers l'extérieur, ouvrant la perspective dans toutes les directions. Sa suite était orientée vers le nord-ouest, vers le Time Warner Center, Central Park, et l'Upper West Side, et tournait tranquillement vers l'est dans un mouvement à peine perceptible.

— La vue est magnifique, observai-je.

Elle garda le silence un moment.

— Les grandes villes ne m'intéressent pas tant que ça, dit-elle, avant de se retourner.

Je me demandai si quelque chose intéressait vraiment Brenda Rathberger. Je lui proposai une visite, mais elle déclina l'invitation. J'attendis près de la porte ; elle n'avait pas encore enlevé son manteau, et je voulais m'assurer qu'elle y resterait avant de partir. Elle parcourut la chambre où ses valises et son sac de sport avaient été posés sur un porte-bagages devant le très grand lit couvert d'un duvet blanc douillet, puis entra dans la salle de bain équipée d'un lavabo sur pied, d'une douche vitrée et d'une vaste baignoire. J'entendis un cri de plaisir, sûrement en raison du panier-cadeau de bain offert aux personnalités de marque, et qui contient une collection de petits savons et de produits de bain.

Lorsqu'elle en ressortit, ses yeux étaient écarquillés, mais elle adopta une expression blasée, feignant un bâillement. Nonchalamment, elle scruta le séjour, le regard allant du sofa modulaire en cuir noir aux deux fauteuils cygne, à la chaîne stéréo Bang & Olufsen, au téléviseur à écran plasma de 107 centimètres et aux bibliothèques pourvues de rayons garnis de CD, de DVD et de livres. Une porte en acier inoxydable était encastrée dans le coin du mur. Elle s'y dirigea et l'ouvrit. À l'intérieur se trouvait un mini-bar complet.

— L'alcool devra disparaître, dit-elle en refermant la porte violemment. Et cela vaut également pour les chambres de tous les délégués de VIDE.

— Bien sûr !

Elle se dirigea vers la table près de la fenêtre, où des jumelles étaient posées à côté de deux livres : *Le Guide du rêveur de l'Univers* et *Les valeurs universelles*. Elle prit le second et le retourna.

— Eh bien, il a aussi écrit un livre ?

— En effet. Il a été édité il y a deux ans.

— Quel en est le sujet ?

— Il fait la chronique des défis qu'ont représentés la construction de l'Univers et le recrutement de milliers d'employés, puis l'inauguration qui a eu lieu à peine quelques mois avant les attaques du 11 septembre. Malgré le quasi effondrement de l'industrie hôtelière de la ville, l'Univers a prospéré. Il impute cette réussite aux valeurs universelles de l'hôtel : engagement, intégrité, acharnement, dignité, respect et travail d'équipe. Il explique qu'en appliquant ces principes au quotidien, nous pouvons atteindre une pareille réussite. Chaque être humain est un hôtelier dans l'âme, dit-il. Nous accueillons des gens dans notre vie et si nous les traitons avec hospitalité, nous méritons leur respect et leur fidélité. C'est ce qu'il appelle la vérité universelle.

Madame Rathberger haussa les épaules, l'air fort peu impressionné, et reposa le livre. Elle jeta un regard vers l'alcôve arrondie à droite du séjour qui s'ouvrait sur une aire de travail équipée d'un bureau, d'un ordinateur, d'un télécopieur et d'une imprimante.

— Est-ce que tout est à votre convenance dans la suite, alors ? demandai-je en reculant vers la porte.

Elle regarda autour d'elle.

— C'est un peu grand.

— Je peux vous proposer une plus petite chambre si vous préférez.

Je pris mon Comm-U.

— Laissez-moi téléphoner…

— Non, dit-elle rapidement. Ça ira.

On frappa à la porte, puis Flavio, du service aux chambres, entra, brandissant un panier-cadeau rempli de gâteries. Il le posa sur la table basse, salua et repartit.

— Oh, là, là, qu'est-ce que c'est ? s'écria Brenda Rathberger, déchirant la cellophane et retirant la carte glissée à l'intérieur :

Chère Madame Rathberger, lit-elle à voix haute.
Bienvenue à l'Univers ! Je suis persuadé que vous y serez ici
à l'aise et j'ai hâte de souper avec vous à 19 h au restaurant
Orbite avec mademoiselle Winters.
Chaleureusement,
Willard Godfrey

Son visage s'éclaira.

— Quelle gentillesse !

Elle sortit une boîte de chocolats Dean & Deluca du panier et l'ouvrit rapidement.

— Mais qui est *mademoiselle* Winters ?

— Honica Winters, peut-être ?

Elle engouffra un carré de chocolat, mâchant rapidement.

— *La* Honica Winters ? De l'émission *Aux frontières de l'information* ? dit-elle, les yeux brillants. Et si elle voulait parler de mon congrès ! Imaginez, VIDE à l'émission *Aux frontières de l'information* ! Le conseil affirme vouloir une plus grande visibilité cette année… ça leur en boucherait un coin !

Son esprit évaluait à vive allure les nombreuses possibilités, elle commença à retirer son manteau.

Heureux de constater ce changement d'humeur, je lui souhaitai un bon séjour et me dirigeai vers la porte.

— Oh, Trevor ? m'appela-t-elle.

— Oui, Madame Rathberger.

— Veuillez m'appeler Brenda.

— Bien, merci ! C'est entendu.

— Je suis désolée d'avoir été détestable. Le vol en provenance de Maui a été long et j'ai beaucoup de pression sur les épaules. Je suis déjà plus à l'aise avec l'endroit. Je suis persuadée que tout ira pour le mieux.

Un sourire se dessina sur mon visage.

— Sans un accroc, Brenda. Je vous le promets.

Elle me sourit en retour et un lien de confiance mutuelle et de respect, peut-être même un élan de tendresse, nous envahit. Monsieur Godfrey serait satisfait.

Tandis que je quittais la suite, je l'entendis crier :

— Zut ! J'ai oublié mon sac à main dans la camionnette.

— Pas de problème. J'envoie un valet le récupérer.

— Non, je préfère m'en occuper moi-même.

J'hésitai. Les espaces de stationnement étaient souterrains et bien moins fascinants, dans une partie de l'hôtel qui n'était pas destinée au regard des clients. Par contre, Brenda enfilait déjà son parka.

— Bon, je vous y accompagne.

★★★★★

Ma nouvelle meilleure amie Brenda et moi-même allâmes chercher les clés à l'accueil et traversâmes le hall vers l'ascenseur menant au stationnement. Pas de Mona pour nous accueillir dans cet ascenseur. Je brandis mon disque-maître au-dessus du lecteur et pesai sur *Niveau quatre*, sachant que sa camionnette ne serait pas garée aussi bas, mais désireux d'éviter *Niveau trois*, où l'air était souvent putride et suffocant en raison de la boucherie et du service de la blanchisserie. J'étais aussi curieux de vérifier si la voiture de monsieur Godfrey était là. L'ascenseur s'ébroua et entreprit sa descente dans les entrailles de l'Univers.

— Vous êtes du Colorado ? demandai-je à Brenda au-dessus du grondement de l'ascenseur.

— Native de Denver, mais j'habite maintenant à Colorado Springs où se situe notre siège social. Et vous ?

— Je suis de Vancouver.

— Ah ! Je croyais bien avoir reconnu l'accent canadien, dit-elle en rigolant. Mon mari était Canadien, mais de l'autre côté, de la Nouvelle-Écosse.

— Il ne voulait pas vous accompagner à New York ?

— Non, non. Il est décédé.

— Oh, pardon !

Elle rejeta mon inquiétude du revers de la main.

— C'est arrivé il y a 30 ans. J'ai gardé son nom, sans jamais me remarier. Ce n'est pas joli comme nom, mais c'est beaucoup mieux que mon nom de jeune fille : Park. Les enfants me taquinaient en inversant mon nom Adnerb Krap, dit-elle en rigolant, avant de soupirer profondément et de secouer la tête.

L'ascenseur s'arrêta dans un soubresaut au *Niveau quatre* et nous en sortîmes. Je poussai Brenda le long d'un couloir sombre encombré de piles de chaises pliantes, de meubles brisés et de linges souillés.

— Désolé pour le fouillis, dis-je, dans l'embarras.

Brenda ne sembla pas troublée.

— C'est bien plus propre que chez moi.

Au bout du couloir, je brandis mon disque au-dessus du lecteur et poussai la porte menant au stationnement. Je l'entendis buter contre quelque chose de l'autre côté. Jetant un coup d'œil furtif, je vis un diable à bagages dévaler la rampe et tourner en rond. Je le pourchassai et le ramenai en haut de la rampe. Le symbole de l'hôtel, un modèle réduit en fer de la Sphère, manquait au sommet, laissant les quatre barres de chrome se balancer. Supposant que le diable était là pour être réparé, j'ouvris le placard d'entretien et de réparation, y poussai le diable et le refermai à clé.

— Vous êtes prête ? demandai-je en tendant le bras à Brenda.

Elle le prit et nous gravîmes la rampe courbée. L'éclairage était étonnamment faible — une ampoule au-dessus de nos têtes était brûlée —, mais je remarquai la Lincoln Continental jaune de monsieur Godfrey garée à l'endroit habituel vers la gauche.

— Attention, dis-je en indiquant un ruissellement de ce qui semblait être de l'huile sur la rampe. Sa voiture doit avoir une fuite.

Elle plissa les yeux pour lire la plaque d'immatriculation de la Lincoln : UN UNIVERS.

— Willard est là, alors ?

— Il doit venir d'arriver. Je le contacterai en remontant.

Alors que nous passions à proximité, quelque chose attira mon attention à côté de la Lincoln.

— Étrange, dis-je en m'arrêtant.

Il y avait une pile de vêtements à côté de la voiture.

— Qu'est-ce qu'il y a ? demanda Brenda, en suivant mon regard. Je sentis sa prise se resserrer.

— Je n'en suis pas certain.

Quelque chose me disait de poursuivre mon chemin, mais la curiosité m'attira plus près. Je tentai de me libérer de l'emprise de Brenda, mais elle refusa. Nous approchâmes donc ensemble.

En approchant, je vis ce qui semblait être un veston chiffonné en tas sur le pavé. Désorienté, j'y jetai un coup d'œil. Près du smoking, il y avait un soulier de cuir verni et…

Un pied !

Mon estomac se noua.

Brenda émit un cri perçant.

Un corps gisait sur le pavé à côté de la voiture de monsieur Godfrey. De la taille d'un garçon, ses jambes étaient tordues en directions opposées. Une main grise sortait de la manche du smoking, révélant une manchette pressée tachée de sang. Mon regard longea le torse pour remonter vers le visage, qui était tourné de l'autre côté. Le crâne était ensanglanté et semblait partiellement écrasé. Angoissé, je tombai sur les genoux et me penchai au-dessus pour mieux voir. Sa bouche et ses yeux étaient ouverts.

Willard Godfrey était mort.

2

Un bang et
un gémissement

Brenda Rathberger était hystérique.

Je tentai de l'éloigner du corps de monsieur Godfrey, mais elle s'effondra accablée au sol, et éclata en sanglots. Je m'accroupis pour la réconforter, mais me rendis compte qu'il y avait des tâches beaucoup plus importantes à accomplir. Attrapant mon appareil de communication universel, je composai le 9-1-1.

— Ici l'hôtel Univers. Il est arrivé quelque chose à mon patron. Je crois qu'il est peut-être… je crois qu'il est…

Je jetai un regard au visage blême et de marbre de monsieur Godfrey, avant d'ajouter :

— Il est mort.

Je donnai mes coordonnées à l'opérateur, puis communiquai avec Nancy Swinton, la chef de service pour la mettre au courant.

— Communique avec la sécurité de l'hôtel, puis va à l'entrée et escorte le personnel d'urgence jusqu'ici. Ne dis rien à personne, du moins pas pour l'instant. D'accord ?

— Pas de problème, Trevor.

Puis, je lançai un appel d'urgence à tous en composant le 555 sur mon Comm-U, pour alerter mes collègues du conseil de direction, leur demandant de me contacter immédiatement. Revenant vers le corps de monsieur Godfrey, je retirai mon veston et m'accroupis pour l'en couvrir. Le bip frénétique de mon Comm-U me fit sursauter. Je tendis la main vers ma ceinture pour me rendre compte qu'il ne s'agissait pas de mon unité.

Je venais d'appeler monsieur Godfrey.

En grimaçant, je tapotai son corps rigide, trouvai son Comm-U dans sa poche intérieure et l'éteignis. L'appel d'urgence ferait ensuite vibrer le Comm-U de Matthew Drummond, puis le mien, ensuite ceux de Sandy James et de Shanna Virani. Je me relevai et remarquai que le coffre de la voiture de monsieur Godfrey était ouvert. Des cadeaux de Noël s'y trouvaient. Du nombre, il y avait celui que je lui avais donné la veille, une longue boîte mince emballée de papier doré et contenant une cravate de soie noire ornée de soleils souriants. Il était de tradition, entre monsieur Godfrey et moi, d'échanger des cravates arborant des thématiques spatiales.

Doucement, je refermai le coffre.

Inquiet que des employés puissent surprendre la scène, je remontai la rampe pour m'assurer que la barrière du *Niveau trois* était bien close, puis descendis la rampe pour faire de même avec la barrière du *Niveau cinq*. La seule autre voie d'accès était la porte que Brenda et moi venions d'emprunter, et qui nécessitait un code d'accès.

Je revins m'enquérir de Brenda. Elle était maintenant agenouillée sur le pavé, la tête enfouie dans les mains. Le choc se manifestait par des attaques de sanglots qui, comme des contractions lors d'un accouchement, commençaient doucement et irrégulièrement, pour prendre du volume et du rythme, et trouver son apogée dans un gémissement guttural. Son chagrin, si instantané et si intense qu'il aurait pu s'agir de son mari, était touchant et étonnamment réconfortant, comme si elle pleurait pour nous deux, me permettant de me concentrer sur les gestes concrets à poser. Pourtant, c'était aussi incommodant. Il valait mieux l'éloigner de la scène avant l'arrivée du personnel d'urgence.

Je l'aidai à se relever. Ses jambes tremblaient comme celles d'un faon nouveau-né, elle s'appuya sur mon épaule alors que je la guidai vers la porte et le couloir menant à l'ascenseur.

Lorsque la porte de l'ascenseur s'ouvrit, Jérôme, un superviseur de la sécurité, en sortit précipitamment.

— Nancy m'a dit de venir sur-le-champ, dit-il. Qu'est-ce qui se passe ?

Il jeta un coup d'œil à Brenda, qui avait l'air d'une extraterrestre avec son parka blanc et ses bottes de plastique.

— God...

— Pardon ?

— Monsieur Godfrey, dis-je avec effort. Il est arrivé quelque chose à monsieur Godfrey. Il est mort.

— Mort ?

— Il est dans le stationnement, près de sa voiture. Tu ne veux peut-être pas y aller, ce n'est pas joli. Quoi que tu fasses, ne laisse aucun employé y aller, d'accord ? Je reviens dès que possible.

— Pas de problème, Trevor.

Tandis que la porte de l'ascenseur se refermait, mon Comm-U sonna.

— Trevor, c'est Matthew. Tu as intérêt à ce que cela soit important.

*****

De retour dans la suite de Brenda, je l'aidai à s'asseoir sur le sofa et mis trois oreillers derrière elle. Je m'apprêtais à partir quand elle s'effondra presque jusqu'au sol comme un bol de gélatine. Je la redressai et je m'assis près d'elle, prenant sa main frigide dans la mienne.

— Ça ira ? demandai-je, impatient de redescendre vers le stationnement.

Elle cligna des yeux et les roula. Sa tête pendait dangereusement. Elle semblait être entrée dans une sorte de transe. Retirant les oreillers, elle se coucha sur mes genoux, les mains sur la poitrine, et regarda fixement les étoiles phosphorescentes peintes au plafond.

— Quand j'étais petite, dit-elle rêveusement, mon père mit des étoiles sur le mur près de mon lit.

Je posai ma main sur son front ; il était fiévreux. Attrapant mon Comm-U, j'appelai le service des chambres.

— Flavio, c'est Trevor. Peux-tu, s'il te plaît, faire monter du thé à la suite 7108... le plus rapidement possible ? Mets-le sur mon compte d'affaires.

— Tout de suite, Trevor.

Brenda releva la tête.

— Ainsi qu'un club sandwich avec des frites, dit-elle, et un Coke diète.

Me retournant vers elle en sursaut, je retransmis la commande à Flavio. Je raccrochai et, en me levant, je permis à Brenda de replacer sa tête sur le sofa. J'allai à la salle de bain pour mouiller une débarbouillette d'eau froide et je revins la lui poser sur le front.

Elle se relava, soudainement éveillée.

— Qu'est-il arrivé ? s'écria-t-elle. A-t-il été assassiné ?

L'idée ne m'avait même pas effleuré l'esprit.

— Assassiné ? Bien sûr que non. Il semble peut-être avoir été frappé par une voiture.

— Là ? Comment quelqu'un aurait-il pu ne pas le voir ?

— Je l'ignore. L'éclairage n'est pas extra.

Elle me regarda fixement.

— Ce devait être un cas d'alcool au volant.

Mon Comm-U se mit à sonner de nouveau.

— Trevor, c'est Nancy. Je suis au *Niveau quatre* avec les policiers. Matthew vient d'arriver. Ils demandent à te voir.

— J'arrive, dis-je en me penchant devant Brenda. Je dois y aller. Ça ira ?

Elle déglutit.

— Ça va.

— Je suis vraiment désolé, Brenda. J'ignorais…

— Évidemment, Trevor, dit-elle en me tapotant la main. Je suis également désolée. Pauvre vieux. Il semblait être un homme bon au téléphone. J'imagine que je ne ferai jamais sa connaissance.

— Nous n'avons pas ramassé votre sac à main.

— Ce n'est rien. J'irai plus tard.

Elle émit un petit cri.

— La réception d'inauguration ! Comment trouverai-je quelqu'un pour le remplacer à pied levé ?

— Je suis persuadé que vous réussirez, dis-je. Maintenant, reposez-vous. Je viendrai prendre de vos nouvelles plus tard.

Elle s'affala de nouveau sur le sofa et gémit, replaçant la débarbouillette sur ses yeux.

En sortant, je me rendis compte qu'il s'agissait là du plus piètre accueil de client de l'histoire de l'Univers.

*****

Avant que je ne parvienne au *Niveau quatre*, une demi-douzaine de membres du personnel d'urgence entouraient le corps de monsieur Godfrey : deux ambulanciers paramédicaux, trois agents de police, et un jeune Asiatique qui semblait être le responsable. Matthew Drummond, le directeur résident de l'hôtel, était debout à côté, en grande conversation privée avec la chef de service Nancy Swinton.

Nancy regarda dans ma direction tandis que j'approchais. Elle laissa sa main retomber de l'épaule de Matthew. Je sentis un tiraillement de jalousie, me remémorant leur danse de la nuit dernière. J'admirais Nancy à distance depuis des mois, et bien que j'aie décidé de ne pas passer à l'action, ce qui contreviendrait aux règles de conduite de l'Univers, je voulais la protéger. Elle passa rapidement à côté de moi, la main sur la bouche, comme si elle allait vomir.

Matthew se retourna vers moi.

— Mais que s'est-il passé ?

— Je l'ignore. Je l'ai trouvé là il y a une demi-heure.

— Il porte encore son smoking.

Je le détaillai de la tête aux pieds.

— Toi aussi.

Il regarda ses vêtements, comme s'il venait tout juste de s'en rendre compte.

— Je me suis endormi sur le sofa, dit-il. Trop de cocktails.

En provenance de l'Angleterre, il était venu s'installer aux États-Unis à l'âge de cinq ans ; pourtant, il avait encore un faible accent britannique. Il avait l'air fatigué et égaré ce matin, plus âgé que ses 42 ans. Son beau visage n'était pas rasé, ses cheveux de jais dépeignés, et il avait sous les yeux des demi-lunes noires semblables à des meurtrissures.

— Toi aussi, dit-il.

Comme s'il avait donné un signal, ma tête commença à élancer.

— J'ai appelé Cynthia ; elle est en route.

Je le regardai, étonné.

— Devrait-elle voir son père ainsi ?

— Elle a insisté.

L'Asiatique vint vers nous, arborant son insigne.

— Bon matin, messieurs, je suis le détective Owen Lim.

Il portait des lunettes à la John Lennon et un long manteau gris sur une chemise à carreaux. Ses cheveux noirs étaient courts.

Matthew et moi nous présentâmes.

Le détective scruta Matthew pendant un instant, puis ses yeux eurent un éclair de reconnaissance.

— Hé, vous êtes l'astronaute, non ? J'ai vu la navette décoller à la télévision. *Endeavour*, non ? Vers la fin de l'année 2000 ?

Matthew acquiesça doucement, un sourire figé aux lèvres, comme méprisant l'intérêt marqué.

— Quel honneur ! dit le détective. J'imagine que vous êtes le responsable de l'endroit.

— Je le suis.

Je fus hérissé. Officiellement, Matthew était directeur adjoint, mais il était en grande partie inefficace en tant que directeur et était généralement fort satisfait de pouvoir déléguer ses responsabilités aux autres. Il y a huit mois, lorsqu'il avait été nommé directeur résident, le battage publicitaire avait été fantastique. Les journaux de la planète titraient : *UN ANCIEN ASTRONAUTE À LA BARRE DE L'UNIVERS*. Maintenant que la frénésie médiatique s'était calmée, l'inexpérience de Matthew et son indolence générale étaient difficiles à ignorer. Pourtant, les étrangers étaient attirés par lui en raison de son passé héroïque et la fausse impression de compétence que son apparence donnait.

— Détective, pourriez-vous nous dire ce qui s'est produit ici, dit Matthew.

— On dirait un délit de fuite, répondit le détective, allant jusqu'au milieu de la rampe.

— Il devait se tenir à peu près ici lorsqu'une voiture a monté la rampe et l'a frappé, et bang ! dit-il en frappant dans ses mains. Il a été frappé plus ou moins ici, et son corps a atterri là, ajouta-t-il en faisant quelques pas vers la voiture de monsieur Godfrey.

Il s'arrêta, pointa au sol et ajouta :

— ...puis il a rampé — ou a été traîné — jusqu'où il est présentement.

— Traîné ? répétai-je, alarmé. Vous voulez dire que la personne qui l'a frappé l'aurait enlevé de la route ?

Le détective retira ses lunettes et sortit un mouchoir bleu de sa poche arrière pour les nettoyer.

— Ou le chauffard a poursuivi sa route et monsieur Godfrey s'est traîné jusqu'ici.

J'indiquai des marques de pneus qui traversaient la coulée de sang et disparaissaient sur la rampe.

— Ces traces proviennent-elles de la voiture qui l'a heurté ?

Le détective Lim secoua la tête.

— La personne qui l'a frappé *montait* la rampe.

Il me regarda fixement un instant, puis sortit un calepin de sa poche.

— Quand avez-vous vu la victime pour la dernière fois ?

— Hier soir, à la fête de Noël, à l'Observatoire, répondis-je. La fête s'est terminée vers minuit. Nous avons accompagné les employés aux navettes, puis nous sommes rentrés porter un dernier toast de fin d'année.

— Qui *nous* ?

— Matthew et moi, et Sandy James, notre directrice des ressources humaines, et Shanna Virani, la directrice des ventes et de la publicité, et monsieur Godfrey, évidemment. Le tout a duré environ — je regardai Matthew — une demi-heure ?

Matthew acquiesça lentement. Il se frottait la mâchoire, le regard fixé sur la coulée de sang.

— Monsieur Godfrey est parti le premier, dis-je. Et nous sommes partis une quinzaine de minutes plus tard.

Le détective Lim gribouilla quelques notes dans son calepin, puis se retourna pour scruter l'endroit.

— Qui gare sa voiture ici ?

— Seulement monsieur Godfrey, dis-je. Le personnel de direction occupe le *Niveau cinq*, l'étage le plus bas. Je ne possède pas de voiture, mais Sandy et Shanna se garent là. Toi aussi, Matthew, non ?

Matthew hocha de nouveau la tête. Ses joues se convulsaient.

— Ma femme et moi avons une voiture ici, mais elle appartient à l'hôtel et nous l'utilisons rarement. La fille de monsieur Godfrey se gare parfois à cet endroit.

— Était-elle garée là hier soir ? demanda le détective.

Je haussai les épaules.

— Peut-être, mais elle est partie tôt de la fête, bien avant son père.

— Vous aurez l'occasion de la questionner vous-même, dit Matthew. Elle est en route.

— Comment accède-t-on à cet étage ?

— Les *Niveaux un et deux* sont accessibles au public, dis-je. Tous les autres étages sont réservés aux employés et aux voituriers seulement, et il y a une barrière verrouillée. Le *Niveau trois* est réservé aux voituriers. Les étages inférieurs ne servent qu'en période d'achalandage. Notre dernier grand événement remonte à la semaine dernière, et ils sont sous clé depuis. Il faut une télécommande pour franchir ces barrières. Pour sortir, il faut simplement rouler sur le boyau. Pour accéder à cet étage par l'ascenseur ou l'escalier, il faut une clé magnétique programmée.

— Les activités sont-elles enregistrées ? demanda le détective Lim.

— Le système contrôle l'activité de toutes les clés magnétiques, dis-je. Il enregistre qui prend l'ascenseur ou emprunte l'escalier et qui franchit la porte. Toutefois, l'activité du stationnement est contrôlée à l'entrée principale, où toutes les entrées et sorties magnétiques sont enregistrées. L'activité de la cabine de péage n'est pas contrôlée, mais une caméra filme toutes les allées et venues. Les autres étages du stationnement sont équipés pour l'installation de caméras, mais elles n'ont jamais été positionnées en raison des contraintes budgétaires.

Le détective gribouilla d'autres notes dans son calepin.

— Est-ce que de jeunes voleurs de voiture pourraient s'être introduits ici ?

Je réfléchis à la question.

— On a déjà pénétré dans le stationnement, mais il est impossible d'accéder à cet étage sans télécommande ou clé magnétique.

Le détective Lim siffla à l'un des agents.

— James, des signes d'entrée par infraction ?

— Non. Rien.

Le détective se retourna vers moi.

— Comment êtes-vous rentré à la maison hier, Monsieur Lambert ?

— À pied.

— Et vous, Monsieur Drummond ?

— Je vous l'ai dit. J'habite l'hôtel, répondit Matthew, le ton un peu irrité.

— Qui serait passé par ici hier soir ? demanda le détective Lim.

Je jetai un coup d'œil hésitant à Matthew.

— Je n'en suis pas certain.

Le bruit d'une porte ouverte me fit faire volte-face.

Cynthia Godfrey apparut dans l'embrasure. Elle entra lentement dans le stationnement, voûtée, laissant Jérôme la guider telle une aveugle. Hier soir, elle était arrivée à la fête l'air radieux, et séduisante dans une robe de bal bleu poudre tombant au sol, les cheveux blonds teints nattés autour de la tête. Ce matin, ses cheveux étaient défaits et ébouriffés. Elle portait un jean ajusté, une veste jean classique, et un t-shirt court noir qui laissait voir ses abdominaux sculptés et son perçage de nombril. S'arrêtant soudainement, elle releva la tête et se retourna vers le corps de son père. Sa mâchoire tomba et un court cri aigu s'échappa, puis elle laissa sa tête retomber et ses épaules se voûtèrent.

Matthew et moi nous précipitâmes à ses côtés.

— Cynthia, je suis terriblement désolé, dis-je.

Je voulais la prendre dans mes bras, mais elle était voûtée comme une marionnette, c'eut été trop bizarre. Je posai ma main sur son dos et la flattai doucement.

— Tu n'as pas besoin d'être là, dit Matthew.

Semblant retrouver ses esprits, elle releva la tête, inspira profondément et se mordit la lèvre inférieure, puis elle s'avança. À son approche, le personnel d'urgence s'écarta pour la laisser passer. Le silence était total. Elle tomba à genoux devant le corps de son père et se jeta sur lui, gémissante. Je détournai le regard, incapable de regarder, tandis que deux agents de police tentaient doucement de la relever.

Le détective Lim s'approcha de nouveau de Matthew et moi.

— J'ai besoin de consulter ces données d'allers et venues, dit-il.

— Sans problème, détective, dit Matthew. Je demanderai au service de sécurité de vous les transmettre sans délai.

— Et j'aimerais parler à tous ceux qui ont accès à cet étage, à tous ceux qui étaient à proximité hier soir et à tous ceux qui ont croisé Willard Godfrey au cours des 24 dernières heures.

Matthew écarquilla les yeux.

— Vous ne suggérez pas… vous ne croyez pas qu'il a été… assassiné ?

Le détective réfléchit à la question.

— Assassiné ? Probablement pas. Mais un homme est mort ici. Il été heurté par une voiture. La personne responsable a fugué, ce qui est criminel. Et je crains fort que l'alcool ne soit en jeu.

★★★★★

43

À 18 h 30, j'étais au spa Mer de la Tranquillité à consoler une jeune réceptionniste lorsque Nancy Swinton m'appela par radio.

— Nous aurons un autre comité d'accueil sous peu, dit-elle. Tu es libre ?

Je soupirai.

— Matthew est dans les parages ?

— Il est parti faire ses emplettes de Noël avec madame Drummond il y a environ une heure.

— Tu plaisantes !

Elle ne plaisantait pas. Matthew n'avait été d'aucun secours aujourd'hui. Dès que Cynthia Godfrey était partie, il s'était enfermé dans sa suite luxueuse de deux étages au 6e étage, refusant les demandes d'aide que je lui envoyais par Comm-U. La nouvelle de la mort de Willard Godfrey s'était répandue comme une traînée de poudre ; la réaction était immédiate et intense. Je passai la majeure partie de la journée à courir d'un service à l'autre, offrant réconfort et consolation, tout en tentant sans succès de communiquer avec mes collègues pour obtenir leur aide. Sandy James ne m'avait pas rappelé, ce qui, en soi, était inhabituel. Shanna Virani avait répondu à mon appel d'urgence, mais la conversation avait été brève. Je lui avais appris la nouvelle, elle avait échappé son Comm-U et je n'avais plus eu de ses nouvelles.

— Qui est-ce ? demandai-je à Nancy.

— Honica Winters.

— Zut ! J'arrive.

Cliente régulière de l'Univers, Honica Winters était l'animatrice de l'émission *Aux frontières de l'information*, l'une des émissions d'affaires publiques les plus populaires à l'heure actuelle, diffusée les dimanches soir sur la chaîne NBC et vue par quelque 10 millions de téléspectateurs. Basée à Niagara Falls, côté new-yorkais, près de la frontière canadienne, l'émission s'était d'abord concentrée principalement sur des problématiques touchant aux deux pays — d'où son titre —, mais avec le temps, elle avait gagné en popularité aux États-Unis, en grande partie à cause des admirateurs de Honica Winters. Maintenant, l'émission traitait presque exclusivement de sujets américains, et plus particulièrement de sujets controversés et scandaleux. En tant que cliente de l'hôtel, mademoiselle Winters était difficile et exigeante. Elle et Willard Godfrey avaient développé une certaine amitié au fil des ans, et personne ne pouvait la calmer aussi bien que lui. Tandis que je descendais l'escalier magistral, je décidai qu'il valait mieux l'accompagner à sa chambre, où je pourrais lui annoncer la nouvelle en toute intimité.

Honica sortait d'une limousine lorsque j'arrivai à l'entrée. À ma grande consternation, elle portait son chien Raspoutine, un Poméranien jappeur et querelleur, qui avait la réputation de faire ses besoins dans les chambres et les suites.

— Mademoiselle Winters, bienvenue ! lui criai-je. Quel bonheur de vous revoir !

— Bonjour — dit-elle en plissant les yeux pour voir mon porte-nom — Trevor. Ça va ? Où est Will ? Je suis si en retard. Nous devons dîner ensemble dans, voyons, une vingtaine de minutes.

Laissant ses valises au portier, elle passa devant moi et entra dans le hall en propriétaire. Grande, blonde et ravissante, on la comparait souvent à Barbara Walters jeune, bien qu'elle soit deux fois plus vive et sûrement pas aussi intelligente. À la télévision, elle paraissait la quarantaine, en personne, on lui aurait donné plus de 50 ans. Son véritable âge flottait entre les deux. S'ennuyant ferme à Niagara, elle passait le plus de temps possible à New York et faisait campagne auprès des dirigeants de NBC afin que son émission soit déménagée ici. Contrairement à son image télévisuelle de femme sobre, pragmatique et froide, en personne, c'était une libertine vieillissante, un peu libidineuse, et un véritable flirt. Parfois, elle faisait la fête avec Cynthia Godfrey, la fille de Willard, et rentrait à l'hôtel au petit matin, parfois tentant de convaincre un préposé aux bagages ou à l'accueil de l'accompagner à sa chambre.

— Puis-je vous accompagner à votre chambre, Mademoiselle Winters? demandai-je, me précipitant pour la suivre tandis qu'elle se dirigeait vers l'ascenseur.

Elle freina sec, les talons crissant sur le plancher de marbre.

— Chambre? Tu veux dire suite, non?

— Hum...

— Ne me dis pas que je dois subir *ce* scénario de nouveau, Trevor, dit-elle en regardant de nouveau mon porte-nom.

Raspoutine jappa en guise d'appui.

— Êtes-vous nouveau? Vous devez être nouveau. J'ai *toujours* droit à une suite. Willard me l'a *promis*.

Bien que nous nous soyons rencontrés à plusieurs reprises, elle ne se souvenait jamais de moi. Honica Winters était l'une de ces terribles clientes qui connaissaient trop bien deux des principes universels de l'hôtel : le client a toujours raison, et si le client a tort, faire référence à la première règle. Elle n'hésitait jamais à les exploiter.

— Voyons ce qui est réservé, dis-je en attrapant mon Comm-U pour consulter sa réservation.

Même si l'Univers offrait d'excellents tarifs négociés à NBC, ils n'étaient jamais assez avantageux pour Honica. Elle demandait toujours à sa secrétaire de réserver la chambre la moins chère disponible, puis, à l'arrivée, affirmait qu'un surclassement avait été confirmé par un préposé dont le nom lui échappait toujours. Si elle n'obtenait pas ce qu'elle désirait, elle faisait une scène. Il n'y a pas si longtemps, monsieur Godfrey, malgré toute sa patience et sa générosité, en avait eu assez de ses frasques et avait inscrit dans son dossier de ne plus la surclasser et de refuser les tarifs préférentiels et les traitements de faveur. Pourtant, Honica insistait, sachant que si elle ruait assez dans les brancards, elle obtiendrait ce qu'elle voulait.

— Voilà, dis-je. Nous avons une réservation d'une jolie Grande chambre standard au tarif de NBC de 275 dollars.

— *Faux!* Willard m'a promis l'une de ses suites tournantes au sommet. Je prépare des entrevues avec des vedettes et j'ai besoin de cet espace. De plus, Raspoutine est un tantinet claustrophobe.

Raspoutine grogna et montra les dents.

Elle avait déjà utilisé cette excuse, mais les vedettes ne se matérialisaient que rarement.

— J'aimerais bien pouvoir, Mademoiselle Winters, mais toutes nos suites sont occupées.

(Évidemment, j'invoquais la quatrième règle universelle tacite.)

— C'en est assez! cria-t-elle. J'en ai assez de ce traitement! Vous êtes impossible. Allons-nous-en, Raspoutine. Nous irons au Four Seasons, où notre clientèle est appréciée.

Raspoutine jappa — en guise de solidarité ou de protestation, je l'ignore — tandis que Honica tournait les talons pour partir.

Je la regardai aller, sachant qu'elle n'irait pas bien loin. Récemment, mon alter ego du Quatre-Saisons m'avait informé, en termes non équivoques, que Honica Winters et Raspoutine n'étaient plus les bienvenus. Elle fit encore quatre pas — puis cinq et six — son derrière décharné ondulant de gauche à droite dans sa jupe ajustée couleur citron. Son rythme ralentit. Lorsqu'il devint évident que je n'allais pas courir derrière elle pour la supplier de rester, elle fit volte-face et cria :

— *Où est Willard? J'exige* de lui parler! Il réglera la situation.

Ses mots résonnèrent dans l'atrium, jusqu'aux oreilles d'employés, de clients de l'hôtel et du restaurant, dont bon nombre se retournèrent outragés et nous dévisagèrent. Le silence fut de glace dans le hall.

Je me précipitai vers elle.

— Je suis sincèrement désolé, dis-je en un murmure. Je n'avais pas l'intention de vous faire de la peine. Je peux probablement vous libérer une suite Supernova. Veuillez me suivre. Nous pourrons discuter là-haut.

*****

Dix minutes plus tard, Honica, Raspoutine et moi étions assis sur un sofa rouge vif Ligne Roset dans le confort de la suite Supernova de Honica à 2400 dollars la nuit, au 69e étage de l'Univers. Je venais à peine de lui annoncer la nouvelle à propos de Willard et un bombardement de questions avait suivi. Inconfortable à l'idée de fournir des détails de l'affaire à une journaliste de la réputation de Honica Winters, je demeurai le plus vague et évasif possible dans mes réponses.

Après un moment, elle devint silencieuse et pensive. Une expression d'inquiétude se dessina sur son visage tandis qu'elle flattait sans réfléchir les fesses de Raspoutine. Elle mit un long ongle manucuré dans sa bouche et le mordilla.

— Je suis sous le choc. C'était un homme si gentil. Je m'ennuierai de ce vieux diable.

— Moi aussi.

— Et Cynthia, est-elle au courant?

— Elle le sait.

— La pauvre petite doit être anéantie. Je devrais l'appeler. Qu'as-tu dit qu'il s'était passé au juste?

— Je n'en suis pas certain, dis-je, décidant qu'il était l'heure de partir. Avez-vous besoin de quoi que ce soit?

Mordillant son ongle, elle jeta un coup d'œil à la suite.

— Habituellement, il me fait monter du vin… Tant pis pour le dîner… Oh, Brenda Rathberger de VIDE devait se joindre à nous. Est-elle au courant?

— Oui, oui, dis-je. Elle le sait.

— Willard voulait que je fasse sa connaissance. Il avait comme idée qu'*Aux frontières de l'information* présenterait un topo sur le congrès et que j'y mentionnerais l'hôtel d'une façon ou d'une autre. Toutefois, j'ai fait un peu de recherche hier, et je ne suis pas très chaude à l'idée. Elle semble être avide de publicité, et apparemment elle n'a pas toute sa tête.

— Pardon ?

Honica hocha la tête.

— Elle travaillait pour MADD, les mères contre l'alcool au volant, mais ses idées étaient trop radicales et elle a été remerciée. C'est alors qu'elle a mis sur pied VIDE, l'association des Victimes Involontaires De l'Ébriété. Les deux organismes furent affiliés pendant un certain temps, mais MADD ne veut plus rien avoir à faire avec elle. Ils sont en concurrence pour les dons, le financement gouvernemental et la couverture médiatique. VIDE est comme la petite sœur pauvre avec un complexe d'infériorité. Ils ont tendance à multiplier les procédures judiciaires. Ils comptent parmi leurs membres plusieurs avocats qui font une tonne d'argent en poursuites judiciaires, s'attaquant à n'importe qui associé de près ou de loin aux accidents où l'alcool au volant est en cause : les succursales de vins et spiritueux, les distributeurs, les individus, les amis, les membres de la famille… c'est toute une entreprise.

— J'ai fait sa connaissance ce matin, dis-je. Elle semble passionnée par sa cause.

— Le mot est faible. Apparemment, son mari a été tué par quelqu'un qui était ivre au volant il y a très longtemps, mais elle refuse d'en parler. VIDE est devenu l'enfant terrible du mouvement contre l'alcool au volant. Ils sont avides de publicité. Au fil des ans, ils sont passés d'un groupe contre l'alcool au volant à un groupe pur et dur contre l'alcool. L'an dernier à Anaheim, Brenda et quelques autres délégués ont fait du camping devant un bistrot du coin et ont encerclé les clients en état d'ébriété alors qu'ils montaient à bord de leurs voitures. Ses frasques lui ont presque coûté son poste.

Je me demandais si monsieur Godfrey, qui s'était toujours tenu à distance de la politique et de la controverse, était au courant. Il avait toujours dit que l'Univers était avant tout un lieu de réjouissance et de repos, de dignité et de tranquillité.

— J'admire son travail, dit Honica, même si elle est un peu cinglée. Peut-être devrais-je lui téléphoner.

Elle alla à la fenêtre et regarda fixement les lumières de Time Square.

— Je crois que Willard m'a dit qu'il allait faire une allocution à l'occasion du congrès. Hum, ce serait ironique s'il avait été tué par quelqu'un en état d'ébriété au volant, non? Voilà qui ferait un bon sujet.

Je me hâtai vers la porte et pressai le bouton pour sortir. Raspoutine bondit du sofa et alla se cacher dans un coin, levant la patte pour uriner sur le tapis.

— Mademoiselle Winters — votre chien.

— Raspoutine, non! Méchant chien! Méchant!

— J'enverrai l'entretien ménager, dis-je. Bon, désolé d'être le porteur de mauvaises nouvelles. J'imagine que ça ira?

— Oui, oui, je suis une grande fille. Mais j'aimerais bien un peu de vin.

— Je ferai monter une bouteille sans tarder.

★★★★★

Au ton étouffé et craintif de ma mère lorsqu'elle répondit au téléphone ce soir-là, je sus qu'elle s'attendait à de mauvaises nouvelles. Il était près de 23 h, heure de Vancouver; 2 h à New York.

— Qu'est-ce qu'il y a Trevor? Qu'est-ce qui se passe?

— Willard Godfrey est mort.

— Oh non ! Quel dommage !

Après une pause, elle demanda :

— Qui est Willard Godfrey ?

— Mon directeur général — le propriétaire de l'Univers. Tu l'as rencontré lors de ta dernière visite. Tu ne te souviens pas ?

— Le petit homme ? Oui, bien sûr. Nom de nom, qu'est-il arrivé ?

— Il a été frappé par une voiture.

— C'est épouvantable !

— Alors, je pensais qu'il serait préférable de reporter ta visite.

Le silence fut total.

— Ce sera le chaos ici, dis-je. Tous les employés sont accablés et il y a un grand congrès sur le point de commencer. Je serai beaucoup trop occupé pour jouer l'hôte.

Encore le silence, un silence assourdissant censé me donner le temps de revenir sur ma décision.

— Tu es là, Maman ?

— Je ne sais pas quoi dire.

Voilà qui était nouveau. Sa voix était empreinte de déception, presque assez pour me culpabiliser, si ce n'était de cette pointe de scepticisme et de soupçon qui suggérait qu'elle n'était pas tout à fait certaine que je n'avais pas tout inventé — voire que je n'avais pas tué moi-même Willard Godfrey — afin de gâcher son voyage. Je soupirai. Elle avait raison d'être déçue, même de douter. Depuis que j'étais parti pour New York, je n'avais pas vraiment été le fils modèle.

En cinq ans, je n'étais rentré à Vancouver qu'une seule fois, pour Noël dernier, et j'avais redoublé d'ardeur pour que New York demeure une zone libre de tout membre de la famille Lambert. J'avais fléchi seulement deux fois : il y a deux ans lorsque ma mère m'avais rendu visite, et l'été dernier quand ce fut le tour de mes deux sœurs. En septembre, une fois que ma mère m'eût fait sentir suffisamment coupable, j'avais promis de rentrer de nouveau à Noël. Toutefois, lorsque monsieur Godfrey avait accepté de tenir le congrès de VIDE, et pour la première fois depuis l'ouverture, l'hôtel devait être achalandé entre Noël et le Jour de l'An. Quand j'avais téléphoné à ma mère pour annuler au mois d'octobre, j'avais eu droit au même traitement, suivi d'un assaut en bonne et due forme.

— Tu annules en raison d'un *congrès*? L'hôtel n'accueille-t-il pas des congrès à longueur d'année? Qu'a-t-il de si important *ce* congrès? *Personne* ne peut te remplacer?

— Non, maman.

— Je crois que tu te donnes beaucoup d'importance, mon chéri. Tu n'es que le responsable de l'accueil.

— Je suis directeur de l'hébergement, maman.

Au moins, elle avait arrêté de me traiter de réceptionniste.

— Un bon directeur ne convoite pas l'autorité, mon chéri. Il forme ses subordonnés à être en mesure de mener la barque en son absence.

Après deux ans à titre d'infirmière en chef au service de pédiatrie de l'hôpital Surrey Memorial, elle était maintenant une sommité en matière de gestion des ressources humaines.

— *Mon* service est le plus fonctionnel de tous les services de l'hôpital parce que *j'ai* habilité mes infirmiers et infirmières à…

— Tes infirmiers et infirmières sont toujours en grève, maman.

— Ce n'est pas vrai!

— Monsieur Godfrey m'a demandé de rester. C'est un congrès très important.

— Est-ce que monsieur Godfrey te laisse parfois prendre des vacances?

— Pas s'il peut l'éviter.

Éventuellement, elle capitula. Puis, la semaine suivante, je fus dupé par ma propre mère. Dans un courriel au titre lourd de sens : BONNES NOUVELLES ! elle m'annonça :

— Chéri, j'ai décidé de te rendre visite à Noël. Tes sœurs sont déçues — j'en doutais —, mais elles ont accepté de me donner leur aval. J'ai déjà réservé mon billet d'avion !

Ma réponse fut concise :

— Je t'ai dit qu'il y avait un congrès.

Sa réponse arriva quelques secondes plus tard :

— Ne t'inquiète pas pour moi, chéri. Je sais m'occuper.

Puis, en post-scriptum, elle ajouta :

— Tu *pourras* bien prendre quelques jours de congé, non ?

Elle avait ajouté un bonhomme sourire.

Maman n'avait pas toujours été si détestable. Jusqu'à mes 12 ans, elle était une mère sans souci, aimante et posée. Puis, mon père mourut d'une rupture d'un anévrisme de l'aorte, instantanément et sans prévenir, et elle devint un zombie. Son refus d'assister aux funérailles était, à mon avis, une erreur monumentale. En se privant de cet aboutissement, elle n'avait jamais repris le gouvernail de sa vie — du moins pas pour les 20 années suivantes. Durant les mois après sa mort, elle transforma notre maison en salon funéraire. Chaque jour, elle était écrasée sur le sofa de velours rose élimé dans le séjour, enroulée dans une couverture et reniflant un rhume interminable, regardant fixement et mélancoliquement le téléviseur comme s'il s'agissait du corps sans vie de mon père. À l'occasion, elle parlait à mes sœurs ou à moi, mais seulement pour louanger la grandeur de notre père et combien nous étions ingrats, ou pour nous châtier de rire ou de jouer ou de démontrer toute forme de joie.

Après environ un an, elle cessa enfin de pleurer, de louanger, voire d'en parler tout simplement. Le mot *papa* était banni de la maisonnée. Sans le sou, elle fut forcée de quitter le sofa et de retourner travailler comme infirmière, acceptant les postes de nuit à l'hôpital Surrey Memorial. Chaque matin, tandis que je pourchassais Janet et Wendy dans la maison pour les préparer pour l'école, maman rentrait du travail, pâle et de marbre, pour se diriger vers sa chambre en prononçant à peine une parole. L'après-midi, quand nous rentrions de l'école, elle était encore au lit. Habituellement, je préparais le dîner, quelque chose de simple — des pommes de terre et de la tourtière, une casserole de thon, des pommes de terre au four, des bâtonnets de poissons et des frites surgelés — et mettais les restants dans une assiette d'aluminium au four pour maman. Lorsqu'elle émergeait de sa chambre et s'écrasait sur le sofa, je retirais l'assiette du four, ajoutais un quartier d'orange ou un pissenlit, et la posais devant elle. Elle mangeait sans appétit, avalant chaque bouchée comme un médicament non désiré ; elle utilisait la télécommande pour surfer d'un poste à l'autre en quête d'une émission qu'elle ne trouvait jamais. Elle n'arrêtait de pitonner que lorsqu'elle tombait sur l'émission *Mary Tyler Moore Show*. Nous la regardions ensemble, et je souhaitais en moi-même qu'elle soit Mary plutôt qu'une Rhonda grassouillette et dépressive. Le thème musical de la fin de l'émission m'indiquait qu'il était temps de mettre les filles au lit et signalait à ma mère qu'il était l'heure d'aller travailler. Une demi-heure plus tard, elle émergeait vêtue de son uniforme bleu d'infirmière, me donnait un baiser sur le front, et se traînait les pieds jusqu'à l'arrêt d'autobus. Une enfance amusante, sans contredit. Rien d'étonnant au fait qu'à peine trois secondes après avoir obtenu mon diplôme, je levai les voiles. Wendy et Janet suivirent quelques années plus tard et maman resta seule à se languir.

Puis, miraculeusement, il y a environ trois ans, maman sortit de son coma ambulant. J'étais déjà à New York à l'époque, et mes sœurs m'avaient mis au parfum. Tout avait commencé par une coupe de cheveux, dirent-elles. L'une des dames de l'hôpital, Peggy, avait convaincu maman de l'accompagner au barbecue des employés de l'hôpital. Elle était arrivée quelques heures plus tôt chez Maman armée de ciseaux, d'une trousse de teinture, de maquillage, d'une robe d'été et d'une bouteille de Chardonnay. Elle insista pour couper la crinière grisonnante de maman, lui teindre les cheveux de leur couleur auburn naturel et de les coiffer. Puis, elle la maquilla et lui fit enfiler la robe, tout en lui remplissant régulièrement son verre d'alcool pour lui donner du courage. Wendy arrêta en passant au moment où elles partaient et elle faillit tomber à la renverse.

— Maman était plus jolie qu'elle ne l'avait été depuis des années, m'a-t-elle dit au téléphone. Je me suis mise à pleurer. Ce soir-là, un aide-soignant de 10 ans son cadet lui a demandé un rendez-vous ! C'était comme l'une de ces transformations extrêmes que l'on voit à la télévision.

Jusqu'à ce jour, Maman n'avait jamais souhaité me rendre visite ou sortir de la maison. Après la transformation, elle devint obsédée à l'idée de venir à New York. J'esquivai et je contrecarrai ses tentatives pendant des mois jusqu'à ce qu'elle réussisse à me déjouer. Lorsqu'elle arriva, cela fit deux ans en juillet dernier, je faillis ne pas la reconnaître à l'aéroport JFK. Elle avait été métamorphosée d'une boule d'apitoiement grassouillette, grisonnante et prématurément vieillissante en une jeune et mince rouquine qui exhalait la confiance en soi. Le nouvel emballage s'accompagnait d'une mutation saisissante de personnalité. Au début, je la trouvais fantastique, puis un peu détestable. Avant la fin de sa visite, elle était littéralement insupportable. À 55 ans, maman était devenue l'une de ces femmes extatiques à l'extrême des publi-reportages qui jurent que la vie commence à 50 ans et qui considèrent qu'il est de leur devoir de répandre la nouvelle.

— Maman, tu es superbe! m'écriai-je lorsque je l'aperçus à l'aéroport en cet après-midi pluvieux du mois de juillet.

— Je me sens *formidable*!

— Qu'est-ce qui s'est passé?

— J'ai coupé mes cheveux. Tu devrais faire de même.

— Je n'ai pas besoin d'une coupe de cheveux.

— Mais si, tu en as besoin.

Je compris rapidement que, par coupe de cheveux, elle entendait *métamorphose*. Sa transformation était alimentée par un livre qu'elle traînait partout avec elle : *Rénovez votre vie!* de Kathy T. McAfee Kath — une décoratrice d'intérieur dans la cinquantaine, qui encourage les lecteurs à appliquer les principes de la décoration à la vie. Au cours de sa visite, maman cita généreusement l'ouvrage. Vers la cinquième journée, j'étais prêt à y mettre le feu — et à incendier également Kathy T. McAfee si je pouvais lui mettre la main au collet. Juillet était l'un des mois les plus achalandés de l'hôtel, et je n'avais réussi à obtenir que deux jours de congé. Le troisième soir, j'arrivai épuisé à la maison et j'y trouvai ma mère toute pomponnée dans une robe étincelante.

— Sortons! dit-elle, en pivotant sur elle-même. Je veux aller danser!

— Je suis vraiment fatigué, Maman, dis-je en m'effondrant sur le sofa. La journée a été longue.

— Pardon? Il est à peine 21 h! Allons nous amuser, Trevor! S'il te plaît! Je veux avoir du plaisir.

— Je suis trop fatigué, maman. Je suis au travail depuis 7 h ce matin.

— Mais on ne peut rester enfermés. On est à New York!

— J'*habite* New York.

— Pas de mon point de vue.

Ses paroles me heurtèrent. Tout à coup, j'étais le bipolaire vautré sur le sofa et elle était la pétillante jeunesse? Je m'ennuyais de mon ancienne mère, celle qui n'avait pas d'attente, ni envers moi ni envers elle-même. Quand l'heure de son départ arriva deux jours plus tard, j'étais impatient de la mener à l'aéroport. Puis, à ma grande surprise, elle commença à me manquer dès qu'elle franchit les barrières de sécurité.

★★★★★

— Désolée à propos de ton patron, mon chéri, dit maman au téléphone, le scepticisme de sa voix remplacé par de l'intérêt. Qu'est-il arrivé ?

Je lui racontai brièvement les événements de la journée.

— Quel choc, dit-elle. Est-ce ce que ça ira, chéri ?

— J'imagine que oui.

— Tu l'appréciais beaucoup, n'est-ce pas ?

— Ouais.

Je lui avais déjà dit que monsieur Godfrey représentait l'image paternelle pour moi, mais j'avais alors regretté mes paroles, croyant, à son silence, qu'elles l'avaient attristée.

— J'aimerais être là pour toi, dit-elle.

Toute la journée, j'avais réussi à rester impassible, gardant ma douleur à distance, tandis que tout le monde autour était anéanti. Seul avec ma mère au téléphone qui démontrait une réelle sympathie à mon égard, je sentis ma gorge se resserrer.

— Est-ce que je peux faire quelque chose ? demanda-t-elle. N'importe quoi ?

Je regardai autour de moi mon appartement crasseux et désolé, si petit, ravagé et déprimant que je sentis les larmes me monter aux yeux.

— Non, ça va, dis-je. Ça ira. Je…

J'éclatai en sanglots.

— Mon pauvre bébé, dit-elle. J'aimerais pouvoir te donner un gros câlin. Y a-t-il *quelqu'un* pour te réconforter ?

Je sentis l'espoir dans sa voix, et un brin de désespoir. C'était sa façon de mettre son nez dans mes affaires, de demander si j'avais une petite amie sans être trop directe. Nancy Swinton me vint alors à l'esprit, de façon inattendue, et je me souvins de sa détresse ce matin lorsqu'elle était passée rapidement à côté de moi dans le stationnement. Quel bonheur ce serait d'être en mesure de dire à maman que Nancy était ma petite amie ! Mais j'avais déjà appris ma leçon au sujet des relations amoureuses au travail, à propos de prendre le respect et l'admiration d'une femme pour de l'amour. Je n'allais pas refaire cette erreur.

— Non, dis-je, désolé pour moi-même. Je suis tout seul.

— Oh, non ! Tu ne devrais vraiment pas être seul dans un moment pareil. Je m'inquiète pour toi. Et tes amis ?

Je me rendis compte que je n'avais pas d'amis ici non plus, que j'étais vraiment seul à New York. Le travail était ma vie, et maintenant ma survie, l'avenir de l'Univers, était en doute. Je sentis que j'étais sur le point de pleurer, puis le récepteur était trempé de larmes. Maman écouta doucement, prononçant à l'occasion des paroles de réconfort, d'une voix tendre. J'avais envie de sa présence. Je n'avais pas ressenti une telle émotion depuis mon enfance.

Après quelques minutes, je repris le dessus.

— Un sombre imbécile a…

Je n'arrivais pas à le dire.

— Je ne sais pas ce que je ferai ! Monsieur Godfrey *était* l'Univers.

— Tout rentrera dans l'ordre, chéri. Comme toujours. Cela prend simplement du temps.

Je me sentis défaillir de nouveau.

— Trevor, mon bébé, je ne peux absolument pas annuler mon voyage. Tu as besoin de ta mère dans une telle situation.

— Pardon ?

— Je viens pour être avec toi. Peu importe si tu travailles. Je serai là si tu as besoin de moi.

Qu'elle soit sincère ou manipulatrice m'importait peu. Elle avait raison ; j'avais besoin de ma mère.

— D'accord, réussis-je à prononcer.

— Va dormir maintenant. Je te verrai à l'aéroport jeudi. Je t'aime, Trevor. Je suis impatiente de te voir.

Je déglutis et ouvris la bouche pour dire que je l'aimais aussi, mais elle avait déjà raccroché.

3

Le côté lumineux
de l'Univers

Lundi matin, j'étais levé et sorti avant l'aube, anticipant une journée longue et ardue. J'habite au deuxième d'un immeuble de quatre étages sans ascenseur situé dans le quartier Hell's Kitchen, sur la 51ᵉ Avenue Ouest, un peu à l'ouest de la 10ᵉ. Le Salon funéraire Barrette n'est qu'à quelques portes et, en face, se trouvent l'hôpital Saint-Vincent et l'église Sacré-Cœur. Je pourrais vivre toute mon existence sans quitter ma rue : naître, grandir, me marier, tomber malade, mourir et être commémoré — tout cela en moins d'un pâté de maisons !

Le froid à l'extérieur était mordant et une neige légère avait commencé à tomber. En marchant sur la 51ᵉ Avenue Ouest, j'enfilai mes gants et serrai mon lourd manteau de laine. Mon corps était courbaturé et je me sentais nerveux et déprimé. La mort de Willard Godfrey laisserait un immense vide à l'Univers. Tous les gens ne le vénéraient pas comme je le faisais — il était, à le voir, un visionnaire et un tyran par moments —, mais tous le respectaient. Il était la force de l'hôtel : le propriétaire, mon mentor, mon inspiration. J'avais déménagé à New York à cause de lui et toute ma vie tournait maintenant autour de l'Univers. Mes collègues et moi devions nous ressaisir pour ramener l'équilibre ou les résultats pourraient être catastrophiques.

Quinze minutes plus tard, j'atteignis l'arrière du complexe, une barrière en fer verrouillée faisant partie d'une clôture haute de trois mètres surmontée de flèches qui ceinturait les jardins de l'hôtel. Lorsque la barrière claqua derrière moi avec un son métallique, étouffant le chaos croissant d'un matin de Manhattan, je me sentis soulagé. Les jardins étaient une oasis de calme dans la ville animée, un coin de parc privé avec des arbres, du gazon, des fleurs, des bancs et des tables de pique-nique. Je déambulai le long d'un sentier en gravier bordé de cerisiers en hibernation et dépassai un labyrinthe formé par une haie taillée qui menait à un puissant télescope. Celui-ci devait d'abord servir à admirer les étoiles, mais les lumières de Manhattan s'étaient avérées trop brillantes et l'atmosphère trop envahie par la pollution pour permettre d'obtenir une vue dégagée du ciel. Il était maintenant utilisé pour observer à la dérobée les locataires des bureaux et les clients des hôtels — sauf les clients de l'Univers dont la vie privée était protégée par les vitres en miroir.

Au bout du sentier, je descendis une volée de marches, brandis mon disque devant le lecteur optique et ouvris la lourde porte de métal. Délaissant mon habituelle promenade matinale, je me hâtai dans le corridor vers l'ascenseur et me rendis directement à mon bureau.

Je fus rapidement absorbé par ma routine habituelle du lundi matin, classant des documents, parcourant rapidement le carnet des directeurs de fin de semaine et passant en revue mes courriels. Je tombai sur un message qui me replongea rapidement dans la tragédie de la fin de semaine. Il avait été envoyé samedi soir à 17 h 53, juste avant la fête de Noël des employés. C'est Willard Godfrey qui l'avait envoyé.

C'était choquant de voir son nom à l'écran, comme s'il était assis en ce moment dans son bureau, lançant son habituelle avalanche de questions et de commentaires du lundi matin. C'était le dernier message que je ne recevrais jamais de monsieur Godrey. Devrais-je le chérir, le conserver pour un moment où il me manquerait ? Toutefois, l'en-tête, qui s'intitulait simplement L'AVENIR, était trop intrigante. Je cliquai pour l'ouvrir :

Trevor,

Merci de noter à ton agenda une rencontre en privé avec moi à 8 h 30 le lundi 3 janvier.

La réunion de service générale habituelle suivra à 10 h.

Salutations,

W.

Je fis défiler le message vers le bas, mais celui-ci s'arrêtait là, suivi par la ligne de signature habituelle : L'HÔTEL UNIVERS, OÙ NOTRE MONDE ÉVOLUE AUTOUR DU VÔTRE. Il n'était pas dans les habitudes de monsieur Godfrey de planifier une rencontre aussi longtemps à l'avance ; il avait plutôt tendance à faire irruption dans mon bureau et à régler le problème sur-le-champ. Jetant un coup d'œil au calendrier, je remarquai que le 3 janvier était un jour de congé puisque le Jour de l'An tombait un samedi cette année. Cela ne voulait cependant rien dire. Monsieur Godfrey n'était pas conscient des congés, fins de semaine, heures de bureau normales ; il travaillait sans arrêt et s'attendait à la même chose de la part des employés. Dès le premier jour, il y avait toujours eu une raison pour travailler comme un chien à l'hôtel : tout d'abord, la phase démente de préouverture suivie par celle chaotique de postouverture, puis par les contrecoups du 11 septembre. Maintenant, trois ans plus tard, l'industrie hôtelière de New Yok était considérée complètement guérie et les affaires étaient florissantes. Pourtant, les attentes de monsieur Godfrey n'avaient pas changé.

Toutefois, je ne me plaignais jamais. J'aimais mon travail, j'adorais mes collègues et j'aurais fait n'importe quoi pour monsieur Godfrey. Je travaillais avec lui depuis suffisamment longtemps pour savoir que s'il avait planifié aussi longtemps à l'avance une rencontre privée suivie d'une réunion de service générale, c'est qu'il avait une importante déclaration à faire. Une annonce importante. Une information qui était en lien non seulement avec « l'avenir », mais avec *mon* avenir.

Huit mois auparavant, lorsque monsieur Godfrey nous avait surpris en annonçant la création d'un poste de directeur résident et que, pour ce faire, il avait engagé l'ancien astronaute Matthew Drummond pour l'occuper, il y avait eu des rumeurs voulant que, après 50 ans dans le domaine, le vénérable vieil hôtelier prévoyait prendre sa retraite. Cependant, il y eut peu de changements après cette déclaration. Les rumeurs avaient refait surface peu de temps auparavant. À 71 ans, l'unique propriétaire de l'hôtel demeurait une boule d'énergie, un travailleur infatigable qui consacrait chaque seconde de sa vie, chaque gramme de son énergie à son travail. Pourtant, pendant les derniers mois, il était devenu plus distant, moins impétueux et nerveux. Il rentrait chez lui plus tôt et arrivait plus tard à l'Univers, il prenait même des journées de congé. Il s'éloignait naturellement ou se détachait délibérément de l'Univers. Malgré l'aspect troublant du changement, je n'étais pas complètement abattu ; j'y voyais une opportunité pour moi.

Depuis mon premier emploi dans le domaine hôtelier 18 ans auparavant en tant que chasseur au Westin Bayshore de Vancouver, je voulais devenir directeur général. J'avais ressenti un lien immédiat avec les hôtels, surtout avec les établissements luxueux. J'aimais les employés optimistes et sympathiques qui y travaillaient ainsi que les clients riches et ayant réussi qui les fréquentaient. J'étais passionné par l'excellence du service à la clientèle et je m'étais peu à peu senti à la maison dans l'atmosphère élégante et cérémonieuse des hôtels luxueux. Dès mon arrivée à l'Univers, je n'avais pu m'imaginer travailler ailleurs ; devenir directeur général serait, pour moi, le couronnement le plus extraordinaire.

Pendant plus d'un an, à l'exception d'une courte période pendant laquelle je crus que Matthew représentait une menace à mes ambitions, je soupçonnai que monsieur Godfrey m'entraînait pour que je prenne la relève. Si c'était son intention le 3 janvier, le changement survenait plus tôt que je ne l'avais anticipé. Passer de mon poste actuel à celui de directeur général représentait un bond considérable et je n'étais pas sûr d'être prêt. Pourtant, monsieur Godfrey avait toujours affirmé que trouver la «bonne» personne était essentiel et trouver la «bonne» personne pour chaque poste à l'Univers avait toujours représenté un défi. La culture de l'Univers exigeait un esprit entrepreneurial, une loyauté indéfectible et un dévouement absolu. Monsieur Godfrey lui-même m'avait déjà dit que j'incarnais cette culture. Or, il avait toujours été disponible pour offrir ses conseils et son soutien. La perspective de diriger seul l'Univers était intimidante. Ce genre de spéculation était toutefois inutile, me disais-je. L'avenir reposait désormais entre les mains de Cynthia Godfrey.

— Prêt pour la réunion de service ?

Je levai la tête et aperçus Cassandra James, la directrice des ressources humaines, qui se tenait dans l'embrasure de la porte. Mon état d'esprit s'améliora. Sandy était ma collègue préférée, une amie, la sœur séduisante que je n'avais jamais eue. Elle était une éternelle optimiste, la culture de l'Univers personnifiée. Je savais que, plus que quiconque, elle serait dévastée par la perte de Willard Godfrey.

— Sandy, bonjour ! S'il te plaît, entre !

Elle entrouvrit et fit quelques pas, mais semblait peu disposée à entrer. Ses cheveux blonds étaient attachés vers l'arrière, son maquillage était parfait, sa peau douce était ivoire. À 38 ans, avec deux jeunes enfants, elle était mince, grande et gracieuse. Elle portait un élégant tailleur-pantalon bleu marine à fines rayures et des chaussures noires vernies, des boucles d'oreilles en perle pour tout accessoire et son étoile porte-nom. Elle arborait un large sourire et quand Cassandra James souriait, tout son visage s'illuminait. Comme un gros câlin, il remontait le moral, réconfortait et enlaçait. Toutefois, pourquoi souriait-elle ? Elle n'avait pas rappelé à la suite de mes messages de la veille — était-il possible qu'elle ne soit pas au courant ? Je me sentis soudainement mal à l'idée de devoir lui annoncer la nouvelle.

— Oh, mon Dieu, Sandy, dis-je en me levant pour l'entraîner dans mon bureau. J'ai une terrible nouvelle à t'annoncer.

— Ça va, Trevor. Je suis au courant. J'ai parlé à Matthew hier soir.

— Tu es au courant ? Alors, pourquoi souris-tu ?

Son sourire s'évanouit.

— Je ne souris pas.

— Oui, tu souriais.

— Mon Dieu, dit-elle en levant le bras pour toucher sa bouche, je ne le réalisais même pas. Parfois, j'oublie de l'effacer.

— Ça fait partie des risques du métier, lui dis-je pour la rassurer.

De près, je pouvais voir les fissures dans son apparence : ses yeux bleu clair, toujours brillants, semblaient pâles et éteints comme si la flamme à l'intérieur s'était éteinte, et il y avait une tension que je n'avais jamais remarquée autour de ses lèvres.

— Je n'ai pas dormi de la nuit.

— Moi non plus.

Nous nous regardâmes en silence, incapables de trouver les mots pour exprimer nos sentiments. Je vis une larme naître dans son œil et j'ouvris mes bras pour la serrer. Sa tête s'appuya sur mon épaule. Je lui caressai le dos, sentant son corps frissonner et ses poumons se soulever. Une douce et subtile odeur de citron émanait de son corps. Elle s'éloigna, semblant embarrassée comme si nous venions d'échanger un baiser secret. Je m'étirai pour saisir la boîte de mouchoirs qui était sur mon bureau et je lui en tendis un.

Elle l'accepta, se tamponna les yeux et l'utilisa pour polir son porte-nom.

— Savent-ils qui a fait ça ?

— Je ne suis pas sûr. Je ne crois pas.

— Comment *quiconque* a-t-il pu... ?

— Je me pose la même question.

Elle s'assit sur le coin de mon bureau et prit le presse-papier à côté d'elle, le tourna de tous les côtés et le regarda pensivement. C'était un cadeau de monsieur Godfrey, une réplique en fer de la Sphère. Tout à coup, elle haleta et le laissa tomber. La Sphère atterrit à quelques centimètres de mon pied. Elle retourna ses mains et les regarda fixement. Sur chaque paume, il y avait une grosse plaie ouverte, avec des plaques de sang séché et de peau éraflée.

— Mon Dieu, Sandy, que s'est-il passé ?

— Rien, dit-elle en cachant ses mains derrière son dos. J'ai fait une petite chute.

— Ça semble très douloureux.

— Ça va aller. Nous devrions aller à la réunion de service.

J'aurais voulu passer plus de temps avec elle. Je voulais lui demander si elle avait conduit jusque chez elle après la fête ou si elle savait si Shanna l'avait fait. Elle était toutefois déjà sortie de mon bureau et était au milieu du corridor. Je la rattrapai au comptoir central de la réception d'où partaient trois corridors : le premier qui menait aux bureaux des ventes et de l'approvisionnement, le deuxième vers les bureaux de Willard Godfrey et de Matthew Drummond, et le troisième, duquel nous venions d'émerger, qui menait aux bureaux des ressources humaines et de l'hébergement. Elle ouvrit des portes en verre sur lesquelles était embossé le mot «Administration» en lettres dorées et se hâta de traverser le hall.

— Est-ce que tu claudiques, Sandy ?

— Non.

— Tu marches bizarrement.

— Je me suis éraflé le genou.

— Je n'aimerais pas voir l'autre gars.

Ancienne reine de beauté de l'université d'Utah et meneuse de claque à l'école secondaire, même avec un boitillement, Sandy marchait tout de même comme un mannequin : grande, posée, gracieuse, et affichant un sourire en permanence. Après l'école secondaire, elle avait troqué sa jupe plissée et ses pompons pour un habit en polyester et un foulard synthétique à titre de préposée à la réception au Sheraton de Salt Lake City. À partir de ce moment, elle occupa divers postes — serveuse, superviseure des réservations, gestionnaire de la réception — avant d'entrer au service des ressources humaines. En cours de route, elle s'était liée d'amitié avec l'un des clients réguliers de l'hôtel, Jack James, un artiste new-yorkais qui donnait des conférences à l'École des Beaux-Arts, et ils commencèrent discrètement à se fréquenter. Deux ans plus tard, il la demanda en mariage et ils déménagèrent à New York.

À New York, Sandy occupa des emplois au Sheraton de Manhattan, au Palace et au Four Seasons, puis elle prit quelques mois de congé pour donner naissance à son fils avant d'entrer à l'Univers à titre de directrice des ressources humaines. La troisième employée de l'hôtel après monsieur Godfrey et sa secrétaire Susan Medley, Sandy était responsable du recrutement et de la formation de plus de mille employés. Quand je rejoignis l'équipe des employés de l'Univers deux mois plus tard, nous devînmes amis instantanément. Ensemble, nous travaillâmes d'arrache-pied pour préparer l'ouverture, rédiger les politiques et les manuels de formation, développer des programmes d'accueil, collaborer avec monsieur Godfrey pour établir les normes de service universelles, les valeurs universelles et les règles universelles de présentation. Trois semaines après avoir donné naissance à l'Univers, Sandy accoucha de sa fille Kaitlin.

Même si son époque de meneuse de claque était révolue depuis longtemps, Sandy ne se défaisait jamais de l'esprit de ses pompons. Elle était une optimiste invétérée, prompte pour commander et réticente à condamner. Pourtant, son apparence douce pouvait être trompeuse ; elle était une intervieweuse sévère, ne tolérait aucune faute professionnelle et n'hésitait pas à congédier les employés récalcitrants. Je l'avais vue entraîner un employé dans son bureau, le renvoyer pour faute professionnelle et le reconduire à la porte pour ensuite revenir accueillir un candidat au même poste avec un sourire radieux. Tout le monde la respectait, incluant plusieurs des employés qu'elle avait congédiés.

— As-tu eu mes messages hier soir ? demandai-je en traversant le hall.

— Oui, mais il était tard et j'ai pensé que tu serais couché. Jack et moi sommes allés dans le Nord. Nous avons emmené les enfants voir le père Noël, puis nous avons dîné avec ses parents.

— Ça semble amusant.

— C'était l'enfer.

Nous traversâmes le Centre de l'Univers et gravîmes trois marches vers un pavillon circulaire en verre qui abritait une table ovale stratifiée argent et douze fauteuils laqués noirs. Je mis ma main sur la poignée de porte en faux ivoire et j'hésitai en me tournant vers Sandy.

— Ça va être difficile.

Elle hocha lentement la tête, une expression déterminée sur son visage : mâchoire crispée, yeux remplis d'une détermination inébranlable.

J'ouvris la porte et lui fis signe d'entrer la première.

— Merci, Trevor ! répondit-elle avec un sourire éclatant.

Elle entra en boitant.

★★★★★

Tous les jours de la semaine, à 8 h, les cinq cadres supérieurs de l'hôtel Univers se réunissaient dans cette salle du conseil pour la réunion de service matinale. Surnommée la Bulle cosmique à cause de son dôme extérieur en verre, la pièce était surélevée de quelques mètres plus haut que le reste du bar-salon, et ses murs en verre teinté foncé permettaient d'observer le hall sans être vu. Quand l'hôtel avait ouvert ses portes pour la première fois, monsieur Godfrey, un passionné de science-fiction, avait insisté pour appeler cette pièce Poste de commandement, mais nous étions incapables de la nommer ainsi en gardant notre sérieux. Par moments, nous étions inquiets à l'idée qu'il croit réellement que l'hôtel était un immense vaisseau spatial lancé dans l'espace. L'été dernier, quand l'Univers avait accueilli le congrès annuel des amateurs de *Star Trek*, l'hôtel avait été envahi par les sosies de Leonard Nimoy, les Borgs, les Vulcains, les officiers de la Flotte stellaire, les extraterrestres kidnappés et William Shatner lui-même. Monsieur Godfrey trépignait d'excitation. Lors de la première journée du congrès, alors que nous étions réunis pour la réunion de service, nous l'avions aperçu en train de descendre les marches portant un uniforme rouge et noir du Capitaine Picard. Effarés, nous nous étions empressés de décider ce que devions faire. Les participants du congrès seraient peut-être amusés, mais qu'en était-il des autres clients ? Et les médias ? Une intervention s'imposait. Shanna Virani avait été choisie comme porte-parole.

— Sois subtile, l'avait avertie Sandy. Nous ne voulons pas qu'il soit embarrassé.

— Je n'y songeais même pas, avait répondu Shanna.

Willard était entré avec un sourire idiot sur le visage, nettement ravi de son costume. Avant qu'il ne puisse nous saluer, Shanna l'attaqua de son siège.

— Willard, vous avez l'air complètement ridicule dans ce costume. La dignité de l'hôtel est en jeu, sans parler de la vôtre. Vous devez vous changer immédiatement.

Monsieur Godfrey avait écarquillé les yeux. Il s'était tourné vers nous, mais nous regardions ailleurs, gênés. Il avait hoché la tête lentement, puis avait placé deux doigts sur sa poitrine comme s'il activait un dispositif de téléportation et était sorti. Il était revenu vingt minutes plus tard vêtu de son habituel costume trois-pièces conservateur avec une cravate, et aucune parole supplémentaire n'avait été prononcée à ce sujet.

L'expression « réunion de service » était quelque peu inappropriée. Les réunions pouvaient malheureusement se prolonger, parfois jusque dans l'après-midi, et à l'occasion jusqu'au dîner. L'objectif consistait à passer en revue le taux d'occupation et les statistiques sur les revenus, à discuter des groupes et des personnalités de marque à venir ainsi qu'à traiter des questions universelles importantes. Monsieur Godfrey avait cependant tendance à faire des digressions, tempêtant contre les ruptures de communication, les manques dans le service et les tactiques déloyales des concurrents. Rassemblant d'abord dix chefs de service, le nombre de personnes assistant à ces réunions avait diminué à cinq au fil des ans, surtout à cause de l'impatience de monsieur Godfrey. Premièrement, il avait dispensé le directeur de la restauration de l'obligation d'y assister, puis le directeur de l'approvisionnement, le directeur des services de congrès et la directrice des relations publiques — qui avait également perdu son emploi. Finalement, ce fut le tour du contrôleur.

— Si je dois écouter un autre fichu analyste financier, je vais me suicider, avait-il expliqué. Ou je vais l'assassiner.

Il était passionné par le service, par l'entretien des relations d'affaires et par la cour qu'il faisait aux médias ; il trouvait tout le reste désespérément ennuyeux.

En entrant dans la Bulle cosmique, je remarquai que Matthew Drummond s'était assis au bout de la table dans le fauteuil généralement occupé par monsieur Godfrey. Par la brusque inspiration prise par Sandy, je sus qu'elle était également scandalisée par son audace. Le visage de Matthew était plongé dans le *New York Post* et il ne leva pas les yeux. Je m'assis à ma place habituelle sur le côté droit, au milieu de la table d'où je pouvais garder un œil sur la réception et le hall. Sandy s'assit devant moi en me lançant un sourire rassurant. Elle lissa ses cheveux, puis elle tendit la main vers une tasse de thé dans le plateau en argent posé au centre de la table. J'entrevis de nouveau un éclat de marque rouge sur sa paume et je me demandai ce qui s'était passé. Une chute, à coup sûr, sur le gravier ou la chaussée. Ses mains tremblaient pendant qu'elle buvait son thé. Elle me vit la fixer et fronça les sourcils, elle déposa la tasse et dissimula ses mains sous la table.

— Mon Dieu ! s'écria Matthew en lançant le journal au milieu de la table. Avez-vous lu ce torchon ?

— Pas encore, répliquai-je.

J'évitais les journaux et les nouvelles en général parce que les trouvais trop déprimants ; il était plus agréable de prétendre que le monde extérieur était aussi paisible et harmonieux qu'à l'intérieur de l'Univers. Cependant, Matthew clignait frénétiquement des yeux et était agité de tics comme si une mouche irritante volait au-dessus de sa tête. La curiosité me força à atteindre le journal. Un titre couvrait le haut de la page 3 : UN HÔTELIER RÉPUTÉ TUÉ DANS UN ACTE ÉCLAIR. Il y avait une photo de Willard Gofrey debout devant l'hôtel, vêtu d'un complet ivoire et affichant un large sourire, les bras ouverts comme Ricardo Montalban dans *L'île fantastique*. Il était incompréhensible pour moi que cet homme, si vivant sur cette photo, puisse être mort. Je commençai à lire l'article, mais Matthew me l'arracha des mains.

— Pouvez-vous croire à ces absurdités ? cria-t-il : « … attaqué après une fête de Noël des employés bien arrosée… » ; « …découvert dans un espace de stationnement souterrain réservé aux cadres de l'entreprise… » ; « … les policiers envisagent la possibilité qu'un employé soit le coupable… »

Il leva la tête, les yeux en feu.

— Quelles conneries sensationnalistes !

Il regarda du côté de Sandy, qui était assise, un sourire agréable accroché au visage, enfermée dans sa bulle. Il soupira et se tourna vers moi.

— Veux-tu bien me dire où est Shanna ?

Je regardai vers le hall et la vis qui descendait l'escalier.

— La voici, répondis-je.

Nous nous retournâmes pour observer la directrice des ventes et du marketing de l'hôtel, au teint cuivré, se pavaner à travers le hall, le clac-clac étouffé de ses talons résonnant dans l'atrium, ses minuscules épaules fendant l'air, ses bras se balançant d'avant en arrière avec la confiance décontractée d'un mannequin. Tout le comportement de Shanna Virani exhalait la richesse, la beauté, la hauteur et le pouvoir — rien qu'elle ne possédait à outrance, mais la perception correspond à la réalité dans le domaine hôtelier. Enlevez les talons et aplatissez les épais et longs cheveux : elle ne mesurait plus que 1 m 57. Ses traits étaient saisissants, mais sévères — peau foncée et régulière ; pommettes hautes ; yeux noirs exotiques — adoucis par un maquillage habile, des vêtements faits sur mesure et des accessoires de haute couture. Son âge était aussi volatile que ses humeurs ; elle prétendait avoir n'importe quel âge entre 39 et 48 ans, selon ce qu'elle croyait crédible à ce moment-là ; selon son dossier d'employée, elle avait cinquante-trois ans. Élevée dans la pauvreté dans une petite communauté pakistanaise, elle était partie pour l'Angleterre à l'adolescence et s'exprimait maintenant avec un accent britannique et pakistanais royal. Parlant couramment 6 langues, elle possédait des manières irréprochables acquises pendant ce qu'elle nommait elle-même « 1000 ans dans l'industrie ». Il arrivait fréquemment que les clients la confondaient pour l'une des leurs — une princesse pakistanaise peut-être —, mais les employés ne se méprenaient jamais sur son identité. Ils l'appelaient la Reine du putain d'Univers.

— Désolée d'être en retard, dit-elle, son ton laissant croire que c'était la faute de tout le monde sauf la sienne.

Elle contourna la table et s'assit dans le trône de la reine à l'opposé de celui de Matthew, laissant un nuage de parfum exotique derrière elle. Je l'observai attentivement pendant qu'elle se versait une tasse de café et la buvait d'un seul trait sans sourciller, puis qu'elle s'appuyait dans son fauteuil en laissant échapper un long soupir.

— Je ne peux pas croire qu'il soit mort, dit-elle en s'éventant.

Nous hochâmes la tête en signe de condoléances et un moment de silence gêné s'ensuivit.

— Eh bien, nous devrions commencer, dit Matthew. Nous sommes tous profondément désemparés, je m'en rends compte, mais en tant qu'équipe de cadres, nous devons garder notre calme. Les employés se tourneront vers nous pour des directives. Les clients s'attendront à la même qualité de service et au même professionnalisme. Nous devons nous montrer courageux.

Les narines de Shanna se gonflèrent.

— Tu suggères que l'on continue comme si rien ne s'était passé ? dit-elle.

— Ce n'est pas ce que j'ai voulu dire, dit Matthew.

Shanna le rendait nerveux facilement. Elle avait beaucoup plus d'expérience que lui et ne se gênait pas pour le lui rappeler.

— Peut-être qui si tu étais venue hier, tu aurais pu vivre le deuil qui a frappé, expliqua-t-il. Trevor et moi avons passé la journée à offrir une aide psychologique aux employés.

Je me tournai vers lui et ouvris la bouche pour protester, mais je décidai de laisser tomber.

— Je suis d'accord, Matthew, dit Sandy. Ce matin, j'ai fait un tour rapide de l'hôtel et partout, j'ai vu des employés démontrant des signes de chagrin. À la réception, Alexandra pleurait littéralement devant un client. Monsieur Godfrey en aurait été humilié ! Les clients paient des centaines de dollars la nuit pour échapper à la réalité, pas pour voir des larmes et de la tristesse. Nous devons nous demander ce que monsieur Godfrey voudrait. Je crois qu'il voudrait que l'on continue à sourire.

— Exactement, dit Matthew. Nous devons faire en sorte que le vaisseau garde le cap.

— Tu peux agiter tes pompons à ta guise, Sandy, mais la réalité est que, sans le Capitaine Picard à la barre, ce vaisseau spatial va s'écraser comme l'*Enterprise*, grogna Shanna.

— Pourquoi, Shanna ? cria Sandy. N'es-tu pas un peu cynique ? Je crois fermement que…

— Les amis, interrompis-je, ne pouvons-nous pas nous entendre pendant une minute ? Je ne sais pas pour vous, mais je ne suis pas prêt à foncer. J'ai le goût de ramper sous cette table et de me mettre en position fœtale.

— Quels instincts de meneur impressionnants, dit Shanna en me faisant un signe de tête exagéré.

— Eh bien, merci.

Shanna s'adossa et examina ses ongles exquis.

— Cela me rappelle un incident survenu quand je travaillais au Claridge à Londres. Un soir, notre directeur général profitait d'un agréable dîner de faisan rôti dans notre restaurant en compagnie de sa femme et de deux diplomates autrichiens. Tout à coup, il se serra la poitrine et tomba vers l'avant. Sa femme, une costaude de type nordique et terriblement stupide à tous les niveaux, s'est précipitée pour l'aider. Croyant qu'il s'étouffait, elle lui administra une manœuvre de Heimlich plutôt enthousiaste. Il s'est avéré qu'il avait une légère crise cardiaque. Ses efforts ne l'ont pas vraiment aidé. En fait, nous la soupçonnons de l'avoir tué.

Sandy haleta.

— C'est terrible!

— C'est britannique, continua Shanna en souriant à demi. Tout le monde a prétendu que rien ne s'était produit. Le corps a été traîné à l'écart avec la femme qui pleurait et les Autrichiens offusqués. La table a été refaite et un groupe de clients ignorant l'affaire y ont été assis. Incidemment, ils ont tous commandé du faisan. Deux semaines plus tard, un nouveau directeur général a été nommé et nous avons continué à travailler comme si rien ne s'était produit.

— Une histoire passionnante, Shanna, dit Matthew. Mais comment s'applique-t-elle à notre situation actuelle?

— C'est simple. Ce n'est pas l'Angleterre, ce sont les États-Unis. Nous devons réagir avec ouverture et compassion.

— Et qui exactement pourra fournir ces qualités? demanda Matthew.

— Sûrement pas toi, répondit Shanna. Pas moi non plus. Sandy et Trevor sont des personnes compatissantes.

— Ne devrions-nous pas déterminer d'abord qui est responsable? dis-je.

Matthew croisa les bras avec un air de défi.

— Il n'y a rien à décider. Je suis le second. Je suis le responsable.

— Qu'est-ce qui te fait croire que tu as le droit ? demanda Shanna.

— Oh, s'il vous plaît, dit Matthew. Ce n'est pas un secret que Godfrey me préparait à devenir directeur général. En fait, j'avais reçu un courriel de sa part me demandant une rencontre en privé le 3 janvier pour officialiser la nomination.

— Il avait également planifié une rencontre avec moi, Matthew, dis-je. La mienne était à huit heures trente. Comment sais-tu… ?

— La mienne était à neuf heures, dit Sandy

— Et la mienne était à huit heures, dit Matthew. Cela signifie clairement qu'il prévoyait d'abord m'offrir le poste, puis vous en informer tous les trois avant de l'annoncer pendant la réunion de service générale.

Il se tourna vers Shanna.

— Il n'a pas planifié de rencontre avec moi, dit Shanna.

— Comme c'est bizarre ! dit Matthew en se caressant la mâchoire, son ton laissant entendre que l'omission était délibérée.

— Je n'avais pas besoin de rencontre, dit sèchement Shanna. J'ai dîné avec Willard vendredi soir en compagnie de Cynthia et Roger et de Katherine Weatherhead. Il nous a dit exactement ce qu'il planifiait. Il…

Elle cessa brusquement de parler. Elle plaça ses coudes sur la table et enfouit son visage dans ses mains.

— Oubliez ça. Ça n'a plus d'importance.

Sandy se leva et fit le tour de la table pour la réconforter.

— Pouvons-nous assumer que Cynthia a hérité de l'Univers ? demandai-je.

— Elle est l'unique bénéficiaire de tous les biens pour autant que je sache, répondit Shanna en levant la tête. Il n'y a personne d'autre.

— Comme c'est commode que son père meure seulement quelques mois après l'avoir déshéritée, dit Matthew en levant un sourcil.

— Il ne l'a pas déshéritée, dit Shanna. Il a brusquement diminué son allocation. Elle reçoit encore tout.

— Tu ne crois pas qu'elle…, dit Sandy en écarquillant les yeux.

— Cela ne me surprendrait pas d'elle, dit Shanna. C'est une…

— Allez, *s'il vous plaît,* dis-je. La pauvre fille vient tout juste de perdre son père.

— Et si elle décidait de marcher sur les traces de son père ? demanda Sandy.

Toutes les personnes présentes en eurent le souffle coupé.

— Cynthia Godfrey diriger cet hôtel ? s'écria Shanna. La fille n'est même pas capable de passer l'aspirateur.

Le silence envahit la pièce. Autour de nous, le bourdonnement quotidien de l'Univers semblait amplifié : le roulement des diables à bagages sur les planchers en marbre, le cliquetis des ustensiles du Galaxie, les clients se saluant. Cynthia était l'antithèse de son père : elle était gâtée, capricieuse, grossière. Sa carrière consistait à faire la fête. Élément permanent de la sphère publique de Manhattan, elle frayait avec les héritiers, mannequins vedettes et autres célébrités, sa photo était régulièrement publiée dans le courrier mondain et les magazines de mode. Deux ans auparavant, dans une tentative désespérée pour la redresser, monsieur Godfrey l'avait engagée comme «gestionnaire stagiaire». Elle avait cependant démontré rapidement son peu d'aptitude pour l'hospitalité et avait passé de département en département, occasionnant un nombre inégalé de plaintes de clients.

— Nous devons la garder aussi loin que possible de cet hôtel, dit Matthew.

Shanna fit oui de la tête.

— Je crois qu'il s'agit d'un sujet sur lequel nous nous entendons tous.

Elle se leva et s'étira comme si la réunion avait été levée, puis elle s'écroula dans son fauteuil. Elle plaça ses mains sur ses tempes.

— Mon *Dieu*, ça fait deux jours que j'ai mal à la tête. Quelles étaient ces vilaines petites mixtures conçues par le barman ?

— Des Big Bangs, murmurai-je en ressentant sa douleur.

— Quel nom juste ! Je suis restée au lit toute la journée hier.

— Je crois que nous en avons tous trop pris, dis-je.

— Pas *moi*, dit Sandy.

Nous nous tournâmes vers elle, surpris par la véhémence inhabituelle de son ton — et par l'affirmation audacieuse.

Shanna gloussa doucement.

— Selon mes souvenirs, ma chère Sandy, tu engloutissais les cocktails comme des huîtres.

— Ce n'est tellement *pas* vrai ! cria Sandy en se redressant dans son fauteuil.

— Mesdames, je vous conseille de choisir soigneusement vos termes, dit Matthew. Hier, l'enquêteur avait de nombreuses questions pour Trevor et moi. Il était particulièrement intéressé par ceux qui ont conduit pour revenir à la maison après la fête. Il voudra vous parler à toutes les deux aujourd'hui.

— Nous ? Pourquoi ? s'écria Shanna en posant les mains sur son cœur.

— Nous sommes peut-être les dernières personnes à l'avoir vu vivant, dit Matthew. En vérité, les circonstances sont assez troublantes. Il a été découvert au *Niveau quatre* et, comme vous le savez, seulement quelques-uns d'entre nous ont accès au *Niveau quatre.*

— Tu n'es pas en train de suggérer que...

Shanna laissa la phrase en suspens, comme si la question n'était pas envisageable.

Tout à coup, nous nous mîmes à nous lancer des coups d'œil, les yeux remplis de paranoïa et de méfiance. Je sentis une nette baisse de la température de la pièce. L'un d'entre nous pouvait-il être coupable ?

— Je ne m'inquiéterais pas, dis-je pour apaiser la tension. Quelques joyeux adolescents à moto sont sans doute entrés par effraction dans le parc à autos. L'enquêteur l'a laissé entendre. Toutefois, tant qu'à être dans le sujet, nous pourrions aussi bien le clore. Est-ce que l'un d'entre vous a conduit pour rentrer à la maison après la fête ?

Shanna lança un bref regard à Sandy et s'éclaircit la gorge.

— Euh... j'ai conduit, dit-elle. J'étais toutefois complètement sobre à ce moment. Je n'ai pas vu Willard ou quoi que ce soit d'inhabituel quand je suis partie. Sandy, tu dois être partie peu de temps après moi. J'ai vu le camion de ton mari à côté du mien.

Nous nous tournâmes tous vers Sandy.

Elle ne releva pas la tête. Elle agitait nerveusement ses mains sous la table comme une petite fille dissimulant une souris.

— Sandy ? dit Shanna. As-tu conduit ?

D'un air anxieux, Sandy leva sa main et se frotta le front. Quand elle l'enleva, elle avait une traînée de sang au-dessus d'un sourcil. La plaie s'était ouverte.

— Mon Dieu, Sandy, qu'as-tu fait ? s'écria Shanna en pointant sa main d'où coulaient maintenant des gouttes de sang qui tombaient sur la table.

Horrifié, je saisis une serviette de table sur le plateau et la lui lançai.

Sandy baissa les yeux vers sa main et laissa échapper un cri. Elle prit la serviette de table et épongea ses mains et son visage puis elle l'enfonça entre ses mains.

— Je… j'ai quitté la fête juste après toi, Shanna, dit-elle d'une voix presque inaudible. Je suis passée à mon bureau pour prendre mon manteau et mon sac à main.

— As-tu conduit? demanda Matthew impatiemment.

— Oui, j'ai conduit, répondit Sandy avec hésitation. Je n'aurais pas dû, mais je l'ai fait.

— As-tu vu Willard? demanda Shanna. As-tu vu quelque chose?

Nous nous penchâmes vers elle, retenant notre respiration, les yeux rivés sur elle.

— Non, répliqua-t-elle. Je n'ai rien vu.

Nous laissâmes échapper un soupir de soulagement.

— C'est donc réglé, déclara Matthew. Nous n'avons rien à cacher. Godfrey a été écrasé par des délinquants. Espérons qu'ils attrapent rapidement les petits voyous. Entretemps, nous ferions mieux de nous occuper de nos affaires.

★★★★★

Après la réunion de service, résolu à reprendre ma routine habituelle, j'entrepris l'inspection des lieux, à partir du *Niveau trois* et montant graduellement les étages, vérifiant chaque service sous ma responsabilité : entretien ménager, buanderie, sécurité, réservations, réception, chasseurs et standard. Sur les étages des clients, j'inspectai cinq chambres au hasard, passant mon doigt sur les cadres, déplaçant les téléviseurs, levant les coussins des divans et prenant en note chaque petit grain de poussière, chaque trace et chaque tache. Même les plus minuscules défauts échappaient rarement à mon examen, ce qui m'avait valu le surnom d'Œil de lynx. Dans la salle de bain, je m'assoyais sur la toilette afin d'observer du point du vue du client, puis je vérifiais si le logo de l'hôtel était inscrit sur le papier de toilette, que la température des planchers de la salle de bain indiquait 10 degrés au-dessus de la température de la pièce et que la bouteille d'eau gratuite, ainsi que les fruits étaient placés dans chaque chambre où de nouveaux clients étaient attendus.

Après mon inspection, je retournai au sous-sol et m'arrêtai à la cafétéria des employés de la Voie lactée pour un café. Il était 10 h 20, l'heure de la pause de l'équipe de l'entretien ménager, mais les conversations animées habituelles en une douzaine de langues avaient été remplacées par un silence quasi total. Au moins une vingtaine de préposés aux chambres s'étaient réunis autour d'un autel nouvellement aménagé où se trouvait une grande photo encadrée de Willard Godfrey entourée de fleurs, cartes, messages rédigés à la main, pétales de rose, chandelles et figurines religieuses... Ils s'agenouillaient devant et priaient, se signaient, et se tenaient par la main.

Au fond de la pièce, le téléviseur placé sur le mur attira mon attention. Café à la main, je m'avançai jusque-là. Un enregistrement était diffusé et je reconnus une scène de la fête de Noël ; Susan Medley, secrétaire de direction, avait filmé. Je haussai le volume et la regardai pendant quelques instants.

À l'écran, monsieur Godfrey achevait son discours, la voix empreinte d'émotion.

— Et du fond de mon cœur, je vous remercie tous pour tout ce que vous faites pour que l'Univers soit *le meilleur hôtel du monde*!

Il y eut un tonnerre d'applaudissements. Les gens se levèrent, frappant les chaises, sifflant et acclamant.

Mon cœur se gonfla.

La caméra suivit monsieur Godfrey alors qu'il descendait de scène à l'aide de sa canne. Derrière lui, l'orchestre se mit à jouer et le plancher de danse commença à accueillir ses adeptes. La caméra arrêta de suivre monsieur Godfrey lorsqu'il atteignit sa table. Elle s'attarda sur la foule, passant d'un visage souriant à un autre avant de s'arrêter sur le bar mobile près de la fenêtre extérieure de l'observatoire. Je reconnus Shanna, Sandy, Matthew et moi-même debout en cercle, faisant tinter nos verres à liqueur et renversant nos têtes vers l'arrière en avalant nos Big Bangs.

Oh, mon Dieu!

Je jetai un œil par-dessus mon épaule. Quelques visages étaient tournés dans ma direction, mais personne ne semblait me porter attention. Je pressai le bouton *eject* et enfouis discrètement la cassette dans ma poche, puis je fermai le téléviseur et me retournai, affichant un sourire sympathique.

— Monsieur *Trebor*! Monsieur *Trebor*!

Tout à coup, une demi-douzaine d'employés de l'entretien ménager m'encerclèrent. Ils me firent des accolades, serrèrent mes bras et placèrent leur tête contre ma poitrine et mon dos, cherchant à toucher mon visage.

— Nous sommes très tristes aujourd'hui, dit Ezmeralda, la directrice adjointe de l'entretien ménager.

— Moi aussi, Ezzy, dis-je. Moi aussi.

Je me penchai pour essuyer une larme sur sa joue.

— Mais nous devons être braves, n'est-ce pas? Monsieur Godfrey voudrait que l'on continue à sourire, vous êtes d'accord? Il vous aimait tous beaucoup.

Je sentis une vive émotion m'envahir.

— Faisons en sorte qu'il soit fier, d'accord?

Les gens me signifièrent leur accord d'un signe de tête.

— D'accord, Monsieur *Trebor*. Nous serons braves.

J'avais toujours insisté pour que les employés m'appellent par mon prénom, mais pour plusieurs, c'était un manque de respect. Leur compromis consistait à m'appeler monsieur Trevor ou « monsieur *Trebor* » en espagnol ou en tagalog.

— Vous serez le nouveau directeur général, Monsieur *Trebor* ? demanda Milagros.

— Je ne sais pas, Mila, dis-je. C'est Cynthia Godfrey qui décidera.

— Nous votons pour vous, dit Ezzy. Nous tous, nous votons pour vous.

Il y eut des hochements de tête autour.

J'étais profondément touché

— Merci, merci à tous ! C'est très gentil.

Une cloche sonna, leur ordonnant de retourner au travail. En quelques secondes, ils me laissèrent seul, vidant la cafétéria vide. Je m'approchai de l'autel pour rendre hommage à monsieur Godfrey, regardant fixement et longtemps son visage jusqu'à ce que d'autres employés, surtout des hôtes et du personnel du restaurant, commencent à arriver. Je quittai la cafétéria, prenant la cage d'escalier à l'arrière jusqu'au corridor de service en périphérie du hall et je m'arrêtai devant la porte s'ouvrant sur le hall, le carrefour entre l'arrière et l'avant de la maison. Un miroir plain-pied était placé sous un panneau d'arrêt rouge qui se lisait :

ARRÊTEZ ! VOUS ÊTES SUR LE POINT D'ENTRER EN SCÈNE !

N'OUVREZ PAS CETTE PORTE À MOINS D'ÊTRE IMPECCABLE !

RAPPELEZ-VOUS LES RÈGLES UNIVERSELLES DE PRÉSENTATION :

SOURIRE ! CONTACT AVEC LES YEUX ! NOM DU CLIENT !

CECI N'EST PAS UNE RÉPÉTITION !

Sandy et moi avions placé cette affiche lors de la première journée d'exploitation. Maintenant, la plupart des employés l'ignoraient, mais uniquement parce que son message était imprégné dans nos esprits. Sandy aimait utiliser une analogie de l'espace pour décrire le fonctionnement de l'hôtel, mais pour moi, c'était comme un spectacle de Broadway : les clients étaient le public, les employés à l'arrière de l'hôtel représentaient l'équipe technique alors que les employés de la partie avant de l'hôtel étaient les artistes. Chaque matin, quand je faisais irruption par cette porte et que je me joignais aux mouvements chorégraphiés des employés, je ressentais une poussée d'adrénaline. Les lumières en forme d'étoiles éclairaient comme des projecteurs, la musique d'ambiance représentait la musique du spectacle. L'Univers était un spectacle populaire qui faisait salle comble tous les soirs. À titre de directeur, j'avais la responsabilité de m'assurer que la présentation de l'équipe soit parfaite.

Le maquillage et les costumes étaient essentiels. J'étais stupéfait de constater à quel point les hôtels dépensaient des milliers de dollars sur l'aspect physique du décor — halls ornés de marbre, chandeliers en cristal, énormes bouquets de fleurs — tout en accordant très peu d'attention aux employés, leur permettant de porter des complets bon marché en polyester, d'horribles cravates, des chemises froissées et des chaussures éraflées. À l'Univers, les employés devaient être aussi propres et polis que les cuillères de l'Orbite. Les barbes, moustaches, tatouages, perçages et accessoires de tout genre, à l'exception des boucles d'oreilles simples et des montres, étaient strictement interdits. Les cheveux devaient être extrêmement propres et peignés de manière conservatrice, avec un minimum de produits coiffants. Les teintures ratées, tresses, colliers, coiffures de prostituées, pointes avec du gel et les permanentes de camping contrevenaient directement avec les règles universelles de présentation. Les cheveux qui ne convenaient pas constituaient particulièrement une source de vexation pour moi. En plus de porter le surnom d'Œil de lynx, le personnel m'avait également affublé du surnom de Policier des cheveux à cause de ma politique de tolérance zéro. Même les sourires étaient perçus comme une partie essentielle des uniformes ; plus d'un employé avait été congédié simplement pour ne pas avoir suffisamment souri.

La plupart des employés respectaient les règlements. Il existait une fierté palpable à travailler à l'hôtel et celle-ci était ressentie à tous les niveaux, de l'interne à temps partiel au cadre supérieur. Comme monsieur Godfrey, je connaissais les noms de presque tous les employés ainsi que ceux de leurs enfants, conjoints ou conjointes, frères et sœurs, parents et même ceux de leurs animaux domestiques. Je savais aussi où ils habitaient, d'où ils venaient et quelles écoles ils avaient fréquentées.

Aujourd'hui, toutefois, quand je fis mon entrée dans le hall, je détectai un changement dramatique de l'atmosphère de l'Univers. Les lumières en forme d'étoiles du hall semblaient moins brillantes, la musique de l'atrium plus sombre, même la température semblait moins élevée. Les employés que je croisai paraissaient tristes et défaits, comme s'ils étaient fatigués de présenter ce spectacle. On ne voyait aucun client.

Notre spectacle de Broadway allait-il cesser d'être présenté ?

Évidemment, les circonstances entourant l'incident de la fin de semaine étaient suffisantes pour faire une pause : un décès, sans doute attribuable à un conducteur ivre, survenu dans l'hôtel, impliquant possiblement un employé, à la veille de l'arrivée de 700 militants contre l'alcool au volant, l'irascible Brenda Rathberger en tête. Et maintenant, Honica Winters, la reine de la controverse, fouinait dans le coin. Tout à coup, nos chers clients menaçaient de devenir nos pires ennemis. D'après leur comportement lors de la réunion de service de ce matin, mes collègues étaient trop occupés à protéger leurs intérêts pour se regrouper et protéger les intérêts de l'Univers. C'était à moi, je m'en rendais compte, pour honorer la mémoire de Willard Godfrey, de protéger la dignité de l'hôtel et de remettre ce spectacle sur les rails.

Je me demandai si ma mère envisagerait de retarder sa visite.

4

Le facteur d'éclat

Après mes rondes, je me rendis dans les bureaux de la direction pour voir Susan Medley. La secrétaire de direction était juchée sur son bureau, manœuvrant son poste de travail informatique comme un contrôleur de mission de la NASA, se penchant vers son écran et fronçant les sourcils tout en tapant rageusement sur son clavier. En même temps, elle vociférait dans ses écouteurs avec un profond, bien qu'extrêmement poli, accent du Bronx.

— Merci d'avoir appelé les bureaux de la direction ! Ici Susan Medley, comment puis-je vous aider ? Pardon ? Oui, oui, c'est malheureusement vrai… Merci pour vos paroles d'encouragement… Oui, nous surmontons cette épreuve de notre mieux… Non, je ne suis pas au courant de rabais ou d'offres spéciales… Un moment, je vais transférer votre appel au service des réservations… Merci d'avoir patienté, comment puis-je — pardon ? Je suis désolée, monsieur Godfrey est… n'est pas disponible en ce moment. Puis-je vous aider ou demander à quelqu'un de vous rappeler ? Il s'agit de monsieur Matthew Drummond, notre directeur résident… Non, je suis désolée, monsieur Drummond n'est pas disponible en ce moment… Bien sûr, un instant, je vous prie… Merci d'avoir appelé les bureaux de la direction, ici Susan Medley…

Par l'expression déterminée sur son visage, je savais qu'elle luttait pour garder sa contenance. Elle avait été la fidèle assistante de monsieur Godfrey pendant plus de 15 ans, l'accompagnant d'hôtel en hôtel à New York avant de s'installer à l'Univers. Ce matin, la femme de 33 ans au visage de chérubin portait son attirail typique de religieuse de congé : longue jupe en polyester noire, simple blouse blanche ainsi qu'un terne chandail en laine gris avec des fleurs roses cousues autour du cou. Son visage, entouré d'un halo de cheveux bruns frisés et d'énormes lunettes à monture bourgogne dépassant d'environ deux centimètres de chaque côté, était pâle et dépourvu de maquillage.

— Je suis désolée, Madame. Monsieur Drummond n'est *toujours* pas disponible… Oui, je lui ai dit que c'était urgent.

En attendant qu'elle termine son appel, j'examinai les murs courbés de la salle d'attente. Ils étaient remplis de photos de monsieur Godfrey posant avec des célébrités ayant séjourné à l'Univers, un groupe éclectique comprenant le Dalaï-lama, l'Aga Khan, Bill et Hillary Clinton, Stephen Hawking, Jennifer Lopez, Brad Pitt et Sharon Stone. Des photos d'à peu près tous les acteurs de la distribution de *Star Wars, Star Trek,* ainsi que de leurs nombreux dérivés étaient également affichées. Quelques astronautes professionnels étaient également présents ; depuis l'ouverture, monsieur Godfrey avait offert gratuitement l'hébergement à quiconque à travers le monde avait voyagé dans l'espace. Depuis qu'il était enfant, il rêvait d'aller dans l'espace ; en vieillissant, alors que les chances de devenir ce qu'il appelait le « plus vieux schnoque dans l'espace » diminuaient, il se contenta de la deuxième meilleure possibilité : il construisit l'Univers et invita les astronautes à y séjourner gratuitement.

À droite du bureau de Susan, la porte du bureau de monsieur Godfrey était fermée, les lumières éteintes. Je m'attendais presque à le voir surgir de son bureau comme il le faisait toujours en entendant ma voix, rempli de vitalité et de vigueur, rapide à faire un sourire, à tendre la main, à donner une claque dans le dos.

— Trevor, mon vieux, disait-il. Comment vas-tu en ce charmant matin ? Tu fais en sorte que les clients demeurent heureux, n'est-ce pas ?

Il était rarement dans son bureau, préférant arpenter les planchers dans une inspection ininterrompue des lieux, s'arrêtant pour ramasser des déchets au passage, pour vider des cendriers, pour astiquer et pour parler avec les clients. Il faisait souvent subir des examens sur place aux employés pour vérifier leurs connaissances des personnalités de marque et des groupes présents dans l'hôtel, et des heures d'ouverture et valeurs universelles. S'ils obtenaient de mauvais résultats, il les retournait vers leur directeur afin qu'il les inscrive à une nouvelle formation. Chaque matin, il s'arrêtait à la cuisine pour goûter les mets du jour, donnant ou non son approbation, et il vérifiait les salles de banquet pour inspecter le montage. Son poste favori était près de la porte principale où il passait des heures à souhaiter la bienvenue aux clients à leur arrivée, et un retour rapide à leur départ. Toujours volontaire pour donner un coup de main, il déplaçait les voitures, transportait des valises et desservait des tables. Il ne se lassait jamais d'en faire faire le tour, que ce soit pour un couple de personnes âgées en provenance d'Akron en Ohio ou pour la reine d'Angleterre elle-même — ceci s'était produit un an après l'ouverture ; elle était demeurée trois nuits et avait affirmé que son expérience était «réellement au-delà de ce monde». L'Univers était la maison de 1000 pièces de Willard Godfrey, les employés étaient sa famille alors que les clients étaient ses précieux visiteurs.

— Évidemment que nous honorerons le chèque-cadeau offert par monsieur Godfrey lors de votre bal d'hiver, Monsieur Jeffries, dit Susan, toujours au téléphone.

À gauche du bureau de Willard, la porte de Matthew était fermée. Je mis mon oreille sur la porte, mais je n'entendis pas un son à l'intérieur. Je jetai un coup d'œil à ma montre : 11 h 30. Trop tôt pour sa période déjeuner-et-sieste, trop tard pour sa pause café de l'avant-midi. Il disparaissait souvent pendant plusieurs heures et le soir et les fins de semaine ; il interdisait aux employés de le déranger sauf en cas d'urgence et même d'« extrême » urgence. Considérant son rôle de directeur résident, son comportement était incroyable ; dans la plupart des hôtels, ce poste exigeait une présence constante.

Matthew était toutefois satisfait de laisser ce soin à ses collègues.

— Bonjour, Trevor.

Ayant terminé son appel, Susan Medley avait retiré ses écouteurs et me regardait d'un air triste. Sentant qu'elle avait besoin d'un câlin, je m'approchai rapidement d'elle.

— Susie, comment vas-tu ? Comment t'en tires-tu ?

— Il me manque.

Je la pris dans mes bras et caressai ses cheveux frisés.

— À moi aussi, Susie, à moi aussi. On dirait que tu redoubles d'efficacité pour te donner du courage. Monsieur Godfrey serait fier.

Je la laissai pleurer quelques minutes dans mes bras, puis je reculai en sortant la vidéocassette de ma poche pour la lui tendre.

— J'ai dû sortir ceci de la Voie lactée.

Elle baissa les yeux pour regarder, puis les leva vers moi, clignant des yeux derrière ses épaisses lunettes.

— Pourquoi ?

— Je ne crois pas que les employés soient prêts à voir ceci, Susie. J'ai peur que ça les bouleverse. Rangeons-la quelque temps, puis peut-être que nous pourrons la ressortir lorsque nous serons moins vulnérables. Est-ce que ça te va ?

Elle hocha la tête, semblant comprendre, et ouvrit le tiroir de son bureau pour y déposer la cassette.

— Je pensais que ça leur remonterait le moral. Les policiers ont pris l'original ce matin, mais j'ai d'abord fait une copie.

— Les policiers étaient ici ?

Elle fit un signe de tête pour acquiescer.

— Ils ont passé quelque temps à fouiller le bureau de monsieur Godfrey, puis ils ont interviewé quelques employés dans la salle de conférence Mercure. Ils sont restés *très longtemps* avec madame James. *Très longtemps,* répéta-t-elle en plissant les lèvres et écarquillant les yeux.

— Pourquoi voulaient-ils la cassette ?

— Des preuves, j'imagine, dit-elle en haussant les épaules. Ils sont restés *très longtemps* avec madane James.

— Je t'ai entendue la première fois, Susan.

Je n'avais pas l'intention de céder à son penchant pour les ragots.

— Est-ce que Matthew est là ? demandai-je.

— Oui, mais je ne voudrais pas le déranger, répondit Susan. Il est vraiment de mauvaise humeur. Il refuse de prendre des appels ou de voir qui que ce soit.

— Donc… une journée typique ?

— À peu près.

Je marchai vers le bureau de Matthew et frappai. Comme il n'y avait pas de réponse, j'ouvris la porte et jetai un coup d'œil à l'intérieur. Il était penché vers l'arrière dans sa chaise, regardant fixement dans le vide. La seule lumière dans la pièce provenait de la faible lueur de ciel gris à travers la fenêtre derrière lui.

— Matthew, tu as une seconde ? demandai-je.

Il sursauta.

— Trevor ! Je ne t'ai pas entendu. Entre. J'étais sur le point de t'appeler.

J'entrai et refermai la porte devant le regard scrutateur de Susan. Grand, selon les normes new-yorkaises, le bureau de Matthew était nu et peu meublé, un environnement délibérément inhospitalier destiné à décourager les visiteurs de s'y attarder. Le seul endroit pour s'asseoir se trouvait du côté gauche où deux chaises de designer orange en forme d'œuf étaient disposées près de la porte, aussi éloignées que possible du bureau de Matthew. Son bureau, une plaque de verre en miroir, était immaculé, à l'exception d'un stylo, d'un bloc de papier, d'un écran plat, d'un téléphone et d'une photo de sa femme, laquelle reposait à plat à l'envers — soit parce qu'elle était tombée, soit parce qu'elle avait été volontairement poussée, je ne pouvais pas le savoir. La grande fenêtre derrière lui s'ouvrait sur les jardins de l'hôtel.

— Assois-toi, Trevor, dit Matthew. J'ai besoin d'un conseil.

Il désigna l'une des chaises en forme d'œuf, mais demeura assis où il se trouvait, à plus de six mètres.

Tirant la chaise plus près de son bureau, je m'assis et jetai un coup d'œil autour. Sur le mur à droite du bureau de Matthew se trouvaient des documents encadrés et des photos de sa vie antérieure comme astronaute : une maîtrise en science des systèmes aéronautiques de l'Université du Tennessee, brevet de pilote de la Marine, médaille de navigation spatiale de la NASA, ainsi qu'une lettre de félicitations du président de l'époque, Bill Clinton. Une série de quatre photos rappelait son premier et seul vol dans l'espace comme spécialiste de mission à bord de la navette spatiale *Endeavour STS-97*. Sur la première, prise le 30 novembre 2000, Matthew apparaissait dans un costume orange avec ses collègues astronautes au Centre spatial Kennedy juste avant le décollage. Il affichait un sourire radieux et avait le poing fermé et un pouce en l'air, la poitrine bombée, le casque sous le bras. Il avait l'air magnifique, héroïque, et manifestait une confiance absolue. Sur la suivante, *Endeavor* explosait dans le ciel de la nuit dans un nuage de fumée et de feu. La troisième photo était célèbre puisqu'elle avait fait la couverture du magazine *Time*, accompagnant un article intitulé LES FEMMES DE L'ESPACE : LES FEMMES AMOUREUSES D'HOMMES QUI TRAVAILLENT DANS L'ESPACE. Marline Drummond et deux autres femmes des membres de l'équipage regardaient le lancement sur une plateforme d'observation située à proximité, le reflet de la navette capté sur la vitre, juxtaposé à leurs expressions angoissées, luisant d'une couleur orangée dans l'éclat du carburant brûlé par les réacteurs. Sur la quatrième et dernière photo, Matthew et ses collègues astronautes descendant de la navette 11 jours plus tard. L'expression de Matthew était nettement moins héroïque : il avait l'air décharné et traumatisé, comme un petit garçon qui trébuchait en débarquant de son premier — et dernier — tour de manège.

Me tournant pour maintenant observer Matthew, je remarquai des ressemblances frappantes avec son expression faciale de la dernière photo.

— Est-ce que tout va bien, Matthew ? demandai-je d'un ton inquiet.

Il cligna des yeux à plusieurs reprises.

— *Bien* ? C'est un sacré cauchemar, Trevor ! La nouvelle de la mort de Godfrey s'est répandue partout et maintenant, *tout le monde* appelle — les médias, les clients, les employés, les anciens employés, les fournisseurs, les politiciens, ce satané Donald Trump, le sacré *livreur de journaux* — et ils veulent tous me parler.

— Que veulent-ils ?

Il leva les bras en l'air.

— Comment pourrais-je le savoir ? Je n'ai pris aucun appel. Mais je n'ai pas besoin de le faire. Ils appellent pour se mêler de ce qui ne les regarde pas, pour fouiller, pour récolter des parcelles de ragots à savourer comme du caramel enrobé de pâte. Ce sont des vautours, ce sont tous des vautours !

— Je ne serais pas aussi prompt à imaginer le pire, dis-je. Je suis sûr qu'ils sont simplement bouleversés par la nouvelle et qu'ils cherchent des réponses ainsi qu'un peu de réconfort et de soulagement.

— Du réconfort et du soulagement ? Comment pourrais-je donner du réconfort et du soulagement quand, de mon côté, je n'ai aucune idée de ce qui va arriver ? Qui va m'offrir du réconfort et du soulagement à *moi* ?

Je levai un sourcil. Ce n'était pas exactement les paroles d'un meneur intrépide, mais je n'étais pas surpris. Matthew avait démontré peu d'instinct — ou d'intérêt — dans l'industrie hôtelière. Bien qu'extrêmement intelligent, il n'était pas tout à fait un «homme de peuple». Il manquait de chaleur et de charisme et, en fait, je le soupçonnais de nourrir une haine secrète pour les gens en général. Shanna m'avait déjà dit que monsieur Godfrey avait étudié plusieurs candidatures pour le poste de directeur résident avant d'engager Matthew, incluant une ancienne Miss Univers, un Monsieur Univers en titre, et un chimpanzé ayant voyagé dans l'espace. Le chimpanzé — premier choix de monsieur Godfrey, avait-elle insisté, un sourire malicieux sur les lèvres — avait refusé pour s'orienter vers un travail plus stimulant sur le plan intellectuel.

Elle plaisantait, évidemment, mais il y avait une part de vérité dans ses paroles : pendant les derniers mois, le rôle de Matthew avait été relégué à un peu plus qu'un figurant. Que les choses aient évolué ainsi parce que monsieur Godfrey avait refusé de céder son pouvoir, comme l'affirmait Matthew, ou parce qu'il était un paresseux arrogant faisait l'objet de nombreux débats. Son unique contribution significative était la Nuit des astronomes à l'Observatoire, sa conférence mensuelle sur l'espace et les voyages dans l'espace qui s'étaient révélés extrêmement populaires. À part cela, la seule raison que je pouvais imaginer pour que monsieur Godfrey ait gardé Matthew une fois que la frénésie médiatique suivant son embauche se soit éteinte était l'amitié solide entre la femme de Matthew, Marline, et la femme maintenant décédée de Willard Godfrey, Margaret, à laquelle il était extrêmement loyal.

Avec très peu de responsabilités, Matthew et Marline avaient une vie oisive et faste, demeurant dans une suite luxueuse à deux niveaux située au 6ᵉ étage ; ils profitaient d'une généreuse allocation de dépenses, de privilèges d'accès au centre de santé et spa, de services de ménage et de buanderie quotidiens ainsi que d'une étincelante nouvelle BMW série 7 dorée.

— Que puis-je faire pour t'aider ? demandai-je maintenant à Matthew.

— Je n'ai pas besoin de ton aide, dit-il sèchement. Je suis parfaitement capable de gérer tout cela par moi-même. Ce dont j'ai besoin, c'est de ton soutien. Je suis inquiet à propos de Cynthia Godfrey. Nous devrions tous être inquiets à propos de Cynthia Godfrey. Je l'ai appelée ce matin pour connaître ses intentions et elle a été vague et évasive. Je ne lui fais pas confiance. J'ai peur qu'elle ne mette l'hôtel en vente. Si le Ritz Carlton ou le Four Seasons ou une autre chaîne met la main dessus, nous serons tous jetés à la rue.

L'idée était angoissante.

— Pourquoi penses-tu qu'elle vendrait ? demandai-je.

— Est-ce que *tu* voudrais gérer cet endroit si tu étais aussi nul qu'elle. Elle n'a pas d'argent. Son père a radicalement coupé son allocation il y a quelques mois. Elle n'a aucun intérêt pour le travail. Si elle vend, elle aura des millions de dollars et elle pourra passer le reste de sa vie à faire les boutiques à Paris avec ses amies mannequins vedettes.

Il se leva et fit le tour de son bureau, me dominant.

— Trevor, nous devons la convaincre que, si elle demeure propriétaire et qu'elle nous permet de le gérer, elle pourra se détendre et dépenser les profits. J'ai l'intention de lui demander de me nommer directeur général immédiatement. Si tu endosses ma candidature. Je pourrais envisager de te nommer comme mon numéro deux. Je pourrais même envisager un petit titre intéressant comme «directeur général adjoint».

Il se pencha pour frapper mon bras dans un geste fraternel.

— Qu'en dis-tu, mon garçon?

— Je ne crois pas, Matthew, dis-je.

On frappa légèrement à la porte et Susan Medley regarda furtivement à l'intérieur.

— Monsieur Drummond, allez-vous bientôt prendre des appels? Honica Winters est de nouveau au téléphone.

— Je suis encore occupé, Susan.

Il revint à son bureau et s'effondra sur sa chaise.

— J'ai essayé de lui dire cela, mais elle ne le comprend pas, dit Susan. Elle continue de me poser toutes ces questions.

— Quel genre de questions?

— À propos de monsieur Godfrey. À propos de ce qui s'est passé.

— Nom de Dieu! dis-lui que ce n'est pas de ses maudites affaires!

Les yeux de Susan s'écarquillèrent.

— C'est Honica Winters! Je ne pourrais *jamais*…

Matthew frappa son poing sur le bureau.

— Je m'en fous que ça soit Barbara sacré Walters! Dis-lui d'aller se faire foutre!

Susan en eut le souffle coupé.

— Pour l'amour de Dieu, il n'est pas nécessaire de jurer !

— Matthew, dis-je, ce n'est guère convenable.

Il bondit de son bureau, furibond.

— Pourquoi n'est-ce pas convenable ? Si c'est une connasse, pourquoi ne puis-je pas lui dire d'aller se faire foutre ? Pourquoi tout le monde ici est aussi sacrément préoccupé par les apparences ? C'est comme si l'on vivait dans un roman de Jane Austen. Personne ne dit jamais ce qu'il pense vraiment !

— Matthew, pour l'amour du Ciel !

Je lui jetai un regard furieux, comme si j'avertissais un chien de rester calme, puis je me tournai vers Susan.

— Désolé, Susie, nous subissons un peu de pression ici. Dis gentiment à mademoiselle Winters que nous sommes présentement en réunion, mais que je promets de l'appeler cet après-midi et que je serai heureux de répondre à ses questions à ce moment-là.

Susan me remercia, grimaça en regardant Matthew et referma la porte.

Je me levai et m'approchai de son bureau.

— Qu'est-ce que c'était que ça ? Comment peux-tu espérer que je sois derrière toi — et que quiconque te respecte — lorsque tu agis de la sorte ? Jurer contre les employés, insulter des clients, refuser de leur parler ! L'industrie hôtelière ne fonctionne pas de cette manière. Après huit mois, j'aurais cru que tu aurais maîtrisé au moins ces principes-là. As-tu *déjà* vu monsieur Godfrey se comporter ainsi ?

Matthew se rassit et passa ses doigts dans ses cheveux.

— Je suis désolé, Trevor. Je ne sais pas ce qui me prend. Je ressens une immense pression et, bien franchement, je ne sais pas quoi faire. J'en suis encore à mes débuts dans le domaine. Je n'ai jamais eu à faire ou à dire grand-chose. Tout à coup, du jour au lendemain, je me retrouve sous les projecteurs ! Tous veulent me parler ! Les clients ne me demandaient jamais. C'était toujours Willard Godfrey.

— Alors, pourquoi es-tu si impatient de devenir directeur général ?

— À cause du sens du devoir envers Willard. Si ce n'est pas moi, qui d'autre ?

— Eh bien, laisse-moi y penser... Peut-être *moi ?*

— Toi ? demanda Matthew en levant la tête.

— Oui, Matthew, *moi.* Écoute, les enjeux sont trop importants en ce moment pour que nous nous lancions dans une guerre de pouvoir et, bien honnêtement, je suis beaucoup trop désemparé. Tentons d'abord de limiter les dégâts, nous pourrons ensuite nous occuper de la succession. Honey Winters m'inquiète plus que Cynthia Godfrey. J'ai passé un peu de temps avec elle hier soir. Elle se prépare à écrire un article et j'ai bien peur que la mort de monsieur Godfrey l'ait inspirée pour fouiller autour de cette histoire. Il est probable qu'elle ne sera pas la seule journaliste à flairer une histoire. Nous aurons besoin d'une stratégie cohésive pour gérer les médias. As-tu rejoint notre agence de relations publiques ?

— En fait, oui. Ils m'ont poliment informé que Godfrey les avait congédiés il y a deux mois.

— C'est vrai. J'avais oublié cela. Monsieur Godfrey s'occupait seul des médias depuis. Et toi ? Tu donnes tout le temps des entrevues.

— Pour être honnête, Trevor, je ne peux supporter les médias. Jusqu'à maintenant, mes entrevues ont toujours été faciles — gaies et toujours positives. Même à la NASA, les questions difficiles étaient laissées à l'administration. Je n'ai pas assez d'expérience dans ce domaine pour gérer un sujet aussi potentiellement controversé que celui-là. En ce qui concerne Honica Winters, je refuse tout simplement de parler à cette ignoble femme. Elle m'a interviewé après mon vol sur *Endeavor* et a pratiquement gâché ma vie.

— Vraiment ? Qu'est-ce qu'elle a... ?

— Ce n'est pas important, Trevor.

— S'occuper des médias n'exige pas la science infuse. C'est assez simple. Après le 11 septembre, monsieur Godfrey a offert une formation sur les médias à quelques-uns d'entre nous. Nous avons appris les trois principes de base de la communication en temps de crise.

— Les trois principes de base ?

Je tentai de me rappeler ceux-ci.

— Nous sommes *touchés*... Nous sommes *préoccupés*... et nous...

— ... sommes cuits ? Ça doit être ça. Nous sommes *cuits*.

— Non.

— Catatoniques.

— Sois sérieux, Matthew. Nous nous *engageons*, c'est ça. Il suffit de leur dire que nous sommes *touchés* par ce qui est arrivé à monsieur Godfrey et par l'impact que cet événement aura sur sa famille, ses amis et ses collègues. Nous sommes *préoccupés* par les circonstances entourant sa mort. Et nous nous *engageons* à assurer la sécurité de tous les employés et les clients.

— C'est bon, très bon. Tu sembles avoir le tour pour ce genre de chose.

Il demeura songeur quelques instants.

— Trevor, comme test pour savoir si tu es prêt à devenir directeur général adjoint, j'aimerais te nommer porte-parole officiel de l'hôtel.

— Moi ? C'est hors de question. Je ne passe pas bien devant les caméras. Je deviens nerveux.

— Tout ira bien.

Susan frappa de nouveau à la porte.

— Monsieur Drummond, votre femme est sur la ligne 5.

— Je t'ai *dit* de lui dire que j'étais absent.

— Je l'ai fait, mais elle vous a vu entrer quand elle est sortie du spa.

Il soupira.

— Les désavantages d'habiter où l'on travaille.

Il appuya sur le poste téléphonique à haut-parleur.

— Qu'y a-t-il, Marline ?

— Mon chéri, c'est à propos de notre fête pour la veille du jour de l'An. Les gens n'arrêtent pas d'appeler pour savoir si elle a toujours lieu. Que devrais-je dire ?

Matthew soupira.

— Je n'ai pas eu le temps de penser aux fêtes, ma chérie. Tu te rappelles peut-être que je suis au beau milieu d'une crise ?

Il tendit la main pour prendre sa photo et la tint devant lui, fronçant les sourcils comme s'il essayait de se rappeler à quoi elle ressemblait. Sur la photo luxueuse tirée de son portfolio d'actrice, une Marline à l'air mélancolique avait le menton appuyé sur sa main refermée, ses minces lèvres entrouvertes pour révéler ses minuscules dents d'enfants, ses pattes d'oies miraculeusement effacées, le teint parfait. Dans le bas, elle avait écrit au feutre : « À mon cher Matthew, à toi pour toujours, Marline Drummond » — comme si Matthew n'était pas son mari, mais un admirateur anonyme, peut-être. Dans la biographie accompagnant son portfolio qu'elle m'avait minutieusement montré pendant un déjeuner, Marline se décrivait elle-même comme une «vedette sur les planches et à l'écran». Pourtant, selon Matthew, depuis leur déménagement à New York, elle n'avait tourné que dans deux films de série B : une publicité pour une compagnie de produits de bureau et des pièces *off*-off Broadway. Le reste de son temps était dévolu à s'occuper d'amis et de membres de la famille grâce au compte de dépenses de Matthew.

— Je suis parfaitement au courant de cela, répondit sèchement Marline. *Tout le monde* en parle. C'est comme si on revivait le 11 septembre.

— Je ne crois guère que l'on puisse comparer les deux, ma chérie.

— Une de ces femmes de chambre indonésiennes était ici pour faire le ménage et elle parlait continuellement de Willard. À un moment donné, elle arrêta de faire le lit, déposa son gros derrière dessus et se mit à pleurer ! Je me suis cachée dans la salle de bain jusqu'à son départ. Tu devrais parler à son superviseur.

Elle s'arrêta de parler et l'on entendit un bruit de mastication.

— Est-ce que tu manges, Marline ?

— Tu sais que je ne mange pas, mon chéri. Je mâche une de ces horribles gommes à la nicotine. Ça fonctionne vraiment. Je n'ai aucune envie de fumer en ce moment.

Elle mastiqua bruyamment comme pour démontrer son efficacité.

— Alors, quelle est la réponse ? La fête : oui ou non ?

Matthew me lança un regard scrutateur. Chaque année, monsieur Godfrey organisait une fête des dieux de l'Univers la veille du Jour de l'An et il invitait nos plus gros clients, nos clients les plus assidus et les plus connus ainsi qu'une foule de personnalités, de gens d'affaires et de politiciens du coin. C'était l'une des fêtes les plus élégantes de la ville et les gens se bousculaient pour être invités. Monsieur Godfrey était l'hôte de la fête qui avait lieu dans la suite maintenant occupée par les Drummond.

— Le moment est sans doute mal choisi pour organiser une fête, dis-je. Surtout quand on tient compte du fait que l'hôte est mort.

— As-tu entendu cela, Marline ?

— Qui était-ce ? Est-ce que je suis sur le poste téléphonique à haut-parleur, Matthew ? Je t'ai dit que je détestais quand…

Matthew saisit le combiné.

Décidant que j'avais la chance de partir, je me levai et me dirigeai vers la porte.

Matthew couvrit le microphone.

— Attends, Matthew. J'ai besoin que tu rédiges un charmant petit hommage pour la réunion de service générale de cet après-midi.

— Bien sûr. Je serai ravi de prononcer quelques mots.

— Pas *toi*. *Je* parlerai. J'ai besoin que tu *écrives* mon discours.

— Désolé Matthew. Si tu parles, tu devras l'écrire.

— Marline, pourrais-tu faire moins de bruit quelques instants ? S'*il te plaît*, Trevor. Tu le connaissais tellement mieux que moi.

— Désolé.

Je refermai la porte derrière moi.

— Trevor, attends ! cria Matthew à travers la porte. Reviens !

Je jetai un regard à Susan, qui roulait des yeux en soupirant.

— Il m'a déjà demandé d'écrire son discours, dit-elle. Eh, croyez-vous que nous devrions présenter la vidéo de la fête de Noël ?

— Sans doute pas une bonne idée.

— Comme vous voulez. Oh, Sandy James vous cherchait !

*****

La porte du bureau de Sandy était ouverte. Elle était assise dans sa chaise pivotante, dos à la porte, parlant doucement dans son casque. Je m'éclaircis la voix, mais elle ne sembla pas m'entendre.

— Je me *fiche* du prix que ça va coûter, Jack, disait-elle d'une voix sévère sans son intonation chantante habituelle. Fais-la réparer. *Aujourd'hui...* Quoi ? Mon Dieu, je ne sais pas.

À 20 h ? Ou à 21 h ? C'est le chaos ici. Le plus tôt possible, je le promets… Moi aussi je t'aime. Bye !

Elle s'interrompit et se retourna rapidement.

— Trevor ! Je ne t'avais pas entendu.

— Tu me cherchais ?

Elle jeta un regard à sa montre.

— As-tu le temps pour un déjeuner rapide ? Je suis envahie, mais j'ai besoin de manger quelque chose avant de m'évanouir.

— Bien sûr !

— Génial !

Elle se leva, saisit son sac à main, puis elle s'approcha du miroir plain-pied sur le mur et commença à se remettre du rouge à lèvres.

— Où allons-nous ?

— Au Galaxie ?

Elle fit un pas en arrière et sourit à son reflet dans le miroir.

—Parfait !

En marchant dans le corridor, je constatai que le boitillement de Sandy semblait encore plus prononcé. Elle semblait déterminée à ne pas l'admettre : elle gardait la tête haute, le corps droit et balançait ses bras de manière exagérée comme si ça faisait partie d'une nouvelle démarche séduisante.

— J'ai entendu dire que les policiers t'avaient interrogée, dis-je.

— Hum ? Oh oui, c'est vrai. Ils l'ont fait.

— Comment ça s'est passé.

— Formidable !

— Formidable ?

— Bien, aussi bien que l'on pourrait s'y attendre. C'était très routinier.

— Donc pas d'arrestation ?

Soit qu'elle ne m'avait pas entendu, soit qu'elle n'avait pas pensé que c'était très drôle. En descendant les escaliers, elle garda les yeux fixés vers l'avant. Nous traversâmes le hall vers le Galaxie sans dire un mot.

Clarence, l'un des hôtes, nous conduisit vers une table tranquille.

— Merci *beaucoup*, Clarence, lança Sandy alors qu'il reculait sa chaise pour elle.

Elle le regarda avec un sourire affectueux tandis qu'il retournait à son poste, puis elle se retourna vers moi.

— Un garçon si adorable! L'une de mes meilleures embauches, je crois. Oh, je voulais te dire, j'ai passé en entrevue un extraordinaire candidat ce matin.

— Tu as passé une entrevue ce matin?

Elle se couvrit la bouche avec la main dans un geste signifiant *oups*.

— Il était trop tard pour annuler. Ça en valait la peine, toutefois, crois-moi. Le jeune homme était extraordinaire. C'est le candidat idéal pour remplacer Nancy Swinton.

Mon cœur bondit.

— Nancy *a démissionné?*

Notre serveur, Michael, arriva juste à ce moment pour prendre notre commande et Sandy se tourna vers lui sans me répondre. Elle balança et hésita à propos du menu, bavardant amicalement avec Michael et demandant son avis sur plusieurs plats. Mon esprit fonctionnait à toute vitesse. Nancy pouvait-elle vraiment avoir démissionné? Pourquoi ne m'en avait-elle pas parlé en premier. La perspective de perdre notre chef de service étoile était presque trop pour moi. Nancy Swinton possédait cette rare combinaison de diligence, de douceur et de discipline essentielles dans son poste en tant que l'une des médiatrices de l'hôtel. Elle pouvait apaiser n'importe quel client, peu importe à quel point il était furieux. Ses qualités m'avaient totalement enchanté. L'idée de ne plus la voir tous les jours m'était extrêmement désagréable.

— Sandy, j'aimerais retourner travailler aujourd'hui, dis-je.

— Je suis désolée, Trevor. Comme je manque d'égard !

Elle porta finalement son choix sur un café, un bol de fruits et deux œufs poêlés.

— Au miroir, ajouta-t-elle.

Je jetai un rapide coup d'œil au menu et choisis la première chose que je vis, des crevettes Neptune, puis je me tournai vers Sandy dès que Michael fut hors de portée d'oreille.

— *S'il te plaît,* dis-moi que Nancy n'a pas démissionné.

Ma bouche était si sèche que je pus à peine laisser échapper ces mots.

— Ne t'inquiète pas, elle ne l'a pas fait, répliqua Sandy à mon grand soulagement.

Elle fronça les sourcils en regardant ses paumes, maintenant couvertes par des pansements.

— Je prévois simplement le coup. Nous avons eu une conversation personnelle la semaine dernière et elle m'a avoué qu'elle s'ennuyait. Je ne crains que ça ne soit qu'une question de temps.

— *S'ennuyer ?* Comme peut-elle s'ennuyer ? Elle a l'un des emplois les plus excitants qui soit.

— *Crois*-moi, je sais. Je crois qu'elle serait folle de partir.

— Je ne peux pas croire qu'elle ne m'ait jamais rien dit, dis-je, froissé.

— Peut-être craignait-elle que tu réagisses trop fort, dit Sandy en clignant des yeux.

— Je ne *réagis* pas *trop fort,* Sandy. Je ne peux juste pas croire qu'elle…

Je m'interrompis, agacé par son expression entendue.

— Peu importe. Ça m'est égal. Si elle veut démissionner, d'accord.

— Elle n'a pas démissionné, Trevor. Est-ce que ça va ?

— Ça va, dis-je en me croisant les bras.

— De toute façon, comme je disais, le jeune homme que j'ai rencontré, Jordan, est chef de réception adjoint au Ritz Carlton Battery Park, et avant cela, il a été concierge pendant trois ans au Millenium. Il a un diplôme de Cornell — avec honneur. Il est amical, mais assuré, a de magnifiques cheveux et — la pièce de résistance — un sourire extraordinaire.

— Le facteur d'éclat? demandai-je, à demi intéressé.

— Très élevé : 9, peut-être 9,5 avec un peu d'entraînement. Le potentiel pour un 10.

Le «facteur d'éclat» était un terme auquel monsieur Godfrey m'avait initié lors de ma première journée de travail, au début du mois de mai, il y avait près de cinq ans de cela. J'étais arrivé à New York deux jours auparavant et j'étais encore en train de m'ajuster à mon nouvel environnement. Comparée à Vancouver, si propre, fraîche et verte, Manhattan semblait sale, grise et suffocante. J'étais pourtant extatique par rapport à ma nouvelle aventure et à ma fuite de ce que j'avais considéré comme une sentence à vie dans la médiocrité à Vancouver.

Encore en construction, l'Univers devait ouvrir ses portes huit mois plus tard — en fait, les retards dans la construction avaient repoussé l'ouverture deux mois plus tard. Je me rendis au bureau pré-ouverture situé au coin de Madison et de la 53ᵉ Avenue Est. Monsieur Godfrey me présenta — tout le personnel se résumait à Susan Medley, Sandy James et Shanna Virani à ce moment —, puis il me demanda de le suivre et sortit. Nous nous dirigeâmes vers le nord sur l'avenue Madison, dépassant des essaims de piétons, des flottes de taxis, des tours omniprésentes et des trottoirs foulés par des millions de pas. Je trouvai les klaxons assourdissants, le grondement de la circulation et le bourdonnement de milliers de voix à la fois étourdissant et vivifiant. À Central Park Sud, nous tournâmes à gauche, où je fus soulagé de voir des fleurs et des arbres bourgeonnants le long du périphérique de Central Park. Nous arrêtâmes devant l'un des hôtels les plus vénérables de New York.

— Que penses-tu de cet hôtel ? me demanda monsieur Godfrey avec un accent trahissant sa vie entière passée à New York.

— C'est magnifique, répondis-je en observant avec admiration sa façade burinée.

— C'est un tas de merde, affirma-t-il. Les clients paient une petite fortune pour séjourner ici, mais les chambres n'ont pas été rénovées depuis un siècle, le service est nul et les employés sont exécrables. La direction ne le sait pas encore, mais nous allons voler leurs meilleurs employés — si certains valent la peine d'être pris. Puis, nous allons voler leurs clients. Ça ne sera pas difficile.

Il marcha vers l'entrée et je m'empressai derrière lui. Le portier nous ignora et nous poussâmes nous-mêmes la porte.

— Ce salaud rébarbatif était ici il y a 35 ans quand j'étais concierge en chef, dit monsieur Godfrey. Aujourd'hui, il a le même emploi, le même uniforme grotesque et la même mauvaise attitude. Il ne lèvera pas le petit doigt à moins que cela n'implique un pourboire. Il fait plus de 200 000 dollars par année seulement en pourboires. Ce salaud possède trois maisons au New Jersey et un immeuble à appartements à Williamsburg.

Ayant amorcé ma carrière comme chasseur, j'étais très au fait que les chasseurs et les portiers en particulier, étaient parmi les employés les mieux payés d'un hôtel de luxe, gagnant parfois — en tenant compte des pourboires et de l'évasion fiscale — plus que le directeur général. Seul le revenu des serveuses de cocktails était supérieur ; Sandy m'avait raconté des histoires où elle avait rapporté à la maison plus de 500 dollars en pourboire en un seul quart de travail.

— Qu'en penses-tu ? me demanda monsieur Godfrey en montrant le hall.

Pour moi, c'était grandiose et opulent, mais je fus plus prudent cette fois.

— C'est correct.

— C'est un putain de cauchemar !

Ses mots résonnèrent dans le hall, les clients et les employés se tournèrent pour le fixer.

— Regarde ce marbre de mauvaise qualité et craqué, regarde ces chandeliers tape-à-l'œil ! Et toute cette poussière ! Et ce laiton, mon Dieu, qui a dit que les halls des hôtels devaient avoir tout ce laiton hideux ? Et regarde ces arrangements floraux de mauvais goût ! Ces peintures de personnes décédées !

Il plaça sa main près de son oreille.

— Écoute. Ils font entendre du putain de Vivaldi ! Cet endroit est un vieux cliché fatigué. Nous sommes au putain de Buckingham Palace !

Il tendit la main pour saisir mon épaule, me regardant intensément.

— Trevor, mon garçon, l'Univers est l'antithèse de cet hôtel. Oublie ces conneries masturbatoires dépassées à propos des «péchés mignons» bichonnés, de «l'élégance raffinée» et de «il nous fait plaisir de vous servir». Mon hôtel sera contemporain et stylisé, modéré et minimaliste. Il y aura un vent de chaleur et de fraîcheur partout. Pour les matériaux, on y trouvera le granit le plus fin, du chrome étincelant, de l'acier inoxydable et du marbre noir élégant. Il y aura des couleurs vives, de l'art et de la musique modernes, des courbes sensuelles, de magnifiques aires ouvertes ainsi que des endroits chaleureux et intimes. Attends de voir ! C'est exquis !

— Je suis impatient.

— Ça, c'est si ces enfoirés de la construction paresseux arrivent à finir.

Il me fit visiter le hall, s'arrêtant d'abord devant la réception et désignant deux commis.

— Pourquoi si morne ? Où sommes-nous ? En Sibérie ?

Il pointa un homme angulaire et grand derrière le comptoir du concierge.

— Ce salaud opère une escroquerie si corrompue qu'elle rivalise avec la mafia. Drogue, prostituées, boîtes de nuit après fermeture, jeu, garçons de location — il suffit de demander, il l'obtiendra dans la mesure où il y a un bon pourboire pour lui.

Il se tourna de nouveau vers moi et saisit mon bras.

— Si tu engages *qui que ce soit* de ce genre, même *une seule personne*, tu es congédié. Compris ?

— Oui, Monsieur, répondis-je, la gorge serrée.

Il fit un clin d'œil et son visage s'illumina d'un grand sourire. Ses dents, si parfaites qu'elles ne pouvaient absolument pas être les siennes, luisaient sous la lumière du chandelier poussiéreux. À 1 m 57, il avait près de 30 centimètres de moins que moi, mais la stature, la chaleur et le charisme émanaient de lui.

— Je sais que tu ne le feras jamais, dit-il. J'ai vu les personnes que tu as engagées à Vancouver. J'ai vu à quel point elles étaient bien formées. Elles étaient superbes ! C'est pour cette raison que je t'ai engagé.

— Merci, Monsieur.

— Ne m'appelle pas Monsieur ! Ce n'est pas l'armée. Appelle-moi monsieur Godfrey.

J'avais rencontré monsieur Godfrey neuf mois auparavant alors que j'étais directeur de l'hébergement à l'hôtel Park Harbour de Vancouver, un établissement de 600 chambres Quatre-Étoiles et Cinq-Diamants au bord de l'eau. Lui et Margaret avaient séjourné pendant cinq jours avant d'entamer une croisière vers l'Alaska. Monsieur Godfrey était excentrique et amusant alors que Margaret était jolie et élégante. Elle était également outrageusement mince. Ce n'est que plus tard que je sus qu'elle était sur le point de mourir. Le jour de leur croisière, leurs valises avaient été volées dans l'entrée de l'hôtel alors qu'elles attendaient d'être transférées sur le bateau de croisière. Vexé, je les avais amenés faire les boutiques en insistant pour que l'hôtel paie. Ils avaient été impressionnés. Après la croisière, ils s'étaient arrêtés et m'avaient invité à déjeuner. Monsieur Godfrey m'avait parlé de l'hôtel qu'il construisait, les yeux passionnés alors que Margaret l'observait, mi-amusée, mi-inquiète. J'avais promis de leur rendre visite à New York sans vraiment espérer les revoir. À ce moment, je vivais des moments difficiles à l'hôtel ; désillusionné et déprimé, je prévoyais quitter cette industrie.

Un mois plus tard, je quittai le Park Harbour pour un travail dans l'industrie cinématographique florissante de Vancouver en tant qu'aide-réalisateur d'une production locale. Je ne mis pas longtemps à découvrir que les travailleurs de l'industrie cinématographique n'étaient pas aussi préoccupés par l'optimisme et les bonnes manières que les employés d'hôtel. Mon attitude enjouée suscita leur méfiance. Incapable de survivre à la transition, je donnai ma démission après trois mois et entrai à l'Université de la Colombie-Britannique pour terminer mon baccalauréat. J'appris à détester la vie universitaire encore plus que l'industrie cinématographique : j'étais incapable de me concentrer, je n'aimais pas le temps et les efforts nécessaires dans l'étude pour les examens ainsi que la rédaction de travaux. Je m'ennuyais du monde hôtelier. Donc, quand Willard Godfrey appela pour savoir si je souhaitais passer une entrevue pour le poste de directeur de l'hébergement dans son nouvel hôtel, je sautai sur l'occasion. Six semaines plus tard, je déménageais à New York.

Quelques jours plus tard, alors que je regardais ce vieil homme bizarre me haranguer, je commençai à me demander si j'avais pris la bonne décision.

— Trevor, tu vas embaucher les meilleurs employés disponibles dans cette ville perdue, dit-il. Nous cherchons des employés très particuliers, des employés avec le regard éclatant. Il m'entraîna vers un miroir au cadre richement orné placé au mur.

— Tu vois l'éclat de mes yeux ?

Je regardai attentivement le miroir. Effectivement, il y avait une étincelle dans ceux-ci.

— Tes yeux sont aussi éclatants, me dit-il en les pointant dans le miroir.

Je les équarquillai et décidai que, oui, ils étincelaient. Il leva le bras et passa sa main dans mes cheveux.

— Quelle est cette substance répugnante ?

— Heu… de la lotion épaississante.

— Ça te fait ressembler à une femme. Je ne dois pas revoir ça. Maintenant, souris pour moi.

Je m'exécutai

— Tu as un sourire parfait, Trevor Lambert. Tu es un peu quelconque, mais ton sourire illumine ton visage en entier. Nous avons besoin de sourires de ce genre à l'Univers. Je ne veux pas de sourires fabriqués sur les chaînes de montage des chaînes hôtelières, des sourires obséquieux des bateaux de croisière ou des sourires en plastique de Walt Disney. Oublie les sourires en coin moqueurs des Français, les mines renfrognées glaciales des Allemands et les sourires méprisants des Britanniques. Donne-moi des sourires authentiques, des sourires américains resplendissants ! Des sourires si désarmants auxquels on ne peut s'empêcher de répondre par un sourire même si l'on est très fâché ! Donne-moi des *sourires universels* !

Il exhiba ses dents devant le miroir et fit un clin d'œil.

— Je suis en train d'écrire un livre, Trevor. Il a pour titre *Les valeurs universelles* et il traite de la réussite extraordinaire que l'on peut atteindre en mettant simplement en application les règles de l'hospitalité dans la vie quotidienne. Le contact visuel, l'utilisation du nom, les sourires — c'est aussi simple que cela. Ajoute une touche de travail acharné, d'intégrité et de respect et tu obtiens la formule de la réussite. Es-tu d'accord?

— Bien sûr!

— Tirons-nous de cet endroit infâme, me dit-il en me poussant vers la sortie. Les sourires ne sont pas suffisants, évidemment. Le personnel de l'Univers doit également avoir une apparence immaculée, une excellente posture, des manières impeccables, une diction convenable et une attitude proactive. J'appelle cet ensemble le «facteur d'éclat». Je me fous de l'expérience. Nous offrirons la formation. Certaines choses sont impossibles à enseigner : l'optimisme enjoué, la cordialité, l'énergie positive. Nous allons être plus qu'un hôtel cinq étoiles, Trevor, nous serons un hôtel d'un millier d'étoiles. Le facteur d'éclat illuminera l'Univers plus brillamment que n'importe quel autre hôtel du monde. Tu saisis?

— Oui, Monsieur Godfrey.

Ce soir-là, étendu dans ma chambre d'hôtel, je me demandai si Willard Godfrey était complètement fou. Même si ma théorie n'avait jamais été complètement réfutée, j'appris rapidement à le respecter, puis à l'admirer et finalement à le vénérer. Sa passion pour le domaine hôtelier était contagieuse. Lorsque les portes en acier de l'Univers s'ouvrirent enfin pour la première fois, sa vision était devenue une réalité : l'hôtel était peuplé de constellations d'employés-étoiles provenant de tous les échelons de la société, de toutes les cultures et de tous les niveaux d'expérience. Tous avaient un point en commun : le facteur d'éclat.

— Je t'enverrai donc son CV cet après-midi, dit Sandy en m'obligeant à chasser mes pensées.

— Excuse-moi?

— Ça va, Trevor? demanda-t-elle en froissant son nœud. Tu as l'air distrait.

— Je *suis* distrait, Sandy, lui répondis-je en lui lançant un regard incrédule. Refuses-tu d'affronter la réalité ou es-tu complètement insensible ? Monsieur Godfrey est *décédé* hier.

Un couple de personnes âgées à la table voisine de la nôtre tournèrent la tête et je baissai la voix.

— Je suis incapable de continuer à faire mon travail comme si rien ne s'était passé. Pas comme toi !

Elle eut l'air blessée.

— Nous avons discuté de cela. Nous nous sommes mis d'accord pour mettre notre chagrin de côté et aller de l'avant comme monsieur Godfrey l'aurait voulu. Les clients n'ont pas besoin de souffrir avec nous. L'Univers est un endroit joyeux.

Son visage se contracta soudainement et sa bouche laissa échapper un minuscule gémissement. Elle reprit contenance immédiatement et sourit.

— Sandy, viens-tu juste de... ?

— Oui, Trevor ? demanda-t-elle en penchant la tête tout en souriant avant de faire un clin d'œil.

— Oh, rien !

Étais-je fou ou venais-je seulement d'assister à un effondrement de trois secondes ? Elle était assise avec ses coudes sur la table, souriant à travers ses doigts arqués, les paumes pressées si fermement l'une contre l'autre que je pouvais voir le sang couler à travers ses pansements.

— Est-il arrivé quelque chose à ta voiture ? demandai-je.

— Non, répondit-elle en me lançant un regard perplexe. Pourquoi me demandes-tu cela.

— Je croyais t'avoir entendue au téléphone...

Son sourire apparaissait et disparaissait comme une ampoule défectueuse.

— Oh, rien.

Je regardai autour en bougeant sur ma chaise.

— C'est pas mal occupé ici.

— L'Orbite est au cœur des boutiques, du théâtre et des affaires, dit-elle en citant la brochure de l'hôtel.

Elle s'adossa sur sa chaise et commença à faire semblant de fumer, une habitude nerveuse acquise alors qu'elle avait arrêté de fumer pendant qu'elle était enceinte de Kaitlin en affirmant que faire le geste l'empêchait réellement de fumer. Déposant son coude sur le dos de sa main, elle toucha ses lèvres avec deux doigts et inhala, puis elle pencha la tête vers l'arrière en fermant les yeux avec langueur comme si elle savourait de la nicotine. Une touffe de cheveux s'échappait de son chignon serré et volait au vent sur son front, propulsé par l'un des mystérieux courants d'air de l'hôtel. Pas de doute, Sandy était éteinte d'une certaine façon. Son comportement était étrange et troublant.

— Ta mère est-elle déjà en ville ? demanda-t-elle.

— Jeudi soir. Mais je songe à l'appeler de nouveau et à insister pour qu'elle annule. C'est trop fou ici.

— Je ne te blâme pas. La mienne habite à Salt Lake et je ne l'ai pas vue depuis la naissance de Kaitlin. Parfois, je suis si occupée que j'oublie qu'elle existe. Va-t-elle séjourner ici ?

Je fis oui de la tête.

— Monsieur G. lui a offert une suite pour la semaine.

— C'est bien.

Nos repas arrivèrent et Sandy assena un coup de couteau dans son œuf, regardant le jaune s'écouler.

— Trevor, j'ai besoin de te parler de quelque chose.

Elle hésita, rassemblant ses idées.

— Je me sens coupable de manigancer si tôt après... tu sais... mais je crains que si nous n'agissons pas rapidement, il sera peut-être trop tard. Je suis pas mal sûre de ce que monsieur Godfrey avait en tête pour nous. En fait, il a failli m'en parler la semaine dernière pendant un déjeuner. Il m'a demandé ce que j'entrevoyais pour l'avenir de l'Univers. Il a semblé vraiment aimer mes idées. Je suis sûre que tu peux deviner ce que j'ai dit.

J'arrêtai de mastiquer et sentis mon cœur se réchauffer.

— Probablement, dis-je.

Au moins, Sandy était de mon bord.

— Nous l'avons mérité, n'est-ce pas?

— Nous?

Elle souleva sa serviette de table et se tamponna les coins de la bouche.

— Moi en tant que directrice générale et toi dans le poste nouvellement créé de directeur des opérations.

Je faillis m'étouffer avec mes crevettes Neptune.

— *Tu* veux être directrice générale?

— Tu as l'air surpris. Ça fait un bout de temps que je veux cela, Trevor. J'ai tout compris. Je suis certaine que monsieur Godfrey avait l'intention de remercier Matthew après le Jour de l'An, je n'ai donc aucun problème à respecter sa volonté. Il n'est pas heureux ici de toute façon. Peut-être que la NASA le reprendra. Matthew et Marline déménageront et Jack ainsi que les enfants et moi-même emménagerons. Tu seras promu au titre de directeur des opérations et nous gérerons ça à deux. N'est-ce pas fantastique? Nous ferions une équipe formidable, n'est-ce pas?

— Mais… mais je croyais que Jack exerçait des pressions sur toi pour que tu passes moins de temps au travail, pas plus.

— Ironiquement, habiter ici me permettrait de passer plus de temps avec ma famille. Jack a piqué une crise quand je lui en ai parlé. «Tu veux que nos enfants grandissent dans un hôtel? a-t-il crié. À Manhattan?» Je lui ai répondu que c'était mieux que dans une banlieue du New Jersey. Et ce n'est pas n'importe quel hôtel. Quel environnement incroyable pour élever des enfants! C'est cosmopolite et sécuritaire, dans un bon quartier avec un constant afflux de personnes fascinantes. C'est comme une ville miniature, un microcosme de tout ce qui est bon dans la société. De plus, évidemment, les avantages ne nuiraient pas. Jack n'a pas vendu de peintures depuis plus d'un an, et l'argent ne coule pas exactement à flot en ce moment. Je n'ai pas encore eu le cœur de lui dire que nos primes de Noël avaient été retenues en attendant la réussite du congrès de VIDE. Nous avons acheté nos cadeaux à crédit cette année en présumant que je recevrais le même montant que l'an dernier ou moins.

Elle se pencha vers moi.

— Il n'y a rien à craindre, n'est-ce pas ? Je veux dire que les préparatifs du congrès vont bon train, et que tu as su charmer et amadouer Brenda Rathberger ?

— Euh, pas vraiment, dis-je. Elle est assez changeante, voire instable. Tout était en place lorsque je l'ai accompagnée jusqu'au *Niveau quatre* et que je lui ai présenté un cadavre. Elle s'est alors effondrée. J'ai essayé de l'appeler, mais elle ne répondait pas au téléphone même si les détecteurs de mouvements me disaient qu'elle était dans sa suite. D'un autre côté, même si le congrès est un succès, comment pouvons-nous être sûrs que Cynthia respectera la promesse de son père et distribuera les primes ?

— Elle n'oserait pas ! cria Sandy, les traits transformés par cette éventualité désespérée.

Elle repoussa son assiette, son repas à demi terminé, et s'adossa pour recommencer à faire semblant de fumer.

— Raison de plus pour assurer nos postes avant qu'elle ne prenne de décisions stupides. Alors, qu'en penses-tu ? Toi et moi, une équipe ?

J'acquiesçai avec enthousiasme, dissimulant ma déception. J'adorais Sandy, mais voulais-je renoncer à mes propres ambitions en faveur des siennes ? Je ne le pensais pas. Tout à coup, trois d'entre nous — Sandy, Matthew et moi — s'affrontaient pour le même poste. Notre sort reposait entre les mains de Cynthia Godfrey qui, selon moi, avait sa propre conception de l'avenir de l'Univers.

★★★★★

Après le déjeuner, Sandy et moi nous rendîmes dans la salle de bal Jupiter pour la réunion de service générale. Nous nous plaçâmes à l'entrée, de part et d'autre des portes de la salle de bal, afin d'accueillir les employés. Juste avant 13 h, ceux-ci commencèrent à affluer : les employés des cuisines dans leurs uniformes blancs empesés avec des chapeaux de chef ; les préposés à l'accueil des clients en combinaisons de lycra ; le personnel du restaurant en chemises de smoking et nœuds papillon ; les employés de banquet en complets ; les femmes de chambre en blouses blanches et jupes noires ; et le personnel des ventes et de l'administration en tenues de ville. Plusieurs s'arrêtèrent pour bavarder, partageant des histoires réconfortantes à propos de monsieur Godfrey, laissant échapper quelques larmes, nous faisant des câlins et pleurant sur notre épaule. À 13 h 30, nous refermâmes les portes de la salle de bal.

Les chaises, au nombre de 800, avaient été placées en rangées linéaires précises devant une estrade sur la scène avant où se trouvait une photo de Willard Godfrey, souriant, posé sur une chaise entourée de fleurs. Sandy et moi nous séparâmes et nous nous assîmes de chaque côté de l'allée. Je me plaçai à quelques rangées de l'avant et me tournai pour examiner la pièce. Des centaines de visages tristes me regardaient fixement. Dans la salle, des employés tendaient les bras au-dessus des chaises pour se faire des câlins, certains pleuraient ouvertement, d'autres étaient assis silencieusement et se tamponnaient les yeux. Finalement, certains se trouvaient devant la photo afin de rendre hommage. Le chagrin dans la pièce était presque palpable. C'était ironique de penser que cette magnifique salle de bal conçue par monsieur Godfrey était devenue son dépôt mortuaire. Il y avait quelque chose de magnifique dans toute cette tristesse, un sens de la fraternité entre des collègues ayant travaillé si fort pour que l'hôtel soit une réussite et maintenant rassemblés pour rendre un dernier hommage à leur dirigeant. Je commençai à m'inquiéter que Matthew soit incapable de s'adresser au chagrin et aux attentes qui régnaient dans la salle. Je me demandai si je n'aurais pas finalement dû l'aider pour son discours.

À ce moment, les portes de la salle de bal s'ouvrirent avec fracas et Matthew apparut. Grand et droit, balançant les bras, il déambula dans l'allée comme si une fanfare de trompettes avait annoncé son arrivée. Les yeux fixés sur le mur devant lui, il ignora les regards qui convergeaient vers lui et se rendit directement sur la scène. Il était si différent de monsieur Godfrey qui avait toujours traversé cette pièce comme un politicien.

Sur scène, Matthew marchait de long en large, la tête baissée et marmonnait pour lui-même. Après quelques minutes, il arrêta de marcher et s'approcha du micro.

— Est-ce que tout le monde pourrait s'asseoir, dit-il d'une voix qui résonna à travers la pièce.

Comme un chat attendant de bondir, il les suivit des yeux, la tête immobile, alors qu'ils s'assoyaient comme des souris effrayées.

Quelqu'un commença à faire taire les gens et la pièce devint silencieuse.

Le visage de Matthew était envahi de tics. Ses jointures étaient blanches contre l'estrade.

— Merci à tous d'être venus, dit-il.

Un son strident s'échappa du micro. Il l'écrasa comme si une abeille l'avait piqué. Le son augmenta.

Nous dûmes couvrir nos oreilles.

Les bruits cessèrent après quelques instants et Matthew commença à parler.

— Aujourd'hui… aujourd'hui est une journée triste à l'Univers. Vous savez maintenant tous que Willard Godfrey a été tué par un chauffard tôt dimanche matin.

Il y eut un concert de soupirs étouffés comme si les gens entendaient la nouvelle pour la première fois.

Sous la chaleur des lumières en forme d'étoiles au-dessus de lui, des perles de sueur se formaient sur le front de Matthew. Il prit un mouchoir et s'épongea les sourcils.

— Nous sommes, évidemment, très perturbés par la nouvelle, dit-il. Il nous manquera beaucoup. Cependant, Noël est dans cinq jours et, après cette fête, nous serons les hôtes d'un important congrès. Puis ce sera la veille du Jour de l'An, notre soirée la plus achandalée de l'année. Nous devons donc garder la tête haute, les lèvres serrées et travailler sans relâche. Nous devons, comme Cassandra James aime le dire, *continuer à sourire*.

Les gens s'agitèrent sur leurs chaises. Je jetai un bref coup d'œil à Sandy qui semblait humiliée.

— Évidemment, ceci sera la partie la plus difficile puisque la mort de monsieur Godfrey est une tragédie inestimable, s'empressa d'ajouter Matthew.

Il regarda fixement la foule et cafouilla stupidement.

— Je veux que vous sachiez tous que… nous sommes *touchés*… par ce qui s'est passé… et comment cela pourra avoir des impacts sur notre travail ici à l'Univers.

Il y eut d'autres soupirs, des murmures inquiets.

— Nous sommes également *préoccupés*. Oui, nous sommes très *préoccupés* par l'aspect douteux de la mort de Willard Godfrey, puisque celle-ci a eu lieu dans l'hôtel alors qu'il quittait la fête de Noël des employés. Il est inutile de dire que nous offrons notre complète collaboration à la police de New York. De plus, nous nous dét — heu — en…

Je regardai Mathew avec incrédulité. Il agissait comme un imbécile ! Comment pouvait-il tout gâcher de la sorte ? *Engageons !* J'aurais voulu crier. Nous nous *engageons* à faire en sorte que l'Univers fonctionne aussi bien que lorsque monsieur Godfrey était vivant ! Cependant, il demeura figé derrière l'estrade, bouche ouverte, les yeux envahis par la panique, fouillant la salle de bal des yeux comme s'il espérait y trouver des fiches aide-mémoire. Il fit un pas en arrière et épongea de nouveau son front, les mains tremblantes.

Il régnait un silence absolu dans la salle de bal.

J'étais assis sur le bord de ma chaise. Devrais-je me précipiter pour aller à son secours ? Que dirais-je ? Je jetai un regard à Sandy qui était assise, rigide sur sa chaise, la bouche ouverte, son visage trahissant son émotion. Derrière elle, Shanna Virani observait fixement ses ongles, une expression légèrement perplexe sur le visage. Aucune ne semblait prête à aider. Je me retournai vers Matthew. Ses yeux se posèrent sur la sortie et, pendant un instant, je craignis qu'il ne prenne la fuite. Il scruta de nouveau la foule, son regard s'attardant sur quelques rangées derrière moi. Ses yeux étaient vitreux comme s'il allait s'évanouir. Je me tournai sur ma chaise pour voir ce qui avait attiré son attention et je vis Nancy Swinton assise directement dans sa ligne de vision, un faible sourire d'encouragement sur le visage. À côté d'elle se trouvait Gaétan Boudreau, le chef de réception. Le regard de Matthew semblait fixer celui de Nancy.

Sentant une pointe de jalousie, je toussai bruyamment.

Le charme fut rompu. Matthew éloigna son regard. Il inspira profondément et une plainte aiguë et anxieuse s'échappa de sa gorge.

— Je suis terriblement désolé, dit-il. J'espérais être plus éloquent. C'est très difficile pour moi. Willard Godfrey était un collègue et un ami cher. Je suis, comme plusieurs d'entre vous, atterré par son décès… Je regrette de ne pas avoir pu transmettre l'admiration et le respect que j'avais pour cet homme.

Il y eut un soupir collectif dans la pièce. Les gens hochaient la tête.

— Des conseillers seront dans les suites Uranus et Neptune de 14 h à 15 h afin de vous aider à gérer le deuil. Je vous encourage à les consulter et à prendre tout le temps dont vous avez besoin. Vos directeurs s'assureront que votre travail est fait. Pour ma part, je serai le premier en ligne.

La foule gloussa doucement.

Matthew sembla reprendre confiance.

— J'ai parlé à Cynthia Godfrey il y a quelques minutes et je lui ai transmis de sincères condoléances de la part de nous tous. Je lui ai dit à quel point nous aimions son père et qu'il nous manquera beaucoup. Elle était très reconnaissante. Elle n'avait qu'une simple demande, quelque chose que son frère désirait ardemment et je lui ai promis de lui accorder cette demande. Elle voulait que je partage cette nouvelle avec vous en espérant que celle-ci vous réconfortera et vous rassurera en ces temps difficiles.

La foule se pencha vers l'avant, anticipant la réponse.

Matthew se raidit et ajusta sa cravate, puis, levant la tête et gonflant le torse comme s'il anticipait des applaudissements, il annonça :

— Cynthia Godfrey m'a nommé directeur général de l'Univers.

5

Pas la plus brillante
étoile de l'Univers

Ce fut une nuit sans sommeil. Je tournai dans mon lit, tourmenté par mes pensées, le cliquetis et le sifflement du radiateur semblant donner voix à mon anxiété. Jusqu'à maintenant, mon univers avait évolué autour de l'hôtel. Comme une planète autour du soleil, j'avais fait de mon travail le centre de mon univers, utilisant monsieur Godfrey comme source d'inspiration et d'encouragement, comme un moyen de me garder les deux pieds sur terre. Maintenant qu'il n'était plus là, on aurait dit que le centre gravitationnel avait fondu et que je tournais en spirale de façon incontrôlable sans direction et sans but.

L'idée de travailler à l'Univers sans monsieur Godfrey, avec Matthew Drummond pour le remplacer, ne m'intéressait guère. Toutefois, quelle autre option avais-je? L'hôtel s'était porté garant de ma carte de séjour me permettant de travailler aux États-Unis. Un autre hôtel serait peut-être prêt à endosser ma candidature, mais cela pourrait prendre des mois. Pendant ce temps, je devrais rentrer à Vancouver où j'avais pataugé professionnellement, où j'étais devenu de plus en plus distant avec ma famille et mes amis, où personne ne me comprenait. Je n'avais pas envie de faire marche arrière, ce qui ne me laissait pour tout choix que celui de rester à l'hôtel et de trouver ma place dans ce nouvel ordre, du moins pour l'instant. Plus que tout, je désirais rétablir l'équilibre, retrouver la place confortable que Willard Godfrey m'avait aidé à établir. Si cela signifiait de m'en tenir au deuxième poste sous la responsabilité de Matthew Drummond, et bien soit.

Étais-je vraiment prêt à baisser les bras ? Devais-je accepter une décision dictée sans m'avoir consulté ni consulté qui que ce soit d'autre, et sans me battre ? Si, tel que le prétendait Matthew, Cynthia suivait simplement le désir de son père, je me sentais utilisé et floué par lui. Monsieur Godfrey s'était servi de moi. Après des années de dur labeur et de dévouement inébranlable, j'avais mérité cette promotion. Alors qu'il me charmait, faisait miroiter la possibilité d'une promotion, m'incitait à redoubler d'ardeur, il semblerait qu'il ait tendu la même carotte à Sandy, peut-être même également à Matthew. Comment avait-il pu être aussi équivoque ? Ou encore, peut-être nous avait-il délibérément montés les uns contre les autres afin de maximiser notre rendement ? Ça ne ressemblait pas à monsieur Godfrey, mais je commençais à me questionner au sujet du vieil homme.

Si seulement il y avait des traces documentées de ses projets. Mais monsieur Godfrey n'avait que faire des plans d'affaires, des contrats, des organigrammes, voire des lettres. Il dénigrait tout ce qui nécessitait la consignation par écrit ou le rapport. Son mode de communication préféré était sans contredit oral. Il était fort secret en ce qui concernait certains aspects de l'exploitation et circonspect à l'idée de documenter des renseignements délicats. Malgré cela, il devait exister quelque chose — une lettre, un dossier informatisé, quelques notes gribouillées sur un calepin — qui faisait allusion à ses projets. Si j'arrivais à démontrer que monsieur Godfrey avait l'intention de me donner la promotion plutôt qu'à Matthew, est-ce que Cynthia reviendrait sur sa décision ?

Cela valait le coup. Je rejetai ma couverture et me dirigeai vers la douche.

★★★★★

Il était à peine 6 h lorsque je passai mon disque sur le lecteur optique à l'entrée des bureaux de la direction. Il y eut un déclic et je poussai la porte pour l'ouvrir. Je vis un faisceau de lumière filtrer sous la porte du bureau de Willard Godfrey et je gravis les marches en pensant que Susan avait laissé la lumière allumée.

À mi-chemin, je m'arrêtai.

Du bruit provenait du bureau de monsieur Godfrey. Des tiroirs étaient ouverts et refermés brusquement, du papier était chiffonné, des objets étaient déplacés. Un concierge zélé ? Peu de chance. Mon pouls s'accéléra. Prenant une profonde inspiration, je tournai doucement la poignée. Puis je m'arrêtai. Et si c'était Willard Godfrey ? Je l'imaginai ouvrir grande la porte et me faire face comme la dernière fois que je l'avais vu : le visage blafard taché de sang, le côté du visage enfoncé.

— Trevor, mon vieux ! s'écrierait-il. Quel facteur d'éclat me donnerais-tu *aujourd'hui* ?

Je faillis faire demi-tour pour m'enfuir.

Toutefois, une voix m'en empêcha.

— Bordel de merde !

La voix était familière. Une voix de femme, mais je ne pus l'identifier. J'appuyai mon oreille contre la porte. Un objet se fracassa au sol. Quel culot — qui qu'elle soit — de piller ainsi le bureau de monsieur Godfrey ! C'est ce que je m'apprêtais à faire. Enhardi par l'indignation, je frappai à la porte.

— Allô ? Qui est là ?

Tout bruit cessa.

125

Tout à coup, la porte vola et Cynthia Godfrey se tenait devant moi.

— Pardon ?

— Cynthia ! Je suis sincèrement désolé. J'ignorais que c'était toi.

— Tu m'as fait une de ces peurs !

— Je croyais que tu étais un rôdeur.

— Ai-je l'air d'un rôdeur ?

Je la détaillai et me dis que non, elle n'avait pas l'air d'un rôdeur. Elle était vêtue d'un col roulé noir sans manches, ajusté, qui lui arrivait au-dessus de son nombril percé, de jeans délavés à taille basse et d'une large ceinture blanche avec une boucle argent ornée de pierres du Rhin qui criait POULE DE LUXE. À 28 ans, elle avait le visage étroit et délicat — plutôt joli en fait, sauf pour un énorme nez qui, selon Shanna Virani, avait déjà été diminué deux fois. Ses seins étaient si gros et fermes et faux qu'ils lui touchaient presque le menton. Ses cheveux blond oxygéné étaient longs et éméchés, révélant une repousse noire à la séparation qui était assortie à ses sourcils foncés. Ces traits, accompagnés d'une lèvre supérieure ourlée en un perpétuel ricanement — le résultat d'un traitement au collagène raté —, lui donnaient l'air d'une vedette du porno des années 1980.

En regardant par-dessus son épaule, je vis des dossiers et des documents partout sur le plancher. Le bureau de monsieur Godfrey avait été mis sens dessus dessous.

— Nom d'un chien, qu'est-ce que tu fais ici ? dis-je.

— Je consulte les dossiers de mon père. Est-ce qu'il y a un problème ?

— Bien sûr que non, dis-je rapidement.

Je tentai de dissimuler mon agacement. Cynthia était mal engueulée, grossière et provocatrice. Elle se passait des gentillesses qui étaient à l'origine même de l'Univers — s'il vous plaît et merci, désolé de vous déranger, voire bonjour et au revoir — et laissait échapper ses pensées et ses ordres comme une enfant de trois ans. Elle était universellement détestée à l'hôtel, sauf par Matthew Drummond, peut-être, qui avait déjà dit :

— Son attitude fonceuse est rafraîchissante parmi tous ces laquais et ces lèche-culs.

Pour ma part, je ressentais davantage de sympathie pour elle que quoi que ce soit d'autre. Je supposais que son attitude était délibérée. Dans un environnement si préoccupé par le décorum et la politesse, sa franchise attirait l'attention — bien plus d'attention que ne lui en accordait son bourreau de travail de père.

— Puis-je t'aider à trouver quelque chose ? demandai-je.

— Je cherche des «momentos», dit-elle.

— Des «momentos» ?

— Des photos, des lettres, des trucs. Je prépare un collage pour le service funéraire.

— Ah, tu veux dire des *mémentos* !

Je sentis la honte me submerger. Me voilà, entrant dans le bureau de son père pour y chiper des documents confidentiels au profit de ma carrière, et j'y trouve cette pauvre fille endeuillée cherchant des objets pour se remémorer son père.

— Désolé de t'avoir dérangée, dis-je. Je vais te laisser.

Je me tournai pour partir.

— Ça ne me dérange pas, dit-elle.

Il y avait un brin de désespoir dans sa voix, comme si elle ne voulait pas rester seule. Je contemplai ses yeux bleu pâle, un peu hagards, les pupilles dilatées, comme en état de choc permanent. C'était une drôle d'heure pour croiser Cynthia Godfrey qui s'éveillait rarement avant midi. Je me suis demandé si c'était à cause de cet état d'anéantissement qu'elle était restée debout toute la nuit. En fait, elle était habillée comme si elle sortait à peine d'une boîte de nuit. Une faible odeur de cigarette et d'alcool flottait dans l'air. Mon cœur fondit. La pauvre petite n'arrivait peut-être pas à dormir.

— Tu veux que je reste ? demandai-je.

Elle haussa les épaules, comme si c'était sans conséquence, mais bougea pour me laisser entrer.

J'entrai et je jetai un coup d'œil autour de moi. Le bureau de monsieur Godfrey était identique en taille et forme à celui de Matthew, mais plus confortable et plus accueillant. L'ameublement était contemporain, mais confortable, et il y avait beaucoup d'endroits où s'asseoir : un sofa demi-cercle en mohair, trois fauteuils Cygne bleus, quatre chaises Mirra et deux chaises longues en faux lapin. À l'extrémité de la pièce, une table ovale laminée en argent lui servait de bureau ; une armoire appareillée était juste à côté. Sur le plancher, un moniteur d'ordinateur avait été renversé, l'écran éclaté. Derrière le bureau, un plein mur de fenestration donnait sur les jardins de l'hôtel. Les murs sur la gauche et la droite étaient tapissés de prix et d'accolades : trois prix cinq diamants du Club automobile, deux plaques Mobil Four-Star, un prix Hôtelier de l'année, un diplôme honorifique de Cornell, et une impression platine de la couverture du livre *Les valeurs universelles* de monsieur Godfrey.

— Alors ma chère, dis-je en me retournant vers Cynthia. Comment te portes-tu ?

— Ça va.

— Je ne m'attendais pas à te trouver ici — je croyais que tu garderais un profil bas pendant un certain temps.

— Ouais, bon… ce n'est pas amusant de se morfondre à la maison.

— J'imagine que non.

Je traversai la pièce, trébuchant sur un morceau de papier en chemin et manquant de m'effondrer au sol.

— Tu veux bien que je remette un peu d'ordre ? demandai-je, me penchant pour ramasser des papiers.

Cynthia me regarda pendant un instant, l'air de s'apprêter à me demander d'arrêter, puis elle se mit à m'aider. Furtivement, je scrutai chaque papier ramassé, puis les empilai sur le bureau de monsieur Godfrey. Rien de vraiment intéressant pour moi — un nombre incalculable de rapports, des articles imprimés sur Internet, des correspondances de clients, des exemplaires des magazines *Hôtelier*, *Omni* et *Astronomie*. En quelques minutes, le tapis fut de nouveau visible, mais je n'avais rien trouvé.

Je me relevai et vis une pile de copies dans un dossier à l'autre bout du bureau. Cynthia semblait les avoir à l'œil, bourdonnant autour comme une abeille en colère chaque fois que je m'en approchais. Le dossier ne semblait pas contenir de «momentos», mais bien des lettres et des documents. Je tentai de l'oublier; je pourrais toujours revenir plus tard.

— Cyndy, dis-je, m'époussetant les mains et m'assoyant sur un fauteuil Cygne. Je veux que tu saches combien j'aimais ton père. C'était un homme extraordinaire. Je n'ai jamais rencontré quelqu'un comme lui qui...

Elle leva la main en guise de protestation.

— Trevor, s'il te plaît. Non. Tu vas me faire pleurer.

— Je suis désolé. Je ne voulais pas te faire de peine.

— Ouais, bon, ne te donne pas tant d'importance. Apparemment, j'éclate en sanglots toutes les trois secondes.

Elle traversa la pièce vers l'armoire et en ouvrit les portes, s'accroupissant pour y jeter un coup d'œil, sa fouille ponctuée de grognements et de jurons. Après un moment, elle émit un cri triomphant et se releva, tenant à la main une bouteille de whisky Johnnie Walker.

— J'espérais qu'elle y soit encore.

Elle prit un bac à glaçons du mini-réfrigérateur, dénicha deux verres, y ajouta des glaçons, puis les remplit à moitié. Elle m'en tendit un.

Je fis une grimace.

Je ne pourrais pas.

Il était à peine 6 h 30, et même en temps normal, je n'étais pas un grand amateur de whisky. Mon refus sembla la blesser, et je décidai que ce serait la moindre politesse que d'accepter. Je regardai le liquide ambré, mon estomac protesta.

— À mon père, dit-elle, frappant son verre contre le mien.

— À ton père.

Je pris une gorgée. Je sentis le feu me brûler la gorge et l'estomac, pourtant la sensation n'était pas entièrement désagréable. Je pris une autre gorgée et souris à Cynthia avec un air de conspirateur. Boire avant le lever du soleil un mardi matin. J'espérais que ma présence la réconforterait ; contrairement, je me rendis compte que c'était plutôt l'inverse.

— J'adore le whisky le matin, dit-elle, contournant le bureau pour s'asseoir à la place de son père.

Elle enleva ses souliers et se recroquevilla sur la chaise, tirant la langue pour laper le whisky dans le verre à la manière d'un chat buvant du lait.

Je rapprochai ma chaise.

— Dis-moi, Cyndy, dis-je, enhardi par le whisky, as-tu réfléchi à l'avenir de l'Univers ?

Elle lécha le bord de son verre.

— Non.

— Je vois.

Je fis une pause.

— As-tu l'intention de rendre permanente la promotion de Matthew ?

— Quelle promotion ?

Sa voix témoignait d'un intérêt passager ; elle semblait bien plus intriguée par le whisky. Elle mit son doigt dans le verre, le fit tourner et le lécha.

— Sa promotion au poste de directeur général, dis-je.

— Qui l'a promu?

— C'est toi! dis-je, la bouche grande ouverte. Affirmes-tu que ce ne soit pas vrai?

Elle plissa le visage, tentant de bien se souvenir.

— Ah oui! Je crois que je lui ai demandé de tenir la barre ici, hier.

— Tenir la barre? C'est loin d'être une promotion au poste de directeur général! Il a annoncé aux employés que tu lui avais demandé de prendre la relève! Peux-tu *croire* à son audace?

Elle haussa les épaules.

— Du calme, Trevor. Ne te mets pas les nerfs en boule pour autant. Je ne me souviens pas exactement de ce que j'ai dit.

Je déglutis, me souvenant de l'exaspération que causait son attitude nonchalante au cours de son passage comme employée de l'Univers. À maintes reprises, j'avais lutté contre l'envie de l'étrangler.

— Quelqu'un doit s'occuper de l'endroit le temps que je réfléchisse, dit-elle. Aussi bien que ce soit Matthew.

Le verre tremblait dans ma main. Je pris une généreuse gorgée.

— Qu'entends-tu par «réfléchir»?

L'image de Cynthia Godfrey assise à la place de son père était déjà assez dérangeante pour ne pas avoir à subir en plus une telle nonchalance. Était-ce là ce que l'avenir nous réservait? Je frissonnai à cette idée. Qui serait pire en tant que directeur général, Cynthia ou Matthew? La compétition serait serrée, mais Cynthia gagnerait sans l'ombre d'un doute. Elle déménagerait son bureau à la boîte de nuit Stratosphère et embaucherait ses petites copines riches pour nous remplacer, transformant l'Univers en une boîte de nuit privée, le vouant à la faillite en quelques semaines.

— J'espère que *tu* n'as pas l'idée de prendre la place de ton père? m'écriai-je, incapable de m'en empêcher.

— Trevor, espèce d'idiot. Toi au moins tu devrais savoir combien je déteste l'industrie hôtelière. Souviens-toi combien j'étais inutile lorsque j'ai travaillé ici. Je ne comprenais même pas comment faire fonctionner le tableau de distribution après deux semaines de formation. Tu es le seul imbécile qui a eu le culot de me dire que c'était peine perdue. Je suis peut-être idiote, mais pas assez idiote pour croire que je peux diriger un hôtel. Papa travaillait jour et nuit. Je n'aime pas travailler. C'est trop difficile. Travailler, c'est trop de travail.

Elle rigola à son propre jeu de mots.

Je soupirai de soulagement.

— Entre toi et moi, tu n'étais pas *complètement* sans espoir.

Elle fronça un sourcil.

— Bon, d'accord, peut-être l'étais-tu.

En fait, Sandy et moi avions tenté d'évaluer son facteur d'éclat et avions obtenu le chiffre zéro — pour la toute première fois de l'histoire.

— Je comprends qu'il soit peut-être trop tard, Cyndy, mais j'aimerais poser ma candidature au poste de directeur général.

Elle plissa le visage.

— Toi ?

— Oui, *moi*. Ton père me formait à prendre la relève depuis des années. Il m'a déjà dit que je possédais toutes les qualités nécessaires d'un direc...

— Quel est ton rôle actuel déjà ?

— Pardon ?

Ses yeux s'écarquillèrent lorsqu'elle constata mon indignation.

— Directeur de la réception ? tenta-t-elle.

Je grinçai des dents. Lorsqu'elle travaillait à l'hôtel, Cynthia était sous ma responsabilité — ou du moins elle l'était une fois que tous les autres directeurs de services se furent désistés. Contrairement aux autres, je déployai beaucoup d'efforts pour tenter de la former suffisamment pour la garder, pour tenter de faire ressortir ne serait-ce qu'un brin de compétence. D'abord, je lui donnai un poste à la réception, ce qui avait été un désastre — entre autres, elle refusait de regarder les gens dans les yeux. Puis, je l'installai aux réservations, où elle refusa de donner d'autres prix que le tarif régulier et s'obstina avec les clients qui ne réservaient pas de suites. Puis, je lui attribuai le tableau de distribution, mais elle insista pour appeler les clients par leur prénom. En fin de compte, je l'envoyai à l'entretien ménager, pour la trouver un jour dans une chambre non pas à faire le lit, mais à y dormir. Chaque réaffectation l'éloignait le plus possible de tout contact avec les clients.

Quoique incorrigible, je savais qu'elle n'était pas aussi idiote ou brusque ou incompétente qu'elle ne prétendait l'être ; elle n'avait tout simplement aucune envie de travailler et en voulait à son père de l'y contraindre. Je persévérai pendant environ trois mois, abandonnant simplement lorsqu'elle cessa tout bonnement de se présenter au travail. Et comment me le rendait-elle ? Elle ne pouvait même pas se souvenir de mon titre.

— Je suis directeur de l'hébergement, répliquai-je froidement.

— Ouais.

Son ton indiquait qu'elle le savait déjà et qu'elle ne faisait que me tester, mais elle n'avait de toute évidence aucune idée de ce que représentait ce poste.

— Quel âge as-tu ? 12 ans ?

— Beaucoup plus que toi ! J'aurai 37 ans en mars.

— Tu parais bien jeune.

Cela ne sonnait pas comme un compliment.

— Écoute, Cyndy. Ton père avait de grands projets de modification quand il est mort. Il s'apprêtait à prendre sa retraite, et je suis persuadé qu'il allait me promouvoir au poste de directeur général. Ne t'a-t-il pas parlé de ses intentions ?

— Mon père ne m'a rien dit d'autre que le fait que j'étais un échec. Je ne sais pas à quoi tu veux en venir, Trevor. Matthew m'a déjà dit que papa avait l'intention de *lui* offrir le poste de directeur général, pas à *toi*.

— Matthew est un *menteur*! Ton père allait le mettre à la porte! C'est un idiot inutile!

— Je crois qu'il est fort intelligent et plutôt beau garçon pour son âge. S'il peut voler dans l'espace, il peut diriger un hôtel.

— Matthew était *passager* de la navette, Cyndy, *une seule fois*, et on ne l'a jamais réinvité.

Je lui parlai du courriel de son père me conviant à une rencontre.

— Je suis certain qu'il y a ici des traces de ses intentions. Si nous regardions rapidement, peut-être...

— Personne d'autre que moi ne touchera aux documents de mon père.

— Il est un peu tard, dis-je d'un ton sec et méchant. Les policiers ont déjà tout fouillé hier.

Cynthia se redressa sur son siège.

— Ils étaient *ici*?

— Ouais.

— Imbéciles. Pas étonnant que je ne trouve rien.

— Je doute qu'ils aient pris des photos, des lettres personnelles et des «momentos».

Elle soupira, comme si je l'ennuyais tout à coup.

— J'imagine que tu es au courant des bonus promis, dis-je. Moi-même, je devais toucher...

— Matthew m'en a déjà parlé, alors ne perds pas ton temps. J'ai l'intention d'honorer la parole de mon père.

— Ah bon! alors, merci, hésitai-je. Est-ce que ça comprend la conservation du titre de propriété? Matthew semble penser que tu as l'intention de vendre l'hôtel. Tu comprends que si cela se produit, nous serons tous à la rue?

— Ne t'en fais pas, Trevor. Je n'ai pas l'intention de vendre.

Elle pencha son verre pour lécher la dernière goutte de whisky, puis se leva pour s'en reverser.

— Quelle que soit ta décision, Cyndy, sache que tu peux compter sur moi. Si tu me donnes l'occasion de diriger l'hôtel, je te garantis que tu ne le regretteras pas. Je suis peut-être jeune, mais j'ai toujours rêvé d'être directeur général. Et l'Univers, eh bien, c'est ce qu'il y a de mieux au monde ! Ce n'est pas une question d'âge, c'est une question d'expérience, d'attitude et de facteur d'éclat, et...

Elle releva la tête du whisky qu'elle versait.

— Tu es Canadien, non ?

— Oui. Qu'est-ce que ça change ?

Elle fit une grimace.

— Il me semblait bien.

— Qu'est-ce que ça veut dire ?

— Rien.

Elle me présenta la bouteille de whisky.

— Encore ?

— Non, merci ! Personne ne travaille aussi fort que moi, Cyndy. Tu seras fière de moi... et tu seras riche, très riche ! J'ai commencé au sein de cette industrie il y a 15 ans à Vancouver et j'ai travaillé dans à peu près tous les services. Je suis extra avec les clients, et je m'assure toujours de...

— Oh là, là, Trevor, ce n'est pas une entrevue. Nous n'avons même pas encore enterré mon père que tu tentes de prendre sa place ! N'as-tu pas honte ?

Mon visage s'empourpra, embarrassé.

— Je ne voulais pas insister. Je m'inquiète simplement de...

— Voyons comment Matthew se débrouillera, d'accord ? S'il se plante, alors nous évaluerons les autres possibilités.

Elle marcha vers moi avec la bouteille de whisky et m'en versa une nouvelle rasade.

— Ça te convient ?

Je soupirai, voyant le verre presque plein à ras bord.

— Ça me convient.

Elle me regarda.

— Imbécile.

À la tendre expression de son regard, je compris que c'était un surnom affectueux.

— Imbécile.

— Je suis désolé, dis-je. Mon travail me passionne. Je suis préoccupé par l'avenir de l'Univers.

— L'avenir de l'Univers, l'imita-t-elle d'un ton moqueur, rangeant la bouteille de whisky dans l'armoire. Quel nom idiot pour un hôtel ! Mon père avait de telles idées de grandeur. Quel égo il avait ! Mégalomane et fou !

Je fus hérissé.

— Je crois que ce nom est génial. Cela capture à merveille l'essence de…

— Bla, bla, bla ! cria-t-elle, me réduisant au silence.

Elle alla à la fenêtre et posa son verre, puis prit le cadre doré d'une photo d'elle, bras dessus, bras dessous avec son père et sa mère à Niagara. Elle le tint dans la lumière, plissant les yeux comme s'il s'agissait d'une feuille de mots croisés.

— Je me souviens de cette photo, dit-elle, en un murmure. C'était il y a environ six ans. Un étranger l'a prise et j'avais peur que nous tombions tous à la renverse dans les chutes. C'aurait été une bonne chose ! Nous aurions tous dû mourir là et ç'en aurait été terminé pour nous. Merde, si nous avions su toute la misère qui s'en venait, nous aurions sauté ! D'abord, maman est morte, puis papa. Il ne reste que moi.

Elle retourna la photo pour me la faire voir.

— Tu vois nos sourires ? Tu vois notre bonheur ?

Je hochai la tête sans dire un mot.

Elle la retourna pour caresser le visage de son père.

— Papa souriait tout le temps. Peu importe la situation, peu importent les ennuis, il souriait. Tu as déjà remarqué ?

Je hochai de nouveau la tête. Ma lèvre inférieure se mit à trembloter.

Son ton devint colérique.

— Peu importe le bordel, il souriait tout le temps.

Elle leva le cadre et l'envoya valser à travers la pièce. Il se fracassa contre l'armoire et tomba sur le plancher en morceaux.

— Tu l'as vu en bas ? N'est-ce pas ? Mort sur le ciment froid ? Il souriait, Trevor, il souriait ! Raide mort, mais tout aussi souriant comme si tout allait pour le mieux. Une fin sur mesure pour un imbécile de sa trempe ! J'espère qu'ils brûleront tous ces faux-semblants avec lui.

Alarmé, je me levai et allai vers elle.

— Cynthia, je suis désolé.

Elle me repoussa et se précipita vers l'armoire, frappant les morceaux de vitre du pied. Les bras dans les airs, elle frappa l'armoire à poings fermés, puis cria de douleur. Son regard scruta la pièce férocement, comme en quête de quelque chose sur lequel se défouler, quelque chose de plus doux et de plus maniable. Effrayé, je reculai vers la porte.

Puis, aussi rapidement qu'elle était venue, sa colère s'apaisa. Elle s'effondra sur la chaise longue, replia ses bras sur sa poitrine et se mit à pleureur.

Doucement, je m'approchai, avec l'intention de m'asseoir près d'elle.

— Sors d'ici, Trevor, dit-elle.

— Es-tu certaine ? Je peux rester.

Elle se redressa et s'essuya les yeux.

— Je m'en vais également. Je ne peux tolérer rester ici plus longtemps.

— D'accord. Je t'accompagne.

Elle se leva et prit son manteau, puis se dirigea vers le dossier et le glissa sous son bras.

— Tu as garé ta voiture au *Niveau cinq*? lui demandai-je en parcourant le corridor.

Elle secoua la tête.

— Non, les policiers l'ont fermé. Je suis au *Niveau un*.

— Ah, oui. Dis-moi, étais-tu garée là le soir de la réception?

— Oui, pourquoi?

— Simple curiosité.

— Je suis partie bien avant mon père, imbécile. Ne va pas te faire des idées.

Tandis que nous descendions l'escalier, j'entendis du brouhaha dans le hall, je jetai un coup d'œil pour apercevoir Matthew Drummond et Honica Winters en pleine discussion fort animée. Quand j'approchai, Matthew me vit et me fit signe de me dépêcher. Cynthia était sur mes talons. À ma gauche, je vis l'équipe de tournage d'Honica, un groupe de cinq hommes, installés au cœur de l'Univers, entourés d'équipements et d'une grosse caméra.

— Salut, mon beau, dit Honica en se tournant vers moi. Elle semblait beaucoup moins agitée que Matthew qui bouillonnait et trépidait.

— Bon matin, Mademoiselle Winters.

— Appelle-moi Honey, comme tout le monde. Sauf mes ex, évidemment. Ils me traitent d'antéchrist, rigola-t-elle.

Encore une fois, je fus frappé par la différence entre le personnage télévisuel dur et la vraie Honica maladroite qui ressemblait à la Crissy Snow vieillissante de *Vivre à trois*. Ce matin, elle était tout aussi frappante qu'à l'habitude : une veste jaune vif sur un chemisier court noir et une jupe courte qui laissait voir ses grandes jambes découpées. Son visage était lourdement maquillé et prêt pour la caméra. Sous les étoiles lumineuses de l'atrium, ses cheveux platine luisaient d'eux-mêmes.

— Trevor, dit Matthew, le sourire serré, aurais-tu la gentillesse de rappeler à «Honey» que, peu importe qui lui a donné la permission de filmer ici, c'est moi qui suis responsable et je refuse.

— En fait, Matthew, dit Cynthia derrière moi, je lui en ai donné l'autorisation.

Matthew se retourna vers elle l'air surpris.

— C'est toi?

— Elle prépare un topo sur mon père. J'ai cru qu'un peu de pellicule serait inoffensif.

— Cyndy, comment *vas-tu*? s'exclama Honica, s'approchant pour lui faire une bise volante sur les deux joues. C'est si *bon* de te voir! Comment te portes-tu, ma pauvre petite? Bon, dis-moi que tu as changé d'idée à propos d'une entrevue?

Cynthia secoua la tête.

— Mon père aimait les projecteurs, pas moi.

Honica arrondit sa lèvre inférieure.

— Je suis déçue, mais je comprends. Comment vas-tu, en fait?

Cynthia ferma les yeux un instant, comme si elle se posait la même question.

— Ça va, j'imagine.

— Tant mieux. Bon, je devrais me mettre au travail avant que mon équipe ne cogne des clous.

Honica mit deux doigts dans sa bouche et siffla bruyamment.

— Allons-y, les gars!

Je me fis tout petit. Le sifflet avait dû réveiller une demi-douzaine de clients aux chambres avec balcon donnant sur l'atrium.

— Merci beaucoup, Cyndy, dit Honica lui prenant les deux mains pour y déposer de gros baisers.

Elle se retourna vers moi et regarda mon porte-nom.

— Heureuse de te revoir, Trevor. Merci encore pour la suite. Je l'adoooooore! Raspoutine ne pourrait pas être plus heureux.

Elle se retourna vers Matthew, les narines frissonnantes comme si elle détectait une mauvaise odeur.

— Matthew, dit-elle sèchement, puis elle se retourna et traversa le hall.

Matthew fulminait.

— Sauf votre respect, Cynthia, dit-il sur un ton suggérant en fait peu de respect, j'aimerais que tu cesses de miner mon autorité de cette façon à l'avenir.

— Du calme, Matthew, elle est inoffensive.

— Inoffensive? Cette femme est une hyène. Elle éventre ses victimes, les éviscère et les mange tout rond devant la nation tout entière!

— Tu dramatises, dit Cynthia, un sourire aux lèvres.

— Je suis sérieux! Elle m'a reçu en entrevue environ un an après *Endeavour* et en quelques minutes j'étais en larmes. Heureusement que la NASA a réussi à forcer le réseau à tuer le reportage dans l'œuf.

Il jeta un coup d'œil au dossier qu'elle tenait sous le bras.

— Quel bon vent t'amène ce matin?

— Je recueille des «momentos» pour un collage.

— Des «momentos»? demanda-t-il, l'air confus.

Je remarquai que Cynthia n'avait rien pris d'autre que ce dossier dans le bureau.

— As-tu fixé une date pour les funérailles? s'enquit Matthew.

Cynthia hocha la tête.

— Vendredi à 13 h à l'église Saint-Ignace-de-Loyola sur Upper East Side.

— La veille de Noël? dis-je, surpris.

Elle acquiesça.

— C'était le seul temps disponible. L'église est à quelques pâtés de maisons de chez moi. Papa et moi y sommes allés ensemble quelques fois. Matthew, puis-je te demander de prononcer un petit discours?

De toute évidence, elle n'avait pas entendu le discours de la veille.

— Bien sûr, dit-il, se donnant des airs, bien qu'il paraissait anxieux.

— Il sera incinéré, dit Cynthia, le regard vague, comme submergée par l'émotion. Je garderai ses cendres quelques mois. Il a laissé savoir qu'il aimerait qu'elles soient répandues dans l'espace à partir d'une fusée. Tout est prévu.

— Tu n'es pas sérieuse, dit Matthew.

— Je le suis.

Je souriais intérieurement. Au moins, monsieur Godfrey comblerait son plus cher désir de voyager dans l'espace.

Un bruit sourd nous fit faire volte-face vers les ascenseurs, où une petite bonne femme rondelette vêtue d'un grand parka blanc, d'un chapeau en tricot vert et de bottes de plastique blanc traversait le hall.

— Oh non, murmura Matthew, comment ces gens font-ils pour entrer ici?

S'il n'en tenait qu'à lui, seules les personnes riches, attrayantes et ayant du style seraient autorisées à entrer dans l'Univers.

— C'est Brenda Rathberger, dis-je, la responsable du congrès VIDE. Tu devrais faire sa connaissance, Matthew.

— Dois-je vraiment? geignit-il.

Je me retournai vers Cynthia, espérant qu'elle avait surpris cette mauvaise attitude, une raison de plus voulant qu'il ne soit pas à la hauteur pour diriger un hôtel. Cependant, elle regardait également Brenda avec anxiété.

— Cette femme me poursuit, dit-elle. Elle m'a téléphoné cinq fois au cours des 24 dernières heures. Elle désire désespérément que *je* prononce un discours à son congrès plutôt qu'aux funérailles de mon père.

Brenda Rathberger me repéra et vint vers moi.

— Mais que porte-t-elle ? siffla Matthew. S'en va-t-elle aux sports d'hiver ?

— Je me sauve, dit Cynthia.

— Moi aussi, dit Matthew.

— Pas question, dis-je en attrapant le bras de Matthew. Tu dois la rencontrer. C'est une question de protocole hôtelier.

— Cynthia Godfrey ? Est-ce bien vous ? cria Brenda. Hé, en effet, c'est bien vous ! Je vous reconnais. Je vous ai également aperçue à l'aéroport l'autre jour.

Elle tendit la main, haletant bruyamment.

— Brenda Rathberger des Victimes Involontaires De l'Ébriété. Enchantée. Avez-vous eu mes messages ?

— Euh… non.

— Étrange. Eh bien, de la part de VIDE, je tiens à vous dire que je suis vraiment *très* désolée pour votre père ! Je ne l'ai jamais rencontré, mais nous nous sommes parlés au téléphone à maintes reprises. C'était un véritable gentilhomme.

— Merci, dit Cynthia, l'air inquiet.

Je remarquai que le teint de Brenda était plus bronzé que jamais. Le ton était plutôt inégal et incomplet, comme si elle avait mal appliqué de l'écran solaire ou de la crème autobronzante.

— Brenda, dis-je. J'aimerais vous présenter notre directeur général intérimaire, Matthew Drummond.

— Comment allez-vous ?

Brenda serra mollement la main de Matthew, mais garda le regard fixé sur Cynthia.

— Comment se passe votre séjour ? demandai-je.

Elle releva les yeux vers moi et soupira profondément en secouant la tête.

— Plutôt mal, malheureusement.

— Bon, je dois y aller, dit Cynthia.

— Moi aussi, dit Matthew.

Je les regardai avec étonnement. On aurait dit des rats abandonnant le navire à la première occasion.

— Attendez un instant, dit Brenda en empoignant le bras de Cynthia. J'aimerais que vous sachiez que si vous avez besoin de soutien pour vous aider à naviguer ces eaux troubles, VIDE est là pour vous. Conseils psychosociaux, poursuites, questionnements juridiques, écoute attentive, peu importe. En fait, sous peu, nos membres fourmilleront ici.

— Merci, dit Cynthia, comme prise au piège. Toutefois, je n'ai vraiment pas besoin de votre aide.

— J'ai dit dans l'un de mes messages que je pourrais considérer que vous remplaciez votre père pour prononcer l'adresse de bienvenue lors de notre réception d'inauguration. Sans garantie — puisque j'ai une longue liste de présentateurs potentiels —, mais j'aurais aimé m'asseoir avec vous quelques minutes pour en discuter.

— Je ne suis vraiment pas en état de prononcer un discours, dit Cynthia, retirant son bras de l'emprise de Brenda. Elle se retourna vers moi, le regard suppliant.

Je fis un pas vers l'avant.

— Cynthia traverse une mauvaise période présentement, Brenda.

— J'en suis bien consciente, dit Brenda, le regard étincelant m'indiquant de faire marche arrière.

Elle se retourna vers Cynthia.

— Je n'ai besoin que de quelques minutes. Votre père avait l'intention de parler des plus récentes initiatives de l'industrie hôtelière et de la restauration pour contrer l'alcool au volant. Je pensais que vous pourriez parler de la tragédie d'avoir perdu votre père en raison de l'alcool au volant. Ça ferait sûrement tout un effet.

Cynthia en demeura bouche bée.

— Qu'est-ce qui vous laisse croire que mon père a été tué par un conducteur éméché ?

Brenda gloussa.

— Désolée de vous l'apprendre, jeune fille. Croyez-moi, je sais que ça doit être difficile. Je suis dans ce domaine depuis assez longtemps pour savoir qu'un accident qui survient au petit matin, particulièrement la fin de semaine, est sûrement relié à l'alcool.

— Brenda, dis-je, peut-être Cynthia et vous pourrez discuter lorsqu'elle sera quelque peu remise de ses émotions ?

— Quelle excellente idée ! dit Brenda. Je vous téléphonerai ce soir. Puis-je compter sur vous pour lundi soir ?

— Non, s'écria Cynthia en reculant. Vous ne pouvez pas m'appeler et je ne prononcerai aucun discours lors de votre congrès ! Quel culot, quelle audace !

Brenda leva la main en guise de protestation.

— Je ne faisais que demander, tout simplement. N'oubliez pas que je suis du bon côté. Peut-être, lorsque la poussière retombera, songerez-vous à faire un peu de bénévolat pour nous ? Nous comptons deux chapitres new-yorkais, un dans le Queens, l'autre à Brooklyn, mais j'aimerais qu'il y en ait aussi un à Manhattan. Les dons sont toujours appréciés. Peut-être songerez-vous à un don posthume en la mémoire de votre père ?

Froissée et indignée, Cynthia se retourna et se précipita vers l'ascenseur du stationnement intérieur. Je la vis pousser plusieurs fois le bouton d'appel, puis s'y engouffrer dès l'ouverture de la porte.

— Quelle jeune fille charmante, dit Brenda sans l'ombre d'un sarcasme. Mais quel tempérament, hum ! Je l'ai vue au comptoir de location de voitures de l'aéroport dimanche matin, je l'ai reconnue pour avoir vu sa photo dans les magazines. Elle s'en prenait apparemment au jeune préposé. Du moins, je crois que c'était elle.

— C'est bien possible, dit Matthew. Elle a peut-être accompagné les Weatherheads à l'aéroport.

— Brenda, dis-je, qu'est-ce qui cloche exactement avec votre séjour ?

Elle ouvrit la bouche pour dire quelque chose, mais la referma, les yeux écarquillés. Elle avança le visage vers moi pour renifler.

— Vous avez bu ? Encore une fois ?

Je me couvris la bouche.

— Euh, non…

— Nom de nom, il n'est même pas encore 8 h ! s'écria Brenda. Quelle sorte d'endroit est-ce ? Les directeurs boivent à toute heure. C'est méprisable. Je serai honnête, Trevor Lambert, je suis encore plus mal à l'aise qu'à mon arrivée. Le fait d'avoir dû débourser 33 dollars pour le petit déjeuner d'hier matin n'a pas aidé, malgré mon rabais. En vérité, je suis préoccupée par l'incident de la fin de semaine, et comment VIDE sera perçue de tenir son congrès sous le même toit où un homme a été tué par un conducteur en état d'ébriété ! Ça ne collera pas avec les délégués et les donateurs, et je crains une vague de mauvaise publicité. Je songe *très sincèrement* à déplacer le congrès.

J'en eus le souffle coupé.

— Vous n'êtes pas sérieuse ? Si près de l'inauguration ?

— Comme je te l'ai déjà dit, la réussite du congrès est de toute première importance. Tu as été bien gentil, mais je ne crois pas avoir le choix.

— Je suis certain que nous pouvons régler la situation, Brenda, dis-je. Donnez-nous l'occasion de…

Matthew s'interjeta.

— Quelles bêtises, dit-il.

Nous nous tournâmes tous deux vers lui en état de choc.

— Willard Godfrey a été renversé par des jeunes, ne vous en déplaise, dit-il. Nous ne pouvons en être tenus responsables.

Allez-y, déplacez votre congrès. Nous vous poursuivrons jusqu'au dernier cent.

— Matthew, s'il te plaît ! criai-je, me retournant vers Brenda. Il ne voulait pas dire ça. Nous sommes entièrement prêts à…

— Oh là, là ! s'écria Brenda, la main à la poitrine. Vous tous, vous n'êtes qu'un groupe d'imbéciles suffisants et prétentieux ! Et des soûlons, par-dessus le marché ! Voilà qui est réglé ! Je déplace le congrès !

Elle tourna les talons et s'éloigna, marchant bruyamment à travers le hall vers l'ascenseur.

Furieux, je me retournai vers Matthew.

— À *quoi* as-tu pensé ? Tu viens de nous coûter le congrès ! Tu te rends compte que cela représente des retombées de plus d'un million de dollars ?

— C'est de la frime.

— Pas du tout ! Je la connais bien maintenant et elle est très sérieuse.

Un air de remords marqua le visage de Matthew. Il cligna plusieurs fois des yeux.

— Mais pourquoi voudrions-nous d'un tel groupe de toute façon ? Ces invités ne conviennent pas à notre hôtel. Ils n'ont pas d'argent. Ils n'achèteront rien et ils contesteront les moindres frais. Et s'ils ont tous l'air de ça ? Ce sera de nouveau un congrès à la *Star Trek*. Maintenant que monsieur Godfrey n'est plus là, nous devons trier davantage notre clientèle.

— Il n'y a pas vraiment d'autres groupes qui attendent à la porte cette année. Nous avons désespérément besoin de cet argent. Nos bonus sont liés à ce congrès !

— Bon ! alors, je crains bien que tu ne doives réparer les pots cassés rapidement.

— Moi ? Mais tout est de ta faute.

— C'est toi qui sens l'alcool. Voilà l'élément déclencheur. De toute façon, elle t'aime bien, c'est évident. Invite-la à l'Orbite pour un grand repas et donne-lui à boire. Ça fonctionne toujours. Surtout, ne l'ennuie pas comme tu sais si bien le faire avec tout le monde.

— Elle ne boit pas.

— Alors, ramène-la à sa chambre pour lui faire l'amour.

— Matthew !

Je jetai un coup d'œil autour de nous pour m'assurer que personne n'avait entendu.

— Nous devrions aller à la réunion de service, dit-il en se retournant pour se diriger vers la Bulle cosmique.

Je me précipitai pour le rattraper.

— Tu ne peux me laisser en plan avec ce problème !

— À toi de décider, Trevor. Fais ce que tu juges nécessaire. Souviens-toi cependant que ta copine Cynthia ne sera pas contente de savoir que tu nous as coûté le congrès. Cela pourrait entraver tes projets d'être deuxième aux commandes. En fait, tu pourrais y jouer ton avenir.

6

Perdus en Orbite

— Tu me trouves ennuyant, Shanna ?

Elle ne répondit pas. Elle était bien trop préoccupée par ce qui se passait à l'Orbite. Nous étions arrivés 30 minutes plus tôt et, pour la cinquième fois en autant de temps, Shanna s'était levée de son siège pour surveiller l'arrivée de Brenda Rathberger. Elle jeta un coup d'œil à sa montre, soupira bruyamment, et plaça ses longs ongles lavande devant elle pour les admirer, puis elle se retourna pour observer son reflet dans la vitre. De toute évidence, elle était agitée, et sa nervosité me rendait cinglé.

Plus nous attendions, plus je craignais que Brenda Rathberger ne se présente pas. À cet instant précis, elle pouvait être en train de quitter l'hôtel et d'entraîner tout le congrès dans son sillage. Depuis l'incident avec Matthew hier matin, elle refusait de me parler. Seulement tard en après-midi, après l'avoir coincée au spa la Mer de la Tranquillité et avoir déployé une grande quantité de flatteries, j'avais réussi à la convaincre de dîner avec moi pour discuter de l'avenir du congrès. Matthew avait insisté pour que Shanna m'accompagne.

— Pour offrir son point de vue en matière de vente et de publicité, aux dires de Shanna.

Ce à quoi Matthew avait ajouté :

— Et pour s'assurer que tu ne l'ennuies pas à mourir.

La remarque avait pris du temps à s'infiltrer, mais maintenant mon esprit se perdait en conjectures névrotiques.

On était mercredi soir et l'Orbite, l'un des plus grands restaurants de New York, était plein à craquer. Situé au 73ᵉ étage, il occupait la bande de métal et de verre qui divisait la Sphère comme un anneau de Saturne. Ses murs externes, ses planchers et son plafond de verre offraient une vue dans toutes les directions et donnaient l'impression de flotter dans les airs au-dessus de Manhattan. Le décor du restaurant était simple et élégant. À peu près tout était blanc : les nappes, les chandelles, les fleurs, la vaisselle. Le menu, préparé par le grand chef Marco DeSoltis, était contemporain et audacieux, une fusion de cultures et de saveurs qui surprenaient, provoquaient et parfois choquaient, mais qui obtenaient régulièrement des critiques flatteuses.

Au centre de la salle à manger, une grande Afro-Américaine vêtue d'une robe de soirée blanche scintillante se tenait près d'un piano à queue noir, fredonnant un blues mélodieux qui adoucissait les bruits de conversation et les rires. Une armée de serveurs, d'une tenue parfaite, aux manières parfaites, vêtus de noir de la tête aux pieds, arpentaient la pièce, s'arrêtant pour verser de grands vins dans des décanteurs en cristal, posant d'énormes assiettes contenant de minuscules morceaux d'aliments et se tenant au garde-à-vous en périphérie de la pièce.

Au moins deux douzaines de personnes ayant des réservations en bonne et due forme attendaient dans le bar-salon pour avoir une table. Trois tables plus loin, au fond de la salle à manger, le maire Bloomberg et sa copine Diana Taylor dînaient avec le secrétaire de presse Ed Skyler et la sénatrice Hillary Clinton. Ils n'avaient pas réussi à obtenir une table avec vue. Barbra Streisand était à la table voisine avec son fils, Jason Gould, et son mari, James Brolin — ils n'avaient pas non plus obtenu une table avec vue. Pas plus que Donna Karan et les trois femmes ultra-sveltes et élégantes qui l'accompagnaient. La liste d'attente de l'Orbite comptait deux mois. Pour une fenêtre avec vue, il fallait en compter quatre. Et absolument personne ne passait devant les autres.

Sauf Shanna Virani. Elle avait *toujours* une table avec vue. «Qui pouvait être plus important à l'Univers que ses clients?» avait-elle dit à monsieur Godfrey peu après l'ouverture du restaurant. «Qui enregistrait des millions de dollars de revenus pour l'hôtel chaque année?» Comment pouvait-elle même songer à recevoir à une table sans vue? Ce soir, considérant la cause, nous avions réservé la meilleure table de l'endroit. Une demi-douzaine d'employés tournaient autour de nous en attendant notre invitée de marque.

— Shanna? demandai-je de nouveau. Suis-je ennuyant?

Elle se tourna vers moi les yeux légèrement plissés, comme si elle avait été plongée dans ses pensées ou si elle tentait de se souvenir qui j'étais.

— Pardon?

— Matthew a dit qu'il avait peur que j'ennuie Brenda à mourir. Est-ce pour cette raison que tu es là?

Elle sourit, son expression témoignant la dérision ou la tendresse, ou une combinaison des deux.

— Tu n'es pas ennuyant, chéri! Tu es absolument délicieux! Ta grande gentillesse gagne chaque fois la faveur des clients.

— Ça semble plutôt lassant.

— Le problème, si je peux être franche… dit-elle en hésitant pour bien choisir ses mots, tu as peu à offrir, hormis des plaisanteries et des futilités, des commentaires sur le temps et les activités de l'hôtel.

Elle fit une pause.

— Non, ennuyant n'est pas le bon mot. Insipide serait plus juste. Tu es un peu insipide, Trevor.

— Insipide ? Je ne suis pas *insipide*.

Je m'écrasai sur ma chaise et soufflai.

— Je plaisante ! Tu es tellement sensible ! Tu es loin d'être insipide, mon cher. Tu as une certaine simplicité, une naïveté que je t'envie. Tu es quelqu'un de si travaillant et dévoué. Une vraie machine. J'ignore vraiment ce que nous ferions sans toi.

Elle jeta un regard vers sa droite, par le plancher de verre, vers la rue en-dessous, où des centaines de taxis avançaient à pas de tortue sur la 7e Avenue.

Par l'espace sous son bras, j'apercevais les lumières de Time Square. Je relevai rapidement les yeux. Je trouvais les tables avec vue de l'Orbite particulièrement vertigineuses et un peu terrifiantes. J'avais peur que la vitre cède et que nous plongions 73 étages plus bas.

Shanna retoucha sa coiffure. Elle est arrivée dans un tourbillon de soie et de parfum français, ayant échangé son costume professionnel habituel — sur mon conseil (pour mettre Brenda à l'aise ; j'avais moi-même retiré ma cravate) — pour une robe longue cramoisie de style sari. Un châle noir était jeté sur son épaule gauche, des bracelets dorés cliquetaient à ses poignets et un imposant rubis était attaché autour de son cou avec un ras-de-cou en soie. Sa chevelure noire luminescente était si gonflée et laquée qu'elle ressemblait à une explosion lyophilisée.

Peu importait la raison de la présence de Shanna, j'étais content qu'elle soit là. En tant que directeur de l'hébergement, j'avais rarement la responsabilité de recevoir les clients, ce qui me convenait. Passer tant de temps dans un environnement si intimiste, deux étrangers partageant un repas à quelques centimètres l'un de l'autre, me rendait mal à l'aise et énervé. J'avais toujours de la difficulté à maintenir une conversation. Shanna, d'un autre côté, pouvait tenir une conversation pendant des jours. Une vie de voyages et d'aventures, de travail dans des hôtels de luxe à travers le monde, alimente largement la conversation. Toutefois, elle était grandement réservée à propos de sa vie privée et préférait centrer son intérêt sur les clients, ayant à cœur leur confort et leur satisfaction, feignant la fascination à l'écoute de leurs récits, établissant des liens avec chacun de façon unique et particulière. Sa popularité avait contribué à inscrire l'Univers au nombre des meilleurs hôtels de New York, attirant des congrès, des groupes bien en vue et des clients célèbres, au détriment des concurrents comme le Mandarin, le Ritz Carlton et le Peninsula, les rendant verts d'envie.

Shanna était également habile en marketing. Après l'avoir dénichée au Claridge de Londres, monsieur Godfrey avait travaillé de concert avec elle au développement de l'image de marque de l'Univers. En cours de route, ils avaient recruté et renvoyé une douzaine d'agences de publicité jusqu'à ce que Shanna, qui en avait marre de leur incompétence, s'approprie le travail créatif. Elle avait un dicton qui disait : «Une expérience hospitalière à des années-lumière en avance sur son temps.» Lorsque le Galaxie avait subi des rénovations l'an dernier afin d'augmenter sa capacité d'accueil, elle avait fait fabriquer une affiche indiquant : L'UNIVERS EST EN PLEINE EXPANSION… DÉSOLÉ POUR LE CHAOS. Un récent communiqué de presse de sa plume titrait : *Lorsque Godfrey a créé l'Univers*. De toute son œuvre, à mon avis, sa récente campagne de publicité était la plus réussie : une série de publicités affichant d'extraordinaires photographies de l'intérieur de l'hôtel accompagnées de l'une des trois expressions simples suivantes : *«Espace vital»*, *«Espace de travail»* ou *«Espace de répit»*.

Pourtant, Shanna n'était pas particulièrement douée en matière de relations avec les employés. Les colères de Shanna étaient légendaires à l'hôtel. Si le service était mauvais ou manquait d'attention lorsqu'elle recevait des clients, elle revenait après le départ du client pour invectiver les employés, les faisant souvent fondre en larmes. Ses tactiques ne tenaient aucunement compte des valeurs universelles, pourtant, monsieur Godfrey, prisonnier de ses résultats de vente extraordinaires, était plus tolérant envers Shanna qu'envers tout autre employé. Elle avait laissé sa marque à peine deux mois après l'ouverture de l'hôtel lorsque l'une de ses fameuses colères avait fait en sorte que deux employés avaient donné leur démission sur-le-champ.

— Tu dois savoir quelque chose à mon sujet, avait dit Shanna à monsieur Godfrey à la réunion de service du lendemain. Je ne suis pas quelqu'un de gentil. Par une bonne journée, je peux réussir à démontrer jusqu'à peut-être huit heures de gentillesse ; par une mauvaise journée, moins de deux. Préférerais-tu que je les réserve aux employés, qui sont rémunérés pour leur travail, ou pour les clients, qui déboursent pour notre service ?

À partir de ce moment-là, la Reine du putain d'Univers était devenue virtuellement intouchable.

— Où est cette femme ? dit Shanna. Je meurs d'envie de prendre un verre.

La politique de l'hôtel voulait que l'on ne commande rien, pas même un verre d'eau, avant l'arrivée des clients.

— Elle ne viendra pas, dis-je.

— Ah, mais elle viendra, dit Shanna avec une confiance rassurante. J'ai pris la liberté de souligner quelques clauses de son contrat avant de le glisser sous sa porte.

— As-tu épluché le descriptif du groupe ?

Shanna ne s'attardait pas aux détails. Elle avait la réputation de ne pas consulter les descriptifs, bien qu'ils soient générés par son service. Plutôt, elle préférait foncer droit au but, se servant de sa personnalité magnanime comme bouclier, ce qui parfois lui causait des ennuis.

— J'ai lu le contrat, répliqua-t-elle. Voilà tout ce qu'il me faut savoir. Je suis fin prête.

Sur l'entrefaite, le maître d'hôtel accompagna Brenda à notre table. Avec un soupir de soulagement, je me levai pour l'accueillir.

— Brenda! Quel plaisir de vous revoir!

— Trevor, dit sèchement Brenda, hochant vaguement la tête en ma direction.

— J'aimerais vous présenter Shanna Virani, notre directrice des ventes et du marketing.

— Quel *plaisir* de faire votre connaissance! s'émerveilla Shanna. J'ai tellement entendu parler de vous. Voilà, permettez-moi de prendre ceci.

Brenda semblait peu disposée à laisser aller son énorme sac à main en osier posé sur son épaule, mais Shanna réussit à le saisir. Le posant à côté de la table, elle prit les mains de Brenda dans les siennes comme s'il s'agissait de bijoux précieux.

— J'avais *tellement* hâte de vous rencontrer! J'ai beaucoup de respect pour votre travail. Mais regardez-moi ça! Quelle jolie tenue!

Brenda portait un pantalon noir extensible, des souliers de course blancs et un sweat-shirt rose arborant sur la poitrine l'inscription Déesse de *Maui* en pierres du Rhin. Je suis persuadé que Shanna était, en fait, horrifiée par l'accoutrement. Si elle n'avait pas été notre invitée, elle se serait vue refuser l'accès à l'Orbite.

— Oh, mais quel superbe bronzage vous avez! s'exclama Shanna.

Je lui décochai un regard la suppliant de diminuer un peu son enthousiasme, mais elle était trop captivée par Brenda. Je jetai un coup d'œil à Brenda qui semblait apprécier les compliments.

— Merci! dit-elle.

Elle leva le bras pour admirer son bronzage, puis le gratta, jetant des petites peaux mortes sur le plancher de verre. C'est alors seulement qu'elle sembla se rendre compte qu'elle était debout sur une vitre à 73 étages au-dessus du niveau de la rue. Elle en eut le souffle coupé. Ses yeux se révulsèrent, ses genoux tremblèrent et elle glissa presque au sol.

Je me précipitai pour la soutenir, mon cœur ne faisant qu'un bond, craignant que la vitre ne survive pas à sa chute.

— Nom de nom, tout ce verre, remarqua-t-elle, s'installant sur la chaise que le maître d'hôtel tenait pour elle.

— N'est-ce pas merveilleux ? dit Shanna. On dirait que nous flottons au-dessus de Manhattan.

Cela ne sembla pas réconforter Brenda.

— Je n'aime pas beaucoup les hauteurs, dit-elle.

— Nous pouvons changer de table si vous préférez, proposai-je, ignorant le regard réprobateur de Shanna.

— Ça ira.

Shanna et moi nous assîmes également. Je levai les yeux vers le plafond vitré. Le ciel était noir et clair, parsemé d'étoiles qui brillaient faiblement.

Le maître d'hôtel, Dominique, arriva à notre table avec les menus à la main et portant un panier de pain. Il nous présenta le tout cérémonieusement. Il remplit nos verres d'eau.

Brenda ouvrit son menu et se pourlécha les babines.

— Je suis affamée.

Shanna afficha un sourire magnanime.

— Devrions-nous nous occuper de nos affaires d'abord afin de pouvoir savourer un excellent repas sans distractions ? Je comprends que vous envisagez de déplacer le congrès, Brenda. Je dois vous dire que ce changement est *absolument* inacceptable.

Je me crispai en entendant ses paroles. Une position agressive aussi rapidement ?

Elle poursuivit :

— Nous vous apprécions trop pour vous laisser partir ! Je sais que bon nombre de nos employés vous ont déjà adoptée.

Elle y allait un peu fort. Je n'avais reçu que des plaintes à l'égard de son comportement grossier et de ses requêtes scandaleuses.

— Votre congrès est beaucoup trop important pour jouer son succès avec un tel déplacement de dernière minute, ne croyez-vous pas ?

Brenda hocha la tête.

— Je suis désolée, mais j'ai déjà pris ma décision.

Elle referma brusquement le menu et prit un morceau de fougasse dans le panier de pain, le tartinant de beurre à l'ail.

— Plusieurs autres hôtels m'ont fait savoir leur intérêt, dont bon nombre ont offert d'intéressantes primes comme des prix de chambre réduits, des salles de réunion gratuites, des prix coupés sur la nourriture et les boissons, l'Internet et les appels locaux gratuits, de même que le stationnement. L'un des hôtels a même offert de régler la note de notre réception d'inauguration.

— Quelle générosité de leur part ! dit Shanna.

Ces hôtels risquaient de recevoir un appel désagréable le lendemain matin.

— J'aimerais pouvoir vous offrir de telles réductions, mais je suis persuadée que vous comprenez qu'il en est tout simplement hors de question. Vous obtenez déjà le meilleur hôtel de New York pour une fraction du prix.

Elle fronça les sourcils, rongea l'ongle de son pouce, comme si elle était fort troublée.

— Pardonnez-moi, mais je ne croyais pas qu'il s'agissait d'une question d'argent. J'avais compris que l'incident de la fin de semaine vous préoccupait ?

Brenda mastiquait rapidement.

— Comme je l'ai dit à Trevor, j'ai un certain nombre de problèmes, dont l'un des plus importants est sans contredit les circonstances entourant le décès de Willard Godfrey. Je suis *également* préoccupée par le fait que les délégués ne se sentiront pas à l'aise ici, et cela est demeuré inchangé depuis mon arrivée. Les autres hôtels sont beaucoup plus modestes.

Shanna hocha doucement la tête. Elle jeta un coup d'œil à Dominique qui s'était approché de notre table et qui lui indiqua de repartir.

— Avez-vous eu l'occasion de revoir le contrat que j'ai fait monter à votre chambre ? demanda-t-elle à Brenda. J'en ai peut-être un exemplaire avec moi.

Elle se pencha vers son porte-documents et en extirpa un dossier rouge qu'elle tendit à Brenda.

— Corrigez-moi si je me trompe, mais n'est-ce pas votre signature tout au bas ?

Brenda lui jeta un regard méchant.

— Oui, et l'autre signature est celle de Willard Godfrey. Corrigez-*moi* si *je* me trompe, mais je crois qu'il est mort.

La mâchoire de Shanna tomba. Ses yeux clignèrent. Pendant un instant, je crus qu'elle allait éclater en sanglots. À la place, elle serra les dents et se tourna vers moi avec un demi-sourire.

— Peut-être, mais je crois qu'il était vivant à la signature, n'est-ce pas Trevor ?

J'acquiesçai.

— Il l'était.

— Ce qui en fait un document ayant force de loi. Selon mes calculs, Brenda, si vous retirez le congrès aujourd'hui, des frais d'annulation d'environ 225 000 dollars s'appliqueront. Ce qui correspond à bien plus que quelques appels gratuits dans un hôtel de second ordre, ne croyez-vous pas ?

Son ton était toujours léger et amical, comme si elle discutait des avantages et des inconvénients de changer de savon à lessive.

Le timbre de voix de Brenda était beaucoup moins complaisant.

— J'ai consulté mes avocats et ils sont persuadés que nous avons une bonne cause d'annulation sans frais. Toutefois, il serait dommage de devoir aller devant les tribunaux. Les procès sont si coûteux. Heureusement, VIDE garde une bonne réserve à cet effet, et nous avons des centaines d'avocats prêts à nous défendre gratuitement. Selon mon expérience, un juge risque fort d'être plus en faveur d'un organisme sans but lucratif modeste que d'une grande société comme celle d'un hôtel de luxe. Le traitement scandaleusement grossier que j'ai reçu hier de la part de votre directeur général intérimaire peut être suffisant pour faire déclarer ce contrat caduc. Cela enfreint de toute évidence votre promesse à l'effet que votre « monde évolue autour du nôtre ». Par surcroît, à peine une demi-heure après mon arrivée, Trevor m'a guidée directement à un cadavre ! L'expérience a été traumatisante et je ne suis pas certaine de m'en remettre. Mes avocats me conseillent de vous poursuivre pour souffrance émotionnelle. Je ne veux pas paraître difficile, mais…

Tandis que Brenda tempêtait, les lèvres tremblotantes, la situation semblant de plus en plus désespérée, Dominique se présenta à notre table, un magnum de Dom Pérignon à la main. À mon grand étonnement, il posa trois flûtes à champagne sur la table et procéda à l'ouverture de la bouteille. Il y eut un bruit sourd, qui fit sursauter Brenda.

— Du champagne ! s'écria Shanna, exultant d'extase. Quelle bonne idée !

— Hum, Shanna… dis-je.

Si elle avait consulté le descriptif du groupe, elle aurait su que Brenda était non seulement abstinente, mais qu'elle était absolument contre l'alcool.

— Je ne crois pas que…

Brenda porta ses mains à sa poitrine. Elle regarda le magnum comme s'il s'agissait d'une arme chargée.

— Je ne prendrai *certainement* pas une goutte de *ça*, dit-elle.

— Vous ne pouvez pas refuser un tel champagne, s'écria Shanna. Pourquoi ? C'est un crime ?

Brenda serra les lèvres.

— Dois-je vous rappeler que notre congrès porte sur la lutte contre l'alcool au volant ?

— Ma chère, *s'il vous plaît* ! dit Shanna. Personne ne conduit ce soir, n'est-ce pas ? Je ne sais pas pour vous, mais les quelques derniers jours ont été épouvantables. Oublions nos soucis et savourons ce champagne. Puis, nous résoudrons nos problèmes. Nous pouvons porter un toast à la mémoire de Willard Godfrey et à la réussite de votre congrès.

Elle poussa le verre de Brenda vers le serveur.

— Remplis-le à ras bord, Dominique, j'insiste.

Dominique s'y conforma.

— Non ! cria Brenda, sa voix réduisant la salle à manger au silence.

En repoussant le verre, il se renversa et le pied se cassa. Le liquide se répandit sur la nappe en pétillant.

— *Shanna*, dis-je entre mes dents. Brenda ne boit pas.

Shanna se retourna vers moi, les yeux écarquillés.

— Oh là là !

— Dominique, pourriez-vous apporter à madame Rathberger une boisson sans alcool. Un Coke diète, peut-être ?

Je me retournai vers Brenda qui hocha la tête.

— Je suis vraiment désolé, lui dis-je.

— Et moi de même, dit Shanna. Je ne voulais pas vous offenser.

— Mon mari est mort à cause de l'alcool, dit Brenda, la voix presque inaudible.

Elle mit ses bras autour d'elle et se balança sur sa chaise comme un patient psychiatrique, regardant le verre brisé comme s'il s'agissait de son mari décédé.

— Oh, ma chère ! dit Shanna l'air mortifié. Je suis si désolée.

Je me tortillai sur ma chaise tandis que le serveur essuyait le champagne et repartait avec les fragments de verre, puis il revint quelques minutes plus tard avec un Coke diète pour Brenda. Nous restâmes tous trois assis dans un silence assez embarrassé.

Après un moment, Shanna posa sa main sur l'épaule de Brenda, comme pour tester sa température.

— Aimeriez-vous nous en parler ?

Brenda sirota son soda, les yeux rivés à la table.

— Il n'y a pas grand-chose à dire. C'était il y a longtemps. Il y a plus de 30 ans. Cela s'est produit le soir de notre premier anniversaire de mariage. Frederick et moi rentrions à la maison après le dîner. Frederick était au volant. Un autre véhicule nous a frappés de front. Il a été tué sur le coup. C'était la faute d'une jeune fille. Une adolescente idiote en état d'ébriété. Voilà tout !

Shanna se massait la gorge comme si elle avait de la difficulté à respirer.

— Quelle tragédie ! dit-elle d'une voix rauque. Je suis désolée pour votre perte, Brenda.

— Moi aussi, dis-je. J'en avais l'estomac chaviré.

Brenda se moucha avec la serviette de table.

— Je ne suis pas ici pour célébrer. Je suis ici pour organiser l'un des plus importants congrès de l'année. Si vous me traitez avec une telle insensibilité, j'ose à peine imaginer comment vous traiterez mes délégués. Vous croyez que mon histoire est triste ? Attendez d'entendre celles d'autres délégués. Certains de nos membres ont perdu leur famille tout entière.

Je jetai un coup d'œil à Shanna. Nous n'aurions pu faire pire avec cette rencontre. Il n'y avait plus d'espoir de sauver ce congrès.

— Je ne suis habituellement pas aussi insensible, dit Shanna. Mais la semaine a été terrible. Nous avons perdu quelqu'un que nous aimions beaucoup. Je suis certaine que vous pouvez le comprendre.

Brenda cligna des yeux sans dire un mot.

— Et pour ce qui est de votre perte, poursuivit Shanna, je peux certainement comprendre. J'ai aussi perdu mon mari.

Je me retournai, surpris, vers Shanna. Je savais qu'elle était divorcée, mais je me rappelais que Sandy avait dit que son ex-époux et ses deux enfants avaient déménagé de Londres en Californie après le divorce. Existait-il un autre mari ? Je fus étonné du peu de renseignements que je connaissais au sujet de mes collègues, malgré une fréquentation quotidienne.

Brenda sembla s'adoucir. Elle regarda Shanna.

— Vraiment ?

Ce fut le tour de Shanna de hocher tristement la tête et de regarder fixement la nappe.

Brenda tendit la main vers le panier de pain, mais il était vide. Elle termina son soda hypocalorique et s'essuya la bouche du revers de la main.

— Pouvons-nous commander maintenant ? Je suis affamée.

— Vous avez encore le temps de manger ? dit Shanna, avec surprise. J'imagine qu'il y a beaucoup à faire pour déplacer tout le congrès. Je suppose que le programme doit être réimprimé, tous les délégués contactés, les médias informés… Il doit y avoir des milliers de détails à régler ?

Les sourcils de Brenda se froncèrent d'inquiétude.

— Oui, il y a beaucoup à faire. Mais je suis certaine d'avoir le temps de prendre rapidement une bouchée.

Dominique s'approcha de la table.

— Êtes-vous prêts à commander ?

— Oui. Je prendrai le gibier grillé, dit Brenda, et…

— J'ai besoin d'encore quelques minutes, dit Shanna à Dominique, interrompant Brenda.

Dominique se retira. Shanna prit son menu et le consulta langoureusement.

— Bon, voyons voir, le choix est toujours si difficile à faire.

Le regard de Brenda suivait les assiettes garnies que les serveurs portaient d'un bord à l'autre de la salle à manger. Elle se pourlécha. De toute évidence, Shanna retardait délibérément le repas, tentant de vaincre Brenda par le ventre. La tactique était intéressante. Personnellement, j'aurais cru qu'elle serait plus complaisante l'estomac rempli.

— Bien, bien, si ce n'est pas la jolie gérante de l'hôtel !

Honica Winters s'était approchée de notre table, nous surplombant dans une minuscule robe de soirée noire.

Je me levai.

— Mademoiselle Winters, quel plaisir de vous voir !

Je présentai Shanna et Brenda.

— Quelle coïncidence ! dit Honica. J'avais l'intention de vous téléphoner, Brenda. Nous devions toutes les deux dîner avec Willard Godfrey dimanche soir.

Brenda leva des yeux écarquillés vers Honica, intimidée.

— En effet !

— Je dîne présentement avec sa fille, Cynthia, dit Honica, indiquant une autre table près de la vitre recourbée.

Nous nous retournâmes et Cynthia leva la main sans conviction pour nous saluer, son sourire méprisant habituel exagéré dans la lumière tamisée de la salle à manger.

— Écoutez, Brenda, dit Honica. J'espérais vous avoir en entrevue demain. Je prépare un topo sur… — elle me regarda, puis regarda Shanna — l'alcool au volant et j'ai besoin d'une spécialiste pour donner des statistiques. Peut-être pourriez-vous glisser un mot sur votre congrès.

Le visage de Brenda s'éclaira.

— Eh bien, j'en serais ravie ! En fait, j'avais l'intention de *vous* téléphoner. J'ai pensé que vous souhaiteriez peut-être prononcer l'adresse de bienvenue lors de notre réception d'inauguration lundi soir.

Honica sourcilla.

— J'ai bien peur de ne pas pouvoir. Je dois être de retour à Niagara pour l'émission de dimanche soir.

Brenda sembla déconfite.

— Ne pourriez-vous pas revenir lundi ? La réception est à 18 h. VIDE se chargera de vos frais de déplacement, en plus des frais d'hébergement, ici, à New York.

Honica réfléchit à la proposition.

— L'émission fait relâche pour quelques semaines… et je ne refuse jamais l'occasion de sortir de Niagara. En fait, je prévois revenir pour le Jour de l'An — peut-être pourrais-je arriver quelques jours plus tôt.

Elle me jeta un regard.

— Mais seulement si Trevor promet de me réserver de nouveau une suite Supernova.

— Malheureusement, vous ne resterez pas ici, dit Shanna. Brenda a décidé de déplacer le congrès vers un hôtel plus modeste.

— *Pardon* ? s'écria Honica. Vous n'allez *pas* quitter l'Univers.

Brenda ouvrit la bouche pour répondre, mais Honica s'interposa.

— Pas question, alors. J'adooore cet hôtel ! Je ne peux imaginer descendre ailleurs. C'est l'hôtel préféré de mon chien Raspoutine, et il est très capricieux sur l'endroit où il séjourne.

— *Mais pas sur l'endroit où il urine*, pensai-je, me demandant ce que faisait justement le petit Raspoutine à l'instant même.

— Je songeais simplement à déplacer le congrès, répondit rapidement Brenda, mais j'ai décidé de rester.

Shanna et moi échangeâmes un regard de surprise.

— C'est réglé, alors, dit Honica! Accordez-moi une entrevue demain, et je prononcerai un discours à votre congrès lundi. Je vous téléphonerai demain. Au revoir, les amis, amusez-vous bien!

— Bon! dit Shanna, souriant à pleines dents tandis que Honica s'éloignait. Je suis affamée! Devrions-nous commander?

★★★★★

Une heure plus tard, j'escortai Brenda à l'ascenseur et retournai à la table pour saluer Shanna, seulement pour me rendre compte que Dominique venait de déboucher une seconde bouteille de champagne pour elle.

— Bon, je suis épuisé, dis-je en bâillant.

— Pas si vite, jeune homme. Il est encore tôt. Assois-toi!

— Tu n'as pas peur que je t'ennuie à mort? Que je sois trop insipide?

— Reste et tiens-moi compagnie, Trevor. Je ne suis pas prête à rentrer chez moi.

Elle berçait la flûte de champagne dans sa main comme un bébé. À la lueur des chandelles, elle paraissait plus douce, plus paisible, voire plus vulnérable. Je me demandai si Shanna ne se sentait pas seule. Je me rendis compte que je n'étais pas pressé de rentrer non plus. Je m'assis.

Shanna leva sa flûte et but tout le contenu comme une rasade de bière, puis tendit la main vers la bouteille pour remplir son verre, et le mien.

— Tu as à peine touché à ton repas, dis-je, surveillant avec inquiétude sa consommation d'alcool et songeant qu'un peu de nourriture lui ferait du bien.

— Bah, toute cette nourriture riche! J'en ai *marre*! J'ai envie d'un sandwich au beurre d'arachide.

— Tu devrais t'en préparer un à la maison. Autrement, tu auras une gueule de bois.

— Je ne cuisine pas. Je n'ai pas cuisiné depuis 20 ans.

— Hum, pas besoin de savoir cuisiner pour préparer un sandwich au beurre d'arachide.

Elle leva son verre.

— À la fin de quelques jours terribles !

Nous choquâmes nos verres.

— Tu n'étalais pas ton charme habituel ce soir, Shanna. Je ne t'ai jamais vue si facilement troublée — du moins pas devant des clients.

— Je ne pouvais souffrir cette horrible femme. Sa cause est admirable, mais ses tactiques sont pour le moins répréhensibles. Elle joue avec la culpabilité des gens. Je savais que c'était de la frime, qu'elle tentait simplement d'obtenir davantage de gratuités.

— Je crois qu'elle était sérieuse, dis-je. Elle n'a jamais voulu venir ici. Elle cherchait une excuse pour convaincre son conseil d'administration de lui permettre de déplacer le congrès. Nous lui en avons offert quelques-unes.

— L'important, c'est qu'elle reste. Bien que je commence à me demander si nous aurions dû nous débattre autant pour la garder. Elle ne fera qu'occasionner des problèmes. Peut-être aurions-nous dû la laisser partir.

— Et baisser les bras si facilement ? Ça ne te ressemble pas.

Shanna resta silencieuse un moment.

— Je n'ai plus de patience. Je m'en fous. Je suis si fatiguée de tout cela. Je travaille dans cette industrie depuis plus d'un quart de siècle. Nom de nom, j'aurai bientôt 50 ans !

Je savais qu'elle avait eu 53 ans en novembre dernier, mais je ne dis rien. Je scrutai la salle à manger qui s'était vidée. Honica et Cynthia étaient parties, de même que toutes les célébrités. Seuls Shanna et moi étions encore là, de même qu'un groupe d'hommes d'affaires japonais.

— Je bascule vers l'amertume perpétuelle, Trevor. Sais-tu combien de repas j'ai pris dans ce restaurant ? Des centaines. Tu connais l'expression qui dit que si les cocktails et les dîners ne sont pas votre idée du plaisir, vous travaillez sûrement dans l'industrie hôtelière ? Eh bien, elle a été écrite pour moi ! Certaines des personnes que j'ai reçues ici étaient si ennuyantes que j'avais envie de me tirer à travers la vitre. D'autres étaient si prétentieuses que j'avais envie de les pousser à travers la vitre. Je n'ai plus cette patience. Certainement pas cette semaine. Si nous n'étions pas tous dans la même situation, Trevor, j'aurais pris une semaine ou deux pour m'en remettre, mais les circonstances nous forcent à travailler durant cette période difficile, de porter le deuil au boulot. Un dîner de trois heures avec Brenda Rathberger était la dernière chose dont j'avais besoin. Je suis vannée.

Elle soupira bruyamment, les yeux presque clos.

— Tout est si différent maintenant. Il semble n'y avoir aucune raison.

Avant cet instant, je n'avais pas compris combien Shanna avait été touchée par le décès de monsieur Godfrey. Elle semblait simplement plus en colère que d'habitude. Maintenant, je voyais qu'elle était complètement anéantie. Cependant, cette attitude défaitiste était alarmante.

— J'ai eu quelques jours difficiles aussi, dis-je. Mais je ne compromets pas mes valeurs de professionnel de l'hospitalité.

Shanna renversa la tête et éclata de rire.

— Écoute-toi ! *Mais je ne compromets pas mes valeurs de professionnelle de l'hospitalité*, dit-elle en m'imitant de manière peu flatteuse. Toi et Sandy, deux petits bourgeois. Les petites étoiles de Willard. Facteur d'éclat 10 ! Sais-tu de quoi sont faites les étoiles ? D'air chaud et de gaz, des lumières éteintes depuis des milliers d'années. Aucune substance.

— J'imagine que cela fait de toi une comète, dis-je. Un glaçon solide.

— Je préfère me comparer à Vénus.

Elle toucha son sein de deux doigts et émit un bruit de brûlement.

— Brûlante !

Je ne pus m'empêcher de sourire. Le champagne calmait mon irritabilité.

— J'imagine que je suis déçu, Shanna. On dirait que tu abandonnes. Monsieur Godfrey aurait voulu que nous...

— Godfrey, Godfrey, *Godfrey* ! cria-t-elle. Assez ! Godfrey est *mort*, Trevor ! Accepte. Toi et Sandy le vénériez comme un dieu, trimbalant partout *Le guide du rêveur de l'Univers* comme une bible, des dévots de l'Église de Godfrey ! Lorsque tu déifies ainsi quelqu'un, tu risques d'être déçu. La vie est faite de déceptions, Trevor.

— Pourrais-tu être plus délicate ?

— Moi, *délicate* ? éclata-t-elle de rire. Je sais comment vous m'appelez : la Reine du putain d'Univers. Je m'en fous. Je dois être dure pour m'assurer que les clients sont bien traités. J'avais à cœur ce que les gens pensaient de moi, j'espérais désespérément que tout le monde m'aime, mais plus maintenant. C'est l'âge, j'imagine. Tant que je travaille avec ardeur, que je fais du bon boulot, que je préserve mon intégrité, je ne me préoccupe pas de ce que pensent les autres. Ce qui importe, c'est ce que *je* pense. Je viens d'une famille dure. Comparativement à ma mère, je suis Julie Andrews. Au Pakistan, j'ai grandi dans l'équivalent d'un terrain de caravanage, sauf qu'il n'y avait ni caravane ni terrain, juste une pauvre hutte dans un terrain vague à côté d'un égout à ciel ouvert. Mon frère a été tué par l'armée quand j'avais 11 ans. Lorsque mon père est venu nous apprendre la nouvelle, ma mère et moi étions à coudre des robes pour les dames riches de l'autre côté de la ville. Il pleurait si fort qu'on avait du mal à le comprendre. Il nous a quittés pour aller répandre la nouvelle, et je me suis mise à pleurer. Ma mère m'a regardée avec haine et m'a dit de sécher mes larmes de crocodile. Je lui ai répondu que mes larmes étaient véritables, mais elle m'a craché au visage et s'est remise à coudre. J'ai tenté de me calmer, croyant que ma faiblesse la décevait et j'ai séché mes yeux sur le tissu de la robe. Je lui ai dit en pressant sa main contre mes yeux que je n'avais plus de larmes, que j'étais forte comme elle. Elle m'a répondu que je n'étais pas forte en me frappant au visage. Elle a ajouté que nous ne pleurions pas parce que nous ne pouvions pas pleurer. Que nous n'avions pas d'émotions. Que la force réside dans le fait d'avoir des émotions et de savoir les contrôler. Elle et moi, nous n'avions pas de cœur. Et je l'ai cru. Lorsqu'elle est morte, 10 ans plus tard, je n'ai pas versé une seule larme.

Je fus attristé par cette histoire, mais aussi confus. Disait-elle qu'elle était *comme* sa mère — sans émotivité — ou *pas comme* elle ? J'attendis une explication, mais elle garda le silence, le regard de plus en plus distant. Elle regardait par-dessus mon épaule à travers le plafond de verre. Je me retournai pour suivre son regard et vis la lune dans le ciel nocturne, presque pleine, chatoyante derrière un mince voile de nuages comme si elle était submergée. Au loin, un vaste gouffre sombre marquait l'endroit où les tours jumelles s'étaient trouvées.

— Je ne savais pas que tu avais perdu ton mari, dis-je.

Elle cligna des yeux.

— Je ne l'ai pas perdu. J'invoquais la quatrième règle universelle.

— Tu as *menti* ?

— J'ai déformé un peu la réalité. Je tentais désespérément de la rejoindre. Nom d'un chien, la femme dînait dans la même pièce qu'Hillary Clinton, Michael Bloomberg et Barbra Streisand, et a à peine sourcillé. Elle s'intéressait davantage au panier à pain. De toute façon, je n'ai pas menti. J'ai en effet perdu mon mari… aux mains d'une adolescente iranienne aux seins et aux lèvres si siliconées que cela devait lui avoir infiltré le cerveau et l'avait sûrement rendue un peu débile. C'est comme si Ramin était mort à mes yeux. Depuis 10 ans, il garde mon fils et ma fille en otage à Los Angeles, leur racontant quelle mauvaise mère je suis.

— Tu plaisantes ! Quel imbécile !

— Non. Il a raison. J'étais une mauvaise mère.

— Peut-être que si tu avais cuisiné plus d'une fois en 20 ans.

— Peut-être.

— Alors, quels sont tes projets pour Noël ?

Elle ferma les yeux pendant un moment.

— Qui sait ? Peut-être viendrai-je travailler. J'avais des projets, de *grands* projets, mais ils ont échoué.

Elle saisit son verre de champagne.

— Les choses allaient beaucoup trop bien, Trevor. J'étais, en fait, heureuse ! Mais j'ai appris que le bonheur est fuyant pour moi, c'est dans ma nature. La tristesse est plus à l'aise en ma compagnie. Heureusement que j'ai cet emploi. C'est tout ce qu'il me reste.

Je décidai que je préférais la Shanna impertinente et culottée à cette triste et pathétique femme.

— As-tu déjà songé à poser ta candidature au poste de directeur général ? demandai-je.

— Moi ? Oh, non ! En fait, je désire plutôt l'inverse. Je prévoyais prendre une retraite hâtive, mais maintenant que Willard n'y est plus, je resterai peut-être plus longtemps. J'imagine que la promotion de Matthew te dérange ?

Je haussai les épaules, cachant mes vrais sentiments.

— J'aurais aimé avoir cette chance, mais je ne perdrai pas une minute de sommeil à y penser.

— Suis le conseil d'une vieille comme moi ; laisse tomber ton ambition et quitte cette industrie. De l'extérieur, les hôtels sont prestigieux, et ils le sont, mais pour les clients, pas pour les employés. Diriger un hôtel est beaucoup trop accaparant pour vivre une existence normale. Les hôtels ne ferment jamais leurs portes. Impossible d'être un véritable hôtelier *et* un bon époux, un bon parent ou un être humain équilibré. Toi, Trevor, tu es encore jeune. Retourne sur les bancs de l'école. Voyage. Fonde une famille. Fais-toi de nouveaux amis. Joue au soccer. Si je le pouvais, je prendrais un emploi dans une boutique, puis je m'inscrirais aux beaux-arts à l'université.

— Mais j'adore cette industrie. Je ne peux m'imaginer ailleurs. Je suis furieux de savoir que Matthew n'aime même pas ça, mais qu'*il* décroche l'emploi. J'ai de la difficulté à croire qu'il s'agisse là des intentions de monsieur Godfrey.

— Crois-moi, ce ne l'était pas. Matthew ment comme il respire.

— Comment le sais-tu ?

— Fais-moi confiance, je sais exactement ce que prévoyait Willard.

J'attrapai la bouteille de champagne et remplis sa flûte.

— Que t'a-t-il confié au juste ?

Elle ouvrit la bouche pour parler, puis se révisa.

— Cela n'a plus d'importance, Trevor.

— Allez, tu dois m'en parler. Pourquoi garder tout ça pour toi ?

— Arrête, Trevor. Je n'ai pas envie de parler de Willard Godfrey.

— Avait-il l'intention de promouvoir Sandy ?

— Sandy est trop préoccupée pour l'instant pour accepter une surcharge de responsabilités.

— Qu'est-ce que cela signifie ?

Shanna me regarda pour tenter d'évaluer si j'étais sérieux.

— N'est-ce pas évident ? À part moi, elle est la seule à être sortie en voiture du stationnement autour de l'heure de départ de Willard. Elle déambule dans l'hôtel comme si elle avait perdu ses orteils, elle avait de grosses marques sur les mains et elle prétend qu'il ne s'est rien rien passé. Les policiers étaient de nouveau ici cet après-midi. Ils ne voulaient parler à personne d'autre qu'à elle, puis ils l'ont emmenée avec eux.

— *Quoi*? A-t-elle été arrêtée?

— Pas *arrêtée*, pas encore, du moins. Les policiers étaient venus voir son véhicule, mais elle a pris le train toute la semaine. Ils sont donc allés avec elle à Jersey. Selon Matthew, ils étaient plutôt troublés de constater que la camionnette de son mari était chez le garagiste pour réparer le pare-choc avant.

Je me souvins de la conversation téléphonique que j'avais surprise. *Peu importe le prix, Jack. Fais-le réparer. Aujourd'hui.* Cependant, Sandy avait insisté sur le fait qu'elle avait été impliquée dans un accident.

— Tu ne crois pas que…

— Je n'en sais rien, Trevor. Je l'aime énormément, mais je crains que notre petite Sandy rayon de soleil n'ait des ennuis. L'idée qu'elle aurait pu frapper ce pauvre Willard et s'enfuir ensuite me donne la nausée. Je préfère ne pas y penser.

— Voyons, Shanna, Sandy est incapable d'une telle chose. Elle est beaucoup trop droite et honnête. Jamais elle ne se serait enfuie ainsi. Elle aurait appelé une ambulance et demandé la police.

Shanna fronça un sourcil.

— Même si elle était soûle?

Un frisson me parcourut l'épine dorsale.

— Oui.

Elle s'adossa et soupira.

— Tu commences à m'ennuyer, maintenant, Trevor. Va-t'en. Je voudrais terminer mon champagne et me morfondre toute seule pendant un moment.

— Bon, dis-je en me levant. Je vais d'abord faire une petite tournée. Tu veux partager le coût d'un taxi?

— J'ai ma camionnette.

— Tu ne vas pas conduire?

Elle jeta un regard à la bouteille de champagne vide.

— Bien sûr que non. Va! Je prendrai un taxi toute seule.

Je déposai un baiser sur sa joue et m'en allai.

★★★★★

Une demi-heure plus tard, en sortant par la porte d'entrée et en traversant la rampe du stationnement intérieur en direction de la 53e Avenue Ouest, je fus presque renversé par le Chevy Blazer jaune de Shanna. Elle klaxonna et me fit un signe de la main, puis emprunta sur la gauche l'avenue des Amériques.

Secouant la tête, je me retournai vers la 53e Avenue Ouest et partit à pied vers la maison.

Il était un peu plus de 23 h et la température était plutôt clémente. En descendant la rue, je croisai des gens tenant des sacs de cadeaux de Noël, de papier d'emballage, de poinsettias, d'épicerie et d'alcool pour les célébrations. Je ne pus m'empêcher de sourire, sentant la mélancolie et les effets festifs du champagne. Je me remémorai des Noëls en famille avant le décès de mon père, alors que tout sentait le bonheur et la normalité. Il n'y avait jamais beaucoup de cadeaux sous le sapin, mais ils étaient toujours appréciés et nécessaires. Après la mort de papa, Noël devint funeste. Maman acceptait de travailler toutes les heures supplémentaires possibles et mes sœurs et moi créâmes nos propres Noëls, échangeant des cadeaux et des bas du Jour de l'An en cachette. Maintenant, des années plus tard, habitant New York, où Noël peut difficilement être ignoré, je comprends pourquoi ma mère préférait travailler. Je me rends compte que ma mère et mes sœurs me manquent. Je suis heureux de penser que je ne serai pas seul à Noël cette année. L'an prochain, me dis-je, peut-être rentrerai-je à la maison pour Noël, question de célébrer ensemble.

Lorsque j'arrivai à mon appartement, je m'effondrai sur le divan, épuisé. La télécommande était sur la table basse, à proximité, mais je n'avais pas l'énergie de tendre la main pour l'attraper. Sur la table basse devant moi siégeait une pile de magazines, des exemplaires de *Men's Fitness, Time* et *Omni* non lus, couverts d'une mince couche de poussière. À côté de la table basse, se trouvait une étagère bondée de livres : les romans sur les tablettes du haut et les essais sur celles du bas, la plupart datant de mes années d'université. Après mon arrivée à New York, j'avais arrêté d'acheter des livres, ennuyé de les voir traîner sans être lus. Maintenant, je me demandais s'il était temps d'annuler mes abonnements aux magazines.

Mon appartement était en ordre, principalement parce qu'il était dépouillé. Il avait désespérément besoin d'être repeint, d'être nettoyé de fond en comble, et d'être un peu décoré. Avec ses meubles monotones de bois pâle et l'organisation d'une symétrie simpliste, on aurait dit une salle d'exposition chez IKEA, ou une chambre d'hôtel. En fait, la majorité du mobilier avait été acheté à des ventes de fermeture d'hôtel. Lorsque j'avais déniché cet appartement si près de l'hôtel, bien qu'il soit terne et délabré, j'étais aux anges, après avoir occupé une toute petite chambre beaucoup plus loin dans le Lower East Side. Résolu à en faire un chez-moi, j'avais pris une semaine de congé, agonisant sur le choix des couleurs, des accessoires et de la disposition. Cependant, ma semaine avait été écourtée lorsqu'on m'avait demandé de rentrer au travail pour répondre à une urgence mineure. Aujourd'hui, des années plus tard, les boîtes de peinture étaient toujours dans l'armoire, avec les moulures, les cadres toujours appuyés au mur où j'avais eu l'intention de les accrocher.

Il y a un an, j'adoptai un chat pour me tenir compagnie ; je l'appelai Petite Étincelle. Cependant, j'étais si préoccupé par le boulot que je l'oubliais sans cesse, m'en souvenant seulement lorsque je mettais la clé dans la serrure en rentrant tard le soir et en entendant son miaulement affamé désespéré. Six mois plus tard, un bris informatique à l'hôtel m'y cloua pour trois jours. À mon retour, je trouvai mon chaton dans la baignoire, la petite tête sous le robinet pour attraper les gouttes qui fuyaient. Je le remis en forme, puis je l'amenai au travail et le donnai à un employé qui promit d'en prendre bien soin. Je conservai un droit de visite, mais je ne m'en étais jamais servi.

Abandonné, tout comme les livres, les magazines et la décoration. Maintenant, la dernière chose vivante de mon appartement, hormis la moisissure dans la baignoire, se mourrait : mon cactus à 300 dollars était plié en deux dans le coin, prêt à abdiquer. J'avais même réussi à tuer un cactus.

Je songeai à Shanna et à quel point elle semblait triste et déconfite. Ses paroles étaient celles d'une femme seule, vieillissante et aigrie, décidai-je, pas celles de la puissante femme d'affaires culottée qu'elle était. Jamais je ne me laisserais aller ainsi. Lorsque la poussière sera retombée à l'Univers, me dis-je, j'organiserai mes livres et mes magazines, je me remettrai à la lecture et j'achèterai un nouveau cactus, d'autres plantes et quelques babioles pour décorer. Puis, je peindrai les murs, appliquerai la moulure et accrocherai les cadres. Je me trouverai ensuite une petite amie. Nous nous marierons et aurons deux enfants. Ce sera tout simple, sans problème et parfait.

Peut-être même, un jour, rentrerai-je à Vancouver.

7
Les valeurs universelles

Tôt jeudi matin, je m'arrêtai à la Voie lactée lors de ma tournée précédant la séance d'information et fut estomaqué d'y trouver Matthew Drummond. Il était assis seul à une table, agrippé à une tasse de café à consulter un exemplaire du *New York Post.* Non seulement Matthew évitait l'arrière-scène comme la peste de peur de devoir fraterniser avec les employés, mais il se présentait rarement au travail avant la rencontre habituelle de 8 h.

— Matthew, es-tu égaré ? Es-tu somnambule ?

— Très drôle, Trevor.

Seuls quelques employés étaient à la cafétéria, et tous étaient installés à l'autre extrémité de la pièce. Quelques tables plus loin, le culte à Willard Godfrey avait doublé de taille. Il y avait même des fleurs au sol. Je mis deux tranches de pain dans le grille-pain, me versai une tasse de café, et m'assit en face de lui. Il était bien habillé dans un complet de couleur marine rayé d'or assorti à sa cravate. Les mèches grises de ses cheveux semblaient plus prononcées ce matin. Il garda les yeux rivés sur son journal, m'ignorant.

— Des nouvelles au sujet de monsieur Godfrey, aujourd'hui ? demandai-je.

Il leva les yeux.

— Seulement une photo, en page cinq, de Cynthia Godfrey faisant la fête lors d'un vernissage mardi soir. La pauvre souffre vraiment.

— Je ne serais pas si dur envers elle. Elle m'a confié être incapable de rester seule. Voilà probablement sa façon de faire face à la situation.

— De toute évidence, faire la fête est sa façon de tout résoudre.

Mon pain grillé était prêt. Je me levai et le tartinai de beurre d'arachide.

— Prêt pour Noël ? demandai-je.

— Je déteste Noël. Et je déteste encore plus cette question.

— Y a-t-il encore quelqu'un qui aime Noël ?

— Ma femme, oui. Elle fait les boutiques depuis le mois de juillet.

Je revins vers la table et m'assis.

— Nous devrions lui présenter ma mère. Elle n'arrête pas de me demander si j'ai acheté des billets pour le spectacle de Noël des Rochettes à la Radio City Music Hall. Je ne sais plus quoi inventer comme excuse.

— Je ne peux imaginer quelque chose de plus répugnant.

— Moi non plus.

J'engouffrai une croûte de pain et bus une gorgée de café.

— Y a-t-il une raison à ta présence ici ? demandai-je, encore surpris qu'il soit là.

— Je voulais vérifier si le café était aussi infect que les gens le prétendent.

Il leva sa tasse et avala le reste de son café.

— C'est pire.

Repoussant le journal, il me regarda manger d'un air légèrement dédaigneux.

— En vérité, Trevor, j'ai tourné la page. La mort de monsieur Godfrey m'a fait comprendre que je suis trop éloigné de l'activité. J'ai l'intention de passer plus de temps au front, d'apprendre à connaître le personnel.

— Tu sais que ce sont ceux qui portent les uniformes ? Ceux qui sont assis le plus loin de toi possible ?

— Ça prendra un certain temps, évidemment. J'ai annulé la réunion de ce matin pour plutôt prendre part à une réunion du service de l'entretien. J'ai fait si piètre figure lors de la réunion de service générale que je ferai le tour de tous les services pour m'excuser en personne.

— Impressionnant.

— Je le crois également. Comment s'est déroulé ton dîner avec Brenda Rathberger hier soir ?

J'expirai bruyamment à travers mes dents.

— Shanna et elle ont eu une prise de bec. C'était délicat pendant un moment. Ironiquement, c'est Honica Winters qui a sauvé la situation.

Je lui racontai la visite de Honica à notre table.

— *Honica Winters* fera un discours lors d'un congrès contre l'alcool au volant ? Et quoi encore, elle fera une démonstration ?

Un trio de préposées aux réservations passa à proximité. Matthew leva la tête et leur sourit, mais il avait plutôt un air méprisant. Elles traversèrent rapidement la pièce pour rejoindre les autres.

Matthew se rapprocha.

— Honica t'a-t-elle parlé du topo qu'elle prépare ?

— Pas vraiment. Elle a demandé à Brenda de lui accorder une entrevue. C'est à peu près tout.

— Elle traîne un peu partout avec son équipe de tournage. Je suis persuadé qu'elle ne prépare pas l'hommage larmoyant à Willard Godfrey auquel sa fille s'attend. Comment s'est déroulée ton entrevue avec elle ?

— Mon entrevue?

Il leva les yeux au ciel, la bouche entrouverte.

— Tu as promis de lui téléphoner lundi après-midi.

— Moi?

J'avais complètement oublié.

— Lorsque je vous ai vus ensemble mardi matin, j'ai présumé que tu t'en étais occupé. Elle ne semble pas trop souhaiter traiter avec moi. Elle veut l'astronaute.

— Je t'ai désigné, *toi*, Trevor. En tant que directeur général, je dois me tenir à distance du scandale.

— Quel *scandale*?

— Honey Winters ne s'est pas fait un nom avec des documentaires sur la nature. Nom d'un chien, Trevor, ne puis-je compter sur toi pour quoi que ce soit? Je t'ai donné l'occasion de faire tes preuves, et tu l'as laissée passer. Tu ferais bien de la trouver avant qu'elle ne quitte aujourd'hui. Autrement, personne ne sait quelle conclusion elle tirera.

— Ne pouvons-nous pas faire appel à une nouvelle agence de relations publiques?

— Non. Nous avons besoin d'un représentant de l'Univers pour prendre la parole en notre nom, pas une écervelée des relations publiques.

J'ouvris la bouche pour protester davantage, mais je compris à l'expression déterminée de Matthew que toute parole serait inutile.

— Bon, dis-je. Je le ferai.

Ce serait une bonne expérience pour mon avenir en tant que directeur général, songeai-je.

Matthew jeta un œil autour de nous et se pencha vers moi, baissant le ton.

— Si elle te parle de Sandy, joue à l'idiot. Ça te va bien.

— Qu'entends-tu par «jouer à l'idiot»?

— Bravo! C'est parfait!

Je sentis mon sang bouillir. De toute évidence, Shanna et Matthew s'étaient parlés.

— Sandy est innocente, Matthew, dis-je. Elle n'aurait *jamais* pu... et partir comme ça.

— Je ne veux pas le croire non plus, Trevor, râla-t-il, l'air sérieusement troublé. J'ai parlé au détective Lim hier. L'empressé de petit con refuse de dire quoi que ce soit, mais il a confirmé une donnée importante : le décès s'est produit vers 1 h du matin. J'ai demandé au service de sécurité de produire un nouveau rapport d'activités pour cette période. Entre 12 h 45 et 1 h 15, outre Willard, seules Shanna et Sandy ont accédé à l'étage inférieur. Leurs allées et venues sont enregistrées à trois points d'accès : ascenseur, porte d'étage et stationnement. Aussi difficile à comprendre que ce soit, nous n'avons d'autre choix que d'accepter les faits : il s'agit de Shanna ou de Sandy. Cette semaine, Shanna était calme, tandis que Sandy se promenait avec les mains ensanglantées et une camionnette endommagée comme une Lady Macbeth ayant consommé des somnifères. Qui semble la plus coupable, à ton avis ? Je craignais qu'elle ne soit mise en état d'arrestation, hier, lorsque les policiers l'ont emmenée, mais elle est de retour en poste ce matin, fredonnant dans son bureau comme une lunatique délirante.

— S'il te plaît, Matthew, un peu de respect.

Je posai les coudes sur la table et me massai les tempes.

— Tu crois vraiment qu'elle est coupable ?

Il soupira.

— Je l'ignore. Si elle pouvait nous donner une bonne explication, je serais prêt à la considérer. J'aimerais bien mieux que que ce soit Shanna qui se retrouve derrière les barreaux.

Il avait un air plein de remords.

— Je ne pense pas ça. J'espère sincèrement qu'aucune d'elles n'est liée à cette affaire. Nous aurons besoin de leur aide pour nous sortir de ce cauchemar.

Après le comportement méprisable de Matthew cette semaine, il faisait bon de voir un brin d'humanité.

— Je crois encore que c'est un étranger. Je refuse d'imaginer que ce soit Sandy ou Shanna.

Je me levai pour aller ranger ma vaisselle, puis me dirigeai vers la sortie. À la porte, je me retournai.

Matthew traversait la pièce en se dirigeant vers la table occupée par des employés domestiques et des réservations. Il se tint devant eux les mains dans les poches, l'air gauche et timide, prononçant quelques mots que je ne pus entendre. Ils semblèrent confus pendant un moment, puis sourirent et se tassèrent pour lui faire une place.

Matthew se faisait de nouveaux amis.

★★★★★

À 9 h, je me présentai à la réunion des opérations, puis je me dirigeai vers mon bureau pour téléphoner à Honica. Il n'y eut pas de réponse à sa chambre. Je lui laissai un message lui demandant de me téléphoner le plus tôt possible. Puis, je partis à la recherche de Sandy.

Je la croisai alors qu'elle descendait l'escalier vers le hall.

— Sandy ! Bonjour ! Tu claudiques toujours ?

— Je ne boite *pas*, Trevor.

— Si tu le dis. Écoute, est-ce que tout va bien ? J'ai entendu dire que tu avais été ennuyée par les policiers.

Elle s'arrêta au milieu de l'escalier et se tourna vers moi, l'air confus et légèrement en colère.

— Harcelée ? Le détective Lim est un gentilhomme. Je ne sais pas d'où tu tiens tes renseignements, Trevor, mais ils sont un peu corrompus.

Elle poursuivit sa descente en accélérant le pas.

— Attends un instant, dis-je en attrapant son bras au pied de l'escalier. Dis-moi une chose, Sandy. Pourquoi m'as-tu dit ne pas avoir été impliquée dans un accident ce weekend alors que ce n'est pas vrai ?

Une lueur d'anxiété voila son regard avant qu'il ne redevienne distant. Je ne l'avais jamais vue sans expression. Elle souriait toujours, ou semblait intéressée ou acquiesçait avec enthousiasme. Je remarquai de petites rides aux extrémités de sa bouche et de ses yeux.

Elle se tourna de l'autre côté, se frottant les bras et grelottant comme si une brise fraîche venait de passer.

— Je suis désolée d'avoir menti, Trevor. J'étais si gênée, je ne pouvais me décider à en parler.

— Parler de quoi ?

— Chut ! dit-elle en murmurant et en regardant autour. J'ai en effet été impliquée dans un petit accident en rentrant à la maison samedi soir. Rien de sérieux, juste un petit accrochage. Personne n'a été blessé. Après l'incident, j'étais si troublée que j'ai trébuché en montant à bord de ma camionnette. Voilà comment je me suis fait ceci, et cela.

Elle me montra ses mains, puis releva sa jupe de quelques centimètres pour me montrer ses genoux blessés.

— J'ai demandé à Jack de faire réparer la camionnette sans délai parce que je voulais oublier l'incident, particulièrement à la lumière de ce qui est arrivé à monsieur Godfrey. J'ai tellement honte.

Je clignai des yeux.

— C'est tout ?

— Bien sûr. Tu t'attendais à plus ?

— Je suis simplement soulagé.

Ses yeux se rétrécirent.

— Ne me dis pas que *tu* as cru que j'avais quelque chose à voir avec le décès de monsieur Godfrey ?

— Bien sûr que non.

— Je l'espère bien, dit-elle en scrutant mon visage. La semaine a été bien difficile jusqu'à maintenant, n'est-ce pas ? Hé, ta mère arrive ce soir ! J'ai vu son nom sur la liste des clients. Quel plaisir ! Tes sœurs viennent-elles également ?

— Oh, non ! Maman, c'est suffisant.

— Je les aime beaucoup. Elles sont très authentiques.

Au pied de l'escalier, je remarquai un mégot de cigarette et me penchai pour le ramasser. Je le roulai dans mon mouchoir que je remis dans ma poche. Si Sandy n'était pas si authentique, j'aurais cru qu'elle se moquait de moi. Mes sœurs s'étaient comportées comme des provinciales lors de leur visite en mai dernier, faisant la navette entre le hall et leur suite avec des sacs de H&M, de faux sacs à main de marque achetés de vendeurs ambulants et des sacs de Burger King, l'odeur des Whoppers et des frites les accompagnant partout. Le soir, elles traînaient dans le bar-salon à l'affût de célébrités, vêtues de chandails ajustés en agora et de jupes en denim délavé, sirotant des « rhum-and-coke », rigolant comme des écolières et jurant comme des camionneurs. De surcroît, tout au long de leur séjour, elles eurent le culot de se moquer de *moi* et de mon habit, de ma diction, de ma démarche et de mon refus de me laisser aller sur le territoire de l'hôtel. À leur départ, j'étais profondément soulagé. Même si je les aime beaucoup, il était devenu trop apparent que nous étions devenus fort différents. Pourtant, quelques jours plus tard, je m'étais surpris à m'ennuyer d'elles. Aujourd'hui, j'aurais aimé qu'elles soient également du voyage.

— Pourquoi n'amènes-tu pas ta mère dîner pour Noël ? suggéra Sandy. Jack a acheté une dinde grosse comme un éléphant. Les enfants seraient heureux de te voir.

— Je suis certain qu'ils seraient aussi heureux de te voir, dis-je.

— Hé, sois gentil ! Tu sauras que je suis rentrée tôt hier.

— Oui, sous escorte policière. Ça me ferait plaisir, Sandy. Merci!

— Génial. Je le dirai à Jack. Oh, Nancy Swinton t'a-t-elle trouvé?

— Non, pourquoi?

— Elle a donné sa démission ce matin, soupira-t-elle.

Mon cœur fondit.

— Ce n'est pas vrai.

Sandy hocha gravement la tête, mais à l'air déterminé de son regard, je sus qu'elle préparait déjà son remplacement. En tant que directrice des ressources humaines, elle évitait de trop s'attacher aux employés.

— Ce sera difficile de trouver mieux, dit-elle, en faisant référence à notre politique de considérer tout départ comme une occasion de trouver un meilleur candidat. Je te ferai parvenir le curriculum vitae de ce jeune homme que j'ai rencontré lundi. Il a résolument le potentiel nécessaire.

Elle se retourna et s'éloigna en claudiquant, fredonnant tout bas comme un oiseau blessé résolu à ne pas laisser une aile brisée lui saper le moral.

En la regardant partir, l'impact de ses paroles se fit pleinement sentir. Nancy me quittait. Tout à coup, j'eus le souffle court, comme si l'oxygène de l'Univers s'épuisait. Bientôt j'allais suffoquer et m'effondrer. D'abord, Willard m'avait abandonné, puis Nancy... Qui serait le prochain?

★★★★★

Vers 14 h, une heure après l'heure de départ habituelle, Honica Winters n'avait toujours pas quitté sa suite, et n'avait pas non plus retourné mon appel. On m'avait rapporté qu'elle et son équipe étaient en tournage dans la suite de Brenda Rathberger. Avant que je n'y arrive, tout le monde était parti. Heureusement, une vérification avait permis de constater que ses valises étaient encore dans sa chambre. Je reprogrammai sa clé pour qu'elle ne puisse plus entrer. Si elle voulait ses valises, elle ne pourrait pas se sauver sans me voir d'abord.

À 14 h 45, Matthew me contacta.

— Honica tourne devant l'hôtel. Voilà ta chance !

Je me précipitai dehors et la trouvai à l'extrémité sud-est du complexe à tourner un segment, l'enseigne de l'Univers en toile de fond. Elle portait un imper de couleur tan avec un foulard rouge autour du cou. Ses cheveux blonds volaient au vent. Une foule s'était rassemblée pour observer.

Elle tenait à la main une feuille de papier que je reconnus. Elle portait l'entête de l'Univers. Elle criait à la caméra pour couvrir le bruit de la circulation.

— La question essentielle est : Comment les buveurs sont-ils rentrés chez eux ? Et qu'est-ce qui a conduit à la fin tragique de l'homme qui a défrayé le coût de cette fête extravagante ?

Le caméraman baissa sa caméra.

— Ça y est ! cria un membre de l'équipe.

Honica tendit son micro à un membre du groupe tandis qu'une foule d'admirateurs s'approchait.

J'observai un instant, attendant le moment opportun pour m'approcher. Cependant, l'équipe remballait l'équipement, et ses dernières paroles étaient trop troublantes pour manquer cette occasion. Je me faufilai dans la foule, organisant tranquillement les pensées dans ma tête pour l'entrevue.

— Madame Winters ? appelai-je.

Elle leva la tête au-dessus de la foule et plissa les yeux.

— Hum, si ce n'est pas le beau directeur de l'hôtel ! Vous désirez probablement reprendre possession de votre suite, n'est-ce pas ? Je partirai dès que possible. N'allez pas facturer ma chambre !

Elle plissa sa lèvre inférieure et fit la moue, puis leva son stylo pour signer un autographe.

— Je ne facturerai pas votre chambre, mais je dois vous parler.

— Hé, Monsieur, attendez votre tour ! cria quelqu'un, me poussant du coude.

— Pouvez-vous vous esquiver quelques instants ? criai-je à Honica. C'est important.

Elle acquiesça et signa encore quelques autographes, puis s'excusa au reste du groupe et se faufila vers moi.

— Qu'est-ce qui se passe, chéri ?

— Madame Winters, je sais que vous préparez une émission sur l'Univers et Willard Godfrey et que vous avez tenté de joindre Matthew Drummond pour une entrevue. Je suis désolé. Je devais communiquer avec vous lundi, mais la semaine a été chargée. Je suis prêt à répondre à vos questions, devant la caméra s'il le faut. Je travaille pour l'hôtel depuis le premier jour et je connaissais bien monsieur Godfrey. Je pourrais lui rendre un bel hommage pour vous.

Honica se mordit les ongles.

— J'aurais aimé interviewé l'astronaute. Est-il là ?

Je hochai la tête.

— Matthew est occupé toute la journée. Il m'a demandé de vous rencontrer de sa part.

Elle croisa les bras, sans grande conviction.

— Étiez-vous de la fête de Noël ?

— Oui.

— Étiez-vous du groupe qui est resté plus tard avec Willard après le départ des navettes ?

La question me parut étrange, mais j'étais résolu à la convaincre de m'interviewer. Je ne voulais pas devoir affronter Matthew si elle refusait.

— J'y étais. En fait, je suis l'une des dernières personnes à avoir vu monsieur Godfrey vivant.

— D'accord, dit-elle, se retournant pour faire signe à son équipe. Les gars. Une petite dernière !

— Pas de problème, Honey.

Au début, je fus soulagé, mais je devins nerveux à voir l'équipe papillonner autour de moi. Une foule s'attroupa de nouveau pour voir. Je frissonnai. L'air n'était pas si frais, mais je sentais l'humidité et le ciel était lourd de pluie.

Un membre de l'équipe s'apprêtait à m'enlever mon porte-nom. Sans réfléchir, je le repoussai.

— Il peut le garder, dit Honica, me décochant un sourire rassurant.

Je tentai un sourire, mais j'avais la bouche sèche. Je pris une profonde inspiration et tentai de calmer mon rythme cardiaque. *N'oublie pas les trois principes de base*, me dis-je.

— Prêt ? demanda Honica tandis que le caméraman levait sa caméra appuyée sur son épaule pour la pointer dans ma direction. Elle enleva un morceau de mousse du revers de mon habit et me dit :

— Regarde-moi, pas la caméra.

Je hochai la tête et tentai de faire fi des regards fixés sur moi. Le visage de Honica était joli et agréable à regarder. Son sourire me donna confiance. Je respirai plus confortablement.

— Allons-y ! dit le caméraman.

Honica me mit un micro au visage.

— Quels sont vos nom et fonction ? dit-elle en se tenant très près.

Ma voix chevrota quand je donnai mon nom et mon titre.

— Monsieur Lambert, demanda Honica d'une voix autoritaire, comment les employés de l'hôtel ont-ils réagi à l'annonce du décès de Willard Godfrey ?

— Nous sommes complètement anéantis, répondis-je.

— Parlez-moi du congrès qui a lieu à votre hôtel cette semaine.

— Le congrès ? Vous voulez parler de VIDE ? Évidemment, dis-je, décontenancé. Hum, il débute la semaine prochaine... et porte sur l'alcool au volant.

Je m'arrêtai, incapable d'en dire davantage. Le micro dans la main de Honica me força à poursuivre.

— C'est un important congrès, malgré que, hum, ce ne soit pas le plus important que nous ayons accueilli...

— Monsieur Lambert, ne croyez-vous pas qu'il soit ironique que Willard Godfrey ait été tué par un chauffard ivre au volant quelques jours à peine avant qu'il ne doive prononcer un discours à ce congrès contre l'alcool au volant ?

J'écarquillai les yeux. La question était piégée, et je ne l'avais absolument pas prévue. Je tentai de décider de la réponse appropriée, mais je trouvai difficile de réfléchir clairement avec une caméra à quelques centimètres de mon visage. Honica me dévisageait et des centaines de paires d'yeux me suivaient de la rue.

— Ironique ? dis-je. Comment ?

Matthew ne m'avait-il pas conseillé de jouer l'idiot ? À cet effet, ma performance était superbe.

Honica sembla opter pour une nouvelle approche.

— Parlez-nous de la fête de Noël de l'hôtel Univers.

— Bien, elle eut lieu à l'Observatoire, qui est situé — mais je n'ai pas besoin de *vous* en informer — à l'étage supérieur de l'hôtel. Elle a lieu une fois l'an. Cette année, près de 800 employés étaient présents.

— Et les consommations étaient gratuites ?

Je clignai des yeux et jetai un coup d'œil en direction de la caméra.

— En fait, oui, elles l'étaient.

Honica hocha doucement la tête.

— À votre avis, la consommation d'alcool était-elle excessive à cette fête ?

— Excessive ? demandai-je en comprenant que je devais me ressaisir rapidement. Absolument pas.

— Avez-vous consommé beaucoup d'alcool ?

— Moi ? dis-je en grinçant des dents. Non. Hum, j'ai pris un verre ou deux, sans plus.

— Et vos collègues de la direction de l'hôtel Univers ? Ont-*ils* beaucoup bu ?

— Je ne peux vraiment pas parler pour eux, Madame Winters. C'était une fête de Noël. Les employés étaient encouragés à se détendre, mais soyez assurée que personne n'a bu de façon excessive et il n'y a eu aucun comportement irresponsable. En fait, le transport était également offert afin que tout le personnel rentre à la maison en toute sécurité.

Honica me pointa de façon accusatrice avec le micro.

— Est-ce que tous les employés ont profité des navettes ?

— Autant que je le sache, oui.

— Et les membres de la direction ?

J'étais coincé. Si je répondais par l'affirmative, je deviendrais un menteur à la télévision nationale. Si je disais la vérité, j'allais exposer mes collègues.

— Je suis rentré à pied. Je ne peux pas parler pour mes collègues.

— Des sources m'ont dit que certains membres de la direction de l'hôtel sont retournés chez eux en voiture après la fête, dit Honica. Qu'en est-il de leur jugement, à votre avis ?

J'ouvris la bouche pour protester, mais la refermai. Je me balançai d'une jambe à l'autre. De quoi aurais-je l'air si je faisais volte-face et m'enfuyais pour me réfugier à l'intérieur de l'Univers ?

— J'imagine que cela dépend s'ils étaient ou non sous l'influence de l'alcool, finis-je par dire.

— Admettons qu'ils *étaient* sous influence.

— Alors, ce serait irresponsable, je crois. Par contre, à ma connaissance, personne n'a pris le volant sous l'influence de l'alcool.

— Monsieur Lambert, on spécule qu'un employé de l'Univers pourrait être responsable du décès de monsieur Godfrey. Comment réagissez-vous ?

Quelle peste !

— Aucun commentaire.

— Aucun commentaire ?

— Cette hypothèse est grotesque. C'est impossible ! C'est une abominable rumeur sans fondement, répondis-je en colère. Madame Winters, nous exploitons un hôtel de premier ordre, ici. Mes collègues et moi sommes des citoyens fort responsables et respectueux de la loi. Nous sommes des modèles pour le personnel de l'hôtel — et pour la société en général — à mon avis. L'hôtel Univers suit les valeurs universelles telles que formulées par Willard Godfrey et expliquées dans l'ouvrage du même nom. Notre comportement est guidé par les principes de respect, d'intégrité et de responsabilité. Nous sommes *touchés* par ce qui est arrivé à monsieur Godfrey et nos pensées et prières vont à sa famille. Nous sommes *préoccupés* par la sécurité de nos employés et de nos clients.

Je fis une pause pour tenter de me souvenir du troisième principe. Tout ce qui me venait à l'esprit, c'étaient les idioties de Matthew : Nous sommes cuits ! Nous sommes catatoniques ! Je regardai fixement le micro, et la réponse me vint finalement à l'esprit.

— Et nous nous *engageons* à garantir qu'aucun accident ne se reproduira sur le territoire de l'hôtel. Je dois dire que je n'aime pas du tout vos insinuations. Nous nous remettons à peine de la perte de Willard Godfrey et nous vous demandons de bien vouloir nous laisser vivre notre deuil en paix. Mes collègues et moi aidons le service de police du mieux que nous le pouvons afin que le coupable soit découvert rapidement. Maintenant, si cela ne vous dérange pas, je dois retourner travailler.

Je repoussai le micro et m'empressai de m'éloigner en passant devant Honica.

— Bravo! cria quelqu'un dans la foule.

Je me retournai et vis Shanna Virani avec quelques autres employés qui se mirent à applaudir bruyamment.

Honica mit ses mains sur ses hanches, vexée.

Je franchis les portes en acier et pénétrai dans l'hôtel, sentant avec soulagement les portes se refermer derrière moi, coupant le bourdonnement new-yorkais et laissant derrière moi cette entrevue des plus stressantes. En passant devant l'accueil, je dis à Gaétan de facturer à Honica Winters des frais de départ retardé puisqu'elle n'avait pas quitté sa suite avant 15 h.

★★★★★

— Tu lui as hurlé au visage devant les caméras? s'exclama Nancy Swinton qui me regardait avec ses grands yeux bruns.

— Ouais.

— Tu n'étais même pas nerveux?

— Non.

Nous étions dans la chambre à coucher de la suite 2112 où je l'avais trouvée à faire sa tournée de l'après-midi. Jusqu'à maintenant, je n'avais pas encore dit un mot au sujet de sa démission, et je n'allais pas aborder le sujet; secrètement, j'espérais que Sandy s'était trompée et qu'il s'agissait ni plus ni moins que d'un grave malentendu.

— Bravo! Alors, as-tu rendu hommage à monsieur Godfrey?

Je réfléchis à la question. Le sujet avait-il seulement été abordé?

— Un peu, dis-je. Mais ce n'était qu'une courte entrevue.

Tout à coup, je ne me sentais plus aussi triomphant. Honica n'avait pas semblé intéressée par mon hommage à monsieur Godfrey. À en juger par ses questions, elle préparait sûrement un segment scandaleux.

— Bon, je devrais retourner au boulot.

Je me dirigeai vers la porte en faisant un arrêt pour m'étirer, donnant ainsi à Nancy le temps de m'arrêter.

— Je vais à l'aéroport dans quelques heures chercher ma mère, ajoutai-je, espérant qu'elle serait touchée par mon attention envers ma mère, ce qui pourrait faire en sorte qu'elle devienne amoureuse de moi et revienne sur sa décision de partir.

— Trevor, tu as un instant ? J'ai besoin de te parler.

J'avais envie de m'enfuir, mais je fis bravement volte-face. Mon cœur battait la chamade.

— Oui, Nancy ?

Elle avait un air inquiet, qui la rendait encore plus belle. Elle tordait ses petites mains, les lèvres charnues bien serrées, le petit nez à peine retroussé plissé. Elle avait toujours une agréable odeur florale, pas un parfum, mais quelque chose qui émanait de ses cheveux, qui étaient noirs et épais et extraordinairement brillants. En regard des normes universelles de présentation, ils étaient relevés en un chignon, mais je les avais vus détachés à l'occasion — à la fête de Noël, une fois lorsque je l'avais croisée dans la rue, et une autre fois alors qu'elle était venue chercher Gaétan par un jour de congé — et ils étaient magnifiques. Nancy était magnifique. Plus que par son apparence, toutefois, j'étais attiré par le rendement professionnel de Nancy : son éthique, son empressement, son sourire, sa façon de gagner les clients fâchés comme un assassin professionnel. *Facteur d'éclat 10.*

Elle s'assit sur le lit et tapota la place à ses côtés.

— Viens là, Trevor.

Je déglutis. L'idée de m'asseoir si près de Nancy — sur un *lit* — était électrifiante. Pour bien des gens, les hôtels sont des lieux extrêmement érotiques. Il est connu que les couples font plus souvent l'amour dans des chambres d'hôtel qu'à la maison ; pour bon nombre, c'est la première chose qu'ils font après leur inscription. Sur la route, les gens ont davantage le temps de penser à la sexualité, de prendre part à des ébats sexuels et de se reposer après coup. Les chambres d'hôtel sont conçues pour l'amour ; elles sont équipées de portes avec verrous et de petites affiches de demande d'intimité. Il y a beaucoup de serviettes et les draps sont changés quotidiennement. Les mini-réfrigérateurs sont remplis d'alcool et de grignotines. Les voyageurs solitaires passent également beaucoup de temps à penser au sexe ; demandez simplement au joli chasseur ou à la jolie barmaid combien de fois ils reçoivent des propositions, ou demandez à une prostituée pourquoi elle fréquente les halls d'hôtel. Seul, loin du quotidien et de ses obligations, le voyageur se sent libre, anonyme et sans inhibition en déplacement. Il rencontre des étrangers lors de réunions et de congrès, lors de dîners ou en prenant un verre, dans un environnement où les risques d'une aventure sont moins importants puisque, plus tard, tout le monde doit rentrer au bercail.

Les employés des hôtels ne sont pas toujours des témoins innocents. J'ai connu des collègues qui pénétraient furtivement dans des chambres pour faire rapidement l'amour avec un(e) client(e) ou un(e) autre employé(e). En plus de recevoir sans cesse des propositions de la part de clients, certains employés sont parfois témoins d'exhibitionnisme, se font séduire, voire harceler. La perte accidentelle d'une serviette par une cliente devant un porteur de bagages aux yeux écarquillés se produit très souvent dans les chambres d'hôtel. Parfois, les employés fréquentent en secret des clients ; à l'occasion, comme dans le cas de Sandy et de James, ils se marient.

La seule cliente que j'aie fréquentée fut Melanie Coffey, une jeune femme ayant séjourné trois fois à l'Univers. Et ce, seulement parce qu'elle était opiniâtre. Tout d'abord, elle avait fait des avances à Gaétan à l'accueil, avant de découvrir qu'il était homosexuel. Elle avait donc jeté son dévolu sur le prochain employé célibataire de grande taille qu'elle avait trouvé : moi. À plusieurs occasions, j'avais évité ses avances, jusqu'au jour où elle me téléphona de l'hôtel Mercer en me demandant si j'accepterais de la voir puisqu'elle n'était pas descendue à l'Univers. Elle était fort séduisante et semblait plutôt agréable, j'avais donc accepté.

Je crus que le rendez-vous était agréable — sauf au moment où elle somnola pendant le dessert tandis que je lui parlais de mon travail. Par contre, quelques jours plus tard, je n'avais toujours pas trouvé le moment idéal pour lui téléphoner, alors elle décida de le faire… en me laissant un message odieux dans ma boîte vocale. Dans ce message, elle m'accusait de la traiter comme une cliente : dîner à l'Orbite, consommations au Centre de l'Univers, nuit chez moi, petit déjeuner au lit et une escorte à la porte tandis que je lui appelais un taxi. Je croyais avoir été un hôte bienveillant ; elle me dit s'être sentie comme une prostituée. Je lui fis livrer des fleurs. Elle ne me rappela jamais. Une ex-cliente mécontente de l'Univers, grâce à moi.

Pour moi, les hôtels sont tout, sauf érotiques. C'est mon lieu de travail et ce n'est pas plus érotisant qu'un bureau à cloisons ou une caisse enregistreuse. Un lit dans lequel une personne différente dort chaque soir, suant, bavant et quoi d'autre encore, ne m'attire pas particulièrement. Les gens fréquentent les hôtels pour se remettre d'une maladie, pour visiter des malades, pour assister à des funérailles, pour mettre à pied des employés, pour fermer des bureaux, pour consommer de la drogue, pour se sauver de la réalité, et parfois pour mettre fin à leurs jours. Pour moi, un hôtel est aussi excitant qu'un hôpital.

Évidemment, il existe peu d'emplois où une réunion peut se dérouler dans un lit. Tandis que je regardais la silhouette agréable de Nancy assise au bord du lit, mon opinion des chambres d'hôtel me parut moins aseptique. Je restai figé sur place.

— Ne sois pas timide, dit-elle. J'ai vraiment besoin de te parler.

Avais-je senti un tremblement dans sa voix ? Précautionneusement, je me dirigeai vers elle, m'assoyant au bout du lit. Elle leva vers moi son visage souriant. Je penchai le regard et remarquai que sa jupe remontait sur ses jambes, révélant un peu sa cuisse vêtue de nylon. Je me sentis excité. Je détournai le regard pour penser à des choses non excitantes comme les rapports d'arrivées et Petite Étincelle miaulant de faim et les cuisses de Brenda Rathberger. Je tentai de tirer le bord de mon veston sur mes cuisses.

— Trevor, je quitte l'Univers. Je termine dans dix jours, dit-elle en ajoutant qu'elle pourrait rester plus longtemps si je le désirais.

— Ce ne sera pas nécessaire, dis-je, la voix une octave plus aiguë qu'à l'habitude.

Je sentis le chagrin et la culpabilité me submerger.

— Je suis désolé de l'apprendre, Nancy. Tu as été une employée modèle. Je te souhaite beaucoup de succès professionnellement.

Je me levai pour lui serrer la main, désirant m'enfuir le plus rapidement possible, mais me rendis compte que mon entrejambe était à la hauteur de son visage. Et mon pantalon s'était gonflé. Je me rassis rapidement et croisai mes mains sur mes cuisses.

— Est-ce que tu as opté pour un autre hôtel ?

Elle sembla blessée.

— Non, non. Je vais prendre quelques mois de repos. Je veux commencer l'année du bon pied. Lire, voyager, me détendre, réfléchir… tu sais.

Je la regardai fixement sans expression.

— Je prévois retourner aux études en septembre, ajouta-t-elle.

— En gestion hôtelière?

Elle rit.

— J'y retourne pour *ne pas* à avoir à travailler dans l'industrie hôtelière. Je prévois faire les beaux-arts.

Le commentaire me blessa. Pourquoi avais-je l'impression d'être négligemment rejeté? Sur le tapis à mes pieds, il y avait un morceau de fil blanc que je ramassai pour l'enrouler autour de mon index.

— Œil de lynx, dit-elle en souriant.

— Tu pourrais faire bien pire que cette carrière, Nancy. J'ai essayé l'université il y a quelques années. C'était une véritable perte de temps.

— Vraiment? Pourquoi?

Je haussai les épaules.

— J'avais déjà une carrière géniale dans l'industrie hôtelière, mais je l'ai abandonnée parce que ma mère m'avait convaincu que je n'arriverais à rien sans un diplôme. J'ai détesté l'école. Je ne comprenais pas pourquoi je devais mémoriser des informations qui étaient complètement inutiles au monde extérieur. Heureusement, monsieur Godfrey m'a sauvé avec cet emploi.

Elle me regarda d'un air amusé.

— Tu prends ton travail bien au sérieux, n'est-ce pas?

— Bien sûr que oui.

Je remarquai que son porte-nom était déplacé et j'aurais voulu tendre la main pour le redresser.

— Tu es si performante, Nancy. Tu pourrais être à la tête d'un service dans un an ou deux. Un jour peut-être directrice générale.

— Je n'ai pas envie d'être directrice générale. Ne te méprends pas, j'adore travailler ici, mais ce n'est pas suffisant pour moi. J'ai besoin de plus. Ne sens-tu jamais qu'il te manque quelque chose ?

— À propos de quoi ?

— De la vie.

— Hum, j'ai déjà essayé une autre carrière. Juste avant de retourner aux études. J'ai travaillé dans l'industrie cinématographique. J'ai détesté chaque seconde. Les gens sont beaucoup plus gentils dans l'industrie hôtelière.

— En apparence, peut-être. Les gens de l'industrie hôtelière sont simplement plus habiles à dissimuler leurs véritables sentiments.

Je soupirai et me levai de nouveau, le regard baissé pour être certain que tout était en ordre. Ce l'était. Les propos de Nancy étaient sérieux et dérangeants.

— Bien, j'imagine qu'il faut faire l'expérience d'une autre carrière pour comprendre si l'industrie hôtelière est vraiment ta niche. Tu seras de retour, j'en suis certain.

— Assois-toi, Trevor, dit-elle, m'attrapant par la main pour que je m'exécute.

Elle se rapprocha sur le lit et me regarda fixement.

— Ne crois-tu pas que nous allons nous revoir à l'extérieur de l'hôtel ?

Je la regardai, surpris. Étais-je cinglé ou détectai-je une lueur d'espoir dans son regard ? Je compris qu'il y avait un bon côté au départ de Nancy : je pourrais l'inviter à sortir sans risquer de compromettre mon intégrité professionnelle ou d'être poursuivi pour harcèlement. Était-ce là ce qu'elle voulait me dire ? Tout à coup, je fus cloué sur place par la possibilité.

— Hum, bien, évidemment, si c'est ce que tu veux, balbutiai-je.

Une lueur de contrariété dans le regard, elle répondit :

— Je ne veux pas te forcer à quoi que ce soit, Trevor. Je pense que tu es un garçon bien et ça ne te ferait pas de mal de sortir d'ici de temps en temps. C'est mon 30e anniversaire de naissance le 14 janvier et G… hum, le gars avec qui j'habite… donne une fête en mon honneur. Tu devrais venir.

— Tu habites avec un homme ?

Elle ferma les yeux doucement pour acquiescer.

— Je croyais que tu le savais, mais j'imagine que non. Ça fait presque trois ans. Nous avons décidé de ne pas…

Je me levai brusquement, l'interrompant. Je ne voulais pas entendre parler de son petit ami.

— J'essaierai, Nancy, mais l'hôtel sera fort achalandé à ce moment, alors je ne peux pas te le promettre.

Je me dirigeai vers la porte, découragé, l'impression d'être un idiot. J'avais mal interprété la situation. Elle ne s'intéressait pas à moi ; elle avait pitié de moi. Je devais partir avant qu'elle ne remarque mon désespoir. À la porte, je me retournai pour lui dire :

— Bon, merci de me l'avoir dit ! J'imagine qu'on se croisera au cours des dix prochains jours.

Elle me regardait la bouche ouverte.

Je sortis en trombe.

★★★★★

Il y a des raisons pour lesquelles je suis aussi maladroit avec les femmes ; pourquoi la peur me dicte-t-elle mon comportement envers elles ? À part les habituelles expériences de rejet des grands adolescents dégingandés à l'école secondaire, les vrais dégâts survinrent alors que j'étais à l'emploi de l'hôtel Park

Harbour, où j'appris une dure leçon concernant les histoires d'amour au travail. Ce qui débuta par un béguin sans danger se termina par un véritable fiasco.

Rosa Roberts commença à travailler au centre d'affaires au mois de janvier. Elle était potelée, en santé et toujours souriante et je la trouvais ravissante. Elle était également plutôt charmeuse. Au fil des mois, mon intérêt se transforma en une véritable obsession. Toutefois, ce n'était pas à sens unique, elle m'encourageait et semblait nourrir des sentiments semblables à mon égard. Chaque jour, je trouvais de nouvelles raisons pour lui rendre visite au centre d'affaires — *D'autres photocopies! D'autres documents à télécopier! D'autres documents à traiter!* — et Rosa souriait toujours modestement en me regardant travailler ou en me laissant la regarder alors qu'elle effectuait ses tâches. Elle n'était pas particulièrement compétente ou travaillante, et sa directrice se plaignait souvent de son rendement. Toutefois, je détectais un potentiel que personne d'autre ne voyait. Rosa me dit qu'elle aimerait travailler à l'accueil et je promis de l'aider. Je passai bon nombre d'heures à lui enseigner les rouages. Elle écoutait attentivement, ne me quittant pas des yeux, tous deux prétendant que nous nous préoccupions des procédures d'accueil de premier ordre et non pas de la renverser sur le télécopieur pour lui relever la jupe. Bien que charmeuse, notre relation, des plus professionnelles et d'affaires, s'était développée exclusivement à l'intérieur de l'hôtel et sans jamais poser la main sur l'autre, outre les frôlements accidentels tandis que nous nous déplacions à l'intérieur du petit centre d'affaires. Nous étions impliqués dans ce qui pourrait être l'inverse du sexe tantrique — l'orgasme sans contact, bien que, évidemment, l'orgasme se produisait dans mon esprit.

Après environ six mois, je trouvai le courage de l'inviter à sortir. En tant que directeur de l'hébergement, c'était une erreur de jugement, mais Rosa sembla disponible et j'avais confiance qu'elle n'en parlerait à personne. En dînant, après beaucoup trop de vin, je lui déclarai mon amour, ce que je désirais ardemment faire depuis des semaines. Puis, j'attendis qu'elle en fasse de même. Plutôt, elle gigota sur sa chaise et but tout le contenu de son verre de vin. Après beaucoup d'hésitation, elle m'informa d'un ton sec que j'avais mal compris ses sentiments, que le repas était une erreur et qu'elle n'était pas du tout intéressée.

De mon côté, j'étais en miettes, humilié et quasi suicidaire.

Une semaine plus tard, la directrice de Rosa vint me voir pour me dire qu'elle en avait assez du piètre rendement de Rosa et qu'elle désirait la mettre à pied. En tant que directeur du service, ce serait à moi de le faire. La panique me gagna. Si je la congédiais, elle croirait que c'était à cause de son rejet. Pire, je risquais de ne plus jamais la revoir, et je m'étais convaincu qu'avec le temps Rosa deviendrait aussi amoureuse de moi. Je demandai à la directrice de lui accorder une nouvelle chance, mais elle revint le lendemain accompagnée de quatre autres directeurs — pour faire une intervention.

La rencontre avec Rosa dura trois minutes, même si j'espérais désespérément qu'elle soit plus longue, sachant que je ne la reverrais peut-être plus jamais. Je l'accepterais à bras ouverts sans condition, l'aimant même en la remerciant de ses fonctions, l'aimant même davantage, en fait, et désirant faire durer la rencontre. Toutefois, elle n'était pas aussi captivée par la rencontre que moi. Elle resta en place calmement, m'écoutant silencieusement, puis se leva et partit. Une semaine plus tard, je reçus un avis du Tribunal des droits de la personne selon lequel Rosa avait intenté une poursuite contre moi pour harcèlement sexuel et renvoi injustifié. Nous engageâmes un avocat qui procéda à une entrevue avec moi.

— Est-il vrai que vous avez passé des heures au centre d'affaires à photocopier des pages du bottin téléphonique simplement pour vous rapprocher d'elle?

— Hum, oui.

— Est-il vrai que vous avez télécopié des pages blanches à partir du centre d'affaires en sa présence ?

— Comment a-t-elle… ? Hum, peut-être une fois ou deux.

— Avez-vous bloqué intentionnellement le télécopieur simplement pour lorgner Rosa Roberts tandis qu'elle le réparait ?

— Absolument pas !

L'affaire fut résolue par une rencontre de règlement par laquelle Rosa obtint une demi-année de salaire. M'avait-elle aimé au début, puis avait changé d'avis ? M'avait-elle délibérément manipulé, ou si elle avait réagi à cause du renvoi ? Ou encore s'était-elle véritablement sentie harcelée ? Je ne le saurai véritablement jamais. Le dommage était fait. Ma réputation était détruite. L'équipe de gestion me soutenait, mais la nouvelle s'était tout de même répandue dans l'hôtel, et dans les mois qui suivirent, je travaillai dans la honte. Tout plaisir de travailler était éteint. Durant cette période noire, je rencontrai Willard et Margaret Godfrey ; peu après, je quittai l'hôtel pour l'industrie cinématographique.

J'avais donc de bonnes raisons de me tenir à distance de Nancy. Je n'étais pas prêt à mettre mon travail et mon intégrité en péril, ou à risquer de me méprendre sur ses sentiments et la faire se sentir inconfortable ou harcelée. Jusqu'à ce moment, je m'étais conduit en sa présence avec beaucoup de professionnalisme, heureux de l'admirer à distance, de lui décocher des regards brefs, de prendre des clichés imaginaires d'elle qui me duraient des jours. Pendant un court instant, cet après-midi, une lueur d'espoir était apparue — elle partait, nous pourrions nous fréquenter —, mais s'était éteinte lorsque j'avais appris qu'elle habitait avec son petit ami depuis trois ans. C'était aussi bien, décidai-je. Comment pourrais-je fréquenter quelqu'un qui rejetait ainsi l'industrie hôtelière, la carrière qui était le pivot de ma vie ? Le meilleur endroit pour notre histoire d'amour était, décidai-je, dans mon esprit, là où l'amour dure toujours et où le cœur n'est jamais blessé.

En arrivant au bout du couloir, je pressai frénétiquement le bouton de l'ascenseur, inquiet que Nancy ne me rattrape. Une cabine arriva en quelques secondes.

— Bon après-midi, Monsieur Lambert, me dit la joyeuse voix de service de Mona. Où puis-je vous conduire?

— Au hall d'entrée, s'il vous plaît.

— Direction hall d'entrée. Attention.

Tandis que l'ascenseur descendait, je songeai à Mona, l'ascenseur parlant. Elle était si gentille et si efficace, si fiable et professionnelle. Peut-être devrai-je l'inviter à dîner.

★★★★★

Noël était partout à New York. Malgré la température hors saison plutôt clémente, il y avait suffisamment de faux flocons, de faux traîneaux, de faux sapins et de faux rennes que cela ressemblait à de véritables vacances nordiques. Malgré une semaine déchirante et une journée déprimante, j'étais étonnamment de bonne humeur en me dirigeant vers l'aéroport bien assis sur la banquette arrière de la Bentley noire chatoyante de l'hôtel. Je me sentais nanti, parvenu et important, comme si la voiture, le chauffeur et la vaste suite de l'hôtel Univers qui attendait ma mère étaient à moi.

Le chauffeur attendit à la porte de l'aérogare tandis que j'allais la chercher. Elle était au carrousel à bagages, aux prises avec une grosse valise rouge.

— Permettez-moi de vous aider, Madame, dis-je.

— Trevor! Chéri!

Elle lâcha la valise et nous nous enlaçâmes. Je sentis une vague d'émotions. Je m'étais véritablement ennuyé de ma mère. Reculant pour la regarder, je constatai qu'elle était plus en beauté que jamais ; radieuse et élancée, les yeux bleus brillants, les cheveux teints châtain clair avec des mèches blondes et coupés courts en une version moderne du style des années 1920 qui lui allait bien. J'étais fasciné par les nombreuses métamorphoses que subissaient les femmes au cours de leur vie, toujours rajeunissante et se réinventant, tandis que les hommes enduraient une lente et graduelle descente vers l'âge mûr et l'irritabilité.

— Ça fait plaisir de te voir, chéri, dit-elle. Tu m'as tellement manqué !

— Tu m'as aussi manqué, Maman, dis-je en lui faisant un nouveau câlin.

— Les filles t'embrassent. Wendy est enceinte !

— Encore ? C'est quoi, son 12e ?

— Son troisième. Tu as une mine affreuse, chéri. Si je ne le savais pas, je dirais que tu approches la quarantaine. Tu travailles trop, n'est-ce pas ?

Moins d'une minute suffit à mettre fin à notre joyeuse réunion.

— Les derniers jours ont été difficiles, Maman.

— Je sais. L'affaire s'est même retrouvée dans le *Vancouver Sun* ! J'ai gardé l'article pour toi. Est-ce que les choses reprennent leur cours normal ?

— Lentement, mais tout ne sera pas complètement réglé tant qu'ils ne trouveront pas le coupable.

Elle prit mon bras tandis que je poussais le chariot à bagages avec ses deux valises vers la sortie.

— Tu me raconteras *tout*. J'adore les histoires mystérieuses.

Toutefois, en route vers Manhattan, j'ouvris à peine la bouche. Maman bavarda avec excitation, me donnant des nouvelles de la famille et des amis, me racontant des histoires sur les tantes, les cousins et même des voisins dont je n'avais jamais entendu parler.

— Aidy aura six ans au mois de février.

— Qui est Aidy ?

Elle aspira brièvement.

— Aiden est ton neveu, Trevor. Le deuxième fils de ta sœur Janet.

— Oh, *Aiden*. Bien sûr que je connais Aiden.

— Soit dit en passant, Claire Bentley te salue.

— Claire…

— Tu te souviens, la petite fille du bout de la rue lorsque nous habitions sur Cumberland ? La fille de Richard et Maxine ? Elle est dans mon cours de théâtre.

— Ah oui, Claire.

Je décidai de reporter à plus tard mes questions au sujet du cours de théâtre. Ou peut-être à jamais.

— Eh bien, elle a terminé ses études l'an dernier et obtenu son doctorat en pédiatrie et pas moins de *quatre hôpitaux* lui ont offert un emploi. Tout le monde l'appelle Dr Malciewski maintenant — elle a épousé Ted Malciewski il y a quelques années, il est propriétaire d'une entreprise florissante de café en gros. Claire suit des cours de théâtre pour être plus avenante, puisque ses collègues lui ont laissé savoir qu'elle était un peu maladroite. J'espère qu'elle est meilleure médecin qu'actrice ! Mais quelle fille intelligente ! Presque aussi brillante que toi, Trevor. Par contre, elle a exploité son potentiel.

— *Maman.*

— Regarde-moi cette circulation ! Honnêtement, j'ignore comment les gens font pour vivre dans cette ville.

Elle garda le silence un instant, laissant le temps à son commentaire de faire son chemin.

— J'ai toujours voulu visiter New York au temps des Fêtes. Par contre, je ne m'attendais pas à de la pluie ! J'aurais pu rester à Vancouver. Oh, tante Germaine te salue. Hier, elle a demandé ce que tu faisais à New York que tu ne pouvais pas faire à Vancouver ?

— Pour commencer, je ne travaille pas à la ferme.

— Je ne comprends pas pourquoi tu n'es pas resté au Park Harbour. Quel hôtel charmant ! Oh, as-tu entendu la nouvelle ? Le Shangri-La construit un hôtel sur la rue Georgia, et on dit qu'un ValuLuxe sera implanté un peu plus loin. Tu devrais entrer en contact avec eux, dit-elle avant de faire une pause. Attends de voir combien tes neveux et nièces ont grandi ! Ils t'aimaient beaucoup, Trevor. *Tout le monde* s'ennuie de toi.

Ma dernière visite avait plutôt bien commencé. Lors d'une réunion de famille élargie chez la sœur de mon père, tante Germaine, je fus accueilli comme une célébrité. Ma mère était venue me voir cet été-là et parlait de l'Univers à qui voulait bien l'écouter, plus enthousiasmée encore que lors de sa visite. Je tenais audience au séjour, installé sur un fauteuil vert super rembourré, racontant des histoires à plus de trente membres de ma famille attroupés autour de moi. Prenant plaisir à l'attention, je racontais les histoires en me donnant plus d'importance. C'était moi, et non Gaétan, qui avais mis fin à une querelle de couple de célébrités et presque reçu une lampe lancée à travers la pièce. Mon auditoire me suppliait de donner des noms, mais je fus modeste en expliquant que je devais protéger leur intimité, tout en les assurant que c'étaient des célébrités bien en vue. Je leur racontai qu'une célèbre icône populaire des ados, effrayée par le feu, quitta sa suite lors d'un exercice d'incendie en soutien-gorge et en culotte, se réfugiant dans mon bureau — en fait, c'était celui de Sandy —, et constatai avec amusement les sourires pervers de mon auditoire. Je leur racontai l'histoire de cette jeune femme que je convainquis de ne pas se jeter en bas du balcon du 80e étage surplombant l'atrium en attendant l'arrivée des policiers — en fait, Nancy s'était plutôt chargée de la discussion. Je ne leur dis pas que trois mois plus tard, un jeune Argentin soûl était tombé du 20ᵉ étage tandis qu'il faisait des cascades pour sa femme, atterrissant sur une dame de la haute société new-yorkaise âgée de 73 ans. Les deux furent tués sur le coup. Quand je leur racontai l'éviction du président russe du bar-salon pour ébriété et comportement obscène — une histoire vraie, mais dont Godfrey s'était chargé —, leur intérêt s'étiola. Ils étaient beaucoup plus intéressés par les vedettes en sous-vêtements.

— Est-ce que votre hôtel a explosé le 11 septembre ? demanda l'un des garçons.

Je sourcillai. Même si trois années s'étaient écoulées, le sujet était toujours délicat, et ce n'était ni le bon endroit, ni le bon temps, ni le bon contexte.

— Non, répondis-je doucement. Mon hôtel est au centre-ville, à bonne distance. Nous avons été chanceux. Attendez que je vous raconte l'histoire de l'agent de bord de l'Arkansas qui…

— Est-ce que les cendres des corps brûlés sont retombées sur vous ? demanda le même garçon.

La question m'horrifia. Tous mes collègues de travail connaissaient quelqu'un qui avait été tué dans ces attentats. Seize de nos employés avaient perdu des proches. Oui, les cendres étaient venues jusqu'à nous ; elles étaient retombées sur Manhattan tout entier. Nous savions qu'il s'agissait de débris des tours, mais on avait l'impression qu'un crématorium géant crachait ses cendres sur la ville, la couvrant de neige humaine. Après les attaques, nous avions évacué l'Univers, craignant qu'en tant qu'un des plus grands édifices de Manhattan, il soit une cible. À notre retour, l'hôtel devint un refuge pour les âmes égarées. Nous fîmes tout ce que nous pûmes pour aider, mais le gros du dommage était fait, et il n'y avait rien à faire pour y changer quoi que ce soit.

— Non, dis-je doucement. Aucune cendre ne m'est tombée dessus. Vous ai-je parlé de l'homme d'affaires japonais qui s'est enregistré avec six prostituées géantes ?

Les garçons pouffèrent de rire. Après un certain temps, la télévision, les cartes de tarot de Wendy et le buffet de tante Germaine attirèrent davantage l'attention, et, un à un, mes spectateurs disparurent. Dans les jours qui suivirent, ma famille me traita différemment, avec un mélange d'indifférence et de mépris, comme s'ils craignaient que je ne me considère supérieur à eux. Ce n'était pas le cas, je me sentais simplement différent. Entouré de bébés et de jouets, de vêtements bon marché et de permanentes, de bières du commerce et de purée de pommes de terre en poudre, j'avais peu en commun avec eux. J'étais impatient de rentrer à New York.

— Nous y voici, dis-je à ma mère tandis que la voiture arrivait à l'entrée de l'hôtel.

Le portier ouvrit la porte pour ma mère.

— Madame Lambert, bienvenue de nouveau à l'Univers ! Quel plaisir de vous revoir !

En traversant le hall pour nous rendre à l'ascenseur, ma mère continua de bavarder, se préoccupant peu de ce qui l'entourait.

— Je n'avais pas vu Bruce et Ann depuis *au moins* un an. La première chose que Bruce m'a dite…

— Tu vois l'arbre ? demandai-je en l'indiquant.

Elle jeta un coup d'œil rapide dans cette direction.

— C'est joli. Alors, Bruce m'a dit : « Evelyn, tu as rajeuni de 20 ans ! Je ne t'ai jamais vue aussi resplendissante et aussi heureuse. Quel est ton secret ? » Ce à quoi je répondis : « Écoute, Bruce, lorsque tu fais une sieste de 20 ans, tu risques de te réveiller en forme, dit-elle en riant de bon cœur.

En entrant dans l'ascenseur, je songeai à présenter Mona comme ma fiancée à ma mère, mais je décidai que cela ne lui plairait pas. Tandis que l'ascenseur montait en flèche, ma mère continua de jacasser sans se retourner pour admirer la vue du hall.

En arrivant à sa suite au 51ᵉ étage, elle parlait toujours.

— Alors, a dit Bruce, pourquoi ne pas venir à la première avec Ann et moi ? Nous aimerions te présenter un ami…

— Tu vois la vue, Maman ?

Elle alla à la fenêtre, qui faisait bien 1 m 83 jusqu'au plafond.

— C'est tout à fait extraordinaire, n'est-ce pas ? Mais regarde-moi cette ville grouillante, dit-elle en se tournant vers moi. J'aurais préféré une vue de l'Hudson.

— Je suis certain que le Mandarin se ferait un plaisir de t'organiser cela, pour 1500 dollars la nuit.

— Je ne veux pas paraître ingrate, Trevor, mais c'est déprimant de voir ce trou béant dans la ligne d'horizon.

— Quel trou ?

Elle pointa à travers la fenêtre.

— Où se trouvaient les tours jumelles.

— Tu n'aurais jamais pu apercevoir les tours jumelles d'ici ; des étages supérieurs, oui, mais pas d'ici.

— Vraiment ? Ça doit être psychologique, alors, cette impression de perte.

Elle se retourna pour observer la pièce.

— C'est très joli, Trevor. Mais je n'ai pas besoin de tout cet espace. Je ne compte pas passer beaucoup de temps ici.

À voir mon air blessé, elle se précipita vers moi pour me prendre la main.

— Mais je suis si heureuse d'être ici avec toi ! Demain, c'est la veille de Noël et nous sommes à New York ! C'est excitant ! Que ferons-nous ? Irons-nous voir les lumières du Rockefeller Center ? Patiner ? Faire un tour de calèche dans Central Park ? Courir les boutiques de la 5ᵉ Avenue ? Alors, as-tu acheté ces billets pour le spectacle des Rockettes ?

— Oh, non, pas encore !

Elle fronça les sourcils.

— J'espère que ce n'est pas complet. Nous ne voudrions pas le rater.

Elle prit la bouteille de vin rouge sur la table et l'examina, puis renifla le plateau de fromages.

— Qu'as-tu prévu d'autre pour nous ?

Je me rendis compte que je n'avais rien prévu.

— Bien… il y a les funérailles demain, dis-je avec un sourire penaud.

Ma mère ne fut pas impressionnée.

8

L'adieu au Soleil

Tandis que le taxi dévalait l'avenue Park en direction de l'Upper East Side, je regardai fixement par la fenêtre et observai les rues bondées de coureurs de boutiques de dernière minute. Le soleil brillait nonchalamment sur les édifices croisés, réchauffant la froide veille de Noël new-yorkaise. À la 57e Avenue Est, un père Noël maigrichon faisait tinter une cloche au coin de la rue, invisible pour les centaines de clients retardataires qui passaient rapidement par là.

Ma mère m'avait fait part de sa consternation à la tenue des funérailles la veille de Noël, affirmant que cela faisait ombrage à cette journée autrement festive. Pour moi, considérant mes veilles de Noël passées en solitaire, c'était l'idéal.

Elle était muette à mes côtés, vêtue de noir de la tête aux pieds, l'air songeur.

— Penses-tu souvent à ton père? demanda-t-elle alors que le taxi s'arrêtait à un feu rouge.

Je me retournai, surpris.

— Pas vraiment, dis-je. Et toi?

— Non.

Je crus que cela mettrait fin à la conversation, que nous avions comblé notre quota annuel de sujets. Mais elle poursuivit.

— Avant, je pensais à lui tout le temps. Il était au cœur de mon univers, Trevor. À sa mort, j'ai cessé de fonctionner. Pendant des années, je me suis ennuyée de lui. Je vaquais à mes occupations, mais je n'y étais pas vraiment.

— À mon avis, tu vaquais à peine à tes occupations.

Elle se tourna vers moi pour me regarder.

— Tu étais vraiment atterré à sa mort. J'avais de la peine pour toi, plus que pour les filles, qui étaient trop jeunes pour comprendre. Je voulais te réconforter, mais je ne le pouvais pas. Je me sentais prise dans des sables mouvants, m'enfonçant tranquillement, incapable de tendre la main pour t'aider tandis que tu te tenais au bord du gouffre à m'appeler. J'avais peur de t'y entraîner. Je me détestais, mais je n'y pouvais rien. Te souviens-tu quand je t'ai demandé de prendre soin de tes sœurs avant mon départ pour ce congrès d'infirmières ? Tu croyais que c'était pour quelques jours, mais dans ma tête, je me suis absentée pour bien plus longtemps que cela.

— Environ 20 ans, selon mes calculs.

Elle sourit tristement.

— Je suis maintenant de retour, Trevor. Je me suis extirpée des sables mouvants, je me suis nettoyée et je me sens plus en forme que jamais auparavant. Je ne construirai plus jamais ma vie autour de quelqu'un ainsi, dit-elle en se tournant de nouveau vers moi. Maintenant, il est temps de t'en extirper aussi.

Le taxi se remit en route, accélérant pour profiter du terrain libre. Je regardai les rues défiler les unes après les autres. Elles se ressemblaient toutes pour moi. Tous ces gens dans la rue, si résolus, si intentionnés, vaquaient-ils aussi simplement à leurs occupations ?

— Je suis heureux pour toi, Maman, mais je n'ai pas besoin de ton aide.

Je lui jetai un regard. Elle regardait maintenant par la vitre, tandis qu'à chaque intersection, on entrevoyait un Central Park gelé, en hibernation.

— Tu n'as pas beaucoup de souvenirs de ton enfance, n'est-ce pas ? demanda-t-elle.

— Je me souviens d'une grande rancune.

— Envers ton père ?

— Envers toi. Je ne comprenais pas pourquoi tu te plaignais toujours de lui de son vivant, comme si sa présence t'était odieuse, et qu'il était devenu un saint à sa mort.

Son regard se fit pensif.

— Ton père et moi, on se chamaillait beaucoup dans les quelques mois précédant sa mort, mais sous les coups et blessures, notre relation était basée sur un amour solide. C'était une époque stressante. Après 15 ans, il avait perdu son emploi chez les Papiers Scott. Nous avons presque perdu la maison. Je comprends maintenant qu'il était dépressif, mais je ne le savais pas à l'époque. Après l'accident de voiture, alors qu'il se plaignait de douleurs à la poitrine, nous avons cru que c'était dû au stress. Même le médecin les associait à l'angoisse. Comment aurions-nous pu savoir que la ceinture de sécurité avait déchiré son aorte et qu'elle gonflait tranquillement comme un ballon ?

Sa voix se brisa et je me penchai pour lui serrer la main.

— Quand le ballon a éclaté, tous ces mauvais sentiments, cette rancune et ces petites contrariétés ont disparu. Tout ce qui est resté, c'est l'amour, ce pur amour du fond du cœur. J'étais chavirée. Je pensais que le monde était un endroit bien cruel et je m'en suis retirée. Est-ce que cela semble juste, Trevor ?

— J'imagine.

— Je suis désolée d'avoir été une si mauvaise mère.

— Été ?

Elle sourit.

— Je ne m'en suis pas sortie toute seule. Je suis allée chercher de l'aide. As-tu déjà songé à consulter?

— Moi? Pourquoi?

— Nous avons tous besoin de quelques conseils. Je ne crois pas que tu aies traité convenablement la mort de ton père. Je crois que tu as coupé les ponts avec tout le monde. Tu as peur de laisser qui que ce soit t'approcher.

Je soupirai. La matinée était déjà suffisamment chargée sans qu'elle m'agace.

— Ça m'a vraiment aidée, persista-t-elle. Ça et LE livre.

— La *Bible*?

J'aurais dû deviner que la prochaine phrase de ma mère serait biblique.

— Non. *Rénovez votre vie*!

— Ouais.

Je fus soulagé de voir l'église apparaître.

— Nous y sommes presque.

Mon père mourut un mardi matin, le 13 décembre, trois jours avant le congé de Noël à l'école. J'avais 12 ans. Je me souviens très bien de ce matin-là, non parce qu'il s'était produit quelque chose d'inhabituel, mais parce que c'était comme tous les matins à la maison. Ma mère me pourchassait ainsi que mes sœurs dans la maison afin que nous soyons prêts à partir pour l'école, et papa était à sa place habituelle à la table à lire son journal en buvant son café.

— Votre père est encore malade ce matin, les enfants, annonça ma mère avec un soupir fatigué.

Il avait le même air que d'habitude à mon avis, sauf que son visage était un peu plus pâle et qu'il posait régulièrement la main sur sa poitrine comme s'il avait des brûlements d'estomac. Alors que nous partions, il nous cria, sans se lever :

— Au revoir, les enfants!

Nous nous précipitâmes vers la familiale de la mère de Peter Graham, avec une demi-douzaine d'autres gamins du quartier, et quittâmes l'entrée de la maison. Je cherchai mes parents du regard dans l'embrasure de la porte, mais ils n'y étaient pas. Rapidement, j'étais bien trop engagé dans une négociation de haute voltige avec Peter en vue d'un échange de Big Wheel contre mon vieux vélo à siège banane pour m'en préoccuper.

Ma journée d'école prit fin trois heures plus tard. Une secrétaire à l'air sérieux frappa à la porte de ma classe, parla un instant avec mon enseignant, puis m'appela. Tous les regards convergeaient vers moi tandis que je franchissais la porte. J'entendis quelques rires. Mes camarades de classe présumèrent que j'avais fait des bêtises, mais je croyais qu'on m'avait choisi pour une occasion importante. J'avais réussi mon examen de mathématiques haut la main et j'étais qualifié de jeune génie ; j'entrais directement à l'université comme ce jeune de 13 ans en Ontario. C'est seulement lorsque je vis Janet et Wendy dans le bureau du directeur que je compris que la nouvelle n'était peut-être pas bonne. Janet semblait effrayée. Wendy pleurait à chaudes larmes. Tandis que mon ego avait pris le dessus à cet instant, l'intuition avait servi mes sœurs.

Le directeur ferma la porte et fit les cent pas devant nous, faisant tinter la menue monnaie au fond de sa poche. Parfois, quand il venait nous rendre visite en classe, il nous demandait de deviner combien il y avait. Si quelqu'un avait la bonne réponse, il empochait le tout. Je tentais de deviner quand il s'agenouilla devant nous et prit la petite main de Wendy dans la sienne.

— Les enfants, j'ai une mauvaise nouvelle à vous annoncer. Votre père est décédé ce matin. Les médecins croient qu'il a fait un arrêt cardiaque. Votre tante Germaine viendra vous chercher le plus tôt possible.

Après cela, mes camarades de classe me traitèrent différemment ; pas avec la compassion et la sensibilité escomptées, mais avec des moqueries et des taquineries. Je devins le handicapé de la classe ; pas celui à qui il manquait un membre, mais bien un père.

Le taxi ralentit à la hauteur de la 84ᵉ Rue pour nous déposer devant l'entrée principale de l'église Saint-Ignace-de-Loyola. Des groupes de personnes vêtues de noir s'agglutinaient devant la porte. J'inspirai à fond pour calmer mon anxiété. Les funérailles de mon père avaient bien duré un an à la maison. Je craignais que celles de Willard Godfrey aient le même effet. Je descendis du taxi et pris la main de ma mère. Nous descendîmes rapidement les marches pour rejoindre la salle Wallace au sous-sol de l'église.

L'endroit était superbe : une chapelle gothique de 745 mètres carrés avec un plafond voûté très haut, des colonnes de pierre hautes de neuf mètres et des vitraux. Déjà, près de 500 personnes étaient réunies dans la pièce et d'autres arrivaient. En descendant l'allée, je fis un signe de tête à de nombreux membres du personnel présents. Mon regard scrutait les allées à la recherche de Nancy Swinton jusqu'à ce que je me rende compte qu'elle était de service à l'hôtel. Je reconnus bon nombre d'autres personnes : des directeurs généraux et des employés d'autres hôtels ; les collègues de monsieur Godfrey au conseil d'administration de NYC & Company et du Centre Rose pour la Terre et l'espace ; ainsi que plusieurs clients réguliers et habitués de l'Univers. À l'avant de la salle, une grande photo de monsieur Godfrey était posé sur un chevalet argenté, flanqué de deux immenses bouquets de fleurs blanches.

— Trevor ! Yoo-hoo ! Par ici !

Marline Drummond nous faisait signe de les rejoindre vers l'avant. À contrecœur, j'y conduisis ma mère et fis les présentations. À côté de Marline, Matthew leva brièvement les yeux pour serrer la main de ma mère, puis recommença à étudier un bout de papier moite et chiffonné qu'il tenait à la main en murmurant les mots. Ma mère et moi nous faufilâmes devant lui pour nous asseoir à la droite de Marline. Nous restâmes silencieux un moment, absorbant tout ce que nous pouvions voir et entendre. Je regardai fixement la photo souriante de monsieur Godfrey et tentai de comprendre ce qui s'était passé, tentant de sortir de moi-même et de prendre le tout en perspective, mais tout semblait surréel, comme dans un rêve. Je vaquais à mes occupations, sans vraiment ressentir ce que je faisais.

À mes côtés, Marline ne tenait pas en place. Elle ne cessait de se retourner vers la porte pour voir qui arrivait. Incapable de rester assise plus longtemps, elle se leva d'un bond, se faufila devant Matthew et remonta l'allée.

Je me tournai vers Matthew.

— C'est ton hommage ? demandai-je.

— Oui.

— Tu as dû avoir de la difficulté à l'écrire.

— En effet.

— Puis-je le voir ?

— Non.

— Seras-tu le seul à prononcer un discours ?

— Cynthia dira également quelques mots.

— Vraiment. J'aurais pensé à Roger Weatherhead.

— Il est encore en croisière. Trevor, si ça ne te dérange pas, j'essaie de me concentrer.

— Désolé.

Me rappelant sa piètre prestation lors de la réunion de service générale, je décidai qu'il valait mieux le laisser tranquille.

À mes côtés, ma mère était parfaitement immobile, les mains sur les genoux comme une petite fille se comportant correctement à l'église. Je lui serrai la main et elle leva vers moi un regard reconnaissant. Il était réconfortant de l'avoir à mes côtés, particulièrement lorsqu'elle ne parlait pas. Derrière moi, la salle devenait surpeuplée et les gens se tassaient sur les bancs pour laisser de la place. Je vis Rudy Giuliani et Judi Nathan entrer. Derrière eux, il y avait Sarah Jessica Parker et Matthew Broderick. Marline discutait à l'arrière de la chapelle avec Ronald Perelman et Helen Gurley Brown. Près d'eux, il y avait Donald Trump et sa femme Melania. Tant de connaissances, songeai-je, mais combien d'entre elles étaient de véritables amitiés pour monsieur Godfrey ? J'ai toujours trouvé difficile de distinguer la vie personnelle et la vie professionnelle de Willard Godfrey. Le travail était-il sa vie ou la vie était-elle son travail ? Il ne semblait pas y avoir grand-chose qui n'était pas lié de près ou de loin à l'hôtel.

Brenda Rathberger arriva, étonnamment élégante avec ses boucles d'oreilles et son collier de perles et vêtue d'une robe noire. Son expression était empreinte de chagrin et de respect tandis qu'elle se faufilait dans l'allée pour s'asseoir à mi-chemin. Je me demandai à combien de funérailles elle avait assisté au cours de sa carrière ; elle avait tout de l'affligée professionnelle.

Marline redescendit l'allée, marchant au rythme de la musique d'orgue comme si elle participait à un mariage, sa robe sans manches laissant bien voir ses bras musclés par l'entraînement. Elle avait un air de supplice, un stoïcisme torturé qui laissait croire que sa vie avait été chamboulée par la mort de Willard Godfrey, mais elle faisait de son mieux pour empêcher sa lèvre supérieure de trembler. Elle arrêta à la hauteur de notre rangée et se retourna pour observer la foule.

— Marline, veux-tu, *s'il te plaît*, t'asseoir ! dit Matthew d'un ton sec. Tu me rends fou.

— Dans un instant, chéri.

Elle tendit les bras pour s'étirer, puis plaça ses mains sur le haut de ses fesses pour arquer le dos, sa menue poitrine pointant d'un air accusateur vers Matthew.

— J'ai besoin d'une cigarette, dit-elle en attrapant son sac à main pour en extraire un bâtonnet de gomme à la nicotine qu'elle engouffra en rejetant la tête en arrière, avec un grand soupir avant de se faufiler devant Matthew pour s'asseoir à mes côtés.

— Ne regardez pas tout de suite, mais voici Cynthia, murmura-t-elle.

Je regardai par-dessus mon épaule. Cynthia descendait l'allée toute seule, vêtue d'une robe noire toute simple, d'une ceinture noire lustrée et de souliers à talons hauts en cuir noir lustré lacés jusqu'à mi-genoux. Je levai la main pour la saluer, mais son regard était vissé à la photo de son père à l'avant de la pièce. Elle avait un air anxieux, mais brave. Elle s'arrêta au premier banc et s'y assit, seule. Je scrutai la pièce en quête de son collage, sa collection de «momentos», mais il n'était nulle part. Peut-être l'avait-elle gardée pour la veillée.

— Y aura-t-il une veillée par la suite ? demandai-je à Matthew.

Il secoua la tête.

— J'ai proposé d'en tenir une à l'hôtel, mais Cynthia a dit qu'elle n'avait pas envie de socialiser. Quelle ironie, n'est-ce pas ! Elle a dit qu'elle organiserait quelque chose d'ici quelques mois, une fois que ses cendres seraient envoyées dans l'espace.

— *Sandy James* est là, dit Marline du coin de la bouche, comme si elle était sous surveillance, le ton annonçant le scandale. Quelqu'un devrait lui dire qu'il ne s'agit pas d'un concours de beauté, qu'elle peut arrêter de sourire. Est-ce là son mari ? Quel homme ! Matthew, tu ne m'as jamais dit que le mari de Sandy était si bel homme. Oh, voilà Shanna ! Elle ne devrait pas porter tant de rouge à lèvres, elle a l'air d'un vampire.

— Marline, dit Matthew, arrête, s'il te plaît, de juger les autres.

— Je ne juge pas, je ne fais qu'observer, dit-elle en croisant les bras d'un air boudeur.

Nikki Hilton et l'actrice Virginia Madsen vinrent à l'avant présenter leurs sympathies à Cynthia, puis s'assirent de l'autre côté de l'allée, quelques rangées plus loin. La chapelle était maintenant pleine à craquer, mais la rangée de Cynthia demeura vide. Je fus triste pour elle, qui devait subir les funérailles de son père adoré en solitaire. Je songeai à me rendre à ses côtés avec ma mère, mais considérai qu'elle préférait peut-être être seule.

La musique cessa et un grand et svelte révérend aux yeux cernés s'approcha de l'estrade en posant des lunettes rondes sur son nez. Il parla d'une voix calme et grave.

— Mesdames, messieurs, famille et amis, collègues et voisins, nous sommes ici présents pour rendre un dernier hommage à Willard Godfrey, pour déplorer le départ d'un homme cher, d'un collègue adoré et d'un père aimant. Mais nous sommes également réunis pour nous réjouir du miraculeux cadeau de la vie que le Dieu Tout- Puissant nous a donné, un cadeau qu'il ne faut jamais tenir pour acquis...

Au cours des 20 minutes suivantes, le révérend qui, de toute évidence n'avait jamais croisé Willard Godfrey, parla de sa vie, de sa famille, de sa carrière et de sa fin tragique. Lorsqu'il eut terminé, il convia Matthew à le retrouver sur l'estrade.

Tandis que Matthew se levait, Marline se leva avec lui, pour aucune raison apparente autre que d'attirer l'attention. Elle garda les bras tendus comme pour implorer tandis qu'il descendait l'allée, comme pour offrir son mari en sacrifice sur l'autel.

Je priai que Matthew soit mieux préparé cette fois-ci.

Sur l'estrade, il s'éclaircit la voix et scruta la pièce.

— Willard Godfrey était un homme extraordinaire, dit-il.

Une série de sanglots éclatèrent de part et d'autre, comme si on avait donné le signal, et se poursuivirent tout au long de l'hommage. Les paroles de Matthew étaient truffées de clichés et de métaphores et comportaient davantage d'anecdotes à sa gloire, et à celle de sa femme, qu'à lui-même. Toutefois, en gros, c'était nettement meilleur que le discours de lundi et l'assistance démontra sa reconnaissance par des hochements de tête entendus, des sourires complices, des larmes et des gémissements de douleur.

— Et je sais en mon cœur qu'aucune étoile de l'Univers — à l'exception peut-être du Soleil — n'a brillé plus fort que Willard Godfrey, conclut Matthew. Bien que cette lumière soit dorénavant éteinte, nous gardons en nous une étincelle d'amour, d'admiration et de respect pour l'illustre personnage, une étincelle éternelle. Tandis que nous le saluons pour la dernière fois, nous le remercions de sa chaleur, de son énergie et de sa luminosité.

Matthew descendit triomphant de l'estrade, comme s'il s'attendait à des applaudissements.

À mes côtés, Marline se tamponna les yeux et m'attrapa la main.

— N'était-ce pas merveilleux? dit-elle.

J'acquiesçai en silence.

— C'est moi qui l'ai écrit, dit-elle en hochant la tête de haut en bas, les lèvres serrées.

Cynthia Godfrey se présenta alors sur l'estrade.

— Merci pour ces paroles gentilles, Matthew, dit-elle.

La présence de la fille orpheline de Willard Godfrey déclencha une nouvelle vague de douleur dans la chapelle. De l'autre côté de l'allée, j'aperçus Susan Medley le visage enfoui dans ses mains. Derrière elle, Brenda Rathberger pleurait ouvertement. Shanna était assise quelques rangées derrière, la tête penchée, dissimulant son visage, le corps bercé de sanglots. Sandy était dans la même rangée, la tête appuyée sur l'épaule de son mari, le visage criant de douleur.

Je songeai au commentaire de Matthew de la veille : *aussi difficile à comprendre que ce soit, nous n'avons d'autre choix que d'accepter les faits : il s'agit de Shanna ou de Sandy. L'une de ces* belles femmes affligées pouvait-elle être responsable de ces funérailles ? Je chassai cette notion absurde de mon esprit, refusant d'y penser. Ce devait être l'œuvre d'un étranger, me rassurai-je. D'une façon ou d'une autre, quelqu'un avait pénétré dans le stationnement et s'était enfoui sans être détecté.

Quand Cynthia commença son allocution, je sentis les larmes me monter aux yeux. Sa voix était douce et forte, mais vide d'émotion. Elle parlait sans notes.

— Je ne peux qu'être d'accord avec Matthew, dit-elle. À l'occasion, mon père pouvait être aussi brillant et chaleureux que le Soleil. Mais il y a une autre facette de sa personnalité que peu de gens connaissent. Il pouvait être aussi froid et distant que la Lune. Parfois, je le sentais à des années-lumière de moi.

Les gens semblaient inconfortables sur leur banc.

— En un sens, mon père est mort il y a des années, juste après le décès de ma mère. Il ne pouvait supporter d'être seul. C'est alors qu'il s'est consacré corps et âme à l'Univers. Il y avait toujours des gens autour de lui, mais il ne laissait jamais personne s'approcher trop près. Aujourd'hui, je regarde tous ces visages tristes dans la foule et je me demande si l'un d'eux connaissait vraiment mon père. Pas moi. Je crois que papa a abandonné l'espoir d'être de nouveau heureux après le décès de ma mère. Il se dévouait plutôt à rendre les gens heureux par son travail, par son accueil à l'hôtel où il les faisait se sentir en sécurité, confortables et bien traités, en étant le meilleur hôtelier possible. Ceux parmi vous qui ont séjourné à l'Univers ou qui y ont travaillé ont bénéficié de son dévouement.

Elle se retourna pour regarder la photo de son père, silencieuse pendant un moment.

— Au revoir, Papa ! murmura-t-elle en lui lançant un baiser silencieux.

Elle descendit de l'estrade, remonta l'allée et sortit de l'église.

L'orgue se fit entendre de nouveau. La foule resta immobile et silencieuse, troublée par le court discours de Cynthia et sa conclusion abrupte. Marline fut la première à bouger.

— Il ne reste que trois heures pour faire les boutiques avant Noël ! m'annonça-t-elle avec un clin d'œil, trop prononcé à mon goût. Elle se faufila devant Matthew et disparut vers le haut de l'allée.

Peu après, tout le monde se leva et lui emboîta le pas.

★★★★★

Après les funérailles, ma mère alla courir les boutiques et je retournai à l'Univers voir où en étaient les choses.

L'hôtel était silencieux et sombre. Le taux d'occupation était au plus bas de l'année, les voyageurs d'affaires ou de plaisir étaient rentrés chez eux pour les Fêtes. Pourtant, c'était le calme avant la tempête : dans deux jours, les délégués de VIDE commenceraient à arriver et le taux d'occupation augmenterait tandis que la semaine avancerait, se terminant par un taux d'occupation complet la veille du jour de l'An. Toutefois, ce soir, j'avais peu de raisons d'y être.

Pourtant, je réussis à rentrer tard à la maison. J'avais prévu rejoindre ma mère chez moi à 19 h, mais il était bien passé 20 h lorsque j'arrivai. Elle n'y était pas. Vers 21 h 15, je commençai à m'inquiéter, lorsque j'entendis les clés dans la serrure de la porte.

— Bonsoir, chéri ! Désolée d'être si tard !

Elle était vêtue d'un nouveau manteau de fausse fourrure sable et d'une fausse écharpe Versace. Ses joues étaient rouges.

— Où étais-tu, maman ?

— J'en ai eu marre d'attendre, alors je suis sortie prendre un verre. J'ai trouvé cet adorable bar juste au bout de la rue.

— Au bout de la rue ? Où ?

— Je crois que l'endroit s'appelle Posh.

— Posh ? Maman, il s'agit d'un bar gai.

— Bien sûr, je le sais.

Elle enleva son manteau et s'assit à mes côtés sur le fauteuil.

— Bien, au début, je l'ignorais. J'ai regardé par la fenêtre et l'endroit m'a semblé confortable et invitant. Il n'y avait que quelques hommes à mon arrivée, mais l'endroit s'est rempli, et, avant que je ne m'en rende compte, j'étais entourée de beaux messieurs. J'ai discuté avec un groupe d'hommes de Dallas. Quels gentilshommes ; je n'ai payé aucune consommation. Je leur ai parlé de toi et ils ont hâte de faire ta connaissance.

— Maman, je t'ai déjà dit que je n'étais pas gai.

— Je le sais, chéri. Mais cela ne te ferait pas de mal de te faire quelques amis, qu'ils soient homosexuels ou non.

Elle se leva et se dirigea vers le réfrigérateur pour se servir un verre de vin blanc. Elle le sirota en regardant autour d'elle.

— Cet endroit est déprimant, chéri. Pourquoi ne pas le retaper ? Ça fait bien trois ans que tu vis ici.

J'attrapai la télécommande et allumai le téléviseur.

— J'ai prévu peindre.

— C'est ce que tu m'as dit la dernière fois.

Elle s'assit à côté de moi de nouveau.

— Je ne suis pas médecin, mais j'ai bien l'impression que ce cactus est mort.

Je jetai un coup d'œil. Le cactus était plié en deux au-dessus de son tuteur comme un hors-la-loi que l'on aurait tiré, son beau vert tirant vers le brun.

— Je n'en sais trop rien, Maman, j'ai l'impression qu'il a encore quelques bonnes années devant lui.

— Alors, qu'as-tu prévu pour ce soir ?

— Ce soir ? Il est 21 h 30 la veille de Noël. Il n'y a rien à faire, dis-je en observant son visage empourpré. N'as-tu pas eu suffisamment d'excitation pour ce soir ?

— On ne s'amuse jamais assez à New York. Nous pourrions retourner prendre une bière à ce bar ?

— Je n'irai pas dans un bar gai. Certainement pas avec ma mère !

— Si tu veux être d'un tel ennui, alors peut-être y retourne-rai-je toute seule.

— Tu es libre.

— Je suis ton invitée. Et tu ne te montres pas très hospita-lier. Tu sembles avoir plus d'énergie et de temps pour les clients de ton hôtel — des étrangers ! — que pour ta propre mère.

La vie de célibataire était bien plus simple. Je changeai les postes du téléviseur en regardant fixement l'écran.

— Bon ! alors je rentrerai à l'hôtel, dit ma mère, sans bouger.

Elle fit semblant de regarder la télévision avec moi.

Je commençai à me sentir coupable. Peut-être aurais-je dû la sortir ce soir, ne serait-ce que pour une balade. Par contre, j'étais si fatigué que je ne pouvais bouger le petit doigt, et je m'endormis bientôt.

À mon réveil, quelques heures plus tard, elle était partie.

9

Un univers parallèle

Maman m'appela à 8 h le lendemain matin et insista pour venir passer le matin de Noël dans mon petit appartement plutôt que de rester dans sa spacieuse suite de l'Univers.

— J'ai mis le chauffage à fond depuis mon arrivée, mais j'ai tout de même froid, se plaignit-elle. Toutes ces fenêtres et ce plafond haut! Je me disais qu'il ferait bon d'être confortables.

Elle arriva en taxi à 9 h sonnant, les bras chargés de sacs de cadeaux emballés et de grignotines; le chauffeur de taxi la suivait, tout sourire, les bras remplis d'autres colis. Il déposa une petite valise près de la porte, me souhaita un Joyeux Noël et partit.

Je jetai un œil inquiet en direction de la valise.

— J'ai emporté mon pyjama! m'expliqua ma mère. J'ai cru qu'il serait amusant de les enfiler comme dans le bon vieux temps.

Je ne me souvenais d'aucun Noël où nous avions fait la grasse matinée en pyjama, mais j'étais bon joueur.

— Des joggings et un t-shirt, ça va?

— Tant que tu es confortable.

En sortant de ma chambre, je constatai qu'elle avait empilé une demi-douzaine de cadeaux autour du petit sapin de 30 centimètres que j'avais acheté dans une boutique de la 9ᵉ Avenue. Nous nous assîmes par terre, sirotâmes du café, grignotâmes des brioches à la cannelle tout en déballant nos cadeaux. Encore une fois, je me sentais bien, mais tout de même un peu hésitant, méfiant envers son comportement étrangement coopératif et accommodant. Nous étions comme des ennemis pendant un cessez-le-feu.

— Ça, c'est pour toi, dis-je en lui tendant un cadeau acheté et emballé chez Saks la veille, après les funérailles.

— Tu n'aurais pas dû ! répondit-elle en déballant l'emballage métallique pour en retirer un tout petit écrin.

Lorsqu'elle ouvrit le couvercle, elle écarquilla les yeux à la vue des clous d'oreilles en diamant qui brillaient de tout leur éclat.

— Mon Dieu ! s'exclama-t-elle, me regardant avec surprise. Ils sont superbes ! Mais mon chéri, quelle extravagance !

J'étais ravi qu'ils lui plaisent ; j'avais dépensé une petite fortune, bien que je l'aie justifiée puisque je ne m'achetais jamais rien.

Elle les mit et déambula devant le divan comme lors d'un défilé de mode.

— Alors, ils sont sensas ou non ?

— En effet, et ceci est également pour toi.

Elle accepta le cadeau suivant presque à contrecœur et le déballa avec soin, en retirant un exemplaire du livre de Willard Godfrey.

— Oh, dit-elle, clignant des yeux en le retournant. *Les Valeurs universelles.*

— J'ai cru que ça te permettrait d'avoir une meilleure idée de mon travail. Il est dédicacé.

— En effet, bon !

Elle soupira et posa le livre, tendant la main pour attraper un de ses cadeaux pour me le remettre cérémonieusement.

— À ton tour !

Je déchirai le papier d'emballage. C'était également un livre : *Rénovez votre vie* !

Touché, Maman, songeai-je. Je ne voulais pas lui laisser voir ma déception comme elle l'avait fait. Je l'ouvris donc avec enthousiasme et feuilletai les premières pages, lisant à voix haute :

« Trop souvent, nous abordons les changements dans notre vie comme des rénovations intérieures. Soit nous désirons tout démolir et repartir à neuf, soit nous désirons simplement tout camoufler sous une nouvelle couche de peinture. Toutefois, les changements véritables nécessitent de remonter à la source du problème et de bien le cerner avant de reconstruire. Parfois, nous enlevons la surface délabrée pour découvrir d'autres détails à régler. À l'occasion, nous y découvrons un fini d'origine en excellent état qui n'aurait jamais dû être recouvert. Quel que soit le cas, en chacun de nous, il y a une fondation solide qu'il vaut la peine de préserver. Rarement, des rénovations de fond en comble sont nécessaires. Il ne faut habituellement que quelques changements simples : tirer quelques joints, remplacer des meubles démodés, rafraîchir la peinture, voilà tout. Voilà en quoi consiste cet ouvrage. Basé sur mon expérience en tant qu'animatrice d'une émission de rénovation, et de mon combat contre la dépression, le cancer et la perte d'un être cher, je vous apprendrai à *Rénover votre vie* ! »

Je retournai le livre pour regarder la photo d'une Kathy T. McAfee souriante, sortie directement de chez le coiffeur… ou de chez le plasticien.

— Hum ! merci, Maman. J'ai hâte de le lire.

— Et merci pour le tien.

Nous nous éloignions l'un de l'autre. Nos livres auraient pu tout aussi bien porter chacun le titre : *Mon projet*, duquel ouvrage nous serions respectivement les auteurs. Je posai le livre sur le fauteuil et déballai ses autres cadeaux. Ils n'étaient pas aussi manipulateurs. Un paquet de 48 rouleaux de papier de toilette trois épaisseurs, une boîte de conserve de soupe aux tomates et une énorme boîte de savon à lessive au citron. Au cours des dernières années, Maman avait développé l'habitude d'acheter en gros de façon obsessive, comme si elle avait peur de manquer de quelque chose. C'était peut-être la conséquence de mon enfance. Après la mort de papa, nous avions manqué régulièrement de tout, même de nourriture, de vêtements et d'argent.

— Merci, Maman, dis-je, me demandant où je pourrais ranger tout ça.

— Oh, ce dernier est aussi pour toi.

Je l'ouvris et y découvris un chandail argenté brillant. Je crus qu'il s'agissait d'une erreur, que c'était un chemisier du jour de l'An pour Wendy. Je le tins dans les airs.

— Qu'est-ce ce que c'est?

— Un chandail pour sortir dans les boîtes de nuit. C'est ce que tous les garçons portent de nos jours.

— Mais je ne sors pas.

— Tu peux le porter aussi dans les fêtes.

— Je ne vais pas dans les fêtes.

— Et pour la veille du jour de l'An? C'est très festif.

— Je travaille la veille du Jour de l'An, et je ne porterai sûrement pas cette lumière stroboscopique.

— Alors, porte-le pour aller faire ton épicerie, je m'en fous! s'écria-t-elle, les yeux brillants de rage.

Je la regardai avec inquiétude.

— Et si je l'essayais?

J'allai à la salle de bain avec les articles. Je posai l'énorme paquet de rouleaux de papier de toilette sur la cuvette, et le savon à lessive dans la baignoire, les seuls endroits où ils pourraient aller, le lavabo étant toujours encombré des produits nettoyants en gros qu'elle m'avait envoyés pour ma fête. J'enfilai le chandail étroit. Les manches étaient si courtes et si étroites qu'elles me coupaient la circulation dans les bras. Si je le portais plus de cinq minutes, l'amputation serait inévitable. Je me regardai dans le miroir. Je devais admettre que j'avais l'air en forme. Je tendis les muscles de mes bras, gonflai le torse et rentrai le ventre. Qu'était-il advenu de cette résolution de me mettre en forme prise l'an dernier ? L'un des avantages indirects de mon travail était un abonnement gratuit au gym de la Mer de la Tranquillité, l'un des meilleurs en ville. J'avais également désespérément besoin d'un bronzage. Peut-être de petites vacances en janvier ? Je n'étais allé nulle part depuis mon arrivée à New York. L'année précédente, monsieur Godfrey m'avait versé quelque 6000 dollars en vacances non utilisées. L'argent était toujours dans mon compte bancaire.

— Voyons cela, cria ma mère de la salle de séjour.

Je sortis de la salle de bain.

— Regardez-moi ça ! s'écria-t-elle. Grand et fort ! Tu as l'air d'une vedette.

— Ouais, de Barry Gibb, peut-être !

Je retournai dans la salle de bain pour le retirer et renfiler mon t-shirt.

— Alors, qu'est-ce qu'il y a au programme pour le dîner ? demanda ma mère lorsque je revins.

— T'ai-je dit ? Sandy James nous a invités à dîner.

— Qui ? demanda-t-elle, une lueur d'espoir dans le regard. Une petite amie ?

— Notre directrice des ressources humaines. Tu as fait sa connaissance à l'occasion de ta dernière visite. Tu ne te souviens pas ?

Elle fit une grimace.

— Cette femme souriante ?

— Je croyais que vous vous entendiez bien. Elle t'a beaucoup appréciée.

— Je me souviens qu'elle était un peu sotte.

— Elle n'est pas sotte ! Elle est très intelligente.

— Son intelligence n'est pas la première chose qui m'a sauté aux yeux lorsque je l'ai rencontrée.

— Maman, j'adore Sandy. Elle est comme une sœur pour moi.

— Pardon ? Mais tu *as* deux sœurs.

— Comme une troisième sœur, ajoutai-je rapidement, comme ma séduisante sœur new-yorkaise.

— Comparativement à quoi ? Tes sœurs mal fagotées de Vancouver ?

— Ce n'est pas ce que je voulais dire.

— Elle m'a semblé un peu fausse. Tous ces sourires ! Je ne fais pas confiance aux gens qui sourient sans cesse.

— Maman, c'est un des commentaires les plus idiots que j'ai entendu de toute ma vie.

Elle se mit à s'agiter dans la pièce, pliant le papier d'emballage pour qu'il puisse être réutilisé, replaçant les coussins du fauteuil, et allant à la garde-robe pour en sortir un balai.

— C'est vrai, Trevor. Personne n'est heureux en permanence. Les gens qui sourient toujours ainsi sont désespérément en quête d'attention. Soit ça, soit qu'ils ont quelque chose à cacher. Les sourires doivent être précieux, distribués frugalement, déployés avec bonheur et gaieté. Autrement, ils sont gratuits et hypocrites.

De toute évidence, elle y avait réfléchi longuement. Je jetai un regard au livre que je lui avais offert, qui affirmait, entre autres, que le sourire pouvait guérir toutes les blessures. Peut-être valait-il mieux qu'elle ne le lise pas. Cela ne me rendrait que plus vulnérable à d'autres théories aussi ridicules qu'exaspérantes.

— Le sourire est l'un des outils de base de ma profession, dis-je.

— J'avais remarqué. J'envisageais de te dire, mon cher, que les gens sourient beaucoup trop à ton hôtel. Je suis passée devant l'accueil ce matin et trois employés m'ont regardée, un même sourire plaqué sur les lèvres, sans raison apparente. Ils avaient l'air de vrais demeurés. J'ai eu envie de leur faire un doigt d'honneur.

— Mon Dieu, Maman. N'ose surtout pas ! Ils sont toujours en convalescence après la visite de Janet et de Wendy.

— Ouais, bon, Janet et Wendy le sont également.

— Qu'est-ce que tu veux dire ?

— Pourquoi ne pas le leur demander toi-même ? Tu pourrais réévaluer le fonctionnement de cet hôtel maintenant que monsieur Godfrey n'y est plus. Personne n'aime toute cette attention et cette servilité. Ils aiment un service simple, efficace et effacé. Donnez-moi cette satanée clé et je vous dirai si j'ai besoin de quelque chose.

— De toute évidence, tu ne fais pas partie de notre clientèle cible. La prochaine fois, je te réserverai une chambre dans un motel bon marché du Bronx.

Elle était maintenant à genoux, à balayer sous le fauteuil en extirpant des objets que je n'avais pas vus depuis longtemps. Je me penchai pour ramasser un exemplaire du *Penthouse* que j'allai discrètement cacher sous l'oreiller dans ma chambre.

— Ne peut-on pas simplement aller déguster un bon repas ? demanda-t-elle d'une voix suppliante.

— Il est trop tard pour annuler, Maman. De plus, tu adoreras le mari de Sandy. Je crois que je ne l'ai jamais vu sourire. C'est un de ces artistes torturés et toujours en colère. Vous vous entendrez à merveille.

Maman posa le balai et s'accroupit près de la table, retirant ses boucles d'oreilles et les rangeant dans l'écrin.

— Ne passes-tu pas suffisamment de temps avec tes collègues ? Les filles, à l'hôpital, me demandent toujours de les accompagner dans diverses activités idiotes comme aller jouer aux quilles ou assister à une démonstration de lingerie, mais ce sont les dernières personnes que j'ai envie de voir dans mes temps libres. N'as-tu pas une amie, Trevor?

Finalement, la question qui la démangeait depuis qu'elle était descendue de l'avion. Je devais convenir qu'elle s'était retenue longtemps. Je songeai immédiatement à Nancy et mon cœur se gonfla. Puis, en me remémorant notre dernière conversation, il se dégonfla comme un ballon.

— Non, Maman, pas d'amie.

— Personne de spécial du tout?

— Voudrais-tu, s'il te plaît, cessez d'insinuer que je suis gai.

— Je ne fais rien de tel! Je disais simplement que...

— Tu es déçue que je ne sois pas gai, n'est-ce pas?

— Parfois, tu dis des choses ridicules. Non, je ne suis pas déçue que tu ne sois pas gai. Mais ça me serait égal que tu sois gai. Ton oncle Thomas a vécu une belle existence sans le fardeau d'une femme et d'enfants. Cet homme sait vraiment bien vivre. Oh, il m'a donné une liste de spectacles de Broadway absolument fabuleux. Apparemment, il est possible d'acheter des billets pour le jour même à moitié prix. Peut-être pourrions-nous faire cela demain soir. Il m'a conseillé *Hairspray*.

— Je déteste Broadway.

— Comment as-tu pu devenir si grincheux si jeune, je l'ignore.

— Je ne suis pas grincheux. Écoute, je te promets que nous ne resterons pas longtemps chez Sandy. Ses enfants se couchent tôt.

— Des enfants? dit-elle en plissant le nez. Je n'aime pas beaucoup les enfants, Trevor.

— Ça, je l'ai compris en grandissant.

— Je veux dire les enfants des autres. *J'adore* Aiden, Tate, Jordan, Quinn et Emily. Ce sont tes neveux et nièces, au cas où tu te demanderais qui ils sont. J'avais envie de passer du temps entre adultes cette fois-ci, avec *toi*, mon cher. Nous nous voyons si peu souvent.

Elle fut silencieuse un moment.

— Et cette fille de l'hôtel Park Arbour dont tu m'as déjà parlé? Je crois que son nom était Rosa. Qu'en est-il advenu?

— Elle m'a poursuivi pour harcèlement sexuel.

— Ah, oui, j'avais oublié. Bon, ce n'était pas la bonne.

*****

Ce soir-là, ma mère et moi prîmes le train pour Hoboken au New Jersey, puis un taxi jusque chez Sandy qui habitait une maison comme toutes ses voisines sur une rue quelconque.

Lorsque Sandy ouvrit la porte, elle nous adressa un grand sourire.

— Bon, si ce n'est pas Evelyn Lambert, s'écria-t-elle, les bras grands ouverts, génitrice du meilleur directeur de l'hébergement de tout New York! Quel plaisir de vous revoir! Joyeux Noël! Oh, vous n'auriez pas dû! Quel *joli* poinsettia!

Avant d'entrer, je me retournai pour jeter un regard à la Ford Ranger 1996 noire garée dans l'entrée en tentant de l'imaginer renversant monsieur Godfrey. *Impossible.*

— Tu viens, Trevor? demanda Sandy.

J'entrai et lui donnai un gros câlin. Elle avait l'air d'un joli cadeau de Noël dans sa robe rouge festive avec une ceinture dorée, assortie d'un corsage de baies rouges attaché près du cœur. Elle prit nos manteaux et nous précéda dans l'escalier menant à la salle de séjour.

Le parfum de la dinde nous parvenait de la cuisine et Karen Carpenter chantait une chanson de Noël. Dans l'âtre, un feu brûlait.

— Que c'est confortable! dit ma mère, les yeux scrutant nerveusement la pièce à la recherche des enfants.

Sandy s'occupa de nous de façon maladive.

— Faites comme chez vous ! Jack a tellement hâte de vous rencontrer, Evelyn. Puis-je vous offrir à boire ? Un peu de lait de poule avec une larme de rhum ? Ma foi, quelle robe superbe ! Et quelle taille de guêpe, ma chère ! Jack, chéri, viens dire bonjour !

Les quelques fois où j'avais rendu visite à Sandy chez elle, j'avais été surpris de constater qu'elle était la même à la maison qu'au travail : toujours tirée à quatre épingles, tout sourire et bienveillante à l'extrême. Pourtant, sa demeure était modeste, bien plus que je ne l'aurais cru, l'ameublement était en tissu écossais et monotone, et le plancher était jonché de jouets. Une faible odeur de litière flottait dans l'air, bien que je n'y aie jamais vu de chat. D'une certaine façon, je m'attendais à un intérieur plus séduisant, et chaque fois, sans savoir pourquoi, j'étais déçu.

Maman fut immédiatement attirée par les œuvres d'art accrochées aux murs, une série d'œuvres abstraites de taches de couleur encadrées d'acier inoxydable, chacune, du moins à mon avis, indistincte de la suivante. Elle s'arrêta pour en examiner une tache de couleur particulièrement troublante.

— Ne sont-elles pas superbes ? dit Sandy, derrière ma mère. Elles sont toutes de Jack.

— Étonnantes. Celle-ci représente un paysage, non ?

— Bravo ! dit Sandy en pointant une tache noire dans le coin supérieur droit. Ça, c'est le soleil.

— Fascinant !

Jack surgit de la cuisine, s'essuyant les mains sur son tablier.

— Joyeux Noël, dit-il, vêtu d'un vieux t-shirt ample, de jeans délavés et de sandales. Sa crinière blonde était ébouriffée.

C'était un bel homme brut, un ancien joueur de football universitaire qui avait abandonné le sport pour se consacrer à son art.

— Bonjour Evelyn, enchanté, dit-il d'un ton timide et désinvolte qui contrastait avec le ton formel démonstratif de Sandy.

Comme prévu, ma mère sembla tout de suite s'y intéresser. Elle passa les dix minutes suivantes à vanter les mérites de son œuvre.

— Les enfants, cria Sand. Venez saluer Trevor et madame Lambert.

Je vis ma mère sourciller visiblement.

Il n'y eut pas de réponse.

— Ils ont reçu des jeux vidéo pour Noël, expliqua Sandy. Peut-être ne les verrons-nous pas de la soirée.

Ma mère afficha un grand sourire. Jack nous servit à boire, puis alla à la cuisine, en ressortant de temps à autre avec des amuse-gueule et pour remplir nos verres. Il était agréable, mais taciturne. Je me demandais comment il supportait tout ce drame que Sandy vivait au travail.

Environ une heure après notre arrivée, Jack amena Kaitlin et Wesley et les installa de chaque côté de Sandy, puis retourna à la cuisine. Tous deux avaient l'air d'être fâchés.

— Evelyn, dit Sandy, voici mes deux enfants, Wesley et …

Elle hésita un court instant, la petite fille la dévisageant de ses grands yeux en suçant son pouce.

— … Kaitlin. Kaitie a trois ans et Westley a quatre ans.

— Cinq, dit Westley.

— Cinq.

— Enchantée, dit ma mère, affichant un sourire si faux que les enfants n'en semblèrent pas dupes.

Les enfants se blottirent contre leur mère, accrochés à ses bras comme s'ils avaient peur qu'elle ne disparaisse, et regardèrent fixement ma mère avec curiosité et crainte. Tandis que Sandy bavardait, ma mère écoutait poliment, s'accrochant probablement à un comptoir imaginaire chaque fois qu'elle souriait, ce qui était fréquent. Pourtant, le sourire de Sandy était différent ce soir. Il semblait faux et forcé, encore plus que je ne l'avais remarqué au travail cette semaine. Chaque fois que Jack faisait une apparition, il évitait son regard, même lorsqu'ils se parlaient. Je sentis que tout n'allait pas pour le mieux entre eux et j'aurais voulu demander à Sandy si tout allait bien. Toutefois, je savais que c'était inutile, même si elle ne l'était pas, elle ne l'admettrait pas.

Ma mère but trois verres de lait de poule au rhum avant le repas et semblait fort bien s'amuser. Lorsque nous nous assîmes à table pour manger, Sandy la questionna sur son travail d'infirmière, puis dit :

— J'ai toujours voulu être infirmière. Je me souviens avoir rendu visite à ma tante à l'hôpital à l'âge de six ans. Elle souffrait horriblement de rhumatisme articulaire aigu. Une infirmière matrone allait et venait sans cesse pour effectuer diverses tâches, telles que prendre sa température, lui administrer ses médicaments, replacer ses oreillers. J'étais si impressionnée par son efficacité. Lors de ma visite suivante, ma tante était guérie et j'attribuai sa guérison aux soins de cette infirmière. À l'époque, je croyais que c'était le médecin qui avait le rôle de soutien.

— D'une certaine façon, c'est la vérité, dit ma mère.

— Je n'ai jamais suivi de cours pour devenir infirmière, mais je suis toujours dans le domaine de l'hospitalité.

Ma mère pencha la tête.

— Je n'ai jamais songé au rôle d'infirmière ainsi.

— Mais c'est bien cela, non ? poursuivit Sandy. Je veux dire, nous travaillons toutes deux dans des édifices remplis de chambres et de lits où les gens viennent dormir et il est de notre devoir d'en prendre soin. Un hôtel est comme un hôpital, mais avec des lits plus confortables et de la meilleure nourriture, dit-elle en éclatant de rire.

Ma mère eut un sourire plaisant.

Le repas était copieux et maison, bien qu'un peu fade, et certainement pas du calibre de la nourriture de l'Univers.

Ma mère s'en émerveilla à plus finir.

— Quel changement apprécié de toute cette nourriture riche de votre hôtel spatial, dit-elle. La nourriture trop riche me donne des flatulences.

— Cela fait donc de vous une comète, alors, dit Sandy. Elle est faite de gaz, ajouta-t-elle en éclatant de rire de nouveau.

Elle avait bu la moitié d'une bouteille de mousseux.

— Sandy décrit le fonctionnement de l'hôtel en termes aérospatiaux, expliquai-je rapidement. Elle aime décrire les gens en fonction de l'espace qu'ils occupent dans le système solaire, un juste mélange d'astronomie et d'astrologie.

Tandis que Sandy se lançait dans une explication, je me levai pour aider Jack avec le dessert : une tarte à la citrouille maison. Dans la cuisine, je tentai à plusieurs reprises de faire la conversation, mais il répondait de façon monosyllabique.

Plus tard, alors que ma mère était à la cuisine pour aider à la vaisselle, je demandai à Sandy si tout allait bien.

— Bien sûr ! Pourquoi ?

— Il semble y avoir des tensions entre toi et Jack. Il semble en colère.

— Jack a toujours l'air en colère, mais c'est un gros toutou. Les choses ne pourraient aller mieux.

— Tant mieux, dis-je sans vraiment la croire.

— Tandis que tu es là, Trevor, dit-elle en sourdine, je devrais probablement te dire ce que j'ai l'intention de faire à mon retour au travail mardi. J'ai été si distraite par les événements au travail. Je crois que Cynthia a commis une grave erreur en nommant Matthew directeur intérimaire. J'ai l'intention de faire quelque chose.

— Oh ?

— J'ai l'intention de proposer à Cynthia de me nommer directrice générale, dit-elle. Je vais lui parler de notre projet, incluant le fait de te nommer directeur des opérations. J'espère que je peux compter sur toi.

Dans la cuisine, j'entendis ma mère hurler de rire.

À la froideur de son regard, je savais qu'elle était des plus sérieuses.

— Pourquoi ne pas en reparler mardi, dis-je. Quand la poussière sera retombée.

— D'accord, dit-elle, mais ma décision est prise.

10

Une onde de choc cosmique

Le jour suivant, lendemain de Noël, Maman me convainquit de prendre congé pour l'avant-midi afin de l'accompagner dans sa visite des boutiques, mais elle s'était abstenue de mentionner que cela impliquait d'être tiré du lit à 6 h 15 pour se tenir debout dans un froid mordant devant Lord & Taylor, parmi une file de chercheurs d'aubaines longue de plus d'un kilo-mètre. Elle avait épluché le *New York Times* pour les soldes, avait tracé son plan des boutiques pour la journée avec la ruse et la précision qu'exigeait une invasion militaire, organisant sa route non pas géographiquement, mais selon les plus grands rabais annoncés.

À 7 h 20, elle émergea de Lord & Taylor, froissée, les mains vides.

— Même à 70 pour cent de rabais, c'est trop cher pour ce que ça vaut, marmonna-t-elle en fonçant vers la 5ᵉ Avenue pour héler un taxi.

Nous nous rendîmes ensuite chez Borders dans Union Square — 50 pour cent de rabais —, puis nous revînmes vers les quartiers chics chez Saks Fifth Avenue — également 50 pour cent de rabais —, redescendîmes Broadway jusqu'à Macy's — 40 pour cent de rabais — avant de revenir vers les quartiers chics pour aller chez Burberry — 30 pour cent de rabais. Après avoir commencé à acheter, elle fut incapable de s'arrêter : rapidement, mes bras croulèrent sous le poids des sacs.

— Cet endroit semble cher, dis-je lorsque nous arrivâmes chez Burberry.

— Balivernes. Ils offrent d'énormes rabais. J'ai besoin d'une robe pour le Nouvel An.

Je décidai de grelotter dans le froid sur la 57ᵉ Avenue plutôt que d'affronter l'artillerie à l'intérieur. Une demi-heure plus tard, elle émergea, le sourire fendu jusqu'aux oreilles. Elle me tendit un sac à motifs d'échiquier Burberry et se précipita vers la rue pour héler un taxi. Je jetai un œil dans le sac et vis une robe de soie bourgogne qui avait l'air coûteuse ainsi qu'une paire de gants en cuir.

— Trevor, allez! Dépêche-toi! cria-t-elle en tenant la porte ouverte d'un taxi.

— Où allons-nous maintenant? demandai-je en m'engouffrant dans le taxi.

— Soho.

— Nous arrivons du centre-ville! Te rends-tu compte que tu as dépensé plus en taxis que ce que tu as économisé grâce aux soldes? As-tu déjà pensé au métro?

— Avec tous ces sacs?

Dans Soho, Maman visita, selon mes estimations, plus de 1500 magasins. Elle fit les boutiques avec des instincts de tueur et une précision chirurgicale, rôdant d'abord autour de la vitrine extérieure afin de déterminer si la boutique méritait son atten- tion — ce qui, à tout coup, était le cas. Une fois à l'intérieur, elle esquivait même les vendeurs les plus tenaces, écartait rapidement les présentoirs à prix réguliers et se lançait à l'assaut des autres à prix réduits, ainsi que des tables de soldes. En quelques secondes, elle éloignait la camelote et agrippait tout ce qui avait de la valeur, exécutant rapidement une analyse de rentabilité. Si celle-ci était positive, elle plaçait l'objet sous son bras et fonçait vers la caisse. À plusieurs occasions, je la vis se glisser de manière flagrante devant la file ; une fois, un jeune homme protesta, mais il se clama lorsqu'elle prétendit être une vieille femme gaga et désorientée. Émergeant du magasin, les yeux enragés, elle me tendait sa proie, parcourant déjà la rue devant elle.

Elle entra dans trois magasins RiteAid. Soit qu'elle ne s'était pas rendu compte qu'il s'agissait de la même boutique, soit qu'elle était à la recherche de quelque chose que les autres n'avaient plus, je n'étais pas sûr et je savais que je ne devais pas poser de questions.

— C'est pour toi, me dit-elle en me tendant un sac lorsqu'elle sortit du troisième magasin.

Je jetai un œil à l'intérieur.

— Du minoxidil ?

— C'est une marque générique de Rogaine.

— *Rogaine ?* Je ne perds pas mes cheveux.

Elle lança un regard en direction de mon cuir chevelu et pressa ses lèvres l'une contre l'autre.

— Disons qu'il s'agit d'une mesure préventive. Ton grand-père était chauve à l'âge de 40 ans. Il avait une longue mèche de cheveux qu'il enroulait sur sa tête. Ma mère la détestait au point où elle la lui rasa une nuit pendant qu'il dormait.

Elle marchait si vite que je peinais à la suivre.

— Ton oncle Tom m'a demandé de lui en rapporter et j'ai pensé t'en acheter aussi. C'est moins cher ici aux États-Unis. Et plus fort… comme les cocktails. Dieu bénisse les États-Unis.

Pendant le reste de la journée, je fus obsédé par mes cheveux, vérifiant, dans chaque miroir et chaque fenêtre que nous croisions, les zones chauves ou les signes d'amincissement.

Century 21 était la boutique suivante sur sa liste. C'était un bain de sang. Effrayé par la taille de l'armée ennemie, je décidai d'accompagner Maman à l'intérieur afin de la protéger et fus presque aplati à plus d'une reprise. Je perdis rapidement patience et je saisis le bras de Maman afin de la forcer à une retraite complète. Elle accepta un cessez-le-feu et nous nous arrêtâmes chez Balthazar pour le déjeuner.

— J'ai acheté des cadeaux pour tes sœurs ainsi que pour tes neveux et nièces, dit-elle au-dessus d'un croque-monsieur. Il y a peut-être même une surprise ou deux pour toi.

— Quoi, plus de Rogaine ? Peut-être du Viagra également ?

— Trevor, s'il te plaît.

— D'ailleurs, d'où vient tout cet argent ?

— Tu sauras que je gagne un salaire décent à l'hôpital. Je n'ai pas l'intention de me défendre pour quelques consommations sans conséquence. J'ai à peine dépensé quelques dollars pour moi pendant 20 ans. De plus, ce sont mes vacances. J'ai l'intention d'acheter et de boire de manière excessive, et tes façons mesquines n'y changeront rien.

Comme pour soutenir son argumentation, elle commanda un verre de merlot.

Après le déjeuner, je la laissai continuer à courir seule les boutiques et je rapportai ses achats à la maison. Quand elle fit son apparition trois heures plus tard, elle fouilla dans ses sacs et présenta une boîte de cinq kilogrammes de détergent, un contenant de sept kilogrammes et demi de liquide à vaisselle, un emballage de douze rouleaux de papier essuie-tout et un paquet de huit pains de savon frais.

— Pas surprenant que mes bras soient morts, dis-je. Où vais-je ranger tout ça ?

— Dans tes armoires de cuisine.

— Absolument pas. Elles sont pleines.

— Plus maintenant.

Je me rendis dans la cuisine et ouvris les armoires. Elles étaient presque vides, et immaculées.

— Quand as-tu fait ça ?

— L'autre nuit, pendant que tu dormais.

— Qu'as-tu fait avec tout ce qui était là ?

— J'ai presque tout jeté. Ça ne ferait pas de mal de vérifier les dates d'expiration de temps à autre, chéri. Les céréales ne durent pas trois ans. Pas plus que le beurre d'arachide. Oh, ça me fait penser !

Elle fouilla dans ses sacs et me tendit trois sachets en filet contenant des copeaux de bois et des fleurs séchées.

— C'est pour toi.

— Qu'est-ce que c'est ?

— Des sachets de pot-pourri. Ton appartement sent le renfermé.

Je les reniflai.

— Ils sentent le parfum de vieilles dames.

— C'est mieux que des coquilles de protection qui sentent la sueur.

Elle chercha dans d'autres sacs et en tira des jeans.

— Tiens, essaie-les.

C'étaient des jeans Diesel, déchirés et usés, délavés à l'avant et à l'arrière, avec des trous rapiécés sur les fesses. Je ne possédais pas de jeans comme ceux-là ; je savais qu'ils coûtaient plus de 200 dollars Je me rendis dans ma chambre et les enfilai. Ils m'allaient bien. Un peu grands à la taille, mais rien qu'une ceinture ne pourrait corriger.

Je sortis pour les présenter.

— Wow, Maman ! Il sont géniaux.

— Oh, ils ne sont pas pour toi, ils sont pour ton oncle Thomas. Je voulais savoir comment ils te faisaient. Ils te font bien. Tu devrais t'en acheter.

— J'ai suffisamment de jeans, Maman.

— Plus personne de moins de 40 ans ne porte de Levi's 501, chéri.

— *Tu* me les as achetés.

— Il y a dix ans.

Je retournai dans ma chambre pour les enlever et les lui tendis.

— Je t'ai pris quelques rendez-vous pour des traitements au spa Mer de la Tranquillité ce soir à 18 h. Massage, manucure, pédicure et traitement facial. Qu'en penses-tu ?

Elle scruta mon visage, comme si elle se méfiait de mes mobiles.

— C'est divin ! Nous pourrions avoir un dîner tardif après. J'ai demandé à votre concierge de nous réserver une table dans un nouveau restaurant à la mode. Il a fait une réservation chez Ono à 21 h. C'est un petit restaurant épatant situé à l'hôtel Gansevoort dans le quartier des abattoirs. J'ai vu un article sur ce restaurant dans le *New York Magazine*.

Nous convînmes de nous rencontrer à l'entrée principale de l'hôtel à 20 h 30.

★★★★★

Je traînai à la maison quelque temps après son départ, mais j'étais nerveux et je décidai donc de me rendre plus tôt à l'hôtel pour en vérifier la situation.

Tout était tranquille à l'Univers. Je m'arrêtai à la réception pour m'enquérir avec désinvolture de l'endroit où se trouvait Nancy Swinton et j'eus le cœur brisé en apprenant qu'elle avait travaillé le quart du matin ; Gaétan faisait le quart de soirée. Je passai une heure à faire des rondes, errant sans liste d'un service à un autre, et à 20 h, je m'arrêtai au 74ᵉ étage, à la Stratosphère qui était fermée pour la soirée.

L'une des boîtes de nuit les plus populaires de la ville était située au haut de la Sphère ; comme dans le cas des autres étages, ses murs extérieurs étaient faits de vitres réfléchissantes et la pièce faisait un tour complet toutes les heures. Du lundi au samedi, les amateurs de boîtes de nuit affluaient dans la Stratosphère pour les impressionnants spectacles de laser et l'observation de vedettes. De minuscules lumières en forme d'étoiles étaient encastrées dans le plafond et la piste de danse afin d'imiter une boîte de nuit futuriste flottant dans l'espace. Des banquettes à cinq niveaux et des tables de cocktail menaient à une piste de danse au centre de la pièce, avec de grands écrans sur les murs intérieurs pour les vidéos et les projections.

J'ouvris les lumières et m'approchai de la fenêtre qui était du côté sud-est de Central Park et de l'Upper East Side. Grâce à un trou entre les immeubles, je pouvais apercevoir une mince portion de l'East River et les lumières du pont Queensboro. Il pleuvait et une grande quantité de gouttes explosaient sur le verre, embrouillant ainsi les lumières de la ville que l'on voyait en bas. Je vérifiai les trois bars pour m'assurer qu'ils étaient en ordre et je verrouillai, puis je m'assurai que les salles de bain étaient propres et que le bureau du gérant était bien fermé. Satisfait, je me dirigeai vers la sortie. En passant devant le vestiaire, mon Comm-U se fit entendre. Je le saisis à ma ceinture et jetai un œil à travers la fenêtre fluorescente bleue.

AGU 555-APPELER GAÉTAN BOUDREAU.

Un appel de groupe urgent. Rapidement, je tapai le code.

Gaétan répondit immédiatement.

— Es-tu près d'un téléviseur ? demanda-t-il.

Je regardai la piste de danse ainsi que l'énorme écran vidéo qui se trouvait à côté.

— En quelque sorte. Pourquoi ?

— *Aux frontières de l'information* est sur le point de commencer. Ils ont annoncé une histoire à propos de l'Univers.

Je coupai le contact et me rendis derrière le bar pour prendre la télécommande. Du milieu de la piste de danse, je changeai les chaînes pour trouver NBC. Sur l'énorme écran devant moi, un tourbillon d'images colorées se transforma en une carte de l'Amérique du Nord, les mots *Aux frontières de l'information* formant la frontière entre les États-Unis et le Canada. Une voix masculine grave annonça :

— En direct du studio NBC de *Aux frontières de l'information* à Niagara Falls, voici votre animatrice, Honica Winters.

La carte s'estompa et la silhouette de Honica Winters apparut. Elle était assise sur un tabouret dans son studio. La lumière devint progressivement de plus en plus forte, révélant son beau visage, ses cheveux blonds noués derrière sa tête. Elle portait une blouse en satin couleur opale, un veston bleu cobalt et une courte jupe noire qui dévoilait ses longues jambes minces. Elle avait l'air sévère et aguerrie.

— Bonsoir, dit-elle, et bienvenue à notre édition spéciale des Fêtes de *Aux frontières de l'information*.

Son image surgit devant moi, haute de plus de trois mètres, une amazone de jambes, de seins et de cheveux. Sa voix était tonitruante. Je trébuchai en m'éloignant de l'écran et me ruai vers la télécommande pour baisser le volume.

— En cette saison de réjouissances, disait-elle, alors que l'économie américaine continue à se redresser et que les entreprises font état des meilleurs résultats pour un trimestre depuis le 11 septembre, à travers les États-Unis, les somptueuses fêtes de Noël des entreprises sont de retour en force. Nulle part n'était-ce plus évident qu'à New York où, pendant trois ans, une population secouée s'était éloignée de toute démonstration ostensible d'excès d'entreprise en faveur de célébrations plus modestes ou d'aucune fête. Cette année, les hôtels de New York et les traiteurs ont rapporté une augmentation des dépenses pour les fêtes de Noël évaluée entre 20 et 100 pour cent.

— Accompagnant cet enthousiasme renouvelé pour faire la fête, on a assisté aux comportements qui ont rendu les fêtes de Noël célèbres : trop de boissons alcoolisées, manque de discernement et comportements susceptibles d'empêcher l'avancement professionnel. Ces célébrations ont également entraîné un point culminant du passe-temps des fêtes le plus dangereux de tous : la conduite avec les facultés affaiblies.

Honica fit une pause avant de regarder fixement l'écran.

— Chaque année, 17 000 personnes sont tuées dans des accidents causés par l'alcool aux États-Unis, et plus d'un demi-million de personnes sont blessées. La période des Fêtes comprend à elle seule plus de 1500 de ces accidents mortels. Chaque année, l'histoire se répète : les gens se rendent à des fêtes, sont ivres et conduisent leur véhicule pour rentrer à la maison, parfois avec des conséquences tragiques.

» Ce soir, *Aux frontières de l'information* jette un regard sobre sur les attitudes et comportements des Nord-Américains envers la conduite en état d'ébriété. Au centre de notre histoire se trouve l'hôtel tape-à-l'œil et futuriste de Manhattan, l'Univers, dont les salles de réception et les restaurants affichaient complet des mois à l'avance. La semaine dernière, Willard Godfrey, propriétaire de l'hôtel Univers et auteur du succès de librairie *Les Valeurs universelles*, a été frappé et tué par un véhicule dans le stationnement souterrain de l'hôtel quelques minutes seulement après avoir quitté la fête de Noël des employés. L'auteur du crime s'est enfui et aucune arrestation n'a encore été effectuée, mais les circonstances laissent envisager un scénario tragiquement ironique : monsieur Godfrey, un homme abstinent et partisan du mouvement contre la conduite en état d'ébriété, a peut-être été tué par un conducteur dont les facultés étaient affaiblies par l'alcool — peut-être même par un de ses employés qui aurait fort bien pu s'être enivré avec de l'alcool qu'il lui aurait payé.

— Oh là là ! dis-je en retenant mon souffle.

Mon téléavertisseur se fit entendre, mais je l'ignorai, incapable de détourner mes yeux de l'écran. Je reculai jusqu'à une banquette en bordure de la piste de danse et m'assis.

Honica fit pivoter sa chaise et fit face à une autre caméra. Derrière elle, une photo de Willard Godfrey apparut au-dessus de la légende « L'UNIVERS EN ÉTAT D'ÉBRIÉTÉ ».

— La mort de Willard Godfrey est survenue la veille de l'arrivée à New York de 1500 délégués au congrès des Victimes Involontaires de l'Ébriété, connu sous l'acronyme VIDE. Quel est l'hôtel qui accueillera 700 de ces délégués ? L'Univers. En fait, Willard Godfrey devait prononcer un discours lors de la réception d'ouverture du congrès demain soir. Son décès a forcé les organisateurs à trouver un remplaçant.

L'intensité des lumières du studio diminua et Honica réapparut sur l'avenue des Amériques sous l'enseigne de l'hôtel Univers. Je reconnus son trench-coat marron ; elle était exactement à l'endroit où elle m'avait interviewé. Je couvris mes yeux, effrayé à l'idée de regarder, mais je regardai l'écran entre mes doigts.

— Je me trouve devant l'imposant hôtel Univers, cria Honica au-dessus du vacarme de la circulation, l'un des immeubles modernes les plus célèbres. Depuis l'ouverture des imposantes portes en acier derrière moi il y a près de cinq ans, l'hôtel a reçu des chefs d'État, des membres de la famille royale, des vedettes de rock et des astronautes. Construit pour ressembler à une colonie de l'espace futuriste, l'Univers abrite une remarquable combinaison d'astronomie, de technologie et d'hospitalité sous sa sphère étincelante en verre. Les vedettes l'adorent, les scientifiques et les astronomes en font l'éloge alors que des milliers de touristes et de New-Yorkais convergent vers cet endroit chaque année.

— Cette année, Willard Godfrey a organisé une somptueuse fête de Noël pour les employés à l'Observatoire situé au dernier étage de l'hôtel, 75 étages au-dessus des rues de la ville. La caméra se déplaça vers le haut de la tour de verre jusqu'à la Sphère puis redescendit vers Honica.

— Près de 800 employés ont assisté à la fête, des préposés aux chambres aux aides-serveurs ; des préposés au service aux chambres aux cuisiniers ; des plongeurs au personnel de direction. Pendant une soirée spéciale, ces employés qui travaillent dur ont eu droit au service cinq étoiles qu'ils sont plus habitués à offrir : cuisine gastronomique, vins millésimés et somptueux desserts.

» Cette année, le menu était un exemple typique des plats servis au restaurant cinq étoiles de l'hôtel, l'Orbite.

Honica continua à parler alors que la caméra défilait le menu

— Un buffet gastronomique somptueux avec des mets tels que du homard de l'Atlantique, du filet mignon, de la purée de pommes de terre au wasabi, des pois mange-tout et des asperges grillées. Pour dessert, il y avait du soufflé au Grand Marnier, de la mousse au chocolat Frangelico, de la crème brûlée au gingembre indien et une sélection de crèmes glacées et sorbets gastronomiques. Pour boire ? Du vin mousseux à l'arrivée, un choix de vins pendant le repas, des liqueurs au dessert, et un bar parrainé pendant toute la soirée.

» J'ai une copie de la facture d'alcool de la soirée, cria Honica en tenant une feuille de papier agitée par le vent. Le total est de plus de 50 000 dollars, seulement en alcool, près de la moitié du budget de la fête, une moyenne de six consommations par personne. S'enivrer n'est pas un crime, évidemment. En fait, pour plusieurs dans notre pays, il s'agit d'une tradition des Fêtes de Noël. La question fondamentale est de savoir comment ces personnes qui avaient trop bu sont-elles rentrées à la maison ?

Et qu'est-ce qui a entraîné la mort tragique de l'homme qui a payé la facture de cette extravagante aventure ?

Je laissai échapper un soupir de soulagement lorsque je vis Honica de retour dans son studio. J'étais tiré d'affaire — pour le moment.

— Willard Godfrey avait prévu un service de navettes gratuit pour les employés afin de s'assurer que ceux-ci rentreraient à la maison en sécurité ce soir-là, dit Honica. *Aux frontières de l'information* a toutefois appris que les employés de l'hôtel n'ont pas tous utilisé ce service. Au retour, nous saurons exactement qui a pris la navette et qui a conduit pour rentrer à la maison. Nous parlerons également avec la directrice générale du congrès des Victimes Involontaires de l'Ébriété, et découvrirons à quel point la conduite sous l'influence de l'alcool est un problème aux États-Unis.

Honica disparut de l'écran pour faire place à une annonce publicitaire.

Je me levai et arpentai la pièce. Mon Comm-U se fit de nouveau entendre. Le mettant de côté, je gravis les marches vers le bar et utilisai mon passe-partout pour ouvrir l'armoire et me servit un généreux verre de whisky. Le temps que je retourne à mon siège, *Aux frontières de l'information* avait recommencé.

La silhouette corpulente de Brenda apparaissait maintenant à l'écran. Elle était assise dans une chaise Swan dans sa suite Supernova, face à Honica, les coudes sur les appuie-bras, les poings serrés. Un plateau en argent sur lequel se trouvaient du thé et des scones était posé sur la table à café près d'elle. Sur l'écran, on pouvait lire la légende BRENDA RATHBERGER — VICTIMES INVOLONTAIRES DE L'ÉBRIÉTÉ.

— Madame Rathberger, demanda Honica, combien de consommations sont nécessaires pour être légalement affaibli ?

Le visage de Brenda remplit l'écran. Elle avait l'air résolue et autoritaire, et semblait avoir une grande quantité de maquillage.

— Le niveau de tolérance varie selon chaque personne, répliqua-t-elle. Il dépend de la morphologie, du sexe, de l'état de santé et d'autres facteurs. Pour la plupart des gens, une ou deux consommations suffisent pour atteindre la limite légale de 0,08% d'alcool dans le sang, soit la limite fixée par la plupart des États américains et des provinces canadiennes. Contrairement au mythe populaire, une fois que vous atteignez cette limite, bien que cela vous rende plus alerte, une tasse de café ou un hamburger au fromage ne diminueront pas la quantité d'alcool dans votre sang.

Honica hocha la tête, les lèvres légèrement retroussées, un ongle verni violet sur le menton.

— Vous avez vu la facture d'alcool de la fête de Noël des employés de l'hôtel Univers. Croyez-vous que c'est exagéré ?

— Oui, je crois que c'est exagéré, mais je suis plus inquiète de la façon dont les gens ivres sont rentrés à la maison et qu'un homme soit mort. Je ne peux pas dire s'il y a un lien, mais, comme on dit, il n'y a pas de fumée sans feu. Dans la majorité des accidents de la route qui surviennent tard dans la nuit pendant les fins de semaine, surtout pendant la période des Fêtes, l'alcool joue un rôle. C'est la responsabilité de l'hôte de la fête, que ce soit une petite entreprise, une grande entreprise prospère, un bar ou une fête dans une maison privée, de s'assurer que ses invités rentrent à la maison de manière sécuritaire.

— Il n'est cependant pas toujours facile de surveiller la quantité d'alcool consommée par nos invités. Comment pouvons-nous savoir s'ils sont ivres ?

— Les signes de l'ivresse sont faciles à reconnaître : yeux injectés de sang, élocution laborieuse, problèmes d'équilibre. Les personnes ivres tendent à répondre de manière inappropriée à des questions, à agir de façon erratique. Certains se sentent invincibles et pensent donc qu'ils peuvent conduire pour rentrer à la maison. Ce sentiment d'invincibilité les pousse à conduire plus rapidement et plus agressivement. L'alcool est un dépresseur ; il altère les sens et diminue le temps de réaction, la concentration, la coordination, le jugement, le traitement de l'information et la perception visuelle.

— Pas le meilleur état pour prendre le volant.

— Le pire état pour conduire, dit Brenda. Une personne ivre est la dernière personne qui devrait ou non prendre la décision de prendre le volant.

— Est-ce que la conduite en état d'ébriété est fréquente ? demanda Honica en repoussant ses cheveux vers l'arrière.

— La conduite en état d'ébriété est le crime violent le plus fréquemment commis au pays. L'alcool est responsable de plus de quarante pour cent des décès attribuables aux accidents de la circulation. Un décès lié à un accident d'automobile impliquant l'alcool survient toutes les 30 minutes. Selon VIDE, il n'y a pas de différence entre un fusil chargé et un conducteur ivre. En fait, près de trois fois plus de gens meurent dans des accidents liés à l'alcool aux États-Unis plutôt qu'assassinés.

Brenda clignait maintenant furieusement des yeux.

— Les conducteurs ivres sont coupables du crime le plus grave, le plus mortel et le plus coûteux commis sur le continent.

Honica hocha lentement la tête.

— Le thème de votre congrès est *La société pour la sobriété.* Est-ce que l'alcool au volant est un mal de société ?

— L'alcool est la plus ancienne et la plus populaire drogue de la société. Tant qu'il sera socialement acceptable de boire et de conduire, la conduite en état d'ébriété continuera d'être un mal de société.

— Est-ce que la conduite en état d'ébriété est en hausse ou en baisse ? demanda Honica.

— En baisse, je suis heureuse de le souligner, pour un certain nombre de raisons. L'effort d'organismes tels que les Victimes Involontaires de l'Ébriété ont…

Mon Comm-U se fit de nouveau entendre. Je mis le son du téléviseur en sourdine et répondit.

C'était Matthew Drummond.

— Est-ce que tu regardes cette abomination?

— Oui.

— Je croyais t'avoir dit d'arranger les choses avec Honica?

— J'ai essayé! Elle doit avoir décidé de ne pas montrer mon entrevue.

En arrière-plan, je pouvais entendre Marline tempêter.

— Comment vais-je pouvoir de nouveau faire face à mes amies?

— Peux-tu *faire moins de bruit*, Marline! cria Matthew. Trevor, tu es mieux d'espérer que Cynthia Godfrey ne regarde pas ceci. Elle sera furieuse. Comment as-tu pu laisser faire une chose pareille?

— Moi? Ce n'est pas *ma* faute. C'est Cynthia qui a donné la permission à Honica de filmer dans l'hôtel.

— Tu aurais dû savoir qu'elle travaillait sur cet angle. Je t'ai averti à ce sujet et je t'ai demandé d'y mettre fin. Tu as réellement tout gâché, Trevor. Dieu sait ce qui nous attend.

Je regardai l'écran et faillis tomber à la renverse. Une version de plus de trois mètres de mon visage l'emplissait.

— Oh là là! dis-je. Je dois te laisser.

Je mis fin à la connexion et remontai le volume.

— … soyez assurés que personne n'a bu de manière exagérée, disais-je à Honica.

Le métrage sauta ensuite à la fin de mon entrevue où mon visage arborait une expression nettement moins cordiale.

— Mademoiselle Winters, nous exploitons un hôtel de première classe ici. Mes collègues et moi sommes extrêmement responsables et obéissons aux lois. Nous sommes des modèles de rôles pour le personnel de l'hôtel — et, je pense, pour la société en général. L'hôtel Univers fonctionne conformément aux Valeurs universelles, telles qu'édictées par Willard Godfrey et élaborées dans le livre du même nom. Notre comportement est guidé par les principes du respect, de l'intégrité et de la responsabilité.

Mon visage s'estompa à l'écran.

Honica était de retour dans son studio.

— Est-ce que Trevor Lambert dit la vérité ? Est-ce que ses collègues et lui-même sont des personnes responsables qui respectent les lois ? Sont-ils vraiment des « modèles de rôle » pour les autres employés ? Pour nous aider à mieux comprendre ce qui s'est réellement passé ce soir-là, *Aux frontières de l'information* a obtenu des images vidéo exclusives de la fête de Noël de l'hôtel Univers.

Oh, oh ! Je tâtonnai pour trouver mon whisky et l'engloutis d'un coup.

L'écran se remit à bouger avec des images provenant de la vidéo de Susan Medley. *Comment a-t-elle pu...* ? Je me rappelai soudainement comment Susan avait eu l'air d'être conquise par Honica, si désireuse de lui faire plaisir. Elle devait lui avoir donné la vidéo ! Un extrait de Sandy, Shanna, Matthew, Willard et moi-même apparut ; nous étions devant la porte principale de l'hôtel afin d'accueillir les employés qui descendaient des navettes. Nous étions parés de nos plus beaux vêtements, l'air prestigieux, dignes et très sobres. La vidéo sauta ensuite à un moment plus tard dans la soirée. Matthew et Sandy étaient au bar, sirotant une consommation, alors que monsieur Godfrey faisait son discours. Shanna Virani apparut, buvant furtivement une grande gorgée de vin rouge tout en le regardant parler. Matthew apparut ensuite, murmurant à l'oreille de Sandy. Quelqu'un le heurta par en arrière et du vin rouge vola hors de son verre pour atterrir sur la poitrine de Sandy. Elle regarda vers le bas, alarmé, puis les deux éclatèrent de rire. La chanson de Gene Autry : *Rudolph, le petit reine au nez rouge* commença à jouer en arrière-plan et le visage de Matthew emplit de nouveau l'écran, le nez passablement rouge. Il leva un verre de bière et le vida pendant que Nancy Swinton et Gaétan Boudreau le regardaient. Gaétan riait, amusé, alors que Nancy avait déposé sa main sur son épaule comme pour le stabiliser.

L'extrait suivant montrait une ligne de conga qui se formait sur la piste de danse, une Shanna improbable en tête. En serpentant autour de la périphérie de l'Observatoire, les lumières de la ville en arrière-plan, les gens commencèrent à placer leur visage devant la caméra en sortant leur langue et en faisant des grimaces. J'apparus le dernier de la file, le sourire fendu jusqu'aux oreilles comme un idiot achevé, une serviette de table autour de la tête et battant des jambes comme dans un cancan.

J'eus un mouvement de recul en me voyant. J'avais l'air plus absurde que je n'aurais pu l'imaginer. Craignant de vomir, je repoussai mon verre de whisky.

Les extraits devinrent de plus en plus courts et rapides. Chacun d'entre eux me dépeignait en compagnie de mes collègues sirotant, enfilant, engloutissant et renversant des boissons pendant que les noms et titres défilaient à l'écran. L'image la plus troublante fut présentée en dernier. Elle avait été prise peu avant la fin de la soirée, juste avant que nous descendions à la porte principale afin d'assister au départ de la dernière navette, le même extrait que j'avais vu dans la cafétéria des employés : Sandy, Matthew, Shanna et moi-même debout autour du bar, avalant des Big Bangs.

La vidéo s'arrêta et Honica Winters réapparut dans son studio.

— Il est clair, dit-elle, d'après ces images de la fête de Noël tenue à l'hôtel Univers que le personnel de direction n'était pas aussi sobre que Trevor Lambert l'affirmait. Sont-ils cependant fautifs parce qu'ils ont bu quelques verres avec leurs chers collègues ? Sûrement pas — à moins, évidemment, qu'ils aient choisi de conduire en état d'ébriété pour rentrer à la maison. *Aux frontières des nouvelles* a obtenu des images vidéo exclusives qui racontent une tout autre histoire que celle rapportée par Trevor Lambert, le directeur de l'hébergement de l'hôtel Univers. Une vidéo en noir et blanc trouble apparut derrière Honica.

— Les bandes enregistrées par la caméra du stationnement de l'hôtel ont montré des images des plaques d'immatriculation de trois véhicules quittant l'hôtel peu après la fête, tous au nom d'employés de la direction. Le premier est un Chevrolet Blazer 2004 jaune appartenant à Shanna Virani, la directrice des ventes et du marketing.

Une image de Shanna Virani avalant un Big Bang apparut à l'écran et zigzagua jusque dans le coin supérieur gauche.

— Quelques minutes plus tard, poursuivit Honica, un Ford Ranger noir 1996 immatriculé au nom de Jack James, le mari de Cassandra James, la directrice des ressources humaines de l'hôtel, a été enregistré alors qu'il quittait l'hôtel.

Une image de Sandy sirotant du vin rouge apparut et zigzagua jusqu'au coin supérieur droit de l'écran, juxtaposant Sandy et Shanna comme dans une séance d'identification de la police.

— Sept minutes plus tard, dit Honica, alors que les images prises par la caméra du stationnement de l'hôtel accéléraient puis s'arrêtaient sur une voiture quittant le stationnement à toute vitesse, une BMW de couleur or, de la série 7, 2003, enregistrée au nom de Matthew Drummond, le directeur résident de l'hôtel, a été enregistrée alors qu'elle quittait l'hôtel.

Matthew ? Je bondis sur mes pieds, sous le choc.

Une photo de Matthew renversant du vin sur la robe de Sandy apparut et zigzagua jusqu'en haut de l'écran, au milieu entre Shanna et Sandy.

— Évidemment, poursuivit Honica, l'identification formelle de ces conducteurs ne peut être déterminée que par la police de New York qui demeure très discrète sur cette enquête.

Le rapport d'autopsie et les échantillons médico-légaux préle-
vés sur la scène de l'accident devraient être rendus publics
cette semaine et devraient fournir plus d'indices à propos de la
personne qui a renversé Willard Godfrey.

Honica pivota sur sa chaise.

— La direction de l'hôtel dont il est question a refusé toute
entrevue, tout comme la fille de Willard Godfrey, Cynthia, une
personne en vue de Manhattan qui, selon les rapports d'activité
du stationnement, est sortie bien avant que son père ne soit
renversé.

Honica fit une pause et regarda fixement la caméra.

— *Aux frontières de l'information* a découvert une dernière
pièce troublante dans ce casse-tête. Moins de 20 minutes après
que le véhicule de Cassandra James ait été enregistré alors qu'il
quittait le stationnement de l'hôtel, Cassandra James était
impliquée dans un accident au coin de la 34e Rue Ouest et de
l'autoroute Joe DiMaggio à Manhattan.

Une photo de Sandy remplit l'écran. Elle était étendue·sur
le pavé à côté de son Ford Ranger, sa robe de soirée salie et
tachée. À côté d'elle, le phare avant gauche du Ranger était
écrasé, l'aile cabossée. Un policier agitait une lampe de poche
sur elle. Elle regardait fixement la caméra, la bouche ouverte,
protégeant ses yeux de la lumière éblouissante

— Selon des témoins, poursuivit Honica, Sandy James,
épouse de l'artiste du New Jersey, Jack James, et mère de deux
jeunes enfants, est entrée en sens inverse sur l'autoroute Joe
DiMaggio en tournant à gauche, heurtant un autre véhicule de
front. Heureusement, l'autre conducteur n'a pas été blessé et
madame James n'a subi que des blessures mineures. Les policiers
sont arrivés sur place immédiatement. Les témoins ont indiqué
que, alors que madame James descendait de son véhicule, elle a
trébuché et est tombée sur le pavé. Quelques secondes plus tard,
cette photo a été prise par un passant.

— Madame James a été amenée dans un poste de police du quartier et a subi un test pour contrôler la quantité d'alcool dans son sang. Selon les rapports de police, son relevé a indiqué un taux d'alcool de 0,15% — presque le *double* de la limite légale. Elle a été accusée de conduite en état d'ébriété et de conduite dangereuse et devrait comparaître en cour en début d'année.

Une photo d'identité judiciaire de Sandy emplit l'écran. Elle portait sa robe tachée par le vin et avait les yeux écarquillés. Et elle souriait.

— Au retour, dit Honica, Brenda Rathberger, de l'organisme des Victimes Involontaires de l'Ébriété, partagera avec nous quelques trucs afin de nous assurer que nos invités des Fêtes boivent de manière responsable.

Je tâtonnai pour trouver la télécommande et éteignit le téléviseur. Je devais trouver Sandy.

11
La recherche de la vie intelligente dans l'Univers

Des six messages laissés sur mon Comm-U, aucun ne provenait de Sandy, la personne la plus susceptible d'être dévastée par le segment d'*Aux frontières de l'information*. Deux avaient été laissés par Gaétan Boudreau qui avait appelé, complètement affolé, lorsque le standard s'était allumé dès la fin d'*Aux frontières de l'Information*. Le troisième était de Matthew à qui j'avais déjà parlé et qui n'était pas sur le point de rappeler.

Les trois derniers étaient de ma mère que j'avais complètement oubliée.

Dans le premier message, elle semblait enjouée et patiente :

— Allô, mon chéri, il est 20 h 40 et je suis à la porte principale. Viens me rejoindre quand tu seras prêt.

Dans le deuxième, elle semblait irritée, mais tout de même optimiste :

— Il est 20 h 50 et j'attends toujours ! Descends dès que possible !

Dans le troisième et dernier message, son ton était glacial, mais quand même teinté d'espoir.

— Ça alors ! Je crois bien que mon propre fils vient de me poser un lapin ! Je serai chez Ono si tu décides de me faire l'honneur de te présenter.

Je jetai un coup d'œil à ma montre. Il était 21 h 05.

Je courus hors de la Stratosphère et dans le corridor. Dans l'ascenseur, je demandai à Mona de ne pas s'arrêter aux étages des clients, puis j'appelai Gaétan avec ma radio pendant que l'ascenseur plongeait vers l'étage de l'administration. Je lui donnai des instructions sur la façon de gérer les demandes.

— Parle le moins possible aux gens, dis-je. Informe-les simplement que nous ne pouvons commenter les rumeurs et les insinuations, que l'enquête est entre les mains des policiers et que tout se déroule comme d'habitude à l'Univers.

— Compris, dit-il.

Il hésita.

— Est-ce que Sandy l'a vraiment fait ? A-t-elle renversé monsieur Godfrey ?

— Bien sûr que non, Gaétan. *Aucun* membre du personnel n'a renversé monsieur Godfrey.

— C'est ce que j'espère.

Je tentai ensuite de contacter Sandy, mais il n'y avait pas de réponse. Je l'imaginai à la maison, dans son lit, gémissant en position fœtale. J'étais de tout cœur avec elle. En me hâtant dans le corridor pour aller chercher mon manteau à mon bureau, je remarquai la lumière dans le bureau de Sandy. La porte était entrouverte. Je m'arrêtai pour la fermer, mais j'entendis le bruissement de papier à l'intérieur ainsi qu'un… fredonnement.

J'ouvris la porte.

— Sandy ?

Elle était assise à son bureau, classant activement des dossiers dans des piles par couleurs. En entendant ma voix, elle arrêta de fredonner et leva la tête. Ses yeux s'illuminèrent.

— Trevor, quelle magnifique surprise ! Qu'est-ce qui t'amène ici à cette heure ?

Elle était toute parée, les cheveux tirés vers l'arrière, vêtue d'un pantalon-tailleur olive très professionnel avec un foulard en pashmina blanc drapé sur son épaule — comme si nous étions un lundi matin.

— *Je* sors dîner avec ma mère, dis-je. Que fais-*tu* ici ?

— Honnêtement, le travail n'arrête jamais.

Elle soupira d'une manière enjouée qui indiquait que le travail ne l'ennuyait absolument pas.

— J'ai pensé prendre de l'avance dans notre révision annuelle des dossiers personnels. Oh, j'ai quelques dossiers pour toi qui ont besoin d'être mis à jour.

Pivotant sur sa chaise comme une fillette sur une balançoire, elle poussa sur ses talons pour atteindre une pile de dossiers jaunes derrière elle et me les tendit.

— J'ai ajouté des notes à l'intérieur de ceux-ci pour que tu saches ce qui manque. Merci beaucoup !

Je baissai les yeux vers la pile de dossiers, puis je la regardai de nouveau. De toute évidence, elle ne savait rien d'*Aux frontières de l'Information*. Pourtant, son comportement était étrange, presque *trop* joyeux — même pour Sandy. Je fermai la porte et m'assis sur la chaise en cuir face à elle.

— Je les prendrai lundi, d'accord ? dis-je en les glissant vers elle. Pour le moment, nous devons discuter.

Elle accepta les dossiers de bon cœur.

— D'accord, si ça te convient mieux, dit-elle avant de reprendre son travail.

J'hésitai, cherchant la meilleure façon de lui annoncer la nouvelle. Les bras en cuir de la chaise sous mes mains étaient usés, abîmés prématurément par les milliers de mains contractées, moites qui les avaient agrippés pendant les entrevues. Les techniques de Sandy étaient célèbres : elle interrogeait les candidats avec la chaleur et la patience d'un enseignant de maternelle, les mettant à l'aise avec des questions apparemment inoffensives semblant souvent folles et ponctuées de sourires, compliments et commentaires à propos de la météo. Elle scrutait toutefois chaque mot prononcé, chaque battement de cil, chaque changement d'intonation avec la profondeur d'un grand jury et l'intolérance d'un inquisiteur espagnol. Au début, elle informait toujours les candidats que l'entrevue n'était qu'une «rencontre préliminaire d'une dizaine de minutes afin de les connaître» de façon à ce que, s'ils ne convenaient pas — ce qu'elle savait après quinze secondes —, elle puisse écourter l'entrevue sans que les candidats aient l'impression d'avoir échoué. Parmi ceux-ci, quatre-vingt-dix pour cent d'entre eux ne restaient pas les dix minutes en entier. Ceux qui y parvenaient restaient plus long-temps, parfois pendant une heure ou plus dépendamment du niveau du poste, pendant que Sandy pelait lentement et réso-lument toutes les couches et exposait la nature véritable de leur potentiel : le fameux facteur d'éclat.

— Sandy, dis-je en ressentant l'angoisse existentielle des milliers de candidats refusés. *Aux frontières de l'Information* vient tout juste de présenter une émission sur la conduite en état d'ébriété. L'histoire était centrée sur l'Univers et ils ont réussi à mettre la main sur la vidéo de la fête de Noël de Susan. Ils ont montré des images de toi, de nous tous, en train de boire de manière exagérée puis Honica a révélé que…

— Je l'ai vue, Trevor, dit Sandy sans lever le regard.

Je clignai des yeux.

— Tu as vu *Aux frontières de l'Information*?

Elle hocha la tête.

— Quand j'ai reçu l'appel général de Gaétan, je suis allée dans une chambre et j'ai regardé l'émission là-bas.

Je scrutai son visage à la recherche de signes de désarroi, mais elle semblait parfaitement calme.

— As-tu vu toute l'émission?

— Oui.

— Et?

— J'ai trouvé que tu avais fait un très bon travail dans ton entrevue ! Tu avais l'air si propre et élégant, presque angélique. Tu t'es présenté comme un vrai professionnel, Trevor. J'étais si fière.

— Tu crois ? demandai-je, flatté. Cela ne donnait pas l'impression que j'étais montré comme un menteur ?

— Absolument pas ! Tu étais merveilleux.

— Ouf, quel soulagement ! J'ai vraiment fait de mon mieux, mais elle a évité presque tous les bons passages. J'ai eu peur que les gens puissent penser…

Je m'arrêtai en me rendant compte que Sandy me flattait pour me distraire du problème dont il était question : son accusation de conduite en état d'ébriété. Je me penchai vers l'avant dans ma chaise, décidé à renverser les rôles afin de jouer l'interviewer sans pitié et qu'elle soit la personne nerveuse subissant une entrevue.

Elle reprit son travail, tirant un dossier rouge de la pile à sa gauche afin d'examiner son contenu. Elle dessina une grosse coche et un bonhomme sourire sur le rabat intérieur et le remit sur la pile derrière elle pour ensuite prendre un dossier jaune et répéter le processus. Elle recommença à fredonner.

— Sandy.

Elle leva les yeux comme si elle était surprise que je sois encore là.

— Oui, Trevor ?

— Tu n'es pas bouleversée ?

Elle réfléchit quelques instants.

— Non.

— Avons-nous regardé la même émission ?

— Je crois que oui.

J'avais envie de me lever et de la secouer.

— Est-ce vrai ? As-tu reçu une contravention pour conduite en état d'ébriété après la fête de Noël ?

Elle referma brusquement le dossier.

— Réception des *Fêtes*, Trevor. Combien de fois devrai-je te dire de ne pas appeler ça une fête de Noël ? C'est une insulte envers nos employés qui ne sont pas chrétiens. En tant que directeur, tu devrais être plus prévenant.

— D'accord, réception des *Fêtes*, dis-je, soulagé de voir un peu de feu en elle. Sandy, est-ce que tu veux parler ?

— Non.

Elle ouvrait et refermait maintenant frénétiquement les dossiers, leur contenu glissait et tombait sur le sol.

— S'il te plaît, Sandy. Ce n'est pas sain.

— Tout va *très bien*, Trevor, cria-t-elle en se levant. Tout va EXTRÊMEMENT BIEN !

En un seul geste, elle dégagea le contenu entier de son bureau, faisant valser dossiers, stylos et trombones dans toutes les directions. Puis elle s'effondra sur son bureau et fondit en larmes.

Je me levai et me hâtai de faire le tour du bureau, plaçant ma main sur son dos et le frottant doucement.

— Ça va aller, Sandy. Tout va bien aller.

Je posai mon regard sur elle, renversé de la voir s'écrouler ainsi devant moi et je me demandai si elle n'avait pas plus de problèmes que je ne l'imaginais. Toute la semaine, alors que je l'avais fermement défendue auprès de nos collègues, elle m'avait déçue. Quoi d'autre cachait-elle ? Pour la première fois, j'envisageai sérieusement l'horrible possibilité qu'elle *ait* pu renverser monsieur Godfrey.

Elle leva la tête et se tamponna les yeux.

— Pouvons-nous aller prendre un verre ?

— Évidemment. Dans un endroit privé ? Rudolph, de l'autre côté de la rue ?

— Non, je suis incapable de sortir de l'Univers.

★★★★★

Le Centre de l'Univers était vide à l'exception d'une demi-douzaine de tables. Je conduisis Sandy vers un coin reculé en espérant qu'elle n'avait pas remarqué le groupe qui s'était retourné et l'avait regardée fixement alors que nous passions à côté, pour ensuite se regrouper en chuchotant et en lui lançant des regards discrets.

Nous nous assîmes à une table pour deux et commandèrent des doubles whisky — ma nouvelle boisson préférée grâce à Cynthia —, le seul remède assez puissant pour calmer mes sens surexcités. Lorsque les boissons arrivèrent, Sandy saisit le sien et le but d'un coup. Je la regardai prudemment et demandai timidement :

— Tu ne… conduis pas ce soir ?

— Bien sûr que non !

Elle reposa son verre et pencha la tête vers l'arrière, regardant fixement les lumières en forme d'étoiles de l'atrium au-dessus de nous.

— Je n'aurais jamais dû conduire ce soir-là, Trevor. Tu ne peux pas t'imaginer le nombre de fois où j'ai regretté cette décision stupide. J'ai tellement honte.

— Pourquoi ne m'as-tu rien dit ? Tu sais que tu peux me dire n'importe quoi.

— Je pouvais à peine me l'admettre. J'ai tenté d'occulter la soirée au complet, de prétendre qu'elle n'avait pas eu lieu. La vérité est que je n'étais pas surprise quand j'ai regardé *Aux frontières de l'information*. Honica m'a appelée une demi-douzaine de fois cette semaine, mais je n'ai jamais pris ses appels et je ne l'ai pas rappelée. J'avais une bonne idée de cette émission qu'elle préparait, mais je n'imaginais pas qu'elle serait aussi brutale.

— Moi non plus.

— Où est ta mère ? demanda-t-elle. Je l'ai vue au spa un peu plus tôt ce soir.

— Ma mère !

Je jetai un coup d'œil à ma montre. Il était 21 h 30, mais je ne pouvais pas laisser Sandy seule en ce moment.

— J'ai rendez-vous avec elle un peu plus tard pour prendre un verre, dis-je. Alors, vas-tu me raconter ce qui s'est passé ?

Elle s'adossa sur sa chaise et commença à faire semblant de fumer.

— Je n'avais pas l'intention de conduire, Trevor. J'ai demandé à Jack de m'amener à la réception. Selon l'heure de la fin, je prévoyais l'appeler pour qu'il vienne me chercher ou prendre un taxi. Cependant, le temps que je sois habillée et prête à partir, Jack n'était pas revenu. Il était sorti avec son frère et les enfants pour acheter un arbre de Noël. J'ai donc appelé un taxi, mais une demi-heure plus tard, il n'était toujours pas arrivé — tu sais ce que c'est que de trouver un taxi à cette période de l'année. Je savais que monsieur Godfrey serait contrarié si je n'étais pas là pour accueillir la première navette. J'ai donc sauté dans le camion et j'ai conduit avec l'intention de demeurer sobre ou d'appeler un taxi pour rentrer à la maison. La réception a ensuite commencé et je me suis laissée entraîner. C'était si amusant.

Ses yeux brillaient en évoquant ce souvenir.

— J'ai adoré voir tout le monde si bien habillé. Les préposées aux chambres ressemblaient à des starlettes à la soirée des Oscars dans leurs magnifiques robes de soirée. Les hommes de l'entretien avaient l'air de vedettes dans leurs smokings. Nous travaillons tous si fort et les dernières années ont été tellement difficiles. C'était *notre* soirée. Je voulais fêter.

Je songeai à tous les rires et aux comportements excités. Cela avait semblé si inoffensif à ce moment.

— Moi aussi.

— Mon plan de sobriété s'est effondré en environ une demi-heure. Les choses se sont un peu plus embrouillées au fur et à mesure que la soirée progressait. Je me rappelle être descendue près de l'entrée principale avec toi et les autres pour assister au départ de la navette, puis d'être revenue à l'observatoire pour porter un toast à la fin de l'année. C'est alors que les choses se sont gâtées. Monsieur Godfrey a prononcé son discours énigmatique, nous disant que les bonus étaient en suspens, et je me suis sentie désemparée. Et furieuse. Nous avons *mérité* ce bonus, Trevor, et à la 23ᵉ heure, il a changé les règles ! Jack et moi avons désespérément besoin de cet argent. Je ne me rappelle pas grand-chose après ça, jusqu'à ce que...

Elle laissa sa phrase en suspens, dissimulant son visage dans ses mains.

— Oh là là ! Trevor, pourquoi ai-je été aussi idiote ? Comment ai-je pu laisser faire ça ?

J'eus la gorge serrée, sentant qu'elle était sur le point de se confesser. Voulais-je vraiment l'entendre ? Ne serait-il pas plus simple de reprendre nos activités quotidiennes et de feindre que rien ne s'était passé, que tout était aussi parfait qu'avant la fête ?

— Je ne crois pas avoir pensé deux fois à conduire, dit-elle, les lèvres tremblantes. J'étais si affolée. J'ai pris l'ascenseur jusqu'au *Niveau cinq*, je suis montée à bord du camion de Jack et je suis partie. C'est tout ce dont je me rappelle — jusqu'à l'accident.

Je saisis mon whisky et pris une petite gorgée.

— L'as-tu vu avant de le frapper ?

— Lui ! c'était une femme.

J'hésitai.

— God...

— *Monsieur Godfrey ?* cria-t-elle. Tu crois que j'ai renversé monsieur Godfrey ?

— J'ai seulement pensé que…

— Ça alors, Trevor! De tous les gens, j'aurais cru avoir ton soutien!

— Tu ne peux me blâmer d'avoir des doutes. Tu n'as pas été exactement honnête cette semaine.

— Non, mais je n'ai pas menti en bloc. J'ai simplement dissimulé des informations — des informations qui ne concernent que moi.

Visiblement agitée, elle leva son verre et l'agita pour attirer l'attention du serveur afin d'en commander un autre.

— Est-il possible que tu aies des trous de mémoire et que tu ne t'en souviennes pas? m'aventurai-je courageusement.

Elle me dévisagea et déclara catégoriquement :

— Je crois que je m'en rappellerais si j'avais renversé quelqu'un, Trevor.

— Bien entendu.

— Veux-tu entendre mon histoire ou est-ce que tu préfères la raconter toi-même?

— Je suis désolé. S'il te plaît, continue.

Elle recommença à faire semblant de fumer.

— J'ai pris mon trajet habituel pour rentrer à la maison, la 34ᵉ Avenue jusqu'à DiMaggio. En tournant à gauche, le volant m'a glissé des mains et j'ai tourné en sens inverse de la circulation, coupant une Volvo bleue. Heureusement, la conductrice n'a pas été blessée. Je me suis immédiatement rangée sur le côté. Je n'étais pas encore sortie du camion que les policiers arrivaient. Immédiatement, j'ai su que je risquais d'avoir de gros ennuis. Je me souviens d'avoir fouillé dans mon sac à main pour trouver de la gomme afin de dissimuler l'odeur d'alcool, mais tout ce que j'ai pu trouver est une bouteille de Chanel. Je l'ai prise et j'en ai renversé partout, dans le véhicule, puis dans ma bouche.

— Dans ta *bouche*?

— J'étais désespérée, dit-elle en faisant une grimace. Je ne le recommande pas. J'ai eu un haut-le-cœur et j'ai failli vomir. À ce moment, le policier était en train de frapper dans ma vitre. Il était très jeune, beau et très poli, avec une moustache épaisse blonde et un bouc. Je me souviens avoir pensé qu'il avait un Facteur d'éclat élevé — jusqu'à ce que je découvre à quel point il était zélé. Il m'a demandé où j'étais allée. Je ne voulais pas admettre que j'étais à une fête, je lui ai donc dit que j'étais au cinéma. Ma bouche était très sèche et j'avais sans doute du mal à articuler les mots. Je me souviens avoir pensé que je parlais comme Jodie Foster dans *Nell*. Il m'a demandé quel film, et le seul auquel je pensais était évidemment *Nell* qui a été présenté au cinéma il y a plus de dix ans. Finalement, me rappelant un panneau d'affichage que j'avais vu ce jour-là, j'ai dit *Mon beau-père, mes parents et moi*.

— Vraiment, a-t-il répliqué. Je croyais qu'il ne sortait que la semaine prochaine.

— Je lui ai dit que c'était une avant-première, mais il n'a pas eu l'ai convaincu. Il se tenait les bras croisés en me scrutant, les yeux perçants, me mettant très mal à l'aise. Je pouvais entendre mon alliance claquer contre le volant. Il m'a demandé si j'avais bu quelque chose et j'ai répondu que non. À mon grand désarroi, il a glissé sa tête dans l'habitacle du camion pour respirer : « Ça sent comme dans une boutique hors-taxe », m'a-t-il dit. J'ai donc répliqué que j'avais effectivement bu un verre de vin après le film. Il a éclaté de rire et a précisé qu'il parlait du parfum. J'ai été soulagée de constater qu'il avait le sens de l'humour, que tout allait bien se passer. Mais j'avais tort.

Le deuxième verre de Sandy arriva. Elle fit une pause pour prendre une gorgée, puis inhala profondément sa cigarette imaginaire.

— La femme de la voiture que j'avais frappée était à quelques mètres et me dévisageait, elle semblait fâchée et impatiente.

J'étais trop effrayée pour descendre du camion. J'avais l'impression que mes jambes étaient paralysées. Le policier ne cessait de regarder fixement mes seins, ce que je trouvais offensant, mais je n'étais pas opposée à me comporter de manière langoureuse afin de me sortir de cette situation. Ce n'est que lorsque je baissai les yeux que je constatai qu'il regardait la grande tache de vin rouge sur ma robe.

Je secouai la tête et fis une grimace.

— Ouais, j'ai vu Matthew renverser son verre dans *Aux frontières de l'information.*

— Toi et tous les habitants de ce pays, dit-elle, l'air grave. Je me rappelle avoir pensé que ça ressemblait à une blessure par balle. Le policier a semblé se décider à ce moment. Il m'a dit de descendre du camion. Je savais que j'étais condamnée. J'ai essayé de discuter avec lui, essayant de lui expliquer que j'étais une citoyenne qui respectait les lois, un cadre travaillant dans un hôtel très respectable, mais il ne voulait rien entendre. Je n'ai pas eu d'autre choix que d'ouvrir la portière. Le temps était glacial. Il a fait un pas en arrière et a croisé les bras, m'observant de près pendant que je balançais mes jambes et regardait le pavé. Je portais les souliers de sport les plus insensés qui soient et ma robe était si serrée qu'elle enrobait mes jambes comme de la cellophane. Le policier s'est impatienté et m'a répété de sortir du véhicule. J'ai sauté.

» Je m'en souviens au ralenti. Comme une gymnaste sur la poutre, j'ai levé les bras en descendant, mais ma main droite a heurté la portière du camion. Quand j'ai touché le sol, mes souliers ont glissé sur le trottoir. J'ai senti que je tombais en arrière. Je me suis penchée vers l'avant, mais j'ai surcompensé et mon corps est tombé vers l'avant. J'ai placé mes mains devant moi afin de prévenir ma chute. Voilà comment j'ai eu ça.

Elle leva ses mains. Les pansements n'étaient plus là et ses paumes guérissaient bien, mais la peau était encore rose et semblait irritée.

— Ainsi que ces énormes éraflures sur les genoux. Je me souviens d'avoir été étendue sur le trottoir, les yeux clos, priant qu'en ouvrant les yeux, je me retrouverais à la maison, au lit avec Jack. Quand j'ai rouvert les yeux et que j'ai vu les bottes noires du policier à quelques centimètres de mon nez, j'ai envisagé de rouler jusque dans la circulation et d'en finir ainsi. Je pouvais entendre des gens huer et hurler. J'ai regardé de l'autre côté de la rue en pensant qu'il devait y avoir une fête là-bas. Une foule s'était amassée et les gens me regardaient en riant et en lançant des phrases telles que « quel geste gracieux ! » et « refaites-le, Madame ! ». Il y a ensuite eu un éclat de lumière et je me suis rendu compte que quelqu'un venait de prendre ma photo.

— Celle qu'on a vue dans *Aux frontières de l'information* ?

Elle hocha la tête, l'air humilié.

— Le policier m'a aidée à me relever et m'a poussée vers sa voiture, a parlé avec l'autre conducteur pendant quelques instants avant de me conduire au poste de police. Comme tu le sais, j'ai échoué au test d'alcool dans le sang. Ils m'ont placée dans une cellule avec un groupe de prostituées. J'étais terriblement effrayée, mais j'ai refusé de les laisser appeler Jack. J'étais incapable de supporter sa réaction, son indignation, son attitude moralisatrice. Ils m'ont finalement laissée partir et j'ai pris un taxi pour rentrer à la maison. Le lendemain matin, j'ai dit à Jack que j'avais eu un petit accrochage et nous sommes venus chercher le camion ensemble. Il n'a pas posé de questions et je n'ai pas dit grand-chose.

— Ta photo d'identité judiciaire — on aurait dit que tu souriais.

— Je ne m'en souviens pas, dit-elle en grimaçant. Mon avocat m'a dit que ce n'était pas inhabituel. Les gens sourient instinctivement quand on pointe un appareil-photo vers eux.

— Je ne sais pas quoi dire, Sandy. Je suis désolé pour tous tes problèmes, mais je suis soulagé qu'ils ne soient pas pires. Tu aurais pu blesser quelqu'un ou te blesser toi-même.

Elle leva la main et la pressa sur son front.

— Je sais. Je suis déterminée à ne pas me laisser atteindre par ça, Trevor. J'ai l'impression que si ça pénètre en moi, ça va imploser et je me vais m'écrouler au sol dans un amas de poudre. Je ne peux pas laisser faire ça.

— Tu ne peux pas non plus vivre dans le déni. Tout le monde est au courant maintenant. As-tu un bon avocat ?

Elle hocha la tête.

— Il semble être assez intelligent. Je suis un peu inquiète de son obsession par rapport au Chanel que j'ai vaporisé dans ma bouche. Il fait analyser la bouteille pour la teneur en alcool. Il pense qu'il pourrait peut-être l'utiliser pour me défendre, pour dire que c'est à cause du parfum que mon taux d'alcool dans le sang était au-dessus de la limite.

— Sérieusement ?

Elle hocha lentement la tête.

— J'ai peut-être besoin d'un autre avocat. Je suis prête à faire face aux conséquences de mes gestes. Je ne veux simplement pas aller en prison.

Ses yeux étaient remplis d'inquiétude.

— Ils ne vont pas t'envoyer en prison, dis-je en espérant avoir raison.

Je m'étirai afin de prendre sa main.

— Je suis vraiment désolé, Sandy. J'aimerais pouvoir faire quelque chose pour t'aider.

— J'aimerais aussi que tu puisses le faire.

Elle mit ses mains sur ses tempes comme pour calmer une soudaine migraine.

— Oh là là ! pourquoi ai-je conduit pour renter à la maison ? cria-t-elle. Pourquoi ne suis-je pas restée ici ? Plus de 1000 lits à cet endroit et il a fallu que je conduise pour me rendre au mien. Quelle catastrophe ! Je suis une mauvaise, mauvaise personne, une mauvaise épouse, une mauvaise mère !

— Tu ne l'es pas, Sandy. Tu as commis une erreur de jugement. Les gens conduisent constamment en état d'ébriété. Tu t'es fait prendre.

— Je ne me sens pas mieux pour ça.

— Alors, qu'en est-il de la révélation de Honica à propos de Matthew qui a été enregistré par la caméra alors qu'il sortait du stationnement ce soir-là ? demandai-je en me rappelant soudainement de ce fait. Ça doit faire en sorte que tu te sens mieux. Il a menti en disant qu'il n'avait pas conduit ? Il est clair qu'il a quelque chose à cacher. Ça enlève un peu de pression sur toi.

— Mais où crois-tu qu'il se soit rendu ?

— Qui sait ? Qu'en j'y pense, cependant, de toutes les personnes, Matthew est probablement celui qui est le plus capable de poser un geste affreux, comme celui de renverser monsieur Godfrey, sans s'accuser, laissant des personnes innocentes comme toi prendre le blâme. N'es-tu pas d'accord ?

Sandy secoua la tête.

— Je refuse d'accepter que quelqu'un puisse faire une telle chose. Je ne spéculerai pas. Je laisse ça à la police.

— J'imagine que tu as raison, dis-je.

— À quelle heure rencontres-tu ta mère ?

Je consultai ma montre. Il était un peu plus de 22 h.

— Maintenant, dis-je en me levant et en faisant signe au serveur de m'apporter l'addition. Je suis désolé, Sandy, mais je ferais mieux d'y aller. Veux-tu partager un taxi? Je peux te déposer à Penn.

— Je ne retourne pas à la maison, dit-elle en secouant la tête.

— Ah non?

— Jack m'a mise à la porte. Je demeure ici à l'hôtel.

— Ça alors, Sandy. Je n'étais absolument pas au courant. Est-ce que ça va?

Elle eut un sourire forcé.

— Crois-le ou non, je *vais* bien. Je m'ennuie de mes enfants et de Jack, mais je suis une grande fille.

— Je peux rester un peu plus longtemps.

— Non. Va rejoindre ta mère.

Je signai l'addition et la tendis au serveur. Je donnai un baiser sur la joue de Sandy et me hâtai à travers le bar. En sortant, je me tournai pour surveiller Sandy. Elle était adossée dans son fauteuil, le regard distant, un air de courage empreint de mélancolie dans les yeux. Elle semblait à des années-lumière.

★★★★★

Lorsque je poussai la porte chez Ono, je supposais qu'elle était partie depuis longtemps ou qu'elle serait assise seule à une table, rageant intérieurement. Cependant, en traversant le bar, je la repérai, perchée sur un tabouret, encerclée par un groupe de personnes de mon âge dont elle était la coqueluche.

Je m'arrêtai pour l'observer. Elle trônait devant trois hommes et deux femmes qui étaient tous penchés vers elle et semblaient captivés pendant qu'elle racontait une de ses histoires. Encore une fois, j'essayai de réconcilier la personne sociable devant moi — les bras déployés qui s'agitaient tout en prononçant quelques mots qui firent éclater le groupe — avec la larve découragée autour de laquelle j'avais grandi et qui était restée blottie comme un cocon sur un sofa pendant 20 ans.

— *Le voilà !* s'écria-t-elle lorsqu'elle m'aperçut. Mon fils libertin !

Je m'approchai d'elle alors qu'elle croisait les bras afin de démontrer une fausse colère tout en ayant un sourire fendu jusqu'aux oreilles, apparemment trop heureuse — ou trop ivre — pour être fâchée.

— Viens que je te présente mes nouveaux amis, chéri !

Elle ouvrit ses bras afin de m'embrasser, faisant semblant de donner un bec sur chaque joue dans un geste que je ne l'avais jamais vu faire auparavant — une part de sa personnalité new-yorkaise, j'imagine. Elle avait l'air jeune et à la mode dans une blouse rétro à motifs cachemire et une jupe noire.

— Trevor, voici Brett, Kayla, Rod, Leanne et — non, ne me le dis pas —, dit-elle en levant la main et en fermant les yeux comme un voyant. Robert ! Non, Richard. Randall ? Oui, Randall !

Le groupe l'applaudit.

— Voici mon fils, Trevor, celui dont je vous parlais.

Ils tendirent la main à tour de rôle, souriant d'un air amusé comme si Maman leur avait raconté de nombreuses histoires embarrassantes à mon sujet.

— Ravi de vous rencontrer tous, dis-je avant de me tourner vers ma mère. Je suis désolé. Je suis si en retard. Tu veux qu'on s'assoie à une table ?

— Dans quelques instants, mon chéri.

De toute évidence, Maman n'avait pas fini de trôner.

— Alors, mon Trevor occupe un poste très, *très* important à l'hôtel de l'espace au centre-ville, déclara-t-elle à ses nouveaux amis. Cet hôtel est si *important* qu'il se nomme l'Univers.

Elle leva son doigt comme un professeur, vacillant précairement sur le tabouret.

— Tout le monde sourit à cet endroit, *tout le monde !* C'est un endroit si joyeux que mon fils y travaille jour et nuit sans que cela ne l'ennuie. N'est-ce pas merveilleux ?

Les membres du groupe retenaient un sourire, leurs yeux se déplaçant rapidement de Maman à moi, incapables de décider s'ils devaient rire ou être désolés pour moi.

— Trevor est un *gros bonnet* dans cet *Univers*, continua Maman, en articulant avec difficulté, IL est le *directeur… de…*

Elle me regarda et leva les sourcils.

— De l'hébergement, dis-je doucement.

— De l'hébergement! Ce qui signifie qu'il est responsable de l'entretien de *1000 chambres*. Pourtant, il semble être incapable de s'occuper de son propre appartement! N'est-ce pas ironique? Son logement sent comme un vestiaire et ressemble à un dortoir de collège.

— Maman!

— À titre de directeur de l'hébergement de cet hôtel spatial, continua-t-elle, Trevor est responsable de l'expérience client. Pourtant, ironiquement, *je* suis sa cliente et jusqu'à maintenant, mon voyage n'a pas été une très belle expérience. Le point culminant de ma visite jusqu'ici a été des funérailles!

— *Maman!*

La femme prénommée Kayla fit une grimace et me lança un regard de sympathie. L'autre femme, Leanne, ricana en tenant une main devant sa bouche. Les gars demeurèrent silencieux, les yeux fixés sur ma mère.

— Le *monde entier* tourne autour de l'Univers, continua ma mère, et Trevor passe tellement de temps là-bas qu'il n'en a pas beaucoup pour sa mère qui a traversé le *content* pour le visiter.

Elle s'arrêta et fronça les sourcils.

— Ai-je dit «content»? Je voulais dire le «continent». Ouf, au moins, je n'ai pas dit *in*continent!

Tout le monde éclata de rire.

Tout à coup, j'eus besoin d'un verre. Je levai la main pour attirer l'attention du barman. Je ressentais l'intense désir de réduire ma mère au silence en la bâillonnant avec mes deux mains, mais je sentais qu'elle avait besoin de parler. Même si elle ne me regardait pas, je savais qu'elle lançait ces mots en ma direction comme si elle lançait des missiles.

— J'ai voyagé depuis le *Ca-na-da*, dit-elle comme s'il s'agissait d'un obscur pays étranger, et ce soir, Trevor est en retard de plus de deux heures pour notre seul et unique rendez-vous pour dîner.

— J'ai dit que j'étais désolé. J'ai eu une urgence.

— Une urgence, mon chéri ?

Elle leva la main et la posa sur sa poitrine dans un geste dramatique. Elle se détourna de moi pour se retourner vers son public, comme si elle présentait un numéro de vaudeville, tentant de son mieux, par son timbre de voix, d'exprimer son inquiétude.

— Qu'est-ce qui a bien pu se passer ? Est-ce que l'un de vos clients a manqué de crème pour les pieds ?

On entendit quelques ricanements nerveux.

— Peut-être que les oreillers d'un client n'étaient pas suffisamment mœlleux ? As-tu eu une urgence relative à un cas d'oreiller, chéri ?

— Ça va. Tu as exposé ton point de vue.

— Est-ce que le système de chauffage d'un siège de toilette était défectueux ?

Ceci suscita des rires hystériques autour de nous.

Maman esquissa un grand sourire et se tut, hochant légèrement la tête comme si elle saluait après un numéro. Pour une femme qui méprisait autant les sourires forcés, elle était extraordinairement hypocrite.

— Maman, murmurai-je à son oreille, c'est Sandy. Elle a des problèmes.

— Quoi ? cria Maman. Sandy a des problèmes. La pauvre chérie. Est-ce que toute l'eau de javel qu'elle a utilisée pour ses dents s'est infiltrée dans son cerveau ?

D'autres rires.

Je bouillais maintenant. J'en avais assez.

Quelqu'un derrière moi tapa sur mon épaule. Je me retournai pour voir un homme costaud et moustachu assis au bar.

— Tu travailles à l'Univers? demanda-t-il, les yeux perçants.

Je hochai la tête.

— As-tu vu *Aux frontières de l'information* ce soir?

Son haleine fétide fit trembler mes narines.

— Cette cadre blonde aguichante, a-t-elle vraiment renversé le vieil homme?

— Non, elle ne l'a pas fait, répondis-je en grinçant des dents avant de me retourner.

L'homme tapota mon épaule.

— Mais Honica Winters a dit qu'elle était très ivre et…

Je me tournai vers lui, soudainement furieux.

— Occupe-toi de tes maudites affaires, connard! criai-je.

Je me tournai de nouveau vers ma mère et ses amis qui me regardaient, inquiets.

— Mais voyons, Trevor! s'exclama ma mère, son expression trahissant un mélange d'admiration et de mépris. Ce n'est pas très hospitalier de ta part. Je suis certaine que ces mots n'apparaissent pas dans ton livre des *Valeurs universelles*.

Elle devait avoir lu la douleur dans mes yeux parce que son ton de voix changea brusquement. Elle mit son bras autour de moi et s'approcha, ses mains frottant mon dos.

— Je suis désolée, chéri. Je ne faisais qu'avoir du plaisir. Allons te commander un verre. Randall, comment appelle-t-on ces charmants cocktails?

— Des Lunes bleues.

— Quel nom juste! Deux Lunes bleues de plus, s'il vous plaît, demanda-t-elle au barman après lui avoir fait signe.

— Maman, ne crois-tu pas en avoir assez? As-tu mangé?

— Bien sûr que non. Je t'attendais. De plus, la nourriture annule l'effet d'un bon alcool.

— Je crois que tu ferais mieux de manger.

— Je n'ai plus faim maintenant. Nous volons des olives lorsque le barman a le dos tourné, n'est-ce pas, Kayla? dit-elle en faisant un clin d'œil de conspiration à Kayla.

— Ta mère est *extraordinaire*, dit celle qui s'appelait Leanne, une femme petite aux cheveux de jais qui avait de petits seins espiègles bien enserrés dans un chandail mauve. Quelle attitude géniale! Et à la mode! Je serai heureuse d'avoir la moitié de son apparence quand j'aurai son âge.

J'essayai de sourire poliment, mais je n'arrivai pas à réprimer mon irritation — avec ma mère, avec le gars à la mauvaise haleine derrière moi, avec cette femme obséquieuse qui pensait que ma mère était sensationnelle.

Maman rigola comme une fillette.

— Leanne est créatrice de mode pour Donna Karan et elle est *célibataire*.

Elle couvrit sa bouche et fit semblant de murmurer à mon oreille, mais elle parla suffisamment fort pour que tout le restaurant puisse l'entendre.

— Elle dit qu'elle est un peu une Miranda — tu sais, de *Sexe à New York*. Kayla est une Charlotte, et Randall est un Big autoproclamé.

Maman se pencha vers Randall pour lui permettre de lui donner un baiser sur chaque joue, puis elle saisit sa main en battant des cils.

— Quel beau jeune homme!

Le barman plaça un martini turquoise devant moi. Je me précipitai dessus.

— Alors, qui es-tu, Maman? demandai-je, regrettant instantanément d'avoir posé la question.

Je préférais ne même pas savoir si elle avait regardé l'émission.

— Samantha ! hurlèrent ses amis à l'unisson avant d'éclater de rire.

Maman feignit de répliquer, mais son expression espiègle me fit comprendre que la comparaison venait d'elle. J'avalai les trois quarts de mon martini.

— Brett ici travaille pour Goldman Sachs, dit Maman, et Rod travaille au service du marketing de Pfizer. Leanne est célibataire depuis peu et est surtout hétérosexuelle. N'est-ce pas, Leanne ?

Leanne hocha la tête et m'adressa un sourire.

— Kayla était lesbienne, mais elle sent présentement qu'elle a perdu ses illusions par rapport aux deux sexes. Randall vient juste de me raconter le rendez-vous qu'il a eu avec une femme ayant *deux fois son âge* il y a quelques semaines…

Pendant la demi-heure qui suivit, Maman relata tous les détails qu'elle connaissait à propos de ces gens comme si cela me fascinait. Je feignis d'écouter, hochant la tête toutes les quelques secondes, un sourire amusé aux lèvres, riant lorsqu'ils riaient, affichant un air attentif lorsqu'ils semblaient attentifs, mais j'étais totalement préoccupé.

Le pauvre Willard Godfrey se retournerait dans sa tombe s'il avait su la moitié des événements qui s'étaient produits pendant la semaine. Le scandale entourant son décès et l'embarras qui s'ensuivit l'aurait mis au supplice ; il s'était toujours préoccupé des apparences, de la dignité et du professionnalisme, du maintien d'un comportement agréable et contrôlé, peu importe à quel point les choses allaient mal dans l'arrière-scène. Tout à coup, ces cadres adorés avaient été poussés sous les projecteurs, montrés comme des ivrognes menteurs, téméraires et irresponsables.

Je savais que je partageais cette responsabilité et cela rendait la situation plus difficile à supporter. J'étais à la fête et j'aurais pu empêcher Sandy et les autres de boire autant et de conduire.

Cela signifiait que, si l'un d'entre eux l'avait renversé, j'étais en partie responsable de sa mort. Cette idée me rendit physiquement malade.

Les choses ne semblaient pas sur le point de se replacer. Demain, les délégués de VIDE devaient arriver pour le congrès et la réception d'accueil devait avoir lieu demain soir. Comment réagiraient-ils à l'émission de ce soir. Si Brenda disait la vérité, ils seraient indignés. Brenda elle-même serait sans doute hystérique, ayant presque déplacé le congrès alors que le niveau de scandale n'atteignait que la moitié de celui-ci.

Et pourtant, la question demeurait : Qui avait renversé Willard Godfrey ? Selon les révélations de l'émission *Aux frontières de l'information* et présumant que Sandy disait la vérité, Matthew semblait soudainement être le coupable. Pourquoi n'y avait-il pas eu de rapport sur lui quittant le stationnement ? Ou du moins, c'est ce qu'il affirmait. Je me rendis compte que je n'avais pas vu les rapports moi-même.

— Trevor, chéri, écoute, dit ma mère en me tirant de mes pensées. Leanne te propose de t'offrir une autre Lune bleue.

Leanne me reluquait, ses lèvres pourpres posées sur le bord de son verre de martini, sa langue remuant de manière suggestive une cerise au marasquin. Pendant un bref instant, je me vis la lancer au-dessus du tabouret et descendre sa jupe. D'après son regard, je sentis qu'elle avait les mêmes pensées. J'étais cependant beaucoup trop préoccupé pour penser au sexe occasionnel. De plus, ma mère n'était qu'à quelques centimètres de moi et, à en juger par la façon dont sa main était posée sur le genou de Randall, les choses étaient sur le point de devenir très étranges.

— Merci, dis-je, mais je dois partir. Est-ce que tu viens, Maman ?

— Je crois que je vais rester avec mes amis pour une Lune bleue de plus.

— D'accord.

Je lui donnai un baiser sur la joue, souhaitai bonne nuit à ses amis et me rendis dans la rue pour héler un taxi.

12

Le VIDE dans l'Univers

Quand je téléphonai à la suite de ma mère tard lundi matin, pour la première fois depuis son arrivée, sa voix affichait son âge.

— Dormais-tu? lui demandai-je.

— Hum, quelle heure est-il?

— Onze heures du matin.

Je l'entendis bâiller bruyamment et s'étirer, puis faire un bruit sec des lèvres.

— Je me suis couchée tard.

— Si tard?

— Il y a quelques heures à peine.

— Tu plaisantes?

Sa voix reprit un ton jeune.

— Mais c'était si amusant! Tu aurais dû venir avec nous, Trevor! Après ton départ, nous sommes allés *danser*, puis Leanne nous a conduits à un bar ouvert tard et, d'une chose à l'autre, nous avons tous terminé la soirée ici. Attends un instant, chéri.

Je pus l'entendre couvrir le combiné et parler à voix étouffée. Une voix d'homme répondit.

— *Maman*? Sont-ils encore tous là?

— Pardon, mon chéri ? Oh, non, les autres sont partis. Il n'y a que Randall. Randall, tu te souviens de mon fils, Trevor ? C'est bien Randall, non ? Dieu merci ! Trevor, aimerais-tu saluer Randall ?

— Non !

— Randall, Trevor te salue. *Bonjour Trevor*, te répond Randall.

— Randall a *mon* âge, Maman.

— Oh, je ne crois pas qu'il soit *si* âgé, rigola-t-elle. Je crois que nous descendrons prendre un petit déjeuner tardif. Te joindras-tu à nous ?

— Non, je ne serai pas des vôtres. De toute façon, je suis occupé puisque je travaille.

— Tu travailles aujourd'hui ? N'est-ce pas un jour férié ? Noël était samedi.

— Ici, cela ne fonctionne pas comme dans ton hôpital. La majorité des délégués du congrès VIDE arrivent aujourd'hui. Jusqu'à maintenant, c'est plutôt houleux. Une douzaine manquait à l'appel hier soir, et aujourd'hui, il y a de nombreuses annulations de dernière minute, des erreurs de réservations et des délégués se présentant sans réservation. L'organisatrice nous tient responsables de tout, exploitant au maximum la devise voulant que le «client a toujours raison» pour se protéger. Elle considère presque la moitié des délégués comme des *hôtes de marque* et je suis au garde-à-vous à l'accueil depuis le matin. Matthew, Shanna et Sandy ont tous pris un jour de congé, il ne reste que *moi*. Alors donc, non, je ne pourrai pas

— Dommage ! Es-tu toujours libre pour souper ce soir ?

— Seulement si ce n'est que nous deux. Ou peut-être aimerais-tu inviter un de nos aides-serveurs ?

— Chéri, sois poli.

Elle laissa tomber le téléphone et éclata de rire.

— Arrête, Randall, s'il te plaît ! J'essaie de discuter avec mon fils. Non !

Elle pouffa de rire de nouveau.

— Maman, je dois te laisser, je dois superviser la réception d'inauguration de VIDE ce soir vers 18 h 30. Rejoignons-nous donc dans le hall vers 19 h, d'accord ? Je te promets d'être à l'heure cette fois-ci.

— C'est un très bon plan. Je demanderai au concierge de faire des réservations.

★★★★★

Après avoir déposé le combiné, j'allai au bureau de la sécurité et demandai à Jérôme de sortir les relevés d'activités du stationnement intérieur et de l'ascenseur le soir où monsieur Godfrey fut tué.

— Désolé, Trevor, mais monsieur Drummond nous a interdit de fournir ces renseignements, me dit Jérôme.

— Cette règle ne s'applique pas pour moi, répondis-je.

— Mais il t'a précisément nommé.

— Ôte-toi de là, Jérôme, dis-je avec impatience. Je n'ai pas besoin de ton aide de toute façon.

Le service de sécurité relevait de mon autorité et j'avais des mots de passe de gestion pour tous les systèmes informatiques. Jérôme ne s'opposa pas avec beaucoup de vigueur tandis que je le délogeais de sa chaise pour m'installer à l'ordinateur. Il recula un peu et croisa les bras, soupirant et secouant la tête, tentant probablement de trouver une excuse dans le cas où Matthew viendrait à l'apprendre.

En quelques minutes, j'eus à l'écran le relevé d'activités de la cage d'escalier et le consultai. Il n'y avait aucune activité d'enregistrée au *Niveau 3* entre 21 h samedi soir et 5 h dimanche matin. Donc, la cage d'escalier était éliminée. J'affichai le relevé d'activités de l'ascenseur. Seulement cinq transports avaient été effectués sous le *Niveau 3* durant cette période :

287

Cynthia Godfrey à 22 h 13 ; Willard Godfrey à 12 h 38 ; Shanna Virani à 1 h 04 ; Sandy James à 1 h 09 ; et, finalement, Matthew Drummond à 1 h 16. Je me souvins que Matthew m'avait dit que seuls Shanna, Sandy et Willard apparaissaient sur le relevé, mais il ne l'avait demandé que jusqu'à 1 h 15. De toute évidence, il avait délibérément exclu son propre départ. *Le scélérat.* L'heure du décès avait été établie à environ 1 h. Monsieur Godfrey avait-il pu mourir plus près de 1 h 20 ? Matthew s'était habilement retiré de la liste des suspects aux yeux de ses collègues. Pourtant, ce n'était probablement pas suffisant pour leurrer le service de police. Ils auraient sûrement exigé de pouvoir consulter le relevé au-delà de cette heure. Le cas échéant, Matthew deviendrait suspect. Je fis défiler la liste à l'écran. Le nom de Matthew apparut de nouveau vers 7 h 58, remontant, cette fois, en ascenseur jusqu'au 6ᵉ étage… à sa suite, j'imagine.

7 h 58 ? Où était-il passé pendant six heures et demie ?

L'entrée suivante était la mienne, à 8 h 03, lorsque j'avais accompagné Brenda Rathberger au *Niveau 4*. J'ignorais alors que Matthew était arrivé à peine quelques minutes plus tôt. Je me souvins des traces de pneus ensanglantées et constatai qu'elles devaient appartenir à la voiture de Matthew. Comment avait-il pu ne pas voir le corps de monsieur Godfrey ? Je l'avais presque raté moi-même, me souvins-je. Il y avait une ampoule de brûlée à cet étage. De plus, le corps était partiellement dissimulé par la voiture de monsieur Godfrey et aurait facilement pu passer inaperçu aux yeux de quelqu'un entrant en voiture dans le stationnement. Je scrutai le reste des activités de l'ascenseur, qui renseignaient sur les nombreuses allées et venues ayant suivi la découverte du corps de monsieur Godfrey. Jérôme descendant, moi montant, Nancy descendant, Jérôme remontant, Matthew descendant, et ainsi de suite.

Je fis afficher ensuite le relevé des déplacements du stationnement. Seulement quatre véhicules étaient sortis du stationnement à l'aide de laissez-passer au cours de cette même période, chacun enregistré au nom d'un des passagers de l'ascenseur, dans le même ordre et à intervalles réguliers : Cynthia à 10 h 23 ; Shanna à 1 h 08 ; Sandy à 1 h 13 ; et Matthew à 1 h 20. Si l'une de ces personnes avait fauché monsieur Godfrey, de toute évidence, elle ne s'était pas attardée. Matthew apparaissait de nouveau, entrant, à 7 h 53. Outre ces activités, aucun autre laissez-passer n'avait été utilisé. Les autres allées et venues auraient été effectuées par des clients, des visiteurs ou des valets se servant de la cabine de perception qui n'utilisait pas de scanner et qui n'était donc pas surveillée par autre chose qu'une caméra. De toute façon, aucune de ces personnes n'avait accès aux étages inférieurs du stationnement.

J'éloignai ma chaise de l'ordinateur et croisai les bras, regardant fixement l'écran. À mon grand étonnement, je constatai qu'il n'y avait pas d'enregistrement de la présence d'un passager mystère dans l'ascenseur ou dans la cage d'escalier et qu'aucune voiture mystérieuse n'avait quitté le stationnement. Et, selon les policiers, il n'y avait aucun signe d'entrée par infraction dans le stationnement. Ce qui limitait les possibilités à trois personnes : Sandy, Shanna et Matthew. Mon cœur se serra. Tout le temps, j'avais désespérément espéré qu'il ne s'agissait pas de l'un d'eux, mais il devenait extrêmement difficile de croire que ce n'était pas le cas.

Pourquoi les policiers n'avaient-ils toujours pas effectué une arrestation ? N'auraient-ils pas trouvé des fragments de peinture sur les lieux du crime ou sur les vêtements de monsieur Godfrey leur permettant d'identifier la voiture de l'un des suspects ? Le véhicule ne serait-il pas accidenté ? Étaient-ils incompétents, paresseux ou apathiques ? Cela faisait plus d'une semaine que monsieur Godfrey était mort, et il n'y avait toujours pas eu d'arrestation. Soit ils ne savaient que faire de ces détails, soit ils étaient extrêmement prudents. Quelle qu'en soit la raison, l'affaire semblait plutôt simple. Ce n'était sûrement qu'une question de temps avant qu'un de mes collègues ne soit mis en état d'arrestation. Je devais me préparer à cette éventualité.

★★★★★

Je partis ensuite à la recherche de Brenda Rathberger et la trouvai au comptoir d'accueil de VIDE, entourée de deux jeunes bénévoles. Vêtue d'une longue robe hawaïenne à motifs floraux et portant des souliers de course blancs, elle grignotait une brioche à la cannelle en distribuant les trousses d'accueil à une file de délégués. Derrière elle, de nombreux représentants étaient réunis dans le salon aménagé dans la salle Vénus.

Je m'arrêtai pour l'observer travailler un instant, et il me vint à l'esprit qu'il y avait deux incongruités dans l'organisation du congrès de VIDE. La première tenait du titre d'«organisatrice et de directrice générale» de Brenda. Les termes « *désorganisatrice* » et «*dictatrice* générale» semblaient plus appropriés. Bon nombre de délégués dont elle s'occupait rencontraient plusieurs problèmes : pas de trousse d'accueil à leur nom, pas de réservation de chambre, pas de relevé de paiement… Pourtant, elle rejetait habilement la faute en marmottant des trucs comme : «Quel hôtel de merde ! » et « Pas *encore* ! Nom de nom, Louise ! Je leur ai déjà dit trois fois. » Avec de grandes exclamations d'indignation, elle envoyait ses bénévoles régler le problème. La seconde incongruité relevait de l'appellation «comptoir d'accueil». En fait, l'accueil était fort peu accueillant. Brenda était maussade et injurieuse, réprimandant les délégués pour avoir oublié leur relevé de confirmation, de ne pas s'être inscrits aux séances de formation ou de refuser d'acheter l'un des rubans verts *Ruban d'espoir* qu'elle vendait pour la somme de 20 dollars.

Pourtant, malgré son approche qui contrevenait aux Valeurs universelles, je ne pouvais m'empêcher de l'admirer. Les gens semblaient parfaitement à l'aise avec ses abus, en accord avec le rejet de la faute sur autrui et en mesure de se plier à ses demandes. Ses bénévoles la traitaient avec humilité et déférence et s'évertuaient à faire en sorte que les choses rentrent dans l'ordre. Ses tactiques avaient un petit quelque chose de pratique et d'efficace. Avec l'appui d'une cause si noble, elle pouvait faire fi des gentillesses et de la civilité pour déployer toute son énergie à faire en sorte que tout fonctionne.

Impatient de tester la situation après l'aventure de *Aux frontières de l'information*, je fis plusieurs tentatives pour l'approcher, mais elle fit de son mieux pour m'ignorer. J'avais toutes les raisons du monde d'être fâché par sa prestation à l'émission, qui avait méchamment traîné l'Univers dans la boue, mais Brenda Rathberger était une cliente, une cliente importante, et le protocole me dictait de me comporter avec le plus grand professionnalisme. Ainsi, je refoulai mon hostilité et vint me placer à la droite du comptoir, en essayant d'attirer son attention. Toutefois, chaque fois que je tentais de lui adresser la parole entre deux délégués, elle levait la main pour m'interrompre, sans même me regarder, et appelait le prochain délégué. Quand il devint clair qu'elle n'allait pas m'adresser la parole, je quittai les lieux, humilié.

J'allai à la réception pour vérifier discrètement l'horaire de Nancy. Elle allait quitter l'hôtel et vivait avec son copain, mais j'étais déterminé à la voir le plus possible avant son départ afin d'emmagasiner des images dans mon esprit pour les futures soirées de solitude. Nancy commençait à 15 h.

En passant devant la réception, Gaétan Boudreau m'arrêta pour me parler en privé.

— Il y a des frais de mini-bar de 200 dollars à la chambre de Sandy pour hier soir, dit-il. Devrais-je l'inscrire à sa carte de crédit ?

— Deux cents dollars ? dis-je, ayant oublié qu'elle avait emménagé à l'hôtel. Non, passe l'éponge.

L'image de Sandy vidant le mini-bar en solitaire me troubla profondément.

Gaétan parut soulagé.

— Merci, Trevor ! Je m'en occupe.

Je me rendis à mon bureau et tentai de téléphoner à la chambre de Sandy, sans succès. Elle ne répondit pas non plus à son Comm-U. J'espérai qu'elle était à la maison pour voir ses enfants et se réconcilier avec son mari. Après l'avoir écoutée hier soir, j'étais de nouveau convaincu de son innocence — innocence à l'égard du décès de monsieur Godfrey, évidemment. De toute évidence, elle était coupable d'un autre méfait. Les questions qui me tiraillaient maintenant étaient : Où Matthew Drummond était-il allé après la fête ? Pourquoi avait-il menti en affirmant qu'il n'avait pas pris le volant ? J'étais résolu à trouver des réponses. Malheureusement, je ne pus le lui demander directement, il ne se présenta pas au travail de la journée.

*****

Vers 18 h 45, je me rendis à la salle de bal Jupiter pour jeter un œil à la réception d'accueil de VIDE. J'étais passé par le bar Centre de l'Univers où je fus surpris de voir la tignasse blond platine de Honica Winters, qui était perchée sur un tabouret, toute seule, vêtue d'une robe étroite marron et chaussée de souliers à talons hauts en cuir blanc. Les mains dans les cheveux, elle regardait une pile de feuilles en fronçant les sourcils comme si elle étudiait en vue d'un examen. Un verre de martini, presque vide, trônait près de son coude.

Je présumai qu'elle avait déjà fait son discours et qu'elle était déçue. J'étais curieux de savoir ce qu'elle avait à dire et j'avais prévu être là pour l'entendre potentiellement diffamer l'hôtel. Je ne l'avais pas vue depuis que j'avais regardé regardé *Aux frontières de l'information*. Je fus tenté d'aller la voir pour la jeter en bas de son tabouret. Pendant des années, nous l'avions bichonnée, surclassée ; nous avions réduit ses tarifs et toléré ses états d'âme, et voilà comment elle nous remerciait. Valait mieux l'ignorer.

Détournant le regard, je passai près d'elle et ouvris la porte de la salle de bal Jupiter.

La réception d'inauguration de VIDE battait son plein, au moins 300 délégués étaient présents. C'était une réception debout, avec des boissons non alcoolisées et des canapés servis jusqu'à 20 h. Les discours devaient débuter vers 18 h 30 et durer environ une demi-heure. Ils semblaient pourtant s'être terminés tôt.

Jetant un regard autour de moi, je me rendis compte que c'était la première fois que je voyais un attroupement de délégués de VIDE. Le groupe était très diversifié, de très jeunes et de très âgés, un juste mélange d'hommes et de femmes, en tenue de soirée ou de ville. Leurs porte-noms indiquaient en plus leur organisme et leur lieu d'origine. Ils venaient de partout, mais principalement des États-Unis et du Canada, d'autres d'Europe, d'Asie et d'Amérique du Sud. Ils semblaient s'amuser ; plusieurs souriaient et rigolaient, d'autres se faisaient la bise et partageaient leurs histoires. Quelques-uns me regardèrent et me sourirent gentiment tandis que j'évoluais parmi eux. Pour la plupart, ils ressemblaient aux participants typiques de congrès. Pourtant, la douleur et la souffrance se lisaient sur bon nombre de visages croisés, ainsi que la colère et la froideur sur d'autres. Certains délégués circulaient en fauteuils roulants. Je me souvins que Brenda m'avait dit que sa propre histoire tragique n'était pas comparable à celle d'autres délégués. Je me demandai quel type d'horreur ils avaient dû supporter, qui ils avaient perdu, et comment ils s'en sortaient.

Au milieu de la pièce, quelqu'un m'apostropha.

— Trevor ?

Je me retournai.

Le visage rond et rougeaud de Brenda Rathberger me dévisageait, sa lèvre supérieure mouillée par la transpiration. Elle avait revêtu une nouvelle robe fleurie, celle-ci en soie, et portait des souliers de satin. Ses cheveux semblaient fraîchement coiffés en permanente et teints, son bronzage semblait plus profond que précédemment, moins tacheté, comme si elle portait une bonne couche de crème autobronzante ou de fond de teint. Sur le côté droit de sa poitrine était épinglé un ruban vert.

— Brenda ! Vous êtes ravissante ! Comment se déroule la réception ?

— As-tu vu Honica Winters ? Cette pimbêche aurait dû être ici il y a une demi-heure ! Mes délégués s'impatientent et je commence à avoir l'air idiote.

— Elle n'a pas encore prononcé son discours ? Je viens tout juste de la voir…

Une petite bonne femme afro-américaine s'immisça entre nous.

— Bien, bien, si ce n'est pas Brenda Rathberger ! Ça me fait vraiment plaisir !

Brenda la regarda avec circonspection.

— C'est Judy ! Judy Gordon ! Je suis bénévole à Chicago. Tu te souviens ? Nous avons fait un atelier ensemble à Dallas l'an dernier.

— Ah oui, bien sûr ! Judy. Comment allez-vous ?

— Ça ne pourrait aller mieux ! J'adore cet hôtel ! Il était temps de cesser de tenir nos congrès dans ces miteux motels de banlieue. Tout le monde ne parle que de cet hôtel !

Brenda acquiesça.

— J'ai pensé que ça ferait changement.

— Tu étais superbe à l'émission *Aux frontières de l'information*, s'exclama Judy. J'étais si fière ! *Imagine*, me suis-je dit, *notre petit organisme à la télévision nationale.* Nous en avons fait du chemin, non ? Je viens de communiquer avec le bureau, et apparemment, le téléphone ne dérougit pas. Les gens n'ont de cesse de faire des dons. Bravo, Brenda, *bravo* !

Brenda était rouge de fierté.

Judy s'agrippait à son verre de vin rempli de jus d'orange qu'elle sirotait comme un cocktail. Elle se pencha vers Brenda.

— Est-ce que ça commence bientôt ? Les indigènes s'impatientent.

— Oui, très bientôt, répondit Brenda en balayant la pièce du regard, l'air anxieux.

Judy se tourna vers moi, son regard s'alluma comme si elle me reconnaissait.

— Hé ! Vous étiez aussi de l'émission *Aux frontières de l'information*, n'est-ce pas ?

Son expression agréable se transforma immédiatement, comme si un nuage nauséabond venait de l'envelopper.

— C'est vous qui tentiez de tout cacher.

Je sentis le rouge me monter au visage.

— Je ne cachais rien du tout, dis-je, tentant de contenir mon indignation. Je ne faisais que remettre les pendules à l'heure. *Aux frontières de l'information* ne traçait pas tout à fait un portrait véridique de…

— Où est-elle ? s'écria Brenda, m'interrompant brusquement. Judy, j'ai besoin que tu m'aides à retrouver ma première conférencière. Elle est portée disparue.

— Pardon ? Nom de Dieu ! Qui prendra sa place ?

— Brenda, dis-je. J'ai essayé de vous dire que j'ai vu Honica au bar il y a quelques minutes.

Les yeux de Brenda s'écarquillèrent.

— Au *bar*? Que fait-elle là, nom d'un chien?

— De ce que je peux en déduire, elle prenait un martini.

Sa mâchoire tomba.

— Elle *n'oserait pas*! dit-elle en se précipitant vers la porte.

Judy se tourna vers moi et ouvrit la bouche pour dire quelque chose, puis changea d'idée. Elle renifla, fit demi-tour et m'abandonna en se dirigeant vers la foule, tenant son verre de jus d'orange bien haut, l'air d'une alcoolo en quête de quelque chose.

Tout à coup, je me retrouvai seul et mal à l'aise. Quelques personnes jetèrent un coup d'œil en ma direction avant de murmurer quelque chose à l'oreille de leurs voisins. Je souris et fit des signes de tête, mais à l'hostilité de leur expression j'en déduisis qu'eux aussi m'avaient vu à l'émission *Aux frontières de l'information*. Je décidai qu'il était temps de partir. Tout d'abord, je fis une tournée rapide en périphérie de la pièce, vérifiant les points d'eau, donnant des directives au personnel du buffet de nettoyer les verres sales et inspectant les canapés offerts par les serveurs ambulants. À l'avant de la salle, je montai sur la scène et vérifiai le microphone pour m'assurer qu'il fonctionnait.

Des centaines de paires d'yeux se tournèrent vers moi, impatients.

Me sentant ridicule, je reculai et scrutai le reste de la scène, qui était vide, à l'exception d'une seule chaise de banquet au fond. Elle semblait déplacée à cet endroit et j'eus envie de la retirer, mais je décidai qu'elle devait avoir sa raison d'être. C'était probablement une chaise où Honica allait s'asseoir le temps d'être présentée.

En me dirigeant vers la sortie, je croisai de nouveau Brenda. Son visage était rouge vif et furieux, elle tirait derrière elle une Honica à l'air coupable. Des têtes se tournèrent pour apercevoir la formidable présence de Honica. Il y eut des murmures d'admiration, des rires bêtes d'excitation.

— Salut mon beau ! me dit Honica tandis que Brenda la tirait brusquement.

Je lui fis un signe de tête poli. De toute évidence, elle ne se souvenait toujours pas de mon nom.

Brenda se retourna et cria :

— Trevor, apporte-nous du café. *Immédiatement* !

Je me précipitai vers le point de café et remplis deux tasses, puis me faufilai vers l'arrière de la pièce, où Honica et Brenda se tenaient, près de la scène.

— Je ne peux pas *croire* que tu étais au bar, où tout le monde pouvait te voir ! siffla Brenda, en train de boire !

— Je ne buvais pas ! cria Honica. Je...

— Ne me prends pas pour une idiote ! Ton haleine *empeste* l'alcool.

Honica se redressa, s'éloignant du regard furieux de Brenda.

— Bon ! j'ai pris un petit verre, dit-elle en rejetant ses cheveux vers l'arrière.

Je lui offris l'une des tasses de café. Elle la prit et sirota le café.

Brenda recula pour l'examiner.

— Es-tu ivre ? Si tu es ivre, j'annule tout dès maintenant.

— Je ne le suis pas, Bren. Juré. Crois-moi, je peux en prendre davantage.

Elle jeta un regard inquiet autour d'elle.

— Comment as-tu pu prendre un *verre* quelques minutes avant ton discours d'inauguration de *mon* congrès ? demanda Brenda, les poings sur les hanches.

— J'étais nerveuse.

— *Nerveuse* ? Toi ?

Honica se rongea les ongles.

— Prendre la parole en public me donne la trouille.

— Pardon ! ? s'écria Brenda, mais tu t'adresses à des millions de téléspectateurs chaque semaine.

— Ce n'est pas la même chose, répliqua Honica, jetant de nouveau un regard inquiet aux paires d'yeux impatients qui la regardaient. Je suis généralement en studio et je ne vois pas qu'il y a des téléspectateurs. J'*adore* la caméra, mais j'ai cette peur bleue à l'idée de prendre la parole en public. Ce café ne m'aide absolument *pas*.

Elle regarda fixement le contenu de la tasse et me la tendit, puis porta ses mains à son cœur et cligna des yeux, comme pour tenter de réprimer une crise cardiaque. Elle prit une profonde inspiration et expira doucement.

Brenda lui tendit sa propre tasse de café.

— Bois ! Sinon je te fous des baffes jusqu'à ce que tu sois sobre. Peut-être aurais-tu pu me prévenir de cette petite phobie lorsque je t'ai demandé de prononcer un discours !

— Ne t'inquiète pas, Bren, ça ira. Ce n'est pas mon premier discours. J'avais l'habitude de refuser de parler en public, trouvant toutes les excuses possibles, mais je commence à m'y faire. Je dois commencer à prévoir la suite de ma carrière. Avec Barbara Walters, je suis l'une des plus vieilles présentatrices de la télé. Il y a une limite à la quantité de maquillage que peut appliquer le studio et s'ils tamisent davantage les lumières, l'émission sera présentée dans le noir. Ce n'est qu'une question de temps avant qu'ils ne me remplacent par une jeunette à la Britney Spears. Je songe à écrire un bouquin, mais mon agent soutient que je devrai faire une tournée littéraire et que je dois d'abord m'exercer à parler en public.

Les yeux de Brenda semblèrent prêts à sortir de leurs orbites.

— Ce soir n'est qu'une *pratique* pour toi ?

— Non ! Bien sûr que non. Je comprends bien l'importance de ce congrès, dit Honica en survolant la foule du regard. Pourquoi tout le monde a l'air si hostile ?

— Peut-être parce que tu les as fait attendre pendant 45 minutes, répondit Brenda d'un ton sec. Si tu bousilles tout, Honica, je te jure que...

Honica me tendit la seconde tasse de café et posa la main sur le bras de Brenda.

— Ne t'inquiète pas, Brenda. Tu seras fière de moi, dit-elle en sortant une pile de feuilles de son sac à main. J'ai rédigé mon discours au cas où j'aurais une attaque de panique.

— Une *attaque de panique* ?

Je réprimai un sourire.

— Je plaisante, dit Honica, dont l'expression effrayée indiquait l'inverse.

Elle se mit un doigt dans la bouche et le mordit solidement.

Brenda regarda fixement la pile de papier.

— Et combien de temps, exactement, dure ce discours ?

— Je l'ignore. Une heure peut-être ?

— Une *heure* ? Honica, mes gens ont la capacité d'attention de moustiques. Il s'agit d'une réception debout, sans alcool. Je veux que ta présentation dure tout au plus une quinzaine de minutes.

— Ça me va. J'allais simplement raconter quelques anecdotes.

— Des anecdotes ? Il n'y a pas de temps pour des anecdotes. Fais ça court. Et, quoi que tu dises, attention à ne pas offusquer qui que ce soit. Mes délégués sont plutôt sensibles.

— D'accord.

— Espérons que personne ne t'ait vue au bar.

— *Personne* ici ne boit ? dit Honica en se tournant vers moi, l'air incrédule.

— Pas ceux qui se respectent, répondit Brenda.

— Ce n'est pas comme si j'allais prendre le volant. Un petit verre ne fait de mal à personne.

Le regard de Brenda lançait des éclairs de colère.

— Ne va pas dire ça devant mes délégués! Un *petit verre* a fait du mal à bon nombre d'entre eux!

Elle se retourna pour observer la foule. La salle était silencieuse, et presque tous les visages étaient tournés dans notre direction.

— Je ferais mieux de te présenter maintenant avant qu'il n'y ait une émeute, dit-elle, mais tout d'abord, porte ceci.

Elle sortit un ruban vert de son sac à main et l'épingla à la robe de Honica.

— Qu'est-ce que c'est? demanda Honica en baissant les yeux, de toute évidence peu impressionnée par le contraste sur sa robe. J'ai l'air d'une participante à un concours d'épellation.

— Tais-toi et porte-le, dit Brenda, reculant pour la détailler de la tête aux pieds. Es-tu prête?

Honica déglutit et fit signe qu'elle était prête.

— Attends avec Trevor que je t'appelle. Ne t'approche de personne! S'ils détectent l'odeur de l'alcool, ma tête sera sur le billot!

Honica mit sa main devant sa bouche pour réprimer un rot.

— Pas de problème, Bren.

Brenda gravit les marches pour se rendre sur la scène :

— Mesdames et messieurs, dit-elle dans le microphone, sa voix grave résonnant dans la salle, c'est avec grand plaisir que je vous souhaite la bienvenue au sixième congrès des Victimes Involontaires de l'Ébriété. Je suis Brenda Rathberger, la fondatrice et directrice générale de VIDE, et organisatrice du congrès de cette année.

Des applaudissements fusèrent de partout.

Brenda avait toute une présence sur scène.

— Quel chemin parcouru en si peu de temps! dit-elle. Peu d'entre vous se souviendront de notre premier congrès à Denver il y a cinq ans. Nous n'étions que quelque 25 délégués à l'époque. Aujourd'hui, VIDE compte plus de 300 employés,

1200 bénévoles et 30 chapitres en Amérique du Nord. Cette semaine, je suis ravie de vous annoncer que nous attendons plus de 1500 personnes!

D'autres applaudissements se firent entendre.

Je sentis que Honica vacillait légèrement à mes côtés et je levai les yeux vers elle. Elle s'appuya à mon épaule et ferma les yeux.

— Comment vous portez-vous, Mademoiselle Winters? demandai-je.

— Je crois que j'ai besoin de m'asseoir, dit-elle en bredouillant. J'ai pris quelques calmants et j'ai présentement des vertiges.

Elle passa devant moi et gravit les marches de la scène, doucement, mais délibérément, pour aller s'asseoir derrière Brenda. Brenda ne sembla pas remarquer sa présence.

— Le thème du congrès de cette année est *La société pour la sobriété*, poursuivit-elle. Comme vous le savez, le principal objectif de VIDE est d'éradiquer entièrement l'alcool au volant. Nous n'y parviendrons que lorsque *tout le monde* — la famille, les collègues, les employés de service, les policiers, les élus, les amis et les connaissances — adoptera une politique de tolérance zéro. La semaine qui nous attend s'annonce excitante avec ses ateliers, ses expositions, son salon commercial, ses tables rondes et ses séminaires. Elle culminera avec notre dîner-gala la veille du Jour de l'An. Le thème de cette année est *Les jours glorieux de la prohibition*. J'espère que vous serez dans l'esprit de la fête avec des costumes et des accessoires des années 1920. Le Premier de l'An, notre congrès se terminera par la Marche pour la sobriété à travers Central Park et un grand rassemblement au Rockefeller Center. Cette semaine, je suis impatiente de travailler avec vous à chercher de nouvelles stratégies et tactiques pour contrer l'alcool au volant. Grâce au soutien et à l'engagement de tout un chacun, j'ai confiance qu'avant

longtemps l'alcool au volant sera chose du passé en Amérique !
termina-t-elle triomphalement.

L'assistance explosa en applaudissements.

Son ton changea alors, s'adoucissant.

— Comme bon nombre d'entre vous le savent, cette
semaine, nous avons été contraints d'apporter un changement
de dernière minute à notre horaire en raison de la mort tragique
de monsieur Willard Godfey, le propriétaire de ce joli hôtel, à
la suite d'un délit de fuite. Je constate que plusieurs d'entre vous
se sont procuré le ruban vert de l'espoir, qui représente la solidarité dans l'adversité. Je vous encourage tous à en acheter un
en mémoire de Willard Godfrey et de toutes les victimes qui ne
peuvent être présentes aujourd'hui, dit Brenda, avant de garder
le silence un instant. Après un débat intérieur, j'ai consulté
le conseil et nous avons décidé de nommer Willard Godfrey
président honoraire du congrès. Bien qu'il soit physiquement
absent, sa présence se fera sentir tout au long de la semaine.

La salle fut silencieuse.

Je sentis l'émotion m'étreindre.

— Derrière moi, il y a une chaise vide, poursuivit Brenda.
Cette chaise est le symbole des conséquences épouvantables de
l'alcool au volant. Il n'y a rien : un espace libre, tragique. Un vide.

On entendit la foule souffler et ricaner.

Derrière Brenda, Honica s'amusait en pointant un doigt vers
elle et en murmurant les mots :

— Moi ? Un vide ?

Des rires hystériques éclatèrent dans toute la pièce.

Ignorant toujours la présence de Honica, Brenda regardait la
foule, éberluée. Avait-elle dit quelque chose de drôle ? Elle jeta
un regard à sa robe, en quête d'une tache, d'une déchirure, qui
aurait déclenché un tel manque de respect. Elle releva la tête vers
la foule et suivit leurs regards par-dessus son épaule.

Honica sourit et lui fit un signe de la main.

Je vis un éclair de colère traverser le regard de Brenda. Toutefois, lorsqu'elle se retourna vers la foule, elle adopta son sourire bienveillant habituel.

— Bien ! Je suis désolée de vous avoir traitée de vide, Mademoiselle Winters.

La foule éclata de rire de plus belle.

— J'imagine que c'est approprié pour la présentation de la première conférencière de ce soir, dit Brenda, forçant un sourire en attendant que la foule se calme. Remplacer un extraordinaire conférencier de la trempe de Willard Godfrey n'a pas été une chose facile. Ce soir, cependant, je suis ravie de vous présenter une personne qui, au cours des dernières années, est devenue une grande personnalité. En tant que présentatrice de l'une des plus populaires émissions d'affaires publiques, Honica Winters a reçu de nombreux prix et distinctions. Récemment, l'émission *Aux frontières de l'information* a été classée parmi les cinq plus grandes nouvelles émissions au pays. Hier soir, notre conférencière a témoigné de son allégeance à VIDE en présentant un segment sur l'alcool au volant, qui a été vu par plus de 5 000 000 de téléspectateurs, donnant ainsi à notre organisme une vitrine sans précédent. Mesdames et messieurs, veuillez accueillir mademoiselle Honica Winters.

La foule applaudit avec enthousiasme, poussant de vivantes acclamations et tapant du pied.

Honica se leva de son siège, vacillant sur ses talons hauts en se dirigeant vers l'estrade. À mi-chemin, elle s'enfargea et trébucha. Brenda attrapa son bras juste avant qu'elle ne tombe. Honica reprit son aplomb en s'appuyant sur l'épaule de Brenda, la remercia à profusion, puis fit un drôle de sourire à la foule.

Brenda descendit de l'estrade et vint s'installer près de moi, le corps tendu.

— Bonsoir, dit Honica, ajustant le microphone à sa taille. Sa voix était plus aiguë qu'à l'habitude et un peu criarde.

— Merci de cette présentation, Brenda. Je dois avouer que je suis un peu nerveuse sur scène. J'ai toujours entendu dire qu'il valait mieux servir un peu d'alcool à votre assistance avant un discours. De toute évidence, ce ne sera pas le cas ce soir, dit-elle en riant grossièrement.

Le silence se fit dans la salle.

— Combien d'entre vous ont vu mon émission hier soir ?

Environ le tiers des délégués leva la main.

— Pour ceux qui l'on manquée, honte à vous. Allez, j'ai besoin de cotes d'écoute.

De nouveau un gros rire. De nouveau le silence dans la salle. Elle soupira et regarda ses notes.

— Depuis plus d'un an maintenant, j'insiste auprès de mes réalisateurs pour produire une émission sur l'alcool au volant, une problématique qui me tient à cœur. Pareillement, j'ai toujours eu envie de tracer le portrait de Willard Godfrey et de cet hôtel spectaculaire qu'il a bâti, dit-elle en ouvrant mécaniquement les bras, comme si c'était une mise en scène. Lorsque j'ai entendu parler de ce congrès, j'ai décidé de faire d'une pierre deux coups et de présenter à la fois Willard Godfrey et VIDE. Malheureusement, la pierre de quelqu'un d'autre a asséné un coup fatal à Willard Godfrey.

Elle s'arrêta comme si elle attendait les éclats de rire.

Le silence de la salle était lourd.

À mes côtés, Brenda s'était agrippée à mon bras.

Je lui fis un sourire rassurant.

Honica poursuivit :

— Lorsque Willard a été tué le week-end dernier, mes réalisateurs ont accepté de modifier la programmation afin de présenter une émission spéciale des Fêtes sur l'alcool au volant. Nous espérions que l'émission rappellerait aux téléspectateurs les conséquences dramatiques de l'alcool au volant en cette période de l'année où ce comportement est fréquent. Nous souhaitions que les gens y penseraient à deux fois avant de se glisser derrière le volant en état d'ébriété en cette période des Fêtes. Nous espérions même que cela contribuerait à sauver des vies.

Des hochements de tête virent appuyer ce discours.

Je sentis l'emprise de Brenda se desserrer.

Honica fit une pause.

— Willard Godfrey était un ami, dit-elle. Il me manque. Comme bon nombre d'entre vous, je suis une victime. Lorsque Willard dirigeait le Plaza et que j'habitais cette ville, nous nous fréquentions environ une fois par mois. C'était avant qu'il n'arrête de boire. Nous allions au bar enfiler des martinis à la vodka.

Dans la salle, des murmures de désapprobation se firent entendre.

La prise de Brenda se resserra sur mon bras.

Honica ferma les yeux un instant comme pour confesser :

— Je sais que cela vous choque peut-être, surtout pour ceux qui connaissent son abstinence, mais à mon avis, il n'y a rien de mal à prendre quelques verres — c'est ce qui se produit *par la suite* qui est important. Willard et moi n'avons jamais pris le volant après avoir bu. Personne n'a été blessé et aucune vie n'a été mise en danger. Ce que je veux dire, c'est que l'*alcool* n'est pas le problème ; le problème, c'est le *comportement*. Boire est légal. Modérément, ce n'est pas dangereux. Je crois que nous avons tort d'associer l'alcool avec l'alcool au volant. Si les gens apprenaient à boire raisonnablement, à contrôler leurs actions sous influence, à rester au lit, à résister aux impulsions dange-reuses, à ne pas prendre le volant, à rentrer à la maison sans mettre la vie d'innocentes victimes en danger, alors le monde serait un endroit plus sécuritaire et plus beau. Je vous souhaite à tous un congrès extraordinaire et je tiens à vous remercier d'écouter *Aux frontières de l'information*.

Tandis que la foule applaudissait, Honica leur adressa un sourire radieux et descendit de la scène. Sur la dernière marche, elle trébucha, son corps vola vers l'avant. Elle laissa échapper un cri en tombant dans les bras d'un trio de délégués masculins. La foule laissa échapper un cri de surprise.

Avec l'aide de quelques autres délégués, Honica se redressa et s'épousseta. Elle mit la main sur sa bouche et gloussa grossièrement, puis dévala l'allée à toute vitesse, un talon brisé lui donnant une drôle de démarche.

À mes côtés, Brenda avait l'air mortifié. Ses yeux scrutèrent tranquillement la foule pour juger de leur réaction.

Des visages se retournèrent vers nous.

— Oh mon Dieu! dit Brenda en retenant son souffle, j'ai besoin d'un verre.

Elle se retourna et quitta la salle de bal.

13

Le chaos dans l'Univers

En dépit de l'énorme nuage d'incertitude flottant au-dessus de l'Univers, à partir du mardi matin, je sentis que la situation commençait à s'améliorer. Lors de mes rondes matinales, en poussant énergiquement la porte de service pour entrer dans le hall, je ressentis cette poussée d'adrénaline familière. Les lumières en forme d'étoiles du hall semblaient plus brillantes, le bavardage des clients était bruyant et animé, les visages des employés étaient de nouveau vifs et déterminés. Les délégués de VIDE s'étaient installés et le congrès battait son plein — ce qui, je l'espérais, garderait Brenda Rathberger loin de nous.

Plus tard cette semaine, des voyageurs en provenance de partout dans le monde feraient leur arrivée afin de célébrer la veille du Jour de l'An à New York, ce qui culminerait en un hôtel complet le vendredi avec des fêtes du Nouvel An partout dans l'Univers. Peu importe ce que l'avenir nous réservait, j'étais sûr que je demeurerais une part dévouée et essentielle de l'hôtel. Si Matthew réussissait à titre de directeur général, je le supporterais. Si Sandy réussissait à convaincre Cynthia de lui donner sa chance — quoique cela semblait plutôt improbable après *Aux frontières de l'information* —, je serais derrière elle. Si

Cynthia Godfrey décidait de m'en offrir la possibilité, je ferais de mon mieux.

Après mon inspection matinale des lieux, je décidai d'examiner l'extérieur du complexe, ce que j'essayais de faire une fois par semaine. Je sortis de l'hôtel par les portes principales, passant à côté d'un groupe de délégués de VIDE assemblés à cet endroit, sans doute attendant qu'on vienne les chercher, je leur souhaitai une bonne journée d'un ton joyeux puis je descendis du côté gauche de l'allée vers la rue. En tournant à gauche sur la 54ᵉ Rue Ouest, je longeai le complexe pour me rendre vers l'arrière, déverrouillai la barrière, traversai les jardins de l'hôtel, pour sortir par la barrière de l'autre côté et tourner à gauche sur la 53ᵉ Rue Ouest.

L'Univers était parfaitement en ordre.

Quand j'atteignis l'avenue des Amériques, j'aperçus Sandy James qui remontait la rue. Je lui fis un signe de la main et m'arrêtai pour l'attendre, frissonnant dans l'air frisquet du matin tandis qu'elle s'approchait. Elle ne boitait plus que très légèrement. Elle trimballait une petite valise dans une main et semblait fumer de l'autre ; quand elle s'approcha, je constatai qu'elle n'avait pas de cigarette, mais qu'elle faisait semblant de fumer. En voyant l'expression anxieuse dans ses yeux, je devinai qu'elle ne se sentait pas aussi optimiste que je l'étais.

— Tu retournes à la maison, demandai-je d'un ton optimiste en jetant un regard en direction de sa valise.

Elle secoua la tête.

— Je suis allée chercher quelques objets.

— Jack est encore fâché ?

Elle jeta sa cigarette imaginaire sur le trottoir et la piétina.

— Nous avons besoin d'espace pour respirer. C'est trop difficile à la maison en ce moment. Les voisins sont curieux, nous recevons des appels anonymes, mes enfants me regardent comme si j'étais une sorte d'extraterrestre maléfique. J'ai besoin de me réfugier à l'Univers pendant quelques jours afin de faire le ménage dans ma tête.

— Je comprends.

En marchant vers l'hôtel, je pris son sac.

— J'ai essayé de te joindre hier. J'étais inquiet quand j'ai entendu parler de ta facture de mini-bar.

Elle se mordit la lèvre.

— C'est vrai, j'avais oublié. J'ai eu une fête en solitaire dimanche soir. J'ai mangé tout ce que je voyais, incluant trois barres de chocolat, un bocal de noix mêlées, un tube entier de croustilles et j'ai ouvert toutes les mignonnettes pour prendre une gorgée. J'ai toujours voulu faire ça. Je vais payer pour tout ça, évidemment. En réalité, je l'ai déjà fait d'une certaine façon. J'ai vomi.

— Désolé d'avoir raté la fête.

Au pied de l'allée, je me tournai vers elle.

— Sérieusement, Sandy, ingérer le contenu entier d'un mini-bar ne correspond pas exactement à un comportement normal.

— J'ai laissé une tablette de chocolat et le vin rouge, dit-elle avec un air piteux.

— Devrais-je m'inquiéter ?

Elle me regarda comme si elle était sur le point de sourire et dire quelque chose de drôle ou d'optimiste, à la manière habituelle de Sandy, mais son visage devint plutôt sérieux. Elle se mordit de nouveau la lèvre et secoua lentement la tête, le visage déformé. Elle laissa échapper un sanglot, puis se couvrit le visage et se détourna.

— Je ne sais pas ce qui s'est passé, Trevor. C'est comme un effet domino. Il y a dix jours, tout était magnifique. Puis, j'ai commis une erreur de jugement et tout a commencé à s'écrouler. J'ai été identifiée comme une ivrogne téméraire à la télé. Mon mari m'a mise à la porte. Mes enfants ont peur de moi, mon patron est mort et tout le monde — y compris ma propre mère ! — semble penser que c'est de *ma* faute. Qu'est-ce qui va suivre, Trevor ? Je ne crois pas pouvoir en supporter davantage.

Je jetai un regard vers le haut de l'allée, espérant que le groupe client rassemblé près de l'entrée ne l'avait pas entendue et j'ouvris mes bras pour la serrer.

— Ne t'inquiète pas, Sandy. Le pire est passé. Accroche-toi et les choses ne tarderont pas à s'améliorer. Je te le promets.

Je demeurai près d'elle quelques instants, regardant fixement la circulation de l'heure de pointe matinale alors que des centaines de taxis et de piétons se hâtaient — tous trop occupés pour remarquer un homme et une femme enlacés, la femme pleurant sur l'épaule de l'homme, et s'interroger sur la raison.

Sandy releva la tête et renifla.

— Merci, Trevor !

— Quand tu veux. Prête à travailler ?

Elle hocha lentement la tête, affichant une expression courageuse.

— C'est assez ! Je dois me ressaisir.

Elle se tamponna les yeux avec un mouchoir et redressa sa posture.

— Ça va exiger toute ma force et ma confiance, mais je suis résolue à le faire.

— À faire quoi ?

— À convaincre Cynthia de me promouvoir au poste de directrice générale. Je vais l'appeler ce matin.

J'étais abasourdi.

— Au beau milieu de toute cette controverse ? Après *Aux frontières de l'information* ?

— J'ai besoin de ce poste plus que tout en ce moment, Trevor.

Elle saisit sa valise, se retourna et commença à remonter l'allée.

En me hâtant pour la rattraper, j'entendis quelqu'un près de l'entrée de l'hôtel crier :

— La voilà !

Une meute de délégués de VIDE se mit à charger l'allée en notre direction, en hurlant, pointant et agitant des pancartes. Devant moi, Sandy s'arrêta brusquement. Je fonçai sur elle et nous trébuchâmes tous les deux et faillîmes tomber au sol.

— Honte à vous ! Honte à vous ! Honte à vous ! hurlaient les délégués.

Je mis quelques moments à réaliser que ces mots s'adressaient à Sandy. En quelques secondes, la foule nous avait encerclés, brandissant des affiches avec des slogans écrits en lettres noires furieuses : UN CONDUCTEUR IVRE EST UN FUSIL CHARGÉ ! LES BONNES MÈRES NE CONDUISENT PAS EN ÉTAT D'ÉBRIÉTÉ ! EXTRAORDINAIRE DÉBAUCHE ! Ils huaient et sifflaient en direction de Sandy.

Je remis la valise à Sandy et me plaçai devant elle.

— Mesdames et Messieurs, s'il vous plaît ! Un peu de respect, je vous prie !

— Honte à vous ! hurla à Sandy un type aux cheveux longs avec un foulard rouge.

— Vous auriez dû le savoir, Sandy James ! hurla une femme que je reconnus comme étant Judy Gordon de Chicago. Un cadre, une mère — conduire en état d'ébriété ! Honte à vous !

— Honte à vous ! Honte à vous ! Honte à vous ! psalmodiait le groupe.

Sandy se recroquevilla derrière moi, tenant sa valise devant elle comme un bouclier alors que le groupe s'approchait, la huant et brandissant leurs pancartes dans les airs. Je devais la sortir de là. Jetant un coup d'œil vers l'entrée de l'hôtel, je vis un groupe d'employés et de clients rassemblés, le visage effaré. Sur la rue plus bas, une foule de piétons observait le spectacle. Je saisis mon Comm-U et j'appelai la sécurité, criant à Jérôme de se rendre immédiatement à l'entrée principale.

— Nos rues ne sont pas sécuritaires avec des gens comme vous ! hurla une autre femme en direction de Sandy. Nos *enfants* ne sont pas en sécurité.

Un bruit de crissement de pneus nous parvint de la rue et une camionnette du service de l'information de la chaîne New York One fit son entrée dans l'allée.

— Honte à vous ! Honte à vous ! Honte à vous ! hurlait la foule.

Je devais tirer Sandy de là *maintenant*. Je serrai sa main et commençai à remonter l'allée en repoussant les manifestants.

Jérôme, du service de sécurité, apparut dans l'entrée et se hâta de descendre l'allée.

— Dispersez-vous, Mesdames et Messieurs, maintenant ! cria-t-il. Veuillez quitter l'allée immédiatement ou j'appelle la police !

Il commença à pousser les gens sur les côtés, se frayant un passage vers Sandy.

Je poussai Sandy vers Jérôme.

— Veux-tu, s'il te plaît, nous aider à passer ! criai-je en essayant de maîtriser mon impulsion d'en frapper quelques-uns.

Nous étions presque rendus à l'entrée lorsque nous entendîmes une voix crier :

— Hé ! Sandy James ! Attendez un moment ! Nous devons nous parler quelques instants.

Nous nous tournâmes pour voir une journaliste du New York One agitant un micro dans les airs, un cameraman dans son sillage. Nous fîmes les derniers pas vers la sécurité, passant de justesse à travers les portes en acier juste au moment où elles se refermaient. Jérôme utilisa son passe-partout pour les verrouiller pendant que Sandy et moi nous arrêtions afin de reprendre notre souffle.

Toute l'activité dans le hall s'était arrêtée et les gens nous regardaient fixement, effrayés. Je saisis la main de Sandy et lui fit traverser le hall, monter les escaliers pour entrer dans les bureaux de l'administration, verrouillant les portes derrière nous.

★★★★★

Une fois que Sandy fut calmée, je retournai à l'entrée principale pour m'assurer que la foule s'était dispersée. Jérôme n'avait réussi qu'à repousser les manifestants jusque dans la rue où se trouvaient trois équipes de télévision locales et où une centaine de spectateurs étaient maintenant assemblés. Il se tenait debout à côté, les bras croisés, observant les manifestants par les minces fentes de ses yeux.

Judy Gordon était interviewée par la journaliste du New York One.

— Le thème de notre congrès est *La société pour la sobriété* disait-elle. Si la société ne peut compter sur des gens tels que Sandy James, une femme d'affaires prospère et mère de deux enfants, pour donner l'exemple en buvant de manière responsable et en évitant de conduire lorsqu'elle est en état d'ébriété, comment pouvons-nous espérer que le reste de la société se conduise mieux ? VIDE croit que la conduite responsable commence par la base. Les lois aident, évidemment, mais pas avant que l'ensemble de la société n'accepte que les conséquences de la conduite en état d'ébriété sont trop importantes pour tolérer *toute* consommation d'alcool, sans égard à la quantité, avant de conduire un véhicule. C'est à ce moment qu'il y aura *vraiment* une différence.

La caméra se déplaça de Judy vers un manifestant qui tenait une pancarte où l'on pouvait lire Y A-T-IL UNE VIE INTELLI-GENTE DANS L'UNIVERS ?

— Auriez-vous la gentillesse de demander à vos amis de se disperser ? Nous essayons d'exploiter une entreprise ici. À l'avenir, je vous saurais gré de garder vos manifestants à l'écart de cet endroit et de laisser nos employés tranquilles. ET si vous avez l'intention d'appeler les médias, veuillez m'en informer à l'avance.

— Nous n'avions pas l'intention de vous contrarier. Nous aimons vraiment votre hôtel. C'est cependant ce que nous faisons : nous manifestons. Nous n'aurions jamais obtenu le succès que nous avons aujourd'hui sans l'attention des médias. Je suis sûre que vous pouvez comprendre.

Son approche diplomatique sonnait faux, un contraste important avec la nature intimidante de Brenda.

— Eh bien ! vous avez beaucoup bouleversé Sandy James et elle a suffisamment souffert comme ça. L'Univers n'est pas un endroit pour les protestations bruyantes et la politique. C'est un endroit calme destiné au repos. Je ne peux simplement pas tolérer ce genre de bouffonnerie.

— Dites-le à Brenda Rathberger, dit Judy en haussant les épaules. Nous ne faisons que suivre les ordres. Elle a tout organisé.

— C'est elle ?

J'aurais dû le savoir.

— Où est-elle ?

— Elle a dû remplacer le conférencier d'un panel qui s'est désisté à la dernière minute. Elle devrait maintenant être de retour à l'accueil.

— Merci !

Je me retournai et remontai l'allée.

★★★★★

Alors que j'étais en route pour trouver Brenda, je reçus un message texte de Matthew qui me demandait de me rendre immédiatement à son bureau. Je décidai d'abord de rechercher Brenda et me dirigeai vers l'accueil de VIDE.

Brenda était assise derrière le bureau, parlant sur son cellulaire. Une jeune bénévole avec un anneau dans le nez était assise à côté d'elle et la regardait, bouche bée.

— Je me fous qu'il ait la fièvre scarlatine ! hurla Brenda dans le téléphone. Le séminaire commence dans une heure, et plus de 30 délégués payants sont enregistrés. Je ne vais pas l'annuler. Dites-lui que s'il ne ramène pas son gros derrière immédiatement, je vais aller le chercher moi-même et le ramener en le tirant par la peau du cou. Compris ? Bien !

Elle raccrocha et se tourna vers l'une des bénévoles.

— Quel connard piteux !

— Bonjour, Brenda !

Elle leva les yeux.

— Oh ! C'est toi.

— Comment ça va ?

— C'est une épouvantable catastrophe.

J'étais maintenant habituée à ses déclarations enflammées.

— Oh ?

Son visage était de nouveau rouge comme une betterave et des gouttelettes de sueur s'étaient formées sur sa lèvre supérieure ; la pauvre femme était l'incarnation d'une crise cardiaque sur le point de survenir.

— C'est le troisième conférencier qui annule ce matin, dit-elle, furibonde, en tendant la main pour saisir une brioche à la cannelle, la déchirer en deux avant d'en enfouir la moitié dans sa bouche. C'est entièrement la faute de cet hôtel ! Les gens ont peur d'être associés à une entreprise qui tolère la conduite en état d'ébriété.

— L'Univers ne tolère pas la conduite en état d'ébriété, dis-je laconiquement.

Elle se croisa les bras et grogna.

— Avec tout le respect que je vous dois, Brenda, si vous planifiez organiser un assaut sur l'une de nos employées et appeler les médias pour que ça soit filmé, je vous saurais gré de m'avertir au moins à l'avance.

— Je ne sais pas de quoi vous parlez.

— Oh oui, vous le savez.

— Eh bien ! j'ai une demande pour *vous,* dit-elle en imitant mon ton et mon langage corporel. Avec tout le respect que je vous dois, si vous planifiez avoir d'autres idées stupides pour gâcher mon congrès, je vous saurais gré de les garder pour vous-même.

— Pardon ?

— Deux mots : Honica Winters. Elle a été catastrophique hier soir ! Et vous êtes de ceux qui m'ont mise en contact avec elle.

— J'ai trouvé qu'elle avait fait un travail correct.

— Elle s'est présentée ivre à un congrès contre la conduite en état d'ébriété ! Elle aurait tout aussi bien pu apporter un fusil à une manifestation pour la paix ! Elle a dédié son discours à l'éloge de la boisson, puis s'est étalée de tout son long, ivre, devant tout le groupe de délégués. Je n'aurais pu être plus humiliée ! Elle est vraiment chanceuse d'avoir quitté l'hôtel ce matin avant que je lui parle. Je lui aurais tordu son petit cou décharné. Je reçois des plaintes de tous les côtés de la part des délégués maintenant. Quand ils ne râlent pas à propos de cet hôtel et de ses prix exorbitants, ils se plaignent de Honica Winters. *Rien* de tout cela n'est de ma faute, et pourtant, tout le monde me blâme !

À côté d'elle, la bénévole souffla légèrement.

Brenda se tourna vers elle et lui lança un regard furieux.

— Tais-toi, Megan !

— Oui, bien, je suis vraiment désolé, dis-je à Brenda en sachant qu'il était inutile de discuter. Je m'excuse pour tout rôle que nous avons pu jouer ou non dans les plaintes que vous recevez.

— Toujours en train de vous excuser. Si tout été fait comme convenu au départ, vous n'auriez pas besoin de toujours vous excuser.

Ma pression sanguine monta en flèche.

— Eh bien, je suis extrêmement désolé de toujours m'excuser !

Elle grogna de nouveau, comme si elle venait de démontrer le bien-fondé de ses reproches, et se retourna en prenant son cellulaire pour faire un autre appel.

Exclu de manière efficace, je m'éloignai, contournant le hall pour me diriger vers les escaliers.

— Monsieur Lambert ?

Je me retournai pour voir la bénévole, Megan.

— Oui ?

— J'aimerais que vous sachiez que les gens ne se plaignent pas tant de l'hôtel ou même de Honica Winters que de madame Rathberger. Elle a des partisans très loyaux, mais cette semaine, elle a été très désagréable envers tout le monde. Je suis bénévole pour ce congrès depuis maintenant trois ans et elle a toujours été un peu agressive, mais cette année, elle est hors de contrôle. Je crois qu'elle est devenue folle.

— Ah oui ?

Elle hocha la tête.

— Le conseil d'administration a exercé une pression énorme sur elle pour que le congrès soit réussi et pour obtenir une grande couverture médiatique. Les rumeurs affirment que si elle ne réussit pas, elle sera congédiée. Elle ne veut pas être grossière — c'est vraiment une personne d'une grande gentillesse —, mais tout se passe mal. Je crois qu'elle est sur le point de faire une crise de nerfs.

— Je vous suis reconnaissant de partager ceci avec moi, dis-je. Tout ce que nous voulons, c'est de lui faciliter les choses, mais nous ne pouvons pas tout faire. S'il y a quoi que ce soit que nous pouvons faire, laissez-le-moi savoir.

— Merci. Je le ferai.

★★★★★

En me dirigeant vers les bureaux de l'administration pour voir Sandy, je reçus un appel de Matthew.

— Veux-tu bien me dire où tu es ? Je t'ai dit de revenir ici il y a 10 minutes.

— J'arrive tout de suite.

En me rendant vers le bureau de Matthew, je me penchai pour voir Sandy. Je fus surpris de voir un jeune homme bien mis assis dans la chaise devant son bureau et qui en serrait les bras. Elle menait une entrevue. Quand je passai, elle me vit et me fit un grand sourire ainsi qu'un signe de la main. Je m'étonnai de sa rapidité à récupérer.

En tournant vers le bureau de Matthew, j'entendis mon Comm-U de nouveau.

— Trevor, c'est Gaétan. Puis-je te demander de te rendre à la réception, s'il te plaît ?

Il avait l'air parfaitement calme, mais je le connaissais suffisamment pour déceler la tension dans sa voix.

— Est-ce urgent ? demandai-je. Je suis quelque peu occupé.

— Honica Winters est en train de régler sa note et elle demande à vous voir.

— J'arrive tout de suite.

Honica était penchée sur le comptoir de la réception, révisant sa note. Gaétan était derrière le comptoir, affichant un sourire sympathique. Quand il me vit, une imperceptible étincelle de frustration passa au-dessus de lui pour m'avertir que des ennuis étaient à prévoir.

Honica utilisait un crayon-feutre noir pour tracer de grands X sur sa note d'hôtel.

— Faux… faux… *faux*! disait-elle. Pas regardé de film. Pas touché au mini-bar. Ne suis pas allée au bar.

Elle repoussa la note vers Gaétan.

— Le tarif de la chambre est également incorrect. Il devait être réduit. Essayez-vous de commettre une escroquerie ici?

— Bonjour, Honica.

— Trevor! Comment *vas-tu*? demanda-t-elle en me faisant un câlin comme si nous étions de grands amis.

En faisant un pas vers l'arrière, je redressai mon porte-nom.

— Je croyais que vous étiez déjà partie, dis-je. Brenda Rathberger a dit que vous aviez quitté tôt ce matin.

Honica écarquilla les yeux. Elle parcourut le hall.

— Est-ce qu'elle sait que je suis encore ici?

— Je ne crois pas. Elle est occupée en haut.

Elle soupira de soulagement.

— Cette femme est une psychotique. Elle a laissé quatre messages désagréables sur mon cellulaire hier soir, me disant que j'avais gâché son congrès. Puis, elle a frappé à ma porte tout l'avant-midi, mais je n'ai pas répondu. Elle porte des jugements si catégoriques, elle est si hypocrite! Elle m'a qualifiée d'ivrogne effrontée.

Elle mit sa main près de sa bouche et se pencha vers moi.

— C'est *elle* qui a déjà été une ivrogne.

Je jetai un bref regard à Gaétan, puis je revins vers Honica.

— Est-ce que je peux faire quelque chose pour vous aider?

— Oh, ouais! Je dois prendre l'avion pour Niagara en vue d'y passer quelques jours et j'ai demandé à votre préposé à la réception de me réserver une chambre pour le weekend du Nouvel An. Willard m'a envoyé une invitation pour votre fête des dieux de l'Univers il y a quelques semaines et je sais qu'il voulait *vraiment* que j'y assiste. Cependant, ce gars — elle désigna Gaétan — affirme que tout est complet. J'ai donc demandé à te voir. Je sais que tu vas me trouver une chambre puisque je suis une cliente si fidèle. J'aurais besoin de l'une des suites Supernova si c'est possible et j'espère que tu pourras me faire un prix.

Avec 1000 chambres dans l'hôtel, il était toujours possible d'en ajouter quelques autres, même si cela signifiait *surréserver*, ce qui était assurément le cas la veille du Jour de l'An. Toutefois, je n'avais absolument pas envie d'accorder une faveur à Honica.

— Je suis terriblement désolé, Mademoiselle Winters, dis-je, mais l'hôtel est réellement complet. La veille du Jour de l'An est notre soirée la plus achalandée de l'année.

Honica prit une grande respiration, comme si elle s'obligeait à être patiente.

— Écoute, Trevor, j'ai offert une *énorme* publicité à cet hôtel dans mon émission de dimanche. Je m'attendrais à davantage de reconnaissance de votre part. Je sais que Willard l'aurait fait.

— Cette publicité était abominable, Honica. Vous m'avez humilié ainsi que mes collègues *et* cet hôtel. Les dommages sont peut-être irréversibles.

— Tu veux rire ? L'Univers est au centre de toutes les conversations ici à New York et à travers le pays grâce à moi. Il est impossible d'*acheter* ce genre de réclame.

— Je suis certain que nous ne l'achèterions *pas*.

— Tu veux vraiment que je séjourne dans un autre hôtel ? Et si je tombais amoureuse de cet endroit et décidais de déplacer le compte entier de NBC à cet endroit ? Mmm, je suis convaincue que Cynthia ne serait pas très heureuse. Dois-je m'adresser à elle ? Allez, Trevor, ne sois pas si coincé !

Adoucissant son approche, elle me fit un grand sourire et me frotta le bras, enjôleuse.

— Je vais voir ce que je peux faire, dis-je. Mais pas de promesses.

— Tu es un amour.

— Où est Raspoutine ? demandai-je en espérant que l'odieux petit bâtard s'était noyé dans les toilettes.

— Oh, je l'ai laissé à l'une de vos femmes de chambre. J'espère que c'est correct. Elle m'a promis de le surveiller jusqu'à mon retour. Il est si difficile de voyager avec lui.

Je grognai intérieurement. Honica était parfaitement consciente que les femmes de ménage étaient si désireuses de faire plaisir qu'elles ne savaient pas comment refuser.

— Y a-t-il un problème avec votre note d'hôtel ? demandai-je en jetant un bref regard à Gaétan.

— Mmm, ouais ! Un tas de frais ont été mis sur mon compte. Peux-tu t'assurer qu'ils sont enlevés ? Pas que cela change quoi que ce soit. VIDE assume tous les frais.

— En fait, Mademoiselle Winters, dit Gaétan en me tendant la note, VIDE a indiqué que seules la chambre et les taxes étaient incluses. Tous les à-côtés sont votre responsabilité. Selon les instructions strictes laissées par madame Rathberger, je suis sûr qu'elle ne sera pas prête à payer 112 dollars en frais de mini-bar.

— Je suis convaincue qu'elle a dit qu'elle paierait *tous* les frais.

— Brenda est en haut si vous désirez le confirmer avec elle, lui offris-je.

Honica secoua la tête.

— Non, je préférerais simplement payer les frais. Mettez-les sur ma carte de crédit, mais pas ceux que j'ai rayés.

Je jetai un œil à la note.

— Vous n'êtes pas allée au bar hier après-midi ? Mais je vous ai vue à cet endroit juste avant la réception de VIDE.

Honica mit un doigt dans sa bouche et le mordilla.

— Oh, c'est vrai. J'avais oublié.

— Et le mini-bar — vous n'avez *rien* pris ?

Ce serait une première pour Honica, même si ce n'était certainement pas la première fois qu'elle contestait les frais.

— Je ne savais même pas où était la clé.

J'étudiai son visage pendant quelques instants. Dans ma tête, j'entendais Willard Godfrey proclamer les Principes universels. Pourtant, une exception était nettement de mise.

— Mademoiselle Winters, dis-je. Si vous désirez une chambre la veille du Jour de l'An, je vous conseille de payer votre note au complet.

Son sourire s'évanouit.

— D'accord, dit-elle, vexée.

Elle fouilla dans son sac à main pour en retirer sa carte de crédit.

★ ★ ★ ★ ★

Quand j'arrivai enfin dans les bureaux de la direction, le bureau de Susan Medley était vide. Je frappai à la porte de Matthew et l'ouvrit.

— Il était temps, dit-il. Entre. Nous devons discuter.

J'approchai une chaise près de son bureau.

— Qu'y a-t-il ?

Son visage était agité de tics.

— Je suis très, *très* fâché contre toi en ce moment, Trevor. Pourquoi as-tu laissé Honica Winters prendre ces cassettes ?

— Moi ? Je n'ai rien fait de tel. C'est Susan qui les lui a données.

— Je le sais. Susan et moi avons eu une discussion très franche ce matin. Elle m'a cependant dit que tu avais pris la cassette de la cafétéria des employés et que tu la lui avais donnée. Pourquoi ne l'as-tu pas confisquée ?

— C'est *sa* cassette.

— Et la cassette de la caméra du stationnement.

— Elle doit l'avoir obtenue de la sécurité.

Matthew demeura silencieux quelques instants. Il plaça ses coudes sur son bureau, arqua ses doigts et se pencha vers moi.

— Voici, Trevor, dit-il. Tu as échoué. Réellement. En tant que directeur de l'hébergement, tu as la responsabilité de connaître tout ce qui se passe dans cet hôtel et de t'assurer que le matériel confidentiel ne se retrouve pas en mauvaises mains. *Personne* ne devrait avoir remis ces cassettes. Tu aurais dû les prendre à Susan et les mettre sous clé. Tu aurais dû savoir qu'elles laissaient filtrer des informations.

— C'est ta secrétaire.

— Plus maintenant. Je l'ai congédiée ce matin.

— Non ! Elle était l'assistante fidèle de monsieur Godfrey depuis…

— Godfrey est *mort,* Trevor. Elle nous a délibérément trahis et vendus. Elle devait partir.

Je hochai la tête lentement. Je ne pouvais pas vraiment discuter.

— J'ai maintenant les deux cassettes et elles resteront dans ma suite par sécurité, dit Matthew. Il y a quelques minutes, j'ai envoyé une note à tous les employés les avertissant que s'ils parlaient aux médias, pour quelque raison que ce soit, ils seraient immédiatement remerciés.

Il s'adossa dans son fauteuil et croisa les bras.

— Dimanche soir, après *Aux frontières de l'information,* Cynthia Godfrey m'a appelé à la maison. Elle était stupéfaite à cause des révélations. Et furieuse. Elle n'arrivait pas à comprendre que nous avions pu permettre qu'une histoire aussi dévastatrice puisse être produite sous notre nez.

— C'est *elle* qui a donné la permission à Honica de filmer ici. Elle…

— Oui, mais *tu* es le porte-parole officiel de l'hôtel. Je me suis fié à toi pour mettre de l'ordre dans les choses. Tu as plutôt empiré la situation encore plus que je n'aurais pu me l'imaginer. Tu as menti devant des milliers de spectateurs, faisant en sorte que cet hôtel et tes collègues ont eu l'air d'ivrognes, de criminels téméraires.

— Je crois que tu as réussi à faire cela tout seul, Matthew. J'ai essayé de protéger tout le monde. Je ne peux être tenu responsable du contenu des vidéos. Et toi ? Tu es celui qui a menti, qui a dit qu'il n'avait pas conduit cette nuit-là. Nous avons découvert la vérité à la télévision nationale.

Matthew baissa le ton et parla calmement.

— Arrête de lancer des invectives, Trevor. Cela ne nous aidera pas. Je n'ai jamais menti à personne ; je n'ai simplement pas transmis certaines informations à d'autres individus qu'aux policiers. Ce n'était l'affaire de nul autre que moi et, selon ce que les policiers m'ont dit, le fait que j'aie conduit cette nuit-là n'a rien à voir avec l'enquête.

— Où es-tu allé ?

— Pas de tes affaires.

— De toute évidence, tu caches quelque chose.

Il soupira.

— Si tu veux absolument le savoir, je suis allé faire un tour de voiture pour prendre l'air.

— Pendant plus de six heures ?

— J'avais beaucoup de choses auxquelles penser, Trevor. La vérité est que, la veille, Willard m'avait informé qu'il avait l'intention de me nommer directeur général. L'endroit où je me trouvais n'a pas d'importance de toute façon. Quand je suis parti en voiture, Willard Godfrey était déjà mort. Le reste n'est pas de tes affaires.

Je lui lançai un regard furieux. Je ne le croyais pas.

— Trevor, Cynthia est si bouleversée par la manière dont cette situation a été gérée qu'elle m'a dit de te congédier.

Je bondis de ma chaise.

— Elle a fait *quoi*?

— Calme-toi. Je l'ai convaincue d'y réfléchir. Je lui ai dit que tu avais fait quelques erreurs très regrettables, mais que tes intentions étaient bonnes. Quant à Sandy, je n'ai pas réussi.

J'en eus le souffle coupé.

— Elle veut que Sandy soit congédiée.

— Oui.

— C'est insensé! Sandy a commis une erreur de jugement, c'est tout. Elle ne mérite pas de perdre son emploi. C'est l'un des meilleurs éléments de cet endroit. C'est incroyable!

— Trevor, s'il te plaît, calme-toi. Sandy James a conduit son véhicule en état d'ébriété pour rentrer chez elle après la fête de Noël des employés, démontrant très peu de jugement et risquant sa vie ainsi que la vie des autres. Si Sandy avait blessé…

— Mais tu viens tout juste d'admettre que tu as conduit. Tu étais aussi soûl qu'elle.

— Trevor, je t'en prie, tais-toi.

Il attendit que je me calme avant de continuer.

— Si Sandy avait blessé quelqu'un — et, évidemment, nous ne savons toujours pas si elle l'a fait —, l'hôtel aurait pu être tenu responsable. Cela aurait pu nous ruiner. Si Sandy nous avait informé de ses problèmes plutôt que de nous laisser les apprendre avec le reste du pays, nous aurions pu limiter les dégâts. Elle a cependant décidé de garder le silence et c'était son choix. Cet endroit est maintenant envahi par des militants contre la conduite en état d'ébriété. Je comprends qu'ils ont organisé une manifestation enragée devant l'entrée ce matin, la molestant devant des équipes de la télévision. Nous ne pouvons recevoir davantage de mauvaise publicité, de scandales, de confrontations, Trevor. Nous devons agir pour minimiser les conséquences. J'ai discuté de ce problème avec Shanna et elle est totalement d'accord.

— Tu vas te retourner contre Sandy comme ça ? Douce Sandy qui travaille aussi fort et qui accomplit si bien sa tâche ?

— Je ne suis vraiment pas sûr que ce soit encore douce Sandy. Elle a considérablement baissé dans mon estime. Trevor, même si je déteste le dire, on dirait de plus en plus qu'elle a renversé Willard Godfrey.

Je me levai et frappai brusquement mes mains sur le bureau de Matthew.

— Ce n'est *pas vrai* ! Elle a eu un accident, c'est tout, un petit accident à deux kilomètres d'ici. C'est de cette façon que son camion a été endommagé. C'est *tout*.

Matthew ferma les yeux, puis les ouvrit brusquement.

— As-tu pensé qu'elle pouvait avoir eu cet accident *intentionnellement* — pour camoufler les dommages subis par son camion en écrasant Willard Godfrey ? Et qu'il a donc fallu qu'elle le fasse réparer rapidement pour se débarrasser des traces ?

Je regardai fixement Matthew quelques instants.

— C'est ridicule, dis-je doucement avant de me tourner vers la porte.

— Tu seras heureux d'apprendre que j'ai décidé de ne pas la congédier, dit-il en me rappelant, mais plutôt de la suspendre sans salaire jusqu'à ce que les choses se calment.

Je me retournai.

— Les policiers m'ont affirmé qu'une arrestation était imminente, continua Matthew. Si elle est innocente, elle pourra revenir après le congrès.

— Je ne suis absolument pas d'accord, dis-je.

— Alors, tu devras te rallier rapidement. C'est toi qui la suspends.

— Ce n'est pas drôle, Matthew.

— Je suis sérieux. Ce n'est pas à moi de le faire, Trevor, c'est à toi. Je travaille avec elle depuis moins d'un an. Elle te respecte et tu es une âme gentille, aimable. Si ça vient de toi, elle comprendra. Cynthia a elle-même suggéré que tu le fasses. Elle est très fâchée contre toi en ce moment et elle n'est pas convaincue que ça vaille la peine de te garder. C'est ta chance de prouver que tu es ferme, que tu es un homme d'action.

Je m'imaginai les grands yeux bleus de Sandy me fixant pendant que je lui apprenais la nouvelle. J'en eus la gorge serrée.

— Je ne pourrai jamais...

— Fais-toi à l'idée, Trevor.

— Je ne le ferai pas, dis-je.

— Tu n'as pas le choix.

★★★★★

Vingt minutes plus tard, Sandy et moi étions assis face à face dans mon petit bureau, si près l'un de l'autre que nos genoux se touchaient presque. Elle cligna de ses yeux bleus brillants.

— Qu'y a-t-il, Trevor? demanda-t-elle.

— Euh, alors, c'est-à-dire que c'est comme ça, Sandy. Cynthia... et Matthew... hum, ils veulent que tu prennes congé jusqu'à ce que la controverse se calme.

— Tu me suspends?

— Ce n'est pas moi. Ils le font. Je ne suis que le messager.

Elle ferma les yeux quelques instants, absorbant l'information. Son corps s'affaissa vers la droite et je craignis qu'elle ne tombe de sa chaise.

Elle ouvrit les yeux :

— Pendant combien de temps ?

— Deux ou trois jours, peut-être plus, seulement jusqu'à ce que ce désordre se calme. Sandy, je veux que tu saches que je suis complètement en désaccord avec ceci. TU as mon soutien complet. Tout ce que tu as besoin.

— J'imagine que ce n'est pas le meilleur moment de faire mon boniment de vente à Cynthia à propos de ma candidature comme directeur général de l'hôtel, dit-elle avec un sourire grave.

— Probablement pas.

Elle baissa les yeux, tout à coup plongée dans ses pensées tout en remuant constamment les mains.

— Où vais-je aller ? demanda-t-elle après un moment en relevant la tête. J'habitais ici.

J'avais oublié.

— Jack ne te reprendrait pas ?

— Même s'il le faisait, je ne suis pas sûre que ce serait une bonne idée.

— Tu pourrais rester chez moi.

Elle sourit avec reconnaissance et saisit ma main pour la serrer.

— C'est très gentil, Trevor. Mais ne t'inquiète pas. Je vais trouver une solution.

— Je suis vraiment désolé pour ceci.

— Pour dire la vérité, je suis d'accord avec la décision. Je ferais la même chose.

Elle se leva pour me faire un câlin et nous restâmes enlacés pendant un long moment.

— La semaine a été difficile, n'est-ce pas ? dis-je.

J'essayais de rester courageux devant Sandy, mais j'avais la gorge serrée.

— Ça va cependant aller mieux bientôt. Il le faut.

— Espérons-le. Dis au revoir à ta mère de ma part. À moins qu'elle ne soit déjà partie ? Je l'ai vue régler sa note à la réception ce matin.

— Maman ? Non, elle est ici pour encore deux jours.

— J'aurais juré l'avoir vue avec tous ses bagages. Eh bien, embrasse-la pour moi.

— Je le ferai.

*****

Plus tard cet après-midi-là, je saisis le téléphone pour appeler ma mère.

— Téléphoniste de l'hôtel Univers, comment puis-je vous aider ?

— Jeannine, c'est Trevor. J'essaie de joindre ma mère.

— L'ordinateur indique qu'elle a réglé sa note ce matin.

— Elle a *réglé sa note* ? A-t-elle changé de chambre ?

— On dirait que non. Sa note a été réglée dans le système à 9 h 43.

J'appelai Gaétan à la réception qui me confirma qu'elle avait réglé sa note avec lui.

— J'ai présumé que tu étais au courant.

— A-t-elle dit où elle allait ?

— Non, elle n'a pas dit grand-chose. Elle avait toutefois beaucoup de bagages avec elle et je sais qu'un chasseur l'a aidée.

J'appelai à l'entrée principale et parlai avec le portier, Georges, qui se rappelait l'avoir aidée à monter dans un taxi.

— J'ai présumé qu'elle se rendait à l'aéroport, dit-il. Mais elle ne m'a rien dit.

Je le remerciai et raccrochai. Pourquoi quitterait-elle New York sans me le dire ? La veille, nous étions allés dîner chez West dans l'Upper West Side. Elle semblait satisfaite et n'avait pas parlé de devancer son départ. En fait, nous avions prévu prendre le petit déjeuner ensemble ce matin.

J'avais oublié de l'appeler.

Était-ce la goutte qui avait fait déborder le vase ? Avait-elle subi suffisamment de négligence pour décider de faire ses bagages pour reprendre l'avion et retourner à la maison ? La perspective était inquiétante. Elle ne me le pardonnerait jamais. Je sentis mon estomac se retourner. Comment avais-je pu être aussi insensible, si absent au point de ne pas me rendre compte qu'elle était assez fâchée pour partir sans dire un mot ?

Je m'écroulai sur mon bureau et gémis. Je me haïssais déjà passablement pour avoir laissé Matthew me forcer de faire son sale travail. Maintenant, j'avais négligé ma mère. Toute la semaine, je l'avais traitée comme une distraction et une enquiquineuse, une cliente de l'hôtel dont je m'occupais poliment, mais que je n'essayais pas de connaître davantage puisqu'elle partirait bientôt. Je sentis les murs qui m'entouraient trembler si violemment, comme si les fondations s'effritaient et que l'Univers allait s'écrouler sur moi. Je me sentis plus seul que je ne m'étais jamais senti à New York. Abandonné d'abord par monsieur Godfrey, puis par Sandy et maintenant par ma propre mère. Bientôt, Matthew pourrait s'éloigner. Quant à Shanna, amère et fatiguée, il était peu probable qu'elle s'éternise longtemps. La dernière était la douce Nancy Swinton, que je soupçonnais d'avoir eu le béguin pour moi, mais qui habitait en réalité avec un autre homme. Elle partait également maintenant, me privant de la petite exaltation quotidienne dont j'avais besoin pour garder ardente notre relation imaginaire.

Je resterais seul dans l'Univers.

— Ça va, Trevor ?

Surpris, je levai la tête pour apercevoir Nancy Swinton à ma porte.

— Je vais bien, dis-je laconiquement.

— Tu n'as pas l'air de bien aller. Est-ce que je peux faire quelque chose pour t'aider ?

Mon cœur saigna en la voyant. Depuis notre conversation dans la chambre 2112, je ne l'avais pas revue même si je l'avais cherchée à plusieurs reprises. Je craignais cette rencontre que j'anticipais professionnelle et tendue, comme celle entre deux collègues ayant couché ensemble dans un étonnement ivre et qui avaient amèrement regretté cette indiscrétion.

Elle avança d'un pas timide dans mon bureau.

— J'ai su pour Sandy. C'est vraiment dommage. Tu veux en parler ?

Elle rayonnait ce matin, comme si un halo de lumière blanche et chaleureuse émanait des contours de son corps. Elle fit le tour de mon bureau et se tint à côté de moi, déposant une minuscule main sur mon épaule. Son parfum sucré flottait autour de ma tête, me donnant le vertige. Je voulais blottir ma tête sur sa taille, placer mes bras autour d'elle et la serrer bien fort.

Toutefois, non. Nancy Swinton ne pouvait qu'apporter davantage de chagrin et de peine. Bientôt, elle quitterait l'Univers à jamais. Même si j'avais très envie d'elle, je sentis mes défenses s'élever, mes émotions reculer, les portes et fenêtres de ma pièce intérieure d'affolement se refermer pour la maintenir à l'écart.

— Est-ce que ça va aller, Trevor ? demanda-t-elle en ébouriffant mes cheveux.

Je levai la tête vers elle, clignant des yeux, sans dire un mot.

— Que puis-je faire ? demanda-t-elle en souriant gentiment, d'une voix douce et affectueuse.

— S'il te plaît, laisse-moi tranquille, dis-je en la repoussant.

Elle fit un pas en arrière et me regarda, en état de choc. Je pouvais voir la souffrance dans ses yeux, l'humiliation, la colère. Elle sortit de mon bureau.

Je regardai fixement l'espace vide où elle se trouvait auparavant, puis je m'écroulai sur mon bureau en sanglotant.

★★★★★

Quand j'ouvris la porte de mon appartement ce soir-là, je sentis la peinture. Mes meubles avaient été déplacés, le contenu de mes placards était empilé dans la salle de séjour et les valises de Maman étaient entassées près de la porte. J'entendis quelqu'un chanter dans ma chambre et je me faufilai pour pousser la porte.

— Maman ? Que fais-tu ici ?

Elle portait un vieux t-shirt et un jean usé qui m'appartenaient. Elle avait de la peinture sur ses vêtements et sur son visage. Le mur, autrefois gris *Dégât d'eau* était maintenant bleu vif.

— Je peinture pour toi, Trevor.

— Je croyais que tu avais pris l'avion pour rentrer à la maison.

— Pourquoi aurais-je fait une telle chose ? Il me reste deux magnifiques soirées à New York avec mon fils extraordinaire.

— Alors, pourquoi as-tu réglé ta note ?

Elle déposa son pinceau dans le bac à peinture, s'essuya les mains sur une serviette et s'approcha de moi.

— J'ai essayé, Trevor, j'ai vraiment essayé, mais je n'aime tout simplement pas l'Univers. C'est froid, désolé et solitaire.

Pourquoi avais-je l'impression qu'elle me disait qu'elle haïssait ma petite amie ?

— Je te vois si peu, s'entêta-t-elle, et le temps file. J'ai pensé que nous pourrions passer ces derniers jours ensemble. J'ai pensé que nous pourrions parler.

— Il n'y a pas beaucoup d'espace ici, dis-je en jetant un regard sur le désordre autour de nous.

— Il y a assez d'espace pour moi. Je vais dormir sur le canapé. Ne t'inquiète pas, je sais que tu dois aller travailler le matin. Je ne te garderai pas debout.

J'étais si soulagé qu'elle n'ait pas quitté la ville vexée que ça ne me dérangeait pas qu'elle déteste mon hôtel et qu'elle ait emménagé dans mon appartement sans que je l'y invite. Était-ce un autre chapitre de son livre ? *Mon projet,* par Evelyn Lambert, troisième chapitre : Quand vous n'arrivez pas à vous faire comprendre, rapprochez-vous. Je me rendis compte que je me moquais de ses intentions. À la fin d'une journée longue et difficile, j'étais heureux qu'elle me tienne compagnie.

— Je suis ravi que tu sois ici, Maman, dis-je en déposant un baiser sur sa joue couverte de peinture.

Elle cligna des yeux et détourna la tête. Je la vis esquisser un sourire.

— As-tu dîné ? demandai-je. Veux-tu sortir ?

— Je pensais qu'on pourrait se commander à manger. Puis, tu pourrais me donner un coup de main pour arranger cet endroit.

J'étais sur le point de lui dire que j'étais trop fatigué, mais je changeai d'idée.

— Excellente idée.

— Oh, avant que j'oublie — j'ai croisé Marline Drummond au spa tôt ce matin et elle nous a invités à nous joindre à elle et Matthew pour dîner à l'Orbite demain soir. Ce sera amusant, n'est-ce pas ?

— Ne viens-tu pas de me dire que tu haïssais cet hôtel ?

— Je n'aime pas *séjourner* à cet hôtel, Trevor. Ça ne me dérange pas d'y aller en visite. Et j'aime pas mal Marline. C'est une femme fascinante. Évidemment, Matthew n'est pas désagréable à regarder. Je croyais que tu serais partant. Je sais à quel point tu aimes socialiser avec tes collègues.

Oui, étais-je sur le point de lui dire, *mais pas Matthew et Marline*. Ses yeux étaient tellement remplis d'espoir que je résistai à la tentation de lui demander d'un ton moqueur si Randall serait également présent. Elle serait partie dans moins de 48 heures et je savais que je m'ennuierais d'elle. Je m'emparai du téléphone et commandai des mets chinois, puis je pris deux canettes de bière dans le réfrigérateur et m'assis sur le canapé à côté d'elle.

— Raconte-moi ta journée *au complet*, dit-elle.

Une fois que j'eus commencé à parler, je fus incapable de m'arrêter. Maman m'écouta intensément. Pour une fois, elle ne m'interrompit pas pour me poser des questions énervantes et insignifiantes. Elle ne me jugea pas. De plus, elle n'essaya pas de me piquer et ne glissa pas vers des questions en apparence inoffensives empreintes de culpabilité et de manipulation. Elle écouta simplement, hochant la tête pour manifester sa compréhension et me pria de continuer. Par moments, elle ouvrait la bouche pour dire quelque chose, le visage soudainement sérieux, comme si elle avait une confession à faire, mais quand je continuais à parler, elle semblait y repenser. Je lui racontai toute l'histoire de l'Univers, avec mes espoirs, mes déceptions et mes craintes. J'essayai de lui expliquer pourquoi j'étais à New York, pourquoi je travaillais aussi fort, pourquoi ça m'était égal d'être seul. Je parlai pendant tout le dîner et les petites heures de la nuit tout en colmatant, sablant, peignant, replaçant les meubles et les cadres. Je parlais encore quand, épuisée, elle éteignit la lumière de la salle de séjour et me souhaita bonne nuit.

Je me couchai la tête légère. Le simple fait de parler et d'être écouté avait été thérapeutique. Je sentais que Maman me comprenait maintenant. Pour la première fois depuis la mort de Willard Gofrey, je dormis paisiblement.

14

De l'espace pour respirer

Mercredi matin, Maman se leva tôt pour terminer la peinture et nous nous assîmes afin de prendre le petit déjeuner avant mon départ pour le travail. Ma journée fut presque sans histoire. Comme nous n'étions plus que trois personnes dans le comité exécutif et que nous étions très occupés à préparer les festivités du Nouvel An, les séances d'information avaient été annulées jusqu'à ce moment. Je croisai Matthew pendant la matinée et il me demanda comment les choses s'étaient passées avec Sandy. Je lui dis que c'était l'une des choses les plus difficiles que j'avais eues à faire, qu'elle était très bouleversée, mais que je lui avais donné des explications et qu'à la fin, elle avait accepté ce qui se passait et s'était montrée compréhensive.

— Bon travail, vieux garçon! dit-il en me tapant dans le dos.

J'espérais qu'il transmettrait cette information à Cynthia Godfrey.

Après cela, je ne revis pas Matthew de toute la journée. Shanna se faisait également rare. La plus grande partie de sa journée fut consacrée à animer une tournée d'intégration de responsables d'organisation de réunions du Japon qui ne parlaient pas un mot d'anglais; quand je la croisai dans le hall, elle écarquilla les yeux avec une expression de totale exaspération.

Brenda Rathberger fut heureusement occupée par le congrès de VIDE pendant toute la journée. Nancy était en congé pour deux jours, à mon grand soulagement. Je me sentais très mal de l'avoir si mal traitée la veille et je ne pouvais supporter l'idée de la revoir. Elle serait de retour pour un quart de soirée la veille du Jour de l'An, puis pour un demi-quart le Jour de l'An, avant de sortir de ma vie à jamais, et je pourrais alors entreprendre le processus de guérison.

Chaque fois que je passais devant le bureau de Sandy, je me sentais triste qu'elle ne soit pas là, mais je me remontais le moral à l'idée qu'elle était à la maison en train de faire la paix avec son mari. Dans quelques jours, elle serait de retour au travail et les choses reprendraient leur cours normal.

À 19 h ce soir-là, Maman et moi prîmes l'ascenseur vers l'Orbite et furent escortés à travers le restaurant par le maître d'hôtel jusqu'à la table de Matthew et Marline. C'était la dernière soirée de Maman à New York et j'anticipais son départ avec un mélange de tristesse et de soulagement — tristesse parce que nous nous entendions maintenant bien, et soulagement parce que ma routine quotidienne pourrait revenir à la normale.

Matthew et Marline étaient assis à une table près de la fenêtre, évidemment — un privilège accordé à Matthew aussi bien qu'à Shanna. En approchant de la table, je m'inquiétai de constater qu'ils étaient impliqués dans ce qui semblait être une violente querelle. Marline agitait son poing devant Matthew, les lèvres remuant de manière saccadée, une expression féroce sur le visage. Matthew était adossé dans sa chaise, les bras croisés, hochant lentement la tête, le visage grave, les yeux clignant rapidement. Lorsque le maître d'hôtel nous annonça, leurs expressions furieuses s'évanouirent. Ils se mirent debout à l'unisson, semblant ravis — et soulagés — de nous voir.

— Ça alors, Evelyn, vous avez l'air magnifique ! s'écria Marline en saisissant les mains de Maman et faisant semblant de lui donner des baisers sur les joues. Quelle *superbe* robe ! Burberry ?

— Ça alors, je crois bien que oui, répliqua ma mère, pleine de fausse modestie.

— Ça alors, mais elle est fabuleuse.

Inquiet de voir à quel point les deux femmes semblaient s'entendre et espérant que toutes leurs phrases ne commenceraient pas par les mots *ça alors,* je m'assis devant Marline et fis un signe de tête à Matthew. Marline demeura debout comme si elle attendait que Maman remarque sa robe, mais l'attention de celle-ci fut attirée par quelque chose qu'elle trouva immensément plus intéressant : le mari de Marline. Il se pencha pour déposer un baiser sur sa joue et elle rougit comme une jeune fille.

— Je pourrais regarder ce superbe visage héroïque toute la soirée, m'avait-elle confié dans l'ascenseur en montant.

Lui jetant un coup d'œil, je me demandai si c'était exactement ce qu'elle avait l'intention de faire.

— C'est un réel plaisir, dit Maman pendant que le maître d'hôtel plaçait une serviette de table sur ses genoux et entreprenait de remplir nos verres avec du vin rouge. Merci beaucoup de nous avoir invités.

— C'est un plaisir pour nous aussi, dit Matthew en avalant la dernière gorgée d'un gin martini.

D'après le sourire idiot qu'il affichait, je présumai qu'il avait déjà bien amorcé sa soirée.

— Santé, dit-il en levant son verre.

En entrechoquant nos verres, je fus tracassé de constater la ressemblance entre l'apparence de Marline et celle de ma mère. Même si Marline avait environ 10 ans de moins que ma mère, elles étaient à peu près de la même taille et leurs corps étaient extrêmement minces. Elles étaient blondes toutes les deux, avaient les mêmes cheveux coupés court et droit, frisés au bout dans une version moderne d'une coupe de cheveux des années 1970.

Marline me sourit au-dessus de son verre de champagne avec une expression lascive sans se déconcerter. Elle trempa son doigt dans sa flûte de champagne et se tamponna les lèvres en bougeant rapidement sa langue pour le lécher comme un reptile. Craignant qu'elle ne se mette à se caresser les mamelons, j'évitai rapidement son regard et me tournai vers ma mère qui contemplait amoureusement les yeux de Matthew.

Tout à coup, j'eus l'impression d'avoir été invité à une sorte de fête branchée malsaine.

— C'est comme une pause de ces vedettes et politiciens ennuyeux que nous devons divertir, n'est-ce pas, Matthew ? demanda Marline.

— Chut ! dit Matthew en parcourant la pièce du regard. Cette pièce fourmille de vedettes et politiciens ennuyeux.

Maman se mit soudainement à la recherche de vedettes.

— Est-ce que tu viendras à notre fête du Nouvel An, Evelyn ? demanda Marline.

Je me tournai vers Matthew.

— Vous n'allez pas l'organiser quand même ?

— Je croyais te l'avoir dit. Nous n'avons pas vraiment le choix. Les invitations ont été envoyées il y a plusieurs semaines et plus de trois cents invités ont déjà confirmé leur présence. J'ai consulté Cynthia et elle est parfaitement d'accord.

— Cynthia a-t-elle déjà refusé une fête ? demandai-je ironiquement. Je trouve que la pensée de tenir une fête — une qu'*il* avait l'habitude d'organiser — si rapidement après son décès est de mauvais goût.

— Au contraire, dit Matthew qui semblait être sur la défensive, c'est la chose la plus appropriée à faire. Monsieur Godfrey adorait les fêtes, n'est-ce pas ? Nos habitués les plus fidèles, nos plus grands clients et certaines des personnes les plus influentes de New York y assisteront. C'est une occasion de leur montrer que tout va bien à l'Univers. Annuler à quelques jours de la fête pourrait leur faire croire le contraire, qu'il y a du vrai dans les rumeurs qui circulent. Ce sera la première fois que Marline et moi serons les hôtes de cette fête. Nous devons dire au monde entier que l'Univers a un nouveau directeur général et que tout est normal.

Voilà ce que c'était, je venais de m'en rendre compte. La fête serait le bal des débutantes de Matthew.

— En as-tu parlé avec Victor Moreno ? demandai-je en faisant référence au directeur de la restauration. Ce matin, il m'a dit qu'il lui manquait beaucoup d'employés pour le Jour de l'An. Les billets se sont envolés comme des petits pains chauds après *Aux frontières de l'information*, et le Bal de l'espace est presque complet. Les réservations pour l'Orbite et le Galaxie sont également complètes alors que les dernières places pour la Stratosphère devraient s'envoler demain. Il y a également la fête de VIDE dans la salle de bal Saturne et des dizaines de plus petites fêtes dans les salles de conférences et les suites de l'hôtel. Cela s'enligne pour être la journée la plus occupée de notre histoire.

— Il n'y a rien comme un scandale pour générer des recettes, dit Marline avec un sourire perplexe.

— Vous n'étiez pas là l'an dernier pour voir comment ça se passe au Jour de l'An, insistai-je. C'est le chaos. Je suis pas mal sûr que nous ne pouvons nous permettre de pourvoir votre fête en personnel.

— Ce n'est pas *ma* fête, dit sèchement Matthew, c'est la fête de *l'hôtel*. Je serais heureux de l'annuler, crois-moi. J'aimerais mieux ne pas être obligé d'y assister. J'ai cependant la bénédiction de Cynthia et de Shanna et je m'attends à ce que tu y sois pour nous soutenir également. Cynthia a dit qu'elle pourrait même y assister. Comme il n'y a pas eu de veillée pour son père, ce sera son hommage, une fête d'adieu — une sorte de veillée funéraire.

— Une veillée ? cria Marline. C'est mieux d'être plus joyeux que ça, chéri ou je n'irai même pas.

Elle s'étira au-dessus de la table et tapota mon bras.

— Ne t'inquiète pas, mon chéri. J'ai parlé à Victor cet après-midi et tout est arrangé. Le champagne et les hors-d'œuvre ont été commandés et nous aurons suffisamment d'employés.

— Je ne comprends pas où il va les trouver, dis-je. Nous manquons même d'employés à la réception.

Marline détourna les yeux et regarda attentivement par la fenêtre comme si quelque chose avait attiré son œil. Matthew prit une cuillère sur la table et l'inspecta. De toute évidence, ils ne souhaitaient pas poursuivre la discussion.

C'est alors que la raison me vint à l'esprit.

— Vous n'allez pas voler du personnel du programme de raccompagnement, j'espère, dis-je, les yeux écarquillés. Ce serait très imprudent, surtout si l'on pense aux gens qui séjournent à l'hôtel.

— Pourquoi ne *nous* laisses-tu pas le soin de nous inquiéter pour les employés, dit Matthew, et tu pourras t'inquiéter de tes services. C'est juste, non ?

Il se tourna vers ma mère.

— Serez-vous des nôtres, Evelyn ?

— Malheureusement non. Je prends l'avion demain pour rentrer à la maison.

— Honnêtement, Trevor, gronda Matthew. Expédier ta charmante mère à la maison juste avant la principale réjouissance !

— J'aurais aimé rester, dit Maman, mais j'ai déjà des projets à Vancouver. Mon petit ami et moi prévoyons aller danser.

Je faillis recracher mon champagne.

— Tu as un petit ami ?

— Oui, Trevor, j'en ai un.

— Tu ne me l'as jamais dit.

— Tu ne l'as jamais demandé.

— Qu'en est-il de Randall ?

— Randall était une passade. Ma relation est très informelle en ce moment. Dès qu'il est prêt à s'engager, je serai prête à m'engager.

— Bravo à toi, Evelyn ! dit Marline en levant son verre. Si j'étais célibataire, je jouerais aussi sur les deux tableaux.

— *Tu* joues sur les deux tableaux, chérie, dit Matthew.

— Je sortirais avec quelqu'un comme votre fils, dit Marline en ignorant Matthew et en me faisant un clin d'œil. Quel beau jeune spécimen ! Et il a une telle éthique de travail. Vous devriez être fier de lui.

Maman haussa à demi les épaules.

— Je croyais que votre mari travaillait pendant un nombre aussi impressionnant d'heures, sinon plus, considérant le fait que vous habitiez ici.

— Matthew ? demanda Marline en roulant les yeux et riant de bon cœur. Je crois que j'ai travaillé plus d'heures que lui pour cet hôtel. Même si je ne gagne pas un sou pour mon travail, Willard Godfrey me traitait comme l'une de ses employées. Être la première dame de l'Univers n'est pas aussi glorieux que ça en a l'air. Par exemple, qui organise cette fête ? Maintenant que Susan Medley est partie, c'est moi.

Je souris gentiment et fantasmai à l'idée de m'étirer au-dessus de la table pour assener une claque derrière la tête de Marline. Elle était comme un parasite, engloutissant la nourriture et l'alcool de l'hôtel, divertissant des amis et des membres de sa famille à partir du compte de promotion de Matthew, utilisant les employés comme des assistants personnels, des femmes de chambre, entraîneurs personnels et chauffeurs tout en contribuant très rarement en retour.

Le serveur surgit pour prendre nos commandes.

Maman étudia le menu, gloussa devant les noms des divers plats et passa sa commande.

Matthew, qui refusait toujours de dire les noms des mets, dit :

— Je vais commencer avec les huîtres et…

Le serveur pencha la tête, un léger sourire de dérision sur les lèvres.

— *Quelles* huîtres, Monsieur Drummond ?

— Les huîtres de l'Univers, répliqua Matthew en serrant les lèvres, le visage cramoisi.

— Évidemment.

Quand le serveur s'éloigna, Maman se tourna vers Marline.

— La vie doit toutefois être tellement plus simple maintenant comparativement à ce qu'elle était quand Matthew était astronaute.

— Vous voulez rire ? dit Marline en laissant échapper un ricanement de fumeuse. À cette époque, la seule chose que j'avais à faire consistait à contempler mon mari avec admiration. Ici, je suis coincée sur son lieu de travail. Je ne peux jamais m'échapper ! Même dans l'intimité de ma chambre, je ne peux m'enfuir. Les préposés aux chambres et au mini-bar, les hommes d'entretien, le personnel du service aux chambres, etc. frappent à ma porte à toute heure du jour. Je suis constamment sous surveillance. Je dois faire attention à ce que je dis, à ma façon d'agir et même à ce que je porte. Willard s'attendait à ce que je ressemble à Jackie Onassis jour et nuit. En septembre, j'ai mis un pull sans manches et des shorts pour traverser en vitesse la rue chez Starbuck et j'ai foncé sur lui dans le hall. Il a jeté un regard sur ma tenue et a piqué une colère en me retournant à ma chambre pour que j'enfile *quelque chose de décent* en me traitant comme si j'étais sa petite fille dévergondée.

— Ce que vous portiez ne le regardait pas, s'écria Maman, indignée.

— C'était un tyran, je vous le dis, déclara Marline. Il était très dur avec mon pauvre Matthew.

— Je dois dire que j'en suis venue à la même conclusion, dit Maman en me lançant un regard inquiet. Cependant, Trevor était assez entiché de lui, ajouta-t-elle.

— Ce n'était pas un tyran, dis-je. C'était un perfectionniste, un visionnaire.

— Je ne peux pas dire que je m'ennuie de ce vieil énergumène — qu'il repose en paix, dit Marline. Je connaissais cet homme depuis des années — sa femme Margaret et moi étions de grandes amies — et je n'ai jamais aimé sa façon de traiter Margaret quand elle était vivante. Quand Matthew et moi avons déménagé ici, j'ai découvert qu'il traitait ses employés presque de la même manière — comme des esclaves.

Le silence envahit la table. J'étais déterminé à ne pas me laisser entraîner dans une discussion avec Marline. Maman faisait de son mieux pour demeurer respectueuse. Matthew contemplait la fenêtre, ne prêtant attention à personne.

Nos amuse-gueule furent servis.

— Dites-moi, Evelyn, qu'est-il arrivé au père de Trevor, demanda Marline. Avez-vous divorcé ?

— Mon mari est décédé il y a très longtemps, répliqua Maman tout en prenant son verre de vin.

— Quelle coïncidence ! dit Marline. Comme le mien !

— Très drôle, Marline, dit Matthew en aspirant une huître de sa coquille.

Marline se mit à caqueter.

— Ce n'est pas pour t'offenser, chéri, mais tu n'es pas exactement plein d'entrain depuis que tu as commencé à travailler ici.

Elle se tourna vers ma mère.

— Il n'est plus lui-même depuis qu'il a quitté la NASA. Je jure que quelque chose s'est infiltré sous son costume d'astronaute quand il était dans l'espace et a fait frire son cerveau. Ou que des Martiens l'ont enlevé pour lui faire subir une lobotomie.

Maman sourit gentiment et s'agita sur sa chaise. Matthew et Marline étaient l'un de ces couples qui semblaient se haïr en public et qui utilisaient leurs invités comme exutoires pour transmettre leur rancune en se disputant avec aplomb tout en étant éperdument amoureux l'un de l'autre. Je n'étais cependant pas convaincu que la dernière partie était vraie dans leur cas.

Tout en mangeant, Maman et Marline bavardaient en gazouillant comme des oiseaux.

Matthew et moi-même tentions de faire baisser les yeux de l'autre.

Il se pencha vers moi, baissant le ton.

— Cynthia ne m'a pas rappelé, dit-il. Cet après-midi, elle se trouvait en compagnie de personnes très sérieuses, en habit — pas son genre habituel de fréquentation. Quand je me suis approché pour me présenter, elle ne me les a pas présentées et semblait très inconfortable. Je crains qu'elle ne soit allée de l'avant en mettant l'hôtel en vente et qu'il ne s'agisse d'acquéreurs éventuels.

Je secouai la tête avec intransigeance.

— Elle m'a donné sa parole. Elle a promis de ne pas aller à l'encontre des souhaits de son père.

— Ne sois pas si naïf, Trevor. La parole de Cynthia n'a aucune valeur. J'ai essayé de la convaincre que l'industrie hôtelière avait commencé à rebondir et que les bons moments ne faisaient que commencer. Je ne suis toutefois pas convaincu d'avoir réussi. Je ne crois pas qu'elle ait confiance en nos capacités à gérer cet endroit seuls. Le comportement de Sandy n'a sûrement pas aidé. Et toi, Trevor — je ne reçois pas le soutien dont j'ai besoin de ta part.

— Matthew, tu es en charge depuis combien de temps — dix jours? — et regarde tout ce qui s'est passé. Tu veux que je t'aide à garder ton poste en permanence? Je ne peux que m'imaginer quelles autres horreurs se trouveraient devant nous.

Marline et Maman interrompirent leur conversation et se tournèrent vers nous pour écouter.

— Je peux difficilement être blâmé pour tout ce qui s'est passé cette semaine, dit Matthew, le visage agité de tics. C'est toi qui as tout bousillé dans *Aux frontières de l'information*, pas moi. Entretemps, j'ai fait de mon mieux pour tout maintenir en place. J'ai besoin de ton soutien, Trevor, et je n'ai pas l'impression de l'avoir. Je remets sérieusement en question mon intention de te nommer directeur général adjoint.

— Pourquoi voudrais-je ce poste? Cette semaine, tu m'as forcé à faire tout ton sale travail et tu as menti sur le fait de ne pas avoir conduit le soir de la fête. Comment puis-je te faire confiance?

Les oreilles de Marline se dressèrent.

— Matthew a menti? À quel sujet?

— Ce n'est pas de tes affaires, Marline.

Ne ressentant aucunement l'obligation de protéger Matthew, je me tournai vers Marline.

— Matthew a omis de mentionner qu'il avait conduit sa voiture hors du stationnement après la fête de Noël, passant juste à côté de l'endroit où monsieur Godfrey s'est fait frapper. Il était heureux de laisser Sandy et Shanna subir la pression.

— Tu ne le savais pas? demanda Marline, l'air confus. Mais il a passé la nuit à ton appartement.

Je fronçai les sourcils, pensant avoir mal compris.

— Chez moi? Il n'est même jamais venu à mon appartement.

Je le regardai. Il se mordillait une jointure.

— Chéri, dit Marline en se tournant vers Matthew, une nuance d'avertissement dans sa voix chantante. Si tu n'étais pas chez Trevor, où étais-tu ?

— Nous n'allons pas discuter de ceci maintenant, Marline.

— Très bien. Mais ne t'inquiète pas, nous en parlerons plus tard.

— J'ai simplement besoin de ton soutien indéfectible en tant que directeur général, dit Matthew en se tournant vers moi.

— Je crains de ne pouvoir te l'offrir, dis-je. Comment peux-tu espérer que je te soutienne alors que tu es un si mauvais directeur général ?

— Trevor, quelle impolitesse ! s'écria Maman en lançant un regard de sympathie en direction de Matthew.

— C'est vrai, Evelyn, dit Marline. Matthew est un très mauvais directeur. Il n'était pas non plus un astronaute extraordinaire.

— Je suis au moins allé dans l'espace, répliqua Matthew. Pas comme une certaine actrice qui a à peine mis le pied sur scène.

— Comment oses-tu ! s'écria sèchement Marline.

Elle se tourna vers ma mère.

— En fait, j'ai joué dans de nombreuses pièces et spectacles de Broadway. Je me spécialise dans les pièces de Shakespeare et dans les récitals de poésie. J'écris souvent mon propre matériel et je suis donc très difficile sur les rôles que j'accepte. Récemment, j'ai tenu un rôle dans une publicité et dans trois films d'étudiant, juste pour le plaisir de l'art.

— J'adore le théâtre, dit ma mère. J'ai commencé des cours récemment.

— Matthew n'a aucune idée à quel point ma carrière est difficile. Pourtant, je l'ai soutenu depuis le début, sans égard au fait qu'il soit un raté.

— Penses-y, Trevor, dit Matthew, ignorant sa femme. Tu es soi avec moi ou soi contre moi. Tu sais ce qui se produira si l'hôtel est vendu. Nous perdrons tous notre emploi.

— Tu pourrais revenir à la maison dans ce cas! s'écria Maman. Tu pourrais travailler au Four Seasons ou à cet hôtel ValuLuxe qu'ils vont construire.

— Oui, je pourrais, dis-je, les lèvres serrées.

Je me retournai pour contempler la fenêtre, ne voulant adresser la parole à personne. Nous étions face au sud-est et on pouvait voir l'Empire State Building au loin. Je me sentais manipulé par les gens assis à cette table, tiré dans différentes directions où je n'avais pas envie d'aller.

On nous servit nos entrées. Pendant que nous mangions, Marline levait la tête à l'occasion pour lancer un regard furieux à Matthew, puis se retournait pour sourire en direction de ma mère et de moi-même. Maman s'extasia sur la nourriture, mais passa presque tout son temps à la repousser dans son assiette, mangeant très peu. Elle toucha à peine à son vin. Je regrettai que sa dernière soirée ait été gâchée en compagnie de cet odieux couple. Après le dessert, nous nous retirâmes dès qu'il fut poli de le faire.

En se levant pour nous saluer, Marline saisit l'occasion d'envoyer une dernière pique à Matthew.

— Evelyn, tu ne devineras *jamais* ce que Matthew m'a offert à Noël! Un voyage!

— C'est merveilleux! s'écria Maman. À quel endroit irez-vous?

— En Ohio! s'exclama Marline sur le même ton qu'elle aurait employé pour dire Paris. Sauf que Matthew a négligé de s'acheter un billet pour lui-même. Je pourrai donc rendre visite seule à mes parents.

— J'aurais aimé y aller, dit Matthew, mais il y a beaucoup trop de choses qui se passent en ce moment.

— Deux semaines ! s'écria Marline en se serrant les mains, faussement ravie. Deux semaines en Ohio avec mes parents octogénaires.

— Pauvre moi ! je serai coincé ici dans ma solitude, dit Matthew, ses yeux brillant d'un éclat diabolique à la lumière des chandelles. Cela me fait penser à notre campagne publicitaire : De l'espace pour vivre… De l'espace pour réfléchir… De l'espace pour respirer.

15

L'autre versant
de l'Univers

Le lendemain matin, je me réveillai au son du bip. Mon Comm-U sonnait quelque part. J'ouvris les yeux pour regarder mon réveil. Il était 6 h du matin. Dans le noir, je tâtonnai pour trouver l'appareil et l'éteindre, puis je me rendis à la salle de séjour d'un pas hésitant et allumai l'éclairage, regardant l'écran bleu phosphorescent de mon Comm-U.

Le message indiquait AGU 555 — communiquez avec le chef de permanence. Encore un appel de groupe d'urgence! De quoi s'agissait-il cette fois-ci? J'allais répondre à l'appel lorsque je dénotai un mouvement à la salle de séjour. Je vis une vieille femme pâle aux cheveux gris assise bien droite sur le fauteuil. Elle me regardait l'air confus.

Nous poussâmes tous les deux un cri de surprise.

— Maman!

— Trevor! Je devais rêver. J'ai oublié où j'étais.

Elle tira une couverture à elle pour s'enrouler et cligna des yeux.

— Qu'est-ce que ce bip-bip?

— Mon Comm-U. Qu'est-il arrivé à tes cheveux?

Elle porta la main à sa tête.

— Oh, dit-elle en se penchant pour fouiller le plancher autour d'elle, je retire ma perruque pour dormir.

— Tu portes une *perruque*?

— Oui.

Baissant les yeux, je remarquai que j'étais en sous-vêtement. Je me précipitai dans ma chambre pour saisir mon peignoir. À mon retour, ma mère avait disparu dans la salle de bain. J'appelai l'hôtel et la directrice de nuit, Fiona Schwartz, répondit.

— Ici Trevor, qu'est-ce qui se passe?

— As-tu vu le journal de ce matin? demanda Fiona d'une voix inquiète.

— Non. Pourquoi?

— Va tout de suite en chercher un exemplaire.

— Pourquoi? demandai-je soudainement anxieux. *Quoi encore?*

Elle hésita.

— Monsieur Godfrey fait la une. Désolée, je dois y aller. Les autres répondent aussi à l'appel. Monsieur Drummond veut que tu entres immédiatement.

— J'arrive dès que possible.

J'entendis un bruit d'eau dans la salle de bain. En ouvrant ma porte d'entrée, je regardai dans le couloir dans les deux directions en quête d'un exemplaire du journal. Il y en avait un sur le tapis d'accueil à quelques portes. Je me glissai dans le couloir, le pris et rentrai rapidement à l'appartement.

Le titre me sauta au visage. MEURTRE À L'HÔTEL : WILLARD GODFREY FAUCHÉ PAR UN CHAUFFARD, SELON LE SERVICE DE POLICE. J'en eus le souffle coupé. Sous le titre, il y avait une photo pleine page d'un Willard Godfrey souriant.

— *Meurtre* à l'hôtel? Impossible! m'écriai-je.

— Tout va bien? demanda ma mère à travers la porte de la salle de bain.

— Ouais, tout est parfait, répondis-je, ouvrant le journal à la volée.

Quelques pages plus loin, je trouvai un article sur deux pages de l'affaire Godfrey. La page de gauche était tapissée de photographies : un cliché de l'extérieur de l'Univers le soir ; un de monsieur Godfrey dans le hall avec Cynthia Godfrey ; un de Shanna Virani et de Matthew Drummond à la fête de Noël, et finalement la maintenant célèbre photo d'identité judiciaire de Sandy James tout sourire. Prenant une grande inspiration, je parcourus rapidement l'article.

— Trevor, je dois te parler de quelque chose.

Ma mère se tenait dans l'embrasure de la porte de la salle de bain en pyjama, sa perruque bien fixée sur sa tête, le visage sérieux.

— Maman, tu ne le croiras *jamais*.

— Nous devons parler, dit-elle, comme si elle ne m'avait pas entendu. Il y a quelque chose dont je veux te parler depuis une semaine, mais ce n'est jamais le bon moment. Je dois te le dire avant de partir.

— Cela ne peut-il pas attendre ? dis-je impatiemment. Écoute ça : « Tard hier soir, le service de police de New York a révélé que le célèbre hôtelier Willard Godfrey, âgé de 71 ans, propriétaire du luxueux hôtel Univers de Manhattan, n'était pas mort accidentellement comme on le croyait, mais qu'il aurait plutôt été assassiné. "Le rapport d'autopsie confirme ce que nous pressentions depuis le début", a affirmé l'enquêteur Owen Lim de la Zone 17 de Manhattan dans un bref communiqué. "Willard Godfrey a été frappé par un véhicule motorisé dans le stationnement intérieur de l'hôtel Univers, mais il n'est pas mort des suites de ses blessures. La cause du décès relève de plusieurs coups reçus à la tête à l'aide d'un objet contondant peu après avoir été fauché." L'enquêteur Lim a poursuivi ses explications affirmant que, dès le départ, l'acte criminel était évident, mais ce n'est qu'après avoir obtenu hier le rapport d'analyse médico-légale et d'autopsie, qui a été retardé en raison des Fêtes, que le service de police a décidé qu'il y avait suffisamment de preuves pour rendre publics les détails de l'affaire. À savoir si une arrestation était imminente, l'enquêteur Lim a refusé tout commentaire, affirmant simplement qu'il était satisfait du progrès de l'enquête. »

Je levai des yeux écarquillés par l'incrédulité vers ma mère et lui mis le journal entre les mains.

— C'est cinglé, non?

Elle le prit presque à contrecœur et parcourut l'article.

— Je dois dire que je ne suis pas vraiment surprise. Je me demandais depuis le début s'il s'agissait d'un acte criminel.

— Qui aurait voulu tuer monsieur Godfrey? Tout le monde aimait cet homme.

— Pas Marline Drummond!

— Quoi, tu crois qu'*elle* l'a tué?

— Non, bien sûr que non, dit-elle en levant les yeux de l'article. Quel genre de personne est Cynthia Godfrey?

— Une gosse de riche gâtée. Qui fait la fête. Pourquoi, tu crois que c'est *elle* la coupable?

— C'est la personne suspecte la plus plausible. L'avidité peut faire poser des actes épouvantables. J'imagine qu'elle a hérité d'une fortune.

— En effet, mais son alibi est solide, à ce que je sache. Elle a quitté la fête bien avant son père. J'ai personnellement examiné les rapports d'activités du stationnement et il n'y a aucun indice de son retour. Je ne crois pas qu'elle en soit capable. Elle aimait son père. Elle désirait avidement sa compagnie. Elle se plaignait souvent de ne jamais le voir.

Maman s'appuya au dossier du fauteuil, l'index sur les lèvres, comme si elle avait l'intention de résoudre à l'instant le mystère.

— Si ce n'était pas la fille, alors ce devait être Sandy.

— Ce n'était *pas* Sandy, dis-je d'un ton sévère. Ce serait possible s'il s'agissait d'un accident, mais maintenant que l'on sait qu'il s'agit d'un meurtre, c'est *carrément* impossible. Cassandra James est incapable de commettre un meurtre.

— Et si elle l'avait heurté, puis était revenue constater qu'il était toujours en vie, alors elle aurait achevé le boulot ?

— Pourquoi aurait-elle fait ça ?

— Peut-être était-il épouvantablement mutilé et qu'elle désirait mettre fin à ses souffrances. Cela conviendrait parfaitement à sa personnalité «compatissante».

— Attention, Angela Lansburry. Il ne s'agit pas d'une émission d'*Elle écrit au meurtre*.

Maman laissa choir le journal au sol et se mit à faire les cent pas dans la pièce.

— Peut-être l'a-t-elle fait pour se protéger. Elle était ivre et désorientée, peut-être sous le choc. De plus, elle savait que, s'il survivait, il pourrait l'identifier. L'idée de se retrouver derrière les barreaux était inconcevable. Elle est mère de deux jeunes enfants. Alors, elle l'a achevé et s'est enfuie.

— Ça suffit, Maman.

— Les gens sont prêts à tout pour protéger leur...

— Tais-toi ! criai-je. Plus un mot, d'accord ? Ce n'est *pas* Sandy. C'est quelqu'un de bien. Cesse de jouer les détectives ! Tu ne connais pas assez mes collègues pour les juger de la sorte. Ce sont des gens bien.

— D'accord. Mais le fait que les gens soient polis à l'extrême ne signifie pas qu'ils soient vertueux. En fait, c'est souvent le contraire. Comment faire confiance à quelqu'un si habile à dissimuler ses véritables pensées ?

— Vas-tu arrêter ? J'en ai assez de ta philosophie à deux sous.

Elle ferma la bouche, les yeux écarquillés, s'éloignant de moi, contournant le fauteuil comme si elle venait de se rendre compte que j'étais le meurtrier.

— Qu'est-ce que tu fais ? demandai-je, irrité.

— Pourquoi es-tu si protecteur de Sandy ?

— Parce qu'elle n'est pas coupable !

— Es-tu amoureux d'elle, Trevor ?

— Pardon ? Ne sois pas ridicule. Je te l'ai dit, elle est comme une sœur pour moi. De toute façon, elle est mariée.

— Les gens deviennent amoureux de personnes mariées tout le temps.

— J'aime l'éthique du travail et l'optimisme de Sandy, mais sois assurée qu'il n'y a pas d'histoire d'amour entre nous.

— J'espère que tu trouveras l'amour, Trevor. Le *grand* amour. Il n'y a rien de tel. Quelqu'un te plaît-il au travail ?

— Je ne fréquente pas de collègues, Maman. Tu connais mon histoire. C'est trop dangereux.

— Le risque, ça fait partie de l'amour, Trevor. Courir le risque. Tu devrais pouvoir aimer quelqu'un sans avoir à te préoccuper du harcèlement. Tu t'es trompé sur les sentiments de cette fille au Park Harbour et tu t'es comporté de façon inappropriée, mais comment pouvais-tu savoir qu'elle serait si vindicative ? Ne laisse pas cette histoire te décourager de l'amour.

Je songeai à Nancy, et mon cœur saigna. De tout ce que j'avais confié à ma mère l'autre soir, j'avais évité ce sujet. J'avais même peur de dire son nom à voix haute. Maintenant, j'avais drôlement envie d'en parler avec elle. Pourquoi ne la lui avais-je pas présentée ? Maman aurait été si heureuse. «Une petite amie ! Trevor a une petite amie !» aurait-elle annoncé à la famille et aux amis à son retour. «Et je l'*adore* !» Puis, je me souvins du petit ami, et du fait que Nancy ne m'aimait pas, et que j'étais sur la même pente qu'avec Rosa. Quel idiot j'étais. Heureusement qu'elle allait quitter l'hôtel dans quelques jours. Je n'allais pas parler à ma mère d'une amourette imaginaire, sans espoir, qui n'allait que me briser le cœur. Ma panique intérieure entra en scène, tout se referma hermétiquement, et je gardai mes émotions bien en laisse.

— Tu as dit que tu avais quelque chose à me dire ? demandai-je, me souvenant tout à coup.

Elle croisa les bras sur sa poitrine et soupira, se retournant pour regarder fixement dans la chambre vers les murs bleu clair.

— Non.

— As-tu fait tes valises ? Faudrait y aller.

— N'est-il pas un peu tôt ? J'aurai voulu prendre le petit déjeuner et discuter avec toi. Je…

— Je dois aller au travail. Matthew veut que je vienne dès que possible.

Tandis qu'elle prenait sa douche et faisait ses valises, je mis mon complet, fixai mon porte-nom et le polis, puis m'assis à la salle de séjour pour regarder la télévision en attendant. La nouvelle du meurtre de Willard Godfrey faisait la une de tous les bulletins de nouvelles : «Hôtelier assassiné ! », «L'industrie hôtelière new-yorkaise vacille ! », «Meurtre mystérieux à Manhattan ! » J'éteignis, incapable de regarder, et fis les cent pas dans la salle de séjour.

Les murs de ma salle de séjour étaient maintenant jaune clair, un peu difficile pour les yeux et pas tout à fait la couleur que j'aurais choisie, mais le résultat était bon pour le moral. Ma mère avait fait fi des boîtes de gris pâle et de bleu foncé qui traînaient dans mon placard et était allée choisir des couleurs vives. «Tu vois», m'avait-elle dit hier soir en revenant après le dîner, me guidant à travers l'appartement. «La salle de séjour est de couleur soleil. Ta chambre de couleur ciel. La cuisine, elle, de la couleur des roses. Comment ne pas être heureux ici ? » En effet, les murs étaient éclatants et joyeux. Les éraflures et les bosses avaient disparu et mes gravures étaient finalement encadrées. Enfin, mon appartement avait l'air d'un foyer.

— Prête! annonça ma mère en déposant deux sacs débordants de chez Macy à côté de la porte.

Je l'aidai à enfiler son manteau, pris ses valises et ses sacs et la suivis dans le couloir, déposant le journal au voisin à qui je l'avais emprunté.

Dehors, l'air était vif et frais, le ciel parsemé de nuages.

— Nous aurons plus de chance à l'angle des rues, dis-je en me dirigeant vers la neuvième Rue.

Elle se pressa derrière moi.

— Est-ce possible de partager un taxi?

— Je vais dans la direction inverse.

— Le détour m'importe peu. Nous pourrons discuter en route.

Je ne répondis pas. Je songeais à l'Univers et aux révélations dérangeantes de ce matin. Je voulais m'y retrouver le plus tôt possible. Au coin de la rue, je levai la main pour héler un taxi.

Ma mère était debout à mes côtés, perdue dans ses pensées.

— Trevor, cria-t-elle par-dessus le tintamarre de la circulation. Si tu ne trouves pas l'amour à l'Univers, où le trouveras-tu? Certainement pas seul dans ton appartement. Tu ne sors pas. Tu n'as pas d'amis. Tout ce que tu as, c'est ton boulot. Veux-tu finir tes jours tout seul?

— Et si c'était le cas? Le fait d'être seul ne signifie pas nécessairement que je m'ennuie. Je te l'ai dit l'autre soir, je suis content.

— Mais es-tu *heureux*?

— Bien sûr!

— Tu n'es *pas* heureux. Je suis ta mère, je sais que tu n'es pas heureux. Dis-moi, pourquoi *passes-tu* tant de temps au travail?

— Je te l'ai dit, j'aime travailler. Est-ce mal ? J'imagine que je pourrais rester à la maison plus souvent, mais à quoi bon ? Mon appartement est étroit, vide et déprimant. De plus, Jennifer Lopez et Rudy Giuliani ne viendront pas frapper à ma porte comme c'est le cas à l'Univers. Là-bas, je suis vivant. Les gens me respectent. Ils ont besoin de moi. À la maison, il n'y a que moi. C'est ennuyant.

— C'est parce que ta vie est unidimensionnelle, Trevor. La plupart des gens ont davantage qui les attend à la maison. Tu te fermes à tout et à tous, même à ta famille. Sais-tu combien c'est triste de t'entendre appeler Sandy James la sœur prestigieuse que tu n'as jamais eue ? De t'entendre qualifier Willard Godfrey de figure paternelle ? M'as-tu également remplacée ?

— Bien sûr que non. Je…

— Tu dois faire plus de place dans ta vie pour ta famille. Tu dois trouver un meilleur équilibre. Je ne veux pas être si brusque, mais, mon cher, tu as besoin d'une vie.

— *J'ai* une vie. *J'aime* vivre à New York.

Je m'avançai davantage dans la rue, ignorant les voitures qui m'évitaient en klaxonnant.

— Attention ! s'écria Maman, attrapant mon bras avec une force surprenante.

— Tu ne *vis* pas à New York, tu *vivotes*. Quand as-tu fait du jogging dans Central Park pour la dernière fois ? Quand as-tu assisté à un concert au Madison Square Garden ? Quand es-tu sorti en boîte dans le Queens ? Quand as-tu déambulé dans le Guggenheim ? L'as-tu déjà fait ? Pourquoi vivre à New York, sinon ? Pourquoi ne pas revenir sur terre et rentrer à la maison pour être près de ta famille ?

Enfin, le thème central de *Mon projet* par Evelyn Lambert était révélé.

— Parce que j'aime ça, ici, Maman, dis-je doucement. Nom de Dieu, il y a des milliers de taxis dans cette foutue ville et pas moyen d'en dénicher un quand vous en avez besoin. Essayons sur Broadway !

Je pris les valises et les sacs et traversai la 9ᵉ Rue.

— Écoute-moi, Trevor ! cria ma mère après m'avoir suivi en vitesse. Tu te caches pour éviter les déceptions, la douleur et les épreuves ! Tu te caches dans l'univers artificiel des hôtels, où tout le monde est gentil et souriant et où la vie est simple et superficielle. Ce n'est pas ça la vie ! Tu dois faire face à la réalité.

Je compris que j'avais tort quand j'avais cru avoir une nouvelle ouverture avec elle l'autre soir, en croyant qu'elle m'avait vraiment écouté sans me juger. En fait, elle m'avait écouté et avait emmagasiné mes paroles. Elle s'en servait maintenant comme des munitions pour tenter de me convaincre de rentrer au bercail. Je refusai d'écouter. Mes bras souffraient du poids des valises. Je les laissai choir sur le trottoir et fis des signes frénétiques aux taxis qui passaient par là.

— Taxi ! Taxi !

Ma mère m'agrippa par la cravate et me tira vers elle.

— Pourquoi portes-tu ton porte-nom dans la rue ? Dis-moi, *pourquoi* ?

— Qu'est-ce que ça peut te faire ? Je le mets toujours avant de partir travailler.

Plus loin sur la rue, je remarquai une jeune femme sortant d'un taxi. Je libérai ma cravate de l'emprise de ma mère, ramassai les valises et me précipitai dans cette direction.

— Allez, viens !

Ma mère me suivit rapidement.

— Trevor ! attends !

Elle me rattrapa à la hauteur du taxi, le souffle coupé.

— Qui es-tu à part le directeur de l'hébergement de l'hôtel Univers ? Qui es-*tu*, Trevor ?

— Ôte-toi de la rue, vieille folle ! cria quelqu'un d'une voiture en marche, en klaxonnant.

Je l'attrapai par le bras pour la sortir de la rue. Impatient de la mettre dans le taxi pour qu'elle s'éloigne de ma vue, j'allai à l'arrière de la voiture et frappai du poing sur le coffre. Le chauffeur l'ouvrit. J'y empilai les bagages, puis fis le tour de la portière pour la garder ouverte pour elle, refusant de la regarder.

— Parle-moi, Trevor, supplia-t-elle. Dis-moi ce qui t'effraie ?

— Veux-tu vraiment savoir de quoi j'ai peur, Maman ? m'écriai-je finalement en perdant mon sang-froid. Je vais te le dire. J'ai peur d'échouer comme je l'ai fait à l'université. J'ai peur d'être ridiculisé comme je l'ai été dans l'industrie cinématographique. J'ai peur d'être rejeté par quelqu'un que j'aime comme Rosa m'a rejeté. Et j'ai peur de dépendre de quelqu'un comme j'ai dépendu de Papa et de Willard Godfrey. *Voilà* ce qui me fait peur. Tu comprends ? N'est-ce pas ?

Elle me regarda en silence, les larmes aux yeux. Elle tendit le bras pour attraper ma main.

— Oh, Trevor !

Je la retirai.

— *Enfin*, j'ai une carrière dont je suis fier, un endroit où l'on a besoin de moi et je ne suis pas paralysé par la peur cette fois, et tu n'arrêtes pas de me critiquer ! Il ne s'agit pas de moi, n'est-ce pas, Maman ? Il s'agit de toi. C'est à propos du fait que tu as été une mauvaise mère pendant 20 ans et que tout à coup tu te réveilles et tu t'intéresses à moi. C'est toi qui veux rattraper le temps perdu, manipuler ma vie pour en faire quelque chose dont tu peux être fière et que tu peux raconter à tes amies, qui veux que je sois heureux et que je réussisse pour te débarrasser de ta culpabilité. Eh bien, il est trop tard ! J'ai ma propre vie maintenant, et tu n'en fais pas partie. Voilà, monte !

Ma mère s'agrippa au bord de la portière et étouffa un sanglot.

— Trevor, s'il te plaît, tu ne le penses pas vraiment.

— Vous montez ou non ? cria le chauffeur de taxi, faisant gronder son moteur. Une file de voitures s'allongeait derrière, les conducteurs jouant du klaxon.

— Je t'aime, Trevor.

— Au revoir, Maman !

Elle monta à bord du taxi et se retourna pour me regarder.

— Tu me préférais dépressive sur le fauteuil, n'est-ce pas ?

— S'il te plaît, va-t'en, dis-je en fermant la portière.

Je regardai le taxi disparaître dans une mer de jaune, puis me retournai pour remonter tranquillement la rue.

★★★★★

Matthew avait organisé une réunion d'urgence avec Shanna et moi. Quand j'arrivai dans la Bulle cosmique, je fus envahi de sentiments contradictoires : désespéré par la nouvelle entourant le décès de monsieur Godfrey ; enragé envers ma mère pour ses propos blessants ; et coupable de lui avoir fait vivre un départ si lamentable. Je me promis de l'appeler pour m'excuser *et* pour lui demander pardon… dès que je me serais calmé.

Shanna et Matthew étaient avachis sur des chaises, les bras croisés, l'air inquiet et en état de choc. Un exemplaire du journal trônait sur la table entre eux.

— Incroyable, n'est-ce pas ? dis-je, m'assoyant près de Matthew.

Ni Matthew ni Shanna ne me répondirent.

Je me demandais si Matthew se sentait comme un animal en cage. L'enquête avançait et portait maintenant sur un meurtre crapuleux. Il avait de plus en plus l'air coupable. Il était difficile, voire impossible, d'imaginer une femme agressant monsieur Godfrey avec un objet contondant, surtout des femmes douces comme Sandy et petite comme Shanna. L'idée de la prison, potentiellement pour le restant de ses jours, devait être terrifiante. Je ressentis pour lui un élan de pitié. Il y a huit mois, lorsqu'il avait accepté le poste de directeur résident, il n'avait probablement pas pensé que les choses pourraient tourner ainsi.

— Matthew, dis-je, je sais que les temps doivent être durs pour toi. Si je peux faire quoi que ce soit, n'hésite pas.

Il se tourna vers moi et fronça les sourcils.

— De quoi parles-tu ?

— Bien… je ne veux pas sauter aux conclusions, mais… après avoir lu le journal et…

— Trevor, je t'en prie.

— Je crois que tu pourrais être dans l'eau chaude et…

— Trevor, dit de nouveau Matthew la voix froidement calme, c'est Sandy la coupable.

Je hochai tristement la tête.

— N'est-il pas temps de cesser de faire porter le blâme sur ses épaules ? N'est-il pas temps d'accepter les conséquences de tes actes ?

Matthew fit un grand sourire. Il baissa les yeux sur ses bras croisés.

— Trevor, Shanna et moi avons discuté. Elle est sortie du stationnement avant Sandy, et moi après Sandy. Aucun de nous n'a vu Willard. Maintenant que nous savons qu'il s'agit d'un meurtre, tout indique que Sandy est coupable. Tu as vu à quel point elle était bouleversée lorsque Willard a annoncé que nos bonus étaient en attente. Lorsqu'elle a quitté le stationnement et qu'elle l'a vu sur la rampe, elle a dû perdre les pédales.

— Mon Dieu, Matthew, tu n'as pas honte ? dis-je en me tournant vers Shanna, exaspéré. Dis-le-lui, Shanna, dis-lui que nous savons qu'il est coupable. Il doit se rendre aux autorités.

— Trevor, dit Shanna, d'une voix à peine audible. Il est temps pour *toi* de cesser de pointer du doigt. Nous ne voulons pas le croire non plus, mais nous n'avons pas le choix. Sandy James a assassiné Willard Godfrey.

16

Les dieux de l'Univers

La veille du Jour de l'An à l'Univers.

À 21 h, je me tins près de la porte principale en observant la longue file de taxis et de limousines, de berlines et de VUS luxueux qui passaient la porte cochère pour se rendre à l'entrée. Les fêtards émergeaient des véhicules avec des robes longues et souples, des diadèmes et des rivières de diamants, des smokings et des habits griffés. D'autres arrivaient habillés pour le Bal de l'Espace, déguisés en hominidés et en *cyborgs* extraterrestres, en cadets de l'espace et autres créatures d'un autre monde, avec des tentacules et membres supplémentaires, trimbalant des lasers et des bébés extraterrestres. C'était comme si l'Univers avait organisé un genre de célébration intergalactique futuriste.

En dépit de l'agitation qui régnait autour de moi, je me sentais à l'écart de l'hôtel ce soir. J'avais tenté d'aider dans d'autres services, mais ils étaient si occupés que je ne faisais que nuire. Mes tentatives pour me mêler aux clients avaient été accueillies avec froideur et s'étaient interrompues rapidement : personne ne semblait savoir qui j'étais ou s'en préoccuper ; ils étaient trop occupés à échanger avec les gens qu'ils connaissaient. Ne me sentant ni comme un employé ni comme un client, j'errais en solitaire dans l'Univers, une planète isolée à la recherche d'un foyer. Je fus heureux de m'arrêter quelque temps près de l'entrée principale.

Je ressentais profondément l'absence de monsieur Godfrey ce soir-là, mais d'une manière agréable, comme s'il était debout de l'autre côté des portes avec moi, m'observant alors que j'accueillais les clients à leur arrivée, et hochant la tête en signe d'approbation. Pendant les deux derniers jours, j'avais été obsédé par sa mort, tentant désespérément de découvrir ce qui s'était passé, envisageant une théorie absurde après l'autre. De toute évidence, Shanna et Matthew avaient décidé que Sandy était coupable et n'étaient pas disposés à envisager une alternative. Ce n'était pas surprenant considérant qu'ils semblaient être les seuls autres suspects. J'avais tenté de joindre Sandy toute la journée, mais elle ne m'avait pas rappelé. Je craignais qu'elle n'ait pas aussi bien pris sa suspension que je ne l'espérais et qu'elle était en train de bouder, ou peut-être que la révélation du meurtre était plus qu'elle ne pouvait supporter. Peu importe son état d'esprit, j'espérais qu'elle soit de retour avec sa famille, profitant de ces moments loin de l'hôtel. Maman pesait également lourd dans mon esprit, et à maintes occasions, j'avais saisi le téléphone pour l'appeler, puis je l'avais déposé. J'étais encore trop furieux.

J'étais attendu à la fête des *dieux de l'Univers*, mais je cherchais toutes les occasions pour retarder mon arrivée. Lorsque le trafic à l'extérieur commença à ralentir, j'entrai à l'intérieur, me faufilant entre les groupes de gens vers le grand escalier. Le hall en entier ainsi que la salle de bal Jupiter, le Galaxie et le Centre de l'Univers avaient été transformés en une immense salle de bal pour le Bal d'espace où plus de 2500 personnes étaient attendues. Sur une estrade érigée à l'extérieur du Galaxie, un groupe de sept musiciens, le premier groupe de trois, jouait de la musique pop. La cacophonie de musique, de rires et de conversations régnait dans l'atrium, s'élevant sur 20 étages, flottant au-dessus des balcons et s'insinuant dans les corridors pour atteindre chaque porte et inviter tous les clients de l'hôtel à se joindre à la fête.

Je montai les escaliers jusqu'au niveau du hall où avaient lieu différentes fêtes dans toutes les salles de conférences : groupes d'amis, rassemblements corporatifs et familiaux. Dans le hall extérieur, des centaines de personnes fraternisaient, sirotant des boissons, bavardant, prenant la pose pour des photos, s'embrassant, se donnant des câlins et se penchant au-dessus de la rampe pour observer la fête en plein essor plus bas. Je me rendis à la salle de bal Saturne où avait lieu la fête des *Jours glorieux de la prohibition* organisée par VIDE et je poussai la porte.

Par contraste avec le tumulte extérieur, la salle de bal était aussi silencieuse qu'une église un dimanche matin. Des centaines d'yeux se tournèrent vers moi lorsque j'entrai. La porte se referma doucement derrière moi, ramenant ainsi la sérénité dans la pièce et les têtes se retournèrent vers Brenda Rathberger qui se pavanait de gauche à droite sur la scène tout en parlant dans un micro sans fil. La salle de bal avait été transformée en un cabaret des années 1920 avec des tables de banquet rondes drapées de lin noir avec des roses comme centres de table. Les murs étaient couverts de riches rideaux de velours rouges, et des affiches de la période de la prohibition prêchant les démons de l'alcool et la gloire de la sobriété étaient disposées sur des chevalets autour de la pièce. Les assiettes du dîner avaient été enlevées et une armée de serveurs en habit était occupée à monter le buffet de desserts.

Au moins 500 délégués étaient présents, portant divers types de vêtements allant des complets trois-pièces et nœuds papillon aux pantalons de denim avec un survêtement. Quelques hommes et femmes portaient des costumes des années 1920 : anciens smokings et hauts-de-forme, robes en tricot à la hauteur du genou et chapeaux en forme de cloche. Sur la scène, derrière Brenda, les musiciens d'un quartette de grand orchestre dans le style des mêmes années se tenaient debout avec leurs instruments, attendant la fin de son discours.

— Comme vous le savez tous, disait-elle, le thème de la soirée est les *Jours glorieux de la prohibition* et il est en lien avec le thème de notre congrès, *La société pour la sobriété.* À l'époque de la prohibition, la société était extrêmement consciente des démons de l'alcool et le gouvernement avait pris des mesures afin de la bannir complètement. Si seulement nos élus pouvaient être aussi intelligents aujourd'hui.

Elle baissa la tête pour jeter un regard à sa robe, un costume déluré mal ajusté.

— Je dois toutefois avouer que la mode a fait de grands pas.

La foule gloussa.

— J'aimerais tous vous remercier pour votre participation et votre enthousiasme pendant ce congrès. Nous avons beaucoup cheminé cette semaine, je suis fière de le dire, et j'ai été encouragée par la participation record, une augmentation de près de 20 pour cent par rapport à l'an dernier.

Elle fit une pause avant de poursuivre.

— Pourtant, je ne peux me dire complètement satisfaite, et déjà le conseil d'administration s'est dit préoccupé par le fait que le congrès n'ait pas été aussi réussi qu'il ne l'avait espéré. Comme vous le savez, VIDE dépend d'une importante attention médiatique pour transmettre son message. Bien que les membres du conseil d'administration soient satisfaits de la couverture que nous avons reçue — particulièrement pendant le segment d'*Aux frontières de l'information* —, ils n'ont *pas* été enchantés par son ton sensationnaliste. Ils pensent que nous avons échoué à rassembler l'attention médiatique dont nous avons réellement besoin si nous voulons amener notre mouvement à un niveau supérieur. Demain, nous avons une dernière chance de transmettre notre message collectivement. Je vous exhorte tous à participer à notre événement de clôture, la Marche de la sobriété, laquelle commencera à 13 h à la Grand Army Plaza, au coin sud-est de Central Park. De là, nous marcherons à travers le parc pour ensuite descendre l'Avenue of the Americas jusqu'à Plaza Rockefeller où aura lieu notre rassemblement *La société pour la sobriété* à 14 h. J'ai invité de nombreux médias à y assister et je prévois un excellent taux de participation. J'espère voir chacun d'entre vous là-bas afin que nous puissions démontrer collectivement notre véritable passion envers notre cause.

» D'ici là, restez des nôtres pour la danse, suivie par le toast traditionnel sans alcool de VIDE à minuit, puis encore de la danse. Maintenant, j'aimerais remercier chacun d'entre vous pour votre travail acharné et votre engagement ainsi que vous féliciter pour la réussite du sixième congrès des Victimes involontaires de l'ébriété. Je vous souhaite une Nouvelle Année sans danger, heureuse et sobre.

Brenda saisit un verre d'eau sur la scène et le leva.

L'audience poussa des cris en levant des tasses de café ou de thé, des verres de boisson non alcoolisée ou gazeuse, de jus et d'eau.

Pendant que Brenda descendait de la scène, le groupe commença à jouer *Tea for Two*.

Dans la salle, les gens se levèrent afin de faire la file près du buffet de desserts.

Je traversai la salle de bal pour intercepter Brenda et la rejoignit dans la file.

— Regardez-vous ! m'exclamai-je. Magnifique costume !

Elle grogna et ajusta la bretelle sur son épaule.

— Je me sens comme une grosse prostituée pâteuse d'avant-guerre.

— Comment se déroule la fête ?

— Très bien.

— Tout le monde s'amuse ?

— Oui, pourquoi ? demanda-t-elle en me lançant un regard soupçonneux.

— Simplement pour m'en assurer. Est-ce que Honica Winters est venue ? demandai-je en regardant aux alentours.

Elle secoua la tête et prit un air renfrogné.

— Quand elle a découvert que l'on ne servait pas d'alcool, elle s'est soudainement rappelé qu'elle avait d'autres projets.

Elle s'étira la tête vers le début de la file, inquiète comme si elle avait peur qu'il ne reste plus de desserts.

— J'imagine que vous avez été aussi surprise que nous par les manchettes d'hier, dis-je.

— Pourquoi aurais-je été surprise ?

Je m'approchai d'elle et baissai la voix.

— La révélation que monsieur Godfrey ait été assassiné — qu'il ne s'agissait pas d'un accident relié à la conduite en état d'ébriété.

— Je maintiens ma théorie, dit-elle sèchement. Un homme ivre l'a renversé et a été trop lâche pour faire face aux conséquences de son geste. Il — ou elle — l'a donc achevé avant de s'enfuir. Cela ne serait pas la première fois que ça se produirait.

Judy Gordon arriva précipitamment.

— Brenda, tout le monde s'en va ! Regarde !

Nous nous tournâmes vers la sortie où de nombreuses personnes se trouvaient.

— Laisse-les aller, dit Brenda. Ils sont fatigués. La semaine a été longue. Je veux qu'ils soient reposés pour demain.

— Ce n'est pas tout le monde qui s'en va se coucher, dit Judy en levant un sourcil. Edgar, du chapitre d'Atlanta, vient tout juste d'emmener les amis qui l'accompagnaient à sa table dans le bar pour prendre un verre.

— Il n'a *pas* fait ça.

Judy hocha la tête et se tourna pour contempler la salle de bal.

— Je ne peux pas vraiment le blâmer. Cette fête *est* un peu ennuyeuse.

— Ce n'est *pas* ennuyeux ! s'écria Brenda en montrant la piste de danse où une demi-douzaine de délégués dansaient pendant que le groupe chantait *I never knew I had a wonderful wife until the town went dry*. Maintenant, arrête de te plaindre et commence à te mêler. Et ne laisse personne d'autre partir.

— Très bien.

Judy s'éloigna, vexée.

Brenda se tourna vers moi et soupira.

— J'imagine que nous avons été surpassés par les autres fêtes.

— Je voulais vous féliciter pour un congrès réussi, Brenda, dis-je. Merci d'avoir gardé le congrès ici.

— De rien, Trevor.

Elle me regarda quelques instants et je sentis une étincelle d'affection et de tendresse dans ses yeux, quelque chose que je n'avais pas vu depuis le jour de son arrivée. Elle avait l'air épuisée, un peu défaite et je ressentis un élan de sympathie envers elle.

— Tout ne s'est pas si mal passé, dit-elle. J'espère que tu comprends que je ne fais que mon travail. Tu as été très patient avec moi et extrêmement professionnel. Je l'apprécie.

— Merci, Brenda. J'essaie. Je m'engage à accommoder nos clients avec…

Étant maintenant parvenue au buffet, Brenda me tourna le dos au milieu de ma phrase et commença à remplir son assiette avec des desserts.

De toute évidence, notre conversation était terminée.

*****

Quand je parvins à la suite luxueuse sur deux étages de Matthew et Marline Drummond, la fête des *dieux de l'Univers* battait son plein.

Je passai mon disque devant le lecteur de la porte et celle-ci s'ouvrit. La pièce était si bondée que des gens débordaient dans le corridor.

Prenant une grande inspiration, je me frayai un chemin en regardant nerveusement autour de moi et en me disant que je ne resterais que le temps nécessaire pour que ma présence soit remarquée de Matthew. La suite était décorée dans le style de la Grèce ancienne avec des colonnes romaines en plâtre ornées de lierre, de magnifiques urnes grecques peintes en feuilles d'or et des serveurs musclés vêtus de toges — un thème de mauvais goût qui ne pouvait provenir que du cerveau enfantin de Marline Drmmond. Les invités étaient parés pour les grandes occasions avec des smokings, des robes de bal et de cocktail. Un animateur dans un coin éloigné faisait jouer de la musique maison bruyante qui semblait davantage convenir à un *rave party*.

En me faisant gentiment un chemin à travers la foule, je fus heureux de croiser quelques visages familiers — certains des invités réguliers et d'importants clients de l'hôtel, des fournisseurs majeurs, quelques hommes d'affaires et politiciens locaux et même une poignée de vedettes. La majorité des invités étaient toutefois des amis de Marline, ces laquais et parasites que je voyais souvent dans nos bars et restaurants, alimentant Marline de potins pendant qu'elle les ravitaillait en cuisine gastronomique et liqueurs fines.

À l'autre bout de la pièce, j'entendis le bruyant ricanement de fumeuse de Marline. Elle avait le corps comprimé dans une minuscule robe blanche attachée à son cou avec des bretelles spaghetti, une robe qui ressemblait davantage à un tablier. Son dos était face à moi et sa robe était coupée si bas que je pouvais voir le décolleté de ses maigres fesses. Elle n'avait que très peu de chair sur les membres, seulement de puissants muscles et une peau brun doré grâce à un pistolet à bronzer. Elle voletait d'un groupe à l'autre, une bouteille de Dom Pérignon dans chaque main — ce qui lui assurait un accueil chaleureux dans tous les cercles sociaux. Je l'observai remplir de nouveau des flûtes en se prêtant à un léger badinage, draguant les hommes et flattant les femmes.

— Trevor, *chéri!* s'écria-t-elle en m'apercevant.

Avant que je puisse m'échapper dans la direction opposée, elle était à mes côtés.

— Tiens, regarde à quel point tu es superbe dans ce smoking! Tu as tout simplement l'air mangeable!

Elle enveloppa ses os autour de moi et se mit sur la pointe des pieds pour appliquer un baiser mouillé sur mes lèvres.

— Bonne Année, chéri!

Ses yeux étaient troubles à cause du champagne.

— Pourquoi le porte-nom? Enlève-le immédiatement! Tu n'es plus de service maintenant. C'est l'heure de fêter!

— Je ne suis ici que pour quelques minutes.

— Insensé!

Elle retira le porte-nom du revers de mon smoking et le glissa dans ma poche, laissa sa main s'y attarder quelques instants. Elle se tourna ensuite et claqua des doigts pour attirer l'attention d'un serveur.

— Apportez immédiatement un verre de champagne à ce jeune homme!

En quelques secondes, j'avais une flûte dans les mains.

Marline leva son verre et le tendit contre le mien.

— Santé!

La foule la poussait vers moi et elle ne faisait aucun effort pour résister. Ses minuscules petits seins étaient pressés contre le haut de ma poitrine.

— Où est Matthew? demandai-je en reculant jusqu'à ce que je frappe le mur.

— Qui sait ? dit-elle en tirant sur l'une des bretelles de sa robe, révélant ainsi davantage un sein gonflé que j'aurais préféré ne pas voir, pour ensuite la laisser retomber. Caché sous le lit pour ce que j'en sais. Il est tellement inutile dans ce genre de chose.

Elle se rapprocha encore plus, un nuage de parfum coûteux m'enveloppant.

— Trevor, chéri, je voulais te poser des questions à propos de ton commentaire lors du dîner l'autre soir. Te souviens-tu avoir dit que Matthew n'était jamais allé chez toi avant ? Eh bien, après le dîner, j'ai insisté davantage. Il a nié m'avoir déjà dit qu'il était allé chez toi après la fête. Je ne peux cependant pas être confuse à propos d'une telle chose. Il ment.

— Oh ?

— Quand il est arrivé à la maison le matin après la fête de Noël, je me suis réveillée. Il était presque 8 h. Il portait encore son smoking et je lui ai demandé où il avait passé la nuit. Il a marmonné quelque chose à propos d'être allé chez toi pour y prendre une bière après la fête et s'être endormi sur ton divan. Il n'était à la maison que depuis quelques minutes lorsqu'il a reçu ton appel. Je me souviens l'avoir entendu dire dans son Comm-U : « C'est mieux d'être important, Trevor » et m'être dit qu'il était assez grossier pour quelqu'un qui venait juste de revenir de chez toi.

Je me rappelai Matthew qui était arrivé au *Niveau 4* en smoking. N'avait-il pas dit s'être endormi avec celui-ci sur le dos ?

— Je vais le redire, Marline, dis-je. Matthew n'est jamais venu chez moi.

— Je comprends. Il refuse de me parler, ce qui est typique de lui.

La voix perçante de Marline blessait mon tympan.

— Il soutient qu'il est allé faire un tour de voiture pour s'aérer l'esprit. Considérant qu'il a quitté la fête vers 1 h, ce doit avoir été toute une balade. Il aurait pu aller à Boston et en revenir.

Elle fit une pause pour prendre une gorgée de champagne, puis elle se tourna et contempla la foule, agitant les doigts en direction d'un groupe de femmes qui se trouvait dans le coin éloigné. Elle se retourna vers moi.

— Il cache quelque chose, Trevor.

Je sentis un tremblement dans sa voix et une étincelle de crainte dans ses yeux. Ma gorge se serra.

— Tu ne crois pas que...

Elle hocha la tête.

— Un équipier est venu porter son smoking hier, fraîchement nettoyé à sec, dit-elle tout en effleurant le lobe de mon oreille. J'ai trouvé une enveloppe attachée à celui-ci. Dans celle-ci, il y avait deux objets qu'ils ont sans doute trouvés dans ses poches : un de ses boutons de manchette en or ainsi qu'un bout de papier sur lequel une adresse était griffonnée.

Ce n'était pas tout à fait l'arme du crime à laquelle je m'attendais.

— Une adresse ?

— Connais-tu quelqu'un qui habite le Lower East Side ?

J'essayai de réfléchir.

— Je ne crois pas.

Elle sembla déçue.

— Je suis presque décidée à m'y rendre moi-même afin de confronter cette petite traînée.

— Qui ?

Elle me fusilla du regard comme si j'étais douloureusement stupide.

— La femme avec laquelle il me trompe.

— Tu crois qu'il te *trompe* ?

— Que croyais-tu que je voulais dire ?

— Je croyais que tu le soupçonnais d'avoir tué monsieur Godfrey.

— Quoi ? dit-elle en s'esclaffant d'un rire perçant. Ne sois pas idiot, Trevor. Matthew ne tuerait jamais personne. Sandy James l'a renversé alors qu'elle était en état d'ébriété et elle est revenue par la suite pour l'achever. Tout le monde le sait.

— Pas *moi*.

— Alors, tu es le seul.

— Te voilà, Marline !

Une femme robuste aux dents de cheval saisit Marline par les épaules et la retourna vers elle.

— Je te cherchais partout. Quelle fête fabuleuse ! Ton appartement est sensationnel !

— Tiens, merci, Mary. Je suis si heureuse que vous ayez pu venir !

Les deux femmes feignirent de se donner des baisers sur les joues, puis elles commencèrent à bavarder comme des amies de longue date qui ne s'étaient pas vues depuis longtemps. Je saisis cette occasion pour échapper à l'emprise de Marline. En m'éloignant, je sentis sa main attraper fermement mon bras.

— Au 179, rue Rivington, appartement 301, murmurat-elle, les yeux intenses. Découvre qui habite là.

★★★★★

J'errai dans la fête pendant une demi-heure après cet incident, m'arrêtant pour bavarder quelques instants avec les quelques clients que je reconnus, me sentant de plus en plus timide dans une pièce remplie de gens qui semblaient tellement plus à l'aise que moi. Je me sentais nu sans mon porte-nom, mais me rappelant la remarque désagréable de ma mère à propos du fait que je me cachais derrière lui, je résistai à l'envie de le remettre.

— Trevor ! Hé, comment ça va ?

Honica Winters était debout dans la cuisine ouverte bondée, coincée entre deux hommes, son visage très maquillé encerclé par d'énormes cheveux platine. Elle me faisait des signes de la main. N'ayant pas envie de lui parler, je la saluai de la main et me dirigeai vers la sortie. Cependant, un élément que j'aperçus par le coin de mon œil me fit arrêter et regarder de nouveau.

Le mari de Sandy, Jack, était l'un des deux hommes qui serraient Honica.

Que faisait-*il* là ? Curieux, je m'approchai.

— Hé, mon beau ! s'écria Honica en vacillant vers moi les bras grands ouverts, répendant un liquide rosâtre de son verre de martini sur mon épaule. Elle portait une étroite robe orange vif qui laissait voir deux seins bronzés avec des taches de rousseur presque jusqu'aux mamelons.

— Quelle fête formidable, n'est-ce pas ? cria-t-elle.

Elle leva ses bras au-dessus de sa tête et agita ses hanches au son de la musique, renversant davantage d'alcool.

Je hochai la tête en essayant de sourire. La cuisine étant trop bondée pour que je puisse y entrer, elle en sortit, laissant Jack derrière elle. Je le vis siroter un San Pellegrino en regardant fixement la salle de séjour, l'air sobre et inconfortable. Il ne sembla pas me remarquer.

— Merci *beaucoup* de m'avoir obtenu une chambre ! dit Honica. Ce n'était pas la suite que j'espérais, mais je sais que l'hôtel était rempli. Tu es un amour.

Elle mit ses bras autour de ma tête et attira mon visage vers sa poitrine.

— C'était un plaisir, Mademoiselle Winters, dis-je, la voix étouffée.

Elle me laissa aller.

— Tu dois te détendre ! Tu es toujours si raide et solennel.

— Ne vous inquiétez pas pour moi. Je m'amuse très bien.

Elle remarqua que je dévisageais Jack et se retourna pour le tirer vers elle en mettant un bras autour de lui.

— Hé, bel homme, est-ce que tu connais Trevor ? C'est l'un des directeurs ici.

— Hé, Trevor ! Content de te voir.

— Je connais bien Jack, Honica, dis-je en jetant un coup d'œil à son bras. C'est le mari de Sandy James.

— N'est-il pas adorable ? dit-elle en lui pinçant une joue.

— Seulement 45 minutes avant minuit, tout le monde ! hurla Marline dans l'escalier en spirale derrière nous. Je veux que tout le monde se réunisse dans la salle de séjour pour le décompte dans *30 minutes* !

— Sandy est à la maison ? demandai-je à Jack.

— Elle est quelque part ici.

— Elle est *ici* ?

Il hocha la tête et fit rouler ses yeux.

— Il était hors de question qu'elle reste à la maison ce soir. Elle a appelé une gardienne, a enfilé une robe et nous voilà !

— C'est génial ! Je suis heureux que vous soyez ici tous les deux.

Il haussa les sourcils légèrement et prit une gorgée de San Pellegrino.

— Je m'attends à ce que vous me donniez tous deux un baiser à minuit, dit Honica.

— Je vais aller chercher Sandy, dis-je.

— La fille a des couilles pour venir ici, dit Honica. La moitié des gens ici croient qu'elle est une meurtrière.

— Grâce à vous, dis-je.

Jack leva les yeux vers Honica, les yeux remplis de colère.

— Ma femme n'est pas une meurtrière, dit-il en se détachant de son bras.

— Calme-toi ! Je n'ai pas dit que *je* pensais qu'elle était une meurtrière, j'ai dit que la moitié des gens le pensaient. Ne t'inquiète pas — si elle est emprisonnée, je vais prendre soin de toi.

Jack semblait extrêmement en colère.

— Je vais aller me chercher d'autre eau.

Il se retourna et se fraya un chemin vers le réfrigérateur.

Honica se tourna vers moi, le visage soudainement sérieux.

— Cet homme est tellement intense. Il essaie de m'intimider pour que je fasse des excuses en direct à se femme. Que non ! En vérité, je pense à donner suite à cette histoire. La nouvelle d'hier a ajouté une perspective intéressante aux événements.

Elle se pencha vers moi et poursuivit en chuchotant.

— Cet enquêteur coincé m'a finalement refilé une petite gâterie hier. Il m'a dit qu'il n'y avait aucune marque de dérapage sur la scène. C'est une des raisons pour lesquelles ils ont de la difficulté à identifier le coupable — il doit y avoir des centaines de traces de pneus différentes en bas et ils ne savent pas lesquelles ont été laissées par l'auteur du crime. La théorie voulant que quelqu'un l'ait renversé par accident ne tient pas. C'est un meurtre de sang-froid.

Ses mots me firent frissonner.

— Pourquoi l'enquête prend-elle autant de temps ? demandai-je, frustré par toutes ces spéculations alors que chaque détail que j'entendais était de plus en plus troublant. Pourquoi les policiers n'ont-ils pas inspecté tous les véhicules des suspects pour trouver une correspondance.

— On dit qu'ils sont perplexes, dit Honica, assumant maintenant son personnage de journaliste. As-tu déjà entendu parler de la théorie du transfert ? En gros, quand deux objets se touchent, ils laissent toujours quelque chose derrière — fragments de peinture, vêtements, sang, etc. Peu importe qui a tué Willard, cette personne a volé l'imperméable qu'il portait. Les policiers n'arrivent pas à le trouver, pas plus qu'ils ne trouvent l'arme du crime. Ils ont pris des échantillons sur la scène de l'accident, mais il semble que les choses ne s'agencent pas aussi facilement qu'ils ne l'auraient espéré. Le corps aurait dû laisser une bosse sur le véhicule à la suite de l'impact, mais ils ne semblent pas être en mesure de découvrir un signe de dommage sur les véhicules des suspects — à l'exception, évidemment, de celui de Sandy qui a été réparé avant qu'ils ne le voient.

— Selon *vous*, qui l'a fait ? demandai-je, presque trop effrayé de le savoir.

Honica ouvrit la bouche pour répondre, mais elle repéra Jack qui s'approchait et la referma.

— Alors, comme je le disais, dit-elle très fort, en reprenant son personnage de fêtarde et avant une grande gorgée de boisson : *J'adore* ma chambre !

Je m'excusai pour partir à la recherche de Sandy.

★★★★★

En passant devant la salle de séjour, je vis Marline escalader une pyramide de caisses de Dom Pérignon avec l'aide de deux serveurs.

— Venez chercher vos bouteilles de champagne ici ! hurlait-elle en agitant les bras comme un chef d'orchestre. Venez ici, tout le monde ! Il ne reste qu'une demi-heure avant la nouvelle année !

Sous ses ordres, les serveurs distribuaient des bouteilles de champagne payées par l'hôtel comme des cartes de bingo à 30 cents.

Je regardai partout pour trouver Sandy — en haut, en bas, sur la terrasse, dans les chambres, la salle de séjour, la cuisine, la pièce de détail —, mais elle était introuvable. Sur la terrasse à l'étage, je fis une pause pour profiter de l'air frais, savourant le calme. La terrasse n'était occupée que par une douzaine de personnes, la plupart étant à l'extérieur pour fumer. Je me penchai sur la rampe et je contemplai les jardins de l'hôtel, puis je levai les yeux vers le ciel. La lune était sortie, partiellement obscurcie par les nuages, jetant une faible lueur sur la terrasse.

— Hé, Trevor.

Je me retournai pour voir une femme qui traînait dans l'ombre au bout de la terrasse. Deux femmes très minces, de très belles jeunes femmes, étaient à côté d'elle. Toutes étaient en train de fumer.

— Cynthia ? Je ne m'attendais pas à vous voir ici !

— Ouais, eh bien ! je ne peux pas rester à la maison à me morfondre pour le reste de ma vie.

Je marchai vers elle. Elle fumait fiévreusement et elle frissonnait dans une blouse Dolce & Gabbana ouverte et une jupe moulante en cuir blanc. Ses hanches étaient ornées d'une ceinture dorée lamée. Ses amies mannequins ne se retournèrent même pas pour me saluer et elle ne me les présenta même pas.

— J'allais vous appeler, dis-je en jetant un coup d'œil aux deux femmes et en souhaitant être un des amis de Cynthia. Je me suis senti très mal quand j'ai entendu la nouvelle à propos de votre père.

Ses amies lancèrent leurs cigarettes par-dessus la rampe et s'excusèrent pour se rendre à la salle de bain.

— Je le savais depuis le début, dit Cynthia.

— Vous saviez qu'il avait été assassiné ?

— Ouais.

Elle prit une longue bouffée de cigarette et regarda fixement la lune quelques instants.

— Je ne voulais pas commencer à lancer des accusations à droite et à gauche, mais j'en ai marre du rythme de l'enquête policière. Je veux dire, pourraient-ils être plus lents ou plus idiots ? Hier, après avoir lu le journal, j'ai appelé les policiers pour leur parler de ma théorie. Ils s'en occupent maintenant.

Elle parlait fort à présent, ne semblant pas se préoccuper des autres personnes sur la terrasse qui écoutaient intensément.

— Quelle est votre théorie ? demandai-je en baissant la voix pour que celle-ci ne soit plus qu'un murmure, espérant qu'elle suivrait mon exemple.

— Pas de tes maudites affaires.

— Très bien, dis-je en grinçant des dents.

Dans la lueur de la Lune, ses yeux semblaient à demi fou.

— Je vais cependant devoir te parler de quelque chose bientôt, Trevor. Quelque chose de *gros* se prépare et j'aurai peut-être besoin d'aide.

— Bien sûr. Tout ce que vous désirez. Puis-je demander ce… ?

Elle secoua la tête

— Je ne peux t'en parler tout de suite. Mais bientôt.

Elle laissa tomber sa cigarette sur le sol de la terrasse et l'écrasa avec sa chaussure dorée

— D'accord, ça va, si tu insistes vraiment, je vais te parler de ma théorie. Il ne s'agit pas tant d'une théorie que du véritable récit.

— Continuez, dis-je, envahi par la curiosité.

— La veille de la mort de mon père, j'ai dîné avec lui et quelques autres : papa, Roger et Katherine Weatherhead, et la petite amie de papa.

— Sa *petite amie* ?

— Je présume que tu n'étais pas au courant toi non plus. Il a gardé ça ultra-secret. Je n'ai pas l'intention de la protéger plus longtemps. Elle n'est rien d'autre qu'une aventurière et une va-nu-pieds. Elle utilisait mon père pour son argent, exerçait des pressions pour qu'il l'épouse afin de mettre ses mains avides sur son argent. Lors du dîner, il a annoncé qu'il vendait l'hôtel et elle est devenue très, très en colère. J'imagine qu'elle comptait en hériter un jour. Secrètement, Papa m'avait déjà dit qu'il avait l'intention de rompre avec elle. J'étais si furieuse de sa réaction que je le lui ai murmuré à l'oreille quand elle est partie. Elle a failli s'écrouler sur le sol.

Elle soupira bruyamment en hochant la tête.

— Si j'avais su qu'elle était si folle, qu'elle ferait une telle chose, je ne le lui aurais jamais dit. Comment aurais-je pu deviner que le lendemain soir, après la fête de Noël, elle prendrait sa voiture pour le renverser avant de le battre froidement jusqu'à ce qu'il meure.

J'étais abasourdi.

— Qui ? demandai-je.

Elle mit son visage dans ses mains et commença à sangloter. J'essayai de la réconforter, mais elle me repoussa. Autour de nous, une demi-douzaine de personnes nous regardaient fixement.

Les mannequins vedettes étaient de retour.

— Partons d'ici, Cyn, dit la plus grande. Cette fête, genre… est vraiment nulle.

— C'est tellement ghetto, dit la plus petite en croisant les bras mollement et avec hargne. Allons au Marquee !

— Je dois y aller, Trevor, dit Cynthia en se tournant vers moi.

— Quoi ? m'écriai-je.

Je me penchai vers elle et murmurai :

— Vous ne pouvez me laisser ici en suspens comme ça ! Qui était-ce ? Qui était la petite amie de votre père ?

— Ne peux-tu pas le découvrir toi-même ?

— Non ! Dites-le-moi, s'il vous plaît !

— Très bien. C'était Shanna Virani.

17

Une explosion d'étoiles

— Te *voilà* !

J'étais encore sur la terrasse 20 minutes plus tard, abasourdi par les révélations de Cynthia, lorsque Marline arriva, les poings sur les hanches comme pour me réprimander.

— Trevor Lambert, cesse d'être un handicapé social ! Je veux que tu descendes à l'instant participer à la fête. Minuit est dans à peine une vingtaine de minutes et je t'ai réservé un beau gros baiser. Si tu es chanceux, j'utiliserai peut-être même ma langue.

Elle rejeta la tête en arrière et éclata de rire, puis disparut.

L'idée d'avoir à embrasser Marline sur la bouche me donnait une raison suffisante pour quitter sur-le-champ cette petite fête. En descendant l'escalier en colimaçon, je vis Honica et Jack, debout dans la salle de séjour en grande conversation, mais pas de Sandy à l'horizon.

Je décidai de faire un saut à la salle de bain avant de m'enfuir. Je descendis le corridor passant le boudoir sur la gauche et la chambre d'ami sur la droite, et je frappai à la porte de la salle de bain. Aucune réponse, bien que j'y entendais du bruit. Je collai l'oreille à la porte et frappai de nouveau, puis tentai de l'ouvrir. Le loquet était mis.

— Partez ! dit une voix de l'intérieur.

— Désolé !

Je rebroussai chemin, mais fis halte à mi-chemin. Était-ce la voix de Sandy ? Je revins frapper.

— Sandy, est-ce toi ?

Aucune réponse.

Je frappai une troisième fois.

— C'est moi, Trevor, ça va ? Tu peux me laisser entrer ?

Je l'entendis jouer avec le loquet, puis la porte s'entrouvrit. Un œil bleu barbouillé de mascara apparut.

— Trevor ?

— Sandy ? Qu'est-ce que tu fais ? Ça va ?

Elle ouvrit la porte et me tira à l'intérieur de la salle de bain, refermant la porte à clé derrière moi et s'y adossant comme si elle craignait que quelqu'un ne l'enfonce. Son regard était fou. Elle portait une robe de soie nacrée. Ses cheveux lui tombaient sur les épaules, inhabituellement décoiffés. Sur sa robe était épinglé un corsage de crécelles, de roses séchées et d'étoiles. Le tout peint doré au pulvérisateur et verni.

— Marline m'a forcée à le porter, dit-elle en suivant mon regard. Je sais, c'est horrible.

Elle le défit et le jeta dans la baignoire.

— Que fais-tu ici ? demandai-je. Tu te caches de quelqu'un ?

— Je me cache de tout le monde. De Honica et de Jack et de tous ces regards qui me jugent. Marline me faisait défiler comme une vedette, me présentant comme la vilaine blonde de *Aux frontières de l'information*. Matthew est furieux que je sois ici vu que je suis suspendue. Je suis venue ce soir parce que j'étais incapable de rester seule chez moi. Mais je me rends compte que c'était une erreur, dit-elle en s'assoyant sur le comptoir de la salle de bain.

Je jetai un regard à la bouteille de champagne vide qui trônait à ses côtés. Était-elle ivre ?

— Jack est-il encore avec cette pimbêche ?

— Honica Winters ? Oui.

Je m'assis sur le bord de la baignoire.

— Premièrement, elle a ruiné ma carrière, et voilà qu'elle tente de me voler mon mari.

— Je crois que Jack plaide en ta faveur. Je suis content de voir que vous vous êtes réconciliés.

— Oh, nous ne nous sommes pas réconciliés. Je suis rentrée à la maison, mais tout n'est pas au beau fixe. Il est venu ce soir simplement pour s'assurer que je ne sois pas ivre et que je ne tente pas de prendre le volant. Nous nous sommes disputés en chemin et il ne me parle plus. Quant à moi, il peut se débrouiller pour rentrer tout seul. Peut-être Honey le raccompagnera-t-elle ?

Dans le couloir, Marline annonça :

— Douze minutes avant minuit, mes amis ! Venez tous !

— Ça fait plaisir de te voir, Sandy, dis-je. Tu m'as vraiment manqué.

— Tu m'as manqué aussi, Trevor. Et *il* me manque aussi terriblement !

— Monsieur Godfrey ?

Elle acquiesça.

— Cet endroit n'est plus le même sans lui. Être à la maison ces derniers temps m'a permis de réfléchir, de prendre du recul. J'ai passé tellement de temps à cet endroit, c'est cinglé. Je connais à peine mes propres enfants, de même que mon mari. Nous vivons ensemble comme des étrangers. Jack et les enfants ont cette superbe relation symbiotique, et ma présence cette semaine a déséquilibré le tout. Ils ne savent pas comment composer avec ma présence. J'ai l'impression d'être dans leurs jambes. Je ne sais plus comment interagir avec eux. Je n'arrête pas de penser à ce qui se passe à l'Univers, à ce que je rate. On dirait que mes rôles sont inversés. La maison, c'est du travail, et le travail, c'est chez moi. Tu comprends ? Es-tu déjà entré travailler la fin de semaine et resté tard le soir parce que c'est plus facile que de rentrer à la maison ?

— Évidemment, mais c'est différent pour moi. Je n'ai pas de famille.

— Ma vie est chamboulée, Trevor. J'ai été accusée de conduite avec facultés affaiblies, j'ai été déshonorée devant ma famille et mes amis, j'ai été suspendue d'un emploi que j'adore. Toute la population du pays semble croire que j'ai tué Willard Godfrey. Et si ce n'était pas suffisant pour que je sois dépressive, pour ajouter à la tension, Jack et moi sommes sans le sou. Nous pourrions perdre la maison. Oh, et je suis une piètre mère. Sais-tu que j'ai oublié le nom de Kaitlin l'autre jour ? Le jour de Noël, alors que je la présentais à ta mère, pendant un instant, son nom m'a échappé. Ma propre fille ! Mon mariage bat de l'aile depuis maintenant quelques années, mais je ne voulais pas le savoir. Toutefois, il n'est pas facile de me dire que tout va bien maintenant que je suis à la maison depuis une semaine. Jack est tout à l'envers. Il ne peut composer avec les événements. Il se comporte comme un pur imbécile. Entre temps, il fait les yeux doux à cette pimbêche à qui je dois ma déchéance.

— Tu ne peux rejeter tout le blâme sur Honica, dis-je.

— Je sais, mais j'aimerais bien. Mon Dieu, Trevor, les policiers sont venus me rencontrer trois fois déjà. Je tente de garder la tête hors de l'eau, mais je n'en peux plus. Je suis tourmentée par la crainte d'être arrêtée. Je commence à questionner ma santé mentale, à me demander si, à tout hasard, je ne serais pas responsable. Peut-être ai-je perdu la mémoire ? Tous les soirs depuis deux semaines je fais le même rêve. Je rentre à la maison en voiture après la fête, empruntant trop vite cette route de gravier sinueuse. Il fait si noir que je vois à peine la route. Je suis complètement bourrée. Des branches se fracassent contre le pare-brise et il pleut à verse. Je prends un virage et j'aperçois une silhouette de dos au loin. Je mets les freins, tentant désespérément de m'arrêter, mais ils ne fonctionnent pas. La camionnette se dirige droit sur cette personne. Juste avant le choc, cette silhouette se retourne et la lune illumine son visage.

Je frissonnai.

— Monsieur Godfrey?

Ses yeux se fermèrent et elle demeura silencieuse un instant.

— C'était monsieur Godfrey les premières nuits, puis ce fut Jack, me dit-elle, le regard horrifié. L'autre nuit, c'était Kaitlin et Westley.

— Oh, Sandy! Je suis désolé.

— Hier soir, c'était moi. Le rêve semble si réaliste, Trevor. Je me réveille trempée de sueur, le cœur battant la chamade, les yeux mouillés de larmes. Je suis torturée par ce rêve. Chaque fois, il semble si tangible.

— Pourquoi ne pas évoquer Honica ce soir? dis-je. Peut-être te sentiras-tu mieux.

— Je suis sérieuse, Trevor. Je commence à me demander s'il s'agit d'un rêve ou d'un souvenir.

Elle s'adossa au miroir et gémit.

Je songeai à lui parler des paroles de Cynthia. Je n'avais pas vraiment considéré Shanna comme suspecte avant ce soir. Toutefois, je sentis que Sandy avait davantage besoin de parler que d'écouter, alors je restai coi. Elle se redressa et se pencha vers son sac à main, y farfouillant, puis s'adossa de nouveau au miroir et commença à fumer de l'air, tenant deux doigts à sa bouche, les yeux fermés en inhalant profondément.

— Je n'arrête pas d'entendre ces protestataires crier : «Honte! Honte! Honte!», dit-elle en me regardant. As-tu parfois l'impression de mener ta vie avec les facultés affaiblies? Comme si tu fonçais dans la vie, avec imprudence et insouciance, tellement ivre que tu ne peux voir clairement, évitant de justesse certains obstacles et en frappant d'autres de plein fouet, mettant en péril la vie de ceux qui voyagent avec toi ? As-tu déjà eu cette impression, Trevor ?

Sans attendre de réponse, elle poursuivit :

— Je suis directrice des ressources humaines de l'un des plus grands hôtels de la ville, responsable de la santé et du bien-être de milliers de personnes, et pourtant, je ne peux prendre soin de ceux que j'aime, des trois personnes qui ont le plus besoin de moi. N'est-ce pas ironique ?

— J'imagine.

Je songeai aux paroles de ma mère à propos de mon poste et de mon appartement.

Elle soupira comme si j'étais incapable de comprendre, puis elle prit une autre bouffée de sa cigarette imaginaire, puis l'envoya voler dans la baignoire par-dessus mon épaule.

— As-tu déjà été amoureux, Trevor ? demanda-t-elle.

Je la regardai, surpris.

— Pas vraiment, mentis-je.

— Et Nancy ?

Je sentis un pincement au cœur.

— Nancy qui ?

— Voyons. Je vois bien comment tu la regardes. Elle te plaît depuis des mois, voire des années. Pourquoi ne pas foncer ? Je crois que tu lui plais aussi. Demain est sa dernière journée, il n'y a donc aucun danger de violer ces règles qui te tiennent tant à cœur.

Je me sentis tout à coup fort mal à l'aise.

— Même si elle me plaisait, elle habite avec un homme.

— Ouais, un homme gai.

— Il est *gai* ? Comment le sais-tu ?

— Le monde est petit, Trevor, dit-elle en sautant du comptoir. Je devrais y aller.

Elle rajusta sa robe et se regarda dans le miroir.

— Mon Dieu, que je suis décoiffée ! Mon maquillage est défait. Ma vie est sens dessus dessous ! Ce soir, je suis toute déboussolée.

— Et pourtant, tu souris toujours, dis-je, égayé par sa révélation.

— Mon Dieu, c'est vrai ! dit-elle en se touchant les lèvres, penchée vers le miroir. Regarde-moi ! Souriante comme un bouffon d'hospitalité. C'est plus fort que moi, mes lèvres sont figées ainsi.

Elle tira les côtés de ses lèvres vers le bas.

— Voilà, c'est mieux.

Elle sortit une brosse de son sac à main et se mit à se brosser les cheveux.

— Je me souviens quand j'ai commencé à sourire. Il y a environ 15 ans, alors que j'étais serveuse au bar du Sheraton de Salt Lake City. Au début, j'étais inutile. Je renversais les verres, je mélangeais les commandes et je n'arrivais pas à faire balancer ma caisse. Toutefois, j'ai rapidement découvert le miracle du sourire. Mon sourire a fait en sorte que mon gérant me pardonnait mes erreurs, mes collègues m'appréciaient davantage, les clients me laissaient des pourboires plus géné-reux. Je me souviens d'avoir quitté le travail un jour, de m'être changée et d'être rentrée à la maison à pied. Je m'étais surprise à sourire aux gens que je croisais. J'avais oublié de retirer cette pièce importante de mon uniforme. Ce qu'il y a d'étrange, c'est que les gens répondaient à mon sourire. Je me suis sentie bien. J'avais l'impression qu'ils m'appréciaient, qu'ils étaient heureux, que j'étais heureuse et que la vie était belle. Alors, j'ai continué à sourire. Peu après, je souriais tout le temps… sur la rue, dans l'autobus, au restaurant et à la maison. J'ai traversé la vie en souriant, Trevor. À la maison, parfois je souris sans raison : au chat, au téléviseur, au tapis, seule au lit, aux enfants, à Jack.

Cette industrie m'a appris comment sourire lorsque je suis misérable, en colère, insultée, humiliée ou malade. Comme monsieur Godfrey le soulignait dans son livre, je maîtrise l'art d'appliquer les règles universelles du service dans la vie : je souris, je regarde les gens dans les yeux, et je m'adresse à eux par leur prénom. J'utilise aussi la règle tacite que monsieur Godfrey n'a pas mise dans son ouvrage.

— Le mensonge.

Elle hocha la tête.

— Prétendre que tout va bien, même quand ce n'est pas vrai. Cette semaine est un vrai désastre, mais je vaque à mes occupations comme si tout allait pour le mieux, souriant et fredonnant et blaguant comme à l'habitude. Jack croit que je suis cinglée, et je commence à croire qu'il a peut-être raison.

Elle se regarda dans le miroir.

— Je ne souris pas maintenant, souffla-t-elle. Mon Dieu, d'où viennent toutes ces rides ?

Je plissai les yeux en sa direction.

— Quelles rides ?

— *Celles-ci* !

Je m'approchai.

— Tu n'as pas de rides, Sandy. Sauf peut-être d'avoir trop ri.

— Des rides de rire ? Trevor, rien n'est si drôle. Ce sont des tranchées !

Elle s'appuya le visage au miroir.

— On dirait que quelqu'un m'a égratigné le visage, comme si Édouard aux mains d'argent m'avait enfoncé les ongles dans les joues ! Regarde, j'en ai aussi autour de la bouche ! Je n'ai que 38 ans, Trevor ! Je suis trop jeune pour ça ! Je n'avais jamais remarqué leur ampleur… peut-être parce que je souris tout le temps ! Chaque fois que je me regarde dans le miroir, je souris et je fais semblant de loucher, regardant mon visage vieillissant à travers une lentille de jeunesse, dit-elle en s'efforçant de sourire.

Les rides correspondent à mon sourire. Mon Dieu, Trevor, mon visage est ravagé par le sourire! Quinze ans dans l'industrie hôtelière ont fait de moi une vieille femme!

— Sandy, tu n'as pas l'air d'une vieille dame.

Elle fondit en larmes.

Je lui touchai l'épaule.

— Regarde-moi!

— Non!

— Regarde-moi!

Lentement, elle tourna son visage vers moi. Ses lèvres tremblaient.

— Tu es superbe, Sandy!

— Je l'étais. Je ne le suis plus.

— Tu l'es toujours.

Le bruit de son cellulaire interrompit notre échange. Sandy s'essuya les yeux et tendit la main vers son sac à main, ouvrant son cellulaire d'un coup. Elle se redressa, ouvrit des yeux brillants et sourit.

— Ici, Sandy James, comment puis-je vous aider?

Elle écouta un instant et son sourire s'effaça.

— As-tu pris sa température? Vomit-elle toujours? Oh, mon Dieu! Non, non, j'arrive tout de suite.

Elle remit le téléphone dans son sac à main, le regard inquiet.

— Je dois y aller, dit-elle. Kaitlin a de la fièvre.

Elle se précipita vers la porte et l'ouvrit.

À l'extérieur, le compte à rebours du Nouvel An était commencé.

— Dix! Neuf! Huit!

— Si Jack ressort du corsage de Honica, peux-tu lui dire que je suis rentrée à la maison?

Je jetai un regard à la bouteille vide sur le comptoir.

— Sandy, tu n'es pas...?

Mais elle était déjà sortie.

Dans la salle de séjour, la foule clamait :

— Sept ! Six ! Cinq !

Je me précipitai dans le corridor pour l'arrêter, mais Marline m'intercepta, m'attrapant à deux mains et me tirant vers la salle de séjour. Je me retournai. Sandy était déjà partie. Devrais-je partir à sa poursuite ? Non, décidai-je, Sandy n'allait pas conduire. Elle prendrait un taxi.

— Quatre ! Trois ! Deux ! Un ! Bonne Année !

Tout autour, des bouchons sautaient, le champagne coulait, les gens faisaient du bruit, se faisaient des accolades, s'embrassaient et trinquaient. Marline ne me lâchait pas. Sur la pointe des pieds, elle m'embrassa sur les lèvres avant que je ne puisse me retirer. Je sentis sa langue farfouiller dans ma bouche. Mon regard scrutait désespérément la pièce.

Du coin de l'œil, je vis Jack embrasser Honica Winters.

*****

— Hum !

Honica et Jack arrêtèrent de s'embrasser et se tournèrent vers moi, interdits. Honica porta la main à ses lèvres dans un geste de surprise.

Jack s'essuya la bouche du revers de la main, comme pour tenter d'effacer l'événement. Son visage était rouge.

— Trevor, Bonne Année ! dit-il gaiement en tendant la main pour serrer la mienne.

— Sandy — ta *femme* — est partie, dis-je. Kaitlin — ta *fille* — est malade.

— Je vais me chercher un verre, dit Honica.

Jack sembla préoccupé.

— Qu'est-ce qui se passe avec Kaitie ?

— Elle a de la fièvre.

Il sortit son cellulaire de sa poche et téléphona chez lui, consulta la gardienne un instant, puis raccrocha.

— Kaitlin va bien, dit-il, l'air soulagé. Elle a les mêmes symptômes que Westley a éprouvés la semaine dernière. Sandy est partie ?

Je hochai la tête.

Il tenta de nouveau de la joindre sur son cellulaire, mais sans succès.

— Pourquoi serait-elle partie sans moi ? demanda-t-il, l'air blessé.

— Peut-être voulait-elle te laisser seul avec Honica.

— Ce n'était pas ça, Trevor. Je tentais de la convaincre de se rétracter en ondes.

— En l'embrassant à pleine bouche ? Tactique intéressante.

— C'est elle qui m'a embrassé. Je tentais de m'en défaire. Je ne suis pas intéressé, Trevor. J'aime ma femme.

— Elle a vraiment besoin de toi à l'heure actuelle, Jack, dis-je. Tu n'as pas vraiment été de son côté.

— Et moi ? Sais-tu ce que c'est d'avoir les policiers sur le pas de ta porte à tout moment pour parler à ta femme ? De voir la peur dans le regard de tes enfants ? De te questionner à savoir s'ils l'arrêteront et si tu la reverras un jour ? Je suis terrifié, et elle pavane, souriant et fredonnant, se levant à 6 h du matin même si elle est en vacances.

En vacances ? Je me rendis compte que Sandy n'avait pas été entièrement honnête avec Jack au sujet de sa suspension.

— Elle porte ses vêtements de travail, poursuivit-il, se coiffe et se maquille, et se pavane à la maison comme si elle était au boulot. Elle reste à la table de la cuisine pendant des heures, sourcillant et soupirant devant son portable comme si elle préparait un document de travail important. Hier, elle a sommé Kaitie et Westley de venir à la table, de s'asseoir pour qu'elle les questionne au sujet de leur couleur préférée, de ce qu'ils veulent faire en grandissant, leur demandant de lui faire des dessins, comme s'ils étaient en entrevue pour un emploi. Ce n'est qu'une question de temps avant qu'une nouvelle famille ne se présente à notre porte et qu'elle nous dise qu'on est virés. Chaque jour, les nouvelles sont de moins en moins bonnes. Elle est de bonne humeur depuis le jour de notre rencontre, Trevor. C'est comme vivre avec cette satanée Annette Funicello. Mais ce n'est pas la réalité !

— Sandy a toujours été optimiste, Jack, dis-je d'un ton protecteur. C'est entre autres pour ça qu'elle est si bonne au travail. Je te garantis, toutefois, qu'elle n'a pas l'humeur à la fête ces jours-ci.

Jack me regarda fixement pendant un moment, puis secoua la tête.

— Je perds mon temps.

— Cela passera bientôt, dis-je, tentant d'être rassurant. Un bon jour, Sandy et toi en rirez de bon cœur.

Jack secoua la tête.

— Non, ce ne sera pas matière à rire, dit-il. Elle nous quitte.

— Pardon ?

— Elle est déjà partie. Maintenant, elle dit qu'elle partira pour de bon avec la Nouvelle Année.

— Je croyais que tu l'avais mise à la porte.

Il sourcilla.

— *Elle* est partie de son plein gré. Je l'ai suppliée de rester, mais elle a dit qu'elle n'en pouvait plus d'être à la maison. Elle est revenue mardi, affirmant qu'elle avait décidé de prendre quelques jours de vacances et disant vouloir revenir quelques jours. Hier, elle m'a dit qu'elle serait bientôt nommée directrice générale et qu'elle prévoyait emménager sans nous à l'Univers.

— Pardon ?

Il fronça les sourcils.

— Ce n'est pas vrai ?

De toute évidence, Sandy se faisait des illusions.

— Non, Jack, ce n'est pas vrai.

Il cligna des yeux à quelques reprises.

— Alors, qu'est-ce qui est vrai ?

— Tu devrais le demander à Sandy.

★★★★★

Il était temps de rentrer à la maison. En me dirigeant vers la sortie, je fus toutefois interpellé une fois de plus par quelqu'un.

— Psst ! Trevor !

Shanna Virani se tenait dans l'ombre du couloir, me faisant signe de venir vers elle. Elle était petite et superbe dans une petite robe cocktail noire toute simple nouée autour du cou, exposant ses épaules cuivrées. Je songeai au récit de Cynthia. Shanna, la petite amie de Willard ? C'était difficile à imaginer, entre autres raisons parce qu'ils avaient 20 ans de différence. Shanna, une meurtrière ? L'image de Shanna brandissant un bâton au-dessus de sa tête était presque risible. Aussi brusque qu'elle puisse être, elle ne semblait pas violente du tout. J'imaginais plus facilement Matthew dans ce rôle.

— Quelle fête mortelle, non ? dit-elle, présentant ses joues pour recevoir des baisers. Qui *sont* tous ces gens ?

— Pour la plupart, ce sont les amis de Marline.

— Quel horrible groupe ! Je m'amusais davantage seule chez moi à m'apitoyer sur mon sort. Viens, je veux te montrer quelque chose.

Elle me prit par la main et m'entraîna dans le couloir jusqu'au boudoir. Là, elle se tint sur la pointe des pieds et prit une vidéo sur l'étagère.

— La fête de Noël de l'Univers, lut-elle sur le côté.

Elle tendit le bras pour prendre une autre cassette.

— Stationnement, caméra 1.

395

Elle me tendit les deux en désignant le téléviseur au mur.

— Devrions-nous?

Son regard brillait d'excitation, comme s'il s'agissait de deux de ses films préférés.

— Pourquoi?

— Les policiers sont nuls à résoudre ce mystère. Je me suis dit que nous pourrions jouer aux détectives nous-mêmes.

J'étais méfiant.

— Et qu'espères-tu y trouver?

— Qui sait? dit-elle en jetant un regard vers la porte et en baissant le ton. Je suis obsédée par l'idée de savoir qui a tué Willard. Comme toi, Trevor, je ne veux pas croire qu'il s'agit de Sandy. Une idée germe dans mon esprit et j'espère que ces vidéos me donneront quelques pistes.

— Dis-moi quelque chose, Shanna. Est-ce que toi et Willard étiez…

— Matthew, comment vas-tu, mon cher?

Je fis volte-face pour voir Matthew Drummond dans l'embrasure de la porte.

— Que faites-vous ici? demanda-t-il, regardant fixement les vidéos que je tenais à la main.

Il se dirigea vers moi et les saisit.

— Personne n'a le droit de toucher à ces vidéos.

— Du calme, Matthew, dit Shanna. La fête était si mortelle que nous étions en quête de quelque chose à visionner. Je sais que Marline a ici quelque part une vidéothèque complète de pornographie gaie.

Matthew remit les vidéos sur l'étagère et se tourna vers nous.

— Maintenant, dehors tous les deux!

— Ah, *voilà* où vous vous cachez tous!

Nancy Swinton se tenait dans l'embrasure de la porte.

Mes genoux fléchirent. Elle portait encore son uniforme de service, mais elle avait retiré son porte-nom et détaché ses cheveux. Elle était absolument superbe. Gaétan Boudeau apparut derrière elle, tout sourire.

Shanna, Matthew et moi les regardions fixement, ébahis par leur beauté.

— Bonne Année, tout le monde! s'écria Nancy, brisant le silence. Elle se dirigea immédiatement vers Matthew pour lui faire la bise.

— Je suis heureux que vous soyez venus, dit Matthew, se penchant pour enlacer son petit corps.

Je les regardai avec jalousie. Je n'avais pas parlé à Nancy depuis mon écart de conduite il y a trois jours et je savais qu'elle était probablement encore furieuse. Maintenant que je savais que le petit ami avec qui elle vivait était en fait un colocataire gai, j'avais drôlement envie de me faire pardonner. Demain était sa dernière journée de travail. Ce soir pourrait être ma dernière chance de l'inviter à sortir. Je la regardai, le cœur battant, et préparai mon approche. Je devais me retrouver seul avec elle, loin de tous ces gens.

Lorsqu'elle se défit enfin de son emprise avec Matthew, elle se dirigea ensuite vers Shanna pour lui faire un câlin. Elle ne m'avait toujours pas regardé. J'observai Gaétan faire une accolade à Matthew, puis aller faire la bise à Shanna sur les deux joues.

Nancy vint ensuite vers moi.

— Bonjour, Trevor, dit-elle avec un doux sourire.

— Bonjour.

Je m'attendais à ce qu'elle me gifle, mais elle demanda plutôt :

— Puis-je avoir un câlin de Bonne Année?

— Évidemment.

J'ouvris les bras et l'enlaçai, respirant le doux parfum de ses cheveux.

— Je suis désolé de…

Elle mit un doigt sur ses lèvres et me fit signe de me taire.

— Ça va.

— Comment a été la soirée, Nancy ? demanda Shanna.

— Complètement folle ! On a terminé il y a à peine 10 minutes, dit Nancy en tirant Gaétan par le bras. Je ne sais pas ce que j'aurais fait sans lui. C'était un feu roulant d'appels.

Gaétan sourit à pleines dents, enserrant les épaules de Nancy.

Je me répétai qu'il était gai.

— Le plaisir a vraiment commencé lorsqu'une bagarre a éclaté à la chambre 2102, dit Nancy. Un client a fracassé une bouteille de vin sur la tête d'un autre ! Miraculeusement, le crâne n'a pas été blessé, mais j'ai tout de même appelé la police. Gaétan a dû mettre fin à une orgie à la chambre 1113, n'est-ce pas Gaétan ? C'était amusant, croyez-moi ! Puis, l'organisateur d'un événement au salon Neptune a téléphoné pour se plaindre que des délégués de VIDE avaient fait irruption et se servaient au bar. Nous avons dû y aller pour leur demander de partir. Puis, une bagarre a éclaté à la Stratosphère, mais c'était réglé avant que la sécurité ne soit sur place.

— Toute la soirée, nous avons reçu des plaintes à propos des taxis, ajouta Gaétan. Il y avait une de ces files.

— Oh, et Brenda Rathberger de VIDE a fait toute une scène à l'entrée, ajouta Nancy. Elle s'est mise à engueuler le portier à propos du manque de taxis, puis les gens qui s'assoyaient derrière le volant de leur voiture, les accusant d'être ivres et leur promettant d'en aviser les policiers. Lorsque je suis arrivée, elle était déjà partie.

— Et le programme de raccompagnement, demanda Shanna, n'aidait-il pas à ramener les gens sous influence à la maison ?

— Deux conducteurs, dit Gaétan, c'était loin d'être suffisant.

— Deux ? dis-je. Il devait y en avoir *cinq* !

Gaétan jeta un regard incertain à Matthew.

— Marline en a eu besoin pour notre fête, dit Matthew sur la défensive.

— Tu as annulé *trois* accompagnateurs? s'exclama Shanna. C'est complètement cinglé! Bon, je m'en occupe immédiatement. Nous n'avons pas besoin de tous ces employés ici de toute façon.

Elle sortit en trombe de la pièce.

— Madame Rathberger s'est montrée irascible ce soir, dit Nancy. Elle arpentait le stationnement pour engueuler les conducteurs qu'elle soupçonnait d'être ivres. Gaétan et moi avons tenté de la retrouver, sans succès.

Je songeai à Sandy.

— Avez-vous vu Sandy James partir? demandai-je.

Gaétan acquiesça.

— Il y a environ une demi-heure, elle attendait un taxi. Toutefois, elle semblait pressée et je crois qu'elle a abandonné. Je l'ai vue se diriger vers l'ascenseur du stationnement.

Je grognai intérieurement. Matthew et moi échangeâmes un regard inquiet.

Nancy et Gaétan se mirent à raconter des anecdotes de leur soirée. Tandis que Nancy parlait, je regardai fixement ses lèvres, sans entendre un seul mot. J'avais terriblement envie de l'embrasser. Mon regard se porta sur Matthew. Lui aussi la regardait intensément, les yeux vitreux, un petit sourire aux lèvres, son visage marqué par le désir. Je me sentis bouillir de jalousie. Tant d'hommes étaient amoureux de Nancy! Je remarquai qu'elle avait posé la main sur l'épaule de Matthew en parlant, un geste que j'avais déjà vu, mais qui me prit un certain temps à retracer. Je me souvins du matin où j'avais trouvé le corps de monsieur Godfrey, lorsque j'étais revenu au stationnement après avoir reconduit Brenda à sa suite. Nancy et Matthew étaient en grande conversation intime, et la main de Nancy était ainsi posée sur l'épaule de Matthew. Je constatai tout à coup une

certaine intimité entre Nancy et Matthew, anormale et inappropriée pour deux collègues.

Une pensée horrible me traversa l'esprit.

Je restai bouche bée devant Nancy, puis Matthew, puis de
nouveau Nancy. Mon esprit fonctionnait à vive allure. Dès que
j'y songeai, tout sembla s'enchaîner parfaitement : je me souvins
les avoir vus danser à la fête de Noël, et leurs regards se croiser
au cours du discours de Matthew à la réunion des employés.
Marline avait dit qu'elle avait bien envie de se pointer là-bas
pour confronter la pimbêche... Où donc habitait Nancy ?

J'eus l'impression que quelqu'un s'était emparé de mon cœur
pour le tordre comme un vieux torchon. J'en avais le souffle
coupé. Je me sentais étourdi, les genoux chancelants. J'eus la
vague impression qu'ils s'étaient tous trois tournés vers moi, que
quelqu'un avait dit mon nom, mais les voix me parvenaient
comme dans un rêve. Je fermai les yeux et m'évanouis.

Quelqu'un porta la main à mon visage. J'ouvris les yeux et
regardai en clignant des yeux.

— Trevor, dit Nancy, ça va ?

Matthew et Gaétan me dévisageaient.

Je me retournai et quittai la pièce.

*****

Pressé de sortir de l'hôtel, je pris l'ascenseur menant au hall
d'entrée et me faufilai à travers la foule, puis je me glissai par la
porte coulissante et me retrouvai dehors. Je descendis la rampe,
remarquai Shanna qui discutait avec le portier et quatre
employés vêtus de toges, organisant des raccompagnements
pour les clients. Le portier cria mon nom, mais je l'ignorai et me
dirigeai à la hâte vers chez moi.

La nuit new-yorkaise était douce, mais je frissonnais
sans mon manteau. Il y avait des milliers de gens dans la rue,

sifflant et hurlant des vœux de bonne année. Au loin, j'entendis le bruit du tonnerre et me rendis compte qu'il s'agissait de feux d'artifice. En marchant, mes idées s'éclaircirent. Nancy et Matthew étaient-ils amants ? C'était logique. J'étais bouleversé, mais c'était ma faute. Comment avais-je pu songer un instant qu'une femme comme Nancy pourrait être amoureuse de moi ? Elle désirait l'astronaute, le héros qui avait voyagé dans l'espace. L'astronaute marié. Comment pouvais-je la respecter si elle s'envoyait en l'air avec un homme marié — un idiot de la trempe de Matthew, par-dessus le marché ? Un meurtrier potentiel ?

Rapidement, j'arrivai à un pâté de maisons de chez moi. Quelque chose m'arrêta. Est-ce que je voulais rentrer chez moi ? Non. Je n'étais pas fatigué. Je ne voulais pas être seul. J'avais besoin d'avoir du monde autour de moi. J'avais besoin d'un verre.

Je fis demi-tour.

J'arpentai les rues pendant près d'une heure, en quête d'un endroit où m'arrêter, mais insatisfait des choix. Il y avait des files d'attente devant les boîtes de nuit, les bars étaient bondés et les restaurants fermés. Après quelques pâtés de maisons, je vis la Sphère briller comme une lune argentée, m'attirant comme un fanal dans la nuit.

Quelques minutes plus tard, je me retrouvai devant l'entrée de l'hôtel. Tête baissée, je me faufilai à l'intérieur et me dirigeai directement vers le bar du Centre de l'Univers.

— Un whisky double, s'il vous plaît.

— Tout de suite, Trevor.

Je le bus d'une traite et en demandai un autre. Je me retournai, m'appuyai au bar et observai la foule. La fête battait toujours son plein, le groupe jouait et la piste de danse était bondée. Autour de moi, les gens célébraient, mais personne ne me salua, personne ne sembla remarquer ma présence. Je me sentis invisible.

Je sirotai mon whisky en observant la foule.

Je vis Nancy Swinton sur la piste de danse, et mon cœur fit un bond. Elle se frayait un chemin à travers la foule, Gaétan sur ses talons. Ils s'arrêtèrent au milieu de la piste. Matthew apparut quelques pas derrière eux, suivi de Marline et d'une demi-douzaine de gens de la fête. Craignant d'être vu, je me rapprochai du trio à mes côtés et regardai par-dessus leurs épaules.

Nancy se tourna vers Gaétan en dansant. Matthew se rapprocha d'eux, lorgnant par-dessus son épaule tandis que Marline se rapprochait, les bras dans les airs en frétillant son arrière-train. Honica Winters arriva ensuite, se faufilant derrière Matthew pour appuyer sa tête sur son épaule, bougeant les épaules au rythme de la musique. Marline la regarda d'un mauvais œil. Gaétan souleva Nancy dans les airs et elle rejeta la tête en arrière en riant tandis qu'il la faisait tournoyer.

J'avais mal à la tête. Je voulais aller les rejoindre, mais j'avais peur de danser, peur de me retrouver face à face avec Nancy, peur de quitter cet endroit sécuritaire et anonyme près du bar. Je détournai la tête, incapable de regarder.

Quand je me retournai quelques minutes plus tard, Nancy n'y était plus. Gaétan et Matthew dansaient avec Marline et Honica.

Je sentis une main sur mon bras.

— Tu es encore ici !

Nancy me souriait. Ses belles lèvres étaient fraîchement couvertes de rouge à lèvres rose.

— Ouais, bon, l'hôtel est toujours achalandé... je n'étais pas à l'aise de rentrer et de tout laisser en plan.

— Tu gardes le contrôle de la situation à partir du bar ? dit-elle d'un ton moqueur.

— Si on veut.

— Alors, ça va ? Ton départ était pour le moins étrange. Je t'ai pourchassé, mais je ne t'ai pas retrouvé.

— J'avais besoin d'air.

— Je comprends. Tu m'offres un verre ?

— Bien sûr.

Je fis signe au barman et elle commanda une Margarita.

Mes mains tremblaient tandis que nous sirotions nos verres. Elle mâchonna sa paille, les joues roses, et me regarda d'un air amusé. Je ne savais pas quoi dire. Pourquoi était-elle là ? Pourquoi n'était-elle pas avec Matthew ? Peut-être Marline l'avait-elle chassée. Je n'aimais pas l'idée d'être le remplaçant de Matthew, mais l'alcool m'empêchait de résister à l'agréable compagnie de Nancy. C'était peut-être la dernière fois que j'allais me retrouver si près d'elle.

Sur la scène, le chanteur annonça que la fête prendrait fin dans une quinzaine de minutes.

Nancy posa son verre.

Mon Dieu, songeai-je. *Je l'ennuie à mourir. Elle s'en va.*

— Tu veux danser ? proposa-t-elle.

— Quoi ? Oh, en fait… je ne danse pas vraiment.

— C'est une ballade. C'est facile. Viens.

Avant que je ne puisse protester, elle me tira vers la foule. Sa petite main était douce et chaude. Elle s'éloigna des autres et m'entraîna de l'autre côté de la piste. Le groupe entreprit une version moderne de *Blue Moon*. Nancy s'arrêta, se retourna vers moi, prit ma main droite et la posa sur son épaule, puis prit ma main gauche dans la sienne. Je la suivis, me sentant gauche, mais heureux.

Nous dansâmes.

Je dansais ! Je sentais la chaleur de son corps et le frôlement occasionnel de sa poitrine. Ma main était posée sur son épaule délicate. Elle s'approcha et posa la tête contre ma poitrine.

— Quelle fête géniale, n'est-ce pas ? dis-je.

Je sentis sa tête acquiescer.

— Le service des banquets a fait un boulot extraordinaire, dis-je.

Un autre petit hochement de tête.

— Mais regarde-moi ce hall, quel bordel ! Je ne sais pas comment ils réussiront à tout remettre en place pour le brunch demain. J'imagine que j'entrerai tôt pour leur donner un coup de main. Peut-être resterai-je ce soir pour les aider. Demain sera fort occupé. Il y a quelque 800 départs. La restauration compte quelque 500 réservations. Je devrais probablement vérifier si…

— Trevor ?

— Oui ?

— Peut-on ne pas parler un petit moment ?

— Oh, d'accord.

Nous dansâmes. Une chanson, puis deux, puis trois et quatre… nous dansâmes toujours. Sous les étoiles de l'atrium, nous étions dans notre propre univers et le monde évoluait autour de nous.

Le chanteur annonça la dernière chanson : *Drops of Jupiter* du groupe Train.

Nancy se lova contre moi tandis que le groupe jouait les premières notes. Je l'enlaçai fermement. Je regardai ses cheveux, si foncés et lustrés sous les étoiles lumineuses, avec leur doux parfum floral. Je trouvai le courage de faire quelque chose dont je rêvais depuis longtemps. J'enfouis mon nez dans sa chevelure. Le parfum me propulsa en orbite.

Lorsque la musique prit fin, tout le monde applaudit et les bravos fusèrent pendant que nous quittions la piste de danse, mais Nancy et moi restâmes blottis l'un contre l'autre. J'ouvris les yeux et remarquai Matthew et Gaétan qui nous regardaient de l'autre côté de la piste.

Nancy s'éloigna, mais garda mes doigts dans ses mains, me regardant d'un sourire coquin. Nos bras se balançaient.

— Bon, dit-elle. Demain, c'est mon dernier jour.

— Vraiment ? dis-je, comme si je n'étais pas très au courant.

— Viendras-tu à ma fête d'anniversaire ? J'aimerais vraiment que tu y sois. Je sais que tu as dit que tu étais bien occupé, mais...

— Bien sûr que je viendrai. Où habites-tu ?

— Dans le Lower East Side.

Tout à coup, je fus submergé par l'émotion. Je regardai de l'autre côté de la piste où se tenaient Matthew et Gaétan. Gaétan était parti, mais Matthew nous observait toujours. Je crus discerner un sourire diabolique sur son visage. J'eus l'impression qu'il avait envoyé Nancy vers moi, peut-être pour que je lâche sa piste ou pour me séduire. J'étais manipulé.

— Quelle *est* ton adresse, Nancy ? demandai-je d'une voix vacillante.

Elle me fit un sourire réservé.

— Ce que tu es direct. J'habite au 179 de la rue Rivington.

— Alors, dis-je, me mordant la lèvre au sang, toi et Matthew...

Elle avait l'air perplexe.

— Moi et Matthew, *quoi* ?

— Vous êtes amants.

Elle laissa tomber mon doigt comme si je l'avais ébouillantée.

— *Pardon* ?

— C'est la vérité, n'est-ce pas ?

— Quel culot !

— Dis-moi. Je dois savoir.

— Mon Dieu, Trevor ! Tu es impossible ! Qu'est-ce qui *cloche* chez toi ?

Elle fit volte-face et s'éloigna, me laissant en plan au milieu de la piste de danse.

18
La guerre des mondes

— Hou-hou, Trevor !

La voix perçante heurta mes oreilles comme des ongles sur un tableau, faisant résonner davantage ma tête.

— Bonne Année, chéri !

Je me retournai. Elle n'était pas seule, *il* était là. Arborant des lunettes de soleil sombres de sport et des visages peinés, Matthew et Marline Drummond marchaient lentement depuis les ascenseurs, en s'appuyant délibérément l'un sur l'autre comme un couple de personnes âgées. C'étaient les deux dernières personnes sur la terre que je souhaitais voir. Après avoir passé toute la nuit et la matinée obnubilé par l'implication de Matthew dans la mort de Willard Godfrey et la vie de Nancy Swinton, j'en étais venu à la conclusion que Matthew Drummond était, hors de tout doute raisonnable, coupable des deux chefs d'accusation. Comment avais-je pu être aussi naïf ? De toute évidence, Nancy et Matthew entretenaient une liaison torride et elle était en quelque sorte de connivence avec lui — elle était possiblement même dans la voiture lorsque c'était arrivé. Après la fête, elle aurait pu l'attendre, puis ils seraient descendus ensemble au *Niveau 5*, en utilisant son disque d'accès et ne laissant aucune trace de sa présence à elle. J'étais maintenant certain que Nancy avait été gentille avec moi la veille à la demande de Matthew. J'avais maintenant trois bonnes raisons de détester Matthew : pour avoir tué Willard Godfrey, pour m'avoir volé un poste qui me revenait et pour m'avoir volé ma petite amie légitime.

Mon visage s'assombrit quand le couple s'approcha.

Marline lâcha Matthew, le laissant vaciller sans soutien pour s'affairer autour de moi.

— Bonne Année, chéri ! répéta-t-elle en se tenant sur le bout des pieds pour me donner un baiser sur les lèvres, gardant heureusement sa langue pour elle cette fois-ci.

Elle enleva ses lunettes de soleil et fit un tour sur elle-même pour observer l'atrium.

— Ça alors, quelle remarquable transformation ! Si seulement *je* pouvais me rafraîchir de cette manière tous les jours.

Effectivement, quelques heures plus tôt seulement, une pagaille monstre régnait dans l'atrium avec des boissons renversées, des banderoles déchirées, des ballons dégonflés ainsi que des ivrognes chancelants qui avaient du mal à articuler — Matthew et Marline parmi les plus performants du groupe. Maintenant ramené à son état initial de magnificence étincelante, il était bondé de riches clients qui faisaient la navette entre les tables du buffet débordant de mets raffinés gastronomiques, leurs assiettes remplies de nourriture, jusqu'aux tables de banquet décorées de lin blanc et de lys montées dans tous les endroits imaginables. Sur la scène, à l'extérieur du Galaxie, un quartette de jazz jouait une musique douce et hypnotique qui flottait dans l'atrium, créant une ambiance digne et apaisante

— Espérons qu'ils accompliront le même miracle dans notre suite, dit Matthew après avoir rattrapé sa femme et avoir déposé sa main sur son épaule. Quel désastre ! Une douzaine de préposés aux chambres sont en train de nettoyer. Marline et moi ne pouvions pas regarder. Nous avons pensé faire un saut en bas pour prendre un petit brunch.

— Mon amie Mary nous avait invités pour des cocktails du Jour de l'An, dit Marline, mais, comme à son habitude, elle est *encore* couchée.

— Idiote de Mary, marmonna Matthew. Pourquoi ne te joins-tu pas à nous, Trevor ?

Je secouai la tête, horrifié par cette idée.

— J'aimerais bien, mais je suis beaucoup trop occupé.

— Au Jour de l'An ? s'écria Marline. Ne sois pas ridicule !

Sur la scène, le groupe commença à jouer *The Girl from Ipanema*. Marline poussa des cris de joie et s'éloigna de Matthew en faisant des cercles sur le plancher de marbre en chantant les paroles de la chanson. Arquant le dos, elle lança ses bras en l'air comme un danseur de Broadway, puis s'arrêta brusquement en se massant les tempes.

— Oh, que ça fait mal ! Chéri, pourquoi m'as-tu fait boire autant ?

— Je n'ai rien à voir avec ta consommation d'alcool, ma chérie. Tu t'es très bien débrouillée seule.

— J'avais du *plaisir*, Matthew, du plaisir ! jacassa-t-elle. Est-ce que tu te souviens de ce qu'est le plaisir ?

— Pas récemment.

Marline remit ses lunettes de soleil et accrocha son bras autour du mien pour m'entraîner vers le Galaxie.

— Viens-t'en, mon beau, ne me laisse pas seule ici avec Grincheux. Nous prendrons un mimosa !

— Je ne peux vraiment pas.

— Trevor, dit Matthew, tu ne peux pas refuser. Par ailleurs, il est temps que nous ayons une autre petite conversation.

Incapable de me dégager de l'emprise de Marline, je fus entraîné avec eux. Quand nous atteignîmes le Galaxie, l'agent d'accueil fronça les sourcils en regardant le registre.

— Il semble que je n'arrive pas à trouver votre réservation, Monsieur Drummond.

— Réservation? dit Matthew en laissant échapper un petit rire contenu.

Il y avait toutefois un net sous-entendu menaçant dans la voix.

— Je n'ai pas *besoin* de réservation, jeune homme. Tu te rappelles peut-être que je suis le directeur général? Nous avons besoin d'une table pour trois, tranquille, loin de cet horrible orchestre et de tous ces — il regarda autour de lui et renifla — *gens.*

— Je suis désolé, Monsieur Drummond. Le brunch est complet. J'ai plus de 50 personnes ayant réservé qui attendent, ajouta-t-il en faisant un geste vers le salon.

— Jeune homme, dit Matthew d'un ton nettement menaçant maintenant. Je ne suis *pas* d'humeur pour ce contretemps. Marline et moi sommes restés debout très tard pour divertir des clients. Maintenant, sois gentil et trouve-nous une table.

— Je vais voir ce que je peux faire, Monsieur Drummond, dit Clarence en s'éloignant.

— Quelle impertinence! s'exclama Marline, vexée.

— Nous ne pouvons nous immiscer, dis-je à Matthew.

— Pourquoi pas? demanda-t-il en me lançant un regard incrédule.

Marline pointa le fond du Galaxie.

— Est-ce que cette table est libre?

— Elle l'est, dit Matthew. Allons-y, ajouta-t-il en offrant le bras à sa femme.

Je m'attardai derrière pour offrir mes excuses à Clarence, mais Marline revint sur ses pas et me tira comme un mulet rétif. La table était dressée pour six. Matthew enleva le signe RÉSERVÉ et le jeta dessous la table, tint galamment une chaise pour sa femme et pour moi avant de s'assoir et de faire signe à un serveur.

— Les menus, s'il vous plaît. Nous sommes affamés.

— Il n'y a que le buffet aujourd'hui, Monsieur Drummond, répondit Maxim. Vous pouvez aller vous servir.

Matthew gloussa.

— Tu ne t'attends tout de même pas à ce que nous fassions la file avec les autres ?

— Je déteste les buffets, ajouta Marline. Ils sont si... *barbares.* C'est comme assister à un mariage de mauvais goût à la ferme.

— Dis à la cuisine de me confectionner une omelette, ordonna Matthew à Maxim. Fromage suisse, poivrons rouges, oignons espagnols, champignons shiitake et jambon. Et apporte-nous une urne de café frais, une carafe de jus d'orange et trois Bloody Mary pour nous remonter.

Il se tourna vers Marline.

— Puisque Mary a une gueule de bois trop importante pour servir des cocktails, nous devrons le faire nous-mêmes.

— Super, chéri ! répondit-elle en se tournant vers Maxim. Je vais prendre une assiette de fruits frais avec du yogourt nature sans gras, pas de melon d'eau ou de pomme, une tranche de pain de blé entier sec grillée sur un côté — pas de beurre. Et un double café espresso.

Maxim se tourna vers moi, le regard méprisant.

— Et vous, Monsieur ?

Il ne m'avait pas appelé Trevor, mais Monsieur ! Après quelques minutes avec les Drummond, toute la confiance et tout le respect que j'avais gagnés semblaient s'être évaporés.

— Rien pour moi, merci, Maxim !

— Et apporte-moi un cendrier, dit Marline en tirant un paquet de cigarettes de son sac à main.

Pendant que le serveur s'éloignait, je rappelai à Marline que la cigarette était interdite dans l'hôtel. Elle cligna des yeux à plusieurs reprises comme si j'avais parlé dans une langue étrangère, puis elle mit sa cigarette dans sa bouche et se pencha vers Matthew qui alluma un briquet pour elle. Elle inhala profondément, adossée pour contempler le nuage de fumée qui s'échappait de ses narines comme le gaz d'échappement d'un silencieux.

— N'aviez-vous pas arrêté de fumer ? lui demandai-je.

Elle hocha la tête.

— Mais j'ai recommencé hier, dit-elle en faisant un signe en direction de Matthew pour indiquer que c'était sa faute, puis elle se retourna vers moi. Tu es très tendu ces jours-ci, Trevor. Pourquoi n'es-tu pas marié ? Une gentille fille pourrait te détendre. Matthew, ne trouves-tu pas qu'il semble être stressé ?

— Chérie, tu ne reconnaîtrais pas le stress s'il te frappait sur la tête.

— *Moi ?* Je dois traiter avec lui tous les jours. Après tout, je vis avec *toi*.

Tous deux esquissèrent un sourire derrière leurs lunettes, amusés par leur propre humour.

— Tu *as agi* de façon bizarre hier soir, me dit Matthew. Qu'est-ce qui t'a pris de sortir en trombe de la pièce comme une adolescente ? Plus tard, je t'ai vu malmener Nancy sur la piste de danse — c'était *très* inapproprié, dois-je dire. Peu importe ce que tu lui as dit — ou fait —, elle était bouleversée. Je suis très déçu, Trevor.

J'aurais voulu bondir par-dessus la table et l'étouffer.

— Je n'ai rien fait d'inapproprié, Matthew, dis-je.

Maxim revint avec un plateau de boisson, les mains tremblantes. En déposant un Bloody Mary devant Matthew, la boisson se renversa pour tomber sur le lin blanc et former un grand cercle rouge.

Marline baissa les yeux et leva son verre.

— On dirait du sang.

Maxim tenta d'éponger la tache avec une serviette tout en se répandant en excuses, et il s'éloigna.

Nous sirotâmes nos verres en silence. Matthew et Marline étaient assis l'un en face de l'autre, le visage grave, se regardant à travers leurs verres. Je repoussai mon Bloody Mary, ne me sentant pas bien.

— Cynthia Godfrey est là-bas, dit Marline à voix basse, remuant à peine les lèvres, sa tête demeurant parfaitement immobile comme si elle exerçait une surveillance. Qui sont ces gens avec elle ?

Je me retournai et aperçus les cheveux blonds de Cynthia quelques tables plus loin. Elle était assise avec deux hommes, l'un était gros avec un cou de taureau alors que l'autre était petit avec un visage anguleux, et une femme costaude aux cheveux gris et droits. Les deux hommes portaient un complet et la femme un tailleur alors que Cynthia portait un chandail à col roulé violet en angora. Je me rappelai ses commentaires choquants de la ville.

— Est-ce que Shanna a un petit ami ? laissai-je échapper. Ou en avait-elle un récemment ?

Matthew me regarda.

— Quelle étrange question. Pourquoi me la poses-tu ?

— Je suis simplement curieux.

Marline examinait Cynthia.

— Son chandail lui donne l'air d'un gros œuf de Pâques dans un nid de paille violette, dit-elle. De toute évidence, la mort de Willard n'est pas la seule tragédie dans cette famille.

— Veux-tu bien arrêter de regarder, Marline, dit Matthew avant de lever discrètement ses lunettes afin de jeter un coup d'œil à son tour. Encore ces *gens* ! Elle les faisait visiter l'autre jour. Je te l'ai dit, Trevor, elle manigance quelque chose. Selon moi, ils ressemblent à des acheteurs — de méchants acheteurs d'une infâme chaîne d'hôtels.

Je pensai au commentaire énigmatique de Cynthia : « *Quelque chose de gros se prépare.* »

— Je ne crois toujours pas qu'elle le ferait. Elle a promis de respecter les souhaits de son père et il n'aurait jamais vendu cet hôtel.

— Mais c'est exactement ce qu'il s'apprêtait à faire, dit Marline en lançant un regard interrogateur à Matthew. Chéri, ne l'as-tu pas dit à Trevor ?

Matthew serra les lèvres.

— Il ne *vendait* pas l'hôtel, il engageait une entreprise de gestion afin de pouvoir prendre sa retraite. Il était fatigué de cette entreprise, Trevor. Il voulait partir. L'hôtel perdait de l'argent.

Quel genre d'histoire Matthew inventait-il maintenant ?

— Impossible, dis-je. L'Univers a l'un des plus hauts taux d'occupation de New York.

— Et les frais d'exploitation les plus élevés. Est-ce que tu sais à quel point ça coûte cher de faire fonctionner cet endroit ? Il en coûte plus d'un million de dollars par année seulement pour faire tourner la Sphère. Godfrey était un excellent directeur, mais un piètre financier. Il a finalement admis que cet endroit ne ferait jamais d'argent comme établissement indépendant. Il était en discussion pour conclure une entente avec le Shangri-La Hotels & Resorts de Hong Kong pour gérer cet hôtel.

— Je ne te crois pas, dis-je catégoriquement.

— Pourquoi devrais-je me préoccuper que tu me croies ou non ? Willard m'a dit cela lui-même.

— Matthew a eu une horrible dispute avec lui la veille de sa mort, dit Marline.

— Ce n'est pas vrai, Marline, dit Matthew en grinçant des dents.

Les plats arrivèrent, interrompant ainsi la conversation. Matthew coupa son omelette et en scruta l'intérieur en faisant la grimace.

— Je suppose qu'il n'est plus pertinent de garder le secret plus longtemps. La nuit précédant la fête, j'ai entendu Willard au téléphone avec son avocat, Roger Weatherhead, qui discutaient de la mainmise de l'Univers par Shangri-La. Dès qu'il a raccroché, j'ai fait irruption dans son bureau et je l'ai confronté. Après bien des flatteries...

— Menaces, corrigea Marline.

— Des *flatteries*, répéta Matthew en levant la main pour faire taire Marline, Willard a avoué qu'il planifiait prendre sa retraite dans la prochaine année. L'entente avec Shangri-La était sur le point d'être signée. Je lui ai demandé ce que cela signifiait pour moi. Il a dit que je pouvais bien savoir qu'il allait me donner une promotion...

— Te congédier.

— Me donner une *promotion* et que cela serait annoncé en début d'année.

— Chéri, dit Marline calmement en laissant tomber sa cigarette dans son verre à cocktail où elle grésilla avant de devenir rose. Je crois que les mots que tu as utilisés quand tu m'en as parlé étaient *me congédier* et non pas *me donner une promotion*.

— C'est tellement faux, Marline ! Comment peux-tu inventer une chose pareille ?

Je regardai le verre de Marline s'emplir de fumée et j'écoutai leur badinage en me demandant où, parmi tous ces mensonges et toutes ces accusations, était la vérité. Tout le monde — Matthew, Marline, Sandy, Shanna, Cynthia — avait sa propre version des événements, chacune légèrement — ou complètement — différente et chaque fois intéressée à sa façon. J'étais las de tous leurs mensonges. Je croyais à ma propre interprétation des événements et je voulais désespérément que la police arrive pour venir chercher Matthew afin que la vie puisse reprendre son cours normal.

— Honnêtement, Matthew, je suis si fatiguée de tes mensonges, dit Marline comme si elle lisait dans ma tête.

Elle se tourna vers moi.

— Cela me fait penser, Trevor, as-tu découvert qui vivait à l'adresse que je t'ai donnée ?

— Euh…

J'avais envie de dénoncer Matthew, mais je résistai, ne voulant pas être impliqué dans leurs futures disputes de couple ou exacerber l'angoisse et l'hostilité entre eux, surtout pendant que j'étais assis dans la ligne de feu croisé. Je m'occuperais seul de Matthew.

— Non, dis-je doucement.

— Marline remue les choses parce que c'est une femme furieuse et amère, me dit Matthew. Ne l'écoute pas. Elle m'invective parce qu'elle est furieuse que je l'envoie en Ohio demain.

Marline prit un morceau de cantaloup et commença à le manger, ignorant Matthew et choisissant de me parler directement comme si j'étais un interprète ou un juge.

— Dans ce cas, peut-être que *Matthew* peut nous dire qui habite à cet endroit. Après tout, il a passé la nuit là-bas. Trevor, demande-lui qui habite à l'adresse que j'ai trouvée dans la poche de son smoking. Demande-lui qui habite au 179, avenue Rivington, appartement 301.

Matthew demeura bouche bée. Il s'immobilisa complètement.

— Je ne sais absolument pas de quoi elle parle, me dit-il. Comme je l'ai déjà dit, je suis simplement sorti en voiture pour m'aérer l'esprit.

Une série de bips provenant de mon Comm-U me firent sursauter.

— Excusez-moi, dis-je en pressant le haut-parleur.

— Trevor, c'est Gaétan. Brenda Rathberger te demande à la réception. Elle dit que c'est urgent.

Je me levai et m'excusai. Même s'il était captivant de regarder Matthew et Marline s'échanger des missiles, j'étais soulagé d'avoir une excuse pour courir me mettre à l'abri.

★★★★★

Il s'avéra que Brenda Rathberger ne correspondait pas exactement à un terrain neutre. Je savais qu'elle était furieuse avant même de parvenir à elle. Elle était debout à la réception, les mains bien enfoncées dans les poches de son manteau, ses bottes de combat blanches fermement plantées sur le plancher de marbre.

— Bonjour, Brenda! dis-je joyeusement. Bonne Année!

— À toi aussi, répondit-elle sèchement comme si j'avais prononcé une obscénité.

Son bronzage s'était maintenant estompé et son visage était rouge et taché. Elle avait le regard sombre.

— Comment puis-je vous aider ce matin? demandai-je, plutôt persuadé que je ne voulais pas le savoir.

— Je suis ici pour déposer une plainte. J'aurais demandé pour votre directeur général, mais j'ai la nette impression que le service à la clientèle n'est pas sa force. Je m'adresse donc à toi, Trevor.

— Bien sûr. Si vous voulez bien me suivre.

Je l'entraînai à l'écart des oreilles des autres clients, m'arrêtant devant le bar.

Elle plaça ses mains sur ses hanches.

— Hier soir, j'ai vu certains des pires comportements de ma carrière. J'étais debout à l'entrée principale de *cet* hôtel et j'ai vu, en état de choc, vos clients, dont certains étaient *complètement souls* à cause de l'alcool servi par vos employés, *tomber* littéralement dans leurs voitures alors que vos valets leur tendaient leurs clés et acceptaient allègrement leurs pourboires. Il n'y avait pas de taxis disponibles, pas de conducteurs désignés et aucun directeur pour superviser. Partout dans cet hôtel, l'alcool coulait à flot et on entendit des cliquetis toute la soirée. Diable, j'ai même vu Sandy James tituber hors du parc de stationnement juste après minuit, sans doute ivre comme un Polonais, *encore !* Je l'ai immédiatement signalée à la police.

— Vous avez quoi ?

Donc, Sandy *avait* conduit. J'eus une vision d'elle emprisonnée, des menottes aux poignets et aux pieds, pleurant à fendre l'âme.

— Brenda, avec tout le respect que je vous dois, je peux difficilement croire que l'hôtel puisse être responsable de chaque client. Les gens viennent ici pour boire, surtout la veille du Jour de l'An. Nous faisons de notre mieux pour qu'ils boivent de manière responsable ou qu'ils ne repartent pas au volant de leur voiture s'ils ont bu, mais il est impossible de surveiller des milliers de personnes en même temps.

— C'est *précisément* cette attitude qui fait en sorte que la conduite en état d'ébriété est ancrée dans notre société, aboya Brenda, sa voix résonant dans l'atrium. Personne ne veut en accepter la responsabilité. Votre établissement a la responsabilité de voir à ce que ses clients rentrent à la maison de manière sécuritaire. C'est la loi. Vos employés, vos directeurs, cet hôtel et *vous* pourriez être tenus personnellement responsables.

— Rassurez-vous, nos employés sont très bien formés pour traiter avec les clients en état d'ébriété, dis-je. Ils ont le pouvoir — et on les incite à le faire — de cesser de servir quelqu'un qui a trop consommé. En ce qui a trait au retour à la maison sécuritaire, il y avait un manque de taxis partout hier soir. Pourtant, nous avons pris l'initiative d'implanter notre programme de raccompagnement pour aider les gens à rentrer chez eux en toute sécurité.

— Avec seulement *deux* chauffeurs! L'un est resté coincé dans le trafic la moitié de la nuit en allant reconduire un groupe à une fête à Williamsburg! *Deux* chauffeurs pour les *milliers* de clients qui ont dépensé leur argent en buvant ici? Ce n'est pas tout à fait adéquat.

— Il y avait, en fait, cinq chauffeurs, dis-je en tentant de garder mon calme. Trois autres ont commencé à minuit.

— Eh bien, *je* ne les ai jamais vus. Je suis révoltée par l'insensibilité et l'irresponsabilité de la conduite de votre hôtel, surtout si l'on considère que 700 activistes luttant contre la conduite en état d'ébriété séjournent ici, dépensant notre argent dans vos installations. Vous êtes avides, imprudents et immoraux!

Elle cocha chaque mot avec son doigt comme si elle faisait la liste des boissons consommées dans le mini-bar.

— Le client est au centre de l'Univers — mon œil! Les *profits* sont au centre de l'Univers. Vous n'avez pas fini d'entendre parler de moi, jeune homme. Je prévois informer mes délégués de ce comportement honteux pendant le rassemblement d'aujourd'hui. Je vais encourager tout le monde à boycotter votre établissement. À mon retour au Colorado, je vais rédiger une lettre exposant en détail mes observations. Je vais envoyer des copies à tous les médias, à toutes les organisations luttant contre la conduite en état d'ébriété du pays aussi qu'aux maires, législateurs et même au président lui-même. Cet hôtel sera mis sur la liste noire! Je consulterai ensuite mes avocats pour déterminer s'il y a eu rupture de contrat de votre part, auquel cas, ne vous attendez pas à recevoir un sou pour ce congrès.

J'étais sans voix.

Brenda s'éloigna, marchant à pas lourds vers les ascenseurs. À mi-chemin, elle se retourna :

— Vous êtes en train de déjeuner — *vous êtes ailleurs*! Il est temps de revenir sur terre.

Elle disparut après le coin.

Je demeurai sur place, assommé, me disant que je devrais courir après elle, mais j'étais incapable de bouger. Ses menaces étaient-elles sérieuses ? Par moments, il était difficile de dire si elle était réellement furieuse ou si elle feignait simplement d'être furieuse afin d'obtenir davantage de réductions. Était-elle en train de monter un dossier depuis le début, faisant des remarques et posant des accusations afin d'éviter de payer sa facture ? Ou ses inquiétudes étaient-elles senties ? Peu importe le cas, j'étais troublé par ses accusations ; elles renfermaient une bien trop grande part de vérité à mon goût. Avides. Imprudents. Immoraux. Sandy n'avait-elle pas utilisé des mots similaires la veille pour décrire sa propre conduite ? Comment avais-je pu permettre à Matthew et Marline de réduire le programme de raccompagnement ? Les employés de la restauration avaient-ils versé de l'alcool aussi librement que Brenda l'affirmait ? Probablement que oui — c'était la veille du Jour de l'An, la soirée la plus rentable de l'année pour l'Univers, surtout grâce aux ventes d'alcool. Les valets avaient-ils remis des clés sans restriction ? Possiblement. Je fus frappé par le fait que l'Univers avait été injustement montré du doigt parce qu'il accueillait le congrès de VIDE. Nous n'étions pas différents de n'importe quel autre établissement la veille du Jour de l'An.

L'étions-nous ?

Si Brenda mettait ses menaces à exécution, il en résulterait davantage d'humiliation pour l'hôtel, mes collègues et moi-même. Puisque Matthew m'avait embobiné pour que je sois le porte-parole officiel de l'hôtel, je devrais expliquer nos gestes aux médias et au public. Que pouvais-je faire pour l'arrêter.

Monsieur Godfrey m'avait souvent dit de ne jamais laisser un problème s'envenimer, de ne jamais laisser des clients contrariés partir furieux. « Ils se transforment en terroristes, disait-il, ils répandent des histoires comme des armes biologiques, les embellissant, recrutant des soldats pour les aider à transmettre la maladie et détruisant la réputation de l'hôtel. Si nous laissons les choses aller aussi loin, nous sommes incapables de nous défendre. Ne laisse *jamais* les choses s'envelimer, Trevor. »

Je devais désarmer Brenda Rathberger aussi vite que possible.

Je me hâtai pour traverser le hall et entrai dans l'ascenseur. Mona me souhaita une Bonne Année puis me projeta vers le 71ᵉ étage. Quand j'arrivai à la suite de Brenda, il n'y avait pas de réponse. Déterminant qu'elle devait s'être rendue à la station d'accueil du congrès de VIDE, je fis du stop auprès de Mona pour redescendre au niveau du hall.

À cet endroit, je vis que le bureau avait été démonté. Megan, la bénévole, était occupée à tout emballer.

— Tu viens de la manquer, dit-elle tout en plaçant des fournitures dans une boîte — incluant une pile de bloc-notes, stylos, papier à lettres, verres et bonbons à la menthe arborant le logo de l'Univers. Tout le monde est parti à Central Park.

— *Zut!*

J'envisageai de pourchasser Brenda, la rattrapant à l'entrée du parc ou me présentant à la manifestation, mais une image de Brenda me flagellant devant des centaines de manifestants enragés me fit réfléchir. Je décidai d'attendre son retour pour essayer de la faire changer d'avis à ce moment. *Elle n'était que paroles de toute manière,* me dis-je. Elle était inoffensive. Il restait suffisamment de temps pour la convaincre. Dieu m'en était témoin, je l'avais déjà fait.

Je décidai que je devais mettre Matthew au courant. Cependant, la table de Matthew et de Marline au Galaxie était maintenant occupée par une grande famille japonaise. Cynthia

Godfrey et ses compagnons de brunch étaient sur leur départ. Cynthia les dirigeait vers la sortie, serrant amoureusement son chandail en angora. Me retournant avant qu'elle ne me repère, je me précipitai vers l'ascenseur et tentai d'appeler Matthew sur mon Comm-U. Il n'y avait pas de réponse — sans surprise puisqu'aujourd'hui était un jour férié. Je saisis un téléphone intérieur et essayai d'appeler sa suite, mais je n'obtins guère plus de réponse. Revenant au Galaxie, je demandai à Clarence s'il savait où les Drummond étaient partis.

— J'ai entendu Marline dire quelque chose à propos d'un Bloody Mary, dit-il.

Mary. Ils devaient être partis là-bas pour des cocktails.

Je me rendis à l'entrée principale et demandai à George s'il les avait vus.

— Leur voiture est sortie il y a quelque temps, dit-il en montrant la rampe du stationnement. Marline conduisait. Je n'ai pas vu si Matthew était avec elle.

En traversant de nouveau le hall, mon esprit s'envola vers la nuit précédente alors que Shanna m'avait proposé de regarder les vidéos dans le boudoir de Matthew. Pourquoi était-elle si impatiente de les voir ? Pensait-elle vraiment qu'il y avait un indice là ? La réaction de Matthew à notre arrivée avait été rapide. Pourquoi était-il inquiet que nous les regardions ? Que cachait-il ? La vérité se trouvait peut-être dans ces cassettes.

Je sortis mon disque passe-partout de ma poche et le regardai pensivement.

★★★★★

Pour être sûr qu'il n'y avait personne, je frappai à plusieurs reprises à la porte de la suite des Drummond. Puis, en regardant des deux côtés du couloir pour m'assurer que personne ne s'y trouvait, je passai mon disque devant le lecteur. La porte glissa ouverte avec un bruissement et je me glissai à l'intérieur. Elle émit un bruit en se refermant derrière moi.

Je m'arrêtai pour écouter. Le silence était complet dans la suite. Le service de l'entretien ménager avait fait ses miracles ; la suite était immaculée, tous les accessoires avaient été enlevés, chaque meuble était réparé, chaque surface reluisait. Je tournai vers la droite, passant sous l'escalier en spirale et empruntai le couloir.

La porte du boudoir était entrebâillée. Je la poussai légèrement et regardai à l'intérieur quand elle s'ouvrit. Lentement, j'aperçus le téléviseur, le bureau, la chaise en cuir, le bord du divan et deux pieds...

Deux pieds !

Je me figeai. La porte continua de se balancer et des pantalons gris apparurent, suivis par une chemise blanche froissée et sortie des pantalons, puis je vis l'arrière de la tête de Matthew.

Un ronflement bas, guttural s'éleva de son corps.

Je me retournai pour fuir. Cependant, en le faisant, je vis les cassettes sur la tablette où Matthew les avait déposées. Je m'arrêtai. En quelques secondes, je pouvais me précipiter, les saisir et ressortir sans qu'il ne s'aperçoive de rien. Je pourrais les replacer plus tard ou, si j'y trouvais un élément intéressant, les apporter directement aux policiers. Je me tins immobile, envisageant mon geste, le cœur battant la chamade.

Matthew était profondément endormi.

Je tentai de faire un pas dans la pièce. Il bougea sur le divan et remua les lèvres, murmurant quelque chose d'incohérent dans son sommeil. Je m'arrêtai et attendis qu'il cesse de bouge, puis je repris mon trajet sur le tapis, faisant une pause à chaque pas pour l'observer.

Les cassettes n'étaient maintenant qu'à quelques centimètres de ma main. Je m'étirai et...

Driiinnnggg ! ! !

Le téléphone! Il était sur le bureau, à quelques centimètres de la tête de Matthew. Je m'immobilisai, incapable de bouger, un œil sur Matthew, l'autre sur le téléphone.

Driiinnnggg!!!

Matthew cessa de ronfler. Je le visualisai en train de se retourner et d'ouvrir les yeux, me surprenant alors que je traversais son boudoir sur la pointe des pieds. Comment pourrais-je m'expliquer? Je devais abandonner la mission. Lentement, je me dirigeai vers la porte.

Driiinnnggg!!!

Mon dos heurta l'arrière de la porte.

Matthew se retourna et ouvrit les yeux.

Je sautai derrière la porte, me glissant dans le coin et la tirant le plus possible sur moi, souhaitant disparaître. M'avait-il vu?

Le téléphone arrêta de sonner. Le silence était absolu.

J'attendis, priant qu'il se rendorme ou qu'il se lève et parte.

Après environ une minute, le ronflement reprit, d'abord doucement, puis de plus en plus fort. Je soupirai de soulagement. Lentement, je repoussai la porte, souhaitant disparaître chaque fois qu'elle craquait. J'aperçus le torse de Matthew. Il s'était retourné et me faisait maintenant face. Il avait l'air paisible et innocent, blotti avec les poings repliés sous son menton comme un petit garçon. Je contournai doucement la porte. Un seul petit son de ma part et ses yeux pourraient s'ouvrir.

Tout à coup, j'entendis le bruissement de la porte d'entrée.

Mon cœur bondit. Je me hâtai vers ma cachette.

Il y eut un claquement de chaussures sur le plancher de marbre. Des talons de femme. Marline? Quand ceux-ci s'approchèrent, je perçus l'odeur d'un parfum exotique. L'arôme était caractéristique.

Shanna Virani.

Que faisait-*elle* ici ? Je regardais discrètement par l'entre-bâillement de la porte. Évidemment, Shanna descendait le couloir furtivement, les yeux écarquillés, le visage effrayé et coupable. Était-elle ici pour les cassettes également ?

La porte d'entrée s'ouvrit de nouveau dans un bruissement. Shanna s'immobilisa. Ses yeux s'écarquillèrent davantage et sa bouche s'ouvrit pour former un O. Elle fonça vers la salle de bain au bout du couloir, là où j'avais trouvé Sandy la veille.

Cette fois, les pas étaient lourds et rapides. Un homme. Mais qui ? Un homme d'entretien ? Je jetai un coup d'œil par l'ouverture et j'entrevis une grande silhouette au teint foncé avec de larges épaules qui s'avançait dans le couloir. Une odeur d'eau de Cologne masculine me parvint quand il passa devant le boudoir. Je saisis fermement la poignée de la porte tout en me pelotonnant pour adopter une position fœtale verticale, craignant d'être découvert. Avec trois autres personnes dans la suite maintenant, les chances de ne pas être repéré avaient rapidement régressé.

— Hé, dit une voix profonde et retentissante.

J'entendis un mouvement sur le divan et la réponse endormie de Matthew :

— Oh, allô ! Je dois m'être endormi.

On entendit un bâillement bruyant et un étirement. Puis, le silence.

J'attendis, perplexe. Il semblait étrange que deux hommes soient seuls dans une pièce et qu'aucun n'ait prononcé un mot. Qui était-ce et que faisaient-ils ? J'entendis le froissement de vêtements. Et ensuite... un doux gémissement. Puis, un autre son caractéristique : celui de lèvres qui s'embrassaient.

Qu'est-ce qui pouvait bien se passer ?

— Tu avais l'air si séduisant hier soir que j'ai eu envie de te sauter dessus, entendis-je Matthew dire.

— Tu aurais dû. Je t'attendais.

— Je crois que ma femme se doute de quelque chose. Elle a réussi à avoir ton adresse. Je crois l'avoir laissée dans mon smoking.

— Cela explique peut-être pourquoi Trevor a accusé Nancy de coucher avec toi.

— Nancy et moi ? s'esclaffa Matthew. Dis à ta colocataire timbrée de s'occuper de ses affaires.

— Ne ris pas. Elle est vraiment bouleversée à propos de ça.

Je mis rapidement ma main devant ma bouche. L'accent était nettement français. Gaétan Boudreau. C'était *lui* le colocataire de Nancy. Tout à coup, tout commença à devenir clair et net.

— Mmmmm…

— Ooohhh…

Je devais sortir de là. Une ombre passa au-dessus de moi et je jetai un regard furtif par l'entrebâillement de la porte. Shanna se repliait dans le couloir, tenant ses chaussures au-dessus de sa tête comme si elle capitulait. À mi-chemin, elle s'immobilisa, puis elle retourna en courant vers la salle de bain.

À ma stupéfaction, la porte d'entrée s'ouvrit de nouveau dans un bruissement.

— Yoo-hoo, Matthew ! dit la voix de Marline.

Oh-oh.

Du divan, j'entendis une inspiration brusque, suivie par un tourbillon d'activité.

— Mary est retournée se coucher, elle avait trop la gueule de bois, cria Marline d'une voix chantante alors que le son de ses talons s'approchait. Chère Mary, gloussa-t-elle. J'ai pensé que nous pourrions avoir une petite conversation, chéri. Es-tu prêt pour ça ? C'est l'heure de la vérité.

Marline fit irruption dans le boudoir.

Il y eut un moment de silence absolu.

— Mais qu'est-ce qui se passe ici ?

— Marline ! Ce n'est pas ce que tu...

— Que faites-vous ? Oh ! Mon Dieu !

— Marline, s'il te plaît ! Nous ne faisions que...

La voix stridente de Marline n'était qu'à quelques centimètres de moi.

— Je ne peux pas *croire* — Je *ne* peux — Je — Oh ! Mon Dieu ! Tu es un *ho-mo-sex-u-el*, Matthew ?

Elle prononçait chaque syllabe comme s'il s'agissait d'un obscur terme médical.

— Un *ho-mo-sex-u-el* ! Ça alors ! Pas *surprenant* que tu sois aussi nul au lit ! Tout ce temps, j'ai pensé que c'était *moi* ! Et toi, toi — toi... pute française ! Sortez ! Tous les deux ! Sortez immédiatement !

— Tu ne comprends pas ! Nous ne faisions que...

— Que quoi ? Vous aviez une réunion ? Torse nu ?

— Non ! Je... nous...

— Tais-toi ! Tais-toi ! Je ne veux pas entendre d'autres mensonges ! Espèce de salaud ! Va-t'en ! Va-t'en !

On entendit une claque.

— Aïe ! Marline ! Calme-toi !

Des bruits de lutte suivirent, ponctués de grognements et de jurons.

— *Bip ! Bip ! Bip !*

Tout s'arrêta brusquement. Un Comm-U se faisait entendre quelque part.

Inquiet, je baissai les yeux vers ma ceinture et soupirai de soulagement quand je vis que ce n'était pas le mien.

— Marline, s'il te plaît ! dit Matthew. Laisse-moi ! Mon Comm-U sonne. Gaétan, veux-tu le prendre sur mon bureau, s'il te plaît ?

— C'est un AGU, annonça Gaétan.

Un Appel de groupe urgent... cela signifiait que le mien était le suivant ! Je tâtonnai pour mon appareil, cherchant désespérément le bouton d'arrêt. Il était trop tard.

Bip ! Bip ! Bip !

Je le couvris avec mes deux mains, tentant d'assourdir le bruit.

— D'où vient ce bruit ? dit Matthew. Est-ce le tien, Gaétan ?

— Non, ça vient de l'arrière de la porte.

Oh, zut ! Je tirai la poignée fermement contre ma poitrine, retardant l'inévitable. Quatre doigts poilus apparurent sur la porte et tirèrent. Je tirai encore plus fort de mon côté, sachant que c'était inutile. Une autre série de doigts apparurent et tirèrent avec force. Je lâchai prise et la porte s'ouvrit d'un coup.

Gaétan, Matthew et Marline étaient debout devant moi, bouche bée.

— Trevor ? s'écrièrent-ils à l'unisson.

Bip ! Bip ! Bip !

Cette fois, ce n'était pas le mien. Et ce n'était pas celui de Matthew. Le son provenait de la salle de bain.

— Qui maintenant ?

Marline marcha dans le couloir et poussa la porte de la salle de bain avec son pied.

Je jetai un coup d'œil à Matthew et Gaétan. Les cheveux de Matthew étaient ébouriffés, sa ceinture n'était pas attachée. Gaétan serrait une chemise contre son torse nu.

— *Shanna !* s'exclama Marline. Que fais-*tu* ici ?

Shanna émergea de la salle de bain avec une expression indignée comme si Marline était l'intruse et non elle.

— Vous *deux* ! cria Matthew. Voulez-vous bien me dire ce que vous manigancez ? Pourquoi êtes-vous chez moi ?

— Je suis venu pour les cassettes, avouai-je.

— Moi aussi, dit Shanna avec arrogance alors que ses yeux allaient et venaient sur les muscles du torse de Gaétan.

— Et pourquoi, de grâce, voulez-vous les voir à ce point ? demanda Matthew.

Je lui lançai un regard noir.

— Afin de prouver une fois pour toutes que *tu* as tué Willard Godfrey.

— Moi ? s'écria Matthew en émettant un rire moqueur. Tu crois sérieusement que *je* l'ai tué. Est-ce la raison pour laquelle tu as agi comme un tel connard, Trevor ?

— Matthew a été rayé de la liste des suspects il y quelques jours, Trevor, dit Shanna. L'inspecteur Lim lui-même m'a dit que Willard avait été frappé par un VUS ou un camion.

Elle se tourna vers Gaétan et l'examina de nouveau de la tête aux pieds.

— De toute évidence, Matthew avait autre chose à cacher.

Gaétan tira sur sa chemise et commença à la boutonner.

— Je n'ai jamais été sérieusement considéré comme suspect, Trevor, dit Matthew. Imbécile.

Tout le monde hochait la tête, même Marline. Je me tournai vers Shanna :

— Un VUS l'a renversé ? Un comme le tien, Shanna ? Dis-nous, pourquoi es-*tu* si impatiente d'obtenir ces cassettes ?

Les yeux de Shanna s'agitèrent.

— Disons simplement que je suis curieuse.

Elle dépassa Marline, traversa la pièce et saisit les deux cassettes sur la tablette.

— Maintenant, si ça ne vous dérange pas, je dois partir. On m'a appelée.

— Oh non, tu ne t'en vas pas ! dis-je en lui bloquant le chemin.

Je levai la main pour prendre les cassettes.

— Hors de mon chemin, siffla-t-elle en pressant les cassettes contre sa poitrine.

Je bondis pour les saisir. Shanna les mit hors de ma portée. Son coude accrocha le bord de la tablette et les deux cassettes s'envolèrent dans les airs, tombant sur le sol. Je me ruai sur le plancher pour les saisir.

— Vous êtes effrontés ! s'écria Marline. Sortez tous !

Bip ! Bip ! Bip !

C'était de nouveau le Comm-U de Matthew.

— Zut ! l'AGU, j'avais oublié !

Je déposai les cassettes et tirai mon Comm-U de ma ceinture : « AGU 555 — appeler Nancy Swinton » pus-je lire. Je tapai son poste.

Les autres attendirent, les bras croisés, regardant fixement le plancher dans un silence embarrassé.

— Nancy, c'est Trevor. Que se passe-t-il ?

— Ça alors, Trevor, c'est fou ! Viens aussi vite que possible. Il y a une émeute dans le hall ! Le groupe VIDE a pris l'Univers d'assaut.

19

L'explosion de la Bulle cosmique

Gaétan, Shanna et moi laissâmes Matthew et Marline « discuter » dans leur suite et nous nous précipitâmes vers le hall. À notre arrivée, l'émeute était terminée. Nous trouvâmes Nancy Swinton à l'extérieur du Galaxie, regardant fixement la désolation autour d'elle.

Le hall d'entrée avait l'air d'une zone de guerre. Le bar avait accusé le plus fort de l'assaut ; presque tous les meubles étaient brisés. À l'extérieur du Galaxie, le grand sapin de Noël blanc avait été rasé, et une demi-douzaine de tables de banquet gisaient écrasées sous son poids. Les présentoirs à l'avant du hall étaient en miettes. Déjà, un groupe d'employés de l'hôtel s'évertuaient pour tout nettoyer. Une demi-douzaine de policiers arpentaient les ruines, examinant les débris.

— Tout s'est passé si vite, dit Nancy en nous guidant. En quelques secondes, près d'une centaine de protestataires ont envahi les lieux et ont tout détruit.

De l'agitation attira notre attention vers l'entrée. Honica Winters tentait de passer outre la barrière de sécurité.

— Mais je *suis* une cliente ! cria-t-elle. Laissez-moi entrer.

Nous nous précipitâmes vers elle.

L'équipe de tournage de Honica la suivait.

— Jérôme, dis-je, tu peux laisser entrer mademoiselle Winters, mais pas son équipe de tournage.

— Merci, dit-elle d'un ton vexé, se faufilant devant Jérôme.

Elle se retourna et cria à son équipe d'aller filmer à l'extérieur, qu'elle reviendrait dans quelques secondes. Elle entra et jeta un regard autour d'elle, les yeux écarquillés.

— Mon Dieu, ils ont fait tout ça? Je savais qu'ils étaient furieux, mais pas cinglés!

— Étiez-vous du ralliement? demandai-je.

Elle acquiesça, regardant encore tout autour, étonnée.

— C'était si pacifique au début! Tout le monde s'est rassemblé à Central Park, puis nous sommes allés vers la grande place du Rockefeller Center pour le ralliement. Brenda était animée, mais somme toute assez sage jusqu'à notre arrivée à la grande place. C'est alors qu'elle s'est mise à hurler dans un mégaphone, à accuser la foule de perdre la guerre contre l'alcool au volant. Tout le monde clamait : «Sauvez une vie! Pas d'alcool au volant!» et elle donnait des coups de poing dans les airs. Puis, elle s'est mise à fulminer contre l'Univers, à propos des comportements irresponsables dont elle avait été témoin hier soir, à propos de son personnel insouciant et immoral. La foule était en délire : «Nous devons prendre position, criait-elle. Nous devons montrer à l'Univers, au monde entier, que la société ne tolérera pas l'alcool au volant. Nous devons prendre d'assaut l'Univers!» Elle sauta en bas de la scène et se précipita pour descendre l'avenue des Amériques, faisant signe à tout le monde de la suivre. Au moins une centaine de personnes obtempérèrent, beuglant et brandissant des affiches et marchant fortement comme un troupeau d'éléphants. Je tentai de les suivre, mais ils se déplaçaient trop vite.

— J'étais dans le bureau quand ils sont arrivés, dit Nancy. George m'a appelée à l'avant lorsqu'il les a vus prendre l'hôtel d'assaut. Lorsque je suis arrivée dans le hall, ils étaient partout. Les affiches leur servaient d'épées et de marteaux, frappant et brisant tout ce qui se trouvait en travers de leur chemin. Les clients se bousculaient pour sortir. J'ai fait le 9-1-1, puis nous avons fait de notre mieux pour protéger nos clients. Les protestataires se sont sauvés à l'arrivée des policiers.

Je décidai que Honica en avait assez entendu et la remerciai, entraînant les autres à l'écart.

— Et Brenda Rathberger ? murmurai-je à Nancy. Où est-elle ?

— Je l'ai vue gravir les escaliers à toute vitesse il y a quelques minutes, répondit-elle, indiquant la direction. Quelques policiers sont partis sur ses traces.

Nous nous dirigeâmes vers le cercle de présentoirs explosés, leur contenu dispersé sur le sol du hall. Seule la réplique de l'Univers au centre du cercle était encore debout, son piédestal voûté comme un vieillard. Des planètes en papier mâché écrasées gisaient sur le sol. La combinaison spatiale drapait le modèle réduit de la navette *Endeavour* tel un astronaute évanoui. Nous nous dirigeâmes vers le Galaxie, contournant les chaises et les tables de banquet renversées et enjambant les morceaux d'assiettes et de verres brisés.

— L'arbre aurait tué les personnes à ces tables si elles ne s'étaient pas sauvées quelques secondes avant sa chute, dit Nancy. Miraculeusement, personne n'a été blessé.

— Dieu merci ! dis-je, frissonnant à l'idée.

Nous longeâmes l'arbre sur sa longueur, le considérant tristement comme un soldat tombé au combat. Ses étoiles dorées décoratives s'étaient fracassées contre le marbre du plancher, couvrant le tout d'une poussière d'étoiles dorée. Je jetais des regards de biais à Nancy, mais elle refusait de me regarder dans les yeux. Bien que visiblement perturbée, elle demeurait des plus professionnelles. Je voulais établir un contact visuel pour lui laisser savoir que je comprenais tout maintenant, et que j'étais sincèrement désolé de mon comportement. Pourtant, elle gardait le regard fixé sur les débris nous entourant.

Nous nous frayâmes un chemin vers le Centre de l'Univers, où les tables et les chaises avaient été renversées et brisées en mille morceaux. Des affiches contre l'alcool au volant gisaient çà et là, plantées dans le dos de meubles renversés, à plat sur le plancher, debout contre les murs : LA SOCIÉTÉ POUR LA SOBRIÉTÉ... TOMBEZ SOUS NOTRE INFLUENCE ! ... UN SOBRE AVERTISSEMENT... LES LÈVRES QUI TREMPENT DANS L'ALCOOL NE TOUCHERONT JAMAIS LES MIENNES. Une bannière longue de près de quatre mètres qui titrait L'UNI-VERS INTOXIQUÉ en lettres rouges rageuses était drapée autour du bar. Nous fîmes halte et la regardâmes fixement un instant, puis poursuivîmes notre tournée.

La Bulle cosmique semblait avoir explosé, propulsant des fragments dans toutes les directions. Seule une structure métallique dénudée avait survécu. À l'intérieur, la table de conférence était toujours intacte, comme si elle attendait patiemment la prochaine réunion.

Le Comm-U de Nancy sonna ; elle s'excusa. Gaétan la suivit. Je la vis s'activer à travers le hall vers la réception, puis je détournai le regard, me sentant déprimé et rejeté. Je tournai en rond. L'Univers était en ruine. Monsieur Godfrey en aurait eu le cœur brisé.

Un bruit de lutte attira mon attention. Deux policiers apparurent au haut de l'escalier traînant Brenda Rathberger de force. Les menottes aux poings et hystérique, elle se tordait, protestait et tentait de se libérer.

— Lâchez-moi, brutes ! criait-elle. Je suis innocente !

Tandis qu'ils passaient devant Shanna et moi, elle lança sa tête dans notre direction, se tordant le cou et écarquillant les yeux de façon démoniaque.

— *Voilà* ceux que vous devriez arrêter ! Ce sont *eux*, les criminels !

Shanna lui cria poliment :

— Vous nous quittez, Madame Rathberger ?

— Shanna, je t'en prie, dis-je, me précipitant à la poursuite de Brenda. Brenda ! Pourquoi avez-vous fait ceci ?

Les policiers s'arrêtèrent.

Brenda se retourna vers moi, soudainement calme, puis elle éclata en sanglots.

— Je... je l'ai fait pour... pour F... Frédéric !

Elle se tourna vers l'un des policiers et grogna :

— Lâchez-moi, sale brute !

Ils l'escortèrent à l'extérieur. Je les suivis et les observai tandis qu'ils l'embarquaient dans une voiture de police. L'équipe de tournage de Honica poursuivit la voiture tandis qu'elle descendait la rampe. Dans la rue, des équipes de tournage de toutes les stations locales arrivaient de toutes parts.

Shanna surgit derrière moi.

— Oh, mon Dieu, dit-elle en voyant toutes ces caméras.

— Zut, dit Matthew Drummond, survenant derrière nous.

Il était maintenant vêtu de la tête aux pieds, l'air penaud.

— Tout va bien là-haut ? demandai-je.

— Disons simplement que lorsque Marline en aura terminé, notre suite aura la même allure que le hall.

— Mon Dieu, regardez-moi toutes ces équipes de tournage, s'écria Shanna. Que devrions-nous faire ?

— Je crois que nous avons appris notre leçon à propos de l'évitement des médias, dit Matthew. Allons-y !

— Allons-y, dis-je.

Prenant une profonde inspiration, je descendis vers le bas de la rampe en direction de Honica Winters et de son équipe. Matthew descendit l'entrée vers une autre équipe, alors que Shanna alla droit devant.

— N'oublie pas les trois normes universelles, dis-je à Matthew.

— Pas de problème, répondit-il : nous sommes touchés, nous sommes préoccupés et nous sommes cuits.

★★★★★

Cette nuit-là, le téléphone me réveilla.

— Hé, je viens de te voir aux infos, s'écria Cassandra James. Il y a eu une *émeute* à l'Univers ?

— Si on peut dire.

Je lui racontai brièvement les événements de la journée.

— Peux-tu le croire, *Matthew* et *Gaétan* ?

Sandy hésita.

— En fait, je le sais depuis un certain temps. Gaétan est venu me voir la semaine dernière craignant de mettre son emploi en péril en fréquentant Matthew. Il a dit qu'ils se fréquentaient depuis la fête de Noël. Je lui ai dit qu'en effet, absolument, il mettait son emploi en péril, mais j'étais plus préoccupée par le mariage de Matthew. Puis, je suis allée voir Matthew pour l'intimer de cesser immédiatement de fréquenter Gaétan. De toute évidence, il ne m'a pas écouté. Pauvre Marline ! Elle doit être complètement bouleversée.

— Elle l'est. Comment étais-je à l'écran ?

— Hum, en fait, pas mal, mais pas génial non plus. Je t'ai vu sur la première chaîne de New York. Tu semblais quelque peu nerveux, en toute vérité. Ce n'était pas tout à fait de ta faute, le journaliste a fait tout un plat de l'histoire. Cependant, tu devrais peut-être suivre une formation médiatique si tu prévois davantage d'entrevues.

J'étais sous le choc. Je m'attendais à ce qu'elle réponde que j'avais été fantastique. Sandy avait toujours dit que tout ce que je faisais était fantastique. Si cela faisait partie de cette nouvelle

Sandy extrêmement franche et non-souriante, je voulais retrouver l'ancienne Sandy.

— Ouais, bon! ce n'est pas facile d'être aux premières lignes.

— Crois-moi, je le sais.

— Hé, comment va Kaitlin?

— Oh, elle va bien. Ce n'était qu'un peu de fièvre, tout simplement. Mais, tu sais quoi? En rentrant de la fête, je me suis fait arrêter par des policiers sur la route. Un policier m'a accompagnée au poste pour un alcootest! Je crois que quelqu'un avait appelé les policiers.

— Oh non! Sandy.

— J'y suis restée deux heures. J'étais dans tous mes états. J'étais si inquiète au sujet de Kaitlin.

— As-tu réussi le test?

— L'alcootest? Évidemment. Je n'avais pas pris une goutte d'alcool. Sois certain que j'ai appris ma leçon.

— Mais... je croyais... la bouteille de champagne sur le comptoir de la salle de bain...

— Tu croyais qu'elle était à moi? Elle y était avant que j'y entre. Je crois que Marline l'a bu en allant uriner.

— Dieu merci! Comment vont les choses à la maison?

— Bien!

— Je savais qu'il était préférable de ne pas tout croire sur parole.

— Vraiment?

— En fait, tout va bien. Après avoir mis Kaitie au lit, Jack et moi sommes restés debout toute la nuit à discuter. Nous tentons de régler nos différends. Nous allons demander de l'aide psychologique. En fin de compte, nous nous aimons encore beaucoup. Nous voulons tous deux que cela fonctionne.

— Pense-t-il toujours que tu es en vacances et que tu seras nommée directrice générale?

— Non. Je lui ai tout raconté.

— J'en suis heureux, Sandy.

— Ça aide que les policiers aient cessé de m'importuner. Je crois qu'ils ont finalement compris que je n'étais pas coupable. Ils doivent importuner quelqu'un d'autre, j'imagine. J'imagine qu'ils sont après Matthew pour l'instant?

— En fait, Matthew n'est plus suspect. Apparemment, il n'a jamais vraiment été sur la liste des suspects. Il reste Shanna. D'une certaine façon, depuis le début, elle a réussi à se tenir loin de tout ça, mais elle ne pourra pas éviter les soupçons maintenant. Tu ne devineras jamais ce que Cynthia m'a confié, dis-je en lui racontant toute l'affaire. Shanna et Willard, amants!

— J'étais également au courant.

— Vraiment? Comment fais-tu pour garder tout ça secret? Et de surcroît, pourquoi ne pas m'en avoir parlé?

— Je suis directrice des ressources humaines, Trevor. C'est mon travail de savoir ces choses… et de garder le secret. En fait, je les ai vus ensemble il y a quelques mois. Shanna était assise sur les genoux de monsieur Godfrey et lui mordillait l'oreille.

— C'est trop de détails, Sandy.

— Alors, tu crois vraiment que Shanna est coupable? Elle a assurément suffisamment de tempérament. Sois prudent, Trevor. On ne sait jamais, peut-être s'en prendra-t-elle à toi. De toute évidence, elle n'aimera pas que tu farfouilles dans ses affaires. Laisse les policiers s'occuper de ça, d'accord?

— Promis.

— Hé, je reviens travailler dès lundi! Cynthia m'a téléphoné pour me convoquer à une réunion lundi. Maintenant que le congrès de VIDE est terminé, j'espère qu'elle distribuera nos bonus.

— Le congrès n'a pas vraiment été couronné de succès, Sandy. Ils ont fait du grabuge dans le hall. Brenda a refusé de payer la note et elle menace de nous poursuivre.

— Et après? Je suis optimiste pour la suite des choses.

Je n'eus pas le courage de lui dire que je craignais que le pire ne reste à venir. Je lui souhaitai bonne nuit et retournai au lit.

Le téléphone sonna de nouveau quelques minutes plus tard. À mon grand étonnement, c'était ma sœur Wendy.

— Wendy, comment vas-tu?

— Je suis enceinte.

— Je sais. Félicitations!

— Écoute, Trevor, je viens de parler à maman, et elle est vraiment troublée par sa visite. Qu'est-ce qui s'est passé?

— Rien! Elle a tenté de me faire faire ce qu'elle voulait, et j'ai résisté. Comme d'habitude.

— T'a-t-elle raconté à propos de…

— À propos de quoi?

Elle grogna.

— Je ne peux y croire! Elle avait promis de t'en parler.

— De quoi parles-tu, Wendy?

— Rien. Oublie ça!

— Allez, tu m'inquiètes.

— Ce n'est rien, Trevor. Demande à Maman.

— Bon, d'accord!

Il y eut un instant de malaise.

— Hé, Wendy? Est-ce que toi et Janet vous êtes amusées quand vous êtes venues me voir l'été dernier?

— Ouais, pourquoi?

— Maman a dit que vous n'aviez pas aimé mon attitude à votre égard.

Elle hésita.

— Tu n'étais plus le même, Trevor. Tu semblais… distant. Tu n'avais pas beaucoup de temps pour nous. Tu étais si préoccupé par ton travail, et pas très amusant, et…

Elle hésita.

— Et quoi?

— Tu nous as fait sentir comme de vulgaires petites pay-
sannes. Comme si tu étais gêné par notre présence.

— Mon Dieu, Wendy. Vraiment ? Je suis désolé.

— Ne t'inquiète pas pour ça. Nous sommes de grandes filles.

— Peut-être était-ce en réaction à ce que Janet et toi me fai-
siez ressentir.

— Comment ?

— Prétentieux et faux.

— Vraiment ? Je suis désolée, Trevor.

Elle demeura silencieuse un moment.

— Que nous est-il arrivé, Trevor ? Nous étions amis. Puis tu
as déménagé et tu ne nous appelles presque plus.

J'étais assis près de la fenêtre, dans ma chambre, la seule
fenêtre de mon appartement, me tordant le cou, la tête presque
à l'envers, pour voir le ciel. Parfois, je sortais la tête par la
fenêtre et regardais vers le ciel juste pour m'assurer que j'étais
toujours sur terre, comme un prisonnier regardant fixement
un champ vide, sachant qu'il n'y déambulera pas pendant de
nombreuses années, mais rassuré par sa présence. Ce soir, le ciel
était clair. J'apercevais une étoile, une étoile solitaire qui était
généralement si brillante qu'il devait s'agir d'une planète.
Soudainement, elle sembla gagner en intensité, presque cligno-
tante. Que nous était-il arrivé ? Comment étai-je devenu si
distant de ma petite sœur que j'avais toujours aimée et
protégée ?

— Je l'ignore, Wendy. J'ai été occupé.

— Ouais, bon, nous sommes tous occupés, Trevor.

La fin de la conversation fut brève. Elle semblait distraite et
je composais avec cette horrible réalisation que j'avais abandonné ma petite sœur, comme ma mère nous avait abandonnés
à la mort de mon père. Je l'avais tenue à distance, j'avais tenu
tout et tous à distance. Quand ma mère me l'avait dit, je n'avais
pas voulu l'entendre, je ne voulais pas le savoir, et je ne voulais

pas le croire. Shanna m'avait fait le même genre de commentaire, et je ne l'avais pas plus écoutée. Maintenant, d'une simple question, me sœur m'avait fait reprendre conscience.

Qu'est-ce que je faisais à New York, si loin de ma famille, sans amis ni passe-temps, sans rien pour enrichir ma vie outre le travail? Que m'était-il arrivé?

Qui es-tu, Trevor? entendis-je ma mère demander d'une voix plaintive.

Tu es insipide, entendis-je Shanna dire.

Je regardai autour de moi dans l'appartement. Maman l'avait laissé impeccable, les armoires remplies de suffisamment de provisions pour survivre à un cataclysme, les murs fraîchement peints de couleurs vives, les cadres bien en place. Même l'air était frais et agréable. Je me rendis compte que le cactus mort n'était plus dans son coin, remplacé par un solide figuier.

Ayant failli à rénover ma vie, Maman s'était contentée de rénover mon appartement. Peut-être espérait-elle que le reste emboîterait le pas. Elle-même avait subi une transformation extraordinaire. Peut-être pouvait-elle m'en apprendre un peu. Je jetai un regard vers mon exemplaire de *Rénovez votre vie!* resté ouvert. Ce livre pouvait-il m'en apprendre également?

Je le pris et tournai la première page.

20

La retombée de la poussière cosmique

Tôt le dimanche matin, incapable de dormir, je me levai et me rendit à l'hôtel.

Le hall d'entrée était vide et silencieux. Il y avait deux semaines, jour pour jour, que j'étais descendu dans les entrailles de l'Univers avec Brenda Rathberger. Durant ce court laps de temps, mon univers tout entier avait basculé. Je fis le tour du hall, observant les débris comme s'il s'agissait de ceux de ma vie. Le Centre de l'Univers, le cœur de l'activité de l'hôtel, était un espace maintenant vide, ses tables et chaises en morceaux avaient été enlevées, laissant des marques sombres sur le tapis, comme des silhouettes morbides. Le verre brisé se trouvant sur les poutres d'acier de la Bulle cosmique avait été enlevé laissant une carcasse vide au-dessus de la table de conférence. Dans le hall d'entrée, neuf marques rondes sur le plancher de marbre indiquaient l'endroit où s'élevaient jadis les présentoirs. Celui du centre était intact, stoïque parmi les ruines, son piédestal et sa plaque de cuivre redressés. Je pris mon mouchoir pour polir la plaque de cuivre.

Une voix me fit sursauter.

— Dédié à feu Margaret Bains-Godfrey, le centre de *mon* univers.

Je me retournai et vis Marline Drummond debout derrière moi, les bras croisés, la tête légèrement penchée, comme si elle offrait ses sympathies à l'autel. Elle était vêtue d'un manteau long en fourrure sable et d'un chapeau assorti, un sac à main en cuir rouge lui pendait à l'épaule et elle tenait à la main une paire de gants. Son visage était serein et sans maquillage.

Elle s'avança et toucha la plaque du bout des doigts.

— Quelle hypocrisie, dit-elle.

Je la regardai avec surprise.

— Hypocrisie ?

— La pauvre Margaret n'était pas le centre de son univers. Cet hôtel l'était.

Je regardai l'inscription.

— Ces mots ne sont-ils pas la plus pure expression de l'amour ?

— La plus pure expression de la *culpabilité*, mon cher, dit Marline. As-tu déjà lu Ozymandias ? C'est un poème de Percy Bysshe Shelley. Un nomade croise un énorme monument en ruine dans un désert aride. Il lit les mots qui y sont inscrits.

Prenant une posture théâtrale, elle poursuit d'une voix profonde :

— Mon nom est Ozymandias, roi des rois. Vois mon travail, Tout-Puissant, et prosterne-toi.

Elle se détendit et se retourna vers moi dans l'attente.

Je lui lançai un regard vide.

— Le poème aurait pu être écrit pour Willard Godfrey, expliqua-t-elle, désignant à la fois le tunnel de balcons, le Galaxie, la salle de bal Jupiter et le Centre de l'Univers. Willard Godfrey était comme Ozymandias. Il n'a pas bâti cet hôtel pour Margaret, il l'a érigé pour lui-même, avec son argent à elle, un monument à son ego. Il lui en voulait de ne pas lui avoir donné un fils, et en voulait à Cynthia de ne pas être un garçon. Il espérait que l'Univers le rende immortel. En fin de compte, cela ne veut rien dire. Ce n'est qu'un édifice, un hôtel comme des centaines d'autres. Comme le Hilton avant lui, un jour il sera remplacé par un autre symbole phallique de l'égo d'un autre homme. Willard serait mort plus heureux s'il avait dévoué ce temps et cette énergie à sa famille. Peut-être ne serait-il pas mort.

J'observai le visage de Marline, me demandant si elle ne projetait pas ses propres problèmes sur monsieur Godfrey. Elle se retourna pour voir un diable à bagages se diriger vers nous en provenance de l'ascenseur.

— Ah! voici mes effets personnels.

Le chasseur, Felipe, nous fit un signe de tête en passant. Le diable chancelait sous le poids des valises de Marline, au moins une demi-douzaine de fausses *Louis Vuitton*. Je remarquai que le globe de fer, symbole de l'Univers, manquait au sommet du diable, ce qui rendait instables les traverses de support en chrome.

— Felipe, dis-je, pourquoi utilises-tu un diable brisé?

— Trois diables ont été brisés dans l'émeute d'hier, répondit-il. L'équipe d'entretien a trouvé celui-ci dans la cage de réparation. Son globe est manquant, mais il fonctionne bien.

Je me souvins du diable que j'avais rangé dans la cage après avoir découvert le corps de monsieur Godfrey. C'était probablement celui-là. Je soupirai, fâché qu'il ait été remis en circulation avant d'avoir été réparé.

— Dis au service de l'entretien de trouver un globe pour le remplacer le plus tôt possible, dis-je à Felipe.

Je me retournai vers Marline.

— Désolé de l'intrusion, hier.

— Ne t'en fais pas, Trevor. J'espère que tu as trouvé ce que tu cherchais.

— Les vidéos? Non, je les ai laissées là.

— Alors, Shanna a dû les prendre. Elles n'y sont plus.

— Vraiment? Zut alors!

— Madame Drummond, votre voiture est prête, dit George à partir de la porte d'entrée.

— Marche avec moi, dit Marline en prenant mon bras.

Dehors, une limousine argentée attendait dans l'entrée. Le conducteur attendait debout à côté.

Marline prit ma main et la serra dans les siennes.

— Prends soin de Matthew, Trevor. Il passe un dur moment. Il est mortifié d'avoir été ainsi découvert devant ses collègues. Mon Dieu, comme j'ai été aveugle ! Je n'avais aucune idée de ce qui le préoccupait. Après notre départ de Houston, il a changé du tout au tout, mais il était si déprimé d'avoir été chassé de la NASA que je croyais que ce n'était que ça. J'ignorais complètement ce qui le tracassait.

— Matthew a été *chassé* de la NASA ?

Elle acquiesça, regardant autour d'elle pour s'assurer qu'il n'y avait personne, avant de se rapprocher de moi.

— En vérité, il a pris sa retraite, mais une retraite forcée.

— Pourquoi ?

— Son voyage dans l'espace a été un vrai désastre. La mission était routinière : s'occuper du ravitaillement et de l'équipement de la Station spatiale internationale. Matthew était l'un des membres de l'équipage qui devait aller dans l'espace. Malgré d'innombrables heures de formation, lorsqu'est venu le temps de quitter la navette pour s'aventurer dans l'espace, il a refusé net. Il s'est avéré complètement inutile.

— Qu'est-il arrivé ?

Son visage se fit songeur.

— Il n'a jamais pu l'expliquer. Peut-être a-t-il paniqué ? Peut-être a-t-il vu la face de Dieu ? Ou a-t-il vu un extraterrestre ? Peut-être a-t-il simplement eu trop peur ?

— Madame Drummond, dit George. Il est presque 8 h. Vous ne voulez pas rater votre vol.

— Mais bien sûr que je le veux ! répliqua-t-elle en caquetant. Je pars pour l'Ohio, nom de Dieu !

Je l'accompagnai à la limousine.

— Est-ce que Matthew et toi avez réussi à arranger les choses ? demandai-je.

Elle rit amèrement.

— Si tu considères les menaces et les insultes comme une façon de régler des choses, alors peut-être que oui. Il m'a traitée de furie arrogante et je l'ai traité de fifi à deux cents, puis je lui ai lancé un vase à la tête. Heureusement pour lui, je ne sais pas lancer. Par contre, peut-être voudras-tu envoyer quelqu'un réparer la fenêtre.

Elle rejeta la tête en arrière et éclata de rire comme si c'était la chose la plus amusante qu'elle ait entendue de sa vie. Puis, elle devint silencieuse.

— J'ai beau essayer, je ne pourrai jamais le rendre heureux. Peut-être monsieur Le Hottie aura-t-il plus de chance que moi.

Elle ouvrit les bras et me fit un gros câlin, puis s'engouffra dans la limousine.

— Je te souhaite tout ce que tu veux, Trevor. Maintenant que la poussière cosmique est retombée, les choses deviendront peut-être plus claires. Apprends des erreurs de Willard Godfrey. Le travail, ce n'est pas tout, mon cher. La famille, la santé, les amis, les bonnes chaussures et des abdominaux d'enfer, voilà qui est beaucoup plus important. Pour ma part, je quitte l'Univers pour retomber les deux pieds sur terre.

Le conducteur ferma la portière. Je remontai sur le trottoir pour la saluer.

La fenêtre s'ouvrit.

— Je déteste avoir l'air d'un Copernic des temps modernes, ajouta-t-elle, mais la réalité est que cet hôtel n'est pas le centre de l'Univers. La vie y est trop transitoire. Tu croises quelqu'un au centre de santé un jour — quelqu'un comme ta mère — et une belle amitié se crée... puis, le lendemain, plus personne. Je n'ai jamais eu tant de gens autour de moi... et je ne me suis jamais sentie aussi seule.

Je hochai la tête en acquiesçant.

— Comment se porte Evelyn, en passant? demanda-t-elle.

— Elle va bien.

— Vous avez donc parlé avant qu'elle ne parte? Elle t'a raconté?

Pas encore ça.

— Me raconter quoi?

Marline parut abasourdie.

— Appelle-la, dit-elle. Parle-lui.

— Pourquoi?

— Promets-moi.

— Je te le promets.

La limousine se mit en route.

— Au revoir, très cher. Tu me manqueras.

— Au revoir, Marline.

Elle détourna la tête pour regarder droit devant elle, la mâchoire ferme, le visage serein, comme l'actrice vieillissante qu'elle n'avait jamais été. Tandis que la vitre remontait, je vis une simple larme couler sur sa joue.

La limousine démarra comme une fusée.

★★★★★

Une demi-heure plus tard, je frappai à la porte de la suite de Matthew. Il ouvrit, vêtu d'une robe de chambre de l'Univers sur son pyjama de soie bleu. La barbe non faite, l'air hagard, il ne semblait pas heureux de me voir.

— Qu'est-ce qu'il y a, Trevor?

— Puis-je entrer?

Il hésita, puis recula pour me faire signe d'entrer.

Tandis que la porte se refermait derrière moi, je sentis un changement dans l'atmosphère. Un sifflement strident provenait de la salle de séjour. J'allai à la fenêtre, où un ovale parfait avait été taillé dans la vitre par le vase lancé par Marline. Dans les jardins, en bas, le vase gisait dans les rosiers, le reflet du soleil le faisant briller comme un météorite. L'air s'engouffrait à l'intérieur, infusant l'air parfumé et oxygéné de l'hôtel de l'odeur âcre de la ville. Je m'accroupis, respirant par le trou. Bien qu'un peu malodorant, il était d'une certaine façon préférable à l'air de l'hôtel.

J'entendis un profond soupir derrière moi.

Matthew était affalé sur la banquette Contessa pourpre, se grattant la barbe, l'air confus et légèrement dément.

— Ça va, Matthew ? demandai-je.

Il haussa les épaules et grogna, puis se redressa sur le fauteuil comme pour tenter d'échapper au faisceau de mon regard. Sur la petite table, il y avait une photo de Marline. Il la prit dans ses mains, la regarda en réfléchissant. « À toi pour toujours, avec amour, Marline », lut-il à voix haute, la retournant dans ses mains, la tenant tête en bas. Les mots étaient écrits au feutre noir, comme une vedette, comme la photo qu'il gardait la tête en bas dans son bureau. Il leva les yeux.

— Combien de maris reçoivent des portraits retouchés de leur femme pour Noël ?

Je haussai les épaules.

— Pas beaucoup, j'imagine.

— Elle en a envoyé des exemplaires à tous ses amis. Un publipostage rivalisant avec le concours de Reader's Digest. Elle en avait tant. Son agent refusait de les distribuer, affirmant qu'elle avait l'air trop jeune, que c'était trompeur, soupira-t-il. Pauvre Marline !

Une expression de surprise envahit son visage.

— Mon Dieu, ai-je déjà accolé ces deux mots? Quelqu'un d'autre l'a-t-il fait?

Il posa la photo et s'assit sur le fauteuil en position semi-fœtale.

— Après des années d'intimidation et d'abus, voilà qu'elle est à son tour une victime. Une victime de mon comportement de coureur insouciant, de mes mensonges et de mes déceptions.

Il se tourna sur le dos.

— Elle ne méritait pas cela, Trevor. Sous cette carapace dorée, au plus profond d'elle-même, où personne n'a accès, il y a une personne vulnérable, incertaine et adorable. C'est la seule personne au monde qui m'aime vraiment. Je l'ai blessée, humiliée et je lui ai brisé le cœur.

Je m'assis sur la causeuse qui lui faisait face.

— Je suis désolé, Matthew.

— Quel imbécile j'ai été! Je lui mens depuis tant d'années. Je ne pouvais me convaincre de lui dire la vérité. Je ne pouvais me l'admettre à moi-même.

— Que tu es gai?

Il se redressa sur le fauteuil et se tourna vers moi, bouche bée d'indignation.

— Je ne suis pas *gai*!

— Oh... je croyais...

— Je veux dire... en fait... j'admets avoir des tendances... mais... je ne suis pas... non... en fait, tu sais...

— Pas gai?

Il s'affala de nouveau sur le fauteuil.

— Oh, je ne sais plus trop! Je me sens attiré depuis quelques années, mais avec le temps, ces attirances s'estompent. Je ne suis passé à l'acte que quelques fois. Après coup, je me sentais si coupable et je me détestais. Ça me prenait des mois à m'en remettre. Avec Gaétan, toutefois, c'était différent. J'ai été intrigué dès que j'ai posé le regard sur lui. Je le voyais presque tous les jours, et plutôt que de s'estomper, mes sentiments sont devenus plus forts — si forts que je ne pouvais plus les ignorer. Lors de la fête de Noël, il m'a discrètement donné son adresse. J'étais à la fois terrifié et excité. L'alcool aidait. Vers la fin de la soirée, je le désirais si ardemment que je n'ai pas réfléchi avant de prendre le volant. Au matin, je me suis réveillé mortifié et je suis rentré en vitesse à la maison. C'est alors que tu m'as appelé. Et, bon, le reste fait partie de l'histoire.

— Marline n'avait aucune idée ?

— Pas au début. Elle a toujours choisi de croire ce que je lui racontais, de ne rien questionner. Peut-être vivait-elle dans le déni. Quand la vérité lui a sauté au visage, quand mes mensonges sont devenus si importants qu'ils étaient impossibles à croire, elle a commencé à me questionner, à faire son enquête. Elle était misérable, ici, coincée dans cet hôtel, prisonnière d'une relation avec quelqu'un qui ne la touchait jamais. Elle a dû se rendre compte qu'elle n'avait plus rien à perdre, alors elle a cherché à connaître la vérité. Nous avons prétendu être heureux pendant des années, mais nous ne l'étions pas. J'ai poursuivi avec insouciance, déterminé à vivre une vie normale. À la NASA, même des rumeurs de certaines tendances auraient pu mettre fin à ma carrière. C'est un peu pour ça que je suis parti.

— Marline m'a dit qu'on t'avait chassé.

Il leva la tête et me regarda méchamment, puis se recoucha.

— C'est l'autre raison, dit-il avant de garder le silence, pensif. Quelque chose s'est produit là-bas, Trevor. J'ai suivi des mois et des mois de formation intensive, mais rien n'aurait pu me préparer à la panique que j'ai ressentie. Tandis que nous entrions en orbite pour faire le tour de la Terre, j'ai regardé en bas et j'ai constaté la petitesse, l'insignifiance de cette bille bleue dans le cosmos. J'ai songé aux millions de personnes qui y vivent, pas plus grosses que des atomes sur la bille, et de notre suffisance. Dans l'ordre des choses, dans le champ de l'Univers, nous ne pourrions être plus insignifiants. Dans une centaine d'années, nous serons tous morts. Personne ne se souviendra de nous. Il n'est pas étonnant que Godfrey ait bâti cet hôtel. Il a laissé un héritage.

— Alors, tu n'as jamais mis les pieds hors de la navette ? demandai-je, incapable de contenir ma curiosité.

— L'espace est l'endroit le plus inhospitalier qu'un être humain puisse connaître, Trevor. Une brèche dans ma combinaison spatiale aurait engendré la mort la plus douloureuse possible. L'air aurait été aspiré de mes poumons, j'aurais eu l'impression que mon sang bouillonnait dans mes veines, mes organes internes auraient cessé de fonctionner. J'ai toujours pensé qu'il était ironique que Godfrey ait appelé son hôtel l'Univers, sachant quel environnement hostile et solitaire l'espace est. Pourtant, j'en suis venu à la conclusion que l'appellation était juste.

» Quand est venu le temps de notre sortie dans l'espace, je suis resté collé sur ma chaise comme une écolière dans une grande roue. Mes collègues ont tenté de me convaincre, mais j'ai refusé de bouger. Ma panique me clouait sur place. Finalement, ils ont abandonné, et tout le monde a dû donner un peu plus pour compenser. Après l'atterrissage, j'ai perdu mon statut d'astronaute, on m'a relégué à un emploi clérical et, plus tard, lorsque Honica Winters a commencé à se mêler de cette affaire, j'ai été forcé de donner ma démission. Honica en avait entendu parler et était venue frapper à ma porte. J'avais déjà été rejeté par mes collègues, et j'étais amer et déprimé. J'avais désespérément besoin de parler à quelqu'un, à n'importe qui, à propos des événements, de raconter ma version des faits. Alors, j'ai accepté l'entrevue.

— Quand les caméras se sont mises en marche, Honica a été sans merci. Elle m'a accusé d'être une poule mouillée, d'avoir manqué à mes responsabilités civiques, d'avoir gaspillé les millions de dollars des contribuables. Chaque question posée me faisait me détester davantage. J'ai été réduit à un idiot chialeur. Heureusement, la NASA a réussi à forcer le réseau à noyer l'histoire. Toutefois, les dommages étaient faits. J'ai passé deux années reclus, incapable de quitter la maison, refusant de parler à qui que ce soit. J'étais dépressif et suicidaire.

» C'est Marline qui m'a sauvé. Elle m'a permis de me vautrer pendant un certain temps, ne m'offrant que son amour et son soutien, sans me questionner sur ce qui s'était passé là-haut. Elle n'a pas toujours été si méprisante. Vivre avec moi l'a enfermée dans l'Univers, l'a vieillie et l'a rendue amère. Après deux ans à m'écouter me plaindre, elle m'a dit que ça suffisait et m'a forcé à me reprendre en main. Elle a téléphoné à Willard Godfrey pour lui proposer de m'accueillir comme directeur résident. Godfrey a trouvé l'idée géniale. Cet emploi m'a sauvé la vie, Trevor.

» Pourtant, peu après mon arrivée, j'ai découvert que j'en savais bien peu sur cette industrie. Au début, j'avais envie d'apprendre, mais Godfrey n'avait pas du tout envie de partager l'autorité. Il m'avait embauché comme vitrine publicitaire, comme pantin, et me traitait comme un trophée n'ayant rien de mieux à offrir qu'un passé héroïque et un visage photogénique. Je me suis mis à le détester. Après des années à séjourner dans des hôtels cinq étoiles, dorloté et traité en héros, la transition vers l'employé d'hôtel a été difficile. J'étais hors de mon élément. La seule chose qui me gardait motivé, c'était ma conférence mensuelle sur les étoiles.

» Je suis un scientifique, Trevor. Je pense de façon logique. Je ne me préoccupe pas du confort et du bien-être des autres. Les scientifiques sont formés à tout questionner, à dire ce qu'ils pensent, pourtant, dans l'univers hôtelier, il vaut mieux taire ce qui déplaît le moindrement. Dès la première journée, j'eus envie de dire à un client d'aller se faire foutre. Est-ce normal, Trevor?

— Pas vraiment. Nous avons tous envie de nous défouler de temps en temps, mais nous sommes fiers de notre travail. Nous avons envie de faire plaisir.

— Je trouve fascinant la gravité avec laquelle les employés considèrent leur travail dans cette industrie. Ils sont beaucoup plus sérieux que bon nombre de scientifiques et d'astronautes avec lesquels j'ai travaillé, des gens qui font avancer la race humaine et l'Univers!

— Les hôtels ne sont pas que frivolité, dis-je, offensé. C'est un havre de repos où les gens peuvent se détendre, travailler et se rencontrer.

— Oui, bien sûr. Au début, je considérais l'industrie comme simpliste. Je me suis toutefois rendu compte qu'il s'agissait aussi d'une science, d'une certaine manière.

— Rappelle-moi pourquoi tu voudrais être directeur général?

— À la mort de Godfrey, j'ai vu l'occasion de relever un véritable défi.

Je le regardai d'une manière significative.

— Au lieu d'être mis à pied?

Son regard lançait des flèches.

— Godfrey ne m'a pas *remercié*. Il m'a dit que mon avenir était entre les mains des propriétaires de Shangri-La, et qu'ils ne croyaient pas qu'il y ait une place pour moi dans leurs projets. J'avais bien l'intention de leur prouver le contraire. Je savais que je pourrais briller hors de l'ombre de Godfrey. Derrière tous ses sourires et ses poignées de mains, toutes ces préoccupations feintes et ces mots d'encouragement faux, je suis persuadé que Willard Godfrey était un homme méchant. Nous n'étions tous que des pions dans son projet de grandeur. Il a créé cet environnement idyllique, ce refuge au cœur d'une ville déchaînée, si propre, si sécuritaire et si heureux, avec des mets et des vins divins, peuplé de gens riches et civilisés, loin de la pauvreté et des relents de la guerre. Toutefois, la grande différence résidait dans le fait que nous n'étions pas des clients, nous étions ses employés. « Mangez ici, buvez ici et dormez ici, nous a-t-il dit, mais ne partez jamais. » Avec le joli salaire qu'il nous versait, comment l'aurions-nous pu ? Comment espérer faire ce train de vie hors de l'hôtel ? Nous étions pris au piège, séduits. En tant qu'étranger, j'ai réussi à résister à la soumission complète, mais toi, Trevor, et Sandy, voire Shanna, vos vies évoluent au rythme de l'Univers. Vous êtes esclaves de l'Univers. Outre le travail, il n'y a rien, pas de passe-temps, pas d'amis, pas de relations saines. La vie à l'extérieur de l'Univers est un grand vide. Godfrey vous a volé votre vie et votre âme. Dieu merci, quelqu'un l'a arrêté.

— Mon Dieu, Matthew. N'es-tu pas un peu dramatique ?

— Tu ne le vois pas ainsi ?

— Je suis heureux ici.

— L'es-tu vraiment ?

— Pourquoi personne ne veut me croire ? Bon, d'accord, je ne suis pas heureux, mais je suis satisfait. Je ne sais même pas ce qu'est le bonheur exactement.

Je me levai de mon siège pour aller à la fenêtre. Le sifflement s'était arrêté, comme s'il y avait maintenant de nouveau assez d'air à l'intérieur de l'Univers.

— Tu veux savoir ce qu'est le bonheur ?

Je fis volte-face.

— Oui.

— Le bonheur, c'est Nancy Swinton. Ne la laisse pas te filer entre les doigts, Trevor.

★★★★★

Le dernier quart de travail de Nancy devait commencer à 15 h. J'attendis tout l'après-midi dans mon bureau, poussant constamment sur le bouton « Vérification des messages » de mon ordinateur pour passer le temps, incapable de me concentrer sur quoi que ce soit d'autre. À 15 h 12, laissant juste assez de temps à Gaétan pour la mettre au parfum et quitter — ou pour monter à la suite de Matthew pour une autre partie de jambes en l'air — je descendis l'escalier et traversai le hall.

Mon cœur battait la chamade.

Elle était debout dans le bureau, perdue dans ses pensées. Je fus étonné de voir sa chevelure en cascade, sans les attaches réglementaires.

Elle se retourna lorsque je frappai à l'embrasure de la porte et son regard s'illumina.

— Trevor ! J'espérais que tu passes me voir aujourd'hui.

— Ouais, bon, j'étais dans les parages.

— C'est mon dernier jour.

Elle était radieuse, pas du tout triste ou désespérée tel que je l'aurais espéré.

— Nancy, tes cheveux…

Un sourire moqueur se dessina sur ses lèvres.

— Tu aimes ?

Elle replaça sa chevelure et fit quelques pas de danse, dans un sens et puis dans l'autre, faisant valser ses cheveux sur ses épaules comme dans une publicité de shampoing.

J'étais désarmé.

— Hum, Nancy, tu devrais… cela va à l'encontre des valeurs…

— Oh non, c'est la brigade des cheveux ! s'écria-t-elle, se sauvant de moi en badinant. Ne m'embarquez pas !

— Nancy.

— Tu n'aimes pas ?

— C'est superbe, mais… il y a des règles à respecter… c'est dérangeant.

— Et que feras-tu ? Tu me remercieras de mes fonctions ? demanda-t-elle en se rapprochant de moi, l'air taquin.

— Je préférerais que tu les noues.

— Tu es sérieux ? dit-elle exagérément. Trevor, c'est anodin. Ils ne sont ni roses ni rasés ou en boudins. Cela te ferait du bien de laisser voler tes cheveux de temps à autre. N'ai-je pas l'air professionnelle ?

— Oui, mais…

— Les clients seront-ils offusqués ?

Je soupirai.

— Non.

— Alors oublie ça. Il est temps que cet endroit — et toi aussi — cesse d'être aussi coincé. Ça, dit-elle en rejetant sa crinière en arrière, c'est mon cadeau de départ.

Je ne savais plus quoi dire. Elle avait l'air si libre, si libérée, si superbe, que je ne pouvais même pas faire semblant d'être fâché. Je sentis un sourire se dessiner sur mes lèvres. Je tentai de le combattre, sans succès.

Nancy s'assit et regarda l'écran d'ordinateur en sourcillant.

— Brenda Rathberger s'est présentée à la réception il y a quelques minutes pour demander qu'on efface sa note de samedi soir puisqu'elle n'y était pas.

— Où était-elle ?

— En prison.

— Ah, oui !

— Je lui ai dit que je devrais vérifier avec toi. Puis-je lui charger la nuit ?

Je soupirai.

— Efface sa note.

— Vraiment ? Tu es beaucoup plus gentil que moi. J'imagine que c'est pour ça que je quitte l'industrie. Allons-nous intenter une poursuite ?

— Ça dépend de Cynthia. J'imagine que cela dépend de Brenda, si elle intente ou non une poursuite elle-même.

Nancy se mit à entrer des informations à l'écran.

— Honica Winters quitte également demain.

— Dieu merci ! Finalement, tout rentrera dans l'ordre.

Elle s'arrêta.

— Sauf une chose, dit-elle en se tournant vers moi.

Nos regards se croisèrent. J'eus un moment de ravissement pur comme si nos âmes étaient liées. Puis, la panique s'empara de moi, et je fis marche arrière. L'intimité était trop intense pour moi. Je paniquai intérieurement. Je voulais m'enfuir, mais je me forçai à rester là.

— Nancy, je tiens à m'excuser… je n'avais pas compris que Gaétan et toi étiez colocataires. J'ai cru que… que Matthew…

Elle se leva et posa deux doigts sur mes lèvres, me réduisant au silence.

— Je comprends, dit-elle, en un murmure.

Elle me regarda d'un œil amusé, souriant des yeux autant que des lèvres, le visage illuminé. Même ses cheveux semblaient sourire à leur façon de tomber sur ses épaules et sur sa poitrine.

— Les dernières semaines ont été si… si difficiles, dis-je, en lui mordillant les doigts.

Je me tus, gêné. Je regardai au plafond, respirant son parfum floral délicieux.

— Je suis si troublé et mélangé. J'aurais voulu te dire que… mais je ne pouvais pas, tu comprends, puisque nous travaillons ensemble, et que c'est contre les règles, et que c'est si dangereux, et…

— Tu parles trop, Trevor, dit-elle doucement.

Nos regards se croisèrent. Le sien, si sûr, si doux, faisant dévier toutes les ondes négatives que j'envoyais en sa direction, me calmant, me permettant de soutenir son regard et de savourer le moment. Je sentis quelque chose se dénouer en moi, des fenêtres intérieures s'ouvrir, le soleil briller en moi.

Je pris sa main dans la mienne pour y déposer un baiser. Je désespérais de lui dire que je l'aimais.

Le bruit de mon comm-U brisa le silence.

— Excuse-moi, dis-je en le retirant de ma ceinture.

Nancy se leva et reprit ses esprits, l'air gêné, comme si nous venions de faire l'amour. Elle entreprit de nouer ses cheveux en queue de cheval.

Mes mains tremblaient en cherchant l'appareil. J'avais oublié comment m'en servir. Finalement, je trouvai le bouton de réception.

— Trevor Lambert à l'appareil, dis-je d'une petite voix tremblante.

— Trevor, ici Shanna. Es-tu seul ?

Je jetai un regard vers Nancy. Elle se leva pour quitter, mais je posai la main sur elle pour l'en empêcher. Je mis mon écouteur.

— Oui, Shanna. Qu'est-ce qui se passe ?

— Je me demandais si tu pouvais venir me voir.

— Venir te voir ? Où es-tu ? À ton bureau ?

— Je suis à la maison.

— Tu veux que je vienne te voir *chez toi* ?

— Oui, s'il te plaît, dit-elle distraitement.

— Tout va bien ?

— Je dois te montrer quelque chose. C'est très important, Trevor.

— D'accord.

Elle me donna son adresse à Gramercy Park ; je raccrochai.

Nancy rangeait ses choses dans une boîte de carton.

— Nancy, je dois y aller. Je vais voir Shanna.

— Est-ce une bonne idée ? Tout le monde dit que c'est elle qui a tué monsieur Godfrey. Si elle était dangereuse ?

— Shanna ? Elle est inoffensive.

Elle parut inquiète.

— Espérons-le.

Je m'approchai et retirai délicatement l'élastique de ses cheveux, les laissant retomber librement.

Elle leva les yeux, le visage écarlate.

Gêné, je rompis le charme en me dirigeant vers la porte. Je m'arrêtai et me retournai.

— Hé, je me demandais si… si nous pourrions nous voir plus tard. Peut-être pour dîner ?

— Ici ? À l'Univers ?

— Non. Ailleurs. N'importe où, ailleurs.

— Ça me plairait bien.

—Je t'appellerai.

Je sortis rapidement du bureau.

Nancy m'aime.

21

Une éclipse solaire

Un taxi me déposa devant un immeuble en briques de six étages sur Irving Place à Gramercy Park. Tout en gravissant les marches en pierre, frissonnant dans l'air glacial de l'après-midi, l'idée me vint que je pouvais être sur le point de tomber dans un piège. Si Shanna *avait* tué monsieur Godfrey, ce qui semblait de plus en plus probable, elle pouvait être déséquilibrée, maniaque ou possiblement meurtrière. Et si elle voulait m'attirer ailleurs pour me couper en petits morceaux et m'offrir en pâté à son chat ? La perspective semblait scandaleuse, mais un frisson descendit le long de ma colonne vertébrale. Me rappelant à quel point elle était petite et que sa personnalité était nettement plus intimidante qu'elle-même, je trouvai son nom sur le répertoire et je sonnai à l'appartement 401. L'immeuble était charmant, situé dans un magnifique quartier, mais, comme dans le cas de Sandy, j'avais toujours imaginé Shanna vivant dans quelque chose de beaucoup plus grandiose — une grande maison de ville avec un grand portail en fer forgé et un majordome, peut-être.

La voix de Shanna se fit entendre dans l'interphone.

— Qui est-ce ?

— Trevor.

Quand elle ouvrit la porte de son appartement quelques minutes plus tard, non seulement elle avait l'air contente de me voir, mais elle me surprit en ouvrant les bras pour un câlin. Une vérification rapide confirma qu'elle n'avait pas de fusil dans les mains et qu'il n'y avait pas de couteau ou d'instrument contondant dans les environs, à l'exception d'un parapluie noir déposé dans un vase en céramique près de la porte. En fait, elle portait des gants de cuisinier et un tablier taché de pâte à biscuits. Ses cheveux étaient nattés d'un côté et elle n'était pas maquillée. Elle avait l'air différente sans son tailleur... plus jeune, moins sévère et plus à l'aise. Sûrement pas violente ou menaçante.

Je la suivis le long d'un couloir étroit avec un plafond voûté peint en doré jusqu'à une petite salle de séjour meublée d'un tapis persan, d'un divan en velours rouge et d'un sofa assorti. Une série de grandes toiles avec des paysages orientaux étaient accrochées aux murs. Les meubles étaient anciens et trop gros, comme si elle était passée d'un grand logement à un plus petit. Ça faisait bizarre de me retrouver chez Shanna après l'avoir côtoyée chaque jour de la semaine pendant cinq ans en ne sachant à peu près rien de sa vie personnelle. L'appartement était étonnamment féminin avec des poupées Kewpie, des figurines en cristal et des bouquets de fleurs séchées sur toutes les surfaces.

— Assois-toi, dit-elle. Puis-je t'offrir quelque chose à boire ? Vin ? Thé ? Eau ?

— De l'eau, s'il te plaît.

Pendant qu'elle était à la cuisine, je m'avançai vers le manteau de la cheminée. Entre deux tigres sculptés dans du bois de rose se trouvait une photo encadrée d'un garçon et d'une fille à la fin de l'adolescence. Comme Shanna, la fille avait une chevelure noire imposante et le garçon avait un large sourire. Ses enfants, imaginai-je.

Shanna revint avec un plateau de biscuits et une grande bouteille de San Pellegrino.

— Assois-toi, dit-elle en me tendant un verre.

Je m'assis sur le divan et elle se laissa glisser sur le plancher, s'assoyant en tailleur et tenant le verre d'eau avec ses deux mains comme s'il s'agissait de thé chaud. Elle m'offrit un biscuit. J'en pris un et je m'apprêtais à en prendre une bouchée lorsque je m'arrêtai, soudainement méfiant.

— Quand tu as dit que tu n'avais pas cuisiné depuis 20 ans, est-ce la dernière chose que tu as faite ?

— Ce n'est pas mauvais, n'est-ce pas ?

Je pris une bouchée.

— C'est plutôt bon en fait.

Le biscuit était dur, mais succulent avec de la farine d'avoine, des carottes râpées et des noix. Il me vint à l'idée qu'elle pouvait vouloir m'empoisonner. J'attendis donc qu'elle en choisisse un elle-même, apparemment au hasard, avant de prendre une autre bouchée.

— Je suis sûre que tu te demandes pourquoi je t'ai demandé de venir, dit-elle. Je veux te montrer quelque chose.

Elle saisit la télécommande sur la table et se tourna vers le magnétoscope. Je reconnus des images de la fête de Noël des employés… les gens et leurs vêtements, mais pas la scène. Elle était sombre et chaotique.

— Le retour à la maison en autobus, expliqua-t-elle en pressant sur une touche pour rembobiner la cassette. Susan Medley était si ivre qu'elle pouvait à peine tenir la caméra.

Au fur et à mesure que la cassette se rembobinait, des employées reculaient dans l'autobus et marchaient à l'envers vers l'hôtel. Même en mode rembobinage, ils semblaient ivres et leurs mouvements étaient chancelants et comiques alors qu'ils reculaient dans le hall. La caméra montra une vue panoramique du bar, lequel était bondé de gens.

— Ici, dit Shanna en arrêtant la cassette et en pressant ensuite le bouton *Marche*. Attends une minute ; je ne l'ai pas arrêtée à temps.

La cassette commença à jouer, en mode *avant* cette fois. Le même groupe se trouvait dans l'ascenseur, descendant de l'Observatoire. Je reconnus Manny de l'entretien ménager, Liz de la comptabilité, Jeff de l'entretien et au moins deux autres personnes en plus de Susan. Ils cabotinaient devant la caméra et faisaient des gestes obscènes. La caméra se tourna vers le mur en vitre et pointa vers le hall, suivant le grand arbre de Noël blanc et s'attardant sur l'étoile dorée au sommet. L'image devint floue quand l'ascenseur atteignit le niveau du hall et que le groupe en descendit. Susan s'attarda derrière les autres, faisant un zoom sur la main de Liz qui se pressait sur les fesses de Manny.

— Liz n'est-elle pas mariée ? dis-je.

— Manny aussi. Fais attention maintenant ! Regarde avec attention.

La caméra montra une vue panoramique du hall, s'arrêtant brièvement pour montrer deux préposés à la réception, puis elle se déplaça vers les présentoirs à l'avant du hall et s'avança vers le bar — la même scène que j'avais vue en mode *marche arrière*.

— Que dois-je regarder ? demandai-je impatiemment.

— Chut ! dit-elle en pressant le mode *Ralenti*.

La cassette avança lentement, image par image.

— Regarde attentivement… *là !*

Elle mit la caméra sur *Pause*, figeant l'écran, et elle se leva pour s'avancer rapidement vers le téléviseur. Elle pointa le coin supérieur droit de l'écran de son ongle long couleur lavande.

— Regarde ! Regarde qui est assis dans le bar !

Je me levai et plissai les yeux devant l'écran. Une femme était assise seule à une table dans un coin sombre du bar. Elle portait des lunettes foncées, un manteau de fourrure, et un foulard enveloppait sa tête à la manière d'une vedette des années 1960. Elle tenait un verre de liquide ambré contre ses lèvres et semblait lécher le côté du verre.

— Cynthia Godfrey? dis-je.

— En effet! dit-elle en se tournant vers moi, le regard intrigant. Je suis convaincue que c'est elle.

Je jetai un coup d'œil à l'horloge numérique dans le coin inférieur droit de l'écran. Celle-ci affichait 12 h 13.

— Ça ne peut pas être elle. Elle était partie depuis longtemps à ce moment. De plus, elle était vêtue différemment. Elle portait une robe longue bleu pâle.

— Elle s'est changée.

Je la regardai avec des yeux vides.

— Je ne comprends pas.

— Cynthia est rentrée chez elle et s'est changée, puis elle est revenue à l'hôtel. La voici, se cachant, seule, dans un coin sombre du bar, observant l'activité dans le hall.

— Et alors? Ce ne serait pas la première fois qu'elle traîne dans le bar. Elle a souvent attendu son père à cet endroit.

— Ce qu'elle est précisément en train de faire. Regarde-la! Elle a réellement l'air du diable. Et elle est déguisée.

Je scrutai attentivement l'écran. Effectivement, il y avait quelque chose de diabolique dans son expression, mais elle était trop floue et trop éloignée pour qu'on la reconnaisse à coup sûr.

— Qu'est-ce que ça fait *si* c'est elle?

— Penses-y, Trevor. Et si aucun d'entre nous — pas moi, pas Sandy, pas Matthew — n'a été arrêté parce qu'aucun d'entre nous n'a renversé Willard? Et si un quatrième véhicule était parvenu au *Niveau 4* sans être remarqué?

— J'ai essayé de découvrir moi-même comment cela aurait pu se produire, mais j'ai vu les rapports d'activités. Personne d'autre n'est descendu là, Shanna. Les policiers eux-mêmes ont affirmé qu'il n'y a pas eu d'entrée par effraction.

— Je ne parle pas d'une entrée par effraction.

— Je ne comprends pas.

— Laisse-moi te raconter une histoire, Trevor.

Laissant la cassette arrêtée sur l'image, Shanna s'assit sur le sol en position de méditation.

— J'ai commencé à travailler à l'hôtel seulement quelques semaines avant toi. Je n'avais jamais travaillé avec Willard Godfrey, je n'avais jamais entendu parler de lui, mais il avait entendu parler de moi et il m'a dénichée au Claridge de Londres. Nous avons bien travaillé ensemble dès le début et nous sommes devenus de grands amis. Puis, à mon grand étonnement, il y a un peu plus d'un an, nous sommes tombés amoureux.

— Je sais. Cynthia me l'a dit.

— Ah oui ? dit Shanna, effarée. Quand ?

— À la fête de Matthew.

— Que t'a-t-elle dit d'autre ?

— Laisse-moi y penser… Oh, elle a dit que tu avais tué Willard Godfrey.

— Évidemment qu'elle a dit ça.

Je fus étonné de voir Shanna esquisser un sourire. Elle n'agissait sûrement pas comme une meurtrière. Je décidai de l'écouter, mais je commençais à me demander si elle n'avait pas concocté une histoire complexe qui accusait Cynthia, et qu'elle m'avait invité pour me convaincre que c'était vrai. Après avoir entendu les mensonges des autres depuis deux semaines, je ne pouvais plus faire confiance à quiconque.

— Je n'étais pas attirée par Willard au début, dit-elle, en poursuivant son récit. Après tout, il avait près de 30 ans de plus que moi.

La différence était de moins de 20 ans, mais je la laissai poursuivre.

— Notre relation a évolué très, très lentement. Au début, je n'ai ressenti que de l'admiration et du respect. Après la mort de sa femme, j'ai éprouvé de la tendresse pour lui, mais pas de l'amour. Derrière tous les sourires, le charme et l'optimisme ensoleillé, Willard était l'une des personnes les plus tristes, sombres, solitaires que j'aie jamais rencontrées. Il y a environ deux ans, j'ai été surprise par un petit éclat en moi, une étincelle d'intrigue qui a pris son élan et s'est transformée en flamme. Ce n'est qu'il y environ un an que les choses se sont vraiment enflammées. Nous avons commencé à nous fréquenter régulièrement. Il était essentiel de garder notre relation secrète, avec tout ce qu'il prêchait à propos des Valeurs universelles, mais ce n'était pas facile. Pour la première fois depuis des années, j'ai découvert que j'étais heureuse. Tout comme Willard. Il y a environ trois mois, nous en avons eu assez de cacher notre relation. Willard en avait terminé avec l'industrie hôtelière. Son point de vue sur la vie avait changé. Il pensait avoir réalisé son rêve en bâtissant l'Univers, mais il avait tellement fait de sacrifices et il avait fini par le regretter. Il voulait sauver ce qui lui restait de vie à vivre.

Elle lança un regard au manteau de la cheminée, à la photo de ses enfants.

— Parfois, nous devenons si absorbés par le travail que nous oublions que nous avons une maison. Puis, tout à coup, nous n'avons plus de maison où nous pouvons rentrer. Bantu et Eliza refusent de me parler. Avant le divorce, nous vivions tous ensemble à Londres, heureux, selon moi. Cependant, je passais tellement de temps au travail que je ne me suis pas rendu compte que mon mari avait cessé de m'aimer. Il a rencontré quelqu'un d'autre qui avait tout le temps au monde pour lui donner l'amour et l'adoration qu'il désirait. Un soir, je suis rentrée du travail et ils étaient tous partis. Après cela, la seule chose qui m'a empêchée de sombrer dans la misère complète a été mon travail.

» Rencontrer Willard m'a aidée à me rappeler à quel point l'amour peut être merveilleux. Nous avions prévu nous enfuir, voyager et profiter de la vie.

Je me rappelai Shanna racontant à Brenda qu'elle aussi avait perdu son mari. Je réalisais maintenant qu'elle parlait de Willard Godfrey.

— Il n'était pas tout à fait prêt à laisser complètement aller l'hôtel, continua Shanna. Il a donc commencé à négocier une entente avec le Shangri-La pour que cette entreprise s'occupe de la gestion de l'hôtel. Pendant les semaines précédant sa mort, il est parvenu, après maintes discussions, à une entente selon laquelle tous les employés de la direction auraient le choix entre rester au moins un an ou prendre une indemnité de départ d'un an. Il avait l'intention de tous vous rencontrer afin de vous convaincre d'opter pour le rachat. Il pensait que ce serait l'occasion idéale de faire quelque chose du même genre que ce que nous avions planifié : prendre une année sabbatique, s'arrêter et profiter de la vie pendant un an, pour évaluer nos priorités et peut-être changer de direction.

— C'est donc pour cette raison qu'il avait prévu ces rencontres avec nous. C'est ce qu'il voulait dire par « l'avenir » ?

Elle hocha la tête.

— Alors, qui avait-il l'intention de nommer directeur général ?

Elle ferma les yeux pendant un moment.

— Aucun d'entre vous. Il laissait la décision à Shangri-La — et évidemment, ceux-ci amèneraient leurs employés.

Je hochai la tête, blessé.

— Essaie de comprendre, Trevor. Willard te considérait comme un candidat solide, mais à la fin, il a décidé que tu n'étais pas prêt, à cause du dévouement et du rendement au travail. Tu n'étais pas dépourvu dans ces domaines, tu en faisais *trop*. Il s'est rendu compte trop tard que les meilleurs directeurs trouvaient l'équilibre dans leur vie. À long terme, seulement le travail et pas de plaisir mène au surmenage, une expérience qu'il avait personnellement vécue. Il ne voulait pas la même chose pour toi, pas plus qu'il ne voulait confier la gestion de son cher Univers à quelqu'un qui serait complètement surmené dans quelques années. Il avait l'intention d'en discuter avec toi lors de votre rencontre le 3 janvier, au moment où l'entente avec Shangri-La devait être conclue, et tu aurais su tes options. Il est cependant mort avant toute signature.

— Si tu savais cela depuis le début, pourquoi ne nous as-tu rien dit ?

— Je voulais le faire, mais j'étais tellement blessée, tellement dévastée par sa mort. Je craignais que si je laissais ne serait-ce qu'un fil décousu, que si j'essayais de parler à l'un d'entre vous, je m'effondrerais complètement. De plus, c'était absurde. Je savais que Cynthia ferait ce qu'elle avait envie de faire. J'ai essayé de lui parler à plusieurs reprises, mais elle ne m'a pas laissée l'approcher.

Shanna prit une gorgée d'eau et sourit tristement, les yeux humides.

— La veille de sa mort, cinq d'entre nous ont dîné à l'Orbite — Willard, Cynthia, Katherine et Roger Weatherhead, et moi — afin de saluer les Weatherhead avant leur croisière. Pendant le dîner, Willard a annoncé son intention de s'enfuir avec moi. Roger et Katherine étaient enchantés. Cynthia était furieuse. Elle se sentait déjà abandonnée par son père, et ce, sans raison. Ceci était trop pour celle. Il lui avait coupé les vivres seulement quelques mois auparavant, refusant de lui donner de l'argent afin qu'elle arrête de faire la fête et se trouve un vrai emploi. Maintenant, il partait avec quelqu'un d'autre, la laissant seule et fauchée. S'il se remariait, son héritage entier risquait d'être en danger.

— Cynthia a dit que Willard avait l'intention de rompre avec toi et que tu l'as donc tué.

— Ah, vraiment? C'est fascinant.

Shanna se leva et mit la cassette du stationnement dans le magnétoscope.

— Maintenant, regarde ceci, dit-elle.

Quand la cassette commença, je reconnus les images en noir et blanc de la caméra du stationnement qui avaient été montrées dans *Aux frontières de l'information*. Shanna pressa sur la *marche arrière* tout en commentant pendant que la cassette reculait.

— Voici Matthew qui est le dernier à sortir avec sa voiture... Voici Sandy... et me voici. Ignore ce véhicule, et celui-ci — ils se dirigent vers la cabine de perception —, tu vois? D'accord, surveille le prochain.

Elle arrêta la cassette, interrompant l'image sur un VUS noir aux vitres teintées et qui ressemblait à un Jeep Liberty. L'horloge dans le coin de l'écran affichait 1 h 03. Contrairement aux véhicules des employés, celui-ci s'avança devant la cabine de perception. La plaque d'immatriculation avait été enlevée. La cassette avança, image par image. Un bras vêtu de fourrure s'étira hors de la vitre, tendant un billet au caissier. Le caissier le rata et le billet flotta jusqu'au sol. Le conducteur ouvrit la porte et se pencha pour le saisir.

— Regarde, s'écria Shanna.

Il était difficile de voir clairement, mais je pus me rendre compte que la femme portait des lunettes foncées et qu'elle avait un foulard autour de la tête.

— *C'est* Cynthia Godfrey, affirma Shanna d'un ton triomphant en arrêtant l'image.

Je me levai et m'approchai du téléviseur. L'image était granuleuse et en noir et blanc, et il était impossible d'identifier qui que ce soit de manière infaillible, mais il n'y avait aucun doute qu'il s'agissait de la même femme que dans le bar.

— Mais Cynthia Godfrey conduit une Mini-Cooper, dis-je.

— Elle doit avoir emprunté le camion d'un ami ou en avoir loué un. Voici ma théorie, Trevor. Après avoir appris que son père allait se marier avec moi, elle est devenue désespérée. Si je devenais sa femme, elle risquait de perdre tout son héritage. Elle connaissait très bien nos traditions des fêtes de Noël, ayant assisté à chacune d'entre elles dans le passé. Elle a donc échafaudé un plan pour tuer son père... et possiblement pour monter un coup afin que l'un d'entre nous soit accusé par le fait même. Quand elle est sortie la première fois, vers 22 h — j'ai également cela sur cassette —, dans sa Cooper, elle a utilisé son laissez-passer de stationnement pour être sûre qu'il restait une trace de son départ. Elle est rentrée à la maison, s'est changée, a pris le VUS et est revenue, incognito cette fois. Je peux te montrer son arrivée si tu veux, vers 23 h 30. Elle n'a pas utilisé son laissez-passer, mais a pris un billet comme les autres clients afin de ne pas être enregistrée. Elle a ensuite utilisé sa commande à distance pour descendre au *Niveau 5*, sachant que ce geste ne serait pas surveillé. Ella a garé son véhicule au *Niveau 4* ou au *Niveau 5* et est remontée au bar pour attendre la fin de la fête ainsi que le départ de son père.

— Elle a utilisé un assez mauvais déguisement, dis-je.

— C'était sans doute intentionnel. Elle n'a pas voulu inquiéter son père et s'est donc habillée comme si elle prévoyait sortir dans un bar en sachant que son père n'avait jamais rien compris à la mode. Quand elle a vu Susan et les autres qui descendaient pour prendre la dernière navette, elle a su que la fête était terminée et que nous serions juste derrière eux afin de saluer leur départ. À ce moment, elle est sans doute montée au bureau de son père pour l'y attendre. Quand il est arrivé, elle a pris l'ascenseur avec lui, le laissant utiliser son propre laissez-passer afin de ne laisser aucune trace de sa présence. Pendant qu'il déposait les cadeaux dans sa voiture, elle s'est hâtée de descendre la rampe pour récupérer son camion. Elle s'est avancée près du coin pour attendre qu'il soit une cible facile. Puis, elle a appuyé à fond sur l'accélérateur. *Bang!* Elle s'est arrêtée afin de s'assurer qu'il était mort, mais il était encore vivant. Travaillant rapidement, puisqu'elle savait que les derniers employés à quitter la fête étaient sur le point de venir chercher leurs voitures quelques minutes plus tard, elle a trouvé quelque chose pour l'achever avant de se dépêcher de partir. Les portes n'étant pas surveillées, il n'y avait donc pas de traces de son retour. Quand elle a voulu payer, elle tremblait sans doute tellement violemment qu'elle a échappé son argent, ce qui a été enregistré par la caméra.

J'étais tellement absorbé par son récit que j'avais arrêté de respirer. Mon esprit fonctionnait à toute allure.

— Que crois-tu qu'elle a utilisé pour le frapper? demandai-je. Peut-être que si les policiers trouvaient cet objet, ils pourraient y relever ses empreintes digitales?

— Je n'en ai aucune idée, répondit Shanna en haussant les épaules. Elle a peut-être apporté une masse avec elle ou elle a pu trouver quelque chose en bas.

— Le diable à bagages! m'écriai-je soudainement.

— Quoi? Tu crois qu'elle a soulevé un diable à bagages au-dessus de sa tête...

— Non. Le modèle réduit de la Sphère vissé en haut. Quand je suis descendu avec Brenda Rathberger, j'ai vu un diable à bagages. La Sphère n'y était pas. Je l'ai poussé dans le placard de l'entretien, pensant qu'il était là pour une réparation. Elle doit l'avoir dévissé. Oh, là, là! elle a utilisé le symbole de l'Univers pour assassiner son père!

— Mais où est cette sphère maintenant?

— Sans doute au fond de la rivière Hudson.

Shanna tendit la main pour serrer la mienne, ses longs ongles s'enfonçant dans ma peau.

— Elle a tué son propre père, Trevor. Elle a volé ses précieuses dernières années, elle lui a enlevé la vie juste au moment où nous nous apprêtions à partir vers le coucher du soleil. Nous devons la faire payer.

— Nous le ferons, dis-je. Je le promets.

★★★★★

Plus tard ce soir-là, j'étais entendu sur mon divan à essayer de me concentrer sur *Rénovez votre vie!* en me débattant avec une autre mauvaise métaphore de rénovation de Kathy McAfee lorsque le téléphone sonna.

— Trevor, c'est Cynthia Godfrey.

Mon cœur faillit s'arrêter. Que voulait-elle? Elle ne m'avait jamais appelé à la maison auparavant. Avait-elle eu vent d'une quelconque façon de ma conversation avec Shanna? Allait-elle maintenant s'attaquer à *moi*? Elle n'avait toutefois pas l'air sinistre. Elle semblait optimiste et amicale, ce qui était inquiétant en soi.

— Cynthia, comment vas-tu? demandai-je en essayant de contrôler le rythme de ma respiration.

— Peux-tu parler? Est-ce que tu es seul?

— Oui.

— Je veux te mettre au parfum à propos de ce qui va se passer demain matin.

— J'écoute.

— J'ai vendu l'Univers à ValuLuxe.

— Tu as fait *quoi*?

— Je ne peux plus supporter toutes ces foutaises. Je ne fais que respecter les volontés de mon père.

— Mais ton père n'avait pas l'intention de vendre L'Univers, Cynthia, il allait engager Shangri-La pour le gérer.

— Ce sont des conneries ! Qui t'a dit ça ?

Je m'abstins de répondre.

— Tu te rappelles, il y a quelques semaines, lorsque tu m'as dit que c'était ton rêve de devenir directeur général de l'Univers ? me dit-elle. Je t'ai écouté, Trevor. J'aime ta passion. Et je te fais confiance. J'ai conclu une entente avec ValuLuxe afin de te garder comme chef de l'équipe de transition du côté de l'Univers. Les acquéreurs veulent quelqu'un qui a le respect des employés et qui connaît très bien les opérations. Je leur ai dit que tu étais cette personne. Tu seras directeur général, Trevor. Ce que tu as toujours voulu être !

— Vraiment ! Moi ? demandais-je alors que mon rythme cardiaque s'accélérait. Et qu'en est-il des autres ?

— Tu parles de Matthew et Shanna ?

— Et de Sandy.

— Hum, tous les membres du personnel de direction seront remplacés par des gens de ValuLuxe. Attends de les rencontrer, Trevor, c'est un groupe très impressionnant. La chef de l'équipe de transition se nomme Debbie Schmidt. C'est une femme vive et une personne vraiment extraordinaire. Ces gens font souvent ce genre de reprise. Un soir, l'hôtel est un Marriott, et le lendemain, c'est un ValuLuxe. Tu vas *réellement* aimer travailler avec eux.

— Mais j'aime réellement travailler avec l'équipe actuelle. Elle sera congédiée ?

— Si tu n'es pas intéressé…

— Quelle est la solution de rechange ?

— Tu restes pour aider à la transition ou tu pars avec les autres.

— Je serais congédié, juste comme ça ?

— C'est leur condition, pas la mienne. Je me suis battue en ta faveur, Trevor. Je les ai convaincus de te garder.

Je soupirai et pesai l'offre.

— Je serai leur marionnette.

— D'accord, ça va, je vais les appeler et leur dire que tu n'es pas intéressé.

— Non! Laisse-moi d'abord y réfléchir.

— Il n'y a pas de temps pour réfléchir, Trevor. Ça va se passer demain matin et je dois appeler Debbie maintenant pour lui dire si tu es intéressé ou non. Tu n'as qu'à me dire oui ou non. Si tu dis oui, les documents seront prêts pour toi dans la matinée.

Je songeai à mes collègues. Congédiés, tous! Comment Willard Godfrey aurait-il pu souhaiter une telle chose?

— Qu'en est-il des indemnités de départ? demandai-je. Est-ce qu'on s'en occupe?

— Absolument.

Mon esprit s'agitait. Penseraient-ils que je les avais vendus? Ce matin, justement, Matthew m'avait dit qu'il détestait l'industrie hôtelière. Et Sandy? Elle avait dit elle-même qu'elle avait besoin de rester à la maison afin d'arranger les choses avec Jack. Et la semaine dernière, Shanna m'avait avoué avoir perdu sa passion et qu'elle ne faisait que compter le temps la séparant d'une retraite anticipée. Pourquoi sacrifier ma carrière pour ces gens dont le cœur n'était pas à l'ouvrage? J'étais fatigué d'être poussé par tous ces individus qui se préoccupaient autant de leurs besoins et aspirations. Qu'en était-il de mes aspirations? tre directeur général était le rêve de ma vie. Trevor Lambert, directeur général! Ce n'était qu'en restant que je pourrais m'assurer que l'héritage de monsieur Godfrey se transmette. C'était mon devoir, n'est-ce pas? Sans moi, qui pourrait le protéger? Et quelle alternative avais-je si je refusais le poste? Je n'aurais pas d'emploi, je devrais rentrer à Vancouver.

— Trevor, quelle est la réponse ? Oui ou non ?

— Je réfléchis.

Évidemment, il y avait le petit détail relatif au fait que Cynthia Godfrey était une meurtrière… si la théorie de Shanna s'avérait exacte. Maintenant que j'étais au téléphone avec elle, ma conviction commençait à s'effriter. Elle ne parlait pas comme une meurtrière. Je me demandai de nouveau si Shanna avait échafaudé toute cette histoire afin de se protéger. Au fond, Cynthia n'était-elle pas vraiment une bonne personne ? Elle disait qu'elle m'appréciait, qu'elle me faisait confiance et qu'elle s'était battue pour moi. C'était plus que ce que je pouvais dire des autres. Peut-être avais-je tort à son sujet. Même si Shanna avait raison et que Cynthia était coupable, elle serait arrêtée bientôt et l'hôtel serait vendu, ce qui signifie qu'elle n'aurait plus rien à y voir. Je ne serais pas sous les ordres d'une meurtrière. Mon travail serait assuré. Et une fois que j'aurais prouvé ma valeur à ValuLuxe…

— *Trevor.*

— D'accord. Je vais le faire.

— Tu es sûr ?

— Je suis sûr.

— Génial. Je vais demander à Debbie de préparer les documents et nous te verrons demain matin.

Après avoir raccroché, je réfléchis profondément pendant un long moment, essayant de me convaincre que je faisais le bon choix, que je n'étais pas un traître. *Tu ne peux pas toujours faire plaisir à tout le monde,* me dis-je. Le lendemain serait difficile et inconfortable, mais une fois que ça serait terminé, ça irait beaucoup mieux.

Et je serai directeur général de l'Univers.

Satisfait, je repris de nouveau *Rénovez votre vie !*

Ennuyé par le premier chapitre, je sautai au deuxième.

« Quand j'ai découvert pour la première fois que j'avais le cancer, écrivait Kathy McAfee, j'ai eu peur de le dire à ma famille. Ils étaient si occupés avec leur propre vie et je ne voulais pas être un poids. J'ai donc gardé l'information pour moi et... »

Je déposai le livre. Une pensée effrayante me vint à l'esprit. Je le repris et relus le passage : « ... je ne voulais pas être un poids... » Était-ce le grand secret de Maman ? Était-ce la raison pour laquelle elle apportait ce livre partout où elle allait ? Tout à coup, je fus incapable de respirer.

Je saisis le téléphone et composai le numéro de ma mère.

— Quelle nouvelle as-tu annoncée à tout le monde sauf à moi, Maman ? lui demandai-je dès qu'elle répondit.

Il y eut une longue pause.

— J'ai essayé de te le dire, chéri, mais tu ne m'en as pas donné l'occasion.

Ma gorge était si sèche que je pouvais à peine parler.

— Me dire *quoi* ?

— J'ai le cancer.

— Oh non ! Est-ce que tu vas mourir ?

— Non, Trevor, je ne vais pas mourir. Je l'ai eu il y a quelques années et ils ont réussi à l'enrayer avec de la chimiothérapie, mais il est revenu. Ils vont m'enlever un sein jeudi. Je subirai un autre traitement de chimio et ça devrait être suffisant. Ce n'est vraiment rien, Trevor. Je ne veux pas que tu t'inquiètes.

Je me passai les doigts dans les cheveux.

— Comment te sens-tu ?

Des sanglots ressemblant au hoquet commencèrent à monter de mon estomac.

— Je me sens très bien en fait.

— Tu as passé à travers ceci il y a quelques *années* et tu ne m'as rien dit ?

— Tu étais tellement occupé avec l'ouverture de l'hôtel que je n'ai pas voulu te déranger. J'avais peur que tu te sentes obligé de revenir à la maison, et tu étais si excité à propos de ta nouvelle vie à New York. J'ai fait promettre aux filles de ne rien te dire.

— Et cette fois ?

Elle soupira.

— Je ne voulais pas te bouleverser.

— Tu as passé ta visite au complet à essayer de me bouleverser ! Ceci aurait été l'atout ultime, Maman, le parfait moyen de me faire sentir coupable afin que je revienne à Vancouver. Je ne peux pas croire que tu ne l'aies pas utilisé !

— Je veux que tu reviennes à la maison pour les bonnes raisons, Trevor, pas parce que tu es inquiet à mon sujet ou parce que tu te sens coupable.

— Est-ce que ça va, Maman ? demandai-je. Dis-moi la vérité. Est-ce que ça va aller ?

— Je vais très bien aller, chéri.

— Est-ce pour cette raison que tu portes une perruque ? Est-ce ce que c'est ce que tu voulais dire par « je viens d'avoir une coupe de cheveux » ?

— Mes cheveux n'ont jamais bien repoussé, j'ai donc gardé la perruque. Perdre mes cheveux a été la meilleure chose qui me soit arrivée, Trevor. Ironiquement, le cancer m'a fait recommencer à vivre. Je vais de nouveau perdre mes cheveux, mais ça ne me dérange pas. J'ai ma vie.

— Je suis tellement désolé, Maman. Je suis un fils si horrible.

— Tu es un fils extraordinaire.

— Je suis en train de lire *Rénovez votre vie* ! C'est ce qui m'a fait réaliser que quelque chose n'allait pas.

— Je suis ravie, chéri. J'aimerais pouvoir te dire que je lis *Les Valeurs universelles,* mais ce n'est pas le cas.

— Je vais bientôt aller te visiter, Maman. Je te le promets.

— J'ai hâte !

— Je vais te rappeler pour savoir comment tu vas avant jeudi.

— Ne t'inquiète pas, chéri. Ce n'est vraiment pas nécessaire. Je sais que tu es occupé.

Je raccrochai et lançai *Rénovez votre vie !* à travers la pièce, faisant une marque fraîche sur le mur jaune.

22

La fin de l'Univers

La Bulle cosmique ayant explosé, la séance d'information fut déplacée dans la salle Pluton située au même étage que le hall. La plus petite salle de réunion de l'hôtel portait bien son nom ; située dans un coin éloigné de l'étage du hall, dans une pièce sans fenêtres, un mauvais éclairage et pratiquement aucune ventilation, elle était minuscule, sombre et semblait toujours froide.

— Du Centre de l'Univers à Pluton, plaisanta Matthew en se joignant à Shanna et moi. C'est particulièrement adéquat, considérant que nous sommes tombés en disgrâce.

Pendant que nous nous installions, Sandy James apparut dans l'embrasure de la porte, épanouie.

— Bonjour les amis !

Que c'était rafraîchissant de la voir de retour ! Nous nous levâmes tous pour lui faire un câlin.

— Nous nous sommes ennuyés de toi, Sandy, dit Shanna.

— Ce n'était pas la même chose sans toi, dit Matthew.

Matthew alla fermer la porte et se tourna vers nous, le visage grave.

— J'ai pensé que nous pourrions avoir une petite conversation avant l'arrivée de Cynthia. Je lui ai brièvement parlé hier soir. Elle ne me l'a pas dit directement, mais je suis pas mal sûr qu'elle prévoit annoncer que je serai nommé directeur général de façon permanente.

— Bravo, Matthew ! s'écria Sandy en tapant des mains.

Je me tournai vers elle, surprise. Ne m'avait-elle pas informé qu'elle s'attendait à ce que Cynthia la nomme directrice générale ? Ses ambitions avaient-elles brusquement changé ou était-elle en train de feindre ? Les deux scénarios étaient troublants considérant ce qui allait réellement se produire. Je me retournai vers Matthew, sentant la couleur disparaître de mon visage.

— Je ne serais pas si prompt à ta place, dit Shanna en me lançant un regard.

De toute évidence, elle n'était pas ravie que le peu de temps disponible avant l'arrivée de Cynthia soit accaparé par Matthew.

— Trevor et moi…

— Laisse-moi terminer, Shanna, dit Matthew. J'ai également insisté pour qu'elle distribue nos bonus puisque le congrès de VIDE a été un succès sauf en ce qui concerne la petite émeute qui, l'ai-je informée, ne relevait pas de nous. Elle m'a assuré que, oui, nous aurions des chèques aujourd'hui.

Il hocha la tête de manière triomphale et s'assit, arborant une expression que je reconnus avoir vue sur l'une des photos publicitaires précédant le vol de la navette : *Oui, je suis un héros.* Il ne se doutait pas que par «chèque», Cynthia parlait de chèque pour une indemnité de licenciement. Son arrogance était affligeante. J'éprouvai un éclair de joie à l'idée que, dans quelques minutes, son expression suffisante disparaîtrait complètement de son visage, remplacée par une de celle apparaissant sur ses photos après le vol de la navette : *Oui, je suis un raté.* Immédiatement, je me sentis terriblement coupable à cette pensée.

Sandy cria de joie :

— Je pensais, dit-elle d'un ton excité, au fait que nous sommes le 3 janvier, la date exacte à laquelle monsieur Godfrey avait fixé nos rencontres. Cynthia doit simplement se conformer à ses désirs comme nous l'avions espéré. Elle remet les choses en place !

— Je décidai que Sandy *s'attendait* à ce que Cynthia lui offre une promotion et qu'elle faisait semblant de soutenir Matthew ou qu'elle s'était résignée à supporter toute décision qui serait prise. Je me demandai combien de temps elle afficherait un sourire après l'arrivée de Cynthia.

Mon Dieu ! d'où venaient ces pensées méchantes ? L'horrible réalité de la situation faisait effet sur moi, décidai-je, me transformant en personne diabolique. Je voulais que ça se passe aussi rapidement que possible et, je l'espérais, que ça demeure aussi privé que possible. Cynthia n'avait sûrement pas l'intention de faire une annonce de groupe ? Je croyais qu'elle les prendrait un par un pour enfoncer la hache dans un endroit privé, sans que j'assiste au massacre.

— Espérons qu'elle ne respectera pas ses souhaits à la lettre, marmonna Matthew en me lançant un regard inquiet, se rappelant probablement qu'il n'y avait pas de place pour lui dans le plan de rachat de Shangri-La. Je veux que vous sachiez tous que je prévois respecter votre expertise *et* votre expérience ici, ajouta-t-il après s'être relevé. Rassurez-vous, je vais…

— Matthew, l'interrompit Shanna en perdant patience, garde ton discours d'acceptation pour plus tard, d'accord ? Nous n'avons pas beaucoup de temps et Trevor et moi détenons des informations extrêmement importantes.

Elle se rendit à la porte, l'ouvrit et jeta un regard dans le couloir pour s'assurer que personne n'était dans les parages, puis elle la referma pour nous faire face. Croisant ses doigts à la hauteur de la taille comme si elle était sur le point de faire une présentation officielle, elle me regarda pour que je lui fasse signe de commencer.

Je me mordis la lèvre et hochai lentement la tête. La découverte que Shanna était sur le point d'annoncer à l'effet que Cynthia Godfrey était une meurtrière alors que, quelques instants plus tard, je prévoyais me lever et accepter son offre pour le poste de directeur général était des plus bouleversantes. Devrais-je interrompre son discours avant que le mal ne soit fait ?

Je me levai.

— Shanna, nous devrions peut-être attendre…

Shanna leva sa main.

— S'il te plaît, Trevor, laisse-moi, dit-elle en se tournant vers Sandy et Matthew qui la regardaient intensément.

Je me rassis, résigné à laisser les événements de la journée se dérouler sans que j'intervienne.

— Hier, dit Shanna, Trevor et moi avons eu une petite soirée cinéma chez moi. Les vidéos présentées étaient la cassette de la fête de Noël de Susan Medley ainsi que celle du stationnement, deux productions passionnantes que je vous recommande de voir dès que possible. Elles sont remplies de rebondissements ainsi que de révélations saisissantes et la fin surprenante nous a tenus, Trevor et moi, en haleine.

Shanna entreprit de souligner nos découvertes et la conversation que nous avions eue par la suite. Son récit fut ponctué des cris d'incrédulité de Sandy et des bruits nerveux émis par Matthew pour éclaircir sa gorge.

— Alors, conclut-elle, en jetant un regard à sa montre et en accélérant le rythme, nous sommes convaincus que mademoiselle Peroxyde Godfrey a assassiné son père pour sécuriser son héritage et qu'elle a beaucoup travaillé pour couvrir ses traces, nous laissant faussement accuser dans le processus, peut-être même intentionnellement. J'ai appelé l'inspecteur Lim ce matin pour le renseigner et il s'est montré *très* intéressé. Même s'il n'a rien révélé, j'ai eu la nette impression que sa propre enquête se dirigeait dans le même sens. Il m'a dit qu'ils avaient remarqué le mystérieux Jeep Liberty sur la cassette et qu'ils essayaient de retrouver son propriétaire. Il a promis de faire les vérifications immédiatement.

— Je suis scandalisée, dit Sandy. Comment Cynthia a-t-elle pu assassiner son propre père ? Quel genre de malade…

— Je savais depuis le début que c'était elle, dit Matthew.

— Quoi ? m'écriai-je. Tu as soupçonné Sandy depuis le début.

— Absolument pas ! J'ai toujours su que notre chère petite Sandy était innocente.

Matthew s'étira au-dessus de la table pour serrer sa main.

— Moi aussi, dit Shanna en souriant affectueusement à Sandy.

Sandy leur lança un regard de gratitude.

Je ne pouvais en croire mes oreilles. S'il n'en tenait qu'à eux, Sandy aurait été emprisonnée deux semaines auparavant.

— Alors… que faisons-nous maintenant ? demanda Matthew.

— Nous attendons, dit Shanna. Nous, nous accepterons tout ce qu'elle a prévu. Nous ne voulons pas l'effrayer pour qu'elle s'enfuie. Nous agirons comme si nous n'avions aucun soupçon.

À ce moment, il y eut quatre coups secs bruyants à la porte. Nous échangeâmes des coups d'œil effrayés comme s'il s'agissait de coups de glas annonçant notre mort. Nous nous levâmes un par un, inspirant profondément.

Matthew se rendit à la porte et l'ouvrit.

Cynthia Godfrey était là.

— Matthew, dit-elle en lui faisant un signe de tête froid et en le bousculant en passant à côté de lui.

— Cynthia. Quel plaisir de vous voir ! répliqua Matthew de la même manière.

Cynthia fit un signe de tête au reste d'entre nous et déposa un porte-documents argenté sur l'une des extrémités de la table de conférence. Elle portait un tailleur de couleur anthracite à fines rayures, ses cheveux blonds étaient tirés vers l'arrière et fraîchement décolorés. Elle projetait une image d'entreprise extrêmement rare pour elle, à l'exception de l'absence de blouse ou de soutien-gorge sous le veston qui était déboutonné presque jusqu'à son nombril. Elle ressemblait à une effeuilleuse déguisée en femme d'affaires.

Quelqu'un poussa la porte derrière elle et fit son entrée : je me souvenais que cette femme costaude faisait partie des invités de Cynthia à son brunch du Nouvel An. Âgée d'environ 50 ans, elle avait des cheveux raides gris coupés inégalement, et portait d'épaisses lunettes. Une longue chaîne en or sur laquelle se trouvait une croix était attachée à son cou. Poussant Cynthia du coude, elle balança une serviette en cuir couleur tan sur la table et regarda fixement le mur de l'autre côté de la pièce, le visage sévère. Je savais que ça devait être Debbie Schmidt de ValuLuxe et je me balançais d'un pied à l'autre. Contrairement à l'affirmation de Cynthia, elle ne ressemblait pas à « une personne vraiment extraordinaire ». Elle semblait froide et peu amicale.

Cynthia commença à parler, un léger tremblement dans la voix.

— Comme vous le savez, dit-elle en regardant fixement la table, mon père était sur le point de vendre l'Univers avant sa mort. Je suis ici pour vous informer que la vente est en vigueur immédiatement.

Mes collègues en eurent le souffle coupé à l'unisson.

— Mais tu m'avais promis que tu ne le ferais pas ! s'écria Matthew.

— Ton père n'allait pas *vendre* l'hôtel, siffla Shanna. Il engageait une entreprise de gestion.

Cynthia ferma les yeux quelques instants comme si elle s'exhortait à la patience.

— Voici madame Debbie Schmidt, chef de l'équipe de transition et vice-présidente aux opérations de ValuLuxe.

— *ValuLuxe* ? s'écria Shanna. C'est une blague ?

Cynthia s'éloigna de la table et croisa ses mains devant elle, fixant le plancher des yeux.

— Bonjour à tous, dit Debbie d'une voix profonde et pratique. Je représente ValuLuxe et je viens du siège social à Dallas. Depuis minuit hier soir, cet hôtel appartient et est géré par ma compagnie. Le nom a été changé pour ValuLuxe New York.

— Il ne s'appelle plus l'Univers ? demanda Sandy qui semblait être sur le point de fondre en larmes.

— Mais ValuLuxe est une chaîne d'hôtels minables à prix réduit, s'écria Shanna.

Un léger sourire d'indulgence apparut sur les lèvres de Debbie.

— ValuLuxe n'est pas une chaîne d'hôtels à prix réduit, mais un groupe d'excellents hôtels offrant le luxe à prix abordable. Cependant, cela ne vous concerne pas. Les propriétaires actuels ont décidé que le comité exécutif actuel ne convenait pas à la marque, à la vision et au système de valeurs de ValuLuxe. Dès maintenant, nous supprimons vos postes.

Sandy sursauta.

Shanna mit ses mains sur son cœur.

Matthew articula silencieusement un « Mais qu'est-ce qui se passe ? »

— J'ai vos lettres et vos derniers chèques de paie ici, dit Debbie en ouvrant son porte-documents pour y prendre une pile d'enveloppes. Matthew Drummond ?

— Ici ! dit Matthew en s'avançant comme un écolier docile et tendant la main en regardant ailleurs comme s'il anticipait la sangle.

Debbie poussa brusquement l'enveloppe dans sa main.

— Shania Verainy ?

— C'est *Shanna Virani*, dit Shanna d'un ton vexé en s'approchant de Debbie pour lui enlever l'enveloppe des mains.

— Sandy James ?

Je regardai Sandy. La lèvre inférieure tremblante, clignant des yeux, elle contourna la table pour prendre son enveloppe.

— Susan Medley ? dit Debbie.

— Elle a été congédiée la semaine dernière, dis-je lorsqu'il fut évident que Matthew n'allait donner aucune information.

— Très bien, dit-elle en refermant son porte-documents. La nouvelle équipe de direction rencontrera tous les employés cet après-midi à 13 h afin d'annoncer le changement de propriétaire. À ce moment, nous les informerons que vous n'êtes plus à l'emploi de cet hôtel. Nous exprimerons notre reconnaissance pour votre aide et votre dévouement. Vous devez maintenant remettre vos appareils de communication, porte-noms et votre pièce d'identité de l'hôtel. Vous serez accompagnés jusqu'à vos bureaux respectifs afin de récupérer vos effets personnels. Vous ne pouvez pas faire d'appels téléphoniques ni utiliser un ordinateur ou un autre appareil de communication. Une fois que vous aurez été escortés hors des lieux, vous ne pourrez plus y revenir pendant au moins six mois.

— Mais *j'habite* ici, dit Matthew.

Debbie secoua la tête.

— Nous avons prévu un hébergement temporaire pour vous et votre femme à l'hôtel Plaza. Les déménageurs seront ici pour emballer vos effets personnels plus tard ce matin.

Matthew la regarda quelques instants, les yeux remplis de haine, puis il baissa les yeux vers sa lettre. Sandy et Shanna étaient également occupées à lire leur lettre. Comme je n'avais pas de lettre, je regardai anxieusement Cynthia, souhaitant que tout soit terminé le plus tôt possible. Elle se frottait les bras et frissonnait dans le coin.

Matthew leva les yeux de sa lettre.

— Il doit y avoir une erreur. Je n'ai reçu que six semaines d'indemnité de départ.

— Moi aussi, dit Sandy.

— Et moi également, dit Shanna en lançant sa lettre à Debbie. Ce sont des conneries ! Willard Godfrey a négocié des options pour tous les cadres afin que ceux-ci puissent rester pendant un an ou accepter un généreux ensemble d'indemnités de départ qui comprenait une *année complète de salaire*. Et il ne travaillait pas avec une sale chaîne d'hôtels. Il travaillait avec Shangri-La !

Avec un air de maîtresse d'école, Debbie Schmidt expliqua :

— Vous avez été payés selon les normes du travail. La vente de cet hôtel a été négociée par Cynthia Godfrey et ses avocats, non par Willard Godfrey qui, je crois, est mort.

— Mon père n'a jamais signé l'entente avec Shangri-La, intervint Cynthia.

Debbie lui saisit le bras et la força à s'avancer.

Cynthia lui jeta un regard.

— Oh ouais, je voulais vous remercier. Mon père a toujours été heureux de travailler avec vous. Je ne suis toutefois pas une directrice hôtelière comme lui. J'espère que vous comprenez, dit-elle avant de refaire un pas en arrière.

Shanna avait des couteaux dans les yeux en la regardant et luttait pour ne pas la frapper.

Debbie pencha la tête et la hocha tristement comme si Cynthia venait tout juste de faire un discours émouvant. Elle prit son porte-documents sur la table.

— Trois hommes vous attendent à l'extérieur afin de vous accompagner d'abord jusqu'à vos bureaux et ensuite hors de cet hôtel. Veuillez me suivre.

J'avais maintenant le cœur dans la gorge. Je retins mon souffle, les enjoignant silencieusement de partir.

Shanna se tourna vers moi et fronça les sourcils.

— Et toi, Trevor ? Où est ta lettre ?

Sandy et Matthew se tournèrent vers moi, l'air déconcerté.

— Je, euh, dis-je en jetant un regard à Cynthia, puis à Debbie. Hum…

— Nous avons demandé à Trevor Lambert de rester, dit Debbie. Nous prévoyons le nommer directeur général par intérim et chef de l'équipe de transition du côté de l'Univers.

— *Quoi ?* s'écrièrent les trois à l'unisson.

— Tu savais ce qui se tramait ? s'exclama Shanna d'un ton indigné.

— Je… eh bien…

— Tu *savais* que c'était ce qui allait se passer ? s'écria Matthew. Et tu n'as rien dit ?

Même Sandy était lugubre.

— Comment as-tu pu nous tourner le dos de la sorte ?

Tout à coup, je pouvais entendre les manifestants de VIDE hurler dans mes oreilles. « Honte à toi ! Honte à toi ! Honte à toi ! » Je soupirai et regardai mes anciens collègues, incapable de prononcer un mot pour me défendre.

— Allez-y, Mesdames et Monsieur, cria Debbie. Pas de temps pour les bavardages !

Elle ouvrit la porte et fit un geste impatient.

À l'extérieur, trois hommes aux visages sombres vêtus de complets sombres attendaient.

Un par un, Shanna, Sandy et Matthew sortirent, secouant la tête, refusant de me regarder dans les yeux. Je sentis mon cœur se fendre. Mes chers collègues, mes amis, mon univers ! Les reverrais-je un jour ?

Debbie ferma la porte.

— Alors ! Ce n'était pas si pire, n'est-ce pas ? dit-elle.

Elle s'étira au-dessus de la table pour me tendre la main. Celle-ci était froide et moite.

— Ça me fait plaisir de vous rencontrer, Trevor Lambert. J'ai vraiment hâte de travailler avec vous. Maintenant, passons aux choses sérieuses.

Elle ouvrit son porte-documents et en sortit un épais dossier de format légal qu'elle glissa sur la table.

— Aie l'amabilité de le lire et de signer en bas, dit-elle en jetant un regard à sa montre. Nous n'avons pas beaucoup de temps.

Je baissai les yeux vers le document. Je soulevai le stylo et lançai un regard à Cynthia. Elle avait si froid maintenant que son corps entier tremblait ; elle ressemblait à une accro à l'héroïne en manque de drogue. Elle hocha la tête en ma direction d'un air impatient. Je regardai Debbie qui m'observait intensément. Ses lèvres étaient entrouvertes, révélant une rangée de dents grises.

Je déposai le stylo.

— Je suis désolé, dis-je. J'ai fait une terrible erreur. Ce n'est pas *mon* avenir. Je démissionne.

Je sortis de la pièce, laissant Cynthia et Debbie me dévisager, en état de choc.

★★★★★

Quelques heures plus tard, Shanna, Matthew, Sandy et moi-même étions assis au bar de l'hôtel Plaza, profitant de notre nouvelle liberté et buvant un deuxième martini. Au début, ils m'avaient traité froidement. Je m'excusai abondamment, plaidant la folie passagère et ils s'entendirent pour me pardonner. Après cela, notre conversation fut vive, remplie de serments de damnation éternelle pour Cynthia, de vœux de revanche envers ValuLuxe ainsi que de déclarations d'allégeance éternelle les uns envers les autres. Toutefois, lorsque la réalité nous atteignit — nous étions en début d'année, un lundi matin et nous étions maintenant sans travail à New York —, nous devînmes plus silencieux et pensifs.

— J'aimerais que ce foutu enquêteur me rappelle, dit Shanna en prenant de nouveau son téléphone cellulaire. Et si Cynthia s'enfuit ?

— Pourquoi est-ce que je n'appelle pas à l'hôtel pour savoir si je peux découvrir ce qui se passe ? demandai-je en tentant de prendre mon Comm-U.

Cependant, il n'y avait rien à ma ceinture ; mon Comm-U était parti, de même que mon porte-nom et ma pièce d'identité. Je n'étais plus Trevor Lambert, directeur de l'hébergement à l'hôtel Univers. On m'avait privé de toute mon identité. La prise de conscience était effrayante.

— Voici, essaie ceci, dit Shanna en me tendant son téléphone cellulaire.

Je composai et attendit.

— Bon après-midi, ValuLuxe New York. Comment puis-je vous aider ?

Je faillis échapper le téléphone.

— Gaétan Boudreau, s'il vous plaît, marmonnai-je en couvrant le microphone pour dire aux autres ce que je venais tout juste d'entendre.

— ValuLuxe ne perd pas de temps, dit Shanna. Ils sont célèbres pour des rachats hostiles et des emménagements de nuit. Les licenciements de groupe sont leur spécialité. J'ai entendu des récits à leur sujet à propos du rassemblement de trois cents employés dans une salle de bal afin de les congédier d'un coup.

Sandy faillit s'étouffer avec son olive.

— Ne me dis pas que c'est ce qu'ils prévoient faire avec *notre* personnel ?

Gaétan prit l'appel. Je tendis le téléphone à Matthew.

— Gaétan, est-ce que Cynthia Godfrey est encore là ? demanda Matthew. Bien. Appelle-nous immédiatement si tu la vois partir. Et si quelqu'un nous demande — son ton défaitiste suggérant que c'était peu probable —, nous sommes au bar du Plaza.

Il lui demanda ce qui se passait à l'hôtel, écouta pendant quelques minutes et raccrocha.

— Les rumeurs circulent partout dans l'hôtel, nous dit-il, mais personne ne semble savoir ce qui se passe. Ils ont présumé que nous avions été congédiés lorsque ces voyous de ValuLuxe nous ont fait parader dans le hall pour nous escorter jusqu'à l'extérieur comme des bandits se faisant expulser d'une ville.

— Je suis terrifiée à l'idée qu'ils fassent la même chose avec nos employés, dit Sandy. Que pouvons-nous faire pour les arrêter ?

Je songeai à tous les employés avec qui j'avais travaillé à l'Univers pendant toutes ces années. Leur travail était leur gagne-pain. Ils avaient des bouches à nourrir à la maison, des frais de scolarité à payer, des dettes à rembourser. Combien seraient jetés à la rue ? Cela aurait-il fait une différence si j'avais accepté le poste ? Non, décidai-je. J'aurais probablement été forcé de faire le sale travail, de les congédier moi-même.

— Tu peux être sûre qu'ils vont laisser aller une grande partie d'entre eux, dit Shanna. Mais sans doute pas aujourd'hui. Ils commencent habituellement en haut et descendent graduellement sur une période de quelques mois, éliminant les employés de la direction, puis les chefs de département et finalement les employés de première ligne — quiconque ne correspondant pas, selon eux, à leur culture organisationnelle.

— J'ai congédié des centaines de personnes dans ma carrière, dit Sandy, mais je n'ai jamais été congédiée moi-même.

Maintenant je comprends comment on se sent. Je crois que je me déteste.

Une serveuse s'approcha de notre table.

— Une autre tournée ?

— Pourquoi pas ? dit Matthew. Ce n'est pas comme si nous avions quelque chose de mieux à faire.

— Je me demande s'ils engagent, dit Shanna en la regardant s'éloigner avec empressement. Elle fait probablement plus d'argent que le directeur des ventes de toute façon.

— Ils vont fermer cet hôtel, dit Matthew. Ils vont le convertir en condos.

— Bon débarras, dit Shanna. Cet endroit est un trou. Ça me rendait folle quand on perdait des clients en leur faveur.

— Ma chambre n'a pas été rénovée depuis la Première Guerre mondiale si je me fie à son aspect, dit Matthew qui s'était enregistré dans son nouveau logement avant de se joindre à nous.

— Je ne peux m'imaginer travailler ailleurs qu'à l'Univers, dis-je.

— Ils nous ont rendu service, dit Shanna en se redressant et en arrangeant sa coiffure. Qui veut travailler pour une chaîne de motels ?

— Je ne me suis jamais intéressé à l'industrie hôtelière, dit Matthew. Je devrais vous dire qu'on m'a offert un poste d'instructeur dans le Programme de l'espace à l'université du Tennessee. J'ai décidé d'accepter.

— Matthew, c'est extraordinaire ! s'écria Sandy. Je suis si heureuse pour toi !

— Félicitations ! dit Shanna. Un choix intelligent de ta part, je dois dire. Tu n'as jamais démontré beaucoup d'aptitudes pour l'industrie hôtelière.

— Je ne peux rien répliquer, dit Matthew. Si Cynthia m'avait donné une promotion, j'avais l'intention d'accepter, puis, dès que les arrangements auraient été finalisés avec l'université, j'allais lui dire de prendre son emploi et de se le mettre où je pense.

Je comprenais maintenant pourquoi Matthew avait été aussi franc à propos de son mépris envers l'industrie hôtelière ; il n'avait absolument pas l'intention de s'y attarder.

Nos consommations arrivèrent. Sandy prit une gorgée de la sienne en souriant à tout et aux gens qui se trouvaient dans la pièce, ressentant visiblement les effets de son troisième martini. Je baissai les yeux vers ses paumes et vit qu'elles étaient complètement guéries, à l'exception d'une constellation de minuscules cicatrices ressemblant à des étoiles roses.

— J'avais également l'intention de démissionner, laissa-t-elle échapper.

Nous la regardâmes, surpris.

— Jack et moi avons décidé de vendre la maison et de déménager dans un appartement pour libérer un peu d'argent, expliqua-t-elle. Nous allons prendre un peu de temps pour nous afin de nous concentrer sur notre relation et passer plus de temps avec les enfants. Ce sera un défi sur le plan financier, mais c'est plus important pour nous que n'importe quoi et nous ferons en sorte que ça fonctionne. Je vais retourner travailler à temps partiel dans quelques mois, peut-être comme consultante.

— Eh bien ! dit Shanna, puisque c'est l'heure des confessions, je devrais vous dire que j'avais également prévu de démissionner, bien que pas aussi rapidement que vous — pendant la prochaine année, espérai-je. Je déménage à Los Angeles pour être plus près de mes enfants. Je vais essayer de rebâtir notre relation. C'est beaucoup trop difficile en étant à l'autre extrémité du pays.

— Vous tous ? m'écriai-je en les regardant à tour de rôle. Vous aviez tous l'intention de quitter l'Univers. J'ai laissé tomber un poste de directeur général, un poste dont j'ai toujours rêvé, alors qu'*aucun* d'entre vous n'avait l'intention de rester?

— Non, Trevor, dit Shanna, tu ne veux pas travailler pour cette affreuse compagnie de toute manière. Cette Debbie est un cauchemar; j'ai entendu des histoires d'horreur à son sujet. Tu y aurais vendu ton âme. De plus, ils ne t'auraient gardé qu'un mois ou deux. Ils aiment garder un cadre supérieur pour aider à la transition, quelqu'un qui pourra les aider à gagner la confiance des employés, avant de le pendre avec les autres.

Matthew leva son verre.

— Je propose de lever notre verre à notre nouvelle vie.

Les autres l'acclamèrent et entrechoquèrent leurs verres.

Je ne partageais toutefois pas leur enthousiasme. Contrairement à eux, je n'avais pas de stratégie de sortie. Je n'avais nulle part où aller, rien à faire, pas d'amis, pas de famille ici à New York. La conversation de la veille avec ma mère avait plané sur moi comme un nuage sombre pendant tout l'avant-midi.

— Je vais prendre l'avion pour rentrer chez moi, dis-je, surpris par mes propres paroles. Je vais aller passer du temps avec ma famille.

Tout à coup, j'éprouvai un sentiment de liberté. Je pouvais faire tout ce que je voulais maintenant. J'étais libre de faire les changements dont j'avais besoin. Je pouvais rénover ma vie.

— Bravo, Trevor! s'écria Shanna. Levons notre verre à la fin de l'Univers et au début du nouvel univers, *notre* univers! ajouta-t-elle en me regardant et en me faisant un clin d'œil.

Nous levâmes tous nos verres.

— Shanna, te voilà!

Un homme grand et distingué s'empressa de traverser le bar pour s'approcher de nous. Je mis un moment à reconnaître Roger Weatherhead, l'avocat de monsieur Godfrey, ainsi que son bon ami. Je ne l'avais pas vu depuis que je l'avais croisé avec sa femme juste avant leur croisière.

— Roger! s'exclama Shanna en se levant.

Elle ouvrit les bras et lui fit un câlin.

— Ça fait tellement de bien de te voir! Quand es-tu revenu?

— Hier soir seulement. Je t'ai cherchée toute la matinée, Shanna. Un monsieur de votre réception m'a dit que je pourrais peut-être te trouver ici.

Shanna posa ses mains sur son cœur.

— As-tu appris la terrible nouvelle?

Roger hocha la tête, le visage grave.

— Je suis encore sous le choc. Une demi-douzaine de messages nous attendaient à notre retour. La pauvre Katherine n'a pas arrêté de pleurer.

— Dis-lui de m'appeler et nous allons en parler, dit Shanna. Est-ce que tu connais mes collègues? demanda-t-elle en se tournant vers nous.

— Oui, il me semble.

Nous nous levâmes pour lui serrer la main.

Roger tira une chaise et s'assit en déposant un dossier manille sur la table. Il regarda rapidement nos verres.

— Des martinis un lundi après-midi? Voici donc à quoi ressemble la vie après Godfrey? Je veux également travailler pour toi, Shanna.

— Nous ne travaillons plus à l'Univers, dit Shanna. Nous avons été congédiés ce matin.

— Congédiés? s'écria Roger. Comment est-ce possible?

— Cynthia a vendu l'hôtel, dit Matthew. Les nouveaux propriétaires nous ont remerciés.

— C'est impossible, dit Roger en prenant l'enveloppe devant lui et en la déchirant pour l'ouvrir. Shanna, est-ce que tu te rappelles quand nous avons tous dîné ensemble la veille de notre départ à Katherine et moi?

— Oui, répondit Shanna en hochant lentement la tête.

Roger sortit une feuille de papier à lettres et la lui tendit.

— J'imagine que Willard n'a jamais eu l'occasion de te le dire. Après que tu sois rentrée à la maison, nous sommes restés à l'Orbite et avons longuement discuté. Il t'aimait tellement, Shanna. Il était inquiet à propos de Cynthia. Depuis qu'il l'avait coupée, elle agissait de manière étrange, presque psychotique et l'avait violemment menacée à plusieurs reprises. Il savait qu'elle était furieuse à propos de votre projet de fuite. Il m'a demandé de l'aider pour rédiger un nouveau testament. Katherine a été témoin. Je devais le rencontrer le lendemain matin pour le petit déjeuner — j'avais besoin de sa signature sur l'entente de gestion avec Shangri-La —, mais il ne s'est pas présenté, et j'ai donc placé tous les papiers dans le coffret de sécurité de l'hôtel. Cynthia ne peut pas procéder à la vente, Shanna.

— Mais pourquoi ?

— Parce que Godfrey t'a laissé l'Univers.

23

Le moment crucial

Pendant que Roger se rendait à son bureau pour contacter les avocats représentant Cynthia Godfrey et ValuLuxe, Shanna, Matthew, Sandy et moi-même nous hâtâmes de revenir à l'Univers.

Jérôme, de la sécurité, surveillait la porte principale.

— Désolé, je ne peux pas vous laisser entrer, dit-il d'un ton de défi tout en croisant les bras. Ils m'ont dit que je serais congédié si je le faisais.

— Tu dois nous laisser passer! s'écria Shanna en le poussant. J'insiste! Maintenant, ôte-toi de notre chemin!

Matthew s'avança.

— Jérôme, je t'avertis, dit-il les lèvres serrées, si tu ne nous...

Sandy écarta Matthew et Shanna de son chemin d'un coup de coude.

— S'il te plaît, Jérôme, plaida-t-elle en le regardant dans les yeux et en lui décochant un gentil sourire. Nous avons besoin de ton aide. Nous sommes ici pour empêcher que cet hôtel soit vendu illégalement. Pourrais-tu simplement te retourner pendant une minute et nous laisser nous glisser à l'intérieur, s'il te plaît?

Jérôme déglutit difficilement. Il jeta un œil par-dessus son épaule.

— D'accord, mais je ne vous ai jamais vus, dit-il en faisant un pas de côté.

Le remerciant avec profusion, nous nous empressâmes d'entrer.

Je m'arrêtai pour demander à Jérôme si Cynthia Godfrey était toujours dans les parages.

— Elle est dans la salle de bal, je crois, répondit-il.

À l'intérieur, le hall était silencieux. La plupart des employés étaient rassemblés dans la salle de bal Jupiter, ne laissant que les permanents pour s'occuper de l'hôtel. De l'autre côté du hall, je vis les derniers employés entrer par petits groupes dans la salle de bal. Les grandes portes se refermèrent ensuite.

Shanna prit son téléphone et rappela l'enquêteur Lim.

— Que faisons-nous maintenant ? murmura Sandy.

— Séparons-nous, dis-je. Matthew — toi et Shanna, attendez ici les policiers. Sandy et moi-même irons dans la salle de bal pour surveiller Cynthia.

Shanna enfouit son téléphone cellulaire dans son sac à main, les yeux exorbités.

— Je viens tout juste de parler à l'enquêteur Lim. Il me disait qu'ils avaient obtenu un mandat de perquisition pour la maison de ville de Cynthia ce matin. Devinez ce qu'ils ont trouvé dans son sous-sol ? Un gros globe en fer enveloppé dans un imperméable sanglant.

Elle enfouit son visage dans ses mains.

Sandy s'approcha d'elle et la serra dans ses bras.

— Mon Dieu, fit remarquer Matthew en se tournant vers moi. Cynthia est encore plus idiote que je ne l'aurais pensé.

Shanna se ressaisit.

— Les policiers sont en route. Nous ferions mieux de nous rendre à nos postes.

Sandy et moi nous hâtâmes de traverser le hall jusqu'à la salle de bal Jupiter. En passant à côté du Centre de l'Univers, je jetai un œil à l'intérieur et je fus surpris d'apercevoir Brenda Rathberger assise toute seule. Je me rappelai que la journée d'aujourd'hui correspondait à la date prévue de son départ. Ne voulant pas qu'elle m'aperçoive, je détournai le regard et continuai à marcher.

Sandy et moi nous glissâmes dans la salle de bal Jupiter.

Plus de 600 employés étaient réunis dans la salle de bal. La pièce bourdonnait. Les têtes se tournèrent, abasourdies à la vue de Sandy et de moi-même. Les gens murmuraient nos noms. Sur scène, Cynthia Godfrey était debout à côté de l'estrade et se préparait à parler. Derrière elle, quatre chaises étaient occupées par Debbie Schmidt et trois de ses collègues. Avant qu'ils ne nous aperçoivent, Sandy et moi nous dépêchâmes de nous asseoir, Sandy tournant à droite et moi à gauche. Après avoir dépassé quelques rangées dans l'allée, je me précipitai vers une chaise et m'empressai de me laisser glisser, essayant de passer inaperçu.

— Hé, dit une voix grave à côté de moi.

Je figeai et me retournai lentement sur ma chaise.

Gaétan Boudreau me souriait.

— Content de te revoir, Trevor. J'espère que tu es ici pour mettre un terme à ce non-sens.

— Je vais faire de mon mieux.

Sur scène, Cynthia toussa dans le micro.

— Bon après-midi, tout le monde ! Je — eh bien, je crois que la plupart d'entre vous savent qui je suis. Je suis Cynthia Godfrey, la fille de Willard Godfrey.

Quelques applaudissements se firent entendre dans le groupe, notamment en provenance des chaises sur la scène derrière elle.

Avec un rire embarrassé, Cynthia poursuivit.

— Nous avons des nouvelles excitantes pour vous aujourd'hui. Je, hum, je crois que je vais commencer immédiatement… d'accord. Selon les souhaits de mon père, L'hôtel Univers a été vendu.

Il y eut des cris étouffés dans l'assistance.

Cynthia baissa les yeux et lut ses notes d'une voix monocorde.

— L'hôtel a été acheté par ValuLuxe. À partir de maintenant, je ne suis plus propriétaire de cet hôtel pas plus que je n'y suis associée d'une quelconque façon. J'aimerais vous remercier tous pour votre bon travail. Mon père vous aimait beaucoup et n'aurait pas pu gérer cet extraordinaire hôtel sans vous. Maintenant, j'aimerais vous présenter madame Debbie Schmidt, vice-présidente aux opérations de ValuLuxe et chef de l'équipe de transition.

Un silence absolu régnait dans la pièce pendant que Debbie se levait pour se rendre vers l'estrade.

Cynthia descendit de l'estrade et resta debout sur le côté, près du mur.

— Bonjour à vous, braves gens, dit Debbie en mettant ses lunettes et en lançant un sourire en coin. Nous sommes excités de partager avec vous quelques-uns des changements prévus pour ce superbe hôtel. Il y aura de magnifiques opportunités pour vous tous. D'abord, j'aimerais vous informer que cet hôtel ne s'appelle plus l'Univers. Il s'appelle ValuLuxe. Le processus pour retirer le nom de l'hôtel Univers sur les enseignes, la papeterie et le matériel promotionnel est en cours. Il vous est interdit d'utiliser un nom autre que ValuLuxe New York à partir de maintenant. La violation de ce règlement entraînera des mesures disciplinaires pouvant aller jusqu'au licenciement.

Il y eut des murmures de désaccord dans la salle de bal. Les têtes se tournaient vers moi. Je ne pouvais que hausser les épaules sans pouvoir intervenir. Craignant d'attirer davantage l'attention, je me baissai sur ma chaise.

— Je suis sûre que vous comprendrez, dit Debbie en adoucissant le ton, qu'un changement de propriétaire entraîne un changement de l'équipe de gestion. Nous avons donc accepté la démission du comité de direction s'occupant de la gestion : Matthew Drummond, Shanna Virani, Sandy James et Trevor Lambert.

Des cris d'incrédulité fusèrent de partout dans la pièce. Davantage de têtes se tournèrent en ma direction. Devant moi, sur la droite, je repérai Sandy qui était assise parmi un groupe d'employés de l'entretien ménager. Ses cheveux blonds contrastant dans une mer de cheveux noirs, elle semblait extrêmement voyante. Je priai qu'elle ne soit pas remarquée par les gens de ValuLuxe.

— Nous aimerions remercier ces gens pour leur bon travail et leur dévouement, continua Debbie, et nous leur souhaitons la meilleure des chances dans l'avenir. Maintenant, j'aimerais vous présenter votre nouvelle équipe de direction. D'abord, laissez-moi l'immense plaisir de vous présenter votre nouveau directeur général. Ce brillant et dynamique gentleman est relativement nouveau dans l'industrie hôtelière, étant passé d'une chaîne funéraire très en vue de l'Arkansas au siège social de ValuLuxe à Dallas à titre de directeur financier. Il a une impressionnante réputation pour remettre en forme des entreprises déficitaires. Nous sommes sûrs qu'il fera des merveilles avec cet hôtel. Mesdames et messieurs, je suis ravie de vous présenter monsieur Edward Jonestown.

Un homme chauve et voûté se leva de sa chaise et se fraya laborieusement un chemin sur la scène à l'aide d'une canne. Il semblait avoir au moins 75 ans, peut-être même 80 ans, et il ne se déplaçait pas à la moitié de la vitesse du vieux, mais vif monsieur Godfrey.

Debbie marcha vers le groupe d'employés de la direction de ValuLuxe et leur murmura quelque chose en pointant en direction de Sandy. Les deux hommes se levèrent brusquement et descendirent rapidement de la scène et se hâtèrent en marchant vers Sandy. Je la vis se baisser, mais en quelques secondes, ils étaient à côté d'elle. Une lutte s'ensuivit alors qu'une demi-douzaine de préposées aux chambres formèrent une barrière de protection autour d'elle. Les hommes s'avérèrent plus forts qu'ils ne le paraissaient. Ils repoussèrent les préposés et soulevèrent Sandy de sa chaise, la traînant dans l'allée.

— Bon après-midi, braves gens! dit Edward Jonestown sur le podium, d'une voix traînante du Sud. Comment allez-vous? Je sais que vous avez vécu beaucoup de changements au cours des deux dernières semaines, mais je suis ici pour vous dire que les choses vont s'améliorer à partir de maintenant. Nous allons apporter une vraie et franche hospitalité du Sud à cet hôtel…

Étirant le cou, je vis les deux hommes entrer dans la salle de conférence et scruter le reste de la pièce. Sur scène, Debbie pointait en ma direction. Je bondis sur mes pieds et me frayai un chemin dans l'allée pour sortir.

À l'extérieur, je cherchai désespérément un endroit où me cacher. Shanna et Matthew n'étaient plus dans le hall d'entrée et je ne voyais pas Sandy. Je repérai Brenda Rathberger dans le bar. Derrière moi, les portes de la salle de bal s'ouvrirent brusquement et Debbie se rua dehors, scrutant le hall des yeux. Deux de ses collègues étaient derrière elle. Je m'empressai de me diriger vers Brenda et plongeai sur le divan à côté d'elle.

Brenda hurla. .

— Chut! m'écriai-je en m'enfonçant dans le divan pour me cacher.

— Tu as failli me faire mourir de peur, Trevor! Veux-tu bien me dire…

— Ne les laissez pas me voir!

— Qui ? Honica Winters ?

— Non. Les gens de ValuLuxe. Est-ce que Honica est encore ici ?

— Elle est dans le coin. Nous avons pris le petit déjeuner ensemble, en fait. Tu seras heureux d'apprendre que nous nous sommes réconciliées.

— C'est très gentil de votre part. Est-ce qu'une femme costaude aux cheveux gris et avec des lunettes rôde par ici ?

— Oui, elle se dirige vers l'entrée principale.

— Ne la laissez pas, elle ou les hommes en complet sombre, me voir.

Je me retournai sur le dos et plaçai mes mains derrière ma tête pour m'installer confortablement en pensant que je pourrais rester là pendant un moment.

— Et avertissez-moi si vous voyez Cynthia Godfrey sortir de la salle de bal, dis-je.

— N'es-tu pas un peu vieux pour jouer à la cachette ?

Elle saisit un verre de punch sur la table et le vida bruyamment en réprimant un rot.

— Ce punch astronomique est si savoureux ! dit-elle en déposant son verre pour ensuite essuyer sa bouche avec le dos de sa main. Je suis heureuse que tu te sois arrêté, Trevor. Je t'ai demandé à la réception ce matin, mais on m'a dit que tu étais en congé. Je voulais m'excuser. J'ai été si vache. Quand j'étais en prison, j'ai eu le temps de réfléchir. J'ai été soumise à beaucoup de stress, comme tu le sais. Il y a eu de nombreux problèmes avec le congrès, mais je suppose que je ne peux pas tous te les attribuer.

Je me tournai sur le côté, face à elle, heureux qu'elle accepte enfin une partie du blâme.

— Merci, Brenda !

— C'est entièrement la faute du conseil d'administration. Ses membres m'ont fait réserver ici pour le congrès. Ils auraient dû se fier à mon instinct. Évidemment, *je* suis maintenant le bouc émissaire. Le président du conseil m'a congédiée ce matin.

— Non !

Elle hocha la tête.

— Il a dit que j'étais trop radicale à leur goût. Il n'a pas aimé le fait que j'aie déclenché une émeute et que j'aie été emprisonnée. Pourtant, mes gestes lui ont apporté exactement les résultats qu'il demandait depuis le début : l'émeute a figuré dans les bulletins de nouvelles à travers le pays. Grâce à moi, les Victimes Involontaires de l'Ébriété ont attiré plus d'attention médiatique que MADD, l'association des Mères contre l'alcool au volant, n'en a *jamais* obtenu.

Elle soupira

— Je n'ai pas d'excuses pour ma passion. J'ai travaillé comme une folle pour cette organisation, jour et nuit, à Noël et au Jour de l'An, pendant six ans. Et voilà de quelle façon ils me remercient.

Elle était piquée au vif.

— Je déteste ces salauds qui sont sur le conseil d'administration, chacun d'entre eux !

La serveuse, Alexandra, arriva à la table et me lança un étrange regard

— Ça va, Trevor ? Est-ce que je peux vous apporter quelque chose ?

— Je ne suis pas ici.

— À votre goût, dit-elle avant de se tourner vers Brenda. Et vous, Madame Rathberger ? Un autre punch ?

— Je n'ai pas d'objection.

— Un autre rhum double ?

— S'il vous plaît.

Pendant qu'Alexandra s'éloignait avec empressement, je me relevai et regardai Brenda.

— Vous *buvez* ?

— Oui, dit-elle en soupirant, je bois. Je n'avais pu bu une goutte d'alcool en presque 20 ans, mais j'en avais envie depuis que j'ai mis les pieds dans cet hôtel maudit. Après tout ce que j'ai vécu ces deux dernières semaines, j'ai mérité ce verre. Alors, ne me juge pas, surtout toi. Ne crois pas que je ne peux sentir l'odeur d'alcool que tu dégages en ce moment — encore ! Tu devrais peut-être demander de l'aide pour ton petit problème, Trevor. Pour ma part, je serai de nouveau au régime sec demain. L'alcool et moi sommes comme de l'essence et des allumettes. Mettez-nous ensemble et *boum* ! dit-elle en lançant ses mains en l'air.

Je jetai un regard à son verre.

— Alors, peut-être que vous ne devriez pas...

— Ne me dis pas ce que je dois faire ou ne pas faire ! rugit-elle, ses yeux lançant férocement des éclairs. Je peux faire exactement ce que je veux !

Je levai les mains en signe de reddition.

— D'accord. Je suis désolé.

Regrettant soudainement mon choix de cachette, je levai la tête et regardai aux alentours. Debbie patrouillait encore dans le hall avec l'un de ses collègues. J'étais coincé ici pour l'instant. Je m'écroulai de nouveau.

— Alors, qu'allez-vous faire ? demandai-je à Brenda.

— Qui sait ? répondit-elle en haussant les épaules. Le travail était ma vie. Je ne suis rien sans lui. Je n'ai nulle part où aller.

— Je sais ce que vous voulez dire.

— Ouais, tu sembles aussi être un bon travailleur. Nous avons plus de points communs que tu ne pourrais le penser, toi et moi. Nous sommes tous deux passionnés par notre travail, perfectionnistes et extrêmement dévoués.

Sauf que vous êtes folle et que je ne le suis pas, songeai-je.

Alexandra déposa un autre punch astronomique pour Brenda et celle-ci fonça dessus.

— Votre cause est tellement plus importante que la mienne, dis-je. Vous sauvez des vies. Je fais bouffer des oreillers. Malgré vos tactiques douteuses, je vous admire réellement, Brenda.

— Non, tu ne m'admires pas ! aboya-t-elle. Tu crois que je suis une fraudeuse !

— Non. Honnêtement, je crois…

— Je *suis* une fraudeuse ! Rien d'autre qu'un fraudeuse et une menteuse !

Je reculai. Voilà ce qu'elle voulait dire par l'essence et les allumettes.

— Tu veux savoir pourquoi je suis entrée dans cette industrie ? cria-t-elle. TU vas savoir pourquoi ? *Vraiment* pourquoi ?

J'étais assez convaincu que je ne le voulais pas.

— Par *culpabilité,* voilà pourquoi ! me répondit-elle. Il y a 20 ans, j'étais fauchée, célibataire et en dépression. Je n'avais pas de raisons de vivre et j'étais handicapée par la culpabilité à propos de mon passé. Tout ce que je faisais, c'était boire. C'était la seule chose qui engourdissait ma douleur. Un jour, un prêtre à l'église en a eu assez de mon apitoiement sur moi-même et m'a suggéré de devenir bénévole pour une organisation luttant contre la conduite en état d'ébriété. Il disait que j'y trouverais peut-être la rédemption. J'ai donc obtenu un travail pour organiser des collectes de fonds pour MADD. J'ai découvert que j'avais un don. Après cela, j'ai commencé à remettre de l'ordre dans ma vie. J'ai arrêté de boire. M'impliquer dans cette industrie a été la meilleure chose qui me soit arrivée. Cela a donné un sens à ma vie. Un peu plus tard, j'ai quitté MADD et j'ai fondé VIDE. Il n'y a pas eu de retour en arrière depuis.

J'étais soulagé de constater qu'elle s'était calmée.

— Avez-vous trouvé la rédemption ? demandai-je timidement, craignant de la relancer.

Elle demeura silencieuse quelques instants.

— En fait, oui. Je n'ai jamais parlé de ceci, Trevor ; personne ne connaît ma véritable histoire. Mais maintenait que j'ai été congédiée, j'imagine que je n'ai plus besoin de garder le secret. Tu te rappelles que je t'ai dit qu'une adolescente ivre avait tué mon mari ?

— Oui.

— Eh bien, cette adolescente ivre, c'était moi.

Je la dévisageai, muet.

— Frédéric et moi n'étions mariés que depuis un an lorsque c'est arrivé. Nous n'avions pas beaucoup d'argent, mais nous nous adorions et il me traitait comme une princesse. Le soir de notre anniversaire, il m'a amenée dîner au restaurant à l'hôtel le plus chic de Denver. J'ai mangé le meilleur repas de ma vie. Nous avons fêté et donc bu beaucoup : chacun un cocktail et une bouteille de champagne avant le dîner, une bouteille de vin avec le dîner et des cafés avec des liqueurs au dessert. Quand nous eûmes terminé, Frédéric demanda au serveur que le valet amène sa voiture. Nous avons titubé jusqu'à l'extérieur, en ricanant et nous amusant. Le jeune valet — il ne devait pas avoir plus de 16 ans — a tendu les clés à Frédéric et a accepté un pourboire. Nous nous sommes assis dans la voiture. Frédéric s'est penché vers moi et m'a longuement embrassée, m'a dit qu'il m'aimait et qu'il espérait que nous serions ensemble pour toujours.

Brenda fit une pause et prit une gorgée de punch.

— Sur l'autoroute, j'ai continué de taquiner Frédéric et de le chatouiller. Il riait et me chatouillait à son tour. J'ai essayé de glisser ma main sous sa chemise pour tirer les poils sur son torse, mais il me donnait des tapes sur la main. J'ai redoublé d'efforts et j'ai grimpé sur lui pendant qu'il conduisait. Nous pensions que nous étions invincibles à l'époque. Je ne me suis pas rendu compte que je bloquais sa vision. Il a foncé directement sur un camion arrivant en sens inverse.

Elle se tourna vers moi, les yeux écarquillés comme si elle revivait l'accident.

— Frédéric est mort sur le coup. Le conducteur de l'autre camion, un fermier de 32 ans, père de quatre jeunes enfants, est également mort. Un petit incendie s'est déclaré dans le moteur de la voiture de Frédéric. La voiture était si abîmée que j'étais prisonnière à l'intérieur. Le personnel d'urgence a mis près d'une heure à me faire sortir. C'est comme ça que j'ai eu ces cicatrices, ajouta-t-elle en pointant son visage. J'utilise beaucoup de maquillage et de crème autobronzante pour les cacher.

Je réalisai alors que son teint marbré était plus qu'un simple bronzage qui pâlissait. J'aurais voulu prendre sa main et la ramener vers moi, la tenir. Elle avait cependant mis ses propres bras autour d'elle pendant qu'elle parlait, se tenant serré, ne laissant pas de place pour que je m'y glisse.

— Je suis désolé, Brenda, dis-je.

Elle lâcha ses bras et saisit son verre.

— Est-ce que tu comprends maintenant pourquoi je suis aussi méfiante envers les hôtels chics ? Cet hôtel à Denver a donné l'autorisation à un garçon de 16 ans de nous remettre nos clés, de prendre une décision qui a mené à la mort de mon mari et d'un autre homme, qui a détruit ma vie et celle des quatre enfants de cet homme, de sa femme et du reste de sa famille. Évidemment, Frédéric et moi partageons la plus grande part de responsabilité. Les hôtels et les restaurants doivent cependant cesser d'être des facilitateurs. Je ne peux tout simplement pas rester les bras croisés et permettre que de tels événements se reproduisent encore et encore. Est-ce que tu comprends, Trevor ?

— Je comprends.

Elle vida son verre et le déposa.

— Désolée de t'accabler de la sorte.

— Pas du tout.

— Cynthia vient tout juste de quitter la salle de bal.

Je relevai la tête et jetai un regard au-dessus du divan. Cynthia était debout à côté des portes, balayant les alentours du regard, le visage anxieux. Je me penchai de nouveau.

— Je n'aime pas beaucoup cette jeune femme, dit Brenda. Quand je l'ai vue au comptoir de location de voitures de l'aéroport, j'ai pensé que je l'avais reconnue à cause du magazine *People*, mais je n'étais pas sûre. Elle était si difficile avec l'agente, quelque chose en lien avec des dommages à son véhicule et elle a piqué une telle crise que même moi, j'en étais gênée. Le pauvre jeune homme n'arrêtait pas de l'appeler Mademoiselle Robert, j'ai donc pensé que je faisais erreur — jusqu'à ce que je la voie ici.

— Vous l'avez vue à l'aéroport? Au comptoir de *location de voitures*?

— Je pensais te l'avoir déjà dit. Parlant de cela…

Elle jeta un coup d'œil à sa montre.

— Oh là là! Mon avion décolle dans moins de deux heures! Je ferais mieux d'y aller.

Elle se leva et ouvrit son sac à main, cherchant son portefeuille, et faillit retomber.

J'étirai le bras pour l'aider à garder l'équilibre.

— Je vous offre les verres.

— Tiens, merci Trevor!

— Vous avez besoin d'un taxi? demandai-je, oubliant que ce genre de choses n'était plus mon problème.

— Non, je suis prête.

Je signai l'addition pour la mettre sur mon compte promotionnel et je me levai pour la suivre en songeant que je ferais mieux de partir avant que la serveuse ne réalise que mes privilèges de signature avaient été annulés. Je tendis la main pour serrer celle de Brenda.

— Amis?

— Meilleurs amis, dit-elle. Viens me voir au Colorado un jour.

— Je le ferai peut-être.

Je la regardai tituber à travers le bar vers la porte d'entrée, puis je me retournai pour chercher Cynthia. Elle rôdait toujours près de l'entrée de la Jupiter, marchant de long en large, attendant apparemment la fin de la réunion. Je décidai de me diriger vers l'entrée principale pour voir si l'enquêteur Lim était arrivé.

Dehors, Matthew, Shanna et Sandy étaient debout au pied de l'allée, regardant avec anxiété une équipe de travailleurs occupés à enlever l'enseigne de l'hôtel Univers. Sur le pavé à côté d'eux, il y avait une grande enseigne néon du ValuLuxe. Je m'approchais d'eux lorsque j'entendis quelqu'un m'appeler par mon nom. Je me retournai.

Honica Winters était debout à côté de l'entrée. Elle tenait Raspoutine dans un bras et un sac dans l'autre. Une boucle rose était attachée sur la tête du chien.

— Je m'en vais maintenant, mon petit, dit-elle. Merci pour tout !

Elle se rua vers moi et me donna un baiser sur la joue.

— Est-ce Matthew en bas ?

— Oui, mais il n'est pas vraiment…

Elle avait déjà amorcé sa descente de l'allée.

— Attention ! lui criai-je en apercevant ses souliers de course à crampons. C'est glacé !

Juste à ce moment, les pieds de Honica se dérobèrent sous elle. Raspoutine bondit de ses mains, atterrissant sur le pavé avec un jappement. Honica tomba ensuite. Puis, les valises retombèrent en s'ouvrant, le contenu s'envolant de tous les côtés.

Je m'empressai d'aller l'aider à se relever.

Matthew se dépêcha de remonter l'allée et se pencha pour ramasser ses effets.

Honica était furieuse.

— Foutue allée! Foutu danger! Foutu hôtel! J'aurais pu me *casser* une jambe. J'ai presque envie d'intenter une poursuite, Trevor. Où est mon toutou? Raspoutie? Viens ici, bébé! Pauvre petit!

Raspoutine fouillait parmi ses effets personnels. Ses mâchoires saisirent une grande serviette de l'hôtel et il la traîna dans l'allée de l'hôtel.

— Raspoutie, non! s'écria Honica. Viens ici tout de suite!

Il remonta l'allée en trottant et fit le tour de notre groupe, laissant tomber une serviette aux pieds de Matthew.

— Honica, s'agit-il de l'une des serviettes de l'hôtel? demanda-t-il en s'accroupissant pour la ramasser.

Il la retourna, révélant le logo de l'hôtel cousu sur le bord.

— Comment est-ce que ça a pu se retrouver là? s'écria Honica. Raspoutine! Méchant chien, méchant chien!

— Et ceci? dit Matthew en se penchant pour tirer une robe de chambre ornée du logo de l'Univers de la pile.

Honica s'accroupit pour saisir Raspoutine par la peau du cou, le tenant devant son visage et agitant un doigt.

— Raspoutine, combien de fois t'ai-je dit de ne pas voler les effets des autres?

— Devrions-nous les placer sur votre compte? demanda ironiquement Matthew.

— Quoi? Non! Je ne veux même pas ces choses minables, dit Honica. Prenez-les. Méchant petit chien!

Raspoutine gronda en sa direction.

Il y eut un klaxon en haut de l'allée. Je levai les yeux pour voir un VUS rouge garé devant l'entrée principale.

— C'est pour moi, dit Honica en levant la main pour faire un signe. J'arrive tout de suite!

Elle se tourna vers Matthew.

— Écoute, j'espère revenir dans environ une semaine afin de trouver une suite à l'histoire de l'affaire Godfrey. Cette fois, j'aimerais porter mon attention sur Cassandra James, sur le fait que, de l'extérieur, elle est cette cadre insouciante de l'hôtel, mais qu'au fond, c'est une meurtrière impitoyable.

Elle ne remarqua pas l'arrivée de Sandy derrière elle.

— Je songe à un thème « Victime ou diablesse » où les téléspectateurs se demanderont si elle l'a réellement fait jusqu'à la toute fin, puis nous la montrerons ensuite derrière les barreaux. Je présume qu'elle aura été arrêtée à ce moment si les policiers finissent par se grouiller le derrière et résoudre cette affaire. Qu'en dis-tu? demanda-t-elle en frappant Matthew dans le dos. Peux-tu me réserver quelques nuits? J'aurai évidemment besoin d'une suite puisque j'aurai des entrevues et de la paperasse à faire, et j'espère que tu peux…

Elle remarqua Sandy debout à côté d'elle et sa phrase demeura en suspens.

Matthew se tourna pour regarder Sandy, puis il regarda de nouveau Honica. Son regard était impitoyable.

— Honica?

— Oui? dit Honica en battant des cils.

— Pourquoi n'allez-vous pas vous faire f…

Il s'arrêta.

— Pourquoi n'allez-vous pas à la recherche de votre propre hébergement, dit-il. Vous n'êtes plus la bienvenue à l'Univers.

Sandy se mit devant Honica de manière à ce qu'elles se regardent les yeux dans les yeux.

— Et pendant que vous y êtes, Honica, pourquoi n'allez-vous pas vous faire foutre?

Honica demeura bouche bée.

— Non mais, jamais! C'est si impoli! Viens, Raspoutine. Partons d'ici. Nous n'avons pas besoin de ces gens. Nous allons dorénavant séjourner au Four Seasons. Ils nous apprécient là-bas, n'est-ce pas?

Raspoutine gémit pendant que Honica remontait l'allée.

Je courus derrière elle avec l'intention de retourner dans le hall pour surveiller Cynthia. Je remarquai ensuite la personne assise sur le siège du conducteur du camion Nissan Xterra rouge garé à cet endroit et je m'arrêtai.

C'était Brenda Rathberger.

Honica était en train de grimper sur le siège du passager du VUS.

Je frappai à la vitre de Brenda.

Elle l'ouvrit.

— Allô, Trevor? Qu'y a-t-il?

— Vous allez *conduire*?

— Je, euh, eh bien… le camion n'est assuré qu'à mon nom et je dois le ramener.

Sur le siège du passager, Honica renifla.

— Ça sent l'alcool, dit-elle avant de se tourner vers Brenda. Tu n'as pas bu? demanda-t-elle en écarquillant les yeux.

Brenda couvrit sa bouche et réprima un rot.

— Peut-être devrais-tu conduire, chérie.

On entendit un bruyant klaxon derrière nous. Un véhicule de service de police de New York arriva à toute allure dans l'allée, les lumières clignotant, avant de s'arrêter derrière le camion de Brenda avec un crissement de roues. L'enquêteur Lim et son partenaire jaillirent du véhicule.

Juste à ce moment, Cynthia se ruait à l'extérieur de l'hôtel. Quand elle vit la voiture de police, elle s'arrêta et courut pour rentrer dans le hall.

— Je vais courir après elle, cria Matthew en s'empressant de remonter l'allée.

Shanna lui emboîta rapidement le pas.

Quelques secondes plus tard, Shanna ressortit en courant.

— Elle a pris l'ascenseur vers le stationnement !

— Descends dans le stationnement, cria l'enquêteur Lim à son partenaire. Je vais l'attendre en haut de la rampe.

Il bondit dans sa voiture et se pencha par la fenêtre.

— Enlevez ce camion de mon chemin !

Je me tournai vers Brenda qui avait détaché sa ceinture et qui était sur le point de descendre.

— Vous n'avez pas le temps ! hurlai-je. Partez maintenant ! Vous changerez de conducteur dans la rue !

Brenda figea, les yeux gonflés par la panique.

Derrière nous, l'enquêteur Lim appuya sur le klaxon.

— Bougez ! *Maintenant* ! Ordre de la police !

— La voici ! s'écria Sandy en pointant la rampe du stationnement.

La mini Cooper de Cynthia remontait la rampe à toute vitesse, les pneus crissaient.

Brenda fit démarrer le camion et ronfler le moteur. Le véhicule fit un bon en avant et fonça en descendant l'allée. La voiture de Cynthia atteignit le haut de la rampe et fit un tête-à-queue sur l'Avenue des Amériques.

Le camion de Brenda se dirigeait exactement sur sa trajectoire.

— Attention ! hurlai-je !

Il était trop tard.

Le Xterra fonça dans la Cooper, causant un craquement strident de métal et de verre.

24

Un nouvel Univers

Six mois plus tard, Sandy, Shanna, Matthew et moi-même étions rassemblés à la base aérienne de Vandenberg, située à côté de Santa Barbara en Californie, pour le lancement des cendres de monsieur Godfrey dans l'espace.

Seule une partie symbolique s'envolerait vers l'espace, environ sept grammes de poudre Godfrey enfermée dans une capsule en aluminium semblable à un tube de rouge à lèvres. Il serait accompagné de 49 contenants similaires, chacun contenant une partie des restes d'hommes et de femmes ayant payé à la société *Dernier voyage* une énorme somme d'argent pour que l'espace soit le lieu de leur dernier repos. Monsieur Godfrey et ses compagnons de voyage graviteraient dans l'espace à bord d'un vaisseau spatial miniature pendant un maximum de 10 ans avant que la gravité et la physique ne retournent la capsule vers la Terre. En entrant dans l'atmosphère, la capsule s'enflammerait comme une étoile filante, laissant la poussière flotter pour revenir sur terre.

L'autre partie des restes de monsieur Godfrey était enterrée dans un cimetière à Southampton, à côté de sa fille Cynthia et de sa femme Margaret.

Le lancement fut quelque peu décevant, un peu plus excitant que de regarder un adolescent envoyer une fusée fabriquée à la maison dans la cour du voisin, sauf que celle-ci monta directement dans les airs dans un nuage de fumée et de feu et qu'elle continua à voler avant de disparaître dans le ciel bleu et dégagé.

— Adieu, Monsieur Godfrey! déclara Sandy.

— Repose en paix, mon amour, dit Shanna en agitant un mouchoir dans les airs.

Matthew se contenta de déglutir. Il revivait peut-être sa propre expérience de lancement.

J'avais fini par accepter la mort de Willard Godfrey et je ne lui en voulais plus d'avoir planifié transférer la gestion de l'hôtel à une autre entreprise sans m'en parler. Le fait que Shanna ait respecté ses intentions en nous accordant à tous les trois — Sandy, Matthew et moi-même — presque une année complète de salaire m'avait aidé à lui pardonner et m'avait permis de prendre le temps de réfléchir à ma prochaine carrière. Maintenant, seuls des souvenirs affectueux de monsieur Godfrey demeuraient. Je savais que, peu importe où ma carrière m'amènerait, j'apporterais tout ce qu'il m'avait enseigné. Sa mort nous avait obligés à changer de vie, à réévaluer nos priorités, à questionner la raison pour laquelle nous mesurions notre valeur par notre travail. Six mois plus tard, nous étions maintenant dans une meilleure position.

Après le déjeuner, alors que le soleil de fin d'après-midi amorçait sa descente, nous revînmes en voiture vers le ValuLuxe Santa Barbara Resort pour nous dire au revoir. Sandy et moi passâmes la nuit à l'hôtel avant de rentrer à la maison — dans son cas, c'était à New York alors que je rentrais à Vancouver — pendant que Shanna et Matthew partaient le soir même, Shanna vers Los Angeles pour voir son fils et sa fille, et Matthew à West

Hollywood pour un « peu de plaisir » avant de retourner au Tennessee.

Le valet amena la Jaguar décapotable de location rouge de Shanna et nous lui donnâmes un câlin à tour de rôle pour lui dire au revoir avant qu'elle grimpe dans la voiture.

— Tu as besoin d'indications ? demandai-je à Shanna en me penchant au-dessus de la portière.

— Toujours l'hôte, dit Shanna en souriant et en enfilant une paire d'énormes lunettes de soleil Prada. Merci, chéri, mais je sais exactement où je m'en vais.

Elle s'étira pour saisir un livre posé sur le siège du passager et le tint dans les airs.

— Est-ce que l'un d'entre vous a vu ceci ? Il est sorti la semaine dernière.

Il s'agissait d'un exemplaire d'*Aux frontières de la folie*, le livre où Honica Winters révélait tout à propos de la diffusion de l'industrie journalistique loufoque et meurtrière.

Aucun d'entre nous ne l'avait vu.

— Est-ce que c'est bon ? demanda Sandy.

Shanna tourna son pouce vers le bas.

— Le *New York Post* affirme que c'est « aussi profond que le journal intime d'un adolescent et à moitié aussi intéressant » — et ils étaient généreux. La direction de NBC n'est pas enchantée non plus. Un chapitre entier est dédié à l'affaire Godfrey. C'est une lecture fascinante, mais je suis désolée de vous dire qu'aucun d'entre nous ne s'en sort indemne. Heureusement, presque toute sa fureur est réservée à Brenda Rathberger.

— Vraisemblablement, Honica ne lui pas pardonné cet accident atroce, dit Matthew. Pauvre petit Raspoutine. Il ne pissera plus jamais sur le tapis d'un hôtel.

— D'ailleurs, comment va madame Rathberger ? demanda Sandy. Est-ce que quelqu'un est resté en contact avec elle ?

— Oui, dis-je. Elle et moi sommes devenus amis d'une drôle de façon. Elle a presque complètement récupéré de ses blessures, mais elle aura toujours besoin d'une canne. Son procès sera entendu dans quelques mois. Elle espère que le juge sera indulgent à la lumière de son travail sur la conduite en état d'ébriété. Elle et deux amies sont sur le point de lancer une nouvelle organisation appelée *Épouses contre l'alcool au volant*, ou ÉpAV. Elle dit qu'elle prévoit adopter une approche moins radicale, plus conciliatrice, mais je ne suis pas sûr que ce soit dans sa nature.

— De MADD à VIDE à ÉpAV, dit Shanna. La pauvre femme est destinée à être malheureuse toute sa vie. N'aurait-elle pas pu créer un acronyme comme RIRE ?

— Je ne crois pas que RIRE rendrait justice aux conséquences tragiques de la conduite en état d'ébriété, dit Sandy sur un ton récriminateur.

Sa sentence en cour demandant de compléter 250 heures de travaux communautaires avec MADD l'avait transformée en militante contre la conduite en état d'ébriété.

— J'imagine que non, dit Shanna.

Elle se tourna vers moi.

— Je voulais te demander, Trevor, comment va ta mère ?

— Beaucoup mieux maintenant, dis-je. Elle récupère encore de la chimio, mais le médecin affirme que le cancer est complètement enrayé — pour le moment, du moins. Elle est dans un état de ravissement total à propos de mon déménagement avec Nancy à Vancouver. Je crains qu'en rentrant à la maison, nous découvrions qu'elle a transformé la deuxième chambre en chambre de bébé. Nous venons tout juste d'acheter un condo et maintenant qu'elle retrouve son énergie, elle a l'intention de le rénover pendant que nous sommes en Europe.

Le soir après la tentative de rachat de ValuLuxe, j'avais appelé Nancy pour lui demander de m'accompagner au restaurant. Pendant le dîner, elle m'avoua avoir nourri un béguin secret pour moi depuis un certain temps, mais qu'elle était perturbée par la quantité d'heures que je passais au travail. Le jour suivant, j'avais pris l'avion pour rentrer à la maison afin de passer du temps avec Maman et, à mon retour, je l'avais convaincue de déménager à Vancouver avec moi. Nous avions passé presque tout le temps ensemble depuis.

Shanna repoussa ses lunettes de soleil sur son front et plissa les yeux en me regardant.

— Ne me dis pas que tu t'installes à Vancouver de façon permanente ?

— Peut-être, dis-je en haussant les épaules.

Je ne lui dis pas que je venais tout juste d'accepter un poste pour gérer un hôtel à Vancouver. Je ne l'avais même pas encore dit à Nancy. Je commencerais mon nouveau travail dès notre retour de vacances.

Shanna m'étudia pendant quelques instants.

— Tu sais que j'ai rencontré un chasseur de têtes l'autre jour afin de voir le genre de poste qu'il pourrait y avoir pour moi à Los Angeles. La vente de l'Univers promet de me rendre scandaleusement riche, mais je ne suis pas sur le point de prendre ma retraite. Il m'a parlé d'un nouvel hôtel-boutique fabuleux à Hollywood qui s'appelle l'hôtel Cinéma. Il m'a demandé si j'étais intéressée par le poste de directrice des ventes et du marketing. Il m'a également demandé si je connaissais des candidats pour le poste de directeur général. J'ai immédiatement pensé à toi. Il était plutôt déçu d'apprendre que tu t'étais retiré de l'industrie hôtelière.

— *Je* l'intéressais ? dis-je, flatté.

Elle hocha la tête avec empressement.

— Ce sera en endroit très chic et branché, mais le propriétaire veut une personne plus conservatrice pour le gérer, quelqu'un comme toi avec une formation traditionnelle en hôtellerie et une grande expérience des opérations.

— Quelqu'un d'insipide, dis-je.

Shanna esquissa un sourire en coin.

— Je lui ai dit que je n'étais pas intéressée, mais que si tu étais le responsable, je pourrais changer d'idée. Ne serait-il pas amusant de travailler de nouveau ensemble ? Ils ne regardent pas à la dépense dans la construction de cet hôtel et ils planifient déjà une retentissante fête d'ouverture avec une foule de vedettes.

Je hochai lentement la tête en esquissant un sourire.

— Ça semble fascinant.

— *Trevor*, dit Sandy, de toute évidence désemparée. Tu m'as dit que l'industrie hôtelière n'était plus pour toi.

— Ne sois pas idiote, dit Shanna. Il est *né* pour gérer des hôtels. Trevor, mon chéri, je sais qu'au temps des Fêtes je t'ai dit de sortir de cette industrie pendant que tu le pouvais, mais c'étaient les paroles d'une femme en deuil et aigrie. Maintenant que j'ai repris contact avec mes enfants, je n'ai aucun regret face à ma vie. On doit simplement trouver un équilibre. Tu ne peux tout simplement pas laisser tomber une vie de voyage et d'aventure à un âge aussi jeune.

Je lançai un regard à Sandy. Elle était appuyée sur la voiture de Shanna, les bras croisés, une expression désapprobatrice sur le visage. Je me tournai pour observer Matthew, curieux de connaître ses idées, mais il s'était éloigné pour bavarder avec le beau et jeune portier.

Shanna fouilla dans son sac à main et me tendit une carte de visite.

— Quand tu reviendras d'Europe, prends la peine de l'appeler et d'écouter ce qu'il a à dire.

Je pris la carte et la glissai dans ma poche.

Shanna fit tourner le moteur, faisant ainsi bondir Sandy qui s'éloigna.

— Adieu, mes amis ! Restons en contact !

Je regardai sa voiture disparaître au bout de la rue dans un nuage de poussière.

Matthew s'approcha d'un pas nonchalant.

— J'ai décidé de rester à Santa Barbara pour le dîner, dit-il en jetant un coup d'œil au portier qui regardait fixement ses pieds. C'est une si belle ville, je n'ai pas envie de partir.

— Toi et Gaétan n'êtes donc plus ensemble ? demanda Sandy.

Matthew acquiesça.

— Il m'a laissé tomber dès que je lui ai dit que je déménageais au Tennessee. Je ne peux pas vraiment le blâmer. Je ne crois pas qu'il y ait plus d'une poignée d'homos dans tout l'état. Je suis devenu si désespéré que j'ai recommencé à reluquer les femmes.

— Comment *va* Marline ? demandai-je.

— Oh, très bien. Nous sommes redevenus assez proches, même si c'est difficile à croire. Elle est encore à New York et poursuit sa carrière d'actrice. En fait, elle vient tout juste d'obtenir le rôle de Blanche DuBois dans une adaptation moderne d'*Un tramway nommé Désir*. Tu parles d'un stéréotype ! dit-il en gloussant avant de laisser échapper un gros soupir. Eh bien ! je crois que je vais entrer et prendre un verre en attendant que Justin finisse. Vous voulez m'accompagner ?

— Non, merci, dis-je en prenant la main de Sandy. Nous allons faire une promenade.

Nous échangeâmes un au revoir et Sandy et moi nous rendîmes à l'arrière de l'hôtel où un sentier bordé de palmiers serpentait dans un jardin verdoyant. Nous marchâmes en silence jusqu'à ce que nous atteignions un belvédère blanc qui semblait être une chapelle de mariage, et nous nous assîmes sur un banc juste à côté. Je lançai un regard en coin vers le belvédère qui semblait démodé et pittoresque, mais également exiguë. L'obscurité était descendue sur les terrains de l'hôtel et, au-dessus de nous, la lune était brillante et presque pleine. Une à une, les étoiles clignotaient.

— Elles ressemblent aux lumières en forme d'étoiles de l'Univers, n'est-ce pas ? dit Sandy.

Je répondis en murmurant que j'étais d'accord, mais, à mes yeux, elles n'auraient pas pu sembler plus différentes. Lors de ma dernière visite à l'hôtel, je m'étais arrêté pour prendre un verre au Centre de l'Univers et tout m'était apparu plus petit, moins impressionnant. Les lumières en forme d'étoiles avaient perdu de leur éclat, elles semblaient artificielles et illusoires, comme une vitrine tape-à-l'œil de Las Vegas. Ce soir, les étoiles dans cet univers étaient réelles et superbes, infinies en nombre et rayonnaient d'espoir et de possibilités.

Je mis mon bras autour de Sandy.

— Comment ça va dans ton monde ? demandai-je.

— Merveilleux, dit-elle. Entre mon bénévolat à MADD et le travail de consultante pour Shanna, c'est suffisant. Le reste de mon monde tourne autour de Jack et des enfants. Je ne pourrais pas être plus heureuse.

Elle se tourna vers moi et m'adressa un sourire.

— Et je suis sincère cette fois.

— Je suis si heureux, dis-je.

Son sourire était différent ce soir ; moins forcé, plus naturel. Sous l'éclairage de la lune, elle était encore plus belle que dans mes souvenirs.

— Et toi, Trevor, es-tu heureux ?

Je relevai la tête pour regarder de nouveau le ciel et réfléchir à la question. Une étoile filante apparut à ma gauche et commença à traverser lentement le ciel. Je l'observai avec un respect mêlé d'admiration avant de réaliser qu'il s'agissait d'un avion.

— J'ai hâte de rentrer à Vancouver, dis-je. J'ai hâte de revoir Nancy et de passer du temps avec ma mère, mes sœurs, mes nièces et mes neveux. Alors oui, je crois que je suis heureux.

— Tu as donc trouvé ton univers?

Je regardai l'avion flotter doucement en descendant, se dirigeant vers l'aéroport de Los Angeles où il débarquerait ses passagers, ferait le plein d'essence.

— En partie, oui, dis-je.

Une grosse partie, mais pas tout. Je crois que Shanna avait raison. J'étais né pour gérer des hôtels. Cependant, quelque chose me disait que je serais toujours un voyageur solitaire dans la vie, cherchant ma place dans l'Univers, L'hôte parfait qui ne trouve jamais exactement sa propre maison.

★★★★★

FIN

Remerciements

Merci à Carrie, Bonnie et Suzanne pour vos remarques et vos paroles d'encouragement, à Christof pour ta compréhension et ton soutien, à Maman pour ta rédaction remarquable, et à mon agent, Jodie Rhodes, pour avoir cru en ce roman.

À propos de l'auteur

Daniel Edward Craig a débuté sa carrière dans l'industrie hôtelière en 1987, et depuis, il a travaillé dans huit hôtels de luxe au Canada.

Ayant d'abord l'intention de poursuivre une carrière diplomatique, il a étudié les relations internationales, les langues modernes, le cinéma, la scénarisation et le jeu.

En ce moment, Daniel Edward Craig est directeur général de l'hôtel Opus à Vancouver, célèbre à cause des vedettes qui le fréquentent. Sous sa direction, l'Opus a acquis une réputation internationale pour son service exemplaire, son marketing avant-gardiste et son design unique.

Dans ses temps libres, il aime se garder en forme à la fois physiquement et mentalement. Il voyage beaucoup, étant surtout passionné par les hôtels, ayant séjourné dans — et géré — certains des meilleurs au monde.

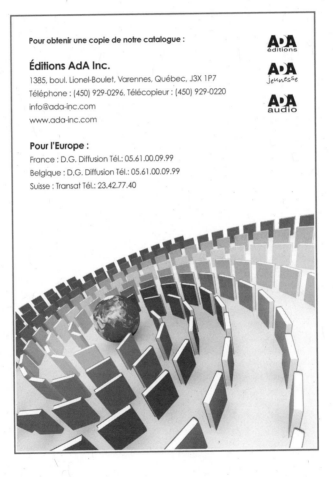

Pour obtenir une copie de notre catalogue :

Éditions AdA Inc.
1385, boul. Lionel-Boulet, Varennes, Québec, J3X 1P7
Téléphone : (450) 929-0296, Télécopieur : (450) 929-0220
info@ada-inc.com
www.ada-inc.com

Pour l'Europe :
France : D.G. Diffusion Tél.: 05.61.00.09.99
Belgique : D.G. Diffusion Tél.: 05.61.00.09.99
Suisse : Transat Tél.: 23.42.77.40